ATRIUM

In der Pirates Bay in Tasmanien kämpft ein Junge gegen das Ertrinken an, bis ihn Spaziergänger aus der unerbittlichen Brandung retten. Als sie auf dem Rücken des Jungens eine Tätowierung entdecken, die ihn als den vor sieben Jahren verschwundenen Forest Dempsey ausweist, sind sie fassungslos. Niemand weiß, was damals passiert ist – und warum Forest nun auf einmal wieder auftaucht. Der Junge schweigt hartnäckig, doch sein Schicksal lässt die Cousins Mackerel und Ahab, Mitglieder der berüchtigten Dempsey-Familie, nicht los. Hat es mit den verbrecherischen Machenschaften ihrer Familie zu tun? Was ist damals mit Forests Eltern geschehen? Und welche Opfer sind die Cousins bereit zu bringen, um der Wahrheit auf die Spur zu kommen?

KYLE PERRY arbeitet in verschiedenen Highschools, Jugendeinrichtungen und Entzugskliniken als Therapeut und Sozialarbeiter und lebt in Hobart, Tasmanien. Er ist mit dem tasmanischen Busch und dem Meer aufgewachsen, und die Natur spielt eine wichtige Rolle in seinem Leben und Schreiben. Sein Debütroman *Die Stille des Bösen* stand u. a. auf der Shortlist für das Dymocks Book of the Year, das Indie's Debut Fiction Book of the Year und die Best First Novel bei den International Thriller Writers Awards.

SABINE LÄNGSFELD übersetzt Literatur verschiedenster Genres aus dem Englischen ins Deutsche. Zu den von ihr übertragenen Autor:innen zählen Simon Beckett, Malala Yousafzai und Chan Ho-kei.

KYLE PERRY

DER RAUSCH DER TIEFE

THRILLER

Aus dem Englischen von Sabine Längsfeld

Atrium Verlag · Zürich

Diese Übersetzung wurde mit der finanziellen Unterstützung
des Förderungs- und Beratungsgremiums für Kunst des Australia Council
for the Arts der australischen Regierung veröffentlicht.

MIX
Papier | Fördert gute Waldnutzung
FSC® C014496
FSC www.fsc.org

Taschenbuchausgabe
1. Auflage 2024

Die Originalausgabe erschien 2021 unter dem Titel
The Deep bei Penguin Random House Australia Pty Ltd.
Diese Ausgabe wurde in Vereinbarung mit
Penguin Random House Australia Pty Ltd
via Michael Meller Literary Agency, München veröffentlicht.

Aus dem Englischen von Sabine Längsfeld
Umschlaggestaltung: Sund Design nach einem Entwurf von
Adam Laszczuk © Penguin Random House Australia Pty Ltd
Umschlagmotiv: © Getty Images/Sirachai Arunrugstichai,
© Shutterstock/Maximillian Cabinet
Satz: Greiner & Reichel, Köln
Druck und Bindung: GGP Media GmbH, Pößneck
Printed in Germany
ISBN 978-3-03882-034-5

www.atrium-verlag.com
www.facebook.com/atriumverlag
www.instagram.com/atriumverlag

Ryan Barber,
ohne dich hätte ich das nicht geschafft

Ich zolle den traditionellen Hütern des Landes Respekt, den Paredarerme, Hütern von Teralina und Turrakana – auch bekannt als Eaglehawk Neck und Tasman-Halbinsel. Ich zolle den Ältesten der Vergangenheit, der Gegenwart, der Zukunft Respekt.

Ich würdige die gegenwärtige Aboriginal-Gemeinde auf ganz Lutruwita, sie sind die Hüter dieser Insel. Ich würdige ihre immerwährende Verbindung zum Land, zu den Gewässern und zur Kultur.

Zieht morgens schwarzer Wind heran,
rette sich vom Meer, wer kann.
Zieht schwarzer Wind des Abends auf,
nehmen Tod und Sterben ihren Lauf.

Seemannsspruch von der Tasman-Halbinsel

Die Sirenen der Tasman-Halbinsel gelten als bösartige Geschöpfe, welche Seeleute in den sicheren Tod locken … Ihre Gesänge, so heißt es, seien betörend und wunderschön und hätten schon viele Seelen in die Tiefe gerissen …

Aus *Tasmanische Sagen* von Cheryl Stirling

Der Sirenen Lockgesang
ereilte mich auf See.
Ihr Blick so heiß, die Gier so groß,
und ich voll Ach und Weh,
floh feige heim und brachte mich
in trügerische Sicherheit.
Doch schickten sie fernab vom Meer
den schwarzen Wind mir hinterher,
auf dass ich nimmer fliehen kann
der Sirenen Lockgesang.

Dr. William Ashbury, um 1850

PROLOG

PIRATES BAY, TASMANIEN

Der Junge schnappte nach Luft, den Mund voll nasser Haare, dann schleuderte ihn die nächste Welle zurück auf den Grund. Er überschlug sich, um ihn herum schäumende Gischt.

Wieder kam er an die Oberfläche. Der nächste verzweifelte Atemzug. Brennende Augen suchten das Ufer. Im ersten Morgengrauen war das Meer nur aufgewühltes Grau, die dunklen Eukalyptusbäume zum Greifen nahe.

Die nächste Welle riss ihn wieder von den Füßen, lange Tangfäden griffen nach seinen Gliedern. Als der Sog der Brandung ihn zurück ins Meer zu zerren drohte, klammerte er sich daran fest. Seine Hände waren taub vor Kälte; er bekam den Seetang nicht richtig zu fassen, aber er schaffte es, sich dicke Stränge um die Handgelenke zu schlingen, angetrieben von Adrenalin und Angst.

Die Brandung zog sich schäumend zurück, und einen Augenblick lang blieben Kopf und Oberkörper über Wasser.

»Hilfe!«, schrie er heiser.

Wieder schlug tosend eine Welle über ihm zusammen, wieder war der Junge unter Wasser. Der Tang um seine Handgelenke verhinderte, dass er mitgerissen wurde, und er hielt die Luft an, bis die Brandungswelle zurückgewichen war.

Ein Hund bellte über den Lärm von Wind und Wellen hinweg.

Der Junge zog sich vorwärts. Er spürte Sand unter den Füßen.

Als die nächste Welle kam, ließ er sich in einem Wirbel aus Gischt, Sand und Schlick in Richtung Strand tragen. Wieder und wieder wurde er herumgeschleudert, bis er nicht mehr wusste, wo oben und unten war. Die Arme im Tang verfangen, die Stirn aufgeschürft an schartigem Fels.

Während sich das Wasser zurückzog, rollte er sich weiter bis zu einer Spalte in den zerklüfteten Uferfelsen. Er schnappte nach Luft. Neben ihm brachen tosend die Brandungswellen. Noch hatte er es nicht geschafft. Er robbte bäuchlings vorwärts. Die Beine hatten keine Kraft mehr, eisiger Wind schnitt in seinen nackten Rücken.

Dann tauchte in dem Gezeitentümpel neben ihm ein Schäferhund auf, bellte, stieß ihm die Schnauze in die Armbeuge.

Bei der nächsten Welle krallte sich der Junge mit blutenden Fingern an den Felsen, neben ihm der jaulende Hund.

Plötzlich wurde er grob unter den Achseln gepackt und hochgezerrt.

»Ich hab ihn!«, rief eine Männerstimme. »Hier! Er atmet noch!«

Der Hund schüttelte sich das Wasser aus dem Fell und leckte dem Jungen die aufgeschürften Schienbeine. In sein Jaulen mischten sich Stimmen. Schon scharten sich Leute um den Jungen, trugen ihn über die Felsen zum Sandstrand hinauf. Der Mann, der ihn gefunden hatte, legte ihn auf den Rücken und drückte ein Ohr an seine Brust.

Der Junge schlug die sandverklebten Augen auf.

»Er lebt«, sagte eine Frau. »Gott sei Dank, er lebt.«

Ihr Gesicht war direkt vor seinem. Er wich panisch zurück, krabbelte mit letzter Kraft seitwärts weg von ihr, drängte sich an den hechelnden Hund. Der Geruch von nassem Fell und Seetang beruhigte ihn etwas.

Die Leute standen immer noch dicht um ihn geschart. »He, Junge, ganz ruhig«, sagte der Mann, der ihn gefunden hatte.

Die Schürfwunden brannten, ihm tat alles weh. Er zitterte vor Kälte, sein Herz raste. Er musste *fliehen …*

Doch der Anblick des trockenen Handtuchs, das die Frau ihm hinhielt, milderte seine Panik, und ein neuer Gedanke schaffte es an die Oberfläche seines Bewusstseins.

Die sind gekommen, um dich zu retten.

Du brauchst ihre Hilfe.

Er bezwang seinen keuchenden Atem und beruhigte sich etwas.

»Danke«, krächzte er. Kehle und Nase brannten, er war heiser vom Salzwasser.

Er drehte sich zu dem Hund um und vergrub das Gesicht im nassen Fell. »Danke, Zeus«, flüsterte er. »Du hast es geschafft.«

»Verfluchte Scheiße«, sagte der Mann. »Was ist das denn?«

Dem Jungen war klar, wie erbärmlich er aussehen musste. Klein, dürr, wirre blonde Haare. Alles voll mit Sand und Tang. Nichts am Leib außer Surfshorts, die Gänsehaut übersät mit Abschürfungen und Schnitten und runzligen Narben.

»Nein, das kann nicht sein!«, keuchte die Frau. »Nach *sieben Jahren?*«

Quer über dem knochigen Schulterblatt, von dem noch immer eiskaltes Meerwasser perlte, prangte eine schlampig gestochene Tätowierung:

DAS IST FOREST DEMPSEY

PASS AUF WAS DU DIR WÜNSCHST

KAPITEL EINS

AHAB

Ahab Stark durchbrach mit der Harpune in der Hand die Wasseroberfläche und sog gierig die Luft ein. An seinem Handgelenk baumelte eine Unterwassertaschenlampe. Er zog sich die Tauchmaske unters Kinn und hustete. In dem grau melierten Bart hingen kalte Wassertropfen, die eisblauen Augen hatten sich längst an das brennende Salzwasser gewöhnt. Er bleckte grinsend die Zähne: Diesmal hatte er's mit dem Tauchgang fast zu weit getrieben.

Am frühen Morgenhimmel standen ein paar letzte blasse Sterne. Wolken waren nirgendwo zu sehen, aber er hatte unter Wasser das vibrierende Brummen gehört, die Gegenströmung gespürt. Hier, zwischen den einzelnen Riffs, die verstreut in der Bucht lagen, war sie leicht zu fühlen. Und er hatte einen Schwarm Lachsbarsche in tiefere Gewässer fliehen sehen.

Der schwarze Wind kam auf.

Ahab legte sich auf den Rücken und überließ sich der trügerischen Stille, die den kommenden Sturm ankündigte. Natürlich war der Ozean niemals wirklich still, aber trotzdem empfand Ahab all dies als die wahre Stille. Nur Geräusche der Natur, um ihn herum nichts als die ewige Bewegung des Wassers – Warten mit angehaltenem Atem. Gelöst ließ er sich treiben und sah zum hell werdenden Himmel hinauf.

»Die Zeit nehme ich mir«, sagte er nach oben gewandt.

Als ihm Kälte und Wind schließlich bis in die Knochen drangen, paddelte er mit ein paar Schlägen seiner mattschwarzen Flossen hinüber zu dem vor Anker liegenden Schlauchboot. Triefend kletterte er die Leiter hoch. In einem Beutesack an seiner Hüfte steckten die erlegten Fische – genug King Flathead, um in seinem Pub als Fang des Tages auf die Karte zu kommen. Er legte Maske und Schnorchel ab, dann Harpune und Taschenlampe und zog sich die Flossen aus.

Sein Tauchpartner Ned ließ sich auf der anderen Seite des Boots auf dem Wasser treiben. Im Gegensatz zu Ahab trug Ned einen bunten Neoprenanzug – dem Jüngeren war das Wasser sogar im Hochsommer zu kalt. »Die Fische sind alle verschwunden, Ahab«, rief Ned. »Glaubst du, er kommt? Der schwarze Wind?«

»Definitiv«, rief Ahab zurück.

Ned kletterte ins Boot und schälte sich zitternd aus dem Anzug, ohne sich seiner Nacktheit zu schämen. Er frottierte sich die langen Haare und prüfte das Ergebnis mithilfe seiner Handykamera, ehe er den Rest seines schlaksigen Körpers trockenrubbelte.

»Lass uns abhauen«, sagte Ahab, sobald sie beide angezogen waren.

»Schau mal«, sagte Ned und zog sich den Reißverschluss der dicken Jacke zu. »Da drüben sind noch welche.«

Zwischen dem Auf und Ab der Wellen kam immer wieder ein Schiff in Sicht.

»Alles okay«, sagte Ahab. »Die werden die Zeichen schon lesen.«

Er musterte den Himmel – er war noch immer fast wolkenlos, nur ein paar feine, hohe Federwolken wurden von den ersten Strahlen der aufgehenden Sonne in ein blasses Rot getaucht. Ahab musste sich eingestehen, dass es eigentlich noch keine eindeutigen Anzeichen gab. Der schwarze Wind tauchte oft wie aus dem Nichts auf, fast ohne jede Vorwarnung. Und hier waren ständig irgendwelche Typen von auswärts unterwegs.

Ahab stieß einen Seufzer aus. »Okay. Wir fahren besser mal rüber.«

Er warf den Motor an und hielt auf das andere Boot zu. Der Bug durchpflügte dunkle, ineinanderfließende Wellen, während sich das erste Morgenrot auf die flüssigen Kronen legte.

Als sie näher kamen, drosselte Ahab abrupt die Geschwindigkeit. Er kannte das Boot. Es war die *Absconder*, das Abalone-Mutterschiff, ein 18-Meter-Westcoaster mit Flybridge, Tanks für lebende Abalonen und einem Kran auf dem hinteren Deck. Das Schiff gehörte dem Boss von Dempsey Abalone – Davey Dempsey, seinem Cousin.

Ahab ging längsseits und machte sein Schlauchboot an der *Absconder* fest.

»Ich bleib hier, oder?«, fragte Ned.

»Halt dich bereit, vielleicht muss es schnell gehen«, raunte Ahab, hievte sich durch die Tauchklappe und stieg an Deck.

Am Heck stand Davey mit Chips, seiner Assistentin und rechten Hand. Sobald er hörte, dass jemand an Bord seines Schiffes ging, fuhr er herum. Davey war eine beeindruckende Erscheinung, dunkelhaarig und muskulös; die hochgekrempelten Ärmel seines Hemds entblößten unverwechselbare Tribal-Tattoos. Sein raues Gesicht war, wie Ahab Ned irgendwann mal voller Neid hatte sagen hören, »ungerecht attraktiv«.

Er schenkte Ahab ein säuerliches Lächeln. »Ach was, Verwandtschaft. Willkommen an Bord.«

Chips trug eine warme Weste in Signalfarbe, die mehr für Bequemlichkeit als für Stilbewusstsein sprach, und hatte ihre langen, sandblonden Haare unter einer blauen Baseball-Cap zu einem Pferdeschwanz zusammengebunden. Sie grüßte Ahab mit einem respektvollen Nicken. Er hatte ihr damals, als sie vor ewigen Zeiten die Highschool geschmissen hatte, ihren ersten Job gegeben und sie irgendwann für die »Firma« empfohlen.

Sie war ihm heute noch dankbar dafür. Ahab hingegen wünschte, er könnte es ungeschehen machen.

»Was verschafft uns die Ehre?«, fragte Davey, an die Reling gelehnt. Es gab gute Gründe für sein Misstrauen gegen Ahab, doch er versuchte trotzdem, sich nichts anmerken zu lassen.

»Der schwarze Wind kommt auf.«

Davey zog eine Grimasse. »Wie lange noch?«

»Eine Stunde. Vielleicht zwei.«

Davey saugte an der Unterlippe, ging nach vorn zum Bug und sah hinaus aufs Meer. Ahab folgte seinem Blick. Ein paar Alu-Außenborder dümpelten in Sichtweite. »Eine Stunde, hm …«

Abalonen-Fischerei war ein eigenartiges Geschäft. Die Meeresschnecken, auch als Seeohren bekannt, wurden von den Tauchern abgesammelt, die gerade jetzt da unten waren. Die dicke Innenschicht des ohrmuschelförmigen Schneckengehäuses bestand aus schillerndem, farbenprächtigem Perlmutt, doch es war das Fleisch, das die Tiere so wertvoll machte – roh oder gekocht eine Delikatesse, war es in Asien so begehrt wie Gold. Tasmanien lieferte etwa ein Viertel der weltweiten jährlichen Abalonen-Ernte.

Die kleinen Boote, die rund um die *Absconder* verstreut lagen, waren mit Helfern bemannt, die das Boot direkt über den betreffenden Tauchern hielten. Die Taucher wiederum klaubten die auf Felsen sitzenden Abalonen ab und schickten sie in Beutesäcken an die Oberfläche. Kleine Schirme gaben den an Leinen befestigten Beuteln Auftrieb, indem die Taucher sie mit Luft aus dem Atemregler befüllten.

Beutesäcke voll mit Abalonen und anderem, wie Ahab nur zu gut wusste. Zeug, das von Lieferanten hier draußen deponiert wurde, um von Davey eingesammelt, zurück an Land gebracht und verkauft zu werden, am Gesetz vorbei und direkt unter der Nase der Polizei.

»Die sind später auch noch da«, sagte Ahab.

»Ja, im Meer ist immer mehr als genug«, stimmte Davey ihm zu. »Aber wir haben trotzdem eine Fangquote. Dem Geschäft ist der Wind egal. Ich geb den Tauchern nachher Signal.«

»Willst du das wirklich riskieren?«

Davey richtete sich auf. »Vergiss nicht, mit wem du sprichst.«

»Ich weiß sehr gut, mit wem ich spreche.«

Chips verlagerte das Gewicht und ließ ihren Blick nervös zwischen den zwei Männern hin- und herschweifen.

Davey lachte die Anspannung weg. »Keine Angst, Chips. Wir hegen Respekt vor den Ältesten, die uns den Weg geebnet haben.«

Vielleicht war es tatsächlich respektvoll gemeint, doch Ahab zog sich trotzdem die Brust zusammen. Die Vergangenheit ließ sich nun mal nicht mehr ändern.

Er grüßte stumm zum Abschied und kletterte in sein Boot zurück. Ned wendete, gab Gas und fuhr zurück in Richtung Shacktown.

Irgendwann würde er der Polizei von der Firma erzählen müssen, dachte Ahab. Aber konnte er das wirklich tun? Daveys Leben ruinieren, das von Chips, das von so vielen anderen?

Doch was war mit den Menschen, deren Leben *sie* ruinierten?

Verärgert schob er den Gedanken beiseite. Wie schon so oft.

Ihm waren die Hände gebunden – noch. Sosehr es ihn quälen mochte, ihn manchmal bis an den Rand des Wahnsinns trieb, Ahab stand zu seinem Wort.

Trotzdem. Auch seine Selbstbeherrschung hatte Grenzen. Irgendwann würde er einen Grund finden, sein Versprechen zu brechen.

Als sie sich den Klippen näherten, stieg aus Devils Kitchen Dunst auf wie rosaroter Rauch. Devils Kitchen war ein riesiger, tiefer Spalt in den Klippen von Pirates Bay, ein von Wasser, Wind und Zeit gefurchter Abgrund, in dem ein lebensgefährlicher Strudel wilder Wellen zu Hause war. Dieser Wirbel verwandelte die Dünungen des riesigen südlichen Ozeans in einen brodelnden Hexenkessel. Devils Kitchen war gigantisch, überwältigend und höllisch gefährlich. Doch der Name stammte woandersher: Frühe europäische Siedler hatten an dieser Stelle Dunst aufsteigen sehen und behauptet, dort unten würde der Teufel seinen Fleischkessel anheizen.

Dann kamen die Häuser von Shacktown in Sicht. Sie waren über die bewaldeten Hügel verstreut, bis an den Rand der steilen Klippen und die Strände der Bucht. Ahab ließ den Blick über den Ort schweifen, über die herrschaftlichen Strandvillen, die schlichten Ferienhütten und all die anderen Häuser, die versteckt zwischen Banksiasträuchern, Kasuarinenbäumen und Sand lagen.

Als sie die Landspitze umfahren hatten und auf das Labyrinth der hölzernen Anleger zuhielten, sahen sie in der Ferne, drüben am Nordstrand, die blau-roten Signalleuchten von Einsatzfahrzeugen blinken, eindeutig Polizei- und Rettungswagen.

»Was ist denn da los?«, rief Ned über den Motorenlärm hinweg.

»Das werden wir sicher gleich erfahren«, antwortete Ahab.

Die Bewohner von Shacktown liebten Tratsch und Klatsch, und im Hafen war trotz der frühen Uhrzeit ziemlich was los.

Ned steuerte ihren Anleger an und machte das Boot fest, während Ahab seinen Beutesack nahm und leichtfüßig auf den glitschigen Holzsteg sprang.

Er ging auf eine ins Gespräch vertiefte Gruppe Fischer in wasserfester Ausrüstung zu.

»Ho!«, rief Ahab. »Heute geht gar nichts, Jungs! Der schwarze Wind ist im Anmarsch …«

»Ahab!«, sagte einer der Männer. »Hast du's schon gehört?«

»Was ist denn passiert?«

»Sie haben Forest gefunden. *Forest Dempsey!*«

Ahab ließ den Beutel fallen.

Die Fischer wichen zurück, als sie den Ausdruck in seinen Augen sahen.

KAPITEL ZWEI

MACKEREL

Mackerel Dempsey zog an seiner E-Zigarette. Er stand gerade so weit vom Eingang zur Polizeistation von Shacktown entfernt, wie es die Höflichkeit verlangte. Der Traubengeschmack des Liquids füllte seinen Mund und brannte in der Kehle. Es schmeckte nach Lolli. Die Dampfwolke blieb einen Augenblick lang vor seinem Gesicht in der Luft hängen und löste sich dann in der Brise auf. Das Polizeirevier war renoviert worden; stilisierte Meeresvögel umschwirrten die Fenster. Es sollte freundlich und einladend wirken, damit die Touristen sich sicher fühlten.

Der erste Bus des Tages rumpelte vorbei, ein roter Doppeldecker mit offenem Oberdeck. Es wimmelte von breitkrempigen Hüten und Kameras. Eine Frau mit sonnenverbranntem Gesicht winkte Mack fröhlich zu. Auf dem Bus stand der Slogan: MEHR TASMANIEN? TASMANIENS MEER!

Mack winkte zurück und nahm noch einen Zug. Er zögerte seinen täglichen Besuch auf dem Revier so lange wie möglich hinaus.

Eaglehawk Neck war eine schmale Landzunge etwa fünfzig Kilometer östlich von Hobart und teilte die Tasman-Halbinsel ziemlich genau in der Mitte. Shacktown hatte diesen malerischen Landstrich erobert und verschlungen wie Sonnenschirme einen überlaufenen Strand. Die Gegend hatte atemberaubende Ausblicke zu bieten, eine geologisch einzigartige Landschaft, die höchsten Meeresklippen Australiens und einige der größten erforschten Unterwasserhöhlen – sowie jede Menge unerforschte obendrein. Es gab grüne Parks und weiße Strände, Geschäfte und Cafés, Nervenkitzel und Folklore. Shacktown bot etwas für jeden Geschmack. Der Ort war definitiv eine Reise wert.

Die Bewohner von Shacktown hatten mit ihrer freundlichen, aufgeschlossenen Art Touristen gegenüber an diesem Reiz einen wesentlichen Anteil. Bereitwillig öffneten sie ihnen über Airbnb ihre Häuser, luden Wildfremde am Strand auf ein Mittagessen in ihre Cafés ein, drängten Urlauber dazu, sich in ihre Gästebücher einzutragen, oder bestanden, wenn diese gerade nicht zur Hand waren, auf einer Ansichtskarte vom nächsten Reiseziel oder zumindest einer Freundschaftsanfrage auf Facebook.

Hinter alldem, für kaum jemanden erkennbar, hielt die kriminelle Dempsey-Dynastie die Fäden in der Hand. Und Mackenzie Dempsey, von den meisten nur Mackerel – Makrele – genannt, war das schwarze Schaf der Familie. Er hatte eine schiefe Nase, war tätowiert und besaß eine höchst imposante Figur, die eigentlich automatisch Respekt einflößen sollte. Trotzdem war er irgendwie immer und überall nur die Witzfigur. Sein Vater hatte einmal gesagt, er würde es regelrecht ausdünsten – als würde er darum betteln, schikaniert zu werden.

Die automatische Schiebetür zur Polizeistation glitt auf, und ein alter Mann in zerrissenem Steppanorak und fleckiger Arbeiterhose trat auf die Straße. Er nickte Mackerel zu und kam auf einen kurzen Schwatz zu ihm rüber, die Zigarette schon in der Hand. »Hey, Mack. Na, alles gut heute?«

Sie begegneten sich jeden Tag – jeden beschissenen Tag. Beide unterlagen der Auflage, sich täglich auf dem Revier zu melden, und hatten jeweils beschlossen, es gleich morgens hinter sich zu bringen. Der Alte roch ungewaschen, war grundsätzlich besoffen, und niemand blieb je stehen, um sich mit ihm zu unterhalten – weswegen Mackerel sich besondere Mühe gab.

»Gut, so weit«, sagte Mack. »Will gleich mit dem Boot raus. Hab endlich mal wieder ein paar Stunden Arbeit. Und bei dir?«

»Tut mir ja echt leid für dich, Buddy, aber der schwarze Wind soll bald aufkommen.«

»Nein …«

Mackerel konnte sich nicht noch einen Tag ohne das mickrige Einkommen leisten, das er bei dem einzigen Fischer im Ort verdiente, der ihm noch Arbeit gab – und der gleichzeitig sein bester Freund war.

»Na komm. Geh lieber nach Hause und besauf dich«, sagte der Alte und streckte den Rücken durch. »Komische Stimmung da drin. Ich glaub, da ist irgendeine Megakacke am Dampfen. Kann nur hoffen, dass du nicht mit drinsteckst, Mann.« Er zog an seiner Zigarette und ging lässig winkend davon, während eine Brise den Rauch davontrug.

Eine Brise, die sich draußen auf dem Meer schon bald zu einem dröhnenden Wind auswachsen würde. Der schwarze Wind. Mackerel war ein einziges Mal in seinem Leben auf See vom schwarzen Wind erwischt worden, und die Erinnerung daran jagte ihm noch heute Schauer über den Rücken. Der Sturm zog und zerrte an den Wellen wie ein Zyklon. Dieser ungebändigte Zorn, dieses Chaos, dieses Gefühl, weniger als einen Mäuseschiss vom Tod entfernt zu sein und nichts tun zu können, als sich irgendwo festzuklammern und zu beten.

Mackerel schaltete die E-Zigarette aus und schob sie in die Tasche. Schon als er den Empfangsbereich des Reviers betrat, begann automatisch sein Programm abzulaufen. Unbewusst korrigierte er Haltung und Gang, um möglichst wenig bedrohlich zu wirken. Mackerel hatte ein offenes Gesicht, große, blaue Augen und ein nettes Lächeln, wie jemand ihm irgendwann mal gesagt hatte. Ein bisschen trottelig vielleicht, aber einigermaßen gewinnend. In seiner Lage brauchte er jedes Fitzelchen Liebenswürdigkeit, das er aufbringen konnte.

Auch auf dem Revier musste er auf Zack bleiben. Alle wussten, dass Mackerel vor fünf Jahren aus der Stadt gejagt worden war – aus sehr gutem Grund – und nicht hätte zurückkehren sollen. Auch wenn nur jemand mit Verbindungen zur örtlichen Unterwelt den wahren Grund dafür kannte.

»Guten Morgen, Constable Linda.«

»Ja, Morgen, Mack«, sagte Linda. Sie holte das Kautionsauflagenregister hervor, trug seinen Namen ein, setzte Datum und Uhrzeit daneben und drehte das Buch zu ihm um, damit er unterschreiben konnte. In der Bewegung lag eine gewisse Forschheit, und Mack sank der Mut. Das hieß normalerweise, es war mal wieder Zeit für eine Befragung.

Wie geht es Ihnen gesundheitlich? Wie ist die Stimmung?

Was macht die Arbeitssuche? Wie läuft es beim Psychologen? Mit wem haben Sie sich getroffen? Was haben Sie getrieben? Irgendwelche illegalen Aktivitäten? Na los, Mackerel, raus mit der Sprache … Was haben Sie getrieben?

Irgendwas, das Sie mir lieber gleich beichten? Ich finde es sowieso raus.

Der tagtägliche Gang zum Revier war die demütigende Erinnerung an alles, was er verloren hatte. Seine Würde, den Respekt sämtlicher Leute, die er kannte, die Möglichkeit, jemals länger als zwölf Stunden aus Shacktown wegzubleiben oder je wieder in seinem alten Job zu arbeiten. Als tasmanischer Fischer brauchte man einen tadellosen Leumund, und als Mackerel in den Knast wanderte, verlor er damit automatisch seine Fischereilizenz zum Abalonen-Tauchen. Was hieß, dass er nicht mal mehr tauchen durfte, um seinen Lebensunterhalt zu bestreiten – das Einzige, was er wirklich konnte.

Linda hob den Blick vom Bildschirm, erstaunt, dass Mack immer noch da war. »Haben Sie sonst nichts zu tun?«

Sie wirkte abgelenkt. Ihm fiel jetzt erst auf, dass außer ihr niemand da war. Wo steckten die alle?

»Doch, Ma'am.« Mackerel drehte sich um und verschwand, so schnell er konnte.

Keine Befragung!

Das war ein gutes Zeichen.

Aber jetzt waren seine Gedanken natürlich wieder bei der bevorstehenden Gerichtsverhandlung. Bei seiner Rehabilitierung. Und der Frage, wie er die Sache wieder in Ordnung bringen konnte.

Ich könnte in die Kirche gehen ... Nein, viel zu durchsichtig. Vielleicht eine Freundin, die zur Kirche geht? Das würde doch gut aussehen.

Aber während er immer noch mit einem Bein im Gefängnis stand? Wer würde sich schon auf so jemanden einlassen?

Nur eine Frau, die unbedingt einen hoffnungslosen Fall retten wollte.

Mack hatte Angst. Wenn er zurück ins Gefängnis musste – und das war der wahrscheinlichste Ausgang des bevorstehenden Verfahrens –, wäre er wieder allein. Er wollte nicht wieder allein sein.

Missmutig humpelte er zur Apotheke rüber, während über ihm die Möwen kreischten. Von dem mobilen Kaffeestand in dem kleinen Park zog ihm der Duft von frisch gebrühtem Kaffee in die Nase. Fröhliche Kinder tobten ausgelassen auf dem Spielplatz. Die Sonne strahlte. Ohne die geriffelten Wolken, die sich am Horizont sammelten und langsam näher kamen, hätte niemand geahnt, dass der schwarze Wind auf dem Weg war.

Ein paar Männer sahen Mack vorbeihumpeln und spuckten verächtlich aus. Diese Verachtung war der Grund, warum niemand sonst im Ort ihm einen Job geben wollte. Er versuchte, sich nichts daraus zu machen. Zum Glück konnte er wenigstens ab und zu als Helfer auf dem Boot von Big Mane arbeiten, zumindest immer dann, wenn sein bester Freund Arbeit für ihn hatte.

»Morgen, Mackenzie«, sagte die Apothekerin, als die Glocke über der Tür bimmelte. Von der Decke baumelten künstliche Köder und Blinker und reflektierten das Licht. Sie öffnete den Tresor, holte seine Tablettenbox heraus und gab ihm zwei Pillen und eine Sublingualtablette in die Hand. Er musste beides direkt vor ihren Augen einnehmen.

»Ein Glas Wasser dazu, Darling?«

Er mochte die Apothekerin aus vielen Gründen, vor allem aber, weil sie immer nett zu ihm war.

»Nein danke, Ma'am, heute nicht.«

Ein Antidepressivum. Ein Schmerzmittel. Ein Substitutionsmittel namens Suboxone – er war im Gefängnis danach süchtig geworden. Na ja, er war derjenige gewesen, der das Zeug im Knast vertickt hatte, aber trotzdem.

»Wie geht's?«, fragte er.

»Gut, danke, Mackenzie. Sie gehen aber heute nicht aufs Boot, oder? Haben Sie schon die Wettervorhersage gehört?«

»Ja, Ma'am. Heute wird nicht rausgefahren.«

»Oh, gut!« Sie nickte, eine kleine Sorgenfalte zwischen den Augenbrauen. »Ich weiß, dass Sie das Risiko lieben.«

Wie das Risiko, mit Drogen zu dealen.

Wie das Risiko, trotz der eindeutigen Warnungen nach Shacktown zurückzukehren.

Wie das Risiko, das in der Hoffnung verborgen lag, eines Tages doch wieder ein normales Leben führen zu können.

Er lachte. »Das ist vorbei. Ich habe genug Risiken für ein ganzes Leben auf mich genommen. Hat sich nicht gelohnt.«

Er meinte es ernst.

Er hoffte, dass es auch so rüberkam.

Er lächelte und humpelte zur Tür. Die Schmerzen in seinem Knie schienen in letzter Zeit schlimmer zu werden, aber der Aufwand, sich eine höhere Dosis zu besorgen, war für jemanden wie ihn zu groß. Er bekam seine tägliche Ration ausschließlich in der Apotheke – seine Medikamente waren unter Verschluss, wurden strengstens reguliert, und er durfte nichts davon mit nach Hause nehmen.

»Einen schönen Tag noch, Mackenzie«, rief ihm die Apothekerin nach.

»Danke, Ma'am, Ihnen auch. Und falls ich irgendwas für Sie besorgen kann …« Sie lachten beide. Es war ein mieser Witz. Ein Dealerwitz. Der vor Gericht garantiert ganz schlecht rüberkommen würde.

Sobald er wieder auf der Straße stand, zog er eine schmerzliche Grimasse. Es tat weh, derart auf dem Trockenen zu sitzen – der alte Mack hätte jede Menge Quellen für viel bessere Schmerzmittel parat gehabt.

Nicht dran denken. Kopf hoch, Buddy.

Er musterte den Himmel. Die geriffelten Wolken breiteten sich schnell aus. Ein fernes Dröhnen lag in der Luft, ein unheimliches Geräusch, das ihm unter die Haut ging und dafür sorgte, dass sich ihm die Nackenhaare aufstellten.

Sein Morgenritual war beendet, und er hatte bis zu seiner Ausgangssperre um acht Uhr abends nichts mehr zu tun. Er könnte nach Hause gehen, raus aus dem Wind. Er machte sich auf den Weg und wich einer Schar Touristen mit großen Sonnenhüten aus, die den Eingang zum Surfshop belagerten.

Wenn er doch nur einen Job hätte, der nicht von Big Mane und seinem Boot abhing.

Vor Macks innerem Auge tauchte ein ganzer Schwall Ideen und Möglichkeiten auf. Was er alles auf die Beine stellen könnte, wenn er das nötige Geld hätte und ein paar Leute, die für ihn arbeiteten!

Er verdrängte die Gedanken. Versuchte es zumindest. Doch sein Verstand kam nie wirklich zur Ruhe. Ängste und posttraumatischer Stress. Und *prätraumatischer* Stress. Er bereute, was er getan hatte, er versuchte, sich zu rehabilitieren, er wollte nicht wieder ins Gefängnis, dieser Lärm dort und die Intrigen und die …

Er wünschte sich vom Leben nicht mehr als ein eigenes Dach über dem Kopf, eine Frau und vielleicht noch einen Hund. Er wollte wieder tauchen dürfen und gutes, auf ehrliche Weise verdientes Geld nach Hause bringen. Keine Schrottkarre aus dritter Hand mehr fahren, die fast so alt war wie er und es in Shacktown kaum die Hügel raufschaffte. Nicht mehr von Opioid-Ersatz abhängig sein, nur um den Tag durchzustehen, oder von Schmerzmitteln, gegen die er längst eine Toleranz entwickelt hatte.

Wen wollte er hier eigentlich verarschen? Es hatte keinen Sinn, irgendwelche Zukunftspläne zu schmieden. Bis zu seiner Verhandlung konnte er gar nichts tun. Bis er höchstwahrscheinlich wieder in den Knast wanderte. Und dann würde er bis zu seiner Entlassung warten müssen. Ein halbes Jahr oder sieben. Das hing allein von der Laune des Richters ab. Mackerel konnte nicht darauf zählen, dass irgendjemand aus seiner Familie ein gutes Wort für ihn einlegte.

Abgesehen davon hatte die Staatsanwaltschaft bereits durchblicken lassen, dass man es auf ein möglichst hohes Strafmaß anlegte.

Schluss. Sei still. Sei dankbar für das, was du jetzt hast.

Obwohl niemand in der Nähe war, der es hätte sehen können, zwang Mack sich zu einem Lächeln. Strahlend. Verbindlich. Echt.

Einnehmend. Er war Mackerel Dempsey, und er hatte sich verändert.

Mit hocherhobenem Kopf ging er auf Big Manes Haus zu, auch wenn niemand da war, der in seine Richtung sah.

Big Mane wohnte in einem gedrungenen, von Koniferen umstandenen Flachbau aus schmutzig roten Ziegeln. Rechts und links davon erhoben sich schlanke, A-förmige Strandhäuser, die im Vergleich neu und sauber wirkten, aber gerade diese Mischung machte Shacktown aus. Reich und Arm und alles dazwischen, in Shacktown war jeder willkommen.

Abgesehen von den Villen oben in den Hügeln ließen sich die Ortsteile nicht wirklich kategorisieren. Der Ort war aus einer Ansammlung von Hütten entstanden, und die alten Hüttenbesitzer wachten eifersüchtig über ihr Eigentum – auch als die Stadt um sie herum immer größer wurde und die Grundstückspreise stetig weiter stiegen.

Die Hügel der Halbinsel sorgten für reichlich Meerblick, trotzdem gab es an bestimmten Stellen in der Stadt besonders reizvolle Fleckchen – wahre Postkartenidyllen mit Ausblick auf Land und Meer und Strand. Anstatt sich nur auf eine Ecke zu konzentrieren, verteilten sich die wohlhabenden Aussteiger, die sich auf der Jagd nach den Filetstücken des Grundstücksmarkts in Shacktown niederließen, über den gesamten Ort.

Inzwischen waren die meisten der alten Ferienhütten zu ganzjährig nutzbaren Wohnhäusern umgebaut worden, manche so kunstvoll und einladend, dass sie es zu einer eigenen Instagram-Fangemeinde und wahren Airbnb-Pilgerstätten gebracht hatten.

Mackerel betrat das Haus durch die Hintertür. Irgendwo hörte er Big Mane an seiner Xbox.

»Ich bin wieder da«, rief Mack.

»Hast du den Wetterbericht mitgekriegt?«, erklang dröhnend Big Manes Stimme.

»Ja«, antwortete Mack. »Ist egal.«

»He! Das ist doch Schwachsinn«, rief Big Mane. »Ich geb dir so bald wie möglich wieder was zu tun, versprochen.«

»Danke, Bro.« Mack betrat sein winziges Zimmer. Winzig, aber aufgeräumt.

»Danke, Bro«, wiederholte er leise für sich.

Er würde Big Mane auf ewig dankbar sein. Dafür, dass er die Kaution gestellt hatte, dass er ihn beherbergte und ihm *ein eigenes Zimmer* gab … Gut, es war eng, und die Möbel waren uralt.

Mackerel schlief in einem alten Stockbett, das eigentlich für Big Manes Neffen da war, die hin und wieder zu Besuch kamen, und das knarzte, wenn er sich nachts hin und her wälzte. Aber trotzdem. Hier war es sicher und sauber und still.

Er bemühte sich, im Haus so wenig Dreck wie möglich zu machen, und versuchte, seine Dankbarkeit zu zeigen, indem er weit mehr als seinen Anteil an der Hausarbeit erledigte. Er wusch, kochte, putzte und mähte den Rasen. Okay, das Bad hatte dringend mal wieder eine gründliche Reinigung nötig, und der Staubsauger war auch schon seit längerem kaputt. Und Macks Kochkünste beschränkten sich, ehrlich gesagt, auf Steak, Gemüse und Fisch, und mehrmals die Woche bestellte Big Mane abends Pizza …

Denk positiv. Du musst positiv denken.

Mackerel legte sich aufs untere Bett und starrte nach oben.

Er wischte sich über die Augen und zwang ein Lächeln auf die Lippen.

Als ich noch im Gefängnis war, hatte ich wenigstens die Kontrolle. Ich war zwar eingesperrt wie ein Hund im Zwinger, aber ich hatte alles, was ich wollte. Jeder respektierte mich, ich hatte Geld …

Jetzt bin ich immer noch ein Hund im Zwinger, nur, dass ich nichts mehr vorzuweisen habe.

Er lächelte so gezwungen, dass es wehtat. Aus dem Augenwinkel löste sich eine einzelne Träne.

Ich gebe mir Mühe. Kann denn niemand sehen, welche Mühe ich mir gebe?

Plötzlich erklangen draußen auf dem Flur laute Schritte. Big Mane kam auf seine Tür zugepoltert und stürmte ins Zimmer, ohne anzuklopfen. Sein wettergegerbtes Fischergesicht leuchtete vor Aufregung. So hatte Mack ihn noch nie erlebt. Er hielt sein Telefon in der Hand.

»Du glaubst nicht, was passiert ist, Buddy! Sie haben deinen Neffen gefunden! Forest ist wieder aufgetaucht!«

KAPITEL DREI

AHAB

Ahab saß auf dem Balkon seiner Wohnung über dem *Mermaid's Darling*, seinem Pub mit dazugehörigem Guesthouse. Vom Strand zog heulend der schwarze Wind zu ihm rauf und brachte das ganze Gebäude zum Knarzen. Der Himmel war inzwischen völlig mit geriffelten Wolken überzogen. Der Wind zerrte an seinem Bart, befeuchtete seine Wangen. Hier im Freien war seine Wucht voll zu spüren. Ahab sah hinaus auf die Wellen mit ihren weißen Schaumkronen in der Pirates Bay, auf den mit roten Bojen gesprenkelten wilden Ozean. Schon bald würden die roten Punkte unter den Kreuzwellen verschwunden sein.

Am Strand herrschte reger Betrieb. In Jacken und Decken gehüllte Touristen standen neben den Einheimischen, in Erwartung der quadratischen Wellenmuster, die sich bald bilden würden. Es war, als würden sie auf ein Feuerwerk warten.

Er fragte sich, wer von diesen Fremden wohl von Forest Dempseys Auftauchen wusste oder sich auch nur dafür interessierte.

In der Wohnung, direkt hinter der Balkontür, klingelte das Telefon. Ein Festnetzapparat, altmodisch, rot lackiert. Bei Ahab gab's kein Mobiltelefon.

Er lehnte sich rücklings vom Balkon nach drinnen und angelte, geschickt auf zwei Stuhlbeinen balancierend, den Hörer von der Gabel. »*Mermaid's Darling*«, sagte er, den Blick abwesend aufs Meer gerichtet.

»Tut mir leid, aber ich kann dich nicht zu ihm lassen«, sagte Constable Linda.

»Du weißt, dass ich ihn sehen muss.«

»Das ist nicht so einfach, Ahab«, entgegnete sie. »Da hat *sie* die Hand drauf.«

»Klar hat sie das«, sagte Ahab zähneknirschend. »Dann erzähl mir wenigstens, was Forest sagt.«

»Nichts Neues. Im Grunde sagt er gar nichts. Aber eines steht fest: Der Junge hat eine Scheißangst.«

»Wir stehen uns nahe, wir sind verwandt. Mit mir spricht er bestimmt«, sagte Ahab.

»*Sie* ist auch mit ihm verwandt.«

»Und was ist mit Alexandra? Mit Jesse?«

»Von seinen Eltern immer noch keine Spur. Wir suchen überall, aber bis jetzt ohne Erfolg. Bei dem Wind ist eine Suche auf dem Wasser erst mal ausgeschlossen.«

»Und Forest hat nichts über sie gesagt? Keinen Ton?«

»Forest ist ein *traumatisierter Teenager,* der *sieben Jahre lang verschwunden war*«, sagte Linda übertrieben betont, als hätte sie es mit einem Kleinkind zu tun. Sie gehörte zu den wenigen Menschen in der Stadt, die mit Ahab redeten, ohne ein Blatt vor den Mund zu nehmen.

»Was muss ich tun, um eine Chance zu haben, ihn zu sehen?«, fragte er.

»Rechtlich gesehen hat Davey die Vormundschaft …« Linda saugte hörbar an der Unterlippe. »Tja, und das bedeutet in der Praxis, du musst …«

»… mit ihr sprechen.« Ahab packte den Hörer fester. »Ich kümmere mich drum.«

»Viel Glück.« Linda legte auf.

Den Blick nach draußen auf die Bucht gerichtet, tippte Ahab sich nachdenklich mit dem Hörer ans Kinn. Das Meer hatte inzwischen eine graublaue Färbung angenommen, und langsam wurde das weiße Kreuzmuster erkennbar, welches nur bei schwarzem Wind auftrat. Das Phänomen war als Kreuzsee bekannt und höllisch gefährlich. Ein erheblicher Prozentsatz weltweiter Schiffsunglücke ließ sich auf Kreuzsee zurückführen – ein Schiff nahm die Wellen am besten von vorn, doch das war bei Kreuzsee unmöglich, weil der Rumpf immer auch seitwärts getroffen wurde, egal, wohin er sich ausrichtete.

Und hier, in Pirates Bay, verursachte der schwarze Wind die heftigste örtlich gebundene Kreuzsee der Welt. Am Fuß der fernen Felsvorsprünge bildeten sich weiße Schaumkronen. Wer näher dran war, dem jagte das saugende Schmatzen der von den Kreuzwellen erzeugten Strudel eisige Schauer über den Rücken. Das galt selbst für hartgesottene Seeleute.

Das Meer war grundsätzlich unbeständig und unberechenbar, das lag in seiner Natur. Die Kreuzsee jedoch beleidigte Ahabs Verständnis von Fair Play.

Während er das Wasser im Blick behielt, arbeitete Ahabs Verstand auf Hochtouren.

Was sollte er wegen *ihr* nur tun?

Es klopfte an der Tür. »Ahab?«, erklang Neds Stimme.

Ahab legte den Hörer zurück auf die Gabel. Er tätschelte kurz Keegan, seinen Hund, der nur träge mit dem Schwanz gegen die Sonnenliege schlug, stand auf, durchquerte die kleine Wohnung und ging an die Zwischentür zu den darunterliegenden Gästezimmern. Hätte der Hund Neds Stimme nicht erkannt, hätte er entschieden anders reagiert.

»Von Jesse oder Alexandra keine Spur, aber Forest wurde nach Hobart ins Royal Hospital gebracht«, berichtete Ned.

»Danke, Buddy.«

»Wie lautet der Plan?«

»Ich muss mit *ihr* sprechen.«

Ned zuckte zusammen. »Willst du … ich meine, soll ich mitkommen?«

Ahab wusste seinen Mut zu schätzen.

»Alles gut, Buddy.« Er griff zu seiner Jacke und machte sich auf den Weg nach unten.

»Roger!«, rief Ned ihm erleichtert hinterher.

Ahab war in Gedanken schon wieder bei ihr.

Ivy Dempsey.

Tante Ivy.

Sie war die Mutter von Jesse, Davey und Mackenzie Dempsey. Sie war die reichste Frau der Stadt und die korrupteste. Sie war so gefährlich wie die Gezeiten. Wenn er ehrlich war, schätzte Ahab die Chancen, die Kreuzsee zu überleben, höher ein als eine Begegnung mit Ivy.

Ahab ging den Fußweg zum Tessellated Pavement hinunter, ebenfalls eine beliebte Touristenattraktion. Es handelte sich um eine ins Meer hineinragende, flache Felsformation, die von einem rechteckigen Muster aus tiefen Rillen durchzogen war, geometrisch derart präzise, dass sie wie von Menschenhand gemacht wirkte. Dabei war sie sirenengemacht – wenn man den Sagen Glauben schenkte.

Hier unten, direkt am Wasser, erzeugte der schwarze Wind ein tiefes Dröhnen. Die Wellen krachten tosend auf den mit Baumrinde und Steinen übersäten Strand und zogen in ihrem Sog alles mit sich zurück ins Meer. Der Wind wehte heftig, die pralle Sonne brannte vom Himmel, und es wimmelte von Menschen. Irgendwo lief Musik, aber sie ging in den lärmenden Geräuschen unter, im pfeifenden Wind in den Bäumen, im Rattern an den Gebäuden ein Stück weiter oben und im Tosen der Wellen, die sich gegen die Klippen warfen. Eine kleine Menschentraube sah fasziniert einer Sturmschwalbe bei ihrem Spiel mit den Böen zu. Vögel liebten den schwarzen Wind.

Ahab lief an der Felsplatte entlang und von dort aus runter auf den Strand. Unter seinen Schuhsohlen knirschten Muschelschalen, Tintenfischschulpe und Eukalyptusfrüchte. Er lenkte den Blick an der Sturmschwalbe vorbei dorthin, wo sich der Himmel über der Bucht weitete und die verwitterten Klippen und Hügel unter sich zu verspotten schien.

Verwittert. Vom Wetter geformt. Ahab wusste, dass jede Küste, die gesamte Ökologie des Küstenlebens nur dank der Erosion überhaupt existierte, dank der Urgewalten von Wind und Meer. Und hier in Shacktown fiel das Wetter heftiger über die Küstenlinie her als an jedem anderen Ort, den er kannte. Er fühlte sich heute selbst wie erodiert – er kam sich vor, als hätte ihn der Ort endgültig mürbe gemacht. Wie sonst ließ sich erklären, dass er ernsthaft glaubte, bei einem Gespräch mit Ivy könne irgendetwas Gutes herauskommen.

Ihr Haus lag jetzt direkt über ihm. Eine herrschaftliche Strandvilla auf einem gepflegten, von jeglichem Gestrüpp befreiten Grundstück, eingerahmt von Eukalyptusbäumen und in unbezahlbarer Nähe zum Meer. Die Vorderseite ging auf eine ruhige Straße hinaus, und hinter dem Haus führte eine ausgetretene Holztreppe über den steilen Hügel zum Strand hinunter.

Ahab stieg die aus Eukalyptuswurzeln und Treibholz gebauten Stufen hinauf bis zu einem aus Altholz gezimmerten Gartentor. Das Tor war mit einem schimmernden Mosaik aus Meerglas verziert. Am Pfosten prangte ein Schild mit dem Hausnamen – *Safe Harbour* –, und die rot-weißen Rettungsringe entlang des dahinterliegenden Sandwegs unterstrichen die Idee des sicheren Hafens. Die Hintertür war erstaunlich schlicht und wirkte fast zu klein für ihren Rahmen. Sie wurde von riesigen, raumhohen Fenstern flankiert, die sich leicht nach hinten neigten wie der Bug eines Schiffes.

Wie viele Häuser in Shacktown hatte auch *Safe Harbour* einst als schlichte Hütte seinen Anfang genommen – eine der vielen in den Vierziger- und Fünfzigerjahren von ihren Besitzern ohne große Architekturkenntnisse zusammengezimmerten

Behausungen, die im Grunde nicht viel mehr waren als bessere Zelte, errichtet, um besitzloses Land zu beanspruchen. In Tasmanien wurde der Begriff »Shack« immer schon mit einem schlichten Lebensstil und mit Stadtflucht assoziiert – einstige Hüttenansiedlungen vergrößerten sich im Laufe der Zeit zu Feriendörfern, die im Sommer überrannt wurden und sich im Winter in wahre Geisterstädte verwandelten. An diesem Ort konnte eine Chefärztin ohne Weiteres in direkter Nachbarschaft zu einem Hafenarbeiter wohnen und der wiederum neben einer Arzthelferin, und alle genossen sie hier ihre Freizeit, saßen gemeinsam am Lagerfeuer, tranken Alkohol und bildeten Gemeinschaften, wie sie der normale Alltag sonst niemals erschaffen könnte. Shacktown war einst aus diesem Ideal geboren worden und hielt bis heute störrisch daran fest.

Was Ivy Dempsey betraf, so war sie die Matriarchin jener kriminellen Dynastie, die sich als Shacktowns Schutzmacht begriff.

Vor dem Gartentor zu *Safe Harbour* blieb Ahab stehen. Ihm war auf unmissverständliche Weise klargemacht worden, was passieren würde, sollte er es noch einmal wagen, dieses Grundstück ungebeten zu betreten.

Angst hatte er keine, das nicht. Aber er war auch nicht blöd.

»Ivy!«, rief er.

Hinter den Fenstern bewegte sich etwas. Die Tür ging auf, und eine Frau trat heraus. Sie klopfte sich die Hände an der mehlbestäubten Schürze ab. Es war seltsam, dass diese grauhaarige, ältere Dame mit dem rundlichen Gesicht und ihrem karierten Kleid auf Ahab bedrohlicher wirkte als ein weißer Hai.

»Ahab.« Ivy kam auf ihn zu. Sie blieb ein paar Schritte hinter dem Tor stehen und tippte ungeduldig mit dem Fuß auf den Sand. »Ich habe was im Backofen. Was hast du gehört?«

»Dasselbe wie du«, antwortete er, um einen neutralen Tonfall bemüht. »Forest sagt nicht, was mit ihm passiert ist. Von Jesse und Alexandra keine Spur.«

Ivy nickte und zog einen hölzernen Kochlöffel aus der Schürzentasche. Ahab konnte nicht mit Sicherheit sagen, ob es nur eine Requisite war, denn es klebte tatsächlich Teig daran, trotzdem misstraute er der Sache. Was im Backofen? Das konnte genauso gut eins von ihren Spielchen sein.

Ivy war zehn Jahre älter als er. Seine früh verstorbene Mutter Miriam Dempsey hatte einen Stark geheiratet, während Ivy ihrerseits in die Dempsey-Dynastie eingeheiratet hatte. Als ihr ältester Sohn Jesse vor sieben Jahren verschwand, war das mehrere Millionen schwere Familienunternehmen auf ihren zweitgeborenen Sohn Davey übergegangen.

Doch falls Jesse Dempsey jemals zurückkehrte – und das schien auf einmal durchaus wieder möglich zu sein –, würde er garantiert sowohl seine Stellung an der Spitze von Dempsey Abalone als auch den Chefposten beim Drogenhandel zurückfordern. Alle wussten, wie Jesse zu seinen Besitztümern stand – falls er in Davey eine Bedrohung fürs Geschäft sah, würde er nicht zögern, ihn zu beseitigen, Bruder hin oder her. Und zwar endgültig.

Ivys Blick brachte Ahab auf den Gedanken, dass sie womöglich dasselbe dachte. Sie betrachtete Davey eindeutig als ihren Lieblingssohn; Jesse war ein Psychopath und Mackenzie das Kind, von dem sie wünschte, sie hätte es nie zur Welt gebracht.

Sie musterte ihn, wartete auf seinen nächsten Zug – darauf, dass er sagte, was er wollte. Wenn Ahabs Hirn ein auf Hochtouren laufender Motor war, dann funktionierte ihres wie ein riesiges Schachbrett. Sie klopfte sich mit dem Holzlöffel in die Handfläche, und ein kleines Mehlwölkchen stieg auf. Sie *wusste*, was er wollte. Und sie wollte es aus seinem Munde hören.

»Ich muss ihn sehen«, sagte er schließlich.

»Ach was? Ach, *deshalb* bist du hergekommen?« Ivy kicherte verhalten. »Himmel, nein, auf keinen Fall. Halt du dich von ihm fern. Bis Jesse und Alexandra gefunden sind, haben wir die Vormundschaft über ihn.«

»Ivy! Du musst mich mit ihm sprechen lassen.«

»Ich *muss*?« Sie ließ sich die Worte auf der Zunge zergehen. »Ich *muss* …«

»Bitte«, sagte Ahab. Er wäre fast an der Bitte erstickt.

»O wie nett. Sieh mal einer an. Das sind ja richtige Manieren.«

Seine Tante drehte ihm den Rücken zu und ging zum Haus zurück.

»Die Vormundschaft über ihn hast nicht *du*!«, rief Ahab ihr nach.

Sie winkte lässig mit dem Löffel, betrat das Haus und ließ ihn kochend vor Wut zurück. Er angelte sich eine Zigarette aus der Tasche, zündete sie in der hohlen Hand an und starrte zu der geschlossenen Haustür hinauf.

Offiziell war Davey Dempsey Forests Pate. Und damit sein rechtlicher Vormund – nicht Ivy.

Doch das kam im Grunde aufs Gleiche raus; ohne Ivys Zustimmung tat Davey gar nichts.

Es stand mehr auf dem Spiel als nur das Schicksal des Jungen. Ahab aschte über das Gartentor und machte sich auf den Rückweg zum Strand.

KAPITEL VIER

MACKEREL

Sie war es! Ob er sie ansprechen sollte? Oder lieber so tun, als hätte er sie nicht gesehen?

Das *Seaglass Café* lag ein Stückchen oberhalb des Strands, neben einem Park mit buschigen Eukalyptusbäumen und einem kleinen Spielplatz mit Holzgeräten. Das Café hatte eine großzügige, edle Veranda, während drinnen die bunt zusammengestellte Einrichtung Gemütlichkeit ausstrahlte. Es sah aus, als wäre für die Dekoration ein Schifffahrtsmuseum geplündert worden: Überall hingen Glasschwimmer, Winkerflaggen und dicke Taue.

Ein abgelegener Tisch in der hinteren Ecke war Mackerels Lieblingsplatz, um dazusitzen und nachzudenken – und angesichts der Neuigkeiten über Forest musste er dringend nachdenken. Er saß auf seinem Stammplatz in dem gemütlichen blauen Sessel, einen Lammfellvorleger unter den Füßen, in der Ecke über sich eine ausgeblichene australische Flagge und, das Beste von allem, mit freier Bahn zum Seitenausgang.

Salvatore, der Besitzer, mochte Mackerel und spendierte ihm meistens den Kaffee. Manchmal versuchte Mackerel zu zahlen, doch dann lehnte Salvatore mit großer Geste ab, bis die Leute auf sie aufmerksam wurden und Mackerel einen Rückzieher machte. Salvatore hatte früher für die Firma Geld gewaschen, aber schon vor Jahren hingeschmissen. Er betrachtete Mackerel als eine Art Seelenverwandten. Zwei Männer, die das Drogenspiel hinter sich gelassen hatten.

Mackerels Kaffee stand vergessen vor ihm auf dem Tisch. Er hatte nur Blicke für die zierliche Frau, die vorn am Tresen stand. Sie hatte blonde krause Haare, trug hohe Absätze und ein elegantes blaues Sommerkleid. Shelby Dempsey. Neben ihr stand ein hochgewachsener, attraktiver Jugendlicher und verzog genervt das Gesicht – ihr Sohn Kane.

Mackerel war derart gelähmt von seiner quälenden Unfähigkeit, eine Entscheidung zu treffen, dass ihm der Schweiß ausbrach und sich sein Magen schmerzhaft verkrampfte.

Shelby bestellte etwas zum Mitnehmen und setzte sich mit Kane in den Wartebereich.

Wenn er rausfinden wollte, was mit Forest passiert war, musste er sie fragen, das war die einzige Möglichkeit. Sein Bruder Davey würde ihm garantiert nichts erzählen. Seine Mutter Ivy würde ihn nicht mal anschauen.

Es bestand durchaus die Chance, dass Shelby mit ihm sprechen würde. Sie war zwar Daveys Frau, aber er hatte weder sie noch Kane seit seiner Rückkehr nach Shacktown wiedergesehen. Es bestand also ein Funken Hoffnung, dass sie ihn nicht hassten. Aber es musste schnell gehen, ehe ihre Bestellung fertig und sie wieder zur Tür raus war.

Das Problem war nur: Falls Davey herausfand, dass Mackerel seine Frau angesprochen hatte, würde er ihn grün und blau schlagen.

Ivy hatte in der Stadt die Geschichte verbreitet, dass Mackerel versucht habe, Davey zu entführen, um Lösegeld zu erpressen. Die wahre Geschichte lautete zwar anders, war aber genauso schlimm: Mack hatte im Drogenrausch versucht, die Kontrolle über die Firma an sich zu reißen.

Davey hätte ihn eigentlich wegen Meuterei umbringen müssen, stattdessen hatte er ihn verbannt. Es war ein Zeichen brüderlicher Zuneigung gewesen, aber für Mackerel trotzdem ein hoher Preis. Die Schmerzen in seinem Bein erinnerten ihn jeden Tag an die Prügel, die er damals kassiert hatte.

Er hätte eigentlich nie wieder nach Shacktown zurückkehren dürfen, aber es war offensichtlich, dass er für niemanden mehr eine Gefahr darstellte – schon gar nicht für Davey. Während seine Mutter dafür gesorgt hatte, dass Mackerel von beinahe allen in der Stadt verachtet wurde, war Davey wenigstens so gnädig gewesen, einzusehen, dass Mackerel heute noch im Gefängnis sitzen würde, wenn er nicht nach Hause zurückgekehrt wäre. Er konnte sonst nirgendwo hin.

Mackerel beobachtete, wie eine Frau auf Shelby zuging und sie umarmte. Shelby erwiderte die Umarmung und nickte angeregt zu allem, was die Frau sagte. Es war klar, dass es um Forest ging. Er leckte sich die rissigen Lippen – so dringend er auch mit ihr sprechen wollte, er wusste, dass er es nicht tun würde.

Er hatte eingewilligt, weder zu Shelby noch zu Kane jemals Kontakt aufzunehmen. Sein Bruder fürchtete, dass Mackerel einen schlechten Einfluss auf seinen Sohn ausüben könnte oder sich Shelby gegenüber hinsichtlich der Firma verplapperte – Daveys Frau hatte vom kriminellen Geschäftszweig der Familie nicht die leiseste Ahnung. Vielleicht befürchtete er auch, Shelby würde eins und eins zusammenzählen und Verdacht schöpfen, wenn sie auch nur in Mackerels Nähe kam. Sein Vorstrafenregister war für jeden einsehbar, der ihn googelte.

Als würde Mackerel jemals irgendwas verraten. Familieninterna blieben intern. Mochte Mackerel auch noch so tief gesunken sein, selbst er hatte Prinzipien. Er folgte immer noch dem Gesetz der Familie. Aus seinem Munde würde Shelby jedenfalls nichts von der Firma erfahren. Nicht mal auf seinem Sterbebett.

Okay, er hatte dieses Gesetz bereits einmal gebrochen, als er versucht hatte, die Firma an sich zu reißen, aber damals war er ein anderer Mensch und definitiv nicht bei Sinnen gewesen.

Hier im *Seaglass Café* war er Shelby, die immer noch mit ihrer Bekannten sprach, so nahe wie seit Jahren nicht mehr. Aber was sollte er tun, wenn er zu ihr ging und sie das Weite suchte?

Jetzt kam die Kellnerin mit ein paar Papiertüten auf sie zu – sicher Fish and Chips. Er durfte keine Zeit mehr verlieren.

Er sprang auf, stieß dabei versehentlich die Kaffeetasse um, stürmte los. Das schreckte ein paar Touristen auf, und die Kellnerin kam eilig mit einem Putzlappen herüber.

Er hatte keine Zeit, sich zu entschuldigen. Er war jetzt ganz auf diese eine Chance konzentriert.

»Shelby!«, rief er, natürlich viel zu laut.

Sie nahm die Sonnenbrille ab. Ihre braunen Augen wurden weit. »*Mackerel?* Du lieber Himmel … ich dachte, du bist im *Gefängnis*?«

Sie hatte nicht mal gewusst, dass er wieder in der Stadt war!

Etwas verspätet schenkte er ihr ein breites Lächeln. »Nein, ich … ich bin auf Kaution wieder draußen. Seit drei Monaten schon.«

»Seit drei *Monaten*? Weiß Davey davon?«, fragte sie.

»Logo«, antwortete er. »Weiß er. Hör zu …« Verstohlen musterte er die Leute, die neugierig das Theater verfolgten, das er veranstaltete. Wieso nur machte er sich immer derart zum Hampelmann? Schuldbewusst zog er den Kopf ein. »Können wir draußen reden?«

Kane musterte ihn neugierig. Er war inzwischen vierzehn und seinem Vater wie aus dem Gesicht geschnitten. Dieselbe lässige Haltung von Menschen mit Geld und das gesunde Strahlen eines Kindes, das geliebt und umhegt wurde.

Einen Moment lang herrschte betretenes Schweigen. Shelby nestelte an den Tüten herum und trat dann hinaus auf die Veranda. Mackerel folgte ihr in den stürmischen Wind.

»Geht es dir gut?«, platzte es aus ihm heraus. »Wegen Forest, meine ich.«

»Es kommt mir total unwirklich vor«, antwortete sie prompt. »Ich kann einfach nicht …« Sie legte Kane die Hand auf den Hinterkopf und fuhr ihm zärtlich durch die Haare. Er wich ihr unwillig aus. »Forest ist so lange verschwunden gewesen, und die Vorstellung … Er war ein kleiner Junge, und jetzt ist er dreizehn! Niemand kann uns sagen, was los ist, niemand weiß, was eigentlich passiert ist … Es fühlt sich so unwirklich an, Mack. Wie soll es uns denn jetzt gehen? Was sollen wir nur davon halten?«

»Was hält Davey denn davon?«

»Ich weiß es nicht, ich kann ihn nicht erreichen. Kane und ich waren gerade auf dem Weg nach Hobart, als wir davon erfahren haben. Wir sind sofort umgekehrt, aber Davey geht nicht ans Telefon. Ivy glaubt, das liegt daran, dass er sich der Suche nach Jesse und Alexandra angeschlossen hat. Suchmannschaften durchkämmen das Buschland hinter dem Nordstrand. Wir haben uns auf dem Weg zu Ivy nur kurz was zum Mittagessen besorgt. Und du? Hilfst du auch mit suchen?«

Das hätte Mackerel nur zu gerne getan, aber die Suchtrupps bestanden mit Sicherheit aus Einheimischen, und denen traute er durchaus zu, dass sie ihn bei Gelegenheit beiseitenahmen, um ihm eine kleine Abreibung zu verpassen. Das war ihm inzwischen schon ein paar Mal passiert, als er allein unterwegs gewesen war. »Nein, leider nicht.«

Mit einem Blick auf ihre Tüten sagte Shelby: »Na ja, wir müssen los –«

»Danke, Shelby. War echt schön, dich zu treffen«, sagte er hastig. »Wir sehen uns sicher bald.«

»Nein, Mack, warte.« Ihr Blick wurde weich. »Sag, willst du mitkommen?«

»Zu Ivy?«, fragte er fassungslos. »Bist du verrückt?«

Shelby kniff die Augen zusammen. »Das ist heute ein großer Tag für unsere Familie. Ivy würde dich mit Sicherheit dabeihaben wollen. So wie wir alle.«

»Du *bist* verrückt, Shelby. Auf gar keinen Fall.«

»Bitte?«

Es lag an der Art, wie sie es sagte. Ihre Stimme war plötzlich rau, auch wenn sie schnell hüstelte, um es zu verbergen.

Sie hatte Angst. Aber wovor?

Vor meinem psychopathischen Bruder natürlich!

Daran hatte Mackerel noch gar nicht gedacht. Falls Jesse tatsächlich zurück war, fiel die Kontrolle über Dempsey Abalone automatisch an ihn zurück, und wer wusste, was er dann mit Davey machen würde. Shelby mochte zwar keine Ahnung von der Firma haben, aber sie war lange genug in der Familie, um zu wissen, wozu Jesse fähig war.

Mackerel schauderte. Auf seinen Unterarmen fingen uralte Zigarettenbrandmale an zu brennen.

»Okay«, sagte er. »Ich komme mit dir.«

KAPITEL FÜNF

AHAB

Im Schritttempo näherte sich Ahab der Villa seines Cousins. Er kurbelte das Fenster von seinem Geländewagen hinunter. Der blaugraue Splitt knirschte unter den dicken Reifen, als er in der großen Kehre mit dem Springbrunnen in der Mitte zum Stehen kam.

Daveys Anwesen trug den Namen *Homeward* und war ein regelrechtes Herrenhaus mit Symbolcharakter. Hoch oben auf dem Hügel platziert, war es mit seinen glitzernden Glasfronten zwischen den manikürten Rasenflächen vom Meer aus schon von Weitem sichtbar. Von hier oben wiederum hatte man einen unvergleichlich malerischen Blick auf den Ozean, die Klippen und die Stadt.

Das Haupthaus mit seinen Sichtholzelementen aus einheimischen Hölzern lag dem Meer zugewandt. Von der Straße aus präsentierte es sich als eher abweisender Kasten aus Holz, Ziegeln und Beton. Doch Shelby hatte die Landschaftsgärtner angewiesen, Haus und Grundstücksmauern mit Kletterpflanzen zu begrünen. Inzwischen gab es einen üppigen Dachgarten, der sich bis über die Kanten ergoss, einen Spielplatz, der jede öffentliche Grünanlage in den Schatten stellte, sowie eine Sammlung regenbogenfarbener Skulpturen im Vorgarten, die einheimischen Fischen und Kraken nachempfunden und von Shelby eigens in Auftrag gegeben worden waren. Jeder

Zentimeter dieser unerschrockenen Mischung aus Glaspalast, Festung, Strandkunstgalerie und botanischem Garten schrie den Wohlstand hinaus.

Ahab hasste die Firma, der die Verschönerungen an Haus und Garten zu verdanken waren, aber ihm war klar, dass in dem Anwesen nicht ausschließlich schmutziges Geld steckte. Das Abalonen-Tauchen allein war lukrativ genug, um dieses Haus zu finanzieren – wäre dem nicht so, hätte der Reichtum der Dempseys längst Fragen aufgeworfen. Und so unglaublich es auch war – soweit Ahab wusste, hatte Shelby von den kriminellen Machenschaften ihres Mannes keine Ahnung.

Früher waren die Tauchlizenzen zur Abalonen-Fischerei keinen Pfifferling wert gewesen. »Keiner mag die Dinger. Keiner kauft sie. Und die Ernte ist viel zu mühsam.« Die Leute verscherbelten ihre Lizenzen für einen Kasten Bier. Trotzdem war die Vergabe immer begrenzt geblieben, und neue Lizenzen wurden nicht mehr ausgestellt. Als die Nachfrage der asiatischen Märkte zunehmend stieg und die Tauchtechnik immer besser wurde, waren die Lizenzen plötzlich Millionen wert. Die Geschichte der Abalonen-Taucherei wurde zu einem der seltsamsten Aschenbrödelmärchen aller Zeiten. Frühere Generationen von Dempseys hatten ihre Lizenzen dazu benutzt, die Branche zu dominieren, und so Shacktown den Aufschwung ermöglicht.

Und deshalb wurde Davey, Statthalter des Seeohrenreichs, von allen geliebt. Prince Charming persönlich.

Aber er war Prinz, nicht König. Dieser Titel gebührte nach wie vor dem Herrscher der Dynastie, Jesse Dempsey – sollte er jemals wieder auftauchen, um ihn zurückzufordern.

Und möglicherweise war genau das soeben geschehen.

Lauter als beabsichtigt klopfte Ahab an die schwarze Stahltür, dann drückte er den Klingelknopf.

Niemand antwortete.

Ahabs Geduld hatte heute klare Grenzen.

Erst hob er den Fußabstreifer hoch, dann sah er auf dem Sims über der Haustür nach. Er inspizierte die Ritzen zwischen den Ziegelsteinen und schließlich die Blumentöpfe, die entlang der Hausmauer aufgereiht standen. Einen Topf nach dem anderen hob er an.

Na also: der Ersatzschlüssel.

Er war sich sicher, dass Shelby den Schlüssel dort deponiert hatte. Davey würde ausrasten, wenn er wüsste, dass ein Ersatzschlüssel zu seiner Festung unter einem Blumentopf lag. Das kam davon, wenn man seiner Frau verschwieg, in welch gefährlichen Kreisen man sich in Wirklichkeit bewegte.

Ahab schloss die Haustür auf und betrat das Haus.

»Davey?«

Der Eingangsbereich wirkte wie ein Tunnel aus Regalen und mit Buntglas und Stuck verzierten Nischen. Aufgereiht in einem Regal standen Flaschen mit tasmanischem Pinot. Ahab zog die Stiefel aus und betrat auf Strümpfen die geflieste Küche, die in den riesigen, nach oben offenen Wohn- und Essbereich überging. Der Raum war mindestens zwei Stockwerke hoch und schien sich bis zum Dach zu erstrecken.

»Davey?«, rief er wieder. Seine Stimme hallte von den Hochglanzfronten wider. »Ich bin's, Ahab. Zweimal an einem Tag! Man könnte meinen, der Fluch der Sirenen hätte sich vorzeitig erfüllt.« Er lachte freudlos. Es roch nach teuren Pinienduftkerzen und Kaffee. »Wir müssen reden.«

Der Wohnbereich bestand aus weißen Hochglanzflächen und weichem Teppichboden. In der Mitte befand sich eine in den Boden versenkte, quadratische Sitzinsel. Riesige Fensterfronten öffneten den Blick hinaus auf die Bucht und das angrenzende Buschland.

Ahab drückte die Fingerkuppen in die Abalone-Muschel, die im Küchentresen eingelassen war. Hätte seine Mutter ihren Verstand nicht den Drogen geopfert, würde er heute vielleicht selbst in so einem Haus leben. Doch eigentlich juckte ihn das nicht, seine Dachgeschosswohnung war ihm lieber. Trotzdem war es unschöne Ironie, dass dieselben Drogen, die seiner Mutter alles genommen hatten, seinem Cousin zu solcher Macht verhalfen.

Sein Tag wird kommen. Der Fluch der Dempseys macht vor keinem Halt.

Doch auch dieser Gedanke hatte nichts Schönes. Ahab hoffte inständig, dass er sich irrte.

Er ließ die Finger über den Tresen gleiten, dann hielt er plötzlich inne. Vor ihm stand eine halb leere Kaffeetasse. Er legte die Finger um den Becher und hob ihn ans Gesicht. Der Kaffee war noch warm und roch nach einem Schuss Whisky.

Blitzschnell drehte Ahab sich um. Den Tresen im Rücken, musterte er noch einmal das Wohnzimmer. Er beruhigte seinen Atem und lauschte.

Nichts.

Vielleicht war er nicht allein.

Er zog ein Messer aus dem Holzblock und machte sich auf den Weg durchs Haus. Küchenmesser waren schlechte Waffen, aber vor Ahabs Ausstieg aus der Firma hatte er genug gelernt, um sich notfalls auch mit einer stumpfen Klinge zu behelfen.

Er erreichte die Holztreppe und ging hinunter in einen großen Hobbyraum. Gemütliche Sofas und zwei riesige Fernseher an der Wand, von denen Kabel zu mehreren Spielkonsolen führten, beherrschten das Zimmer.

Er ging zurück und weiter hinauf ins obere Stockwerk. Das erste Zimmer, das er betrat, war das Elternschlafzimmer, auch dies mit raumhoher Fensterfront und atemberaubendem Ausblick auf die Schönheit der Bucht. Ahab nahm das Messer in die andere Hand, dann sah er sich um. Sofort fiel ihm die Nachricht auf dem Nachtkästchen ins Auge. Ein gefalteter Zettel. Darauf stand »Shelby« geschrieben.

Ahab zögerte. Zwischen Ermittler und Schnüffler bestand ein feiner Unterschied. Trotzdem hob er mit der Messerspitze den Zettel an und faltete ihn auf.

Sag Jesse, es tut mir leid.

Ahab schoss das Blut in den Kopf.

Ich hab's gewusst …

Er nahm den Zettel vom Nachttisch. Las ihn noch einmal. Drehte ihn um, um zu sehen, ob da noch etwas stand.

Hab ich's doch gewusst …

Ohne zu merken, was er tat, ging er die Treppe wieder nach unten. Er hatte das Gefühl, in Flammen zu stehen.

Ich hab's verdammt noch mal gewusst!

Also hatte Davey tatsächlich was mit dem Verschwinden von Jesse, Alexandra und Forest zu tun gehabt.

Ahab würde sich Davey vorknöpfen. So viel stand fest.

In seinen Schritten lag eine neue Entschlusskraft. Nie war er sich des verfluchten Dempsey-Bluts in seinen Adern so bewusst gewesen wie in diesem Moment.

Er war kein Mörder. Aber er kam aus einer Familie von Mördern.

KAPITEL SECHS

MACKEREL

Angespannt saß Mackerel auf dem Beifahrersitz von Shelbys Jeep. Der Kirschduft des Lufterfrischers verursachte ihm Kopfschmerzen. Das unbehagliche Schweigen, die zusammengebissenen Zähne und das Dröhnen des schwarzen Windes, das mit jeder Sekunde lauter wurde, machten es nicht besser. Die holprige Straße sorgte dafür, dass ihm flau im Magen wurde.

Sie fuhren am dreistöckigen *Mermaid's Darling* vorbei, dem Gasthaus seines Cousins Ahab. Vor der Pension standen Touristen versammelt, in Jacken gehüllt. Es hatte inzwischen angefangen zu regnen, und alles wurde nass. Mack fragte sich, wie Ahab die Neuigkeiten aufnehmen mochte. Wahrscheinlich, indem er versuchte, die Situation unter Kontrolle zu bekommen, wie immer.

Sie erreichten Ivys Haus. *Safe Harbour*. Shelby parkte auf der Straße vor dem Gartentor in der grünen Mauer, das mit roten und flaschengrünen Angelschwimmern geschmückt war.

»Ich gehe kurz vor und rede mit ihr«, sagte Shelby hastig. »Sag ihr Bescheid, dass du mitgekommen bist, damit es nicht so … unerfreulich wird.« Sie stieg aus, und Kane folgte ihr eilig.

Mackerel hätte gern im Auto gewartet, aber das erschien ihm feige. Also stieg er aus und nahm *Safe Harbour* in Augenschein – zum ersten Mal seit einer Ewigkeit.

Das Zuhause seiner Kindheit hatte sich verändert. Die Kohl-

Eukalyptusbäume waren größer und wilder, mit mehr Grau und Weiß in der Rinde. Der Anstrich der Holzfassade war sauberer als früher, Goldmetallic-Effekte verzierten die Fensterrahmen. Und dort, wo einst Dads Schuppen mit dem Angelkrimskrams gestanden hatte, war ein Gemüsegarten angelegt worden.

Und dann war Shelby auch schon wieder zurück, zusammen mit *ihr*. Ivy, seine Mutter, in eine Strickjacke gehüllt, eine Handtasche über der Schulter. Sie streifte Mackerel mit einem einzigen Blick. »Du hast mir nicht gesagt, dass *er* derjenige ist, den du mitnehmen willst, Shelby. Nein, meine Liebe. Das geht nicht.«

»Mackerel muss mitkommen«, sagte Shelby bestimmt.

»Und ich habe Nein gesagt.« Ivys Tonfall wurde schärfer.

»Solange Davey nicht auftaucht, ist Mackerel Forests nächster Verwandter. Sie werden darauf bestehen«, sagte Shelby. »Es sei denn, du möchtest, dass wir Ahab mitnehmen?«

Ivys Nasenflügel bebten. »Du weißt, dass ich mich höchst ungern manipulieren lasse, meine Liebe.«

»Wir müssen zu ihm. So schnell es geht.« Shelbys Stimme zitterte. »Er ist *zurück*!«

»Worum geht's hier eigentlich?«, fragte Mackerel.

»Wir fahren nach Hobart ins Krankenhaus, zu Forest«, sagte Shelby. »Ich dachte, du willst mitkommen?«

In ihrer Stimme schwang Schuldbewusstsein, in ihren Augen lag ein flehender Blick.

Sie hatte ihn hinters Licht geführt. Manipuliert. Er hätte sauer sein müssen, aber dann gewann ein anderes Gefühl die Oberhand.

»Du *willst* mich dabeihaben?«

Natürlich wollte er seinen Neffen sehen. Auch wenn Jesse der reinste Albtraum gewesen war, gehörten Alexandra und Forest zur Familie – Forest mit seinen großen, neugierigen Augen, Alexandra mit ihrem schallenden Lachen und der scharfen Zunge.

Als sie damals verschwunden waren, hatte sich schlagartig alles verändert. Davey hatte die Firma übernommen, Kane seinen einzigen Cousin verloren. Ivy hatte Mack noch heftiger drangsaliert. All die Traumfotos von den Hochzeiten ihrer zwei Söhne, Jesse und Davey jeweils als Trauzeuge des anderen … all die glücklichen Familienmomente hatten sich über Nacht in schmerzhafte, tieftraurige Erinnerungen verwandelt.

Und plötzlich war Forest zurück. Ob sich dadurch irgendwas davon wiederherstellen ließ? War es möglich, die entstandenen Lücken wieder zu füllen? Und an welcher Stelle passte Mackerel in dieses Bild? Er gehörte ja nicht mal mehr nach Shacktown, vom Familienclan der Dempseys ganz zu schweigen …

»Siehst du, Shelby? Schwer von Begriff wie eh und je«, spottete Ivy. »Wenn es unbedingt sein muss, nimm den Idioten mit, aber ich übernehme keine Verantwortung für ihn.«

»Was ist mit Kane?«, fragte Mackerel benommen.

»Constable Linda ist hier und passt auf ihn auf.« Zum ersten Mal sprach Ivy ihn direkt an. »Was glaubst du denn? Dass wir ihn unter diesen Umständen einfach allein lassen würden?«

Mackerel spürte, wie ihm das Blut ins Gesicht schoss. »Nein.«

»Jetzt komm, Shelby«, sagte Ivy. »Forest wartet auf uns.«

Die beiden Frauen saßen vorne und unterhielten sich, ohne ihn mit einzubeziehen.

Mackerel war daran gewöhnt.

Er ließ sich gegen die Rückbank sinken und schaute zum Fenster hinaus. Das Auf und Ab der Landschaft, die Sonne, die immer öfter durch die Wolken kam, je weiter sie sich von Shacktown entfernten, das Dröhnen, das sie langsam hinter sich ließen.

Das Gespräch zwischen Ivy und Shelby bescherte ihm ein paar wichtige Informationen. Zum Beispiel, dass Forest nicht sagen wollte, was mit ihm passiert war. Dass Forest eine schreckliche Tätowierung auf dem Rücken trug. Dass Forest verängstigt und traumatisiert war.

Dann tauchte in der Ferne erst der Kunanyi auf und danach der imposante Schwung der Tasman Bridge. Bald wären sie da.

Zu wissen, dass er seinen Neffen in diesem Zustand würde sehen müssen, machte Mackerel nervös – er wollte auf keinen Fall einen Nervenzusammenbruch riskieren, nicht vor Shelby.

Das Royal Hobart Hospital war ein mehrstöckiges Gebäude, das im Stadtzentrum von Hobart einen ganzen Häuserblock einnahm. Quadratische Fenster, klinisch reine Fußböden – Mackerel hasste es. Einrichtungen wie diese waren ihm bestens vertraut, genau wie das beklemmende Gefühl, die vielen Stockwerke würden von oben auf einen runterdrücken.

An der Pforte mussten sie ihre Ausweise vorzeigen, um zu belegen, dass sie Angehörige waren. Vor Forests Krankenzimmer stießen sie auf eine schwarzhaarige Frau mit markanten Gesichtszügen. Sie saß neben der Tür auf einem Stuhl und las die *Women's Weekly*. Sie stand auf und strich sich über den dunklen Nadelstreifenanzug. »Hallo.«

»Wir sind jetzt hier«, sagte Ivy. »Wir sind Forests Familie.«

»Ich bin Detective De Corrado«, erwiderte die Frau und wandte sich an Mackerel. »Und Sie sind vermutlich Davey Dempsey?«

»Nein, ich – ich bin Mackenzie Dempsey.« Er stolperte über seine eigene Zunge und verhaspelte sich.

»Wo ist Davey?«, fragte De Corrado stirnrunzelnd. »Er ist der nächste Angehörige.«

»Das hier ist Daveys Frau Shelby«, sagte Ivy harsch. »Ob Sie wohl die Güte hätten, uns jetzt zu ihm lassen, meine Liebe?«

Die Polizistin musterte Ivy von oben bis unten. »Ivy Dempsey, nehme ich an? Von Ihnen habe ich schon einiges gehört.«

Mackerel spürte, dass mehr hinter ihrem freundlichen Tonfall steckte.

»Wie schmeichelhaft, meine Liebe«, entgegnete Ivy lächelnd.

De Corrado ließ sich nicht blenden. Sie wandte sich an Shelby. »Sie sind Daveys Frau?«

Shelby nickte, den Blick gesenkt. »Wie geht es Forest?«

»Er hat es so bequem wie möglich.« Die Frau ließ den Blick zu Mackerel schweifen. »Dann sind Sie der Dempsey, der auf Kaution draußen ist?«

Er trat nervös von einem Bein aufs andere. »Ja, Ma'am.«

»Hat Forest inzwischen irgendwas gesagt?«, wollte Ivy wissen.

»Noch nicht«, antwortete De Corrado. »Kommen Sie, ich bringe Sie zu ihm.«

Ivy betrat an Shelbys Arm das Zimmer.

Mackerel trottete hinterher.

Am Fenster des Krankenzimmers stand ein Polizist in Uniform und musterte sie. In einer Ecke lag, zusammengerollt auf einer Decke, ein Deutscher Schäferhund.

Und im Krankenbett lag eine dreizehnjährige Version des Jungen, den Mackerel noch als Kind vor Augen hatte.

Die blonden Haare waren lang und verfilzt, unter den Ponyfransen spähten strahlend blaue Augen hervor; eine Mullbinde verdeckte eine Wunde auf seiner Stirn. Der Junge trug ein Krankenhausnachthemd. Er saß gegen das Kopfteil gestützt und hatte die dürren Arme um die Knie geschlungen. Die Finger waren bandagiert. Im Handrücken steckte eine Infusionsnadel.

Er war es tatsächlich.

Forest. Mackerels Neffe.

Der Junge, der aus ihrer Mitte gerissen worden war. Der Junge, der sieben Jahre lang kein Weihnachten mit der Familie gefeiert hatte, der sieben Jahre Geburtstagsfeiern und Angeltrips verpasst hatte. Der Junge, der in jedem Ereignis eine schmerzhafte Lücke hinterlassen hatte.

Sieben Jahre, die um die immer gleiche Frage kreisten. *Was ist mit Forest, Jesse und Alexandra passiert?*

Shelby erstarrte und stieß ein leises Keuchen aus.

In Mackerels Bauch kochte Wut hoch. Forest wirkte unterernährt, schwach, vernachlässigt. Wer immer ihm diese Worte in den Rücken tätowiert hatte, würde dafür büßen. Wer immer das gewesen war, würde bitter bereuen, sich je an einem Dempsey vergriffen zu haben.

Ivy eilte auf das Bett zu und schloss Forest in die Arme. Sie hielten einander einen Augenblick lang fest, dann machte Ivy sich los.

»Hallo, mein Liebling.« Sie wirkte sichtlich erschüttert. »Ich bin deine Großmutter.«

»Hallo«, wisperte der Junge heiser. Er musterte Shelby, dann glitt sein Blick weiter zu Mackerel.

»Ich bin Mackerel ...« Er trat näher. »Dein Onkel.«

»Ich weiß.« Forest zuckte zusammen und griff sich an den Hals. Er schluckte mit schmerzverzerrtem Gesicht. »Ich kann mich noch an dich erinnern.«

Mackerel juckte es förmlich in den Fingern. Es war kaum auszuhalten, er wollte so dringend etwas tun, irgendwas, um den Jungen von seinen Qualen zu befreien.

»Ich bin Shelby. Ich bin die Frau von deinem Onkel Davey. Wir sind ... wir sind deine Familie.«

»Ich kann mich an euch erinnern.« Forest nickte höflich. »Danke, dass ihr gekommen seid.«

Ivy strich ihm die Haare aus dem Gesicht. »Forest ... woran kannst du dich erinnern?«

»Einzelheiten.« Der verstörte Blick wanderte zwischen ihnen herum und landete auf Mackerel. »Ich kann mich an Onkel Mack erinnern und an Onkel Davey. Und an dich.« Forest lächelte Ivy zaghaft zu. »Du hast mir zum sechsten Geburtstag einen Rucksack geschenkt, der aussah wie eine Rakete. Ich wollte Astronaut werden, und du hast zu mir gesagt, ich wäre der geborene Raumfahrer.«

»Dass du dich daran …« Ivy sah aus, als würde sie jeden Moment in Ohnmacht fallen. »Das habe ich … genau das habe ich zu dir gesagt.«

»Kannst du dich … weißt du, wie du ins Wasser geraten bist?«, fragte Shelby.

Forests Gesichtszüge verdunkelten sich. Er senkte den Blick und streckte eine Hand nach dem Hund aus, der gehorsam aufstand und angetrottet kam. Mit einem Satz sprang er aufs Bett, rollte sich ein und legte den Kopf auf den Schoß des Jungen. Forest streichelte sein Fell. »Bitte. Ich kann da nicht drüber sprechen.«

»Es ist aber wichtig, Liebling«, sagte Ivy.

Forest schüttelte den Kopf. »Ich kann nicht. Bitte.«

Mackerel spürte De Corrados Blick auf sich ruhen. Sie musterte ihn. Als er sie ansah, trafen sich ihre Blicke für einen Moment, dann wandte sie sich wieder dem Jungen zu.

»Diese Leute sind deine Familie, Forest«, sagte sie. »Sie wollen nur sichergehen, dass es dir gut geht, und herausfinden, was mit deinen Eltern passiert ist.«

»Weiß ich. Ich würd ja auch gerne helfen. Es tut mir leid … es tut mir leid, dass ich so eine Enttäuschung bin …« Er vergrub das Gesicht im Fell des Hundes und rührte sich nicht mehr.

De Corrado bedeutete ihnen mit einem Handzeichen, das Zimmer zu verlassen.

Mackerel hätte sich am liebsten geweigert. Er wollte seinen Neffen in den Arm nehmen, ihn trösten, einfach nur bei ihm sein, aber er fügte sich.

Mackerel, Shelby und Ivy saßen in einem Raum in der Nähe – ein Schwesternzimmer, das mit Krankenakten und ausrangierten Möbelteilen vollgestopft war und in dem es intensiv nach Desinfektionsmittel roch. Ihnen gegenüber saßen De Corrado und ein Psychiater namens Dr. Joseph mit schütterem Haar.

»… es ist nicht möglich, das Thema anzuschneiden. Er fängt sofort an, sich zu entschuldigen, und blockt alles ab. Hält sich die Augen zu, legt sich die Hände auf die Ohren, vergräbt das Gesicht im Fell seines Hundes. Sie haben es ja gerade selbst miterlebt«, sagte Detective De Corrado. »Was auch immer mit ihm passiert ist, es macht ihm Angst.«

»Er dissoziiert. Er spaltet sich von dem Erlebten und von der Wirklichkeit ab«, sagte Dr. Joseph. »Diese Abspaltung ist ein Schutzmechanismus. Außerdem steht er eventuell immer noch unter Schock. Er ist unterernährt, er ist verletzt, und die Tätowierung hat sich entzündet.«

»Sie müssen rausfinden, wer ihm das angetan hat!«, stieß Shelby aufgebracht hervor.

»Das wissen wir!«, antwortete De Corrado. »Aber dazu brauchen wir Sie. Sie müssen Forest dabei helfen, sich sicher genug zu fühlen, um sich für das Erlebte wieder öffnen zu können.«

»Er ist bei klarem Verstand«, sagte Dr. Joseph. »Er kann sich an alles erinnern, was wir mit ihm besprechen. Er stellt immer wieder Fragen zu Personen aus seiner Vergangenheit. Wir vermuten, er ist auf der Suche nach emotionalen Ankern, an denen er Orientierung findet. Das ist ein gutes Zeichen. Wenn es ihm gelingt, sich fest zu verankern, fühlt er sich vielleicht sicher genug, um sich zu öffnen. Es ist gut, dass Sie hier sind. Was er jetzt vor allem braucht, ist seine Familie, Menschen, die ihn lieben und ihm zeigen, wie froh sie sind, dass er wieder da ist. Es ist wichtig, dass es ihm gelingt, ausreichend emotionale Verbindungen zu seinem alten Leben herzustellen … und zwar je eher, desto besser.«

»Er erinnert sich an Dinge wie die Wandfarbe seines Kinderzimmers«, sagte De Corrado. »An Spielsachen, die Namen von Klassenkameraden, Lehrerinnen … wir sind uns sicher, dass er ist, wer er behauptet zu sein.«

»Sie haben ihm nicht geglaubt? Sie haben ihn *verhört*?«, fragte Shelby empört.

Ivy legte ihr die Hand aufs Knie. »Schon gut, Liebes. Das ist schließlich ihre Pflicht. Forest erbt ein Millionenunternehmen. Wenn er volljährig wird, wird sein Anteil an Dempsey Abalone größer sein als der von Davey.«

Wie auf Knopfdruck meldete sich in Mackerel das altbekannte Gefühl, in Ungnade gefallen zu sein, und sein Magen krampfte. Sein Anteil an dem Familienerbe war Geschichte. Doch das war ihm egal; er würde für seinen Neffen noch sein letztes Hemd geben, wenn ihm das auch nur ein bisschen half.

»Wir werden zum Abgleich mit Ihnen, Mrs Dempsey, oder mit Ihnen, Mackenzie, noch eine DNA-Probe nehmen«, sagte De Corrado. »Wir müssen ganz sichergehen, dass er es ist.«

Ivy runzelte die Stirn. »Wie bitte? Sagten Sie nicht eben bereits, er ist es? Der Junge hat genug durchgemacht.«

»Das ist reine Routine«, sagte die Kommissarin. »Sie sagten es ja eben selbst, Forest ist der Erbe eines –«

»Forest konnte all Ihre Fragen beantworten«, fiel Ivy ihr ins Wort. »Er kennt sogar die Farbe seines *Kinderzimmers*, Herrgott!«

»Mrs Dempsey, das Vermögen Ihrer Familie ist –«

»Sie brauchen mir nicht zu erzählen, was Forest für unsere Familie bedeutet«, sagte Ivy eisig. »Wir machen *keinen* DNA-Test.«

»Ich will ganz offen mit Ihnen sein. Ich benötige Ihre Einwilligung nicht«, sagte De Corrado. »Nach offizieller Gesetzeslage gilt Forest als nicht identifizierter Minderjähriger.«

Ivy wandte sich an Dr. Joseph. »Würden Sie uns bitte allein lassen? Wir haben etwas Familieninternes zu besprechen.«

Dr. Joseph reagierte sichtlich verärgert, doch De Corrado bat ihn mit einem Nicken hinaus.

»Und du, Shelby, sei bitte so gut und sieh kurz nach Forest.«

Auch ihre Schwiegertochter sah aus, als wolle sie widersprechen, aber Ivy brachte sie mit einem warmen Lächeln dazu, sich zu fügen.

Dann waren Mackerel und Ivy mit der Polizistin allein.

»Und?«, fragte Detective De Corrado. »Wie lautet das große Geheimnis?«

»Es gibt keine gemeinsame DNA zwischen Forest und uns«, sagte Ivy. »Er wurde adoptiert.«

Mackerel fiel die Kinnlade runter, und er beeilte sich, den Mund wieder zuzumachen.

Was?

»Das … das steht nicht in seinen Unterlagen«, sagte De Corrado. »Und *Sie* hatten davon offensichtlich auch keine Ahnung«, fügte sie an Mack gewandt hinzu.

»Doch«, log Mackerel. Um ihn drehte sich alles.

»Trotzdem stimmt es«, sagte Ivy. »Die Adoption wurde mit großer Diskretion behandelt.«

»Das müssen Sie mir erklären.«

»Ich werde überhaupt nichts erklären«, sagte Ivy. »Forest weiß nichts davon. Es gibt keinen Grund, ihn einzuweihen. Es wird keinerlei Änderungen in seiner Akte geben, und Sie werden Stillschweigen bewahren. Habe ich mich deutlich genug ausgedrückt?«

»Unter meinen Kollegen geht das Gerücht, Ihre Familie hätte gelegentlich mit krummen Geschäften zu tun«, sagte Detective De Corrado, ohne die alte Frau aus den Augen zu lassen. »Gehört das auch dazu?«

Ivy richtete sich auf und ließ ihre Aura des Wohlstands wirken – ein leicht veränderter Tonfall, Herablassung im Blick, die Handtasche rutschte unbeachtet zu Boden.

»Sollten Sie es noch ein einziges Mal wagen, sich in Bezug auf meine Familie derartige Anspielungen zu leisten, sei es privat oder öffentlich, mache ich Sie fertig. Dasselbe Geld, das Forest Zugang zur Erbfolge der Dempseys verschafft hat, ist in der Lage, Ihre Welt in Schutt und Asche zu legen. Krumme Geschäfte? Wie Sie mit Sicherheit wissen, lassen sich problemlos ein paar korrupte Beamte finden, die gegen eine kleine Belohnung Ihre Bestechlichkeit bezeugen würden. Oder ein paar Dealer, die Ihrer Familie einen Besuch abstatten, oder Ihren Freunden … Ich schrecke nicht davor zurück, ein Kopfgeld auf eine Polizistin auszuloben.«

Ivys Gesicht war absolut regungslos.

»Ich bin Ihnen dankbar für alles, was Sie für meinen Enkel tun. Doch sollte mir jemals auch nur ein einziges Wort über Forests Adoption zu Ohren kommen, weiß ich, dass Sie die Quelle sind. *Haben wir uns verstanden?*«

Mackerel musterte stumm seine Hände. Die Erfahrung hatte ihn gelehrt, dass Ivy grundsätzlich meinte, was sie sagte. An ihren Worten zu zweifeln, war überflüssig.

Detective De Corrado hatte die Augen zu Schlitzen verengt. »Oh, ich habe sehr gut verstanden«, sagte sie. In ihrer Stimme schwang Spott. »Absolut.«

Ivy ignorierte ihren Tonfall. »Sie können Dr. Joseph wieder hereinbitten«, sagte sie herablassend. »Und meine Schwiegertochter auch.«

»Selbstverständlich. Stets zu Diensten. Das ist alles wirklich überaus *erhellend.*« De Corrado erhob sich gemächlich und verließ das Schwesternzimmer.

Einen Augenblick später kam der Psychiater wieder herein und sah neugierig von Ivy zu Mack. Wahrscheinlich spürte er die Atmosphäre zwischen ihnen. Dann war auch Shelby zurück, und Ivy tätschelte ihren Unterarm.

»Was geschieht jetzt mit Forest?«, fragte Ivy, sobald De Corrado ins Zimmer zurückkam, als hätte das Gespräch eben nie stattgefunden.

»Er bleibt noch eine Weile zur Beobachtung hier«, sagte die Polizistin gespielt heiter. »In der Hoffnung, dass er doch noch kooperiert. Noch einmal – der beste Weg, ihm dabei zu helfen, sich zu erholen, sind Liebe und Fürsorge und ein Gefühl von

Sicherheit. Wenn meine Informationen stimmen, haben Sie bereits eine persönliche Therapeutin engagiert und für die Zeit nach Forests Entlassung einen Platz in einer Einrichtung hier in der Nähe reserviert. Stimmt das?«

»Wir tun, was immer nötig ist, koste es, was es wolle«, sagte Ivy gnädig.

»Und danach kann er bei uns in *Homeward* wohnen«, sagte Shelby. »Davey ist schließlich sein Patenonkel.«

Ivy lächelte. »Das ist eine sehr gute Idee, meine Liebe.«

»Ja, das ist eine gute Idee. Geborgenheit, vertraute Gesichter. Bis Forest entlassen werden kann, könnte es allerdings noch etwas dauern«, sagte Dr. Joseph. »Er wird eine Zeit lang medikamentös unterstützt werden müssen, und je nachdem, welche Entscheidungen die Kriminalpolizei hinsichtlich …«

Mackerels Gedanken schweiften ab. Wenn Forest bei Davey und Shelby lebte, hätte er keine Möglichkeit, ihn zu besuchen. Aber das war kein Grund, sich zu grämen – in *Homeward* wäre Forest am besten aufgehoben. Die Familie würde sich um ihn kümmern, er hätte seinen Cousin Kane um sich, er wäre in Sicherheit.

»Dann geben Sie uns Bescheid, sobald er irgendwas sagt, und wenn wir noch irgendwas tun können.« Ivys Stimme holte Mack ins Hier und Jetzt zurück. »Das wäre das. Na gut. Dann mal weiter. Gehen wir wieder zu ihm.«

Ivy griff nach Shelbys Arm, und gemeinsam gingen sie in Forests Zimmer zurück. Mackerel stand auf und lief hinterher.

»Armer Junge«, murmelte Detective De Corrado.

Mack war sich nicht sicher, ob sie Forests Zustand meinte oder die Tatsache, dass Ivy ihn in ihren Fängen hatte.

KAPITEL SIEBEN

MACKEREL

Forest verlor weiterhin kein Wort über das, was passiert war, und sprach auch nicht über Alexandra oder Jesse. Zögernd erzählte er von der Zeit vor seinem Verschwinden und wollte möglichst viel über sie alle wissen. Mackerel wich seinen Fragen aus. Es war ihm peinlich, zuzugeben, dass er auf Kaution in Freiheit war und ihm in sieben Monaten eine Haftstrafe drohte.

Forest wurde immer müder, wirkte zunehmend abwesend und schlief schließlich ein. Sie gingen leise, um den erschöpften Jungen nicht zu wecken.

Ivy wollte in Forests Nähe bleiben, und so fuhren Shelby und Mackerel allein nach Shacktown zurück.

Inzwischen war es Nachmittag geworden, und der dichte Verkehr erinnerte Mackerel wieder daran, warum ihm die Ruhe von Shacktown lieber war. Shelby hatte mit dem Großstadtverkehr keine Probleme, wechselte entspannt die Spuren und navigierte sie sicher über die Brücke. Er wusste, dass sie aus Hobart stammte und hier zu Hause gewesen war, bis Davey sie quasi im Sturm erobert hatte.

Davey, der noch immer kein Lebenszeichen von sich gegeben hatte. Shelby wurde mit jedem Versuch, ihn zu erreichen, nervöser.

»Hast du schon mal erlebt, dass Davey nicht ans Telefon geht?«, fragte sie.

Mack zuckte mit den Achseln. »Vielleicht ist es ins Wasser gefallen? Vielleicht hat er –«

»Warum hat Ahab damals eigentlich Davey für ihr Verschwinden verantwortlich gemacht?«, fragte sie plötzlich. »Dazu wollte mir nie jemand etwas sagen. Zumindest nicht die Wahrheit.«

Mackerel rutschte unbehaglich auf seinem Sitz hin und her. Sie sprach Dinge an, über die er nicht mit ihr reden konnte.

Weil Ahab Davey unterstellt hat, er hätte Jesse beseitigt, um die Firma zu übernehmen. Weil Ahab außer sich war vor Wut, dass Forest und Alexandra mit hineingezogen wurden. Aber Ahab war damals nicht ganz bei Sinnen gewesen – in seinen Augen hatte die Firma seiner Mutter das Ice beschafft, an dem sie zugrunde gegangen war. Er wollte damals zur Polizei gehen und sie alle hinhängen … bis Ivy intervenierte. Wie immer. Doch das alles konnte er Shelby schlecht erzählen.

»Was hat Davey dir gesagt?«, fragte Mackerel stattdessen.

»Lass das!«, entgegnete Shelby ungehalten. »Das ist wieder mal typisch Dempseys. Das macht ihr ständig. Ausweichfragen stellen. Vom Thema ablenken, mit Belanglosigkeiten antworten. Außerdem finde ich es *schrecklich*, wie du vor ihr den Schwanz einziehst!« Sie schlug mit der flachen Hand aufs Lenkrad. »Du hast da drin so gut wie keinen Mucks von dir gegeben. Du musst ihr doch auch mal die Stirn bieten!«

Mackerel verstand nicht ganz. »Wem die Stirn bieten? Ivy? Shelby, heute ist ein großer Tag, das ist mir klar. Aber du weißt nicht, was du redest.«

»Das ist nicht witzig, Mackerel.«

Sie verstummten, bis Shelby nach einer Weile wieder aufs Lenkrad schlug. »Siehst du? Du hast es schon wieder getan! Du hast meine Frage nicht beantwortet.«

»Du hast von Ivy angefangen.«

»Hör auf damit! Beantworte einfach meine Frage!«

Mackerel sah schweigend zum Fenster hinaus.

»Als Jesse damals verschwand«, sagte Shelby, »hat Davey alles übernommen. Und jetzt ist Forest plötzlich wieder da, mit dieser schrecklichen Tätowierung, und ich kann Davey nicht erreichen. Ich habe Angst, Mack. Ich habe wirklich Angst.« Sie hatten den dichtesten Verkehr inzwischen hinter sich gelassen, und Shelby drückte aufs Gas. »Habe ich Grund dazu? Muss ich mir Sorgen machen?«

»Wie kommst du darauf?«, fragte Mackerel.

Was wusste sie? Wie viel ahnte sie?

»Hör auf damit, Mack, oder ich halte an, und du kannst zu Fuß gehen.«

Er schluckte. Wenn er den Daumen rausstrecken musste, schaffte er es womöglich nicht rechtzeitig vor seiner Ausgangssperre zurück nach Hause.

»Es gibt einen Grund, weshalb niemand Ahab glaubte«, sagte Mackerel. »Davey hat Jesse geliebt. Das weißt du, du hast es selbst erlebt. Und Alexandra und Forest hat Davey auch geliebt. Er hätte ihnen niemals etwas antun können. Und auch das weißt du – sonst wärst du nicht mehr mit ihm verheiratet.«

»Sprich nicht über meine Ehe, als hättest du auch nur die geringste Ahnung davon, Mackerel«, sagte Shelby.

Das brachte ihn zum Schweigen. Er sah wieder zum Fenster hinaus auf den Highway, der sich in sanften Kurven durch die Hügellandschaft vor der Stadt zog. Vor vielen Jahren hatte Davey ihn mal mit hierher genommen, um ihm das Autofahren beizubringen. Davey war der Einzige in seiner Familie gewesen, der sich für ihn Zeit genommen und ihm Dinge beigebracht hatte. Autofahren, Fußballspielen, Anglerknoten, Mädchenaufreißen …

»Davey geht es gut«, sagte Mackerel. »Davey geht es immer gut.«

»Habt ihr euch eigentlich jemals verstanden, Jesse und du?«

»Du kennst die Antwort«, sagte Mackerel wütend.

»Also nein?«

»Nein. Jesse war ein Tyrann.« *Und ich sein Lieblingsopfer.*

»Es gibt viele Menschen, die ihn mochten.«

»Ivy wird auch von vielen Menschen gemocht.«

Das letzte Stück Strecke in Richtung Shacktown war von dichtem Buschland gesäumt. Die Straße führte auf und ab durch die ans Meer grenzenden Berge. Von oben betrachtet sah Shacktown aus, als hätte der Busch sich den Ort längst zurückgeholt. Häuser, Gärten und Straßen lagen verborgen unter einer dichten Decke aus Eukalyptusbäumen, Banksien und Pfefferminzsträuchern – bis der Blick sich plötzlich auf den großen Hafen mit den vertäuten Booten öffnete.

Die riesigen, schaumgekrönten Wellen, die sich an den Klippen brachen, waren so weit entfernt, dass es wirkte, als würden sie sich in Zeitlupe bewegen. Beim Anblick der Kreuzwellen lief Mackerel ein Schauer über den Rücken. Und über allem lag noch immer das Dröhnen des schwarzen Windes.

Shelby bog zu Ivys Haus ab. Im Wind wippende Eukalyptuszweige reckten sich von beiden Seiten über die Straße wie ein schwankender Baldachin.

»Komm noch mit rein«, sagte Shelby, als sie da waren.

Mackerel hatte sich nicht mal abgeschnallt. »Ich kann auch warten«, sagte er, den Blick auf das Haus seiner Kindheit gerichtet.

»Jetzt komm schon, Mack.«

»Ich will da nicht rein.«

Sie beugte sich über ihn und löste seinen Gurt. »Sei kein Feigling.«

Mackerel holte tief Luft, stieg aus dem Geländewagen und folgte Shelby ins Haus. Sosehr sich das Haus im Laufe der Zeit äußerlich auch verändert hatte, innen sah es noch genauso aus wie in seiner Erinnerung. Die maritimen Elemente im Eingangsbereich, die lasierten Holzstreben, die hohen Decken mit den

Oberlichtern. Und dieser Geruch … es roch nach Ivys Parfüm und Holz und Küche. Der Geruch seiner Kindheit.

Es war schrecklich. Er wollte nur weg von hier.

»Constable Linda?«, rief Shelby ins Haus hinein. »Kane?«

Vor einer Wand mit Familienfotos blieb Mackerel stehen. Hochzeiten, Schulfotos, Babybilder von Kane und Forest. Insgeheim war er auf der Suche nach sich selbst und war überrascht, als er auf ein paar Gruppenfotos tatsächlich sein Gesicht entdeckte, und außerdem eine Aufnahme von sich auf seiner Highschool-Abschiedsfeier, pummelig und dümmlich.

Ivy hatte also, anders als behauptet, doch nicht alle Bilder von ihm weggeworfen.

Kane tauchte im Flur auf. »Können wir jetzt endlich nach Hause?«

»Hast du inzwischen mit Dad gesprochen?«, fragte Shelby.

»Nein. Wo ist er?«

Constable Linda betrat ebenfalls den Eingangsbereich. »Sie haben einen tollen Sohn, Shelby. Hat nicht einen Mucks von sich gegeben.«

»Aber nur, weil es bei Ivy eine Xbox gibt«, sagte Shelby und drückte Kane einen Kuss auf den Scheitel.

Der Junge verdrehte die Augen und verschwand zum Auto.

Perfekte Kinder. Perfektes Haus. Perfektes Leben. Mackerel fragte sich, wie sich das anfühlen mochte. Etwas in ihm war genervt davon, dass Davey offensichtlich ein guter Vater war. Von wem hatte er das gelernt? Ihr eigener Vater, Joel Dempsey, war die Hölle gewesen.

Doch er kannte die Antwort: von Ahab. Ahab war für sie alle immer schon mehr Vater gewesen als ihr eigener.

»Unsere Leute fahren heute Nacht auf Streife ab und zu bei Ihnen vorbei, Shelby«, sagte Linda.

»Nicht nötig. Ich dachte, Mack könnte heute Nacht vielleicht bei uns bleiben. Wäre das okay für dich, Mack?«

Ihm sank das Herz.

»Das ist leider nicht möglich, Shelby. Mack unterliegt strengen Auflagen«, erklärte Linda. »Ich schicke Ihnen ein paar Polizisten.«

»Das kann doch wohl nicht so schlimm sein, wenn Mack die Nacht ausnahmsweise bei uns verbringt. Es würde ihm sicher guttun, bei seiner Familie zu sein.«

Mackerel verkniff sich ein Lachen. Er wollte Shelby nicht verletzen. Sie hatte keine Ahnung von seinem Leben, und wie sollte sie auch? Sie konnte nicht wissen, dass er manchmal um 19:55 Uhr nach Hause kam und die Bullen schon auf ihn warteten, in der Hoffnung, ihn auch nur eine Minute nach Beginn der Ausgangssperre zu erwischen. Shelby hatte nur die Familie im Sinn, und die Vorstellung, dass sie ihn so selbstverständlich dazuzählte, wärmte ihm das Herz.

»So funktioniert das nicht«, sagte Linda. »Das Gericht bestimmt die Regeln, nicht ich.«

»Na gut …«, sagte Shelby.

»Also dann, bis bald. Sie haben meine Handynummer, ja? Sie können mich jederzeit anrufen.« Constable Linda verließ das Haus.

»Es ist unfair, dass du nicht bei uns übernachten kannst«, sagte Shelby.

»Davey kommt garantiert bald zurück«, erwiderte Mackerel. »Mach dir bitte keine Sorgen.«

»Und wenn nicht? Eine Streife vor der Tür ist ja schön und gut, aber ich fühle mich einfach unwohl im Haus ohne jemanden aus der *Familie*.«

»Na ja, du könntest immer noch Ahab fragen …«

»Ivy würde mich verbannen!«

Mackerel prustete. »Ach so? Mich kannst du bitten, aber Ahab nicht?«

»Für dich würde ich eher kämpfen als für Ahab.«

Mackerel wurde ganz heiß im Gesicht, und er musste sich abwenden. »Ehrlich, ich bin mir sicher, dass Davey jeden Moment wieder auftaucht. Mach dir keine Sorgen. Du weißt doch, dass er immer genau da ist, wo er sein muss.«

»Also kommst du nicht mehr mit zu uns?«

»Shelby, wenn er mich bei euch erwischt … Hör zu. Ich bin mir sicher, er kommt bald nach Hause.«

Sie hob genervt die Hände. »Gut. Rufe ich also Constable Linda an, ja? Und bestelle die Babysitter.«

Sie stürmte hinaus, und Mackerel blieb allein zurück. Die Hände in den Hosentaschen, ging er zur Hintertür, bevor er es sich doch noch anders überlegen konnte.

Mackerel ging die Strandtreppe hinunter und machte sich auf den windgepeitschten Rückweg. Er hatte Sand in den Augen, und der durchdringende Geruch von Tang und einem verwesenden Robbenkadaver stieg ihm in die Nase. Obwohl sein kaputtes Knie das Gehen im Sand erheblich erschwerte, ging er am Strand entlang, sooft er nur konnte. Am Ufer waren immer noch Touristen unterwegs und schossen Fotos der sich kreuzenden Wellen, ohne Mackerel zu beachten. Tief in Gedanken bahnte er sich seinen Weg durch die Menschen. Er fragte sich, weshalb er Shelbys Bitte, sie zu begleiten, abgelehnt hatte und ob es richtig gewesen war.

Shelby im Stich gelassen … aus Angst vor Davey. Aus Angst vor Ivy …

Er erreichte das *Seaglass Café* und setzte sich an seinen Lieblingstisch.

Eine Minute später stellte Salvatore ihm den üblichen Flat White hin und blieb mit verschränkten Armen vor ihm stehen.

»Was ist los? Siehst blass aus.«

»Ach … Familienkram.«

»Bei euch Dempseys gibt es immer irgendwelchen Familienkram. Und du schaust immer noch ständig zurück statt nach vorn. Glaubst du, ich hätte dich vorhin nicht mit Shelby Dempsey abhauen sehen? Wie sie sich hilfesuchend auf dich gestürzt hat?« Salvatore beugte sich vor. »Wenn das nicht der perfekte Moment für eine Aussöhnung ist, wann dann? Du müsstest eigentlich vor Freude einen Luftsprung machen!«

»Ich freu mich doch! Ich bin … Forest *lebt*! Aber … ich darf nichts überstürzen, Sal. Du weißt doch, wie das ist. Du weißt, dass sie mir nicht vertrauen.«

»Scheiße noch mal, Mack, wir wissen doch beide, wie das mit den Drogen läuft, und Davey auch. Es ist allen klar, dass du vor vier Jahren nicht bei Verstand warst. In Wirklichkeit geht es nur um das, was du in Brisbane getrieben hast – du warst einfach zu gut, der geborene Anführer. *Deshalb* tickt Davey aus, wenn's um dich geht. Er weiß genau, dass du ein verdammt guter Captain geworden wärst, wenn du die Meuterei damals tatsächlich durchgezogen hättest. Davey ist viel zu perfekt, zu gut, er drückt sich viel zu gewählt aus – einem solchen Anführer folgt niemand gern, außerdem macht es ihn scheißarrogant. Dir würde die Crew sofort folgen. Du bist mit ihnen auf Augenhöhe. Sie würden dich respektieren.«

»Tja, danke, Sal«, murmelte Mackerel. »Das hört man wirklich gern, auf Augenhöhe mit einer Bande von Drogenschmugglern.«

»Du kapierst nicht, worum es geht! Du musst nach vorne schauen.« Sal zwang ihn, den Blick zu heben. »Wie lautet die erste Regel beim Flaschentauchen?«

Die Frage überrumpelte Mackerel. »Nie die Luft anhalten?«

»Richtig. Atme weiter. Tauch weiter. Trantüte.«

»Wozu denn? In sieben Monaten wandere ich sowieso zurück in den Knast –«

»Hör endlich mit dem Gewinsel auf! Deine Verurteilung ist doch nicht in Stein gemeißelt. Kapierst du's nicht?« Salvatore warf die Hände in die Luft. »Ach, mit dir zu reden hat überhaupt keinen Zweck.«

»Was kapiere ich nicht, Sal?«

»Mir wäre wirklich lieber, du würdest von selbst darauf kommen.« Salvatore setzte sich, griff nach Mackerels unberührtem Kaffee und trank einen Schluck. »Die Rückkehr deines Neffen ist *die* Chance für dich. Sieben Monate ... stell dir doch nur mal vor, was du in sieben Monaten alles erreichen könntest. Stell dir vor, *du* würdest rausfinden, was Forest Dempsey damals zugestoßen ist. *Du* würdest das Geheimnis lüften. Kein Richter würde dich dann noch in den Knast zurückschicken.«

Mackerel zögerte. »Ich werde Forests Lage nicht zu meinem Vorteil ausnutzen. Es rücken ihm auch so schon genug Leute auf die Pelle, um ihn zu piesacken.«

»Stell dir mal vor, wie deine *Familie* reagieren würde, wenn du das Rätsel lösen würdest ...« Salvatore ließ nicht locker.

Das klang tatsächlich verlockend.

Mackerel schüttelte den Kopf. Vollkommen albern, es gab nichts, was er hätte tun können. Wieso war Salvatore so erpicht drauf, ihm falsche Hoffnungen zu machen?

»Okay, dann eben anders ...« Salvatores Stimme klang ernst. Er gestikulierte mit der Kaffeetasse in Mackerels Richtung. »Wie wär's, wenn es etwas gäbe, das nur du allein tun kannst, um deinen Neffen zu beschützen?«

»Wovon zum Teufel redest du, Salvatore? Spuck's schon aus!«

»Hör zu, Mack ...« Salvatore senkte die Stimme. Er wurde so leise, dass Mackerel ihn kaum noch verstand. »Blackbeard ist auf dem Weg in die Stadt.«

Mackerel lief ein eisiger Schauer über den Rücken.

»Unmöglich. Davey hält seine –«

»Ja, ja, ich weiß, dein großer Bruder Davey Dempsey und seine unfassbar gut geölte Drogenmaschinerie halten Blackbeard auf Abstand ... Aber jetzt, wo Forest zurück ist, wandert die

Hälfte von Dempsey Abalone automatisch in seine Hände. Kapierst du's nicht? Davey bleibt unterm Strich nur noch das halbe Geschäft, das halbe Geld, die halbe Legitimierung – die halbe Macht –, und das reicht auf Dauer nicht, um die Firma zu kontrollieren und weiterhin in Shacktown das Sagen zu haben. Blackbeard findet einen Weg, um einen Fuß in die Tür zu kriegen. Das versucht er bereits seit Jahren.«

Mackerel spürte Panik in sich aufsteigen. Wieso hatte ihm das niemand gesagt? Er dachte an Forest, an Shelby, an Kane. Er dachte an Big Mane.

Nein. Blackbeard zu bekämpfen, war nicht sein Job. Schließlich machte Davey die fette Kohle.

»Nein, Salvatore. Da halte ich mich raus. Soll Davey sich darum kümmern.«

»Bist du sicher, dass er dazu in der Lage ist?«

Etwas in Salvatores Tonfall ließ Mackerel aufhorchen.

»Salvatore …«, sagte er gedehnt. »Woher weißt du das überhaupt?«

»Wenn du auch nur ein Wort von dem, was ich dir gleich sage, weitererzählst, könnte es mir an den Kragen gehen«, raunte Sal fast unhörbar.

»Er hat dich kontaktiert, habe ich recht?«, sagte Mackerel. »Blackbeard hat Kontakt zu dir aufgenommen.«

»Er hat heute Vormittag einen seiner Lakaien geschickt.« Salvatore schluckte. »Blackbeard will, dass ich sein Schwarzgeld wasche. Wenn nicht, fackelt er mir das Café ab.«

Erschrocken sah Mackerel sich um. All die Leute, die glücklich und ahnungslos ihr Leben lebten und keinen Schimmer von den kriminellen Machenschaften in ihrer Umgebung hatten. Und wie auch? Sie hatten nie die unsichtbare Linie übertreten. Im Gegensatz zu Salvatore. Ihm ging es wie Mackerel; auch er versuchte verzweifelt, einer Welt zu entkommen, die man nie wieder ganz hinter sich lassen konnte.

Trotzdem war es gewagt von Blackbeard, dermaßen schnell aus der Deckung zu kommen.

»Forest wurde erst heute Morgen gefunden. Wieso geht das so schnell?«

»Man hat Davey seit heute Morgen nicht mehr gesehen«, sagte Salvatore.

Mackerel sprang auf. »Was weißt du über Davey?«

»Setz dich hin!«, zischte Salvatore. »Und sprich leise, verdammt.«

Mackerel blieb stehen. »Davey würde uns niemals Blackbeard zum Fraß vorwerfen.«

»Das habe ich auch nie behauptet! *Aber niemand hat ihn gesehen.* Und das Meer da draußen ist riesig …«

Mackerel wurde übel. Vor seinen Augen trieb ein gesunkenes Schiff, auf dem Bug die Worte THE SIRENS CURSE – Der Fluch der Sirenen.

Alle Männer mit Dempsey-Blut in den Adern waren verflucht: großer Reichtum, gefolgt von noch größerem Unglück. Ahab, Mackerel, Jesse … sie alle hatte der Fluch ereilt, genau wie seinen Vater. Davey war der Einzige, der verschont geblieben war. Bis jetzt.

»Nein. Davey hält ihn auf Abstand«, sagte Mackerel hölzern. »Er weiß, was er tut.«

»Und wenn es ihm nicht gelingt?« Salvatore machte eine ausladende Bewegung durch sein Café. Mackerel sah die Schweißflecken unter seinen Armen. »Ohne Davey bist du der Einzige, der noch helfen kann.«

»Sag mal, versuchst du, mich aus dem Knast rauszuhalten oder wieder reinzubringen?«, rief Mackerel.

Ein paar Gäste drehten sich zu ihnen um. Salvatore stand auf und ging zurück hinter den Tresen.

Schwerfällig ließ Mackerel sich gegen die Lehne sinken. Wenn Davey etwas zugestoßen war, dann …

Nein. Bei Davey war alles bestens. So wie immer.

Eine Bewegung im Augenwinkel erregte seine Aufmerksamkeit. Ein kleiner Scharlachschnäpper mit rotem Brustgefieder hatte sich durchs offene Fenster in das Café verirrt. Verzweifelt flatterte er an der großen Glasscheibe hin und her, auf der Suche nach einem Ausweg. Schwerfällig stand Mackerel auf und humpelte zur Schiebetür.

Der Vogel erinnerte ihn an Shelby. Auch sie versuchte, eine für sie unsichtbare Barriere zu überwinden – ein ganzer Wirtschaftszweig direkt vor ihrer Nase. Er finanzierte ihr Leben in einem goldenen Käfig, ohne dass sie es bemerkte. Wie wohl die Gespräche zwischen Davey und ihr ablaufen mochten? Worüber unterhielten sie sich? Ob Daveys Geheimnisse ihn einsam machten? Das Gefährlichste an dieser Art Leben waren nicht die Drogen, sondern die Geheimnisse, die man vor jenen wahren musste, die man liebte.

Hör dir das an. Ganz schön philosophisch.

Er musste zurück zu Big Mane und sich die Idee aus dem Kopf schlagen, dass er mehr sein könnte als ein ehemaliger Ice-Junkie mit nächtlicher Ausgangssperre. Mackerel floh durch den Seitenausgang und zog sich im Gehen die Kapuze über den Kopf.

Der schreckliche Dread Pirate Blackbeard. Hier, in Shacktown.

Blackbeard war ein berüchtigter Drogenbaron, der vor allem für seine Brutalität und Grausamkeit bekannt war. Er galt selbst in der Unterwelt als Abschaum vom Abschaum. Blackbeard kam dem reinen Bösen so nahe, wie Mackerel es sich nur vorstellen konnte. Sein Spitzname war eine Anspielung auf Dread Pirate Roberts, den berüchtigten Gründer von *Silk Road*, der ersten Schwarzmarktplattform im Darknet. Dessen Name wiederum entstammte dem Film *Die Braut des Prinzen* und gehörte dort einem gefürchteten Piraten, der ihn an seinen Nachfolger vererbte, um seine Schreckensherrschaft auch über den eigenen Tod hinaus aufrechterhalten zu können.

Bei Dread Pirate Blackbeard war es genauso. Niemand wusste, wer er war oder woher er kam. Mit großer Skrupellosigkeit hatte er Stück für Stück überall in Indonesien und Südostasien kriminelle Kartelle übernommen und war sogar bis Neuseeland vorgedrungen. Er hatte seine Finger in sämtlichen Geschäftsbereichen, die besonders schmutzig waren: Drogen, Waffen, Menschenhandel, Leichenbeseitigung. Er war seit Jahren auf der Suche nach Zugang zum australischen Kontinent, und es gab schon länger Gerüchte, dass er Tasmanien als Einfallstor anvisierte.

Mackerel schleppte sich zur Haustür rein. »Hey, Bro! Bin wieder da«, rief er.

Big Mane kam aus dem Wohnzimmer in die Diele geschlendert. Er trug Trainingsshorts und Strickjacke und zog Mack in eine steife Umarmung.

»Alles gut, Bro? Ich hab uns Pizza bestellt, und im Kühlschrank wartet eine Riesenlage Bier auf uns. Ich glaube, wir müssen uns heute dringend die Kante geben, du und ich. Wo bist du gewesen? Du hast nicht auf meine Anrufe reagiert.«

»Sorry, ich hab's nicht mal klingeln hören«, antwortete Mackerel aufrichtig. »Ich geh noch schnell unter die Dusche. Sag Bescheid, wenn die Pizza da ist.«

»Geht klar.«

Unter der Dusche wanderten Mackerels Gedanken wieder zu Blackbeard zurück. Es war klug, Tasmanien als Ausgangspunkt zu wählen. Genau der richtige Weg, wenn er in Australien den Fuß in die Tür kriegen wollte. Die tasmanische Halbinsel war der perfekte Einfallsort – zum Meer hin offen und zum Land hin isoliert, das Nadelöhr leicht zu kontrollieren, außerdem in direkter Linie zu Neuseeland und nicht weit von Hobart entfernt.

Er fragte sich, wie es Davey und seinen Leuten bis jetzt überhaupt gelungen war, Blackbeard fernzuhalten. Wahrscheinlich das Übliche. Proaktives Handeln, um Spitzel zu enttarnen, und daraufhin versuchen, sie mit raffinierten Tricks für sich zu gewinnen – oder, was vermutlich noch viel öfter der Fall war, ein brutales Exempel an ihnen statuieren.

Dempsey Abalone verfügte über die notwendige Infrastruktur, und in Kombination mit Ivys erschreckendem Gespür, immer zur richtigen Zeit die richtigen Beamten zu bestechen, war es etwaigen Konkurrenten so gut wie unmöglich, hier einen Fuß auf die Erde zu bekommen.

»Irgendwer wird sich schon darum kümmern«, sagte Mackerel laut. »Ich würde es sowieso nur verkacken.«

An der Badezimmertür ertönte lautes Klopfen. »Die Pizza ist da, Bro! Jetzt ballern wir uns weg.«

Das Handtuch, mit dem Mackerel sich abtrocknete, hätte auch mal wieder eine Wäsche vertragen.

Er musste an Shelby denken.

Sie hat es nicht verdient, dermaßen im Dunkeln zu tappen.

KAPITEL ACHT

FOREST

Forest stand im Krankenhaushemd am Fenster seines Zimmers und beobachtete die Autos unten auf der Straße. Er war aus einem unruhigen Schlaf erwacht und hatte festgestellt, dass früher Abend war. Gedankenverloren stand er da, einen Arm gegen den Fensterrahmen gelehnt.

Er war abgrundtief erschöpft. Die Welt um ihn herum fühlte sich an, als würde sie schwanken. Als wäre er immer noch auf dem Meer.

»Ach Zeus«, sagte er und schaute aufs Bett. »Ich kann überhaupt kein Land mehr sehen.«

Der Hund lag da und schlief – zuerst hatten sie ihn in einen Zwinger sperren wollen, doch dann hatte Dr. Joseph gesagt, der Hund täte Forest gut, und er durfte Zeus behalten – vorausgesetzt, er blieb im Zimmer.

Forest war froh, dass Dr. Joseph sich für Zeus eingesetzt hatte – so bequem es hier auch war, das Krankenzimmer fühlte sich an wie ein Gefängnis. Vor der Tür saßen sogar uniformierte Polizisten. Zu seinem Schutz, hatten sie gesagt.

Es klopfte, und eine Krankenschwester betrat das Zimmer. »Hi, Forest«, sagte sie. »Und? Wie fühlst du dich?«

»Danke, gut«, antwortete er. Er setzte sich auf den Stuhl und streckte den Arm aus, damit sie seinen Blutdruck messen konnte. »Wie geht es Ihnen?«

»Besser als dir, wahrscheinlich. Kann ich der Polizei irgendwas ausrichten?«

»Nein, im Augenblick nicht, danke.«

Sie hörten einfach nicht damit auf. Er ließ den Rest der Untersuchung schweigend über sich ergehen.

Die Schwester wandte sich zum Gehen. An der Tür blieb sie zögernd stehen. »Brauchst du noch irgendwas?«

»Ich … also … n-nein. Nein, danke, alles gut.«

»Forest, wenn ich irgendwas für dich tun kann …«

Er leckte sich die Lippen. »Ich will keine Umstände machen …«

Sie ließ die Tür wieder ins Schloss fallen und verschränkte die Arme. »Sei nicht so, Forest. Was kann ich für dich tun?«

»Ka-kann ich einen Milchshake haben?«

Ihr Gesicht wurde weich. »Natürlich, Schätzchen. Ich geh dir einen holen. Welcher Geschmack?«

»Vielen Dank … Erdbeere, falls es das gibt?«

Die Schwester verließ das Zimmer, und Forest wandte sich wieder dem Fenster und den vorbeifahrenden Autos zu.

Er musste hier raus.

Er musste dringend mit Huck reden, ehe der irgendwelchen Blödsinn machte. Wie kam er am besten hier raus und nach Shacktown zurück?

Er stand immer noch grübelnd am Fenster, als sich die Tür nach einer Weile wieder öffnete. In Erwartung der Krankenschwester drehte er sich um, aber sie war es nicht. Eine junge Frau mit kleinen braunen Löckchen und breitem, irgendwie katzenartigem Gesicht betrat das Zimmer. Sie hielt zwei rosarote Milchshakes in Händen.

»Hallo, Forest.« Sie hielt ihm eines der Gläser hin. »Ich bin Frankie.«

Er nahm ihr mit einem Nicken den Milchshake ab. Das Glas fühlte sich kühl an. »Danke.«

»Gern geschehen. Darf ich mich setzen?«

Er zögerte, wahrscheinlich einen Augenblick zu lang, dann nickte er.

»Danke.« Sie setzte sich auf den Stuhl und nuckelte an ihrem Strohhalm. Ein bisschen erinnerte sie ihn an eine Puppe, und die kindliche Begeisterung, mit der sie ihren Milchshake trank, machte sie noch jünger. »Deine Großmutter hat mich gebeten, mich ein bisschen mit dir zu unterhalten. Ich bin Therapeutin.«

Aha. Forest erstarrte und korrigierte augenblicklich seine Einschätzung. Die kindliche Begeisterung wirkte plötzlich aufgesetzt.

Jetzt ging es also richtig los.

Ivy wollte dringend rausfinden, was mit ihrem ältesten Sohn und ihrer Schwiegertochter passiert war.

Verständlich.

Er spürte die altvertraute Schuld.

»Danke, dass Sie gekommen sind«, sagte er höflich.

»Kein Problem, Forest. Ich werde dich auch nicht lange belästigen. Wie wär's damit? Ich bleibe so lange, wie wir zwei brauchen, um unsere Milchshakes zu trinken? Einverstanden?«

Mist. Ganz egal, ob er schnell trank oder langsam, sie würde irgendwas hineininterpretieren. Er nahm den ersten Schluck und hätte vor Genuss fast geseufzt. Wie gut das schmeckte! Fruchtig und sämig und kalt. Und jede Menge Eis. Viel zu viel Eis. Der Shake war so dick, dass man ihn unmöglich schnell trinken konnte.

Gehörte das zum Plan? Oder wurde er paranoid?

Mist.

»Das ist Zeus. Mein Hund«, sagte er.

»Ja. Ich habe schon von ihm gehört«, antwortete Frankie. »Aber ich interessiere mich mehr für dich, Forest.«

Sie hatte sein Ablenkungsmanöver durchschaut. Megamist.

»Das war ein anstrengender Tag für dich«, fuhr sie fort.

»Ja. Ich bin müde«, sagte er. »Ich glaube nicht, dass ich noch lange reden kann.«

Wie tollpatschig. Aber er war im Augenblick nicht auf der Höhe. Dies war nicht der richtige Moment, es mit einer Therapeutin aufzunehmen – auch wenn sie so jung aussah, als käme sie frisch von der Highschool.

Sie nahm einen Schluck. »Nur, bis wir ausgetrunken haben.«

Er saugte an seinem Strohhalm. Sie beobachtete ihn und ließ zu, dass sich Schweigen im Raum ausbreitete.

War es schon zu lange still? Wurde es peinlich? Sollte er was sagen?

»Wie geht es Ivy?«, fragte er schließlich, um irgendwas zu sagen.

»Sie macht sich Sorgen um dich. Und du? Machst du dir Sorgen um sie?«

»Klar.«

Sie nickte und machte ein zustimmendes Geräusch. »Würde mir genauso gehen. Das ist ganz schön viel Aufregung für jemanden in ihrem Alter. Plötzlich taucht ihr Enkel wieder auf, nach sieben Jahren. Wenn ich sie wäre, meine Gefühle würden verrückt spielen. Was, glaubst du, würdest du fühlen, wenn du an ihrer Stelle wärst?«

»Keine Ahnung.«

»Fällt es dir schwer, dich in ihre Lage zu versetzen?« Langsam trank sie den nächsten Schluck.

Er trank ebenfalls, passte sich ihrer Geschwindigkeit an.

»Wann kann ich wieder nach Shacktown zurück?«, fragte er. »Zu Davey und Shelby?«

»Das weiß ich nicht, tut mir leid. Ich kann gerne versuchen, es für dich rauszufinden. Das hängt wahrscheinlich von Dr. Joseph ab, und von Ivy als deinem Vormund. Sie hat hier in Hobart ein paar Zimmer für dich angemietet, mit Rund-um-die-Uhr-Betreuung. Viel besser als Shacktown. Nicht so gefährlich. Warum willst du nach Shacktown zurück?«

»Ich will zu meiner Familie«, sagte er. »Hier gefällt es mir nicht.«

»Warum nicht, Forest?«

»Ich fühle mich eingesperrt.«

»Mhm. Würde mir wahrscheinlich genauso gehen. Ich glaube, das Gefühl ist normal. Darf ich fragen, was genau dir das Gefühl gibt, eingesperrt zu sein?«

»Vier Wände und eine verriegelte Tür«, sagte er tonlos. Er nahm einen tiefen Schluck von seinem Milchshake.

Frankie trank weiterhin sehr langsam und ließ ihn dabei nicht aus den Augen.

Er wischte sich mit dem Handrücken über den Mund. »Das ist sehr gut. Vielen Dank. Kann ich mit Ivy sprechen?«

»Ja, natürlich«, sagte Frankie. »Sie kommt morgen früh wieder her.«

»Übernachtet sie irgendwo in der Nähe? Ich würde sie gerne heute Abend noch mal sehen.« *Und dich aus meinem Zimmer kriegen.*

»Es tut mir leid, der Tag war auch für sie sehr anstrengend. Sie hat gesagt, dass sie nicht mehr gestört werden möchte. Sie ist eine alte Frau und braucht ihre Ruhe. Gleich morgen früh kommt sie dich wieder besuchen. Es sei denn, es ist sehr dringend. Ich bin mir zwar nicht sicher, ob es gut wäre, sie noch mal zu stören, aber falls es wirklich dringend ist ...«

Sie stellte das Glas weg und holte das Telefon aus der Tasche.

»Nein. Nein, so dringend ist es nicht.«

»Okay.« Sie steckte das Telefon wieder weg, ließ das Glas aber, wo es war. »Gibt es irgendetwas, worüber du mit mir sprechen möchtest?«, fragte sie und verschränkte die Hände auf dem Schoß.

Jetzt war Schluss mit dem Quatsch.

Forest ließ sein Glas fallen. Es zerschellte auf dem Fußboden. Rosarote Milch ergoss sich in sämtliche Richtungen, vermischt mit dicken Klumpen Erdbeereis.

Er sprang auf und stieß dabei seinen Stuhl um. »Tut mir leid! Es tut mir so leid!«

Zeus sprang vom Bett und fing an, die Milch aufzuschlecken.

Forest zerrte ihn zurück, aus Angst, dass der Hund sich an den Scherben schnitt.

Frankie stand gelassen auf, ganz ruhig, und ging ins Bad, um ein Handtuch zu holen. »Schon okay, Forest.«

Die Tür flog auf, und Detective De Corrado stürmte ins Zimmer, die Jacke zurückgeschlagen, die Hand an der Waffe. »Was ist hier los? Was ist passiert?«

»Er hat seinen Milchshake fallen lassen, Detective«, sagte Frankie mit hochgezogenen Augenbrauen.

»Was? Wollen Sie sagen, er hat –« De Corrado brach mitten im Satz ab.

Er hat was?

»Ich glaube, er hat sich erschrocken«, sagte Frankie betont ruhig und nickte ihm zu. »Soll ich noch bleiben, oder wäre es dir lieber, wenn ich gehe?«

Sie hat damit gerechnet, dass ich das Glas fallen lasse. Sie wusste, dass ich das Gespräch beenden wollte!

Nein. Das verrät denen gar nichts. Keine Sorge.

Die zwei Frauen sahen ihn schweigend an. Scheiße.

»Ich will einfach nur schlafen«, sagte er. »Bis bald, Frankie.«

»Ich bin froh, dass du mich wiedersehen möchtest«, sagte sie eilig. Sie lächelte ihn an und ging zur Tür raus.

»Und? Irgendwas, das du uns sagen kannst, Forest?«, fragte De Corrado unverblümt.

Zeus fing leise an zu knurren. Ihm gefiel ihr Tonfall nicht.

»Aus, du!«, sagte sie.

»Nein«, antwortete Forest. »Bitte. Ich bin so müde. Kann ich jetzt bitte schlafen?«

»Natürlich«, sagte sie. »Aber froh bin ich nicht darüber.«

Sie ging ins Bad, rumorte in einem Schrank herum, kam mit einem Besen zurück und kehrte die Scherben zusammen.

»Forest, ich bin auf deiner Seite, weißt du?«

Er vergrub das Gesicht in den Händen. »Tut mir leid, aber ich ...«

»Oh, nein, tu das nicht. Stopp, Forest, hör auf damit. Ich zwinge dich nicht zu antworten, ich will dir einfach nur helfen, okay? Komm schon, Junge, gib mir wenigstens irgendwas. Was soll ich denn nur mit dir anstellen?«

Forest legte sich ins Bett und zog sich die Decke bis unters Kinn. »Mich schlafen lassen?«

Sie seufzte. »Okay, Junge. Tut mir leid. Aber ich muss ...« Sie wollte offensichtlich noch etwas sagen, doch sie tat es nicht.

»Sagen Sie schon.«

»Hat Davey was damit zu tun?«, fragte sie.

Davey? Damit hatte er nun gar nicht gerechnet.

Einen winzigen Moment lang fiel er aus der Rolle. Mit einem Ruck setzte er sich wieder auf.

»Warum fragen Sie das?«

»Weil er seit heute Morgen nicht mehr gesehen wurde.«

Plötzlich geriet alles ins Schlingern, und De Corrado fing ihn gerade noch auf, ehe er aus dem Bett rutschte. Zeus fing an zu bellen.

Du hast was übersehen!, dachte er und schüttelte die Hand ab. *Wieso ist Davey verschwunden?*

»Ich muss schlafen!«, sagte er, zog die Decke hoch und legte sich das Kissen übers Gesicht. »Danke für alles, Detective! Bis morgen! Gute Nacht!«

KAPITEL NEUN

AHAB

Der Abend war noch früh. Ahab stand hinter der Bar im *Mermaid's Darling* und zapfte ein Stout für Ned. Es gab kaum etwas, das es mit der Kombination aus dem Duft von Ale, dem Glanz einer polierten Theke aus tasmanischem Eukalyptus und einem gemütlichen Kaminfeuer gegen den frostigen schwarzen Wind aufnehmen konnte. Draußen auf der mit Lichterketten geschmückten Terrasse hockten noch immer ein paar hartgesottene, sturzbetrunkene Mittzwanziger im heulenden Wind.

»War 'n großer Tag«, sagte Ned.

»Kann man so sagen.« Ahab reichte ihm sein Bier.

»Forest Dempsey. Nicht zu fassen.« Er knallte das Glas auf den Tresen. »Und dazu der schwarze Wind. Könnte mich fast dazu verleiten, am Ende doch noch an euren Sirenenfluch zu glauben.«

Ahab entfernte sich grummelnd und kümmerte sich um die anderen Gäste am Tresen: Einheimische, Touristen und ein paar Leute, die verdächtig nach Presse aussahen. Mit Letzteren fing er eine höfliche Unterhaltung an, der ein leicht bedrohlicher Unterton anhaftete. Es dauerte nicht lange, und sie zogen sich zurück. Die Leute reagierten oft so auf ihn.

Neben den Touristen verkehrten im *Darling* die unterschiedlichsten Leute aus der Gegend: Fischer, Bauern, Anzugträger, Faulpelze. Sogar ein paar von den Festland-Australiern, die sich in Shacktown niedergelassen hatten und jeden Tag anderthalb Stunden nach Hobart zur Arbeit pendelten. Für einen Tasmanier war ein derart langer Fahrtweg undenkbar und grenzte nahezu an Irrsinn. Doch für jemanden aus Melbourne oder Sydney war der Weg nur eine nette Spazierfahrt entlang einer malerischen Küste.

Ahabs Blick fiel auf eine dunkelhaarige Frau, die durch die hölzernen Schwingtüren in den Schankraum trat. Sie trug einen Hosenanzug und zog einen kleinen Rollkoffer hinter sich her. Mit einem einzigen Blick nahm sie den Raum in sich auf und registrierte dabei offensichtlich sämtliche Ausgänge. Der Luftzug der Schwingtür hob den Schoß ihrer Jacke und entblößte ein Holster mit Schusswaffe.

Dann huschte ein Lächeln über ihr Gesicht, und Ahab folgte ihrem Blick. Constable Linda – außer Dienst und mit ein paar Freundinnen unterwegs – prostete der Frau mit erhobenem Glas zu.

Die Fremde suchte sich einen freien Tisch in der hintersten Ecke und nahm unter dem präparierten Delfinskelett Platz. Sie suchte Ahabs Blick, zog eine Augenbraue hoch und klopfte auf den Tisch.

Er warf sich das Gläsertuch über die Schulter und riss Ned mit einem freundschaftlichen Rempler aus seinem Geplänkel mit einer hübschen blonden Urlauberin, die er unbedingt dazu kriegen wollte, ihn auf eine Motocross-Tour zu begleiten. Es wurde Zeit für Ned, sich hinter der Bar an die Arbeit zu machen.

Ahab ging zum Tisch der Frau hinüber. Kriminalpolizei, vermutlich. Sie musterte ihn aufmerksam.

»Willkommen im *Mermaid's Darling*«, sagte Ahab. Er nahm sich einen Stuhl, drehte ihn um und setzte sich, die Unterarme auf die Lehne gestützt.

»Barkeeper«, sagte sie mit leicht spöttischem Unterton.

»He, Ahab.« Constable Linda trat zu ihnen und klopfte Ahab auf die Schulter. »Wie ich sehe, hast du Detective De Corrado schon kennengelernt.«

»Wir hatten noch keine Zeit, uns vorzustellen«, erwiderte Ahab.

»Sie ist wegen deinem Cousin hier.« Linda beugte sich über ihn. Ihre Berührung hatte etwas Besitzergreifendes. »Auf dem Revier sind alle deinem Rat gefolgt. Danke noch mal. Ich habe ihr gesagt, sie kann sich auf dich verlassen.« Sie lächelte De Corrado noch mal zu und ging zurück an die Bar.

»Die Cops hier mögen Sie, oder?«

»Ist 'ne kleine Stadt«, sagte Ahab. »Außerdem ist mein Laden der beste. Die meisten Leute kennen mich.«

»Zwischen *kennen* und *mögen* besteht ein Unterschied, Ahab Stark«, sagte De Corrado. »Vor allem in Bezug auf ein Mitglied der Dempsey-Dynastie.«

Ahab senkte den Kopf. »Stets zu Diensten. Ach, und nur interessehalber«, fügte er hinzu. »Was genau denken denn die Cops hier über die Dempsey-Dynastie?«

»Das, wofür auch immer Ivy sie bezahlt, vermute ich.«

Ahab blieb die Antwort darauf erspart, weil ein Mann in Fischerlatzhose auf sie zukam. Er wirkte leicht angetrunken. »Schon irre, oder, Ahab? Der Junge ist wieder da … ich kann mir gar nicht vorstellen, wie es dir damit gehen muss. Wenn du was brauchst, ich bin für dich da, Mann. Aber reiß dir nicht immer alle Frauen unter den Nagel, hörst du? Na Süße, wie geht's?«

»Danke, Buddy.« Ahab schob ihn mit dem Ellbogen beiseite. »Ich komm nachher zu dir rüber, okay?«

»Alles klar, Ahab. Ich lass euch zwei dann mal.« Er zwinkerte ihm anzüglich zu und wankte davon.

»Reizendes Städtchen«, sagte sie.

»Ja, bei uns gibt's eben solche und solche.« Er stand auf. »Sie haben sicher zu tun, ich lass Sie mal besser in Ruhe. Falls Sie irgendwas brauchen – einen Führer, jemanden, der Ihnen hilft, Informationen zu bekommen –, sagen Sie Bescheid.«

»Was können Sie mir über das Verschwinden der drei Dempseys erzählen?«, fragte sie ihn unverblümt.

»Was möchten Sie denn hören? Die Version der Geschichte, für die Ivy bezahlt, damit sie erzählt wird, oder die Version, für die sie bezahlt, damit sie nicht erzählt wird?«

Er registrierte ihren überraschten Blick. Offensichtlich revidierte sie gerade ihre Meinung über ihn. »Wie wär's fürs Erste mit der Antwort, die ich erwarte?«

»Also die Geschichte, die wir den Touristen erzählen …« Er drehte den Stuhl um, setzte sich wieder und lehnte sich zurück. »Es geschah vor sieben Jahren. Da waren: Jesse Dempsey, Chef von Dempsey Abalone und der reichste Mann weit und breit. Alexandra, seine geliebte, wunderbare Frau. Und ihr Sohn, der kleine Forest mit den blauen Augen. Die drei unternahmen mit ihrer Yacht einen Segeltörn und wurden nie wieder gesehen. Das Schiff wurde am nächsten Tag ein Stück küstenaufwärts gefunden, an den Felsen zerschellt. An Bord Hinweise auf einen Kampf. Piraten, lautete die allgemeine Vermutung.«

»Ich wette, den Teil lieben die Touristen besonders«, sagte De Corrado.

»Einige. Andere mögen vor allem den nächsten Teil: dass Jesses rechte Hand bei Dempsey Abalone hinter der Sache steckte. Der Mann, der überall nur Donny hieß – Jonah Donnager. Die meisten hier glaubten, Donny wollte sich den Laden unter den Nagel reißen oder dass er Forest entführen wollte, um seinem kleinen, seltsamen Sohn Huck einen Spielgefährten zu verschaffen …«

»Faszinierend. Wo ist Donny jetzt?«

»Tja. Ich hatte gehofft, das könnten Sie mir sagen.«

Er bestellte mit einer Geste etwas zu trinken bei Ned.

»Worüber fast nie gesprochen wird, ist die Tatsache, dass sein

Sohn, der kleine Huck, am selben Tag verschwand. Das ist natürlich bei Weitem nicht so interessant – er war weder reich noch bekannt. Wenn Sie mich fragen, gibt es eine Verbindung, auch wenn ich keinen Schimmer habe, welche. Damals wandten sich hier alle gegen Donny, und sobald die Polizei ihn als Verdächtigen ausgeschlossen hatte, verschwand er aus der Stadt. Er war halb verrückt; ob vor Trauer oder Schuld, kam nie heraus … Aber das spielt jetzt auch keine Rolle mehr, oder? Forest ist wieder da, und das ändert alles, stimmt's? Er kann all das aufklären, worüber wir uns seit sieben Jahren den Kopf zerbrechen.«

»Ja«, sagte De Corrado gedehnt. »Forests Rückkehr müsste die Sachlage eigentlich ändern … Und falls es Sie beruhigt: Wir haben immer auch nach Huck Donnager gesucht. Allerdings sind viele Menschen der Meinung, dass Donny weiß, wo Huck ist, dass er seinen Sohn mitgenommen hat, um ihn zu beschützen. Es gibt Gerüchte, die besagen, Jesse Dempsey hätte ein paar gefährliche Leute gekannt.«

»Also kennen Sie die Geschichte eigentlich bereits.« Ahab fragte sich, wie viel sie tatsächlich wusste. Jesse war immer schon mordsgefährlich gewesen.

»Ich wäre keine besonders gute Ermittlerin, wenn ich die Geschichte nicht kennen würde, Barkeeper.« In dem Moment trat Ned mit Ahabs Bier und einer Speisekarte an den Tisch. Die Polizistin lächelte ihn an. »Hallo. Ich bin Detective De Corrado.«

Ned erwiderte das Lächeln, stellte sich seinerseits vor, nahm ihre Bestellung – einen Gin Tonic – entgegen und ging zurück hinter die Bar.

De Corrado sah ihm nach, dann fragte sie: »Was verändert Forests Rückkehr für Ivy?«

Ahab fing an zu prusten. Fast hätte er sein Bier ausgespuckt. »Sie sind nicht auf den Mund gefallen, Detective.«

Sie zwinkerte ihm zu.

»Würden Sie gern was sehen?«, fragte er sie unvermittelt.

»Aber immer«, antwortete De Corrado. »Kann es vielleicht warten, bis ich was gegessen habe?«

»Nur, wenn ich Ihnen Gesellschaft leisten darf.«

»Wie könnte ich da Nein sagen?« Sie legte den Kopf schief. »Na, Barkeeper? Gehört das jetzt zur Strategie *sich mit seinen Feinden gutstellen*?«

»Sagen Sie es mir«, antwortete Ahab. »Ich bin mir ziemlich sicher, dass Sie nicht nur der charmanten Belegschaft wegen in meiner Pension übernachten.«

»Die Belegschaft wird mir immer sympathischer«, sagte De Corrado und grinste frech. »Aber wie kommen Sie darauf, dass ich hier übernachte?«

Okay. Die Frau war gut. Vor der musste er auf der Hut bleiben.

Nach ihrem Abendessen – der Fang des Tages mit Pommes frites – führte Ahab De Corrado die windschiefe Treppe hinauf, die sich über zwei Stockwerke mit Gästezimmern durch das *Mermaid's Darling* schlängelte, bis unters Dach. Er klopfte und hörte zur Antwort seinen Hund hinter der Tür knurren. »Ich bin's, Keegan«, sagte er, und Keegan verstummte.

»Ein Wachhund, was?«, sagte De Corrado resigniert. »Hunde mögen mich nicht.«

»Durch diese Tür kommt niemand außer Ned und mir. Allen anderen ergeht es schlecht«, sagte Ahab.

»Immer diese Hunde. Kann's nicht zur Abwechslung mal eine Katze sein?«

Ahab betrat die Wohnung und tätschelte den Hund. De Corrado folgte ihm. Keegan schnappte nach ihr, aber sie wusste scheinbar genug über Hunde, um nicht zurückzuzucken. »Aus! Ich tu dir nichts.«

Sie löste den Blick von ihm und sah sich um. Ahab war klar, dass sie nicht besonders beeindruckt sein würde – bei ihm ging es eher rustikal zu; überall alte Bücher, Bootszubehör und Angelausrüstung. Die Wohnung bestand aus einem einzigen großen Raum, in dem es alles gab, was man brauchte. Die Tür zum Badezimmer stand offen und bot Aussicht auf eine hochgeklappte Klobrille. Ihr Blick blieb unwillkürlich daran hängen.

»Und? Sie ermitteln vermutlich im Team«, sagte Ahab und trat an die gegenüberliegende Wand.

»Ja. Ein ziemlich großes Team sogar.« Sie umrundete einen Stapel Anglerzeitschriften. »Und die wissen übrigens alle, dass ich hier bin. Außerdem hat das ganze Pub dabei zugesehen, wie ich hinter Ihnen die Treppe raufgestiegen bin. Falls Sie also vorhaben, mich kaltzumachen, wird das leider nichts.«

»Sie sehen zu viel fern, Detective«, sagte Ahab lachend. »Wissen Sie, welche Krimis ich am liebsten mag? Die mit der Pinnwand, an der Fotos stecken und solche kleinen Zettel mit Namen und Daten und mit Fäden, die alles miteinander verbinden. Wie finden Sie diese Filme?«

»Sie wären überrascht, wie oft zu dieser Methode gegriffen wird«, sagte De Corrado. »Mir persönlich ist sie ein bisschen zu naiv.«

Ahab trat vor den riesigen Schrank, der einen Großteil der Wand in Beschlag nahm, und öffnete die Tür.

An der Innenseite war eine Pinnwand befestigt, voll mit Fotos, Notizen und Kartenausschnitten. Verschiedenfarbige Fäden verbanden die einzelnen Elemente miteinander. Fotos von Jesse, Alexandra, Forest … Donny und seinem Sohn Huck … allen Dempseys, inklusive Shelby. Eine große Landkarte von Tasmanien mit bunten Stecknadeln, eine Karte der lokalen Gewässer, eine kleinere Karte der australischen Hauptinsel …

»Na ja, Sie haben mich schließlich gefragt«, murmelte De Corrado. Sie ging zum Schrank, um sein Werk genauer zu betrachten. »Aus, Keegan!«, sagte sie, als der Hund sie anknurrte. »Böser Hund.«

»Es gibt in ganz Tasmanien unbestätigte Sichtungen von Donny«, sagte Ahab. »In erster Linie Drogenhöhlen. Aus Queensland gibt es auch ein paar, aber da glaube ich nicht dran.« Unwillkürlich folgte Ahabs Blick dem Faden, der Forest mit Davey Dempsey verband.

»Und was ist das hier?« De Corrado trat näher an die Unterwasseraufnahme eines gesunkenen Schiffs. Auf dem Bug war ein Name erkennbar: THE SIRENS CURSE.

»Das hat nichts damit zu tun.«

»Sie sind ein schlechter Lügner.«

Ahab machte ein paar Schritte rückwärts. Jedes Mal, wenn er sich vor die Tafel stellte, um sie zu betrachten, kam ihm das Ganze unfassbar groß vor.

»Wissen Sie, ich hab mich ein bisschen umgehört, was Sie betrifft. *The Mermaid's Darling*. Als Sie das Gasthaus erbten, haben Sie es umbenannt. Früher hieß es *The Siren's Curse*.«

Es missfiel ihr offensichtlich, wenn er ihren Fragen auswich.

»Was spielt das noch für eine Rolle? Forest ist zurück. Sobald er sich erholt hat, kann er uns alle Fragen beantworten.«

»Sie haben recht«, sagte sie gedehnt. »Denn genau darum geht es ja schließlich, oder? Dass er Ihre Fragen beantwortet. Wen juckt schon, was er durchgemacht hat?«

Ahab wusste nicht, was er sagen sollte.

»Aber da Sie schon so freundlich waren, mich ins Vertrauen zu ziehen und mir diese einigermaßen befremdliche – wenn auch sehr aufschlussreiche – Tafel zu zeigen, verrate ich Ihnen was: Es kann sein, dass er's nicht tut«, sagte De Corrado. »Ihre Fragen beantworten, meine ich. Lästig, ich weiß.«

Ahab war, als würde er eine Schiffsglocke läuten hören. Sein Blick sprang zu dem Foto von dem versunkenen Wrack. Er hätte wissen müssen, dass der Fluch der Sirenen seinen Griff nicht einfach so lockern würde. »Und weshalb sollte er keine Fragen beantworten?«

»Wie ich heute von einem ausnehmend gesprächigen Psychologen erfahren habe, beeinflusst ein Trauma das Gehirn auf unterschiedliche Weise«, sagte De Corrado. »Und Forest ist eindeutig schwer traumatisiert. Ich weiß, dass Linda Sie auf dem Laufenden hält – Sie wissen also bereits, dass Forest nichts sagt. Aber die Wahrheit lautet: Es kann sein, dass er *jedes Mal* dichtmachen wird, sobald man ihn mit entsprechenden Fragen konfrontiert. Oder dass er keinerlei Erinnerung an die Zeit hat – niemand weiß, was er verdrängen musste, um zu überleben. Der Psychologe glaubt, in einer Umgebung mit Dingen, die ihm aus seiner Vergangenheit vertraut sind, könnte er sich möglicherweise ausreichend verankern, um nicht mehr alles verdrängen zu müssen, aber Garantien gibt es keine.«

Ahab überlegte, wie sich dieser Prozess womöglich beschleunigen ließe. Er dachte an die Fotoalben in seinem Schrank. Vielleicht konnten die ihm helfen? Dann fing er ihren Blick auf. De Corrado sah ihn an, als wüsste sie, was er dachte.

Er seufzte. »Ich … ich werde ihn bestimmt nicht zu sehr unter Druck setzen. Ich freue mich, dass er wieder da ist, ehrlich. Auch, wenn er sich vielleicht nie erinnern wird oder nie wieder darüber sprechen möchte. Es ist gut, dass er zurück ist, aber … Alexandra … sie hat sehr unter Jesse gelitten … Forests Rückkehr bedeutet, es gibt eine Chance, dass auch sie noch am Leben ist. Damals habe ich nichts unternommen. Aber jetzt will ich etwas tun. Und es kann sein, dass uns die Zeit davonläuft.« Sanft berührte er den Faden, der von Alexandras Foto zu Forest führte.

»Sie glauben, dass Davey mit in die Sache verwickelt ist, richtig? Lässt Ivy Sie deshalb nicht auf ihr Grundstück?«

»Sie haben wirklich Ihre Hausaufgaben gemacht«, sagte Ahab. »Für diesen kleinen Leckerbissen mussten Sie schon ein bisschen tiefer im Dreck wühlen.«

»Ivy ist nicht so mächtig, wie Sie glauben.«

Doch, ist sie, dachte Ahab.

»Am Anfang dachte ich, dass Davey seine Finger im Spiel hatte. Aber inzwischen hat er mich davon überzeugt, dass er Jesse nicht vom Thron gestoßen hat«, sagte Ahab. »Ich hab damit meinen Frieden gemacht, okay? Ich hatte damals ganz andere Sorgen. Ich war abgelenkt.«

»Ja, die Drogensucht Ihrer Mutter. Miriam. Sieht irgendwie so aus, als hätten Sie Ihre Wut an Davey ausgelassen.«

Dieselbe Wut, die jetzt plötzlich wieder in ihm hochkochte. »Aufpassen, Detective!«, fuhr er sie an.

»Aber immer«, antwortete sie, ein leises Lächeln im Mundwinkel.

Er musste dringend damit aufhören, jedes Mal die Fassung zu verlieren, sobald jemand seine Mutter erwähnte.

Mit einem dumpfen Schlag schloss er die Schranktür. »Ich bin froh, dass Forest zurück ist. Wirklich froh. Kommen Sie. Wir stoßen auf seine Rückkehr an.« Er deutete zur Tür.

De Corrado musterte ihn. »Warum haben Sie mir die Pinnwand gezeigt?«

»Ist doch ein guter Gesprächseinstieg«, sagte er. »Na los, ich zeige Ihnen Ihr Zimmer.«

Es war inzwischen spätabends, das Pub hatte geschlossen, und Ahab und Detective De Corrado waren allein. Er hatte versprochen, ihr von dem Fluch zu erzählen, doch dazu brauchte es die richtige Atmosphäre – die Öllampe auf dem Tisch sorgte für konspirative Stimmung.

Die Polizistin hatte wissen wollen, ob ein Kollege mithören dürfe, aber Ahab hatte abgelehnt. »Das Wichtigste können Sie denen ja hinterher erzählen.«

»Na dann, Barkeeper, lassen Sie mal hören.« De Corrado nippte an einem frischen Gin Tonic.

»Ist Ihnen das Tessellated Pavement ein Begriff?«, fragte Ahab.

»Ich habe mich heute zur Orientierung schon mal ein bisschen dort umgesehen«, sagte De Corrado. »Die Linien in den Felsen sehen tatsächlich so aus, als wären sie von einem Traktor gepflügt worden.«

»Oder von etwas viel Älterem«, entgegnete Ahab. »Vielleicht sind es auch Opfersteine, die von den Sirenen von Pirates Bay errichtet wurden.«

»… Meerjungfrauen?«

»Jeder weiß, dass es bei uns in der Bucht Sirenen gibt. Betörend und gefährlich«, sagte Ahab todernst. »Sie sind es auch, die den schwarzen Wind von der Leine lassen. Sie lechzen nach den Seelen der Seeleute. Das Dröhnen ist ihr Gesang. Draußen auf dem Meer klingt es tatsächlich wie ein Lied …«

De Corrado spielte mit ihrem Trinkhalm. »Sie nehmen mich auf den Arm.«

»Manchmal, in der Nacht, kann man sie sogar sehen. Leuchtende Zauberlichter, tief unten im Wasser, und in den Höhlen … Ja, die Höhlen. Sie liegen unter dem Kiessand am Schwarzen Strand verborgen, zwischen den ins Meer gestürzten Felsen, oder tief eingegraben zwischen den Klippen. Wir haben hier bei uns das größte Unterwasserhöhlensystem der südlichen Hemisphäre, vielleicht sogar der ganzen Welt – und es sind noch längst nicht alle Höhlen erforscht.«

Ahab verstummte. Draußen rüttelte der Wind an den Fensterscheiben. Der schwarze Wind.

»Dieser Wind taucht aus dem Nichts auf und verschwindet wieder genauso plötzlich. Ein Wind, der sich jeder Vorhersage entzieht. Ein Wind, der das Meer unmöglichen, sich kreuzenden Strömungen unterzieht. Dasselbe Kreuz und Quer wie auf dem Tessellated Pavement. Auch die Kreuzsee *dröhnt.*«

Er verstummte wieder, damit sie es hören konnten. »Wer dann draußen auf dem Meer ist, dem bleibt nur eines. Sich so schnell wie möglich ans Ufer zu retten. In diesem Sturm lässt sich nicht segeln und nicht leben. Und … er vermag es, Dinge in einem zu erwecken. Dinge, die man nicht will. Dinge, die einen in die Tiefe locken.«

»Was meinen Sie damit?« De Corrados Stimme klang spöttisch, aber ihr Blick verriet ihre Neugier.

Ahab nippte an seinem Whisky.

»Es gibt da ein Gedicht:

Der Sirenen Lockgesang
ereilte mich auf See.
Ihr Blick so heiß, die Gier so groß,
und ich voll Ach und Weh,
floh feige heim und brachte mich
in trügerische Sicherheit.
Doch schickten sie fernab vom Meer
den schwarzen Wind mir hinterher,
auf dass ich nimmer fliehen kann
der Sirenen Lockgesang.

»Gruselig.« Mehr hatte De Corrado nicht dazu zu sagen.

»Dr. William Ashbury, geschrieben etwa 1850. Er geriet auf hoher See in den schwarzen Wind und war seitdem von den Sirenen besessen. Behauptete, sie würden ihn rufen, ihn bis in den Schlaf verfolgen. Es heißt, er hätte sich mit einem Stein den Schädel eingeschlagen, um den Gesang loszuwerden … aber man soll ja nicht alles glauben, was erzählt wird.«

»Und das soll die Existenz dieser Meerjungfrauen beweisen?«

»*Sirenen.* Das ist ein Unterschied. Meerjungfrauen sind lieblich und wohlmeinend, Sirenen gierig und grausam. Es ist eine Warnung – erzürne niemals die See. Lass sie in Frieden und hoffe, dass auch sie dich in Frieden lässt … Aber der Wind? Der Wind ist nicht die See. Er ist über dem Wasser, da, wo *wir* zu Hause sind.« Ahab schüttelte den Kopf. »Wo kann man dem Wind entkommen? Wo dem Gesang der Sirenen?«

Sie bat mit einem Klopfen um einen weiteren Gin Tonic, und er stand auf und trat hinter die Bar. Der Sirenengesang heulte vor den Fenstern. »Gute Geschichte, Barkeeper«, sagte De Corrado. »Aber Sie haben versprochen, mir was über einen Fluch zu erzählen.«

»Die Sirenen sind ein Teil davon. Geduld, die Nacht ist noch jung. Dazu kommen wir schon noch. Ich dachte mir, ich spanne Sie erst ein bisschen auf die Folter.« Er kam zurück, servierte ihr den Drink und setzte sich wieder an den Tisch.

»Ganz wie Sie wollen. Inzwischen erzählen Sie mir doch ein bisschen mehr über Ihre Familie.«

Ahab lehnte sich zurück. »Ach ja ... die guten alten Dempseys ... Erbettelten, erschlichen und ergaunerten sich sämtliche Abalone-Lizenzen, die sie kriegen konnten. Heute ist die ganze Stadt ein Monument dieser Geschichte. Ende.«

»Nicht besonders aufschlussreich«, sagte Detective De Corrado.

»Mir war nicht bewusst, dass es sich hier um ein Verhör handelt.«

Sie hob die Augenbrauen.

»Sie wissen doch schon alles«, sagte er.

»Na ja. Was mich interessiert, sind die Verzweigungen Ihres *unmittelbaren* Familienstammbaums.«

»Und was bieten Sie als Gegenleistung?«

»Mir war nicht bewusst, dass wir hier Geschäfte treiben.«

Ahab hob ebenfalls die Augenbrauen.

»Die Gelegenheit, Forest zu treffen, von Angesicht zu Angesicht«, sagte De Corrado. »Ein Privileg, das Ihnen ansonsten verwehrt bliebe.«

Verdammt. Die Frau wusste wirklich, was sie tat.

»Richtig. Dank meiner lieben Tante Ivy.« Ahab zögerte. Ohne sie aus den Augen zu lassen, ließ er sein Glas auf dem Tisch kreisen. »Und was genau muss ich Ihnen dafür liefern?«

»Ich möchte eine Antwort auf jede meiner Fragen«, erwiderte sie. »Und zwar im Detail. Weshalb bestimmte Familienmitglieder aus dem Abalonen-Geschäft ausgeschlossen werden. Weshalb diese Pension alles ist, was Sie vom Familienerbe abbekommen haben, und weshalb Sie den Namen änderten. Und warum die Pension früher genauso hieß wie das Schiffswrack auf Ihrer Pinnwand. Wieso Ihre Mutter Miriam als Sozialhilfeempfängerin starb. Weshalb Mackenzie Dempsey geächtet wird.«

»Mackenzie ist der Beste aus der ganzen Sippe«, murmelte Ahab.

»Und er hat ein ellenlanges Strafregister.« Detective De Corrado beugte sich näher zu ihm. »Als Jesse und seine Familie verschwanden, ging alles an Davey über. Nichts an Mackenzie, nichts an *Sie*.«

»Daran ist nichts verwerflich. Davey war der nächste in der Erbfolge und außerdem Forests Taufpate.«

»Und Sie sind für die drei Jungs mehr Vaterfigur gewesen als irgendwer. *Sie* haben Davey zu seinem ersten Date kutschiert, nicht Joel Dempsey«, sagte sie. »*Sie* haben Mackenzie das Flaschentauchen beigebracht, nicht Joel. Und ich weiß, dass Sie auch Jesse wie einen Sohn behandelt haben. Also? Warum wurden dann nicht *Sie* Forests Taufpate?«

Ahab dämmerte etwas. »Sie haben uns schon eine ganze Weile im Visier, hab ich recht? Derart detaillierte Informationen hätten Sie unmöglich an einem einzigen Tag zusammensammeln können. Wie Sie denken, wie Sie reden … das riecht alles ein bisschen nach *Canberra*, oder? Arbeiten Sie für die Bundespolizei?«

»Weil Sie Ihre Mutter nicht retten konnten, versuchen Sie jetzt, Alexandra zu retten. Geht es darum?« De Corrado ging nicht auf seine Frage ein.

»Sprechen Sie *nicht*«, sagte er warnend, »über meine Mutter.«

»Warum nicht? Wo genau hat sie ihren Platz in diesem Spiel?

Sie können mir nicht den Mund verbieten, Ahab. Das funktioniert bei mir nicht. Ich habe keine Angst vor den Dempseys.«

»Okay. Sie wollten was über den Fluch wissen?«

»Ja«, sagte De Corrado. »Will ich.«

»Erinnern Sie sich an die Hybris der *Titanic*? Die Reederei behauptete, dass ›nicht mal Gott das Schiff versenken kann‹. Das war Gotteslästerung, und man sagt, Gott habe sie versenkt. Zum Beweis für die uralte Wahrheit: *Verspotte niemals Gott.*«

Mit leiser Stimme fuhr er fort.

»Mein Ururgroßvater hat mit den Sirenen dasselbe gemacht. Er taufte sein Schiff *The Sirens Curse* und behauptete, er hätte vor ihnen keine Angst. Er kreuzte fröhlich in ihren Gewässern, plünderte ihre Besitztümer, machte sich mit seinen Kumpanen über sie lustig. Und dann kam er im stärksten schwarzen Wind aller Zeiten ums Leben, nur eine Meile vom Ufer entfernt. Seitdem gibt es einen Trend: Jeder männliche Dempsey wird es zu großem Erfolg und Reichtum bringen, unweigerlich gefolgt von unfassbarem Unglück, in dem alles Erreichte zu Asche wird.«

»Und Ihr Erfolg?«

»Zu Asche verbrannt«, sagte Ahab wegwerfend. »Und dann habe ich meine Mutter verloren.«

»Sie war drogenabhängig.« Zum ersten Mal schwang etwas Sanftes in ihrer Stimme. Der Verhörtonfall war verschwunden. »Das hätten Sie nicht verhindern können.«

»Doch. Das weiß ich, und der Fluch weiß es auch.«

Sie nippte an ihrem Drink. Die Stimmung zwischen ihnen hatte sich verändert. »Und gibt es eine Möglichkeit, den Fluch zu brechen?«

»Ja«, sagte Ahab. »Sobald die Dempseys damit aufhören, das Meer zu plündern, ist der Fluch gebrochen.«

»Woher wissen Sie das?«

Seine Gedanken wanderten zurück zu seiner Mutter. Als sie nicht mehr gesund und munter in ihrer Hütte am Meer lebte, sondern im Krankenhaus lag. Haare wie Stroh, das Gesicht ein Totenschädel, gefangen in derselben Psychose, die alle Dempseys traf, die in die Fänge dieser Droge geraten waren.

»Wir können den Fluch nur brechen, wenn wir aufhören, das Meer zu plündern, Ahab. Das ist die einzige Möglichkeit …«

»Ich werde die Firma erledigen, Mum. Ich werde jedes einzelne Boot niederbrennen bis zur letzten Planke.«

»Du darfst niemals deine Familie verraten. Versprich mir, dass du immer für die Familie da sein wirst … Schwör es mir.«

Mit einem Kopfschütteln kehrte Ahab in die Gegenwart zurück.

»Das spielt keine Rolle«, sagte er. »Ich möchte Ihre Fragen wirklich beantworten, aber es gibt Versprechen, an die ich mich halten muss.«

»Dann kann ich Ihnen keinen Zugang zu Forest verschaffen. Auch ich stehe zu meinem Wort.«

»Ich finde einen anderen Weg.«

»Da bin ich mir sicher … Können Sie mir wenigstens Eines versprechen? Sie antworten auf meine Fragen, wo Sie können, und geben Bescheid, wenn Sie anfangen zu lügen? Das würde mir meinen Job sehr viel leichter machen.«

Sie sahen einander in die Augen, einen Moment zu lange.

»Versprochen«, sagte Ahab schließlich.

Er löschte die Öllampe.

»Okay. Zeit, ins Bett zu gehen. Morgen ist viel zu tun.«

»Glauben Sie tatsächlich, auf Ihnen lastet ein Fluch?«, fragte De Corrado in die plötzliche Dunkelheit hinein.

»Ich weiß es«, sagte Ahab. »Und auf dem Jungen im Krankenhaus ebenfalls.«

KAPITEL ZEHN

MACKEREL

Mackerel drehte sich um. Neben seinem Bett brummte irgendwas. Sein Telefon. Jemand rief ihn an, mitten in der Nacht.

»Shelby?«, krächzte er, das Telefon ans Ohr gepresst. »Wie spät ist es?«

Ihre Stimme klang gedämpft. »Mackerel … *Da war jemand auf dem Dach!*«

Mackerel fuhr hoch und stieß sich den Kopf am oberen Bett. Er fluchte, ließ das Telefon fallen und wühlte es hektisch wieder hervor.

»Mackerel? Bist du noch dran? Die Polizei war sowieso in der Nähe, und sie schicken auch noch mehr Leute, aber … könntest du herkommen?«, sagte Shelby. »Bitte?«

»Shelby, ich unterliege der Ausgangssperre. Wenn die Bullen mich erwischen, stecken sie mich zurück in den Knast.«

»Die haben sicher Verständnis«, sagte Shelby. Ihre Stimme zitterte.

»Ich bin da nicht der Richtige … Ruf besser Ahab an.«

»Aber der Einbrecher … er hat was gesagt, etwas über …«

Mackerel stieß sich zum zweiten Mal den Kopf am oberen Stockbett und zuckte zusammen. »Moment! Du hast den Einbrecher *gesehen*? Also war es nicht Davey?«

»Nein, natürlich nicht! Hab ich dir doch gerade gesagt! Da war jemand auf dem Dach! Sag mal Mack, bist du betrunken?«

»Nein«, sagte er mit hämmerndem Herzen. »Wer war das? Wer war auf dem Dach?«

»Egal, spielt keine Rolle. Die Polizei möchte noch mal mit mir sprechen.« Sie klang plötzlich distanziert. »Du hast recht. Ich rufe lieber Ahab an.«

Shelby legte auf.

Mackerel warf sich was zum Anziehen über und rannte zur Tür. Er war heilfroh, dass er nicht so viel gesoffen hatte, wie Big Mane es sich für ihren Abend ausgemalt hatte. Vollkommen erledigt war er mittendrin eingepennt und hatte sich irgendwann ins Bett verzogen.

Er machte die Haustür auf und … zögerte. Sollte er es tatsächlich riskieren?

Das war die große Frage. Was für ein Mann wollte er sein? Er stand da, während der schwarze Wind um ihn herum heulte.

Er konnte schon morgen früh zurück im Gefängnis sein.

Er konnte sich eine Tracht Prügel einfangen, weil er ohne Erlaubnis Daveys Grundstück betreten hatte.

Oder … er konnte Shelby beistehen.

In gebückter Haltung lief er zitternd zu seinem Auto.

KAPITEL ELF

AHAB

Ahab hatte nicht mit Shelby Dempseys Anruf mitten in der Nacht gerechnet. Wie auch? Trotzdem hatte er sofort an De Corrados Tür geklopft und war mit ihr im Schlepptau nach *Homeward* aufgebrochen.

Die örtliche Polizei war bereits eingetroffen. Laute Stimmen hallten durch die Nacht, in dem Versuch, sich über den Sturm hinweg zu verständigen. Während De Corrado sich auf den neusten Stand bringen ließ, beschloss Ahab, auf eigene Faust eine Runde um das große Anwesen zu drehen. Die Polizisten erkannten ihn und grüßten winkend, doch er ging alleine weiter. Der Strahl seiner Taschenlampe kreuzte sich ab und zu mit anderen, und die blau-roten Signalleuchten der Einsatzfahrzeuge tauchten die Szenerie in flackerndes Licht.

Ahab war tief in Gedanken. Was Shelby ihm am Telefon erzählt hatte, klang beunruhigend – und noch dazu war Davey immer noch verschwunden. Forests Wiederauftauchen hatte Ahab in eine unmögliche Position gebracht – er musste mit der Polizei kooperieren und gleichzeitig Daveys Drogengeschäfte geheim halten. Es sei denn … sollte er De Corrado einweihen? Würde das helfen, Alexandra wiederzufinden?

Nein. Die Entscheidung verschiebst du, bis du mit Forest gesprochen hast.

Ahab kannte die kriminelle Unterwelt. Er wusste genau, wie

sie funktionierte. Wenn er die Firma jetzt ans Messer lieferte, würde das im Augenblick mehr schaden als nutzen – selbst wenn es ihm gelänge, den Schutzwall aus bestochenen Beamten zu überwinden, den Ivy errichtet hatte. Was für eine verfluchte Scheiße.

Er ignorierte die Stimme der Vernunft in seinem Hinterkopf, die ihm sagte, er würde lediglich nach Ausreden suchen, weil er noch nicht bereit sei, das Versprechen zu brechen, das er seiner Mutter gegeben hatte.

Und weshalb um alles in der Welt hatte er versprochen, De Corrado zu sagen, wann er log? Wem zum Teufel sollte das nutzen? Er war kurz davor, ihr zu unterstellen, ihm was in den Drink getan zu haben. Wie hatte er nur dermaßen unvorsichtig werden können? Und Ahab stand nun mal zu seinem Wort. Für einen Rückzieher war es zu spät.

Er beendete seine Runde an der Ecke, wo er sie begonnen hatte. Während das Haus zum Großteil wie aus einem Stück gemacht wirkte, gab es auf dieser Seite, etwas verborgen hinter einem Spalier mit Kletterpflanzen, eine kleine Nische. Dieses Spalier bestand aus entschieden dickeren Holzstreben, als Shelbys Landschaftsgärtner sie sonst verwendet hatten. Und Ahab wusste auch, weshalb.

Der Taschenlampenstrahl fiel auf einige geknickte Blätter und folgte dann einem Pfad aus zerdrücktem und abgeknicktem Laub bis nach oben aufs Dach. Hier war jemand hinaufgeklettert.

Ahab knipste die Taschenlampe aus, sah sich einmal prüfend um und kletterte das Spalier hinauf, während der schwarze Wind an ihm zerrte, als wolle er ihn hinunterwerfen.

Das Dach von *Homeward* bestand aus einem Holzaufbau mit einer spektakulär über das Haus hinausragenden Dachterrasse – der ideale Ort zum Feiern. Mehrere Polizisten waren damit beschäftigt, die Terrasse und die Beete des Dachgartens auf Fußspuren zu untersuchen.

Ahab wusste, dass sich in der Dachkonstruktion etwas verbarg, etwas, das Davey beim Bau des Hauses eigens in Auftrag gegeben hatte.

Dicht an die Mauer gepresst, um nicht entdeckt zu werden, erreichte Ahab die Giebelverschalung. Er tastete sorgfältig eine Latte nach der anderen ab und stieß schließlich auf eine verkleidete Tür. Er griff in die Ritze und zog sie auf. Dahinter befand sich ein kleiner, abgeschlossener Raum.

Das Schlupfloch eines Drogendealers.

Ahab kletterte hinein, zog die Tür hinter sich zu und sah sich um. Durch einen in den Boden eingelassenen Deckenventilator drang Licht herein.

Er kam sich vor wie in einem Minibunker. Der Raum war mit Teppich ausgelegt, auf einer Matratze lag ein Schlafsack. Das Versteck war mit Konserven und Wasserflaschen ausgestattet. An der Wand über der Matratze hingen ein abgesägtes Jagdgewehr und eine Glock. Da die Waffen noch da waren, hatte Shelbys Einbrecher den Raum wahrscheinlich nicht gefunden.

Ahab vermutete, dass er deswegen auf dem Dach gewesen war: auf der Suche nach dem Schlupfloch. Auf der Suche nach Davey.

Es war staubig und roch nach Seife. Ein kurzer Blick durch den Deckenventilator zeigte, dass sich der Raum direkt über dem ans Elternschlafzimmer angrenzenden Badezimmer befand. Neben dem Ventilatorengehäuse lag ein aufgerolltes Seil, das über einen Seilzug führte und an einem Stützbalken befestigt war. Der Zugang vom Haus aus. Sehr schlau.

Plötzlich ertönte direkt neben ihm eine Stimme, und Ahab erstarrte. Abgesehen von der Tür im Giebel gab es vom Dach aus keinen weiteren Zugang zu dem Versteck, aber jemand befand sich direkt hinter der Trennwand zum Speicher.

»Baz? Kannst du mich hören? Bin ich jetzt über Shelbys Schlafzimmer?«

Die Stimme gehörte De Corrado.

Und Baz war wahrscheinlich ein Kollege unten im Haus.

Wenn er ihnen von dem Schlupfloch erzählte, würden sie von selbst darauf kommen, dass Davey Dreck am Stecken hatte.

Nein. Er musste ihnen nichts davon erzählen.

Der Eindringling hatte das Schlupfloch nicht gefunden, und Davey versteckte sich nicht hier. Die warme Tasse Kaffee mit dem Schuss Whisky fiel ihm wieder ein, und ihm kam ein Gedanke – war Davey hier oben gewesen, als Ahab sich heimlich Zutritt zum Haus verschafft hatte?

Er musste zurück. Nachdem er sich vergewissert hatte, dass die Luft rein war, stieg er eilig nach draußen auf das Spalier. Die Tür schwang hinter ihm zu. So schnell er konnte, kletterte er zurück nach unten, während seine Gedanken wie wild Karussell fuhren.

Sag Jesse, es tut mir leid.

Irgendetwas wusste Davey Dempsey.

Also, wo steckte der Kerl, verflucht noch mal?

KAPITEL ZWÖLF

MACKEREL

Mackerel stand auf der Kiesauffahrt inmitten einer Schar aufgeregter Nachbarn, die der Tumult von *Homeward* aus den Betten getrieben hatte. Um sie herum heulte der schwarze Wind.

Er belauschte eine Frau im Gespräch mit ihrer Freundin. »Bist du sicher?«, sagte sie. »Ich hab gehört, das war ein Spanner, und Davey hat ihn entdeckt und weggejagt, und jetzt sind beide verschwunden.«

»Quatsch. Ich habe mit der Polizei gesprochen. Die sagen, es wäre ein Journalist gewesen, der versucht hat, an Forest ranzukommen. Die arme Familie. Als hätten die nicht schon genug durchgemacht.«

»Wie wär's, wenn Sie jetzt alle gemütlich wieder nach Hause gehen?«, ertönte eine Stimme aus dem Dunkel, und die Nachbarn zuckten zusammen. Mack fuhr herum und sah Constable Linda auf sich zukommen, die gerade ihre Taschenlampe wieder anknipste. »Wir haben hier alles im Griff. Bitte gehen Sie nach Hause. Sie natürlich nicht, Mack.«

Mackerel wünschte, sie hätte sich das im Beisein der Nachbarn gespart. Jetzt würde er mit Sicherheit zu einem Teil der Geschichte werden, noch während die Leute über die Auffahrt zurückgingen.

»Ihnen ist klar, dass ich jeden Verstoß gegen die Auflagen melden muss«, sagte Linda zu ihm.

»Ja, schon ... aber ... Shelby hat mich angerufen ... Ich dachte, sie braucht Hilfe.«

»Na klar. Irgendwie unglaubwürdig.« Constable Linda war noch nie besonders nett zu ihm gewesen, aber ihn jetzt hier zu sehen, machte es offenbar noch schlimmer. Sie stand da und musterte ihn abschätzig. »Sie wissen, dass Ihr Bruder noch immer nicht wieder aufgetaucht ist.«

Es klang vorwurfsvoll. Schließlich wusste die ganze Stadt, dass Mackerel eifersüchtig auf seinen Bruder war.

»Ich habe nichts getan«, sagte er. »Und ich hab ihn auch nicht gesehen.«

»Ihr Bruder verschwindet, Shelby meldet einen Eindringling auf dem Dach ihres Hauses, und plötzlich stehen Sie hier ...« Sie machte einen Schritt auf ihn zu.

»Linda, ich hab ihn kommen sehen«, ertönte aus dem Dunkeln Ahabs Stimme. Er trat hinzu und stellte sich zwischen sie. »Ich verbürge mich für ihn.«

Linda nickte Ahab zu. »Na dann.« Sie wandte sich an Mackerel. »Sie bewegen sich auf sehr dünnem Eis, Mackerel. Vermasseln Sie's bloß nicht.«

»Jetzt sei mal nicht so. Könntest du Mackerel nicht ausnahmsweise aus deinem Bericht raushalten?«, fragte Ahab. »Mir zuliebe?«

»Komm mir nicht auf diese Tour«, sagte Linda. »Und falls ich tatsächlich davon absehe, gehen meine Getränke nächste Woche aufs Haus.«

Sobald sie gegangen war, um sich wieder ihren Pflichten zuzuwenden, packte Ahab Mackerel bei den Schultern. »Geht es dir gut?«

Ahab war schon lange nicht mehr Teil seines Lebens, im Gegensatz zu früher. Als Ahab sich gegen die Firma wendete, war Mackerel gezwungen gewesen, sich auf Daveys Seite zu stellen.

Dabei war Mackerel stolz darauf, mit Ahab verwandt zu sein. Sein Cousin erfuhr überall in der Stadt höchsten Respekt, aber vor allem hatte er früher selbst bis über beide Ohren in der Firma dringesteckt und es trotzdem geschafft, da rauszukommen. Wenn Mackerel ein Vorbild hatte, dann war es Ahab.

»Es ist viel passiert«, sagte Ahab, die strahlend blauen Augen fest auf ihn gerichtet. »Ich versuche zu helfen, Mackenzie. Ich muss unbedingt rausfinden, was Forest zugestoßen ist. Hilfst du mir?«

»Ivy würde das nicht –«

»Mackenzie!«, sagte Ahab. »Sieh dich doch mal um. Schau hin, Junge!«

Mack senkte den Blick. Er fragte sich, wie er, der Verlierer, auf Ahab wirken musste. Dachte sein Cousin an den pummeligen Teenager zurück, dem er das Tauchen beigebracht hatte, mit dem er zum Zelten gefahren war, dem er sein erstes Jagdgewehr geschenkt hatte? Bereute er es, seine Zeit an ihn verschwendet zu haben?

»Hier stimmt was nicht«, sagte Ahab. »Forest ist wieder aufgetaucht, Davey ist verschwunden, jemand bricht ins Haus ein. Falls du irgendwas über Forest erfährst – oder wenn er dir irgendwas erzählt –, musst du mir das sagen.«

»Okay. Mach ich. Versprochen.«

»Gut. Und jetzt sieh zu, dass du verschwindest, ehe Linda es sich anders überlegt.«

Ahab drehte sich um und ging davon.

Mackerel sah ihm hinterher und wünschte, er könnte ihm nachlaufen und die Sache mit Blackbeard erzählen. Doch er riss sich zusammen.

Ahab tut alles dafür, um sich von der Firma fernzuhalten.

Einen Augenblick später warf Shelby sich an seine Brust und umarmte ihn stürmisch. »Du bist gekommen!«

Mackerel nahm sie in die Arme und drückte sie an sich.

»Davey ist immer noch nicht nach Hause gekommen«, flüsterte sie. »Ich schaffe das nicht, Mack.«

»Ruhig. Alles gut. Es wird alles gut.« Unbeholfen strich er ihr über den Rücken.

Es war ein eigenartiges Gefühl, eine Frau im Arm zu halten. Sie zu trösten.

Damals, in Queensland, als er noch seine eigene Crew befehligt hatte, war er genauso beliebt gewesen wie Davey, und mindestens genauso charismatisch. Scheiße noch mal, er hatte an der Spitze eines erstklassigen Drogenrings agiert. Shelby im Arm zu halten, erinnerte ihn wieder daran. Es war ein gutes Gefühl.

Detective De Corrado kam auf sie zu. Mackerel verzog das Gesicht. »Na los, Sie beide. Kommen Sie ins Haus, raus aus dem Wind«, sagte sie nicht unfreundlich. »Die Umgebung ist sauber. Wir haben nichts gefunden. Shelby, ich muss Ihnen ein paar Fragen stellen. Vielleicht kann Mackenzie Sie dabei unterstützen.«

Kurze Zeit später saßen sie zu viert im Wohnzimmer – De Corrado, ein weiterer Detective, der sich als Barry Smith vorstellte, Shelby und Mackerel.

In *Homeward* roch es noch haargenau so wie in seiner Erinnerung, nach Bienenwachskerzen und sauberen Teppichen. Die Einrichtung hatte sich verändert, die Kunst an den Wänden hatte sich verändert, und die Küche sah aus, als wäre sie erneuert worden, aber das Gefühl im Haus war immer noch dasselbe. Und trotz der Polizisten, die überall herumschwirrten, trotz der Aufregung und der schrecklichen Umstände war Mackerel jetzt und genau hier, in dieser schnieken Villa, auf dem Sofa neben Shelby, so eifersüchtig auf seinen Bruder Davey wie noch nie in seinem ganzen Leben.

Kane kam von draußen herein, die Hände tief in die Hosentaschen seines Flanellpyjamas vergraben, und bedachte die Polizisten in seinem Haus mit einem herabschauenden Blick. In diesem Moment sah er aus wie Ivy.

Er setzte sich neben seine Mutter und hakte sich bei ihr ein. »Ich habe Nan angerufen. Sie wollte sofort herkommen, aber ich hab ihr gesagt, sie soll in Hobart bleiben, bei Forest. Ich habe ihr gesagt, hier würden schon genug Leute auf uns aufpassen, und dass Onkel Mack hier ist und sich um dich kümmert.« Er nickte Mackerel dankbar zu.

»Ich wette, sie war außer sich vor Freude«, sagte Mackerel.

Kane zuckte mit den Achseln. »Ich hab ihr gesagt, dass du den Mut hattest, deine Ausgangssperre zu brechen. Ich finde es toll, dass du es riskierst, zurück ins Gefängnis zu wandern, nur um dich um Mum zu kümmern, und genau das hab ich meiner Nan auch gesagt.«

Mackerel musste sich ein Grinsen verkneifen.

Kane blieb bei ihnen, während die Detectives Shelby Fotos von Fußabdrücken zeigten, die sie im Staub auf dem Dach gefunden hatten. Mackerel widerstand dem Drang, darauf hinzuweisen, dass die Spuren nicht von ihm stammten. Sie stellten Fragen zu dem Eindringling, zu seiner Stimme, seinem Tonfall, wollten wissen, ob er mit Akzent gesprochen und ob Shelby sein Gesicht gesehen hätte, ob es denkbar sei, dass sie ihn bei einer Gegenüberstellung identifizierte.

Eingerahmt von Mack und Kane wurde Shelby allmählich ruhiger und war schließlich in der Lage, die ganze Geschichte zum ersten Mal im Detail zu erzählen.

Sie war aufgewacht, weil sie über sich auf dem Dach Schritte gehört hatte. Ohne zu zögern, war sie nach oben auf den Dachgarten gelaufen, um nachzusehen, hatte dort aber niemanden angetroffen. Also war sie wieder zurück ins Haus gelaufen und hatte sämtliche Lichter angemacht und dann, direkt vor der Tür zu Kanes Zimmer, einen Mann mit Sturmhaube entdeckt. Als er sie sah, fragte er, wo Davey steckte.

»Er war so arrogant! Benahm sich, als wäre er hier zu Hause«, sagte Shelby empört.

»Was haben Sie dann getan?«

»Weil ich auf keinen Fall wollte, dass Kane aus dem Zimmer kommt, hab ich ihm mit leiser Stimme gesagt, die Polizei wäre bereits auf dem Weg. Er nannte mich Miststück und verschwand.«

»›Miststück‹. Immer wieder dieselbe Leier«, sagte De Corrado. »Ob denen jemals was Besseres einfällt?«

Kane beugte sich hinter seiner Mutter zu Mackerel rüber. »Dem hätt ich's gezeigt!«, flüsterte er. »Ich wünschte, ich hätte gehört, dass der vor meiner Tür steht.«

»Jede Wette«, stimmte Mack ihm zu.

»Er war also auf der Suche nach Davey … Gab es in seiner Welt vielleicht irgendwelche Feinde?«, fragte Detective Smith.

»Was meinen Sie denn mit ›seine Welt‹?«, fragte Shelby.

»Sein berufliches Umfeld?«, erläuterte Smith mit trägem Grinsen.

»Was soll das heißen, ›seine Welt‹?«, wiederholte sie ihre Frage. Shelby war nicht dumm. »Was zum Teufel unterstellen Sie meinem Mann?«

Mackerel dachte an die erste Begegnung mit De Corrado im Krankenhaus zurück. Falls sie über die Firma Bescheid wusste, dann hatte sie keine Beweise. Und von den Einheimischen würde niemand ihre Theorien untermauern, dafür baute Ivy schon zu lange an ihren Verteidigungswällen.

Allerdings konnte De Corrado nicht wissen, dass Shelby nicht die geringste Ahnung hatte. Er musste ihr dringend einen Hinweis geben. Das war das Letzte, was Shelby in dieser Nacht zu erfahren brauchte.

Mackerel suchte hinter Shelbys Rücken De Corrados Blick und schüttelte kaum merklich den Kopf.

Smith wollte gerade etwas erwidern, da legte De Corrado ihm die Hand auf den Arm. »Ich glaube, es ist besser, Mrs Dempsey ruht sich erst mal aus. Sie hatte gestern einen langen Tag und jetzt eine schlaflose Nacht. Mackenzie, erlauben Sie mir, Sie nach Hause zu begleiten? Wenn ich richtig informiert bin, verstoßen Sie gerade gegen Ihre Auflagen. Mrs Dempsey, Detective Smith wird heute Nacht hierbleiben. Nach meiner Schätzung dürften Sie in etwa über einhundertunddrei Gästezimmer verfügen, da müsste sich doch eigentlich was machen lassen.«

»Das ist eine gute Idee«, sagte Mackerel zu Shelby und drückte ihren Arm. »Ich melde mich morgen. Uns fällt schon was ein.«

»Warum musst du denn unbedingt gehen?«, fragte sie. »Du hast die Ausgangssperre doch sowieso schon gebrochen. Was spielt das jetzt noch für eine Rolle?«

»So sind nun mal die Regeln.« Er umarmte sie zum Abschied und wagte es, sie sanft auf den Scheitel zu küssen. »Pass gut auf sie auf«, sagte er zu Kane.

Kane nickte, den Blick auf seine Mutter gerichtet. »Möchtest du, dass ich heute Nacht bei dir schlafe, Mum?«

Mackerel folgte De Corrado aus dem Haus und angelte sich im Vorbeigehen zwei Flaschen Pinot aus dem Regal im Flur – Davey würde nicht mal merken, dass sie weg waren.

Der Kies knirschte unter ihren Schritten, als sie zu dem zivilen BMW gingen, der neben seiner uralten Karre stand.

»Sie können gerne vorne sitzen, Mack«, sagte sie. »Ich lasse Ihren Wagen morgen von jemandem bringen. Und jetzt sollten wir beide uns dringend ein bisschen unterhalten, finde ich.«

Er beschrieb ihr den Weg zu Big Mane, und sie fuhren los.

»Okay. Reden Sie mit mir, Mann. Was muss ich wissen?«

»Seine Welt«, sagte Mackerel, den Blick zum Fenster gewandt.

»Interessante Wortwahl.«

»Können wir den Part, wo Sie mir ins Gesicht lügen und ich so tue, als würde ich Ihnen glauben, einfach weglassen? Ich würde gern direkt zu dem Punkt kommen, wo Sie mir ein paar diskrete Hinweise geben, die möglicherweise Ihre Familie belasten – oder eben auch nicht.«

»Ich würde meine Familie niemals belasten«, sagte Mackerel.

»Ach, dann gibt es also tatsächlich Machenschaften?«, konterte De Corrado.

»Nein, ganz und gar nicht. Da gab's nie was, da wird es nie was geben. Sie werden in ganz Shacktown keine aufrechteren Bürger finden als die Dempseys. Aber … wenn es Machenschaften *gäbe* … dann wüsste Shelby garantiert nichts davon. Das gebe ich Ihnen schriftlich.«

»Ist Davey kriminell?«, fragte De Corrado unverblümt.

»Nein, natürlich nicht!«, sagte Mackerel. »Und wenn er es wäre … glauben Sie tatsächlich, eine Frau wie Shelby wäre dann noch an seiner Seite?«

»Sie klingen, als würden Sie tatsächlich glauben, was Sie da sagen«, erwiderte De Corrado. »Wissen Sie, Mackenzie, ich habe die tiefsten menschlichen Abgründe gesehen. Sie würden sich wundern, zu welchen Kompromissen manche bereit sind, um zu bewahren, was sie haben. Schauen Sie sich die Villa doch mal an, die Möbel, die ganze prachtvolle Einrichtung. Wie weit würden Sie gehen, um das zu beschützen? Wer alles hat – ein großes Haus, eine Familie, Respekt, einen absolut scharfen Ehemann … Jetzt schauen Sie mich nicht so an … Wissen Sie, Mack, manche gehen ziemlich weit, um ihre schöne heile Welt zu bewahren.«

»Ich habe die Abgründe im Menschen auch schon gesehen, Detective«, antwortete Mackerel leise. »So ist Shelby nicht.«

De Corrado hielt vor Big Manes Haus. Der Weg von *Homeward* hierher war nicht weit. Er hoffte nur, dass Big Mane nicht wach geblieben war, um auf ihn zu warten. Er nahm seine Rolle als Macks bester Freund sehr ernst und machte jedes Mal einen Riesenaufstand, wenn Mackerel irgendein Risiko einging. Wie zum Beispiel einen Verstoß gegen die Ausgangssperre.

Sie stellte den Motor ab. Der Sturm war inzwischen so heftig, dass der Wagen leicht schaukelte. Es war fast gemütlich. »Wussten Sie, dass Sie viel gesprächiger sind, wenn niemand von Ihrer

Familie in der Nähe ist?«, sagte De Corrado. »Im Krankenhaus dachte ich, Sie hätten eine Sprachstörung oder so was in der Richtung. Und nun hören Sie sich an. Sie sprechen doch ganz wunderbar.« Es klang herablassend.

»Ich bin es gewohnt, mit der Polizei zu sprechen«, sagte er. »Es hat was Amüsantes, wenn einem aus Prinzip nicht geglaubt wird.«

»Ihnen ist aber klar, dass ich es rausfinde, falls Ihr Bruder was im Schilde führt.«

»Sie bluffen«, sagte Mackerel. »Sie sind doch wegen Forest hier, nicht wegen Davey.«

De Corrado sah ihn forschend an. Die Straßenlaterne tauchte ihr Gesicht in weiches Licht. »Ihr Problem ist, Sie sind ein derart guter Lügner, dass Sie sogar sich selbst anlügen.«

»Hab ich schon mal irgendwo gehört«, sagte er. Er hielt ihr eine der beiden Weinflaschen hin. »Wollen Sie eine?«

»Ich bin nicht bestechlich. Sollten Sie also irgendwem erzählen, dass ich sie angenommen habe, werde ich lügen.« De Corrado nahm die Flasche und studierte anerkennend das Etikett.

Sie nickte in Richtung Haustür. »Wie's aussieht, hat Ahab Ihnen bei Ihrem Verstoß gegen die Ausgangssperre den Hintern gerettet. Ein Mann mit so viel Macht in einer Stadt wie dieser, das bringt einen schon zum Grübeln, oder? Na ja. Wie dem auch sei. Ich würde nicht darauf zählen, dass er beim nächsten Mal auch wieder in der Nähe ist, um Sie rauszuhauen.«

»Danke fürs Mitnehmen, Detective«, sagte Mackerel und schnallte sich ab. »Und vergessen Sie nicht, was ich über Shelby gesagt habe.«

»Vergessen *Sie* nicht, was *ich* über Shelby gesagt habe«, entgegnete sie. »Und was die ganzen vielen Geschichten betrifft, die Sie zu erzählen haben – wie Sie die Abgründe im Menschen erkannten und all solche Dinge? Sollten Sie jemals die Lust verspüren, bei einem Bier oder auch zwei darüber zu sprechen, melden Sie sich. Es würde mich sehr interessieren, was Sie in Brisbane so erlebt haben. Ehrlich gesagt, hauptsächlich, um mir ein besseres Bild von Ihrer Familie machen zu können. Andererseits bin ich mir ziemlich sicher, dass Sie über ausreichend Talent verfügen, ein Gespräch so zu manipulieren, dass ich bezüglich der wirklich wichtigen Details trotzdem noch im Dunkeln tappe.«

»Und Sie können dabei Bier trinken und es als Spesen geltend machen.«

»Sie kennen sich wirklich aus, oder?«

»Schlafen Sie gut, Detective«, sagte er, öffnete die Beifahrertür und trat hinaus in den Sturm.

Auf dem Weg zur Haustür versiegte sein Lächeln. Er kickte sich die Schuhe von den Füßen. Was sie gesagt hatte, ging ihm nicht aus dem Kopf. *Eine Frau wie Shelby.*

Der Geruch in Big Manes Haus – Männerschweiß und Deo – stand in krassem Kontrast zu Shelbys Bienenwachskerzen. Die Tapete, die sich von den Wänden schälte und zu einem irritierenden Blassgrün tendierte. Der fadenscheinige, abgetretene Teppich.

Aber das war ihm alles unwichtig. Hier war sein Zuhause. Er war froh, bei Big Mane zu wohnen. Trotzdem ließ sich nicht leugnen, dass zwischen hier und *Homeward* Welten lagen.

Im Flur ging flackernd das Licht an, und Big Mane kam schlaftrunken aus seinem Zimmer. Er wickelte sich in einen Bademantel. »Alles okay, Bro?«

Big Mane stützte sich mit einer Hand gegen die Wand. Er war noch nicht wieder ganz nüchtern – auch wenn er Tag und Nacht durchsaufen konnte, ohne am nächsten Tag die leisesten Kopfschmerzen zu haben.

»Hier kommt Nachschub«, sagte Mack. Er schwenkte die Weinflasche. »Ich muss mich dringend abschießen.«

Big Mane grinste. »Und ich dachte schon, du schwächelst.«

Sie machten es sich im Wohnzimmer gemütlich, schalteten die Xbox ein, vor sich auf dem Fußboden ein Sixpack Bier. Aus den Boxen dröhnte Musik.

Doch Shelby ging Mackerel nicht aus dem Kopf. Sie war nicht einfach irgendein Vorzeigeweibchen, sie war klug. Er wusste, dass sie es weit hätte bringen können, wenn sie auf der Uni geblieben wäre, um ihren Doktor in Chemie zu machen. Shelby liebte ihren Mann, verwöhnte Kane, half bei der Organisation des Jugendfußballs, engagierte sich in der Schulgemeinschaft.

Davey war, wie alle Dempseys, ein begnadeter Lügner. Manchmal lief alles nur darauf hinaus.

»Egal was dir im Kopf rumgeistert, vergiss es einfach«, sagte Big Mane und schenkte zwei große Gläser Pinot ein. »Du hast gesagt, heute Nacht schießt du dich ab.«

Was hatte De Corrado gesagt?

Manchmal wird man ein derart guter Lügner, dass man sich sogar selbst belügt.

KAPITEL DREIZEHN

MACKEREL

»Mack … wach auf.«

Sobald Mackerel blinzelnd die Augen öffnete, meldeten sich höllische Kopfschmerzen. Er hatte einen Mordskater.

Big Mane beugte sich über ihn und rüttelte an seiner Schulter.

»Mane … ich glaub, heute kann ich nicht arbeiten«, stöhnte Mack.

»Tut mir leid, Bro«, sagte Big Mane. »Es … es ist was passiert.«

»Wa-«

»Sie … sie haben deinen Bruder gefunden …« Big Mane stockte. »Es tut mir so leid, Bro. Er treibt unten in Devils Kitchen. Er … er ist tot, Bro.«

Mack war mit einem Satz aus dem Bett. Übelkeit und Kopfschmerzen kämpften verbissen um die Oberhand.

»Wer? Jesse?«

»Nein … nein! Sie haben Davey gefunden.«

»Hilft ihm denn keiner?«

»Bro, das ist nicht … die können nicht …«

»Wer leitet die Rettungsaktion?«

»Mack, der schwarze Wind – da kommst du mit dem Boot unmöglich ran, vom Helikopter ganz zu schweigen. Das hat keinen Sinn, Bro.«

»Ich muss los«, sagte Mack.

*

Mackerel drängte sich durch die Menge der Schaulustigen bis an den Rand der Aussichtsplattform. Er beugte sich über das Geländer und schaute nach unten, weit hinunter bis ins brodelnde Wasser. Sofort wurde ihm wieder schlecht. Der schwarze Wind hatte den riesigen Strudel am Fuße der Klippen zu einem wahren Hexenkessel aufgepeitscht. Wellen so groß wie Schiffe krachten donnernd gegen die Felswände, schleuderten Gischt in die Höhe, und mit ohrenbetäubendem Gurgeln formten sich unzählige neue Strudel in der Brandung.

Dann erst erkannte Mackerel, wer da neben ihm stand. Chips knetete verzweifelt ihre Basbeball-Cap. Tränen liefen ihr über das Gesicht.

Er kapierte nicht, warum sie heulte. Davey war nicht tot. Er trug seine Tauchausrüstung. Wenn es einer dort unten schaffte, dann er. Garantiert.

Big Mane, der ihm gefolgt war, nahm einer Schaulustigen ihr Fernglas aus der Hand. »Das da unten ist sein Bruder«, sagte er, und sie ließ sofort los. Die Leute wichen zurück, und rund um Mackerel, Chips und Big Mane öffnete sich ein Raum. Sogar die Einheimischen machten Platz.

Warum waren die auf einmal alle so nett zu ihm?

»Und ich dachte immer, er würde ewig leben«, sagte Chips weinend.

Mit wehender Kapuze stemmte Mackerel sich gegen den Sturm, setzte das Fernglas an und richtete es auf den Farbklecks unten im Wasser. Sein Magen nahm ihm den Perspektivenwechsel sichtlich krumm, und die nächste Woge der Übelkeit schlug über ihm zusammen.

Auf den wilden Wellen trieb ein lebloser Körper, von einem Tarierjacket über Wasser gehalten.

Die scharfen Felsen hatten den markanten Mares-Phantom-Tauchanzug mit den Tigerstreifen in Fetzen gerissen. Rosaroter Schaum durchzog die weiße Gischt. Das Design von Daveys maßgeschneidertem Neoprenanzug mit den leuchtend gelben Streifen war eigens entworfen worden, um Haie abzuschrecken, und quasi sein Markenzeichen. An der Stelle, wo der Ärmel abgerissen war, konnte Mack Daveys Tätowierungen erkennen.

Er war es, definitiv.

»Im Augenblick lässt Davey sich unmöglich bergen«, sagte Big Mane. »Tut mir leid.«

Mack riss sich von dem Anblick los, drückte Big Mane das Fernglas gegen die Brust und rannte, so schnell sein Bein es zuließ, zu den anwesenden Polizisten hinüber, die, angeführt von Constable Linda, einen eher halbherzigen Versuch unternahmen, die Schaulustigen im Zaum zu halten. Sie hatte dunkle Schatten unter den Augen und sah aus, als hätte sie ungefähr so gut geschlafen wie Mackerel.

»Wie lautet der Plan?«, verlangte er zu wissen.

»Mackerel … ich …« Sichtlich betroffen sah sie ihn an. Der harsche Tonfall, den sie vergangene Nacht noch angeschlagen hatte, war verflogen. »Es besteht derzeit keine Möglichkeit, ihn gefahrlos zu bergen. Es tut mir unglaublich leid. Aber das Risiko –«

In dem Augenblick kam auch Big Mane auf sie zugejoggt.

Mackerel drehte sich um und stieß seinen Freund in Richtung Auto. »Bring mich zu deinem Boot.«

Big Mane wurde blass. »Nein, Bro, du kannst da unmöglich rein.«

»Bring mich einfach so nah wie möglich ran, den Rest der Strecke tauche ich. Je tiefer man runtergeht, desto schwächer wird die Kreuzströmung.«

»Mack, das überlebst du nicht!«

»Er ist mein *Bruder*!«

»Wozu gibt es Polizeitaucher? Sollen die das machen!«

»Die würden das bei dem Sturm niemals riskieren, aber die kennen die Gewässer auch nicht so gut wie ich. Ich tauche doppelt so gut wie sämtliche Polizeitaucher zusammen. Ich gehe da runter, mit dir oder ohne dich.«

»Ich bring dich«, ertönte hinter ihnen eine Stimme.

Es war Ahab.

Big Mane zog den Kopf ein.

»Ich bin in meinem ganzen Leben ungefähr fünf Menschen begegnet, die sich unter Wasser besser bewegen als an Land«, sagte Ahab, den Blick fest auf Mackerel gerichtet. »Und Mackenzie ist einer davon. Los, Cousin, gehen wir.«

Auf dem Wasser war das Dröhnen des schwarzen Windes noch lauter. Er packte und rüttelte das Schlauchboot mit seinem festen Rumpf aus glasfaserverstärktem Kunststoff – der einzige Bootstyp, der es mit der Kreuzsee aufnehmen konnte. Außerdem war es glücklicherweise für Tauchgänge ausgerüstet.

Ahab stand in kompletter Tauchmontur am Steuerrad, die Maske um den Hals. Er wirkte vollkommen ruhig. Ahab wusste, wie man im schwarzen Wind navigierte – Mackerel war sicher, dass es in der ganzen Pirates Bay keinen besseren Skipper gab. Die einzige Möglichkeit, dem schwarzen Wind zu trotzen, war ein kleines, wendiges Boot wie dieses, und es gelang auch nur, wenn man möglichst nah an den Klippen blieb, wo wenigstens eine Seite vor den Wellen geschützt war.

Doch auch Ahabs Fähigkeiten, das Risiko zu minimieren, hatten Grenzen. Die Gefahr, zu kentern, war durchaus gegeben. Darum trug auch er seine Tauchausrüstung. Es würde zwar kein Spaziergang werden, aber falls sie tatsächlich kenterten, konnte er nah am Grund zurück zum Strand tauchen. Da unten war die Strömung weniger heftig, und das Seegras bot Halt gegen den Sog.

Auch Mackerel trug einen Tauchanzug samt Ausrüstung. Das vertraute Gewicht des Jackets drückte auf seinen Oberkörper. Obwohl ihm das Rollen und Buckeln des Bootes unter seinen

Füßen nichts ausmachte, konnte er es kaum erwarten, endlich ins Wasser zu kommen – das war sein wahres Zuhause.

Kurz vor der Einfahrt zu Devils Kitchen drosselte Ahab den Motor und stoppte das Boot. Über Mackerels Kopf ragten die zerklüfteten Felswände auf wie die Säulen einer gigantischen ägyptischen Tempelanlage.

»Los!«, brüllte Ahab gegen den Sturm.

Mackerel nahm den Atemregler in den Mund und formte mit Daumen und Zeigefinger das Okay-Zeichen. Dann ließ er sich rückwärts über die Bootskante ins Wasser fallen.

Einen Moment lang ließ er sich an der Oberfläche treiben und spürte sofort, wie seine Muskeln sich entspannten, während Wasser über die Manschette am Hals in den Anzug drang und ihm einen Schauer über den Rücken jagte. Er ließ Luft aus seinem Jacket, um zu sinken. Rasch glitt die Wasserlinie an Maske und Kopf vorbei.

Dann war er unter Wasser.

Er sank tiefer und tiefer.

Atem rein, Blasen raus.

Er blies, während er sank, Luft in die zugehaltene Nase, um den Druck von seinen Ohren zu nehmen.

Die kalte, weiche See empfing ihn, wie sie es immer tat. Als wäre auch er nur ein weiterer Salzwasserbewohner.

Ruhe. Frieden.

Fokus.

Es hieß, man könne süchtig nach den Luftblasen werden, die beim Flaschentauchen entstanden. Bei ihm beruhigten sie sämtliche Sinne. Zwangen ihn, sich ganz auf den Moment zu konzentrieren. Hier unten zu sein, vermittelte ihm ein Gefühl des Alleinseins, das ihn nicht störte.

Was Mackerel während seiner Zeit im Gefängnis am meisten vermisst hatte, war das Tauchen gewesen. Vergeblich hatte er versucht, seinem Zellennachbarn begreiflich zu machen, was es ihm bedeutete. Dieser meditative Zustand und die Fähigkeit, all seine Probleme einfach an Land zurücklassen zu können.

Atem rein, Blasen raus.

Der unfassbare, eisige Druck jenes Elements, das den gesamten Planeten am Laufen hielt. Das laute Rauschen der Blasen, das Zischen des Atemreglers, die knisternden Laute des Wassers. Die ständige Bewegung von Ozean und Licht. Mack spürte den Druck gegen die Flossen, den Zug des Bleis in den Taschen seines Jackets. Er war ein Meister im Austarieren des Gleichgewichts, mithilfe des Jackets oder auch nur durchs Ein- und Ausatmen.

Er tauchte noch etwas tiefer, durch ein Stück Kelpwald, weiter weg von dem Tumult an der Oberfläche. Er hörte, wie das Motorengeräusch von Ahabs Boot sich entfernte, zurück in Richtung Sicherheit.

Jetzt war Mackerel wirklich allein. Es war im Grunde fahrlässig, hier ohne Partner zu tauchen, aber er hatte keine Angst.

Sein Plan lautete, Davey zu bergen und mit ihm durch den breiten Unterwassertunnel zu tauchen, der sich bis unter den Tasmans Arch zog, eine natürliche Felsenbrücke in der Nähe von Devils Kitchen. Dort gab es einen schmalen Vorsprung, wo Mackerel mit seinem Bruder warten wollte, bis man sie von oben mithilfe einer Winsch in Sicherheit brachte.

Es war kein schöner Plan, aber einen besseren hatte er in der Eile nicht fassen können. Was eben an Land noch total verrückt geklungen hatte, kam ihm hier unten auf einmal absolut vernünftig vor.

Mit ruhigen Flossenschlägen tauchte Mackerel weiter, durch den nächsten dichten Vorhang aus Riesenkelp und dann vorbei an dem Felsvorsprung, der die Öffnung von Devils Kitchen markierte. Ein Schwarm türkisfarbener Papageienfische kam ihm entgegen. Je tiefer er tauchte, desto schwächer wurde der Sog der offenen See, doch der tosende Lärm der gegen Felsen donnernden Wassermassen war auch hier unten deutlich zu hören.

Atem rein, Blasen raus.

Mackerel knipste die Tauchlampe an und bahnte sich seinen Weg durch aufsteigende Blasen und Kelpfetzen.

Dann sah er es.

Vor ihm spannte sich eine mit Reflektoren besetzte Tauchleine. Sie kam aus einer Öffnung in der mit Seetang bedeckten Wand eines der unzähligen Unterwassertunnel und führte schräg nach oben bis an die Wasseroberfläche von Devils Kitchen.

Mack packte die Leine und zerrte daran, in dem Versuch, das obere Ende zu sich herunterzuziehen. Die Strömung schleuderte ihn hin und her – ohne festen Halt war es unmöglich, hier etwas auszurichten.

Er tauchte an der Leine entlang zum Höhleneingang, verkeilte sich so gut es ging mit den Flossen im Fels und begann, die Leine einzuholen.

Es war Schwerstarbeit. Mit gleichmäßigen Bewegungen zog Mackerel die Leine Stück für Stück zu sich heran, konzentrierte sich auf ruhige Atemzüge und ließ dabei immer wieder etwas Luft aus seinem Jacket, um im Gleichgewicht zu bleiben.

Der Sturm, der oben tobte, sorgte dafür, dass auch hier unten Schlick und Sand aufgewirbelt wurden. Endlich sah er durch das trübe Wasser etwas auf sich zukommen. Etwas, das ans Ende der Leine geknotet war.

Nicht etwas. Jemand. Ein Mensch.

Mack zerrte weiter.

Die Gestalt kam näher … ein goldener Schimmer. Tigerstreifen.

Es war Davey!

Sein Bruder regte sich nicht. Der tätowierte Arm hing schlaff nach unten.

Das war nicht Davey. Das war Daveys Leiche.

Sein Bruder war tot.

Atem rein … Atem rein … nein, nein, nein, bitte! Lieber Gott, bitte nicht mein Bruder …

Eine blitzartige Erinnerung überfiel ihn – von einem Tauchgang mit Davey, genau hier, an dieser Stelle. Die Jagd mit der Harpune, die tröstliche Gemeinschaft unter Wasser und dann der Genuss ihres Fangs irgendwo am Strand, beim Treibholzlagerfeuer, unter leuchtendem Sternenhimmel …

Sein Bruder war tot. Ganz egal, wie sehr Mackerel sich bemühte, ein guter Mensch zu sein, ganz gleich, wie sehr er versuchte, sein Leben zu ändern – es würde nie wieder solche Momente mit seinem Bruder geben. Er hatte es verkackt. So, wie er alles in seinem Leben verkackte. Sein Bruder würde ihm niemals sagen können, dass er ihm verziehen hatte. Sein Bruder würde ihm niemals sagen können, dass er ihn liebte.

Plötzlich registrierte Mackerel in unmittelbarer Nähe eine merkwürdige Druckveränderung. Sofort übernahm sein Instinkt. Im Tunnel hinter ihm war etwas. Es kam direkt auf ihn zu.

Er wich gerade noch rechtzeitig aus, um eine Hand an sich vorbeischießen zu sehen, ein Tauchmesser in der geschlossenen Faust.

Mackerel drehte sich blitzschnell um und stieß sich so fest er konnte mit den Flossen ab, um vom Höhleneingang wegzukommen. Die Strömung wogte um ihn herum, Seegras, Schlick und Blasen nahmen ihm die Sicht. Er suchte Halt an den schleimigen Kelpfäden.

Aus dem Augenwinkel sah er Daveys Leiche zurück an die Wasseroberfläche schießen, immer noch mit der Leine verbunden.

Der Taucher aus der Höhle folgte Mackerel ins Freie, spiegelte jede seiner Bewegungen, doch dann hielt er plötzlich inne. Seine Maske war dunkel getönt, das Gesicht nicht zu erkennen.

Mack zog das Tauchmesser aus der Scheide am Unterschenkel. Er wollte dem Kerl ins Gesicht sehen, ehe er ihn umbrachte. Er war davon überzeugt, dass der Typ für Daveys Tod verantwortlich war, dass er seine Leiche in Devils Kitchen zur Schau gestellt hatte. Und er würde versuchen, Mackerel ebenfalls zu töten, nur um seine Identität zu verbergen. Es würde ein Kampf auf Leben und Tod werden.

Weshalb bewegte der Typ sich nicht?

Atem rein, Blasen raus.

Der Taucher legte den Kopf in den Nacken, sah zu Daveys Leiche hinauf und dann wieder Mackerel an. Er wies mit dem Messer in seine Richtung, ein klares Zeichen, dass er kämpfen würde.

Unter Wasser konnte man keine Forderungen stellen, man konnte jemanden weder beschimpfen noch bedrohen. Hier gab es nur Jäger und Gejagten.

Mackerel dachte fieberhaft nach. Wenn es ihm gelang, seinem Gegner die Maske zu entreißen, hätte er die Oberhand – ohne Tauchmaske war man unter Wasser so gut wie blind.

Der Atemregler wäre ein leichteres Ziel für sein Messer, aber Mack wollte den Typen nicht umbringen. Er wollte Antworten.

Mackerel spürte, wie sich hinter ihm mit einem Sog das Wasser sammelte. Er fühlte den Druck, als es zurückkam, ließ den Seetang los, und die Welle schleuderte ihn nach vorne, direkt auf seinen Angreifer zu.

Doch anstatt mit dem Messer zu parieren, versuchte der Taucher, auszuweichen.

Mackerel war schnell. Die Klinge seines Messers fuhr dem Mann quer über die Stirn, verpasste knapp die Maske, grub sich in die Haube und hinterließ einen tiefen Schnitt.

Eine zweite Chance bekam er nicht. Die Strömung riss ihn mit sich. Mackerel schlang den Arm um die Leine, an der immer noch Daveys Leiche hing, und durchtrennte sie. Er ließ wieder etwas Luft aus seinem Jacket und sank tiefer in den Einschnitt zwischen den Klippen, weg von den Oberflächenströmungen. Daveys Leiche zerrte er an der Leine hinter sich her.

Er tauchte auf den Tunnel zu, der zu Tasmans Arch führte. Seine Fluchtroute.

Plötzlich spürte er keinen Widerstand mehr an der Leine. Daveys Leiche sank in einem Gewirr aus Blasen an ihm vorbei wie ein Stein. Die Blasen versiegten, und die Leiche seines Bruders verschwand in dem dichten Kelpwald, der sich aus Ritzen auf dem Grund zwischen den Klippen erhob. Da unten tobte die Strömung, wirbelte zwischen Hunderten felsiger Hohlrinnen umher. Daveys Leichnam würde in Fetzen gerissen und dann mit dem Sog hinaus in die Tiefen des Ozeans getragen werden.

Davey ... nein ...

Mackerel hob den Kopf und schaute suchend nach oben.

Der Angreifer befand sich ein Stück über ihm, vielleicht drei Meter, doch er kam nicht näher.

Schnapp ihn dir, schoss es Mackerel durch den Kopf.

Er holte tief Luft, um sich Auftrieb zu geben, erspürte die Bewegung der Strömung, sah, wie der Seetang davon bewegt wurde, und schoss mit kräftigen Flossenschlägen ein zweites Mal auf den Mann zu.

Der Angreifer drehte sich um und steuerte auf die Öffnung eines anderen Tunnels zu, der zu einem der vielen Höhlensysteme führte, die sich zwischen den Klippen erstreckten. Mackerel kannte sich in diesen Höhlen bestens aus; er war praktisch darin aufgewachsen.

Doch der Typ kannte sie eindeutig genauso gut. Außerdem hatte er offensichtlich mehr Kraft als Mack und war damit schneller.

Plötzlich veränderte sich der Druck des Wassers hinter ihm – so einen Wirbel hatte Mackerel noch nicht gespürt.

Mack packte die Angst.

Die gegen die Felsen donnernden Wellen formten einen Strudel.

Mackerel hatte gerade die Arme durch die Tunnelöffnung gezwängt und sich hinter einem Felsen verkeilt, als die strudelnde Strömung seine Beine zurück ins Freie zog und eine seiner Flossen packte. Er befreite den Fuß, ehe die gewaltige Strömung ihm den Knöchel brach, und seine Tauchflosse verschwand kreiselnd in der finsteren Tiefe.

Er verkeilte sich noch fester und zwang sich, ruhig zu bleiben.

Atem rein, Blasen raus.

Durch den stärkeren Wasserdruck surrte es in seinen Ohren. Silberne Köderfische und Kelpfetzen flogen an ihm vorbei. Der Lärm des Strudels war ohrenbetäubend. Dann stabilisierte sich die Strömung endlich wieder, und Mackerel spürte den Rückstrom in die Höhle fließen. Er stemmte sich aus seinem Versteck, ließ sich mittragen und tastete nach der nächsten sicheren Nische im Fels.

Je weiter er sich von Devils Kitchen entfernte, desto schwächer wurde der Sog des Strudels. Mackerel folgte dem Strahl seiner Tauchlampe durch die trübe Dunkelheit. Panik war keine Option – wenn er in Panik geriet, verlor er die Orientierung, und wenn er nicht mehr wusste, wo er sich befand, dann war es aus mit ihm.

Bei jeder Welle und jedem Rückstrom musste er sich in eine neue Nische zwängen. Langsam, langsam, lautete die Devise. Aber nicht so langsam, dass ihm die Luft ausging. Das hektische Atmen hatte seine Reserven gefährlich verkleinert. Das Tosen des Strudels hinter ihm war noch immer angsteinflößend.

Dann hatte er endlich das Ende des Tunnels erreicht. Hier war kaum noch etwas von der Strömung zu spüren; ein guter Ort für eine kurze Pause, ehe die Höhle sich in die Waterfall Bay öffnete.

Plötzlich entdeckte Mackerel vor sich den anderen Taucher. Er hatte sich neben der Höhlenöffnung zusammengekauert.

Atem rein, Blasen raus.

Als er Mackerel sah, floh der Mann in einem Schwall aus Luftblasen.

Mit nur einer Flosse zu tauchen, war mühsam. Er hatte keine Chance, den Typen einzuholen.

Sobald Mackerel die Höhle verlassen hatte und sich im freien Gewässer der Bucht befand, wurde er wieder nach oben getrieben. Er ließ es zu und tauchte auf. Er brauchte dringend Orientierung, aber zwischen den Kreuzwellen ging es zu wie in einer Waschmaschine. Nur mit Mühe gelang es ihm, Maske und Atemregler auf seinem Gesicht zu halten.

Er hatte nicht vorgehabt, an dieser Stelle aufzutauchen – das Wasser war hier viel zu wild –, aber er musste Daveys Mörder auf den Fersen bleiben. Es gab eine Uferstelle, an der man aus dem Wasser herauskommen konnte, und Mackerel versuchte mit aller Kraft, dorthin zu gelangen, indem er durch die Wellen hindurchtauchte.

Er steuerte auf das ihm am nächsten gelegene Ufer der Bucht zu. Dort gab es ein schmales Riff, kaum mehr als ein kleiner Felsvorsprung, der über das Wasser ragte.

Eine Welle erwischte ihn überraschend von hinten und hob ihn so weit mit sich empor, dass er plötzlich das Riff sehen konnte – und Daveys Mörder, der in diesem Moment haargenau an jener Stelle aus dem Wasser kletterte.

Der Typ kannte den Tunnel und auch den Felsvorsprung. Er musste aus der Gegend sein!

Mackerel tauchte wieder unter und versuchte, vorwärts zu kommen, indem er mit seiner einen Flosse schräg gegen die Strömung ankämpfte. Es war aussichtslos. Dann brach direkt über ihm eine riesige Welle – wahrscheinlich eine weiße Wand – und riss ihm den Atemregler aus dem Mund.

Die nächste Riesenwelle drückte ihn weiter unter Wasser, und die Strömung zerrte an der verbliebenen Flosse. Er löste sie vom

Fuß. Die Ruhe, die er vorhin noch gespürt hatte, war verschwunden. Er wurde wieder herumgeschleudert, wieder unter Wasser gedrückt.

Das Wasser hatte ihm inzwischen auch die Maske vom Gesicht gerissen. Endlich bekam er den Ersatzatemregler zu greifen. Sobald er sich etwas beruhigt hatte, füllte er über das Ventil Luft in das Jacket und katapultierte sich zurück an die Wasseroberfläche.

Ohne Flossen paddelte und paddelte er, strapazierte die erschöpfte Muskulatur, versuchte irgendwie, näher an den Felsvorsprung heranzukommen, wo die Kreuzwellen ihn nicht wieder ins offene Meer zurücktreiben konnten. Er hatte seinen Atemregler, er hatte sein Jacket, alles war gut …

Hektisch suchte er nach dem Vorsprung. Die Panik drohte ihn mit sich zu reißen. Und dann, endlich, kam die richtige Welle. Das kalte Wasser strömte erst rückwärts und trug ihn dann weit mit nach vorn.

Mackerel wurde gegen das Riff geschleudert. Geistesgegenwärtig krallte er die Finger in die Felsspalten und krabbelte vorwärts, während die Rückströmung ihn wieder mit sich zu reißen drohte. Erschöpft öffnete er die Schnallen und ließ das Jacket zusammen mit den Flaschen von den Schultern gleiten. Er fühlte sich unendlich erleichtert, das Gewicht los zu sein.

Wo war sein Angreifer geblieben? Er konnte den Mann nirgends entdecken.

Doch, da. Über ihm, er befand sich bereits auf halber Strecke die Klippe hinauf. Er benutzte die am Felsen befestigte Strickleiter und holte die Sprossen hinter sich ein.

Mack saß fest. Es würde nicht lange dauern, bis die nächste weiße Wand auf das Riff knallte und ihn mit sich riss.

Als eine Welle gegen den schmalen Vorsprung brandete und seine Ausrüstung mitnahm, drückte er sich so nah es ging an die Wand.

Schreiend verfluchte er Daveys Mörder. Der Mann trug immer noch Haube und Maske. Er ging keinerlei Risiko ein – und er wollte eindeutig nicht von Mackerel erkannt werden.

Mackerel klammerte sich an die Felswand. Ohne die meditative Wirkung der Luftblasen war er nur ein stinknormaler Typ. Der vor Schiss die Hosen voll hatte und auf sein Ende wartete. Eine einzige große Welle, und er war erledigt.

Doch als der Unbekannte das obere Ende der Klippe erreicht hatte, warf er, ohne sich umzusehen, die Strickleiter zurück nach unten.

Für ihn.

Mackerel zögerte keine Sekunde. Er kletterte die Leiter hoch, so schnell sein kaputtes Bein es zuließ. Der Aufstieg war schrecklich. Die Leiter schwankte im Sturm, Mackerel riss sich am rauen Felsen die Arme auf, der schwarze Wind pfiff ihm um die Ohren und raubte ihm den Atem.

Dann, endlich, war Mack oben.

Er sank nieder, holte keuchend Luft, krallte die Finger in die Erde. Trockenes Land. Er war gerettet.

Und währenddessen sang um ihn herum der schwarze Wind das Lied der Sirenen:

Davey ist tot …

Mack brach zusammen.

KAPITEL VIERZEHN

AHAB

Es war später Nachmittag. Zum ersten Mal seit Jahren war Ahab in Ivys Haus. Er stand gegen den Türpfosten gelehnt im Flur, spähte ins Wohnzimmer und sehnte sich nach einer Zigarette. Es wimmelte von Familienangehörigen – entfernte Cousins und Cousinen, Tanten und Onkel von Joels und Ivys Seite –, die sich durch die geöffneten Flügeltüren bis nach draußen auf die Holzterrasse ergossen.

Die Dempseys waren groß darin, in Krisenzeiten die Familie um sich zu scharen. Und da Ahab an dem Bergungsversuch von Daveys Leiche beteiligt gewesen war, tolerierte Ivy seine Gegenwart. Ahab war sich sicher, dass es ihr nur darum ging, das Gesicht zu wahren. Ruhelos ging sie hin und her, rein und raus und wieder rein, und tötete jeden mit Blicken, der es wagte, sie anzusehen. In derselben Stimmung war sie auch auf der Trauerfeier für Jesse, Alexandra und Forest gewesen, nachdem die drei offiziell für tot erklärt worden waren.

Erst gestern hatte Forest mit seiner Rückkehr in den Schoß der Familie eine fürchterliche Lücke gefüllt. Heute war ihr Davey entrissen worden. Jesse und Davey. Zwei Söhne. Beide dem Meer zum Opfer gefallen … und vermutlich auch der Firma.

Er empfand Mitgefühl für sie. Die Vorstellung, alles und jeden um sich herum permanent unter Kontrolle zu haben und trotzdem das Wertvollste im Leben zu verlieren, war unfassbar …

Vor etwa dreißig Jahren hatte Ahab selbst seinen Sohn zu Grabe getragen. Der Junge war gerade ein halbes Jahr alt gewesen, als Ahab hatte mit ansehen müssen, wie Erde auf den winzigen Sarg geschüttet wurde. Der Verlust all jener Jahre, die sein Sohn nie hatte erleben dürfen, war noch heute so präsent, als wäre er erst vor Kurzem gestorben. Am Tod ihres Kindes war damals auch die Beziehung zu der Mutter des Jungen zugrunde gegangen. So etwas gleich zweimal durchmachen zu müssen, erschien ihm unvorstellbar.

Es gab Menschen, die in der Lage waren, sich von diesem Schmerz zu erholen. Aber auf denen lastete auch kein Fluch.

Er ist zurück. Forest ist zurück. Du musst nie wieder um ihn trauern ...

Ahab hasste Trauer. Er hasste es, auch nur in der Nähe einer solchen Atmosphäre zu sein. Er wollte hier weg, wollte zurück in sein Pub und zu seinem Hund. Und er hatte Schuldgefühle. Denn so traurig er auch wegen Davey war, in ihm gärte noch etwas anderes ...

Frust.

Jetzt würde er wohl nie erfahren, warum Davey diese Nachricht geschrieben hatte ...

Sag Jesse, es tut mir leid.

Irgendetwas hatte Davey über Forests Rückkehr gewusst, und aufgrund der Formulierung ging er offensichtlich davon aus, dass Jesse ebenfalls noch lebte. Ob Jesse am Ende die Verantwortung für Daveys Tod trug? Ahab fragte sich, wie Ivy reagieren würde, falls das tatsächlich der Fall war. Einen Sohn durch den anderen verloren.

Mackenzie, Shelby und Kane saßen dicht beieinander in der Mitte der riesengroßen L-förmigen Couch in Ivys Wohnzimmer. Shelby wirkte apathisch. Ihr Gesicht glänzte vor Tränen. Kanes Kopf ruhte auf ihrem Schoß; er sah plötzlich wieder aus wie ein kleiner Junge und weinte herzzerreißend. Mackenzie wirkte in sich gekehrt. Er schniefte zitternd vor sich hin. Seine Haare waren immer noch feucht. Plötzlich verspürte Ahab ein Gefühl grimmiger Befriedigung – Mackenzie hatte ihn heute sehr stolz gemacht.

Warum um alles in der Welt hätte Davey bei diesem Wetter freiwillig tauchen gehen sollen, obwohl der schwarze Wind Tag und Nacht geheult hatte? Das hätte er niemals bei klarem Verstand getan.

Wie um alles in der Welt ist Davey in Devils Kitchen gelandet? Wer hatte da seine Finger im Spiel?

Ahab brauchte dringend eine Zigarette.

Als er sich umsah, fiel sein Blick auf Detective De Corrado, die sich, ein Bier in der Hand, mit einer von Ivys Cousinen unterhielt. Er sollte endlich sein Versprechen brechen und ihr von der Firma erzählen.

Er brauchte *wirklich* eine Zigarette.

Ahab trat auf die Terrasse, lehnte sich ein wenig abseits an die Hausecke und ließ den Blick schweifen. Unten die Brandung, die Luft erfüllt vom Ruf der Möwen und über allem eine sanfte Brise. Der schwarze Wind hatte sich gelegt. Die See hatte sich wieder beruhigt, als würde sie sich mit Davey als Opfer zufriedengeben.

Polizeitaucher waren noch immer auf der Suche nach der Leiche. Nach allem, was Mackenzie erzählt hatte, war Davey zwischen den gefurchten Spalten auf den Grund gesunken und vermutlich mittlerweile von der Strömung ins offene Meer getragen worden. Ahab hatte keine große Hoffnung, dass die Taucher Erfolg hatten.

Ein paar Minuten später sah Ahab Mackenzie ins Freie treten und mit der Vape in der Hand nach unten Richtung Strand gehen.

»Mack!«, rief er.

Mackenzie drehte sich benommen um. Er wirkte, als wüsste er nicht, wo er war, was er hier tat, wohin er gehen sollte …

»Ich will nur kurz rauchen«, sagte er und hielt die E-Zigarette hoch. »Ist das okay?«

»Du brauchst meine Erlaubnis nicht, Junge. Ich wollte dir nur sagen, dass ich stolz auf dich bin. Der Versuch, deinen Bruder zu retten, war großartig.«

Mackenzie verzog schmerzlich das Gesicht und wandte sich ab. »Ich habe ihn im Stich gelassen.«

»Du hättest ihn nicht retten können …«

»Ahab …« Mackerel senkte die Stimme. »Da unten war noch jemand.«

»Was?« Ahab zog Mackenzie mit sich, weg vom Haus und von den allzu neugierigen Ohren. »Was redest du?«

»Da unten war jemand. Ich wurde angegriffen.« Mackenzie saugte verstohlen an seiner Vape. »Davey war an ein Seil gebunden, weißt du? Und … und dann verschwand der Typ durch den Tunnel … Ich konnte sein Gesicht nicht sehen! Seine Maske war … Ach, Ahab! Ich glaube, Blackbeard ist in der Stadt. Sal – aus dem Café, weißt du? Sal hat mir erzählt, er h-hat was vor. Ich glaube, Blackbeard hat Davey umgelegt.«

Dread Pirate Blackbeard? Hier in Shacktown?

In meiner Stadt.

Ahab blies die Backen auf. Falls Blackbeard tatsächlich in der Stadt war, oder jemand, der sich als Dread Pirate Blackbeard ausgab – der ganze Sinn und Zweck dieses Spitznamens bestand schließlich darin, für Verunsicherung und Verwirrung zu sorgen –, gab er Mack recht. Dann bestand tatsächlich Grund zu der Annahme, dass er den lokalen Drogenboss aus dem Weg geräumt hatte. Armer Davey. Wenn das stimmte, war er wahrscheinlich in einen Hinterhalt gelockt worden.

»Ich hatte immer gehofft, Blackbeard wäre nur ein Mythos«, sagte er und zündete sich noch eine Zigarette an. »Ist Salvatore sich sicher?«

Mack nickte saugend. Er wirkte erleichtert – offensichtlich

hoffte er darauf, dass sein großer Cousin die Situation in die Hand nehmen würde.

»Und glaubst du, Blackbeard hat Daveys Leiche mit Absicht dort deponiert, als … als was? Als Zeichen, dass er gekommen ist? Als *Warnung*?«

»Vielleicht.«

Für den Moment würde Chips als Geschäftsführerin fungieren, aber falls Blackbeard tatsächlich die Übernahme plante, fehlte es ihr entschieden an Rückhalt und auch an Erfahrung, um ihm auf längere Sicht irgendwas entgegenzusetzen.

Und warum hat Blackbeard ausgerechnet in dem Moment zugeschlagen, als Forest wieder auftauchte?

»Du musst es jemandem sagen«, sagte Ahab. »Sprich mit der Polizei.«

»Nein!«, sagte Mackenzie – die automatische Antwort eines Dempseys, sobald irgendjemand das Wort »Polizei« in den Mund nahm. »Ivy würde mich umbringen! Und Shelby … die Wahrheit würde sie zerstören.«

»Das ist längst geschehen«, erwiderte Ahab streng. »Shelby verdient zu wissen, weshalb ihr Mann gestorben ist. In ihren Augen ist Davey immer ein gesetzestreuer Bürger dieser Stadt gewesen. Sie *verdient* die Wahrheit, Mack. Und sie muss erfahren, dass die Geldquelle, auf die sie sich so lange verlassen konnte, versiegen wird.« Schlagartig wurde ihm noch etwas bewusst. »Mack, wenn der Typ auf ihrem Dachboden einer von Blackbeards Männern war …«

»N-nein, Ahab«, sagte Mackenzie. »Das können wir ihr nicht antun. *Bitte!*«

Mack sah ihn entsetzt an. Ahab konnte dem armen Kerl keinen Vorwurf machen, aber er würde sich trotzdem an die Vorstellung gewöhnen müssen, und zwar schnell.

»Mack, es ist dringend notwendig, das große Ganze ins Auge zu fassen. Jetzt, wo Davey tot ist, bist du in der Thronfolge der

Nächste.« Er zwang Mackenzie, ihn anzusehen. »Dempsey Abalone wird mit allem Drum und Dran an dich übergehen.«

»Nein, wird es nicht!«, sagte Mackenzie verzweifelt. »Da muss es jemand anderen geben.«

Eine riesige Woge aus Verdruss überspülte Ahab. »Du hast recht«, sagte er. »Forest.«

KAPITEL FÜNFZEHN

FOREST

Im Royal Hobart Hospital war Abendessenszeit, und Forest war nervös.

Er saß an dem überladenen Tischchen neben seinem Bett, gegenüber von Frankie, die ihn mit ihren Katzenaugen beobachtete. Sie hatte von draußen Grillhähnchen und Kartoffeln in Bratensauce mitgebracht und darauf bestanden, mit ihm zu Abend zu essen. Mit dem Frühstück war es schon dasselbe gewesen. Eigentlich hatte Ivy ihn besuchen wollen, doch dann war sie »wegen eines Notfalls« nach Shacktown zurückgefahren.

Ein Notfall … Forest konnte nur hoffen, dass Huck keinen Blödsinn gemacht hatte.

Während er in der grellen Krankenhausbeleuchtung sein Abendessen runterschlang, fragte er sich, wie Frankie so schnell auf seinen schwachen Punkt gekommen war. Er hatte in seinem Leben zu oft gehungert und nichts zu essen gehabt, um jetzt dazu Nein sagen zu können – und aus demselben Grund bestand auch die Gefahr, dass er beim Essen unvorsichtig wurde.

Also aß er, so schnell er konnte. Wie sie ihn ansah! Er hasste ihren Gesichtsausdruck. Was las sie in ihn hinein? Er schwafelte irgendwas Belangloses und musste sich immer wieder zwingen, den Worten zuzuhören, die aus ihm herauskamen wie auswendig gelernt. Worum ging es gerade? Ach ja, die Grundschule.

Der einzige Trost war, völlig egal, was sie von seinen Antworten auf ihre Fragen hielt, egal, welche Schlüsse sie daraus zog, sie lag daneben.

Doch das bedeutete nicht, dass sie ihm nicht gefährlich werden konnte.

»Hat's geschmeckt?«, fragte sie, sobald er den letzten Bissen Kartoffel in den Mund geschoben hatte. Sie hatte die Hälfte ihrer Portion stehen lassen.

»War gut«, sagte er kauend. »Danke.«

»Also, Forest … ich muss dir was erzählen. Es gibt Neuigkeiten …«

Er legte die Gabel hin. »Was ist?«

»Es tut mir sehr leid, dass du es ausgerechnet auf diese Weise erfahren musst … aber dein Onkel Davey wurde heute Morgen tot aufgefunden.«

Was …?

Das Licht im Zimmer wurde immer greller. In seinen Ohren begann es zu sirren.

»Forest?«

»Wie ist er gestorben?«

»Er ist ertrunken. Bei einem Tauchunfall.«

Sein Körper fühlte sich plötzlich seltsam an. Als würden seine Gliedmaßen jemand anderem gehören.

Er wich ihrem Blick aus. Er ertrug ihre Anwesenheit nicht, jetzt nicht. Ihren Röntgenblick, ihre Art, ihn mit Fragen zu löchern.

»Ich will allein sein«, sagte er.

Zeus spürte seine Not, kletterte vom Bett und legte den Kopf in Forests Schoß.

»Hm … Aber zuerst brauche ich noch irgendwas Neues für die Polizei«, sagte sie sachlich und offenbar davon überzeugt, dass er ihr geben würde, was sie verlangte. Mit diesem Trick hätte sie ihn schon zweimal beinahe erwischt – sie lenkte ihn ab, und sobald er kurz nicht aufpasste, forderte sie so selbstverständlich Informationen ein, dass er beinahe automatisch geantwortet hätte.

»Ich weiß aber nichts«, sagte er. »Gute Nacht, Frankie.«

»Die warten nach wie vor auf Informationen – sie brauchen irgendwas Neues, Forest.«

Er stand auf. Es fühlte sich alles immer noch sehr seltsam an. Unsicher ging er zum Bett und schlüpfte unter die Decke. Zeus sprang zu ihm.

»Na gut. Hab's verstanden, Forest. Ich danke dir. Gute Nacht«, sagte sie.

Forest reagierte nicht. Nur der Hund wedelte zur Antwort einmal mit dem Schwanz.

Frankie schaltete das Licht aus und zog ohne ein weiteres Wort die Tür hinter sich zu. Bis auf die Lichter der Stadt, die flackernd durch die Ritzen der Jalousien fielen, lag das Zimmer im Dunkeln.

Davey war tot.

Ob sein Tod mit Forests Rückkehr in Verbindung stand?

Ganz sicher. Der Zufall wäre zu groß.

Was hieß, dass Forest ihn getötet hatte. Wie indirekt auch immer, er war für den Tod eines Menschen verantwortlich.

Er musste hier raus – in diesem Krankenzimmer würde er gar nichts erfahren.

Und er musste dringend zurück zu Huck.

Forest zählte bis hundert, dann stieg er aus dem Bett. Darunter lagen, ordentlich gefaltet, ein schwarzer Kapuzenpullover, Jeans und Turnschuhe. Die Sachen hatte ihm eine der Krankenschwestern am Vormittag besorgt. Er hatte sie beschwatzt und ihr ein Märchen erzählt. Wie unwohl und verletzlich er sich in dem Krankenhausnachthemd fühlte, wie nackt, und dass er sich mit Anziehsachen in seiner Lieblingsfarbe bestimmt besser fühlen würde, nämlich Schwarz. Vielleicht was mit einer Kapuze, die er sich über den Kopf ziehen konnte, falls er Angst bekäme, und ein paar bequeme Schuhe … Sie hatte es geschluckt.

Schnell und leise zog er sich an und stopfte zwei Kopfkissen unter die Decke.

»Bin bald wieder da, Zeus«, sagte er. »Sorry, ich kann dich nicht mitnehmen. Ich versuche, vor Sonnenaufgang zurück zu sein. Schlaf.«

Zeus winselte leise.

Jetzt kam der heikle Part. Das Fenster im Bad war winzig, dafür ging es direkt auf eine Feuerleiter hinaus. Das große Fenster in seinem Zimmer war zu weit von der Leiter entfernt, außerdem würde die Nachtschwester sein Verschwinden sofort bemerken, wenn die Scheibe kaputt war …

Er wickelte sich ein Handtuch um die Faust und schlug die Fensterscheibe im Bad ein. Dabei achtete er darauf, dass möglichst viele Scherben im Inneren des Raums landeten. Dann stieg er auf die Toilette, kleidete den Fensterrahmen mit Handtüchern aus und quetschte sich hindurch ins Freie.

Die Straße lag schwindelerregend tief unter ihm, und der warme, rauchig salzige Sommergeruch der Stadt traf ihn nach dem antiseptischen Gestank des Krankenzimmers wie ein Schlag. Forest umklammerte den seitlichen Holm der Feuertreppe, kletterte auf die andere Seite und sprang von dort nach unten auf den nächsten Absatz.

Seine Landung machte ein metallenes Geräusch. Er erstarrte. Aus einem nahe gelegenen Fenster kamen Stimmen. Er huschte die Feuerleiter hinunter und sprang auf die Straße.

Unten zog er sich die Kapuze über den Kopf und schlurfte los.

Er war frei.

Und niemand würde kommen, um ihn zu retten. Er war vollkommen auf sich allein gestellt.

Noch konnte er die ganze Sache abblasen. Einfach weggehen, irgendwohin, und tun, was er wollte. An einen Ort, wo nicht ständig Krankenschwestern nach ihm schauten, wo es keine Polizei gab und keine Frankie, die andauernd versuchte, ihm seine Geheimnisse aus der Nase zu ziehen. Wo es niemanden gab, den er enttäuschen konnte.

Keiner beachtete ihn. Passanten gingen an ihm vorbei, ohne ihn auch nur anzusehen. Menschen saßen in Restaurants, lebten ihr Leben und hatten absolut nichts mit Forest zu tun. Autos fuhren vorbei, ohne anzuhalten. Hier draußen kümmerte es niemanden, was er sagte oder nicht sagte, was er tat oder nicht tat. Es war verlockend, keine Frage. Aber er hatte eine Aufgabe zu erledigen.

Er lief die ganze Strecke vom Krankenhaus bis zum St David's Park im Dauerlauf. Der Schorf an seinen Beinen riss auf, aber das war egal.

Mühelos fand er im Dunkeln den Weg zu der großen Eiche, die ihm so vertraut war, dass er sie im Schlaf hätte erklimmen können. Während er den Stamm hinaufkletterte, lösten sich an der rauen Rinde die Pflaster von den Fingerkuppen. Dann hatte er das Astloch erreicht; die Bauchtasche war, wo er sie zurückgelassen hatte.

Forest stieß einen tiefen Seufzer der Erleichterung aus. Er hatte schon befürchtet, sie wäre inzwischen verschwunden.

Rasch zog er den Reißverschluss auf und prüfte den Inhalt. Es war noch alles da: das angesparte Geld und eine detaillierte Karte von Shacktown und Umgebung.

Während er den Park in Richtung Salamanca verließ, wiederholte er in Gedanken noch einmal alles, was er über die Dempseys gelernt hatte, und ging im Kopf alle Tricks durch, die er brauchte, um jedes einzelne Familienmitglied auf seine Seite zu ziehen.

Am großen Platz hielt er ein Taxi an. Er hatte mehr als genug Kohle beiseitegeschafft, um damit bis Shacktown zu kommen.

KAPITEL SECHZEHN

MACKEREL

Draußen war es dunkel geworden. Heftiger Regen trommelte auf das Dach von *Safe Harbour* und untermalte die Stimmung der Anwesenden. Die meisten Besucher waren längst wieder gegangen, nur der innerste Kern war noch da. Zu Daveys Trauerfeier in einer Woche wollten sie alle wiederkommen.

Mackerel saß allein unter dem Vordach auf der Terrasse und sah zu, wie der Regen auf die nassen Holzbohlen prasselte, in denen sich die Lichter aus dem Haus spiegelten. Die Ausgangssperre nahte – er musste zu Big Mane zurück.

Er nippte an einer Dose lauwarm gewordenem Bier. Sich mit Alkohol zu betäuben, war verlockend, aber er wollte nicht schon wieder einen Kater bekommen. Mack gab seinem erbärmlichen Zustand die Schuld daran, dass er nicht in der Lage gewesen war, den Unbekannten in Devils Kitchen zu stellen. Er war schuld daran, dass der Mord an Davey ungeklärt bleiben würde.

Ihm ging es nicht gut – bei dem ganzen Trubel hatte er es nicht zur Apotheke geschafft, um seine Tagesration Medikamente einzunehmen. Keine Schmerzmittel. Keine Opiate. Keine Antidepressiva. Der schlimmste Tag seines Lebens war kein guter Moment, um seine Medikamente wegzulassen. Vielleicht saß er alleine hier draußen, weil er dringend frische Luft brauchte. Er hielt es nicht aus, von so vielen Leuten umgeben zu sein. Ohne die Opiate wurde er oft etwas komisch im Kopf. Es war höchste Zeit, zu entgiften, aber von Suboxone kam man noch schwerer runter als von Heroin.

Er hatte nicht wirklich auf die Stimmen geachtet, die aus dem Haus ins Freie drangen, doch jetzt wurden sie lauter. Sein Name fiel. Das war eindeutig Ivy.

»... ein Ice-Junkie! Der? Der dachte, er hätte einen Sender im Ohr, und meinte, ihm wäre die Mafia auf den Fersen«, sagte sie. »*Drogenpsychose!* Und ein anderes Mal kam er ins Krankenhaus, weil er versucht hatte, sich einen angeblichen Tracker aus dem Unterarm zu schneiden. Das Gemetzel kannst du dir nicht vorstellen. Und *dann* ist er auf seinen *Bruder* losgegangen!«

»Das ist alles ewig her. Er gehört zur Familie!« Das war Shelbys Stimme. Sie verteidigte ihn. »Ihr hättet mir sagen können, dass er aus der Haft entlassen wurde und wieder zurück in Shacktown ist!«

»*Der* hat unserer Familie nichts als Ärger eingebracht. Die Natur macht es uns vor. Es hat durchaus Sinn, dass Kümmerlinge in der Wildnis nicht überleben.«

»Wir sind aber keine Tiere«, sagte Shelby. »Ich fasse es nicht, dass du so über deinen eigenen Sohn sprichst! Er ist der letzte, den du noch hast!«

»Das brauchst du mir nicht zu sagen!«, fauchte Ivy. »Ich würde ihn mit Freuden eintauschen.«

»Das meinst du nicht so«, sagte Shelby nach einer langen Pause.

Mackerel stand auf und trat hinaus in den Regen.

Doch, genau so.

Für Tränen war er viel zu erschöpft. Ihm war alles egal. Es war höchste Zeit, nach Hause zu gehen – vielleicht würde er sich heute doch noch die Kante geben. Er trank das abgestandene Bier aus, zerdrückte die Dose und warf sie auf Ivys Rasen.

Der Kümmerling im Wurf. Das schwarze Schaf. Der Schwächling. Die jämmerliche, fette Makrele. Um in der Unterwelt zu bestehen, musste man hart sein. Das hatte Ivy ihm damals ins Gesicht gesagt, als er erfuhr, aus welchem Holz seine Familie in Wirklichkeit geschnitzt war. Alle waren sich einig gewesen, dass Mackerel zu weich war. Zu schwach. Zu dämlich.

Alle hatten es sich zur Aufgabe gemacht, ihn abzuhärten. Zu seinem eigenen Besten. Wann genau es in nackte Grausamkeit umgeschlagen war, wusste er nicht mehr. Er klammerte sich an die Vorstellung, dass Ivy ihn früher einmal geliebt hatte. Doch irgendwann hatte sie sich so darauf konzentriert, ihn abzuhärten, dass es kein Zurück mehr gab.

Das zumindest redete er sich ein. Es half ihm dabei, sie nicht zu hassen.

Wenn er sich selbst opfern könnte, um Davey zurückzubringen oder sogar Jesse, diesen Psychopathen – er würde es tun. Dann hätte er in ihren Augen wenigstens ein einziges Mal etwas Richtiges getan.

Der kalte Regen lief ihm in den Kragen. Das Gefühl erinnerte ihn ans Tauchen, wenn ihm die Wassertropfen in den Kragen seines Wetsuits liefen. Einen kurzen Moment lang dachte er daran, zu Devils Kitchen rüberzulaufen und einfach zu springen. Er wandte sich ab und humpelte zum Strand hinunter. Dort blieb er stehen, um den Wellen zu lauschen und dem Regen in den Bäumen. Langsam lief er den Strand entlang, zurück zu Big Mane, und wünschte sich, das Meer würde sich erheben und ihn mitnehmen.

*

Mackerel lag auf seinem Bett und starrte den Lattenrost über sich an. Ihm war warm von der heißen Dusche und ein bisschen schwindlig von dem vielen Bier, das den Schmerz in seinem Knie endlich ein bisschen betäubt hatte. Big Mane hatte sofort gewusst, was los war, als er zur Tür reinkam, und ihn in

Ruhe gelassen. Von der Dusche war er direkt ins Bett gewankt und hatte nur kurz angehalten, um sich noch ein Sixpack Bier zu angeln.

Mack wünschte, er hätte seine eigene Wohnung. Einen Ort, wo er mit niemandem reden musste. Das Leben bei Big Mane war anstrengend. Mackerel hatte ständig das Gefühl, in seiner Schuld zu stehen, dabei war noch eine weitere Verpflichtung das Letzte, was er wollte.

Doch auch das wusste Big Mane, und er respektierte es.

Du kannst froh sein, solch einen Freund zu haben. So jemanden hast du überhaupt nicht verdient.

Er hatte den Gedanken kaum zu Ende gedacht, als Big Mane an seiner Tür auftauchte, blass und aufgeregt. Er sah haargenau so aus wie gestern, als er ihm erzählt hatte, dass sie Forest gefunden hatten.

»Was gibt's denn jetzt schon wieder?«, lallte Mackerel.

»Du wirst es nicht glauben, Bro … Forest Dempsey ist hier.«

Mackerel setzte sich abrupt auf, diesmal, ohne sich den Kopf zu stoßen. »Hä?«

Und dann stand er plötzlich vor ihm. Forest Dempsey. Regennasse Haare, schwarzer Kapuzenpulli, blaue Augen in einem ausgemergelten Gesicht.

Hier. In Macks Zimmer.

Big Mane zog im Gehen die Tür hinter sich zu.

»Wa-was tust du hier?«, fragte Mackerel fassungslos. Er halluzinierte … war viel zu betrunken … hatte seine Medikamente nicht genommen …

Forest setzte sich im Schneidersitz auf den Boden und zog den Pulli über die langen blonden Haare. Er sah traurig aus, wie ein geprügelter Hund.

»Hallo, Onkel Mack.«

Forests Rückkehr war ein winziger Funken Hoffnung in dem ganzen deprimierenden Mist rund um Daveys Tod und Blackbeards Auftauchen. Warum nur war Mackerel dann zum Heulen zumute, als er ihn vor sich sitzen sah?

Er tastete unter dem Bett nach einem neuen Bier, zog eine Dose raus und öffnete sie. Das war alles zu viel für ihn. Er setzte an und leerte fast die ganze Dose auf einen Zug.

»Sorry«, sagte er und wischte sich mit dem Handrücken über den Mund. »Was machst du hier, Junge?«

»Die haben mich in dem Krankenhaus gefangen gehalten.« Zitternd schlang Forest die Arme um sich. »Ich lass mich nicht wieder einsperren.«

Eingesperrt. Tätowiert. Geschlagen. Gefoltert?

»Warum bist du *hier*?«, fragte Mack. »Wie – wie bist du hergekommen?«

»Ich hab Geld geklaut. Mir ein Taxi genommen.«

»Du hast *was* –«

»Du bist der Einzige, dem ich trauen kann«, sagte Forest. »Das … das haben mir die Muscheln gesagt.«

»Was?« Mack wollte aufstehen und schlug sich doch noch den Schädel an. Er fluchte laut und verschüttete das restliche Bier.

»Du bist der Einzige, dem ich trauen kann«, wiederholte Forest, ohne Mackerel aus den Augen zu lassen. »Und das mit Onkel Davey tut mir furchtbar, furchtbar leid!«

Manchmal stellte Mackerel sich vor, was er zu Jesse und Alexandra sagen würde, sollten sie jemals wiederkommen. Er tat es nicht oft – meistens verdrängte er ihre Abwesenheit, genau wie jenen schuldbewussten Teil von sich, der froh über Jesses Verschwinden war. Aber nie, nicht ein einziges Mal, hatte er sich vorgestellt, was er wohl zu Forest sagen würde.

Und jetzt war der Junge da, hier bei ihm, und Mackerel war *wieder mal hackedicht*.

Seine Gedanken waren vollkommen vernebelt. Undeutlich hörte er es an der Haustür klingeln.

»Okay …«, sagte er. »Bleib … bleib einfach hier, ja. Ich muss mir Wasser holen … ich muss den Kopf klar kriegen.«

Sobald er die Tür hinter sich zugezogen hatte, stolperte er gegen Big Mane. Sein Freund wirkte nervös.

»Ich muss Ahab anrufen«, sagte Mackerel.

»Wir haben ganz andere Probleme«, erwiderte Big Mane. »Die Bullen sind da. Auflagenkontrolle.«

Mackerel erstarrte. Ausgerechnet jetzt? Was sollte er denn jetzt tun?

Familieninterna blieben intern und gingen niemanden etwas an.

Er durfte nicht zulassen, dass sie Forest Dempsey fanden …

»Ruf Ahab an. Sag ihm, Forest ist bei uns. Der wird wissen, was zu tun ist.«

»Mack? Sind Sie da?«, erschallte Lindas Stimme vor der Eingangstür.

»Ja! Bin hier!«, rief er zurück.

Die unverriegelte Tür flog auf, und drei Polizisten drängten herein. Constable Linda und die beiden Detectives, De Corrado und Smith.

»Mackerel, begeben Sie sich bitte ins Badezimmer«, sagte Linda. Der Befehlston war wieder da. »Wir machen einen Drogentest.«

Mackerel nickte, ohne die Detectives aus den Augen zu lassen. Was wollten die beiden hier?

Er ging ins Bad und pinkelte in den Becher, während Linda so dicht neben ihm stand, dass sie sehen konnte, wie der Urin aus seinem Schwanz lief. Er hatte sich längst an das Prozedere gewöhnt. Trotzdem wünschte er, sie würden für diesen Part endlich einen männlichen Kollegen schicken.

Linda zog sich Gummihandschuhe an, und er reichte ihr den Becher. Sie tauchte einen Teststreifen hinein, zog ihn wieder raus und wartete. Geschlagene fünf Minuten lang. Linda war offensichtlich überzeugt davon, dass der Streifen irgendwann ein positives Ergebnis zeigen musste.

Mackerel hatte die Zeit genutzt, um zu Ende zu pinkeln, zu spülen, gemächlich den Deckel herunterzuklappen und sich zu setzen. Es hatte keinen Zweck, das Bad verlassen zu wollen, ehe Linda den Drogentest für beendet erklärte.

Schließlich hob sie den Blick und sah ihn an. »Sie sind sauber.«

Ihr Tonfall nervte ihn. »Sie wissen, dass Sie diese Formulierung nicht mehr verwenden sollen. Sie unterstellt, dass Drogenkonsumenten schmutzig sind.«

»Aufpassen!«, fuhr sie ihn an. Sie kippte den Urin ins Waschbecken, streifte den Handschuh über den Becher und warf alles in den Mülleimer.

Mackerel wusch sich die Hände und folgte ihr ins Wohnzimmer.

Die beiden Detectives standen mitten im Raum und unterhielten sich. Big Mane wartete unschlüssig an der Tür und sah abwechselnd Mack und die Polizisten an. Mack fühlte sich schrecklich, weil er seinem Freund so viel Ärger ins Haus brachte – Uniformierte waren das eine, aber diese beiden Großstadt-Detectives in ihren schicken Klamotten stellten noch mal eine ganz andere Hausnummer dar.

Noch ehe sie sagen konnten, was sie eigentlich hier wollten, stand plötzlich auch noch Ahab in der geöffneten Haustür. Big Mane hatte ihn also angerufen.

»Was wollen *Sie* denn hier?«, fragte De Corrado mit gerunzelter Stirn. »Sagen Sie mir nicht, Sie haben mich verfolgt.«

Ahab warf Mackerel einen verstohlenen Blick zu. Mackerel schüttelte unmerklich den Kopf und hoffte, dass Ahab verstand, was er meinte.

»Ich bin gekommen, weil Forest Dempsey hier ist«, sagte Ahab.

Mackerel schlug die Hände vors Gesicht.

»Forest Dempsey? *Hier?*« De Corrado verließ augenblicklich den Raum. »Forest? Forest!«

*

Kurz darauf saßen sie alle im Wohnzimmer. Big Mane hatte hektisch ein paar schmutzige Klamotten vom Sofa gefegt, damit Mackerel und Forest sich setzen konnten. Linda bot er keinen Platz an.

Ahab schaukelte unruhig in einem Sessel vor und zurück. De Corrado und Smith saßen auf Stühlen, die eigentlich zum Esstisch gehörten. Linda stand mit verschränkten Armen gegen die Wand gelehnt.

»Sie sind betrunken, Mr Dempsey«, stellte Smith fest.

»Sein Bruder ist gerade gestorben!«, fuhr Ahab ihn an.

Smith legte den Kopf schief, um anzudeuten, dass die Antwort gerechtfertigt war.

»Und Forest …?« De Corrado wandte sich an den Jungen. »Wie bist du hergekommen? Was machst du in Shacktown?«

Mackerel stellte interessiert fest, dass sie Ivy nicht informiert hatte. Er musste an ihre Begegnung im Krankenhaus denken. Trotzdem missfiel ihm der Tonfall, den sie seinem Neffen gegenüber anschlug. Beschützend legte er Forest einen Arm um die Schultern.

»Ich hab gehört, dass Davey gestorben ist«, antwortete der Junge. »Ich wollte bei meiner Familie sein, also bin ich zu Mackerel gefahren. Von den anderen hätte mich ja niemand zu sich gelassen.«

»Es tut mir leid, aber die Dinge … müssen nun mal ihren Gang gehen, Forest«, sagte De Corrado.

Sie hatte sichtlich Mühe, die passenden Worte zu finden, und plötzlich kam Mackerel der Verdacht, dass De Corrado einfach nicht wusste, wie man mit Kindern umging. Er musste grinsen, doch er riss sich schnell wieder zusammen. Das war nicht der richtige Zeitpunkt. Scheiße, er musste dringend wieder einen klaren Kopf bekommen.

»Ich weiß, dass das für dich im Augenblick sehr schwer ist, aber du bist ein sogenannter Hauptzeuge in einer ziemlich bedeutenden kriminalpolizeilichen Ermittlung«, erklärte De Corrado.

»Ich weiß, was ein Hauptzeuge ist«, antwortete Forest trocken.

»Der … wir wollen den Verbrecher erwischen, der das getan hat«, fuhr sie fort. »Sehr viele Menschen arbeiten daran, das möglich zu machen. Hat dein Auftauchen bei deinem Onkel irgendwas mit dem zu tun, was dir zugestoßen ist? Gibt es etwas, das du uns sagen möchtest? So nebensächlich es auch sein mag?« Sie richtete den Blick auf Mackerel und sah ihm in die Augen. »Oder willst du es lieber deinem Onkel erzählen, und der sagt es dann uns?« Sie schenkte Mack ein Lächeln.

Der Junge hob die Schultern. »Ich wollte nur bei meiner Familie sein. Tut mir leid, wenn das ein Fehler war.« Hinter seinem unschuldigen Tonfall versteckte sich ein Hauch Ironie.

»Das war kein Fehler, aber dir muss klar sein, dass es für dich hier nicht sicher ist. Weder mental noch ganz allgemein. Dr. Joseph hat dich noch nicht entlassen. Es tut mir sehr leid, aber wir müssen dich wieder nach Hobart zurückbringen.«

»Nein! *Nein!*« Forest schüttelte Macks Arm ab, sprang auf und rannte aus dem Zimmer.

»Forest!«, rief Mackerel ihm nach und verfluchte abermals sein Knie, weil alle anderen schneller an der Tür waren als er.

Forest kauerte auf den Eingangsstufen. Er atmete schwer, und es klang, als müsse er würgen. Eine Hand hielt er sich an die Kehle. Alle scharten sich um ihn.

»Wir brauchen einen Krankenwagen!«, sagte Linda.

»Nein.« Mack signalisierte den anderen, Platz zu machen. Der Junge hatte eine Panikattacke – damit kannte Mackerel sich nur allzu gut aus.

Er senkte die Stimme und redete behutsam auf den Jungen ein. »Es ist alles gut, Forest … es ist okay … du bist in Sicherheit, keiner sperrt dich wieder ein …« Er ging neben ihm in die Hocke. »Alles wird gut … du bist in Sicherheit … es wird alles wieder gut …«

Forest stieß ein trauriges Glucksen aus. »Wenn ich … wenn du … wüsstest …«, keuchte er.

Mackerel hörte, wie die Polizisten näher rückten, um mitzubekommen, was Forest sagte. Mackerel drehte sich um. »Jetzt lasst ihn doch mal! Keine Sorge, der Junge geht nirgendwo hin. Gebt ihm einfach einen Moment.«

»Wissen Sie, was Sie da tun, Mackerel?«, fragte De Corrado.

»Ja«, sagte Mackerel. »Allerdings.«

Er hatte im Gefängnis genug Panikattacken mit angesehen, um zu wissen, dass leise Stimmen und beruhigende Worte ihre Wirkung taten. Entschieden besser als brüllende Gefängniswärter.

»Ruft den Krankenwagen«, wiederholte Linda.

Eine Viertelstunde später saßen Mackerel und Forest immer noch allein auf den ausgekühlten Steinstufen. Ahab hatte ihnen Decken rausgebracht, um sie wenigstens warm zu halten.

Forest hatte sich wieder beruhigt und beobachtete misstrauisch die beiden Detectives, die am Gartentor standen und sich unterhielten. Er zog die Decke enger um sich.

»Es fühlt sich an, als hätten die gewonnen. Ich wünschte, ich könnte hierbleiben.«

»Das ist keine Niederlage«, sagte Mackerel. »Wahrscheinlich ist es im Krankenhaus wirklich besser für dich.«

»Nicht du auch noch«, seufzte Forest.

Mackerel lachte. »Du bist älter, als du aussiehst, oder?« Blau und rot blinkende Lichter kamen den Hügel herunter auf sie zu. »Wie fühlst du dich jetzt?«

»Ich will nicht wieder weg von hier, Onkel Mack.«

»Ich weiß. Es tut mir leid. Es ist doch nicht für immer.«

»Kannst du bitte mitkommen?«

»Ich glaube nicht, dass sie mich lassen.«

Der Krankenwagen hielt vor dem Haus, und eine Sanitäterin stieg aus. Die beiden Polizisten gingen ihr entgegen.

Forest stand auf und ließ die Decke fallen. »Ich gehe aber nicht ohne Mackerel«, rief er zu ihnen rüber.

»Tut mir leid, aber er kann hier nicht weg«, antwortete De Corrado. »Er unterliegt einer Ausgangssperre.«

»Dann bleib ich hier.« Forest ließ sich zurück auf die Stufen sinken.

»Wie wär's, wenn ich dich begleite, Junge?«, ertönte Ahabs Stimme. Er stand unter dem Dachvorsprung und rauchte. Die rote Glut leuchtete in der Dunkelheit. »Wäre das okay für dich?«

Forest antwortete nicht.

»Er ist okay, Forest«, sagte Mackerel. »Ahab kannst du vertrauen.«

Mühsam kam Forest wieder auf die Beine. Er warf seinem Onkel einen letzten Blick zu, ging zum Gartentor und stieg in den Krankenwagen. Ahab nickte Mackerel dankbar zu und folgte dem Jungen.

Detective Smith ging zu seinem Wagen und fuhr dem Krankenwagen hinterher, ein blinkendes Blaulicht in der Windschutzscheibe seines Zivilfahrzeugs. Warum kam er mit? Die würden Forest doch heute Abend sicher nicht noch mal verhören?

Mack spürte Wut in sich hochkochen. Außerdem ließ die Wirkung des Alkohols nach, und seine Knieschmerzen kamen zurück.

De Corrado und Linda wollten im Wohnzimmer weiter mit ihm sprechen, aber er war viel zu aufgebracht dafür.

»Ich gehe ins Bett«, sagte er.

De Corrado verstellte ihm den Weg. »Erst will ich wissen, warum Forest hier war.«

»Weil er das mit Davey gehört hat und bei seiner Familie sein wollte!«, sagte Mackerel mit lauter Stimme.

»Das glaube ich nicht«, sagte Linda. »Warum sollte er dann ausgerechnet zu *Ihnen* kommen?«

»Was soll das denn heißen?«

»Brauchen Sie zur Beruhigung eventuell eine Nacht in der Arrestzelle?«, gab Linda zurück.

»Sie schulden uns ein paar Antworten«, sagte De Corrado.

»Ich schulde euch *gar nichts*!« Mackerel brüllte inzwischen. »Wofür haltet ihr euch eigentlich? Ihr glaubt, ihr könnt einfach so bei mir zu Hause reinspazieren, mich in den Becher pissen lassen, mich demütigen, meinen Neffen gegen seinen Willen irgendwo hinkarren und mich dann auch noch behandeln, als wäre ich der letzte Dreck? Mir drohen, mich einzusperren? Mein *Bruder* ist gerade *gestorben*!« Der letzte Ausruf ging direkt an Linda: »Ihr Typen in Blau seid die schlimmste Bande auf Erden. Ihr glaubt tatsächlich, euch gehört die ganze beschissene Welt!«

»Nicht in diesem Tonfall, Mackerel«, sagte sie warnend.

»Ich spreche verfickt noch mal so, wie ich es verfickt noch mal für richtig halte!« Mackerel fühlte sein altes Ich zurückkommen. Der Mack, der in teuren Klamotten durch die Straßen von Brisbane stolziert war und sich bei jeder Gelegenheit über die Bullen lustig gemacht hatte. Nie würde er all die inoffiziellen Verhöre vergessen, auf dem Rücksitz eines Streifenwagens oder in irgendeinem Hinterzimmer mit Abreibungen bei ausgeschalteten Kameras, um sich an ihm zu rächen. »Verpisst euch, ihr *Bullenschweine*. Ich geh ins Bett.«

Er wollte ihnen gerade die Haustür vor der Nase zuknallen, als er De Corrados Blick auffing.

»Sie sind nicht gemeint«, murmelte er. »Tut mir leid.«

Dann knallte er die Haustür zu.

Im Flur stieß er fast mit Big Mane zusammen, der ihn anstarrte, als sähe er ihn heute zum ersten Mal.

Mackerel spürte einen heißen Schwall Scham in sich aufsteigen, was ihn nur noch wütender machte. Mit eingezogenem Kopf floh er in sein Zimmer.

Lindas schockiertes Gesicht war wie Balsam für ihn gewesen, aber er konnte sich einen Ausraster vor der Polizei ohne anschließende Entschuldigung einfach nicht leisten. Was hieß das für ihn? Der alte Mack war nun mal längst Geschichte.

KAPITEL SIEBZEHN

AHAB

Der Krankenwagen rüttelte ihn durch, und in Ahab kamen Erinnerungen an seine Mutter hoch. Wie oft hatte sie sich eine Überdosis verpasst, wie oft hatte er sie auf diesem Weg ins Krankenhaus begleitet? Er versuchte, die Gedanken zu verdrängen.

Forest lag neben ihm auf einer Trage. Der Junge zitterte vor Kälte. Ahab nahm noch eine Decke vom Stapel und breitete sie über ihn.

Sein Anblick war erschütternd. Ahab hatte nicht damit gerechnet, dass der Junge so dürr war. Er hatte Forest in Big Manes Wohnzimmer zum ersten Mal gesehen und war schockiert, wie unterernährt er tatsächlich wirkte. Die Augen lagen in tiefen, dunklen Höhlen. Als hätten sich die Auswirkungen von jahrelangem Schlafmangel permanent in die Haut gegraben. Die tiefliegenden Augen sahen aus wie die seiner Mutter auf dem Höhepunkt ihrer Sucht. Was hatte man diesem Jungen nur angetan?

Forest verzog gequält das Gesicht. Ein stechender Schmerz drückte auf Ahabs Brust. Er dachte an die Tätowierung, die jemand dem Jungen in den Rücken gestochen hatte. Wer besaß so viel Bosheit, einem Kind so was anzutun?

Jesse. Jesse war ein durch und durch grausamer Mensch gewesen.

Dann kam ihm ein Gedanke. *Blackbeard.* Blackbeard war ebenfalls grausam genug, um so etwas zu tun.

Worum ging es hier? Um Ursache und Wirkung, irgendeine Verbindung, die er nicht sehen konnte? Oder hatte Blackbeard einfach auf den richtigen Moment gewartet?

Was ist mit dir passiert? Ahab hätte den Jungen am liebsten an den Schultern gepackt und geschüttelt … *Was ist euch nur passiert?* Aber er riss sich zusammen. Der Junge hatte etwas Besseres verdient. Und es würde auch wieder besser für ihn werden. Dass jemandem aus Ahabs Familie so etwas zustoßen konnte, war unverzeihlich. In Ahabs Stadt! Wenn nötig, würde er den Rest seines Lebens damit verbringen, Forests Leid wiedergutzumachen.

Als hätte er seine Gedanken gelesen, schlug der Junge die Augen auf und sah Ahab direkt an. Seine Augen waren von demselben irritierend strahlenden Blau wie die seines Vaters.

»Wir konnten uns noch gar nicht richtig unterhalten«, sagte Ahab. »Erinnerst du dich an mich?«

»Du bist der Cousin von meinem Dad. Aber eigentlich warst du eher so was wie sein zweiter Vater«, sagte Forest, ohne zu zögern. »Ich erinnere mich an dich.«

Sie bogen um eine Kurve, und Ahab musste sich gegen die Seitenwand der Kabine stemmen. Irgendwann einmal hatte das vielleicht gestimmt, aber in den letzten Jahren sicher nicht mehr. Jesse war schon immer impulsiv gewesen, aber mit der Zeit hatte sich das so lange verschlimmert, bis die Paranoia schließlich die Oberhand gewann. Dieses Schicksal ereilte alle Dempseys, die Ice konsumierten – zumal sie direkt an der Quelle saßen.

Weil Ahab damals mit seiner Mutter genug Probleme hatte, zog er sich zunehmend aus dem Leben von Jesse, Davey und Mackenzie zurück. Es verging kein Tag, an dem er das nicht bereute, doch damals hatte er geglaubt, keine andere Wahl zu haben.

»Du hast also ganz allein den Weg vom Krankenhaus zu deinem Onkel Mackenzie gefunden«, sagte Ahab. »Schlauer Bursche. Woher wusstest du überhaupt, wo er wohnt?«

»Versprich mir, dass du mich nicht für verrückt erklärst … Die Muscheln haben mir gesagt, wo ich ihn finden kann.«

Was? Der Junge kann mit Muscheln sprechen?

Ahab versuchte, sich nichts anmerken zu lassen, aber seine Überraschung war Forest offensichtlich nicht entgangen.

»Hörst du sie auch?« Plötzlich hellwach, setzte er sich auf.

»Nein.«

»Doch! Du hörst die Muscheln auch! Ich bin nicht verrückt!« Er warf die Decke von sich und versuchte, von der Trage zu springen. »Lasst mich hier raus! Lasst mich zurück ans Meer! Ich kann es beweisen.« Er schüttelte Ahabs Hände ab. »Nein, lass mich. Ich beweise es dir. *Lasst mich zurück ans Meer*, dann beweise ich es!«

Die Sanitäterin kam vom Beifahrersitz nach hinten geklettert. »Forest! Alles ist gut, du musst dich beruhigen.«

»Denken Sie nicht mal dran!«, warnte Forest, als sie sich anschickte, eine Spritze aufzuziehen. Er legte sich wieder hin. »Mir geht's gut.«

»Ganz bestimmt?«, fragte die Frau.

Forest streckte den Arm nach ihm aus, und Ahab nahm seine Hand. Er spürte den Schorf auf den Fingerkuppen.

»Ganz bestimmt«, erwiderte Forest.

Ahab blieben die Worte im Halse stecken. Jede Frage, die er hatte stellen wollen, und jeder strategische Versuch, irgendwie an Antworten zu kommen.

Sie fuhren über ein Schlagloch, und Forests Griff verstärkte sich. Seine Hand war feucht vor Schweiß. Oder war das sein eigener Schweiß?

Er kann mit Muscheln sprechen …

Bei Ahab fingen sämtliche Alarmglocken an zu läuten.

Nein. Er ist schließlich ein Dempsey. Uns ist das Lügen in die Wiege gelegt. Das hat nichts zu bedeuten.

In Gedanken ging Ahab noch einmal sämtliche Ereignisse durch. Irgendetwas übersah er hier. Er kam immer wieder zur selben Schlussfolgerung: Niemand stand mehr zwischen diesem Jungen und der totalen Kontrolle über Dempsey Abalone.

»Warum ist Davey mitten im schwarzen Wind tauchen gegangen?«, fragte Forest.

»Das weiß kein Mensch«, antwortete Ahab. »Vielleicht hat er nach deinen Eltern gesucht.«

Forest biss sich auf die Unterlippe. »Ist der Fluch schuld daran?«

Ahabs Anspannung ließ ein winziges bisschen nach. Natürlich. Der Fluch der Sirenen. In einer verfluchten Familie waren Zufälle völlig normal. Es hatte keinen Sinn, etwas hineinzuinterpretieren. Er war mit seinem Misstrauen auf dem Holzweg.

Der Junge konnte *auf keinen Fall* etwas mit Daveys Tod zu tun haben.

Oder doch?

Sachte und wie zur Beruhigung ließ Ahab den Zeigefinger über Forests Handteller gleiten, bevor er ihn sanft auf den Puls an seinem Handgelenk legte. Er spürte starkes Pochen. Der Junge war definitiv nervös. »Sag mal, Forest, kennst du eigentlich den Film *Die Braut des Prinzen?*«

Forest runzelte die Stirn. »Nein. Warum?«

»Das war einer der Lieblingsfilme deines Vaters«, log Ahab, um zu überprüfen, ob sich der Pulsschlag veränderte. »Er liebte die Hauptfigur. Westley. Auch bekannt als Dread Pirate Roberts.«

Er sah Forest forschend an.

»Piraten? Ich dachte immer, Dad hätte Piraten gehasst«, sagte Forest.

Der Junge wirkte nicht, als würde er sich verstellen.

Natürlich arbeitet Forest nicht für Blackbeard. Du wirst paranoid, alter Mann.

Forest schien zu bemerken, dass ihn etwas umtrieb. Er sah Ahab finster an, dann drehte er sich weg. Kurz darauf fielen ihm die Augen zu, und er schlief ein. Die erschlaffte Hand entglitt Ahabs Griff.

Warum nur wurde er das Gefühl nicht los, dass er die falschen Fragen stellte?

Forest wachte erst kurz vor der Ankunft im Krankenhaus wieder auf. Ahab hatte seine Chance verpasst.

Sobald sich die Hecktür des Krankenwagens öffnete, wurden sie von einer schlanken jungen Frau mit dunkelbraunen Locken begrüßt. »Forest! Deine Großmutter ist krank vor Sorge!«

»Hallo, Frankie«, sagte Forest düster. »Kannst du bei mir bleiben, Ahab?«

»Nein. Kann er nicht«, sagte Frankie. »Das hat deine Großmutter ausdrücklich untersagt. Ich wünsche Ihnen eine gute Nacht, Ahab.«

Ahab zerzauste Forest die Haare. »Bis bald, mein Junge. Ruh dich aus, komm wieder zu Kräften, und dann komm so schnell wie möglich nach Shacktown zurück. Wir haben dich alle sehr vermisst.«

Die absurdesten Theorien und Gedanken brachten sein Hirn zum Brodeln. Das Problem, ein Dempsey zu sein, bestand darin, überall Feinde zu sehen, wo keine waren.

Vielleicht war es auch einfach nur die Erschütterung über den schlechten Zustand des Jungen.

Wer immer ihm das angetan hatte, würde dafür büßen.

KAPITEL ACHTZEHN

FOREST

Am nächsten Morgen wurde Forest verlegt. Sie brachten ihn in ein am Wasser gelegenes Haus in Battery Point, dem alten und exklusiven Teil von Hobart. Ein neues Bett und diesmal Fenster, die sich nicht öffnen ließen. Die Stimmung der Schwestern im Krankenhaus hatte sich nach seiner Flucht am Vorabend eindeutig gegen ihn gewendet. Wahrscheinlich war es sogar besser, umzuziehen. Forest hatte keine Lust, an einem Ort zu sein, wo man ihn nicht haben wollte.

Das neue Zimmer war riesig, mit antiken Möbeln und schweren blauen Vorhängen an den Fenstern. Zeus lag hellwach über seinem Schoß. Das Bett war so groß und weich, dass er Angst hatte, der Hund würde einfach darin versinken und verschwinden.

Die schwere Holztür ging auf, und Frankie kam ins Zimmer.

Mein Untergang, dachte er, doch er ließ sich nichts anmerken.

Zeus knurrte leise.

»Schhh«, machte Forest und kraulte ihn unterm Kinn. »Du darfst sie nachher beißen.«

»Ist es okay, wenn ich mich setze, Forest?«, fragte Frankie.

»Klar, natürlich! Wir leben in einem freien Land«, sagte Forest übertrieben munter. »Offensichtlich.«

Er schaute an ihr vorbei zu den verriegelten Fenstern.

Sie zog die Augenbraue hoch und setzte sich auf einen Stuhl in seiner Nähe. Zeus richtete sich auf und knurrte lauter. Frankie fuhr eilig wieder hoch, dann lachte sie. »Vielleicht sollte ich mich lieber hierhin setzen?« Sie hockte sich ans Ende einer Wildledercouch.

»Ist vielleicht besser«, sagte Forest und tätschelte den Hund am Kopf. »Guter Junge.«

Sie machte große Augen und setzte ein schiefes Lächeln auf. »Ach so ist das, Forest? Wir versuchen jetzt also gar nicht mehr, subtil zu sein?«

»Ich weiß nicht, was Sie meinen«, sagte er.

»Weißt du was?« Sie ließ sich gegen die Rückenlehne sinken, sah sich im Zimmer um und nickte. »Ich habe nachgedacht. Eigentlich weißt du überhaupt nichts über mich. Schließlich sprechen wir die ganze Zeit nur über dich, Forest, aber nie über *mich* ... Nun gut. Was soll ich dir erzählen? Hm ... na ja, Ivy hat mich beauftragt. Fälle wie du sind mein Spezialgebiet. Du kannst dich ruhig entspannen – ich sehe dir doch an, wie verkrampft du bist.«

Dabei schaute sie nicht einmal in seine Richtung. Forest versuchte, sich zu lockern, doch damit ließ sofort auch seine Wachsamkeit nach, also spannte er sich wieder an.

»Du hast uns gestern Abend allen einen ziemlichen Schrecken eingejagt«, sagte sie. »Möchtest du darüber sprechen?«

»Ich dachte, wir reden über Sie.« Langsam wurde es offensichtlich, dass Frankie etwas im Schilde führte.

»Sorry, Berufskrankheit. Gut, worüber willst du reden?«

»Jedenfalls nicht über das, worüber Sie reden wollen«, konterte Forest.

»Ja, stimmt, du weißt genau, worüber ich reden will, aber du weichst dem Thema permanent aus. *Was ist mit dir passiert? Wo sind deine Eltern? Wer hat dir diese Tätowierung verpasst?* Und so weiter und so fort ... Ich weiß ja nicht, wie es dir geht, aber ich finde das inzwischen ziemlich langweilig.« Das war ganz sicher gelogen – sie würde über ihn herfallen, sobald seine Wachsamkeit auch nur etwas nachließ. »Also, noch mal: Worüber möchtest du sprechen, Forest?«

»Wann kann ich nach Shacktown zurück?«, fragte er.

»Tja, weißt du … Jetzt, wo Dr. Joseph dich entlassen hat, liegt die Entscheidung bei Ivy, deinem Vormund. Und die wiederum hat diese Entscheidung an *mich* delegiert. Ich fürchte also …«

Zeus spürte Forests Frust und knurrte wieder.

Was sollte er jetzt tun? Wie spielte man dieses Spiel?

»Okay.« Forest atmete tief aus. »Dann reden wir eben darüber.«

Sie beugte sich ein Stückchen vor. »Ja?«

»Reden wir also über das Trauma.«

»Gut. Reden wir über das Trauma.«

»Aber … ich meine, sind Sie wirklich Spezialistin für – wie haben Sie das genannt? – für *Fälle wie mich*?« Sie nickte ihm aufmunternd zu. »Was ich sagen will – wie kann ich mir da sicher sein? Was können Sie mir zu diesem Thema sagen?« Er setzte ein unschuldiges Lächeln auf. »Ich meine, bevor ich Ihnen irgendwas erzähle. Schließlich *bin* ich ein schwer traumatisierter Junge.«

»Das ist verständlich«, antwortete Frankie unbeschwert. »Weißt du, Traumata können deinen Körper zerstören, aber auch deinen Verstand. Ein Trauma kann selbst den schärfsten Intellekt in totalen Matsch verwandeln. In kleine, matschige Schleimpilze und verfaulte Tomaten. Ganz egal, wie clever du zu sein glaubst.« In ihrer Stimme schwang ein fieser Unterton mit. »Und manchmal ist es gut, darüber zu sprechen. Manche Menschen – ich, zum Beispiel – sind sogar extra dafür *ausgebildet*, Gespräche über so was zu führen. Aber falls dir das zu viel ist, können wir gerne über etwas anderes reden. Wirklich, ganz egal was.«

»Ich möchte mit jemand anderem sprechen«, sagte Forest.

»Tja, tut mir leid, diese Wahl hast du nicht«, sagte Frankie und schenkte ihm ein aufgesetzt trauriges Lächeln. »Ich kann nur hoffen, dass du mit der Zeit lernen wirst, mir zu vertrauen. Mehr musst du gar nicht tun. Vertrau mir einfach.«

»Das könnte ich viel leichter tun, wenn Sie mich nach Shacktown zurücklassen würden.«

»Ach was. Ist das so?« Frankie beugte sich vor. »Überzeug mich davon.«

KAPITEL NEUNZEHN

MACKEREL

Die Begrüßung bei seinem täglichen Antritt auf dem Revier war frostig ausgefallen – Linda hatte ihren Kollegen offensichtlich von seinem gestrigen Auftritt erzählt. Hinterher war er zur Apotheke gegangen und hatte sich endlich wieder seine Medikamente geben lassen. Danach fühlte Mackerel sich augenblicklich besser. Noch besser fühlte er sich, als die Apothekerin ihn flüchtig umarmte und ihm wegen Davey ihr Beileid aussprach.

Jetzt war er auf dem Rückweg zu Big Mane, um sich für einen Tag auf dem Boot fertig zu machen. Er machte nicht unbedingt Luftsprünge – der Verlust von Davey war noch viel zu frisch, außerdem war da noch das Problem mit Blackbeard –, aber er hatte heute einen wesentlich besseren Tag vor sich als gestern.

Das dachte er zumindest, bis er den großen Mercedes SUV vor Big Manes Haus stehen sah.

Ivy.

Sie stieg aus und winkte ihn herrisch zu sich. Seine Mutter sah mitgenommen aus. Er bezweifelte, dass sie letzte Nacht auch nur ein Auge zugetan hatte.

Er humpelte zu ihr herüber.

»Du erzählst mir sofort alles, was gestern Abend passiert ist«, befahl sie.

Den Blick fest auf ihre schwarzen Sandalen geheftet, antwortete er gehorsam und so schnell er konnte. Die Tatsache, dass Ahab auch dabei gewesen war, ließ er unter den Tisch fallen.

»Ausgerechnet *zu dir* ist er gekommen? Ausgerechnet *dir* vertraut er?«, sagte sie mit spöttischem Unterton. »Der Himmel hilf uns, ich werde die Männer niemals verstehen. Und du hast der Polizei nichts gesagt?«

»Nein.« Er riskierte einen kurzen Blick.

»Natürlich nicht.« Sie biss sich nachdenklich auf die Unterlippe. »Gut. Es versteht sich von selbst, dass du kein Wort mehr mit Ahab sprechen wirst. Ist mir völlig egal, ob er in größter Not auf deiner Türschwelle steht, du lässt ihn nicht rein. Haben wir uns verstanden? Ahab hat seine Wahl getroffen: Er gehört nicht mehr zur Familie.«

Mackerel zog den Kopf ein.

Ohne ein weiteres Wort stieg sie wieder in den Wagen.

Mackerel ging auf die Haustür zu, er wollte so schnell wie möglich weg von ihr. Doch Ivy ließ das Fenster herunter und herrschte ihn an: »Jetzt komm schon.«

»Was? Wohin denn?«

»Nach Hobart, Idiot. Du bist nun mal derjenige, dem Forest vertraut; du musst mitkommen, wenn wir etwas aus ihm rauskriegen wollen. Wir müssen endlich erfahren, was mit Alexandra und Jesse passiert ist und ob es einen Zusammenhang zu Daveys Tod gibt. Forest ist der Schlüssel!« Sie klang gequält. »Die Frau, die ich engagiert habe, ist offensichtlich völlig unfähig. Sie bekommt keinen Ton aus ihm heraus. Vielleicht macht er bei dir auf. Also beeil dich. Wir sind es Davey schuldig, unser Bestes zu geben.«

»Aber ich …«

Er verstummte. Big Mane hatte heute endlich wieder Arbeit für ihn – einen ganzen Tag, zum Ausgleich für die verlorene Schicht am Vortag. Außerdem würde es ihm guttun, draußen auf dem Boot zu sein, im Wasser, und die Trauer eine Zeit lang hinter sich zu lassen.

»Ich hab gesagt, beeil dich, Idiot.« Sie schloss das Fenster.

Wieder einen Tageslohn verloren. Wieder einen Freund im Stich gelassen.

Wieder ein Fehlschlag in einer langen Reihe von Fehlschlägen.

Es gab nur einen tröstenden Gedanken, an dem Mackerel sich festklammerte: *Forest vertraut mir.* Der Gedanke wärmte ihn, machte ihm Hoffnung.

Aber Big Mane war schon an Bord und wartete auf ihn. Er schrieb ihm eilig eine erklärende Nachricht und hängte einen ganzen Absatz Entschuldigungen an.

Dann stieg Mackerel zu Ivy ins Auto.

Auf der Fahrt nach Hobart blieb das Radio stumm, und zwischen ihnen fiel kein einziges Wort. Seine Mutter starrte stur geradeaus. Sie strahlte dieselbe eiskalte Wut aus, die er gestern schon an ihr registriert hatte.

Sie hielten an einem großen Gebäude in Battery Point. An einer Tafel neben der Tür waren die Namen von Ärzten und Psychologen aufgelistet. Ivy nahm ihren Beutel mit Strickzeug und einen Picknickkorb vom Rücksitz und drückte Mackerel beides in die Arme. Er folgte ihr hinein zum Empfang und von dort aus durch einen glänzenden, nach Holzpolitur duftenden Gang bis zu einer großen hölzernen Tür. Ivy drückte die Tür auf, und Mack betrat hinter ihr das Zimmer.

Forest lag auf einem riesigen Bett und blätterte gelangweilt in einer alten Zeitschrift. Als sie eintraten, hob er den Blick und stieß einen Freudenschrei aus.

Ivy schloss den Jungen in die Arme.

Dann betrat eine ältere, kühl wirkende Psychiaterin den Raum und unterhielt sich eine Weile mit ihnen. Kurz darauf kam eine entschieden freundlicher wirkende junge Frau ins

Zimmer, die sich als Frankie vorstellte und irgendeinen anderen Therapeutentitel trug. Mackerel merkte, dass Forest bei ihrem Anblick erstarrte.

Sobald die Psychiaterin wieder gegangen war, unterhielten Frankie und Ivy sich leise in einer Ecke des Zimmers. Mackerel setzte sich neben Forest ans Bett. »Danke, dass du gekommen bist«, murmelte der Junge.

»Wie geht es dir nach gestern Abend?«

Forest zuckte die Achseln. »Du musst Ivy dazu überreden, dass ich endlich nach Hause darf.«

»Das lernst du schon noch, mein Kleiner«, sagte er und fuhr Forest freundschaftlich durch die verfilzten Haare. »Deine Großmutter lässt sich von niemandem zu *irgendwas* überreden.«

Schließlich verließ auch Frankie das Zimmer, und die drei Dempseys machten es sich bequem. Sie verbrachten die nächsten Stunden mit belanglosem Geplänkel. Ivy erzählte von den Umbauten, die *Safe Harbour* erlebt hatte, seit Forest ein kleiner Junge gewesen war, und Mackerel schilderte ihm die Arbeit auf Big Manes Boot in leuchtenden Farben. Über das Meer zu reden, beruhigte ihn, und langsam gewöhnte Mack sich etwas an die skurrile Situation.

Ivy hatte sich mit ihrem Strickzeug in eine Ecke zurückgezogen, und mit etwas gutem Willen ließ sich ihr Nicken sogar als Ermutigung auslegen, durch seine Erzählungen das Interesse des Jungen zu wecken.

Forest hörte aufmerksam zu und stellte zwischendurch immer wieder geschickte Fragen über das ein oder andere Detail, ohne dabei irgendetwas über sich selbst preiszugeben. Mackerel fragte sich, wo die fast animalische Rastlosigkeit geblieben war, die der Junge noch vor zwei Tagen im Krankenhaus gezeigt hatte. Forest wirkte plötzlich so gelassen.

Aber nein, das stimmte nicht. Sobald Forest sich unbeobachtet fühlte, trat ein angespannter Ausdruck in sein Gesicht, und er zog die Schultern hoch. Er war ein guter Schauspieler, und doch hatte Mack das Gefühl, eine einzige falsche Bewegung könnte genügen, um den Jungen in die Enge zu treiben.

Nachmittags schauten De Corrado und Smith vorbei, bekamen jedoch auch nichts Neues aus Forest heraus. Als ihre Blicke sich kreuzten, schenkte Ivy De Corrado ein mattes Lächeln.

De Corrado zwinkerte Mack freundschaftlich zu, und er fühlte sich bezüglich seines spätabendlichen Wutausbruchs nicht mehr ganz so schlimm. Trotzdem war er froh, dass Ivy die Geste nicht mitbekommen hatte – sie sollte auf keinen Fall denken, dass er mit den Cops einen auf dicke Freunde machte.

Kurz darauf stieß auch Frankie wieder zu ihnen, und Mack war klar, dass Forests strahlendes Lächeln gespielt sein musste. Sie hatte die Psychiaterin im Schlepptau.

Die Erwachsenen versammelten sich in einem Nebenraum zu einer kurzen Besprechung.

»Ehrlich gesagt, ich komme bei ihm an meine Grenzen«, sagte Frankie zu Ivy. »Was auch immer Forest in den letzten sieben Jahren durchgemacht hat, er ist vollständig davon dissoziiert. Außerdem glaube ich nicht, dass diese Umgebung hilfreich für ihn ist, so schön es hier auch sein mag. Er will unbedingt nach Shacktown zurück. Ich schlage vor, wir lassen ihn.«

»Basierend auf Dr. Josephs Einschätzungen stimme ich Ihnen zu. Es wird Zeit für eine Neuausrichtung«, sagte die Psychiaterin. »Aber nur unter der Voraussetzung, dass in Shacktown für entsprechende Unterstützung gesorgt werden kann. Und vorausgesetzt, Sie fühlen sich angesichts der gestrigen Vorfälle imstande, für ihn zu sorgen.«

»Das lassen Sie bitte meine Sorge sein, meine Liebe«, funkelte Ivy sie an. »Forest braucht jetzt seine Familie.«

»Wir befürworten dieses Vorgehen ebenfalls«, sagte De Corrado. »In Shacktown ist er noch näher an unseren Ermittlungen dran. Abgesehen davon, dass der Junge offenbar dazu bereit ist, die ein oder andere Fensterscheibe einzuschlagen, um zu seiner Familie zu gelangen. Trotzdem rate ich zu einem Schutz rund um die Uhr. Wir können nach wie vor nicht ausschließen, dass jemand ihm etwas antun will.«

»Der soll ruhig kommen«, sagte Mackerel drohend, ehe er sich zurückhalten konnte.

Die Frauen sahen ihn an wie einen niedlichen, etwas lästigen Kläffer. Er hielt ihren Blicken stand, solange es ging, bevor er den Kopf senkte.

»Dann sind wir uns also darin einig, dass Forest mit Ivy nach Shacktown zurückkehren wird«, sagte Frankie. »Vielleicht hilft ihm die Umgebung, ein paar von seinen Erinnerungen freizulegen …«

»Ja, wir haben es mit einem herausfordernden Balanceakt zu tun«, stimmte die Psychiaterin zu. »Einerseits wollen wir ihm ein Gefühl der Sicherheit vermitteln, andererseits braucht er Impulse, um zurück in den Alltag zu finden.«

»Erinnerungen freilegen klingt gut«, sagte De Corrado. »Wir müssen dringend einen Weg finden, zu verstehen, was mit ihm passiert ist …«

Mackerel verließ leise den Raum, was bis auf De Corrado niemandem auffiel. Die Frauen würden sich letztlich Ivy fügen, die wie immer das letzte Wort haben würde.

Er ging zurück in Forests Zimmer. Der Junge stand am Fenster und sah hinaus. Hinter den Grünflächen konnte man das Meer und die Yachten erahnen.

»Hi«, sagte Mackerel und setzte sich aufs Bett.

»Jetzt wird also über mein Schicksal entschieden, oder?«, fragte Forest, ohne sich umzudrehen.

»So was in der Art«, antwortete Mackerel. »Ganz unter uns, es geht wohl in die Richtung, die du dir wünschst.«

Forest fuhr herum. »Ich darf mit euch nach Hause?« Ein breites Grinsen erhellte sein Gesicht.

»Aber nicht verraten, dass ich es dir gesagt habe.«

Zehn Minuten später kam Ivy ins Zimmer. Sie warf Mackerel einen Blick zu und verdrehte die Augen. »Ich vermute, er hat es dir bereits gesagt, stimmt's, Forest?«

»Mir was gesagt?«, fragte der Junge mit der perfekten Dosis Verwirrung in der Stimme. »Er hat nur gesagt, dass ich auf dich warten soll.«

»Na dann. Ich hoffe, du freust dich, Liebling. Du darfst mit uns zurück nach Shacktown kommen«, sagte sie strahlend. »Du wohnst erst einmal bei mir.«

Forest stiegen Tränen in die Augen. Er umarmte sie stürmisch. »Danke, Nan! Du rettest mir das Leben!«

Er zwinkerte Mackerel über ihre Schulter zu.

»Großmutter«, korrigierte sie ihn.

Glucksend kraulte Mackerel Zeus den Bauch.

KAPITEL ZWANZIG

FOREST

Forest lag auf dem Bett in seinem Zimmer in *Safe Harbour* – ein echtes Himmelbett mit seidener Bettwäsche. Sie war ganz neu und juckte ein wenig auf der Haut. Auch das Bett hatte Ivy erst heute gekauft, extra für ihn. Zeus lag winselnd vor der Terrassentür, die zum Garten raus führte. Ivy hatte gesagt, bei ihr gebe es nicht viele Regeln, doch der Hund müsse draußen bleiben. Darauf hatte sie bestanden.

Vorhin hatten sie in einem piekfeinen Esszimmer an einem riesigen Tisch gesessen, der aus einem gigantischen Stück dunkelbraunem Treibholz gemacht war, und ein Abendessen aus sechs Gängen verspeist. Es war von einem Catering-Service geliefert worden, den Ivy nur für sie beide bestellt hatte – inklusive Kellnerin, die ihm nachschenkte und nach jedem Gang die leeren Teller abräumte.

Ivy hatte ihn gebeten, sich ganz wie zu Hause zu fühlen und es ihr ohne Scheu zu sagen, falls er etwas brauchte. Es sei ihr wichtig, sagte sie, dass er sich bei ihr wohlfühlte, dass es ihm an nichts fehlte, dass er in Sicherheit war. Sie würde ihm die Frage ersparen, was mit ihm passiert war, und appelliere an seine Vernunft. Dann hatte sie ihm eine goldfarbene Kreditkarte gereicht und mit einem Augenzwinkern verkündet, die Karte habe ein Limit von zehntausend Dollar – genug für »das Nötigste«.

Als er jetzt auf dem Bett lag und sich in seinem neuen Zimmer umsah, fragte er sich, ob Ivy versuchte, ihn mit ihrem Luxus einzuschüchtern.

Der Gedanke erinnerte ihn daran, dass es höchste Zeit war, sich endlich mit Huck zu treffen.

Behutsam stand Forest auf und zog sich an. Er holte eine übergroße Jacke aus dem Schrank, den Ivy mit ein paar Anziehsachen für ihn bestückt hatte, stibitzte einen teuer aussehenden silbernen Kugelschreiber vom Tisch und steckte auch die Kreditkarte ein.

Als er das Zimmer durch die Terrassentür verließ, rollte Zeus sich auf den Rücken, streckte die Pfoten in die Luft und fing an zu winseln.

»*Bleib.*«

Zeus wedelte einmal mit dem Schwanz und blieb, wo er war.

Geduckt schlich sich Forest durch die schwülwarme, mondbeschienene Nacht. Er wusste, dass die Polizei das Haus im Auge behielt, aber er hatte Übung darin, sich ungesehen fortzubewegen. Er drückte sich durch das Salzbuschgestrüpp, das *Safe Harbour* vom Nachbargrundstück trennte, und schlich sich über eine mit Wurzeln überwucherte Treppe hinunter an den Strand. Die salzige Luft war schwer von Eukalyptusduft und surrte vor Insekten. Der Himmel hing voller Sterne.

Forest folgte dem Strand, bis er einen kleinen Park mit Spielplatz und Schaukeln erreichte. Mühelos erklomm er den Kohlgummibaum und zog die Bauchtasche zwischen den Zweigen heraus, die er am Vorabend dort deponiert hatte. Er nahm nur den Stadtplan von Shacktown heraus und ließ das Geld, wo es war.

Dann machte er sich auf den langen Weg die Bucht entlang. Er hielt sich im Schatten und wich nervös den spätabendlichen Strandspaziergängern aus. Von irgendwoher rief ein Pinguin. Forest fuhr erschrocken zusammen und brachte seine Nerven nur mit Mühe wieder unter Kontrolle.

Endlich erreichte er eine Reihe alter Bootsschuppen in der Nähe des Hafens. Die Hafenbeleuchtung ließ erkennen, dass sich die Schuppen in sämtlichen Stadien des Verfalls befanden – manche sahen immerhin aus, als wären sie noch in Betrieb, doch die Flutlinie reichte bei allen Gebäuden bis weit über das Fundament.

An einem kleinen, mittig gelegenen Schuppen mit abgeblättertem hellblauem Anstrich blieb Forest stehen. Der Zugang war mit Zaunlatten vernagelt. Daneben hing ein verrottetes Warnschild mit der Aufschrift »ASBEST«.

Bingo.

Forest kroch unter das auf Stelzen stehende Fundament, rutschte über den feuchten, mit Muscheln und schleimigem Seegras übersäten Sand und folgte der Steigung in Richtung Schuppenboden. Dann tastete er über sich nach der Luke zwischen den Bohlen und kletterte in den Schuppen hinein.

Er konnte nur einen kurzen Blick auf das schummrige Innere erhaschen – das Flackern eines kleinen Lagerfeuers, ein Schlafsack –, ehe er umgestoßen und zu Boden gedrückt wurde, das Gesicht gegen die Holzdielen gepresst.

»Ich sollte dir eigentlich die Nase brechen«, sagte Huck.

Lachend versuchte Forest, den älteren Jungen abzuschütteln. »Huck! Du bist da!«

»Halt's Maul.« Huck hielt seine Handgelenke umklammert und presste ihm das Knie in den Rücken. Mit einem Ruck zog er Forest das Oberteil hoch. »Scheiße! Es stimmt tatsächlich. Wen hast du dazu gekriegt, dir das zu stechen?«

»Nen Stümper«, sagte Forest, nutzte seine Chance, unter Huck herauszurutschen, und sprang in die Hocke. Er streckte dem großen, schlanken Jungen die Hand entgegen und sah ihm in die grünen Augen. Strähnige braune Locken umrahmten ein sonnengebräuntes Gesicht. »Tut das gut, dich zu sehen!«

Huck schlug die Hand weg und boxte Forest immer wieder

gegen die Brust, bis er ihn an die Wand getrieben hatte. »Was für ein Scheißspiel treibst du da?«

»Komm schon, du wusstest, dass ich es probieren würde.«

»Ich hätte nie geglaubt, dass du das *ernst* meinst! Du hast einen Eid geschworen!«, sagte Huck.

»Willst du mich verarschen?« Forest stand auf. »Das sind zwei Fliegen mit einer Klappe, Huck. Ich wasche eure Namen rein, deinen und den von deinem Dad, und außerdem bin ich soeben der reichste Junge in Tasmanien geworden!« Er wedelte mit der goldenen Kreditkarte.

»Ich wollte Forests Geist seinen Frieden geben. Du machst gerade das genaue Gegenteil! Du … du ziehst damit sein Andenken total ins Lächerliche!« Huck sog die Luft durch die Nase und drehte sich weg. »Du hast einen *Eid* geschworen!«, wiederholte er.

»Und den habe ich auch nicht gebrochen.«

»Noch nicht.« Huck schlug mit der Faust gegen die Wand. Forest hoffte, dass sie niemand hörte.

»Was glaubst du, wie lange du dieses Affentheater durchziehen kannst?«

»Ewig, Huck. Du hast gesagt, du vertraust mir.« Forest schob den Ärmel hoch und präsentierte eine hervorstehende Narbe. »Unter dem Vollmond.«

Huck rieb sich über seinen Unterarm, dann schlug er wieder gegen die Wand, fester als beim ersten Mal. »Ich kenne dich. Dir ist Geld doch scheißegal. Warum tust du das?«

»Geld ist keinem scheißegal, Huck«, sagte Forest. Es war ihm ein Rätsel, wie sein Freund hier draußen allein überleben konnte – auch wenn sie aus derselben Welt kamen, entsprach Hucks Auffassung von Richtig und Falsch der eines kleinen Kindes.

»Beantworte meine Frage«, beharrte Huck.

»Das hast du doch längst selbst getan. Ich hab einen Eid geschworen. Huck, du bist der einzige Freund, dem ich jemals vertraut hab. Du und ich gegen den Rest der Welt –«

»Wir sind hier nicht in einem von deinen Büchern! Das hier ist das *echte Leben*!«

»Mann, Huck! Du hast was Besseres verdient. Haben wir beide. Und ich sorge für was Besseres.«

»Und was ist mit Forests Familie? Was tust du *denen* damit an?«

Forest verzog das Gesicht. Manchmal musste man eben schwere Entscheidungen treffen, auch wenn's wehtat. Das echte Leben war voll von schweren Entscheidungen, also zählte das, was am wichtigsten war. Und für ihn war Huck das Wichtigste.

»Wir … darauf können wir keine Rücksicht nehmen, Huck. Was du verdienst, ist wichtiger als … es ist einfach wichtiger, okay? Du solltest sie sehen. Du solltest sehen, wie glücklich sie sind –«

»Nein. Hör auf damit. Tu das nicht. Lass jetzt nicht den edlen Retter raushängen. Das ist alles erstunken und erlogen!«

»Die sind *glücklich*!« Forest streckte ihm die Kreditkarte hin. »*Ich* bin glücklich! Du kannst auch glücklich sein! Ich geb wirklich mein Bestes, okay? Ich geb verdammt noch mal mein Bestes, Huck!«

Huck schwieg und tat, als sähe er nicht, wie Forest sich über die Augen wischte. »Ich kann aber nicht glücklich sein. Ich will, dass die Geister der Vergangenheit endlich ihren Frieden finden. Und nicht, dass du sie alle wieder heraufbeschwörst.«

»Du hast recht, Huck … Forests Geist muss seinen Frieden finden.«

»Hör auf damit. Versuch nicht, mich zu beschwichtigen. Du hast keine Ahnung von der ganzen Scheiße, die ich erlebt habe –«

»Ich tue das, damit du glücklich bist. Du kriegst dein Leben zurück, und wir sorgen dafür, dass Forest endlich erlöst wird.«

Huck horchte auf, so wie Forest gehofft hatte. »Was meinst du mit ›wir sorgen dafür‹?«

»Ja«, sagte Forest. »Jetzt willst du's wissen, hab ich recht? Hör zu. Als Forest Dempsey habe ich Zugang zu *allem*. Zu seiner Familie, zur Abalonen-Fischerei, zu seinem alten Haus, zur Polizei … Ich werde beweisen, was damals wirklich passiert ist. Und dann …«, er boxte Huck gegen die Brust, »wird Forest dich endlich nicht mehr länger quälen.«

Huck verzog das Gesicht und glitt kraftlos an der Wand zu Boden. »Nein«, sagte er nur. Er zog ein Päckchen Zigaretten aus der Tasche seiner Shorts und zündete sich eine an. »Nein. Ich gehe zurück aufs Festland. Du hast viel zu viel Aufmerksamkeit auf uns gelenkt. Ich bin hier nicht mehr sicher.«

»Forests Geist wird dich weiter verfolgen. Das weißt du doch.«

»Ist mir *egal*! Das läuft gerade alles total aus dem Ruder!« Die Glut der Zigarette erhellte seine Gesichtszüge. Er ließ den Rauch aus einem Mundwinkel aufsteigen. »Alles was ich will, ist mich verdammt noch mal da raushalten.«

»Nein. Du willst beweisen, dass dein Dad mit der Sache damals nichts zu tun hatte«, widersprach Forest. »Du willst mehr sein als ein jugendlicher Ausreißer, der in einem beschissenen *Bootsschuppen* haust. Was du willst, ist dein Leben zurück.«

Huck zog an der Zigarette. »Nehmen wir mal an, ich glaube dir. Wie genau willst du das anstellen?«

»Dazu musst du mich zu der Höhle führen«, sagte Forest.

»Nein!«, antwortete Huck wie aus der Pistole geschossen. »Leck mich.«

»Die Höhle, in der Forest gestorben ist.«

»Nein.«

»Du musst.«

»Nein. Da gehe ich nie wieder hin.«

»Ich verlange ja auch nicht, dass du da hingehst. Du musst mir nur zeigen, wo sie ist.« Er zog die zerknitterte Landkarte aus der

Tasche. »Stell dir vor, irgendjemand findet diese Höhle … und ich, *Forest Dempsey*, weiß nicht, wo sie ist. Dann fliegt die ganze Geschichte auf.«

»Das ist nicht mein Problem.«

Forest schob den Ärmel hoch. »Ein Eid.«

»Und ich habe versprochen, nie jemandem zu verraten, wo die Höhle ist. *Niemals.*«

»Du erzählst es mir ja auch nicht. Du zeigst sie mir noch nicht mal.« Er wackelte mit dem silbernen Kugelschreiber. »Ich halte den Stift, und du … du führst meine Hand einfach zur richtigen Stelle.«

Huck saß vor ihm und dachte darüber nach, was Forest von ihm verlangte. Und wahrscheinlich auch über die Vergangenheit. Alles, wovor er geflohen war und was ihn immer noch verfolgte.

»Wie soll die Sache mit Forest denn dadurch ihren Frieden finden?«, fragte Huck. »Für mich sieht es eher aus, als würde das nur alles noch mehr aufwühlen.«

»Ich muss wissen, wo sie liegt. Nur für alle Fälle. Zur Sicherheit, während ich versuche, das Rätsel zu lösen. Du solltest Ahabs Zimmer sehen, Huck. Der hat da eine ganze Tafel voll mit Fotos und Zetteln und Stecknadeln. Ahab wird mir helfen, es rauszufinden.«

»Ich soll dir also helfen, diese armen Leute zu verarschen.«

»Huck! Sieh mich an … sieh mir in die Augen. Alles, was ich tue, tue ich für dich, okay? Du hast mir schon mal vertraut. Jetzt musst du es wieder machen. Egal, wer dabei verletzt wird, du bist es jedenfalls nicht. Dein ganzer Schmerz wird dadurch endlich verschwinden. Das *verspreche* ich dir.«

Huck sah ihn an. So abgebrüht, so erwachsen, und trotzdem immer noch so kindlich …

»Gut«, sagte er schließlich. Er schob Feuerzeug und Zigaretten zu Forest rüber. »Aber keinem Dempsey passiert was.«

Forest atmete erleichtert auf. »Du hast mein Wort.«

Wenigstens hatte Huck ihm nicht das Versprechen abgenommen, sich von der Höhle fernzuhalten. Er zündete sich eine Zigarette an und inhalierte den Rauch. Dann breitete er die Landkarte vor Huck aus.

KAPITEL EINUNDZWANZIG

MACKEREL

Die nachmittägliche Sommersonne brannte hell und heiß vom wolkenlosen Himmel, aber das war nichts im Vergleich zu Mackerels Zorn.

»Jetzt sei nicht sauer«, sagte Big Mane.

»Nein. Darüber bin ich längst hinaus.« Mackerel stampfte mit großen Schritten durch Big Manes Wohnzimmer. Sein Gesicht brannte, in ihm toste ein Sturm. »Du hattest kein *Recht*, ihr meine Bankverbindung zu geben!«

»Shelby macht sich Sorgen um dich.« Big Mane hob beschwichtigend die Hände. »Du konntest jetzt schon drei Tage am Stück kein Geld verdienen. Sie weiß, dass du die Gerichtskosten trägst und Schulden zurückzahlen musst –«

»Und woher weiß sie das?«

Big Mane wurde rot wie eine Boje und schüttelte den Kopf. »Keine Ahnung?«

»Ich kann mich um mich selbst kümmern, Bro!«

»Tatsächlich?« Big Mane schob die Hände zurück in die Hosentaschen. »Kannst du das wirklich?«

»Weißt du, wie viel sie mir überwiesen hat?« Mackerel raufte sich die Haare. »Davey ist tot, sie kann nicht einfach solche Riesensummen wegschenken!«

»Keine Ahnung«, sagte Big Mane mit einem Achselzucken, das andeutete, dass ihn solche Details nicht wirklich interessierten. »Vielleicht hatte er eine Lebensversicherung? Bei allem Respekt vor den Toten.« Er bekreuzigte sich eilig. »Weißt du, Bro, ich finde, du bist zu stur, was das anbelangt. Du hast dir ein bisschen Erleichterung verdient.«

»Hab ich nicht!«, rief Mackerel. Er stürmte zur Haustür raus, sprang ins Auto und raste davon.

Als er in *Homeward* ankam, war er immer noch stocksauer. Er schlug scheppernd die Autotür zu.

Shelby kam ihm vom Haus entgegen. Sie trug ein Polka-Dot-Kleid, dunkelrote Sandalen und eine fest entschlossene Miene. Mackerel vermutete, dass die neu installierten Überwachungskameras ihr in der Sekunde Bescheid gegeben hatten, da er in die Auffahrt eingebogen war.

»Ich brauche keine Almosen!«, rief er.

»Was verschweigst du mir über Davey?«, konterte sie.

Die Frage brachte ihn kurz aus dem Konzept. »Ich … ich bin gekommen, um mit dir über das Geld zu sprechen!«

Sie sah ihm forschend in die Augen, als hätte sie ihn bei einer Lüge ertappt, dann musterte sie ihn von oben bis unten. Plötzlich wurde ihm bewusst, dass er eine dreckige Jogginghose trug und dazu dasselbe Kapuzensweatshirt wie gestern.

Er hatte unter der Dusche gestanden, als eine Push-Mitteilung von seiner Banking-App eine Kontobewegung vermeldete. Beim Anblick des Zahlungseingangs war er, ohne nachzudenken, in die nächstbesten Klamotten gesprungen.

Jetzt verspürte er den lächerlichen Drang, sich bei Shelby für seine dreckigen Klamotten zu entschuldigen.

»Falls du vorhast, mir eine Szene zu machen, kommst du mir nicht ins Haus«, sagte Shelby. »Wenn du dich wie ein Erwachsener benehmen kannst, mache ich dir was zum Abendessen.« Sie drehte sich mit schwingendem Rock um und ging zurück zum Haus.

Er versuchte humpelnd, mit ihr Schritt zu halten. Warum verstanden es sämtliche Frauen in seinem Leben so meisterlich, ihn aus dem Konzept zu bringen? In ihm schwelten immer noch Wut und Verletzung, weil Ivy ihn unmittelbar nach Forests Ankunft fallen gelassen hatte wie eine heiße Kartoffel.

»Du kannst mir nicht einfach ungefragt Geld überweisen.«

»Außerdem«, sagte Shelby beiläufig, »musst du mir was erklären.« Sie zog eine Pistole aus der Tasche ihres Kleids.

Mackerel griff erschrocken danach, doch sie hob blitzschnell den Arm. »Vorsicht!«, sagte sie und hielt die Waffe von ihm weg. Sie sah stocksauer aus. »Nicht, dass es hier aus Versehen noch einen *Unfall* gibt.« Shelby musste eins von Daveys Waffenverstecken gefunden haben.

»Du kannst mit so was nicht einfach so rumwedeln!«, flüsterte er heiser. »Was, wenn Kane die sieht?«

Sie stand mit verschränkten Armen vor ihm auf der Haustürstufe, die Pistole viel zu lässig in einer Hand. »Ich glaube, wir müssen uns dringend über ein paar Dinge unterhalten.«

»Shelby! Gib mir die Waffe.«

»Beruhige dich, Mackerel. Die ist nicht mal geladen. Mein Dad hat mich früher mit zum Schießstand genommen. Ich kenne mich mit den Dingern wahrscheinlich genauso gut aus wie du. Also. Rekapitulieren wir mal.« Sie zählte mit den Fingern ab. »Erstens, Forest taucht plötzlich wieder auf, und Davey verschwindet. Dann ist ein Mann auf meinem Dachboden, vermutlich auf der Suche nach Davey. Am Tag darauf geht Davey, ohne sich zu Hause blicken zu lassen, in Devils Kitchen tauchen, was absolut keinen Sinn ergibt, und jetzt ist er … ist er tot. Und schließlich finde ich eine Pistole in unserem Badezimmer, *mit Klebeband unter dem Waschbecken meines Mannes befestigt*! Warum? Das ergibt überhaupt keinen Sinn. Nichts davon ergibt einen Sinn!«

Mackerel wollte das Wort ergreifen, doch sie hob warnend den Zeigefinger.

»Also fange ich an, das ganze Haus auf den Kopf zu stellen, um irgendeinen Hinweis zu finden, irgendwas. Und was finde ich? In Daveys Kleiderschrank, in einer Schuhschachtel unter einem Paar stinkender Turnschuhe?« Sie wurde laut. »*Noch mehr* Waffen, Mackerel!«

»... das sind meine.«

»Lüg mich nicht an, Mack! Sag mir die Wahrheit: Hat Davey krumme Geschäfte gemacht?« Die Wut in ihrer Stimme kippte in erstickte Trauer um. Es klang, als würde sie ertrinken.

»Auf keinen Fall«, sagte er. »Davey war so aufrichtig wie nur irgendwer.«

»›Sag Jesse, es tut mir leid‹ ... Und dann taucht Forest wieder auf ...«

»Sag Jesse, es tut mir leid?«

»Das stand auf einem Zettel, den Davey mir dagelassen hatte. Ein Zettel, der inzwischen übrigens ebenfalls verschwunden ist. Ich fand ihn, kurz bevor wir uns im *Seaglass* über den Weg gelaufen sind.«

»Vielleicht hat ihn der Mann vom Dach mitgenommen?«

»Tja, Mack, ich hatte gehofft, du könntest mir dabei helfen, ein bisschen Licht in diese Sache zu bringen, aber da hab ich mich wohl getäuscht. Familieninterna bleiben intern, stimmt's?«

In Shelbys Augen glitzerten Tränen. »Ich bin gerade dabei, eins und eins zusammenzuzählen, nur damit du's weißt.« Sie wischte sich mit dem Handrücken über die Nase. »Und? Seit wann dealt ihr schon mit Drogen, Davey und du? Lief das schon, als ich ihn geheiratet habe?«

»Shelby, das Geld, das du mir geschickt hast ...« Mackerel versuchte verzweifelt, das Gespräch wieder zurück in die Spur zu lenken.

»Komm wieder, wenn du bereit bist zu reden.« Sie knallte ihm die Tür vor der Nase zu. Die Pistole behielt sie.

Mackerel saß in seinem Auto, ohne sich vom Fleck zu bewegen. Die Panik, die ihn beim Anblick der Pistole in Shelbys Hand ergriffen hatte, war noch immer nicht ganz abgeebbt. Es war falsch, dass sie plötzlich in Daveys Welt reingezogen wurde.

Er sah zu ihrem Haus hoch. Unvermittelt tauchte eine Erinnerung auf, er und seine Brüder am Strand.

Eines Tages hab ich meine eigene Villa, sagte Davey und ließ im Gehen einen Stock durch den Strandhafer gleiten. Er war damals vielleicht zehn, hatte aber schon das ichbezogene Auftreten eines gutaussehenden Teenagers an sich.

Wir werden reich genug sein, um zehn Villen zu bauen, sagte Jesse mit dem Selbstbewusstsein des Ältesten. Er ging vor seinen zwei Brüdern her, seine Schritte knirschten im Sand.

Ich auch, sagte Mackerel, der Jüngste. Pummelig und unbeholfen trottete er hinter den anderen beiden her, die Hände voller Sepiaknochen. *Ich hab irgendwann die größte Villa von allen.*

Wer – du?, spottete Jesse. *Du kannst froh sein, wenn du einen Bootsschuppen abkriegst.* Er lachte gehässig. Davey stimmte mit ein, sah dabei jedoch Mackerel schuldbewusst an.

Mackerel hatte nur gegrinst. Es war der einzige Weg, sich dagegen zu wehren, ständig die Zielscheibe für Jesses Gemeinheiten zu sein – im Grunde genommen die Zielscheibe für sie alle. Doch an dem Tag hatte ihn offensichtlich der Übermut erwischt, und die Worte waren einfach aus seinem Mund gesprudelt. *Wenn ich groß bin, bin ich der reichste Dempsey von allen.*

Jesse hatte sich umgedreht und Mackerel die Sepiaknochen aus den Händen geschlagen. *Du? Du kriegst keinen einzigen Cent. Dad hasst dich und Mum sagt, du bist nutzlos. Du bist eine Schande für den Namen Dempsey.* Lachend stieß er Mackerel in den Sand und stachelte Davey dazu an, mitzumachen. *Fette kleine Makrele, du wirst mal als drogensüchtiger obdachloser Penner verrecken, genau wie Ahabs Mum irgendwann. Das weiß doch jeder.*

Nein, werd ich nicht!, hatte Mackerel gerufen.

Und dann hatte Jesse ihn so hart ins Gesicht geschlagen, dass er Sterne sah. Als er wieder klar sehen konnte, war Jesse schon halb die Stufen zu *Safe Harbour* rauf, doch Davey war bei ihm geblieben. Er half ihm, sich aufzusetzen, eine Hand auf seiner Schulter. *Keine Angst, Mack. Du darfst mit in meiner Villa wohnen. Ich lass nicht zu, dass du ein Penner wirst.*

Als Mackerel im Gefängnis viel Zeit zum Nachdenken hatte, machte er diesen Moment als einen der Auslöser für den Entschluss aus, seine eigene Drogendynastie aufzubauen. Was Jesse gesagt hatte, war das Eine – aber Daveys mitleidiges Angebot hatte es endgültig bestätigt. Sie waren beide schon damals fest davon überzeugt gewesen, dass Mackerel immer ein Versager bleiben würde.

Und selbst wenn es ihm durch irgendein Wunder doch noch gelingen sollte, etwas aus sich zu machen, würde Davey es nicht mehr erfahren.

Mackerel ließ den Motor an und fuhr zurück zu Big Mane. Zurück in sein richtiges Leben.

KAPITEL ZWEIUNDZWANZIG

FOREST

Forest hatte sich ein Kinderrad »ausgeliehen«, das an einem Gartenzaun gelehnt hatte – ein BMX-Rad mit Pegs an der Hinterachse, das ein bisschen zu klein für ihn war. Aber es besaß eine Lampe, und das war das Wichtigste. Im hellen Mondschein folgte er der Landkarte mithilfe des buttergelben Lichtkegels zu der markierten Stelle. Er musste einfach sichergehen.

Die Höhle lag etwa drei Kilometer vom Hafen entfernt. Forest fuhr durch eine Wohngegend, bis die Straße am Ortsrand in einen Schotterweg überging, der sich, von niedrigen, struppigen Erbsensträuchern gesäumt, über den Hügel zog. Forest nahm die Steigung, indem er stehend in die Pedale trat, und folgte dem Weg, der nun von größeren Blanket-Leaf-Sträuchern und Kängurubäumen gesäumt war. Zwar lief er hier oben nicht mehr Gefahr, entdeckt zu werden, hatte jedoch immer noch die Zeit gegen sich – Ivy konnte jeden Moment zu seiner Tür reinkommen, um nach ihm zu sehen.

Den Blick fest auf den Pfad gerichtet, trat er weiter gegen die Steigung an. Schweißperlen brannten ihm in den Augen. Dann endlich hatte er die Hügelkuppe erreicht, der Weg wurde wieder abschüssig, und zwischen den Bäumen schimmerte das Meer im Mondlicht. Eine salzige Brise wehte ihm ins Gesicht. Vor ihm öffnete sich ein weites Geröllfeld mit umgestürzten Felsblöcken, die an umgekippte Grabsteine erinnerten.

Forest bremste ab, blieb stehen und versteckte das Rad im Gebüsch. Er klippte die Lampe ab und suchte sich in ihrem Lichtschein einen Weg durch die riesigen Felsblöcke. Er war näher am Ufer, als er gedacht hatte, und der Wind pfiff durch die Steine.

»Hier bin ich also gestorben«, murmelte er.

Ihn durchfuhr eine Erinnerung, und er zuckte zusammen. Unwillkürlich fasste er sich an die Schulter. Er musste an den miesen Tätowierer denken, der ihm die Worte ins Fleisch gestochen hatte. Als Forest ihm das Geld gegeben hatte, musste der Typ sich von der Kohle unbedingt erst mal eine Portion Koks besorgen und hatte sich, als er mit dem Stechen fertig war, bereits die halbe Tüte reingezogen.

Er nahm die Hand weg und löste sich von der Erinnerung an die Schmerzen.

Das ist vorbei. Du weißt, was du zu tun hast.

Forest kletterte auf den nächsten Felsblock. Hier wuchs nichts, was seinen Schuhen Halt gegeben hätte, und er riss sich den Schorf an den Knien auf. Um beide Hände freizuhaben, klemmte er sich die Fahrradlampe unter den Arm und kletterte auf allen vieren weiter.

Wie eine Urzeitwelt erstreckte sich das Felsenmeer bis ans Ufer hinunter. Hier und da ragte ein toter, verwitterter Kängurubaum heraus. Huck hatte gesagt, der Eingang zur Höhle sei an einem mit Baumwurzeln überwucherten Felsen erkennbar, der wie ein Querbalken aussah. Forest ließ den Lichtstrahl über die Bäume gleiten, fand aber keine solche Felsformation. Plötzlich leuchtete, wie zur Antwort, vom Wasser ein Lichtstrahl zu ihm hinauf. Reflexhaft bedeckte Forest die Lampe mit der Hand, nahm sie jedoch gleich wieder weg. Sich jetzt zu verstecken, hätte verdächtig ausgesehen. Wenn man ihn vom Wasser aus sah, würde man ihn für einen Typen auf Entdeckertour halten.

Klar, mitten in der Nacht. Er schnaubte. *Ist ja auch gar nicht verdächtig.*

Forest kletterte weiter Richtung Ufer und hielt dabei nach Bäumen Ausschau. Er wünschte, er hätte eine stärkere Taschenlampe dabei. Nun erkannte er, dass unter den meisten Blöcken Höhlen lagen, entstanden vor ewigen Zeiten, als die Klippe, die hier einst gewesen sein musste, eingestürzt war. Das ganze Areal war von Hohlräumen durchzogen.

Forest schauderte. Er bildete sich ein, in den Spalten Gesichter zu sehen, die ihn anstarrten. Wenn er nur nicht so allein wäre …

Er ging auf einen Baum zu, der die anderen überragte, und versuchte dabei, von den Höhlenöffnungen fernzubleiben. Als er näher kam, sah er, dass es sich um einen verkrüppelten Stachelbaum handelte, dessen Wurzeln sich an die Felsen klammerten. Vorsichtig bahnte er sich einen Weg durch die schmale Rinne zwischen den Steinen und trat dabei in eine Pfütze, deren übelriechendes Brackwasser ihm in die Schuhe sickerte. Dann hatte er die Rinne hinter sich und kletterte keuchend und schnaufend zu dem Baum hinauf, indem er an den nackten Wurzeln Halt suchte.

Das lief doch ganz gut.

Er griff nach oben, fand Halt, stieß sich mit rutschenden Füßen ab und zog sich schließlich mit letzter Kraft auf den Felsblock hinauf.

Das konnte es sein. Baumwurzeln verbanden den Felsblock, auf dem er stand, mit dem nächsten, und den Fels, der dazwischen klemmte, konnte man mit etwas gutem Willen als Querbalken bezeichnen. Darunter gähnte der Schlund eines Höhleneingangs.

Das muss es sein.

Er hatte die Höhle gefunden, aber betreten wollte er sie auf keinen Fall. Allein der Gedanke schnürte ihm die Luft ab. Seine Angst brachte ihn beinahe dazu, die Flucht zu ergreifen – runter ans Wasser, überallhin, ganz egal, Hauptsache, weg von dieser Höhle und weg von dem, was hinter diesem Schlund lauerte.

Plötzlich hörte er hinter sich ein Geräusch, kaum einen Steinwurf entfernt. Es klang nach scharrenden Schritten, als wäre ganz in der Nähe jemand ausgerutscht. Darauf folgte unterdrücktes Fluchen.

Forest packte die nackte Angst. Er knipste das Licht aus, presste sich gegen den Felsen und ließ sich nach unten in die Höhle gleiten.

Er zitterte so heftig, dass er glaubte, sich übergeben zu müssen. Wer war das? Wieso hatte er nicht besser aufgepasst, ob jemand ihm folgte! *Vollidiot!* Er hatte es nicht anders verdient, er hätte vorsichtiger sein müssen!

Regungslos verharrte Forest in der Höhlenöffnung und spähte hinaus zu den Felsen, die ihm am nächsten waren. Das Geräusch von Wind und Wellen schwoll in unregelmäßigem Rhythmus an und ab. Insekten surrten an seinen Ohren.

Dann tauchte auf einem Felsblock schräg über ihm ein Umriss auf, ein dunkler Schatten im Mondlicht: ein Mann, der sich aus der Hocke erhob. Er stand aufrecht da, lauschte und musterte die Umgebung.

Ohne den Mann aus den Augen zu lassen, bewegte Forest sich ein Stück tiefer in die Höhle hinein. Ihm schlug das Herz bis zum Hals. Wer war dieser Typ? Was sollte er machen, wenn er ihn entdeckte? Sich irgendeine Ausrede einfallen lassen? Sich wehren? Um Gnade betteln?

Schließlich setzte der Mann sich in Bewegung und verschwand aus seinem Blickfeld.

Forest verharrte noch eine gefühlte Ewigkeit in seinem Versteck, bis er halb erfroren und völlig verkrampft war. Langsam kletterte er aus der Höhle und sammelte auf dem Weg einen spitzen Stein ein. Keine besonders gute Waffe, aber besser als nichts.

Er traute sich nicht, Licht zu machen, und fand im Dunkeln nur mit Mühe den Weg zurück zum Pfad. Obwohl er sich dabei Arme und Beine aufschürfte, gab er keinen Mucks von sich. Dann, endlich, erreichte er tatsächlich den Schotterweg, und hier wagte er es, dicht ins Gebüsch gedrängt immer wieder kurz das Licht anzuknipsen, um das Fahrrad wiederzufinden.

Plötzlich entdeckte er es direkt vor sich, aber es lag nicht im Gebüsch, sondern mitten auf dem Weg.

Zwischen Bremse und Lenkergriff klemmte ein zusammengefaltetes Blatt Papier.

Mit zitternden Fingern knipste Forest die Lampe aus. Gut zwei Minuten verharrte er regungslos, mit weit aufgerissenen Augen, lauschte auf irgendwelche Geräusche und sog mit jedem flachen Atemzug den Geruch von Ozean und Buschland ein. Doch sein Verfolger schien nicht mehr in der Nähe zu sein, und schließlich schlich sich Forest vorsichtig zu seinem Rad und zog den Zettel unter der Bremse heraus.

Direkt neben ihm erklang ein Räuspern, und jemand keuchte mit belegter Stimme: »Forest?«

Forest realisierte kaum, was er tat. Als er wieder denken konnte, trat er bereits wie besessen in die Pedale, flog mit wehenden Haaren den Schotterweg zur Hügelkuppe hinauf, angetrieben von Adrenalin und blankem Entsetzen.

Erst als er die Straßenlaternen von Shacktown erreicht hatte, wurde er langsamer. Er ließ das Fahrrad an der Stelle liegen, wo er es gefunden hatte, und rannte hinunter an den Strand, weg von der Straße.

Unten angekommen, musste er eine Verschnaufpause einlegen. Er keuchte und hustete vor Anstrengung. Die Angst war nicht auszuhalten. Was stand auf dem Zettel? Eine Drohung? Im Schein einer Laterne an der Strandpromenade zog er den Zettel aus der Tasche und faltete ihn auf.

JEMAND LÜGT.

OVEREEM'S DIVE CENTER, PUMPENHAUS, 10:00 UHR

ÜBERMORGEN

ALLEIN.

Eine sehr lange Minute stand er einfach nur keuchend da und las die Botschaft wieder und wieder. Er bekam fast keine Luft.

Forest knüllte das Blatt zusammen.

Jemand war ihm auf die Schliche gekommen.

Er musste von hier weg.

Er musste sofort von hier weg.

Im Laufschritt kehrte er zu *Safe Harbour* zurück. Als er versuchte, über den Zaun zu klettern, war er am Ende seiner Kräfte und verursachte einen schrecklichen Radau. Der Strahl einer Taschenlampe blendete ihn, und er wich wimmernd zurück.

»*Forest?*«, erklang entrüstetes Flüstern. »*Warum bist du nicht im Bett?*«

Die Stimme gehörte einer Frau, aber es war nicht Ivy. Die Taschenlampe wurde gesenkt, und er konnte wieder sehen. Vor ihm stand Linda, die Polizistin.

»Wie bist du an uns vorbeigekommen?«, herrschte sie ihn an. »*Wie lange bist du weg gewesen?*«

Sie hatte ihn völlig überrumpelt. Der Zettel! *Wo war der Zettel?* Er fühlte das zerknüllte Blatt zwischen seinen Fingern. Das durfte sie auf keinen Fall entdecken.

»Forest? Was ist denn passiert? Geht's dir gut? *Hat dich jemand aus dem Haus entführt?*«

»Was? Nein!«, sagte er und versuchte, so traumatisiert zu wirken, wie sie es vermutlich erwartete. Es fiel ihm nicht schwer – er war vollkommen erschüttert.

Forest schloss die Augen.

»Ich war ein bisschen spazieren«, sagte er, legte die Hände auf den Rücken und schob sich den Zettel hinten in die kurze Hose. »Ich wollte … Was bringt es, frei zu sein, wenn ich nicht mal durch meine eigene Stadt laufen darf?«

»Was meinst du mit *frei*?«, hakte sie sofort nach. »Warst du vorher eingesperrt?«

Mist. Er durfte ihnen keinerlei Hinweise geben, die ihre Neugier anstachelten.

»Ich … ich meine Hobart … Es war nicht gut, da festzustecken. Ich musste dringend da weg.«

»Hobart?«

»Bitte«, flüsterte er. »Ich möchte zu meiner Großmutter.«

»Ja, klar«, sagte Linda nicht eben freundlich und begleitete ihn zur Haustür. »Aber von jetzt an bleibst du hier, verstanden? Ich lasse dich nicht noch mal entwischen.« In dem Moment fing Zeus zu bellen an, und dann sprang der Hund auch schon an ihm hoch. Im Haus gingen die Lichter an.

Langsam fühlte Forest sich wieder klarer, und unwillkürlich kehrten seine Gedanken zu der Nachricht zurück. Und zu der Frage, wer ihn da unten im Felsenmeer verfolgt hatte.

KAPITEL DREIUNDZWANZIG

AHAB

Ahab hatte bereits seinen morgendlichen Tauchgang absolviert. Jetzt saß er auf der Terrasse und rauchte eine Zigarette. Er teilte die Aussicht mit De Corrado, die sich mit verquollenen Augen an ihrem Kaffee festhielt.

Die Dächer von Shacktown schimmerten im ersten Morgenlicht, und die Balken des *Mermaid's Darling* knackten, als sie sich nach der kühlen Nacht langsam wieder erwärmten.

»Und jetzt sind sie alle wieder weg?«

Er hatte eine ganze Reihe von Polizisten in Zivilfahrzeugen Richtung Hobart davonfahren sehen – das Pub lag direkt an einer der Hauptdurchfahrtsstraßen.

»Nein, nicht alle, aber so gut wie«, sagte De Corrado. »Wir gehen inzwischen davon aus, dass der Stress, den wir an dem Jungen beobachten konnten, in Hobart verursacht wurde. Hier verhält er sich ungleich entspannter. Das heißt, wir müssen in Hobart nach Spuren suchen, und deshalb verlagern wir unsere Ressourcen dorthin.«

Sie stellte die Fersen auf die Sitzfläche ihres Stuhls und zog die Knie an die Brust. Ihre schwarzen Haare wehten im Wind.

»Ich hoffe sehr, dass die Geborgenheit, die Shacktown für ihn bedeutet, bald dazu führt, dass Forest endlich aufmacht. Das ist nach wie vor der entscheidende Schlüssel. Aber wir können nicht Tag und Nacht an ihm dran sein. Und selbst wenn jemand von uns oder einer in Uniform bei ihm ist – Ivy mischt sich ständig ein.«

»Sie hat das Recht dazu«, sagte Ahab.

»Nehmen Sie Ivy etwa in Schutz?«

»Ich bin Realist. Forest ist offensichtlich dazu in der Lage, euren Fragen auszuweichen, und solange ihr jede seiner Bewegungen überwacht, bleibt er auf der Hut, anstatt sich zu entspannen. Damit richtet ihr mehr Schaden als Nutzen an. Lernt ihr an eurer Akademie eigentlich irgendetwas über Psychologie?«

Sie schenkte ihm einen vernichtenden Blick, stand auf und zog die Bluse straff. »Schönen Tag noch, Barkeeper. Genießen Sie die Aussicht.«

Ahab blieb sitzen und ließ den Blick über die Stadt schweifen. Unten herrschte bereits Hochbetrieb. Die Bucht war voll mit bunten Fischerbooten; alle arbeiteten auf Hochtouren, um die Tage wieder reinzuholen, die sie an den schwarzen Wind verloren hatten. Vor dem Haus hielt ein Minibus, und eine Horde junger Leute ergoss sich auf die Straße. Wahrscheinlich die Gruppenbuchung für die Pension.

Forest war ein Dempsey durch und durch: Dempseys wussten, wie man Geheimnisse bewahrte. Sobald er den Jungen gefahrlos ins Vertrauen ziehen konnte, würde er ihm alles erzählen, was er wusste. Ahab hatte die ganze Nacht darüber gebrütet. Es war der einzige Weg – Forest vollständig in die Machenschaften der Firma einzuweihen und dann gemeinsam mit ihm einen Plan auszuhecken, um dem kriminellen Geschäftszweig endlich ein Ende zu machen.

Wenn Forest einverstanden ist.

Er war jung. Er war traumatisiert. Trotzdem. Es gab einfach keinen anderen Weg. Abgesehen davon waren Jesse, Davey und Mackenzie bereits in sehr viel jüngerem Alter eingeweiht worden.

Bis dahin musste er dafür sorgen, dass die Polizei Dempsey Abalone nicht allzu genau unter die Lupe nahm – die Firma war gut darin, ihre Spuren zu vertuschen, aber ohne Davey am Ruder …

Was die Alltagsgeschäfte betraf, war Chips absolut fähig, und für das große Ganze hatten sie Ivy, aber in dem Spannungsfeld zwischen Blackbeard und den Bullen waren sie so exponiert wie noch nie …

Ahab seufzte.

Ich muss der Firma unter die Arme greifen. Nur dieses eine Mal.

Ahab saß auf einer salzverkrusteten Bank bei den Bootsschuppen am Hafen und wartete. Dann tauchte Chips mit zwei Flaschen Bier auf. Ein kurzärmeliges Fußballtrikot entblößte die sehnigen Unterarme, das sandfarbene Haar steckte wie immer unter der unverzichtbaren Cap.

»Ich hab deine Nachricht bekommen«, sagte sie, reichte ihm eine Flasche und ließ sich neben ihm auf die Bank plumpsen. Sie wirkte abgespannt, und die Augen lagen tief in den Höhlen. »Trink mit mir, Ahab. Auf die alten Zeiten.«

Er zögerte kurz, dann schlug er den Kronkorken ab. »Auf die alten Zeiten.«

Ahab hatte selbst lange Jahre im Dienst der Organisation gestanden, doch als seine Mutter dem Ice zum Opfer gefallen war, hatte er sich nichts mehr vormachen können. Er hasste deshalb nicht automatisch alle, die immer noch involviert waren. An das Gefühl konnte er sich nur allzu gut erinnern. Die Welt des Drogenhandels war verlockend – Geld, Adrenalin und ein uneingeschränkter Zugang zu allem, was man sich nur wünschen konnte.

Als er der Firma schließlich den Rücken kehrte, hatte er es sich mit allen verdorben. Endgültig. Es war dumm von ihm gewesen, Davey die Schuld an dem Verschwinden von Jesse und seiner Familie zu geben, aber Fehler ließen sich nun mal nicht einfach ungeschehen machen.

»Ich kenne dich, Ahab. Ich weiß, was du denkst.«

»Ich glaube nicht, dass du das weißt, Kleine«, erwiderte Ahab.

»Davey ist tot. Forest ist wieder da. Du glaubst, du kannst dem Jungen dabei helfen, Dempsey Abalone zurück auf den rechten Weg zu führen.«

Mist. Er hatte vergessen, wie klug sie war. Aber das war schließlich auch der Grund, warum Davey sie zu seiner Nummer zwei gemacht hatte.

Er musterte seinen Zigarettenstummel, drückte mit zwei Fingern die Glut aus und ließ ihn fallen.

»Wir wissen, was die Stunde geschlagen hat, Ahab. Ivy wird dafür sorgen, dass Forest die Firma übernimmt, und er wird die Geschäfte so führen, wie sie sich das vorstellt. Trotzdem könnte das für uns einiges verändern. Vielleicht bekommst du ja doch, was du willst.« Chips' Blick wurde trüb. »Es könnte allerdings sein, dass die Firma dafür gar nicht mehr lange genug überlebt. Blackbeard weiß schon zu viel.«

Die Worte kamen ihr nur zögernd über die Lippen.

»Dann stimmt es also. Er ist da.«

Anstatt einer Antwort leerte sie die restliche Flasche in einem Zug.

»Erzähl mir die ganze Geschichte«, bat Ahab.

»Damit du sie verwenden kannst, um die Firma zu killen?«

»Was weiß Blackbeard?«

»Alles, Ahab. Er kennt die Kommandostruktur. Er weiß, wie wir agieren – an einigen unserer alten Tauchstellen sind fremde Schiffe aufgekreuzt.«

»Das heißt, er hat jemanden aus der Crew gekauft.«

»Noch schlimmer. Er hat Kontakt zu ein paar langjährigen Lieferanten aufgenommen. Die Einzigen, die unsere Lieferanten kennen, sind Davey, ich und … na ja, du weißt schon.«

»Jonah Donnager«, sagte Ahab.

»Nein. Jesse Dempsey.«

Daveys Nachricht an Shelby fiel ihm ein. *Sag Jesse, es tut mir leid.*

»Eine Sache verrate ich dir noch, Ahab, und dann gehen wir getrennte Wege, du und ich. Es war immer geplant, dass Jesse eines Tages zurückkommt. Bis dahin hatte er Davey damit betraut, den Laden am Laufen zu halten.« Sie drehte die leere Bierflasche zwischen den Handflächen. Nach einer Pause sagte sie: »Aber dann taucht Forest wieder auf, mit dieser Tätowierung und allem … und plötzlich glauben alle, du hattest damals vielleicht doch recht: Davey hat Jesse und seiner Familie tatsächlich was angetan. Wir denken, er hat jemanden bezahlt, um sie zu entführen und irgendwo gefangen zu halten. Und jetzt, wo Forest die Flucht gelungen ist, taucht Blackbeard hier auf … Wir halten es für möglich, dass Jesse hinter Blackbeard steckt.«

Ahabs Mund wurde trocken. Er nahm einen Schluck, um sein Unbehagen zu verbergen.

»Tja«, sagte Chips. »Die Crew ist gespalten. Die einen wollen überlaufen, die anderen wollen kämpfen.«

»Warum hat mir das nie jemand erzählt?«

»Soweit ich das beurteilen kann, weiß nicht mal Ivy, dass Jesse damals freiwillig verschwunden ist«, sagte Chips. »Davey hat seinerzeit nur ganz wenige von uns eingeweiht und in Hinblick auf Jesses Befehle zu absolutem Stillschweigen verdonnert. Dir brauche ich kaum zu erzählen, wie eklig er werden konnte, wenn man seine Befehle nicht befolgte. Keiner von uns war scharf darauf, Ivy einzuweihen – sollte sie jemals herausfinden, dass wir Bescheid wussten und ihr nichts davon gesagt haben, bringt sie uns eigenhändig um.«

»Das heißt, Blackbeard wird gewinnen.«

»Ja, wird er, vor allem, wenn du weiter darauf versessen bist, Dempsey Abalone eine saubere Weste zu verpassen.« Sie bat gestikulierend um eine Zigarette.

»Seit wann rauchst du?«

»Seit ich so unter Druck stehe.«

Mit zitternden Händen fummelte sie an dem Feuerzeug herum – er half ihr, und sie lächelte.

»Bist du sicher, dass du nicht wieder in die Firma zurückkommen und das Ruder übernehmen willst?«

»Ganz sicher.«

Chips ließ den Kopf auf seiner Schulter ruhen.

»Weißt du, ich bereue nichts«, sagte sie. »Ich bin froh, dass du mir die Tür zu dieser Welt geöffnet hast. Ich würde sie gegen nichts eintauschen wollen.«

Falls das als Trost gemeint war, erzielte sie damit genau das Gegenteil.

KAPITEL VIERUNDZWANZIG

MACKEREL

Ivy hatte Mackerel überraschend zum Abendessen eingeladen. Er hatte sich von Shelbys Geld extra ein schönes neues Hemd gekauft und wünschte jetzt, er hätte es vor dem Tragen gewaschen, weil es ihm den Nacken aufrieb.

Doch trotz seiner schicken Aufmachung gehörte er nicht wirklich dazu. Das Esszimmer in *Safe Harbour* war luftig und blitzeblank und bot einen atemberaubenden Meerblick, echtes Tafelsilber und einen riesengroßen Esstisch.

Forest saß Mackerel direkt gegenüber und wirkte ruhig und voll neuem Selbstbewusstsein. Er beteiligte sich rege an der Unterhaltung. Der Junge war auch nicht mehr so hager wie bei seiner Rettung – er aß doppelt so schnell wie alle anderen und war bereits bei seiner zweiten Portion angelangt. Nur die dunklen Augenringe waren geblieben.

Aber es war ja auch kein Wunder, dass der Junge nicht schlafen konnte. Mackerel musste ständig an die Tätowierung denken. Daran, wie jemand den Jungen gewaltsam festgehalten hatte, während ihm die Worte unter die Haut gestochen wurden.

Mackerel fiel auf, dass auch Shelby Forest mit Argusaugen beobachtete. Zu seiner Erleichterung wahrte sie Mackerel gegenüber die Form. Trotzdem war er nervös – sie wollte immer noch mehr von ihm wissen, als er ihr zu erzählen bereit war.

Daveys Tod hing wie eine dunkle Wolke über ihnen. Das gesamte Familiengefüge war binnen weniger Tage vollkommen auf den Kopf gestellt worden. Kane wirkte aggressiv und verletzlich: Er stocherte lustlos auf seinem Teller herum, reagierte patzig auf jede Frage und nahm alles, was gesagt wurde, persönlich. Nur Forests Hund ließ er an sich heran. Zeus' Kopf ruhte auf seinem Schoß, und der Junge verfütterte fast sein halbes Abendessen an ihn.

Immer wieder warfen Kane und Forest sich zwischendurch verstohlene Blicke zu. Die beiden Cousins schienen voneinander fasziniert zu sein.

Mackerel hätte sich nur zu gern am Gespräch beteiligt – die Stimmung aufgelockert, für etwas mehr Wärme und Leichtigkeit gesorgt. Früher galt er als talentierter Alleinunterhalter, doch inzwischen hatte er den Zugang dazu völlig verloren. Selbst Forest schlug sich besser als er, obwohl niemandem am Tisch seine Erschöpfung entging. Er sah aus, als würde er jeden Moment einschlafen.

Als der Junge mehr oder weniger mitten im Satz verstummte, raunte Ivy Shelby halblaut zu: »Ich kann mir gar nicht vorstellen, was das für ein *Kulturschock* sein muss. Der arme Kerl!« Mackerel konnte sich keinen Reim auf den ironischen Unterton machen, der in ihrer Stimme schwang.

Eine Gabel fiel klappernd auf den Tisch. Shelby hatte die Hände vors Gesicht geschlagen. Sofort war Kane an ihrer Seite, und auch Mackerel sprang auf. Shelby winkte sie zurück auf ihre Plätze. »Es geht mir gut«, sagte sie.

Kane blieb bei ihr stehen und streichelte ihre Schulter. »Es wird alles wieder gut, Mum.«

Shelby griff nach seiner Hand.

»So, Schluss mit dem Theater«, sagte Ivy. »Schlafenszeit. Ihr beide bleibt heute Nacht hier. Kane, Lieber, du schläfst mit in Forests Zimmer.« Ihr Tonfall und der scharfe Blick, mit dem sie

Forest bedachte, machten Mackerel klar, dass er irgendwas verpasst hatte. »Und du, Mackerel? Ich nehme an, die Ausgangssperre ruft?«

Der Platzverweis tat weh, auch wegen Kanes vorwurfsvollem Blick – als wäre es Macks Schuld, dass Kane seine Mutter alleine trösten musste.

Tja. Die Ausgangssperre war tatsächlich seine Schuld.

Als er sich verabschiedete, schreckte Forest hoch und winkte verschlafen. Mackerel trat hinaus auf die Terrasse. Am Himmel funkelten die Sterne. Unter ihm rauschten die Wellen. Die Jacaranda-Bäume verströmten ihren betörenden Duft. Insekten surrten.

Er zog die Vape aus der Tasche und hüllte sich in eine Wolke aus Dampf.

»Hat es dir geschmeckt, mein Lieber?« Plötzlich stand Ivy neben ihm, und er zuckte zusammen.

Sie musterte die E-Zigarette und streckte die Hand danach aus. »Gib her.«

Gehorsam reichte er ihr die Vape. Sie untersuchte das Gerät, nahm ein paar Züge und reichte es hustend zurück. »Wie alt bist du denn, zwölf? Das schmeckt wie ein Lutscher!«

Was machte sie hier draußen? Was wollte sie von ihm? Ivy und er machten nie Smalltalk.

Er versuchte, etwas zu sagen, doch es kam kein Ton heraus.

»Was hältst du von Forest?«, fragte Ivy. »Was für einen Eindruck macht er auf dich?«

»Er wirkt müde. Ich glaube, er kann nicht schlafen.«

»Dann hast du es offensichtlich noch nicht gehört«, knurrte sie. »Gut. Dann weiß die Polizei also, wann sie den Mund halten muss. Zu deiner Information: Forest hat sich letzte Nacht aus dem Haus geschlichen, einen – *von mir nicht autorisierten* – Polizeiposten überlistet und einen kleinen Spaziergang durch Shacktown unternommen.«

»*Was?* Ist ihm was passiert?«, stieß Mackerel erschrocken aus.

»Ja, Forest wurde wieder entführt und wird momentan als Geisel gehalten … Idiot, ganz offensichtlich ist ihm nichts zugestoßen!«

Mackerel wollte etwas erwidern, doch Ivy schnitt ihm das Wort ab.

»Ich habe veranlasst, dass Frankie ab sofort in der Stadt bleibt und täglich mit ihm arbeitet. Der Junge muss dringend zurück ins Lot – und er muss endlich damit anfangen, unsere Fragen zu beantworten. Das kann nicht ewig so weitergehen. Wenigstens ist inzwischen die Bundespolizei wieder weg, das verschafft mir etwas mehr Luft zum Atmen, aber …« Sie biss sich auf die Unterlippe. »Was weiß Shelby über Davey?«

»Sie hat einen Verdacht. Gestern hat sie ein paar Waffen gefunden.«

»Das dachte ich mir. Sie hat … *gebohrt,* ehe du kamst. Und du hast ihr nichts erzählt?« Ivy kniff misstrauisch die Augen zusammen.

»Natürlich nicht.«

»Sprich nicht in diesem Ton mit mir.«

»Ich habe nicht – ich wollte nicht –«

»Gut. Der Himmel steh mir bei, aber du bist der letzte Mensch, dem ich noch vertrauen kann«, sagte Ivy. Sie hatte den Blick durch die Bäume aufs Meer gerichtet, der Abendwind zerzauste ihr die Löckchen. »Was für eine Katastrophe.«

Mackerel dachte, er hätte sich verhört – hatte sie eben gesagt, sie würde ihm vertrauen?

»Davey ist tot, und die Crew braucht einen neuen Anführer. Schaffst du das?«

»Was?«

Ivy setzte zu einer wütenden Antwort an, doch dann riss sie sich zusammen und sog mit bebenden Nasenflügeln die Luft ein. »Mein Lieber, ich habe mich klar und deutlich ausgedrückt.

Das wird ein langes Gespräch werden, wenn du nicht mal der einfachsten Logik folgen kannst. Bist du in der Lage, die Firma zu leiten, ja oder nein? Ich weiß, dass es das ist, was du immer wolltest. Zumindest hast du bewiesen, dass du in dieser Hinsicht nicht völlig nutzlos bist.«

»Ich … ich glaube nicht … ich weiß nicht …«

»Hör mit dem Gestammel auf! Die haben dich nicht ins Gefängnis gesteckt, weil du schlecht in dem bist, was du tust, sondern weil du *gut* warst!«

Das grenzte an ein Kompliment. Mackerel wurde schwummrig vor Augen, und er hörte plötzlich wie durch Watte. Aus irgendeinem Grund musste er an eine der unzähligen Gelegenheiten zurückdenken, wo Jesse ihn verprügelt hatte, als würde ausgerechnet das dabei helfen, zu verstehen, warum seine Mutter ihn zum allerersten Mal in seinem Leben *lobte* …

»Denkst du etwa, ich hätte das nicht mitbekommen? Ich habe jeden einzelnen Artikel gelesen und die komplette Gerichtsberichterstattung verfolgt. An deiner Arbeit da oben gibt es nichts auszusetzen – du hast dir einen Kundenkreis aufgebaut, bist der Polizei immer einen Schritt vorausgeblieben, hast dir einen Namen gemacht. Der Fehler lag nicht bei dir. *Dogs* gehören eben zum Berufsrisiko.« Sie spie das Wort förmlich aus. Menschen, die rumschnüffelten oder mit der Polizei redeten, wurden in der Unterwelt als *Dogs* bezeichnet. Bei den Dempseys trieb man einem jegliche Tendenzen in diese Richtung allerdings sehr schnell aus. »Wahrscheinlich warst du zu vertrauensselig. Du warst schon immer dämlich und viel zu gutgläubig.«

»Du würdest mir Dempsey Abalone anvertrauen?«

»Ja. So lange, bis Forest volljährig ist. Ohne Davey ist die Crew führungslos. Chips, diese Göre, würde nicht mal mit Bananen in Queensland Geld verdienen. Außerdem … es gibt Gerüchte, dass sich ein weiterer Player in den Markt drängen will.«

»Blackbeard.«

»Das *weißt* du schon?« Ivy wirkte aufrichtig überrascht, und kurz fehlten ihr die Worte. »Wie dem auch sei, es ist besser, wenn du die Geschäfte übernimmst und nicht Chips«, sagte sie. »Außerdem bedeutet es Schutz für Forest.«

»Wie das?«

»Idiot! Forest ist der Alleinerbe. Er ist eine wandelnde Zielscheibe. Ich will nicht, dass er schon in diesem Alter ins Drogengeschäft reingezogen wird. Das liegt ja wohl auf der Hand, oder?«

Sie sah Mackerel direkt in die Augen.

»Übernimmst du die Firma? Natürlich wird es seine Zeit dauern, bis du das Vertrauen der Crew gewonnen hast, aber ich werde mich für dich verbürgen. Es muss allerdings schnell gehen, ehe Chips irreparablen Schaden anrichtet.«

In Mackerel kollidierten zwei Welten, während er versuchte, zu verstehen, was Ivy gerade von ihm verlangte.

Mum bittet mich um Hilfe?

Schon allein das zeigte, wie sehr er durch den Wind war – er hatte es sich zur Regel gemacht, Ivy niemals *Mum* zu nennen, nicht mal in Gedanken.

»Joel war ein Scheißkerl«, sagte sie. »Ich bedaure nur eines, nämlich dass dein Vater bis zu seiner letzten Minute nicht erfahren hat, wie sehr ich ihn hasste.«

Sie wusste wie immer ganz genau, was sie sagen musste, um ihn zu verwirren.

Mackerel war klar, dass Ivy seinen Dad nie geliebt hatte. Und als er sechzehn war, fand er eine noch schlimmere Wahrheit heraus – Joel war nicht Daveys Vater. Davey war das Resultat einer Affäre zwischen Ivy und ihrer großen Liebe. Doch sie weigerte sich damals, das Leben aufzugeben, das Joel Dempseys Macht und Einfluss ihr ermöglichten. Hätte Joel jemals die Wahrheit erfahren, wäre Mackerels Leben mit Sicherheit ganz anders verlaufen. Vielleicht wäre er der Lieblingssohn seines Vaters geworden, und Davey hätte im Hintergrund gestanden. Diese

Tatsache hatte immer besonders an ihm genagt. Die Schikane und Prügel, die Mackerel hatte einstecken müssen, übertrafen alles, was Davey je erleiden musste, von Jesse ganz zu schweigen. Jesse, der Soldat. Ehrgeizig, begabt, skrupellos – ein wahrer Anführer. Davey, der Sonnyboy. Stark und klug und attraktiv. Davey, der nicht mal ein echter Dempsey war.

Vielleicht hatte ja das Mackerel vor fünf Jahren zu dem drogenumnebelten Wunsch getrieben, die Firma an sich zu reißen – die Firma, auf die er schließlich ein Geburtsrecht hatte.

»Tja. Du bist zwar zur Hälfte Joels Sohn, aber auch zur Hälfte meiner«, fuhr Ivy fort. »Hoffen wir, dass meine Hälfte genügt, um den Job zu erledigen.« In ihrem Blick lag unverhohlener Widerwillen. »Ich wage zu behaupten, dass dir das gefallen würde, nicht wahr, Mackerel? Endlich ein kleiner Hauch dessen, wonach du dich dein ganzes Leben lang so beschämend offensichtlich verzehrt hast. Habe ich recht?«

Ich hätte wieder einen Ruf. Die Leute würden mir auf der Straße nicht länger vor die Füße spucken. Ich hätte wieder Macht. Und Geld …

In seiner Vorstellung sah er sich auf dem Balkon einer Penthouse-Suite stehen, in der lauen Morgenluft von Queensland, nur ein flauschiges Handtuch um die Hüften und eine dicke Goldkette um den Hals, vor sich den Sonnenaufgang und im Bett hinter sich eine hinreißende, schlummernde Frau.

Doch sofort musste er wieder an das laute Pochen an der Zellentür denken, an die Verachtung der Gefängniswärter, an die harte Holzbank im Gerichtssaal.

»Meine Ausgangssperre«, würgte er hervor. »Ich muss los!«

»Natürlich. Lauf nur davon. Ich hätte es wissen müssen.«

»Du bekommst morgen eine Antwort, Ivy.« Mackerel wich mit erhobenen Händen vor ihr zurück, als würde sie ihn mit einer Waffe bedrohen.

»Gib mir etwas Zeit. Schreib mich noch nicht ab!«

KAPITEL FÜNFUNDZWANZIG

FOREST

Am nächsten Morgen stand Forest auf der Suche nach Frühstück in Ivys Speisekammer, völlig überfordert von der vorhandenen Vielfalt. Er musterte die Auswahl an bunt verpackten Frühstücksflocken und musste schlucken.

»Brauchst du Hilfe?«, erklang hinter ihm Kanes Stimme.

Forest versuchte, nicht sauer auf ihn zu sein – es war schließlich nicht seine Schuld, dass Ivy sie zusammen in ein Zimmer gesteckt hatte. Es war nicht seine Schuld, dass Forest keine Chance gehabt hatte, sich nachts heimlich rauszuschleichen, um Huck zu treffen.

»Nein, alles gut«, antwortete er.

»Cool.« Kane griff an ihm vorbei nach dem Weet-Bix-Karton, machte sich eine große Schüssel und nahm sie mit ins Wohnzimmer. Sobald er weg war, holte Forest die Coco Pops aus dem Regal.

Heute war der Tag, an dem er sich mit dem Fremden im *Overeem's Dive Centre* treffen sollte. Er hatte die ganze Nacht darüber nachgedacht. Er *musste* hingehen. Wer immer der Typ war, er wusste über Forest Bescheid. Und nachdem er sich die Familienfotos gründlich angesehen hatte, die im ganzen Haus verstreut waren, hatte er einen Verdacht, wer ihn im Felsenmeer verfolgt hatte.

»Brauchst du Hilfe?«, unterbrach Shelbys Stimme seine Gedanken.

Forest fuhr mit erhobenen Händen herum.

»He, alles gut …« Shelby lächelte. Sie lud ihn mit einer Geste ein, am Küchentisch Platz zu nehmen, schüttete eine große Portion Coco Pops in eine Schüssel und gab Milch dazu.

Zögernd nahm Forest Platz.

Shelby stellte die bis zum Rand gefüllte Schüssel vor ihn hin. »Wo ist Zeus?«

»Draußen. Genießt den Sonnenschein«, sagte er und bemühte sich um einen möglichst unbeschwerten Tonfall.

Forest griff zum Löffel, probierte zögerlich und … war begeistert. Das war unglaublich. Hastig schaufelte er sich den nächsten Löffel in den Mund. Warum diese Leute überhaupt jemals das Haus verließen, wo es hier doch zuging wie im Schlaraffenland? Sobald die Schüssel leer war, wischte er sich über den Mund und warf einen sehnsüchtigen Blick auf die Packung.

Shelby griff danach – er hatte gedacht, sie wäre mit den Gedanken weit weg und würde ins Leere starren, doch in Wirklichkeit hatte sie ihn genau beobachtet. »Willst du noch was?«

Forest schüttelte den Kopf. »Ich glaub, ich geh spazieren.«

»Wo willst du denn hin?«, fragte sie und stellte die Schachtel zurück in die Speisekammer.

»Runter zum Strand. Den Kopf freikriegen«, antwortete Forest, schon auf dem Weg zur Tür.

»Bist du sicher, dass du allein unterwegs sein solltest?«, fragte sie. »Weißt du was? Ich komme mit.«

»Nein!«, sagte er zu schnell.

Betretenes Schweigen breitete sich zwischen ihnen aus. Forest musterte sie genauer – gestern Abend hatte Shelby total unordentlich ausgesehen, zerbrechlich wie Eierschale. Jetzt aber war sie geschminkt, hatte sich die Haare geföhnt, trug hübsche Klamotten …

Forest holte tief Luft. Um zehn Uhr musste er beim Tauchzentrum sein. Was würde Forest Dempsey jetzt tun?

»Ich möchte lieber alleine sein. Ich hab ja Zeus dabei. Mir passiert schon nichts.«

»Hunde zählen nicht«, sagte sie.

»Ach so …« Blitzschnell ging er seine Möglichkeiten durch. »Dann ruf Onkel Mack an. Er soll mich abholen.«

»Mackerel?«, fragte Shelby erstaunt.

Forest setzte sich zurück an den Tisch. »Ja. Rufst du ihn bitte an?« Er schenkte ihr ein strahlendes Lächeln. »Ich glaube, ich möchte den Tag gerne mit Onkel Mack verbringen.«

»Na gut … ich schau mal, ob er Zeit hat.« Shelby ging nach nebenan, um zu telefonieren.

Wieso war Shelby so misstrauisch? Was war verdächtig daran, Zeit mit seinem Onkel verbringen zu wollen? Hatte er was übersehen?

Auch wenn sich irgendwo in ihm sein schlechtes Gewissen regte – der Plan, Mackerel als Allheilmittel für Forest Dempseys Ängste zu benutzen, war genial. Nach dem, was er rausgefunden hatte, ließ der Typ sich von allen Dempseys am leichtesten manipulieren. Er war das schwächste Glied der Kette. Es wurde Zeit, dass er Mackerel endgültig auf seine Seite zog. Und er wusste auch, womit.

KAPITEL SECHSUNDZWANZIG

MACKEREL

Mackerel fühlte sich schlecht, weil er während der Fahrt rauf zu *Safe Harbour* vor allem daran dachte, dass dies schon wieder ein Tag ohne Einnahmen war.

Wenn Forest dich braucht, musst du für ihn da sein. Der Junge vertraut dir wie sonst niemandem hier.

Doch diese Gedanken änderten nichts an seinem schlechten Gewissen gegenüber Big Mane. Er hatte seinen Freund schon wieder im Stich gelassen. Mackerel wischte sich den Schweiß von der Stirn. Er hatte schlecht geschlafen, und das machte ihn immer nervös – außerdem vermutete er, dass Ivy schon auf ihn wartete und eine Entscheidung verlangte …

Ich kann nicht wieder zurück in diese Welt, dachte er. *Ich kann das gar nicht mehr.*

Das war gelogen, und er wusste es.

Ich bin ein ganz normaler Bürger. Und mehr will ich auch nie wieder sein.

Das war zwar auch gelogen, klang aber besser.

Er war so tief in Gedanken gewesen, dass er die Strecke nach *Safe Harbour* kaum mitbekommen hatte. Ehe er sich's versah, bog Mackerel in die baumbestandene Wohnstraße ein und hielt vor Ivys Tor.

Mackerel ließ das Fenster runter. Es stand ein heißer Tag bevor – die Bienen surrten jetzt schon in den Blüten.

Forest stand wartend am Tor. Er rannte winkend auf ihn zu und sprang ins Auto.

»Wo ist der Hund?«, fragte Mackerel.

»Ich dachte, der bleibt heute mal bei Kane«, sagte Forest. »Außerdem wollte ich ein bisschen Zeit allein mit dir.«

Mackerels Mundwinkel verzogen sich unwillkürlich zu einem Lächeln. Er fuhr eilig los, ehe Ivy auftauchen konnte. »Wie geht's dir?«

Forest zuckte die Achseln. »Dreimal darfst du raten.«

»So schlimm?« Mackerel drehte sich zu ihm um. »Was möchtest du unternehmen?«

Die Aussicht, den Tag mit Forest und nicht auf dem Wasser zu verbringen, machte ihn plötzlich richtig froh – verdammt, mit der Kohle von Shelby konnten sie bis ans andere Ende von Tasmanien fahren und wieder zurück. Hauptsache, er war rechtzeitig zur Ausgangssperre zu Hause. Die Vorstellung, Shacktown zu verlassen, fühlte sich plötzlich äußerst verlockend an.

Dann fiel ihm etwas ein. »Ivy erwähnte gestern Abend, dass du jetzt jeden Tag einen Termin bei Frankie hast?« Sie schien wirklich viel von der Therapeutin zu halten und hatte ihr sogar vor Ort über Airbnb ein Apartment besorgt.

»Frankie.« Forest zog eine Grimasse. »Kannst mich ja später bei ihr rauslassen. Jetzt will ich erst mal an den Strand.«

Die Geräusche von Wellen und Wind, das Kreischen der Möwen, Kinder, die schreiend und lachend in den Wellen tobten. Die sengende Sommerhitze.

Mackerel ließ die Schuhe im Auto und lief auf Zehenspitzen über den aufgeheizten Asphalt des Parkplatzes zum heißen Sand. Er nahm einen tiefen Atemzug und lauschte auf die Musik, die irgendwo in der Nähe aus einem Lautsprecher kam.

Forest ging voraus und stellte sich mit nackten Füßen ins Wasser. In dieser Umgebung wirkte der Junge viel lebendiger als in *Safe Harbour* – wieder kam Mackerel der Gedanke, wie schlimm es offensichtlich für ihn war, sich einengen zu lassen.

Erneut regte sich in ihm die Wut über das, was Forest angetan worden war, aber das Gefühl hatte weniger Wucht als zuvor. Überhaupt kamen ihm hier am Strand sämtliche Emotionen irgendwie weit weg vor: die Trauer um Davey, die Angst vor Blackbeard, die Ratlosigkeit gegenüber Ivys Angebot …

All das durfte hier unten verblassen.

Er machte ein paar Schritte ins Wasser und seufzte, als die kalten Wellen seine Knöchel umspülten und ihm die Füße kühlten.

Forest ging in die Hocke und spielte mit dem nassen Sand in den Brandungswellen. Plötzlich hielt er eine Muschel in der Hand. Einen Moment lang war sein Blick raus aufs Wasser gerichtet, dann drehte er sich zu Mackerel um und hielt ihm die Muschel hin. Es handelte sich um das Gehäuse einer Meerschnecke, getupft wie ein Leopardenfell.

»Hier, nimm die mal«, sagte Forest.

Mackerel packte die Muschel mit der rechten Hand, doch Forest nahm sie ihm wieder weg und legte sie in seine Linke. »Nein. *Vena Amoris,* die Liebesader. Sie verläuft von deiner linken Hand direkt zu deinem Herzen. Das Blut deines Herzens besteht aus Salzwasser. Deshalb funktioniert es in der linken Hand besser.«

»Was?« Mackerel wusste nicht, worauf der Junge hinauswollte.

»Ich will dir was zeigen. Es ist … es ist ein bisschen schräg, aber auch ziemlich cool.«

»Was meinst du?«

»Unsere Familie … unsere Verbindung zum Meer …« Wieder ließ Forest den Blick zum Horizont schweifen. »Manchmal sprechen die Muscheln zu mir. Das Meer spricht zu mir.«

»Die Muscheln sprechen zu dir?« Das hatte Mackerel schon einmal irgendwo gehört, aber wo?

Forest machte einen Schritt zur Seite. »Du musst dir die Muschelspitze an die Lippen halten und ihr ein Geheimnis verraten, aber du musst klar und deutlich sprechen. Und dabei raus aufs Meer schauen.«

Mackerel fing an zu kichern. »Sicher. Du willst doch nur, dass ich mich zum Affen mache.«

»Nein, Onkel Mack …«, sagte Forest ernst. »Komm, ich zeig es dir. Aber du darfst nicht lachen. Es funktioniert nur, wenn das Geheimnis wirklich von Herzen kommt.«

Mackerel sah hinaus aufs Meer. »Und du willst mich echt nicht verarschen?«

»Nein!« Mit den Füßen im Wasser ging Forest so weit weg von ihm, bis er im Rauschen der Brandung außer Hörweite war. Dann wies er Mackerel mit einer Handbewegung an, den Blick nicht auf ihn, sondern raus aufs Meer zu richten.

Mack konzentrierte sich auf den Horizont.

Er versuchte, an ein Geheimnis zu denken. Eines, das wirklich aus tiefstem Herzen kam. Als ihm etwas in den Sinn kam, brauchte es noch eine Weile, bis er den Mut fand, es mit einer Muschel zu teilen. Dann aber sprach er es aus, laut und deutlich.

»Meine Eltern haben mir nie gesagt, dass sie mich lieben.«

Er drehte sich zu Forest um. Der Junge kam zurück, nahm ihm die Muschel aus der Hand und hielt sich die Öffnung ans Ohr.

Er schloss die Augen.

»Die Muschel sagt … sie sagt, es ist *gewiss*, dass deine Eltern dich lieben.«

Mackerel starrte ihn mit offenem Mund an. Ihm brach der eiskalte Schweiß aus.

Nein, das kann nicht sein … ich verliere den Verstand.

Plötzlich wusste er auch wieder, wo er das mit den Muscheln schon einmal gehört hatte. Von der irren Tante Miriam.

Ahabs Mutter hatte in ihrem Drogenwahn auch immer mit Muscheln gesprochen. Aber war es tatsächlich nur im Wahn gewesen?

Forest steckte die Muschel in die Tasche.

»Wie ist das möglich?«, fragte Mackerel.

Der Junge zuckte die Achseln. »Hab ich dir doch gesagt. Manchmal sprechen die Muscheln zu mir. Und … ich kann auch noch andere Sachen.«

»Was für Sachen? Zeig es mir!«

»Zuerst fahren wir zum Tauchzentrum. Das mit dem Aquarium, ja?« Forest bückte sich, hob drei weitere Muscheln auf und steckte sie ein. Er ließ die Hand durchs Wasser gleiten, dann stand er auf. Als er sich umdrehte, sah er Mackerel ins Gesicht. »Ich möchte zu den Fischen.«

Das *Overeem's Dive Centre* war in einem großen Betonkomplex mit riesigen Glasfronten untergebracht, direkt am Meer und von Buschland gesäumt. Das Gelände hatte sich für Shacktown zu einer Art öffentlichem Treffpunkt entwickelt. In der luftigen Eingangshalle gab es ein Café, und auf dem großen, gepflasterten Vorplatz waren einige Marktstände aufgebaut.

Die Hauptattraktion jedoch war das Meerwasseraquarium. Es zählte zu den größten in Australien und konnte sich absolut mit den Anlagen in Sydney und Melbourne messen. Außerdem gab es ein großes Salzwasserbecken, in dem Tauch- und Schnorchelkurse abgehalten wurden. Das Tauchzentrum zählte zu den ersten Attraktionen, die Touristen in die Stadt gelockt hatten.

Als Mackerel die Marktstände sah, fiel ihm ein, dass Samstag sein musste – er hatte inzwischen völlig den Überblick über die Wochentage verloren. Fernsehcrews umkreisten die Stände wie Haie, filmten und interviewten die redseligen Einwohner.

Nicht auch noch die Presse, dachte er genervt.

Er griff nach hinten auf den Rücksitz und ertastete eine Baseball-Cap und einen großen Kapuzensweater. »Hier, zieh das am besten an«, sagte er zu Forest.

Der Pullover war zu groß – er sah fast aus wie ein Kleid –,

aber Forest machte kurzerhand Knoten in die Seiten und rollte die Ärmel hoch.

»Schick«, sagte Mackerel unbewegt.

Die Muscheln sprechen zu ihm …

»Sonnenbrille?« Mackerel zog ein altes Exemplar aus dem Handschuhfach.

Das Gesicht hinter Cap und Brille versteckt, trottete Forest hinter Mackerel her. Eilig überquerten sie den Vorplatz, schafften es, der Presse aus dem Weg zu gehen, und betraten das Café durch die großen Glastüren. Die Speisekarte war auf Tauchtafeln geschrieben – weiße Tafeln, die normalerweise zur Kommunikation unter Wasser benutzt wurden. Mackerel überflog das Angebot.

»Lust auf einen Kaffee?«, fragte er Forest.

»Ich … ich hab noch nie Kaffee getrunken.«

Mackerel zuckte zusammen – was für eine bescheuerte Frage! Wie hatte er vergessen können, dass Forest nicht mit den üblichen Erfahrungen des Alltags aufgewachsen war? Andererseits, wenn er den Jungen ständig mit Samthandschuhen anfasste, tat er ihm auch keinen Gefallen …

Nein. Er durfte wegen solcher Fragen kein schlechtes Gewissen haben. Schließlich wollte er Forest doch genau zu dieser Art von Erfahrungen verhelfen.

Genau. Behandle ihn einfach wie einen ganz normalen Teenager. Vergiss das mit den Muscheln. Du bist nicht verrückt.

»Du wirst es lieben.« Mackerel bestellte für beide einen Flat White mit cremigem Milchschaum und für Forest zusätzlich einen Schuss Karamell – gestern beim Abendessen war ihm aufgefallen, wie sehr der Junge auf Süßes stand.

Der Barista, ein Typ namens Chase, mit dem Mackerel zur Schule gegangen war, warf Forest einen neugierigen Blick zu. »Das ist doch Forest, oder?«

»Ja«, sagte Mackerel.

»Nette Verkleidung. Die Pressefritzen waren eben erst hier. Langsam macht die Geschichte die Runde – sie haben die Nachrichtensperre aufgehoben.« Chase legte sich die Hand auf die Brust und spitzte die Lippen. »Armes Kerlchen.« Er beobachtete Forest mit morbider Faszination.

»Danke«, sagte Mackerel.

Chase gab ihm einen freundschaftlichen Klaps auf die Schulter. »Kein Problem, mein Lieber. Weißt du was? Ich könnte euch ja begleiten, wenn ihr ausgetrunken habt.«

Nachdem Chase ihre Bestellung zubereitet hatte, verschwand er nach hinten in die Küche.

»Ich finde das schlimm, dass jeder über mich Bescheid weiß«, sagte Forest mit bitterem Unterton. »Ich will da aber nicht drüber sprechen. Diese ganzen Typen sind nur hier, um mich zu *knacken.*«

Da war was dran. Die Nachrichtensperre konnte nicht ewig aufrechterhalten werden, und sobald die Geschichte richtig die Runde machte, würde Forest nicht mal mehr die Straße entlanglaufen können, ohne angequatscht zu werden.

Andererseits … der Junge wirkte inzwischen viel stabiler. Kein Wunder, dass die Leute dachten, er wäre in der Lage, darüber zu sprechen. Wie schlimm konnte das Erlebte eigentlich sein, wenn er wieder so fit aussah?

»Schau mich nicht so an«, sagte Forest.

»Wie schaue ich dich denn an?«

»Ich brauch dein Mitleid nicht. Mir geht's gut.«

Er probierte seinen Flat White und fing an zu grinsen.

»O Mann! Das ist echt gut!«

Chase kam ohne seine Schürze aus der Küche zurück. »Ich hab dem Schichtleiter gesagt, dass ich euch eine Führung gebe. Es ist okay für ihn. Das liegt allerdings daran, dass *ich* der Schichtleiter bin.« Er ging vor Forest in die Hocke. »Ich will ehrlich zu dir sein, Kleiner. Ich habe keinen beschissenen Schimmer, wie ich mich dir gegenüber verhalten soll. Falls ich was Falsches sage, tut's mir leid.« Er stand wieder auf und schlenderte zum Eingang des Aquariums.

Chase war ein großartiger Guide, auch wenn Mackerel sich nicht wirklich sicher war, dass er jeden Fisch, an dem sie vorbeikamen, mit seinem *richtigen* Namen benannte. Er selbst war schon oft genug im Aquarium gewesen und fand Forest entschieden interessanter als die Fische. Der Junge war der perfekte Besucher. Staunend lief er von Becken zu Becken. Er war völlig fasziniert von den Rochen, vom Streichelbecken, von den Quallen, von den Tintenfischen.

Cuthbert, der Tintenfisch, schien Forest am meisten zu begeistern. Er stand lange vor dem Becken, las die Beschreibung und sah Cuthbert dabei zu, wie er die Farben wechselte. Er legte die Finger ans Glas und schloss die Augen, als würde er lauschen.

Chase stellte sich neben Mackerel. »Was macht er da?«

»Ich glaube, er hört ihm zu«, sagte Mack.

Chase lachte. »Nein, im Ernst, was macht er da?«

Mackerel antwortete nicht.

Und dann kamen sie zu den Seepferdchen. Mehrere raumhohe Glaszylinder standen auf einen großen Raum verteilt, gut beleuchtet und farbenfroh. Forests Staunen wurde beinahe greifbar. Leichtfüßig wie eine schwache Brise bewegte er sich durch den Raum.

»Unser Glanzstück«, verkündete Chase. »Das Reich der Seepferdchen.«

Forest trat auf den Zylinder in der Mitte zu. *Weedy Seadragon*, gab das zugehörige Schild an.

Die buntgefleckten, roten Seedrachen hatten lange Schnauzen und zerbrechlich wirkende Körper, die sich wie schwebendes Seegras durchs Wasser bewegten. Ihre bunten Hautlappen waren von Tangbüscheln fast nicht zu unterscheiden.

»Die stammen von hier, leben direkt vor unserer Küste«, sagte Chase. »Faszinierende kleine Wesen, diese *Weedys*, absolute Künstler im Mimikri. Sie können sich perfekt an ihre Umgebung anpassen, tun einfach, als wären sie Seetang.«

Langsam las Forest die Beschreibung auf der Tafel, dann kniete er sich vor das Becken und legte beide Hände an die Scheibe. Er presste die Stirn gegen das Glas und fing leise an zu weinen.

»Was machen wir denn jetzt?«, flüsterte Chase erschrocken.

»Wir lassen ihn einfach in Ruhe.«

Forest malte unsichtbare Muster auf die Scheibe.

»Okay, also … ich geh dann mal wieder zurück ins Café.« Chase drückte Mackerel die Schulter. »Das mit deinem Bruder tut mir echt leid, mein Lieber. Er war ein guter Kerl. Ein schwerer Verlust für Shacktown. Gib Laut, wenn wir irgendwas für euch tun können.« Dann war er verschwunden.

Mackerel setzte sich im Schneidersitz neben seinen Neffen auf den Boden.

»Alles in Ordnung?«

Forest wischte sich mit dem Ärmel über Augen und Nase. »Ja, alles gut«, sagte er leise. »Ich geh kurz aufs Klo. Wir treffen uns draußen.«

Sie hatten einige Aufmerksamkeit auf sich gezogen, aber Mackerel ignorierte die irritierten Blicke der anderen Besucher. Er blieb auf dem Boden hocken und hauchte gegen die Scheibe.

In seinem kondensierten Atem erschienen die Linien, die Forest gemalt hatte. Es war ein Wort, aber er hatte es wieder durchgestrichen:

~~MIMIKRI~~

Mackerel stand auf und ging Forest hinterher.

Aber der Junge ging nicht auf die Männertoilette, sondern verschwand durch einen Seitenausgang hinaus ins Freie.

Mackerel war ihm in einiger Entfernung gefolgt, doch er hatte einen Augenblick zu lange gewartet, ehe er durch die Tür trat. Jetzt war der schmale Versorgungsdurchgang leer und Forest nirgendwo zu sehen.

Der Weg führte auf ein grasbewachsenes Areal hinter dem Tauchzentrum, das direkt in Buschland überging. Auf der einen Seite wurde es von der hohen Betonwand des überirdischen Tauchbeckens begrenzt. Mackerel lief durch Pfützen, in denen sich Wasser aus undichten Leitungen gesammelt hatte. Auf der Freifläche stand ein einzelner Schuppen, nicht größer als Big Manes Küche. Laut einem Schild befanden sich darin irgendwelche Pumpen.

Forest war nirgends zu sehen.

Mackerel versuchte, nicht in Panik zu geraten. Er konnte nicht weit sein. Entweder war er Richtung Busch gelaufen oder in dem Schuppen verschwunden. Mackerel ging auf die Tür zu. Dann blieb er wie angewurzelt stehen. Über das laute Brummen der Wasserpumpen hinweg konnte man noch etwas anderes hören … da waren Stimmen. Mackerel presste das Ohr an die dünne Metalltür. Er verstand tatsächlich jedes einzelne Wort, laut und deutlich.

»… würde lieber aufpassen mit dem, was ich sage. Dein Bruder wartet im Aquarium auf mich, und …«

Mackerel fuhr erschrocken zurück. *Das kann nicht sein.* Eilig presste er das Ohr wieder an die Tür.

»… nein, nicht mal meine Familie. Keiner darf wissen, dass ich am Leben bin. Wenn du mich nicht verrätst, können wir einander noch nützlich sein, Forest«, sagte eine tiefe, vertraute Stimme.

»Ich weiß, wer du bist. Ich hab dich auf den Fotos in Ivys Haus gesehen – du bist in dem Felsenmeer direkt an mir vorbeigekommen. Warum hast du mich verfolgt?«

»Ich hab das Haus beobachtet und auf eine Gelegenheit gewartet, ungesehen an deine Tür zu klopfen, aber da war überall Polizei. Dann sah ich dich heimlich davonschleichen. Bei den Bootsschuppen hab ich dich zwischenzeitlich aus den Augen verloren, aber kurz darauf sah ich dich mit dem Fahrrad davonfahren.«

»Ich soll dir also vertrauen, obwohl du mir hinterherspionierst? Das verzeihe ich dir nicht. Ganz sicher nicht.« Forest verstummte. »Aber du kannst es wiedergutmachen«, fügte er kurz darauf hinzu.

»Was denn verzeihen? Ich hatte nichts damit zu tun, Forest!«

Das war die Stimme seines Bruders, definitiv!

Davey.

Davey lebte!

Mackerel verstand überhaupt nichts mehr. Er hatte Davey sterben sehen! Davey war *tot*!

Du hast sein Gesicht nicht gesehen. Nur die Tätowierungen … es wäre zwar aufwendig, aber vorausgesetzt, man hätte eine Leiche … kein abwegiges Szenario in Daveys Umfeld.

»Forest, es tut mir so unglaublich leid! Ich habe keine Ahnung, was damals passiert ist! Es hieß, dass ihr in Sicherheit wärt!«

Ich bin nicht verrückt, ich bin nicht verrückt, das passiert wirklich!

Mackerel riss sich zusammen. Er musste sich auf das Gespräch konzentrieren.

»Du kannst es wiedergutmachen«, sagte Forest. »Du kannst mir dabei helfen, meine Mum zu rächen.«

»Was ist mit Jesse passiert? *Sag es mir!*«, verlangte Davey.

»Was mit ihm passiert ist? Ist dir eigentlich klar, was *mir* angetan wurde?«, brüllte Forest.

Mackerel presste das Ohr so fest ans Metall, dass es wehtat. Tränen stiegen ihm in die Augen.

Ihm war schwindlig und schlecht.

Sein Bruder lebte.

»Bitte, Forest, du darfst meiner Familie nichts verraten. Wenn

Blackbeard weiß, dass ich noch am Leben bin, bringt er mich um.«

»Wer zum Teufel ist Blackbeard?«, fragte Forest.

Mackerel spürte einen Stich im Herzen. Der kurzzeitige Schwindel war wie weggeblasen.

Blackbeard! Blackbeard hat es auf Davey abgesehen.

Deshalb wollte er, dass ihn alle für tot halten.

O Scheiße … Scheiße, Scheiße, Scheiße!

»Blackbeard ist längst in der Stadt. Er hat es auf Dempsey Abalone abgesehen. Und ich dachte … ich dachte immer, du bist in Sicherheit. Hör mir zu. Du darfst nicht vergessen, dass ich dich gewarnt habe, und wenn die Zeit gekommen ist, musst du für mich bürgen.«

Im Augenwinkel registrierte Mackerel eine Bewegung. Vorne beim Hauptgebäude kam jemand um die Ecke. Eilig versteckte Mack sich hinter dem Technikschuppen.

Er musste dringend zusehen, dass er hier wegkam. Es wirkte verdächtig, sich hier hinten rumzudrücken. Was, wenn jetzt seinetwegen jemand kam und Davey in dem Schuppen entdeckte … und wenn dann die Runde machte, dass er … und Blackbeard …

Im Laufschritt humpelte Mack ins Aquarium zurück. Zurück ins Land der Seepferdchen. Er konnte jetzt nicht darüber nachdenken, dazu brauchte er Ruhe.

Als Forest wiederkam, war er schweißgebadet.

Mackerel erwartete ihn auf einer an die Wand montierten Bank. Er packte den Jungen bei den Schultern und konnte spüren, wie er zitterte. »Ich war kurz davor, die Polizei zu rufen. Wo zum Teufel bist du gewesen?«

Forest stieß ihn weg.

»Mackerel! Das glaubst du mir jetzt nicht … dein Bruder lebt! Ich musste erst sichergehen … ich musste mich erst vergewissern. Vielleicht ist er noch da, vielleicht ist er noch in seinem Versteck, und wir können zusammen …«

Mein Gott, der Junge vertraut mir tatsächlich, dachte Mackerel. Er straffte die Schultern. *Besser, er merkt nicht, dass ich ihm nachspioniert habe.*

Er bemühte sich um einen überraschten Gesichtsausdruck.

Mackerel eilte mit Forest nach draußen zum Technikschuppen.

Vorsichtig öffnete Forest die Tür, und sie traten ein. Es war feucht und schmutzig, überall hingen Spinnenweben, es roch nach Chlor, und von einer großen Pumpe weiter hinten ertönte lautes Rattern.

»Davey?«, rief Mack.

Der Schuppen war leer.

Sie machten ein paar Schritte in den Raum hinein. In den Ecken, wo dicke Rohre im Erdboden verschwanden, stapelten sich alle möglichen Kisten und Körbe.

Von dem Gebüsch neben der offen stehenden Schuppentür ertönte ein Rascheln, dann fiel scheppernd die Tür ins Schloss, und Mack hörte, wie von außen ein Riegel vorgeschoben wurde.

»Davey!«, brüllte Mackerel und rannte zur Tür. »Bro!«

»Ich dachte, wir könnten uns zusammentun, Forest«, ertönte Daveys Stimme. »Hab mich wohl geirrt. Muss ich also doch aus der Stadt verschwinden.«

»Davey!«, rief Forest durch die geschlossene Tür. »Ich hab nicht die Polizei gerufen. Außer Mack und mir weiß niemand was. Lass uns raus. Mack kann uns helfen. *Du schuldest mir was!*«

»Davey! Davey, bitte … bitte!«, sagte Mack flehend.

Doch statt einer Antwort waren nur Schritte zu hören, die sich eilig entfernten.

Mackerel hielt das Telefon in der Hand und fragte sich, wen er anrufen sollte. Ihm schwirrte der Kopf.

»Bist du sicher, dass das Davey war?«, fragte er plötzlich. Vielleicht hatte der Junge sich in dem finsteren Schuppen täuschen lassen.

»Klar bin ich sicher!«, sagte Forest erschöpft. »Bei Ivy hängen überall Fotos von ihm rum. Aber er hat einen tiefen Schnitt auf der Stirn, von hier bis hier.« Forest zeigte es auf seiner eigenen Stirn. »Sieht nicht aus, als wäre er genäht worden.«

Von Mackerels Tauchmesser.

Also war *Davey* der Angreifer in Devils Kitchen gewesen?

Deshalb hat er die Strickleiter zu mir runtergeworfen.

»Aber weshalb inszeniert er seinen eigenen Tod und meldet sich dann ausgerechnet bei dir?«

»Weil er was mit meiner Entführung zu tun hatte und weil er weiß, dass ich es weiß«, sagte Forest.

»Was? Du glaubst, Davey hat was mit eurem Verschwinden zu tun? Davey doch nicht. Niemals. *Nie im Leben!*«

»Doch, Mackerel. Er hat was damit zu tun.«

»Du lügst. Du weißt nicht, was du da redest. Davey ist … er würde niemals …«

»Und warum täuscht er dann ausgerechnet in dem Moment, wo ich wieder nach Hause komme, seinen eigenen Tod vor?«

»Wegen Blackbeard?«

Nein. Das ergibt keinen Sinn. Ich übersehe was.

»Wer ist denn dieser Blackbeard, verdammt noch mal?«, fragte Forest.

»Die wirklich wichtige Frage lautet: Was ist mit dir *passiert*?« Mackerel wurde laut. »Wo bist du die ganze Zeit gewesen?«

Forest zuckte zurück und schüttelte wild den Kopf. »Bitte, nicht du auch noch, Mack. Du bist der Einzige, dem ich vertrauen kann. Bitte, lass mich nicht im Stich.«

»Ich lass dich nicht im Stich. Ich will einfach nur wissen, was passiert ist!«

»Ich kann es dir nicht sagen. Bitte, Mack. Bitte sei nicht wie die …«

»Okay … okay, tut mir leid …«

Mackerel biss sich auf die Zunge. Er versuchte, sich in Forests Lage zu versetzen. Der Junge war gerade von einem Toten kontaktiert worden …

»Woher wusstest du, dass du dich hier mit ihm treffen solltest? Weißt du, wie du ihn erreichen kannst?«

»Nein.«

»Jetzt komm schon, Junge! Mein Bruder *lebt*! Ich muss mit ihm sprechen!«

»Dann geh zur Polizei!«

Mackerel lachte freudlos auf. »Wir können nicht zur Polizei.«

»Warum denn nicht?«, fragte Forest verwirrt.

Also wusste er tatsächlich nichts von der Firma. Im Grunde genommen war das ein Trost, aber im Augenblick machte es die Sache nur noch komplizierter.

»Tut mir leid«, erwiderte Forest. »Ich hätte dir sagen müssen, warum ich unbedingt ins Aquarium wollte … aber … aber ich weiß einfach nicht, wem ich trauen kann. Jeder will irgendwas von mir oder sieht in mir etwas, das ich nicht bin.«

»Ich muss mit Shelby reden. Sie hat ein Recht, es zu erfahren«, sagte Mackerel.

»Nein!«, fuhr Forest auf. »Das ist keine gute Idee.«

»Ich weiß«, sagte Mackerel. »Es muss aber trotzdem sein.«

Unruhig tigerte Mackerel durch den kleinen Schuppen. Von der dröhnenden Pumpe und dem Chemikaliengeruch bekam er Kopfschmerzen. Er brauchte Alkohol. Und er brauchte dringend was zu rauchen, aber dann würde der Urintest anschlagen. Er brauchte Ice – das Zeug würde ihm augenblicklich die mentale Klarheit geben, die jetzt nötig war, um die richtigen Entscheidungen zu treffen.

Davey war am Leben und Blackbeard in der Stadt.

Forest saß auf dem Boden, die Cap tief ins Gesicht gezogen,

die Arme um seine Knie geschlungen. Seit Mackerel Shelby angerufen hatte, schwieg der Junge.

Jemand schlug so laut an die Tür, dass die Schuppenwände vibrierten. »Mack?«

Shelbys Stimme holte ihn in die Wirklichkeit zurück. Er brauchte kein Ice. Was für eine bescheuerte Idee!

»Shelby!« Mackerel rannte zur Tür. »Ich glaube, da ist nur ein einfacher Riegel vor.«

»Ja, danke Mack. Ich habe Augen im Kopf.«

Shelby schob den Riegel zurück und öffnete die Tür. Hinter ihr strömte Sonnenlicht herein. Sie sah aus wie ein Engel mit Heiligenschein. Mack hielt sich eine Hand vor die geblendeten Augen.

»Wo ist er? Wo ist Forest?« Shelby betrat den Schuppen. Ihr standen Tränen in den Augen.

»Ich bin hier.«

Shelby musterte ihn eindringlich. »Geht es dir gut, Forest?« Sie klang gefasst, aber die Frage reichte, um Mackerel wütend zu machen. Er hatte größte Mühe, sich zusammenzureißen, doch dies war ein denkbar ungeeigneter Zeitpunkt für einen Streit.

»Ja, alles gut.« Forest stand auf und stellte sich neben Mackerel. »Dank Onkel Mack.«

»Was zum Teufel geht hier eigentlich vor sich? Mir reicht es! Du erzählst mir jetzt, was hier los ist, und zwar *alles*!«

»Ja«, sagte Mackerel. »Aber nicht hier. Ich weiß einen besseren Ort.«

Sie saßen zu dritt an Mackerels Lieblingstisch im *Seaglass Café*. Mackerel wie immer mit dem Rücken zur Wand, den Blick in den Raum gerichtet, um sicherzugehen, dass niemand sie belauschte. Auf dem kleinen Tisch standen bunt zusammengewürfelte Tassen mit heißen Getränken – Flat White für ihn, Chai für Shelby und für Forest heiße Schokolade.

Der Geruch in seinem Stammcafé, diese Mischung aus salziger Meeresluft, Bratfett und Kaffee, hatte auf Mack eine beruhigende Wirkung. Und für das, was ihm bevorstand, musste er unbedingt Ruhe bewahren.

Mackerel hatte die ganze Fahrt über nur einen einzigen Gedanken im Kopf gehabt: Wie sagt man einer Frau, dass ihr toter Mann noch am Leben ist?

»Mir ist bewusst, dass du mir das, was ich dir zu sagen habe, nicht glauben wirst«, sagte er zögerlich. »Mir ist bewusst, dass du mich für verrückt halten wirst oder denkst, ich will dich verarschen, oder …«

Shelby wollte ihn unterbrechen, aber er schnitt ihr mit erhobener Hand das Wort ab.

»Lass mich ausreden, Shelbs. Lass mich bitte einfach …« Er schluckte. »Was soll ich sagen … Davey lebt.«

Shelbys Augenbrauen schnellten kurz in die Höhe, dann runzelte sie die Stirn.

»Davey hat seinen Tod nur vorgetäuscht. Er ist noch am Leben, Shelby.«

Sie beugte sich vor. »Warum zum Teufel sagst du solche Sachen?« Sie sah ihn forschend an, ihr Blick flackerte zwischen seinen Augen hin und her. Dann drehte sie sich zu Forest um.

Er nickte. »Er sagt die Wahrheit. Ich habe ihn auch gesehen.«

»Warum tut ihr das? Das ist nicht witzig!«

Mackerel hatte große Mühe, die richtigen Worte zu finden. Stockend erzählte er Shelby, was in Devils Kitchen genau geschehen war. Erklärte, dass die Leiche, die er gesehen hatte, offenbar präpariert worden war und dass ihn dort unten in Wirklichkeit *Davey* angegriffen hatte.

Shelby saß zurückgelehnt da, die Arme fest vor der Brust verschränkt. Sie war immer noch sichtlich wütend, doch gleichzeitig stand ihr blanke Fassungslosigkeit ins Gesicht geschrieben.

Mackerel merkte selbst, wie wirr und konfus er klang. Das geschah immer, wenn er nervös war. Er fing an zu stottern, fand nicht die richtigen Worte …

»Sag mal, bist du rückfällig geworden, Mack?«

»Nein! Natürlich nicht!«

»Glaubst du, dass du verfolgt wirst? Hörst du Stimmen, die dir sagen, dass du –«

»Nein! Das ist keine Psychose, Shelby! Das ist die Wahrheit!«

»Nein. Das glaube ich dir nicht. Warum um alles in der Welt sollte er seinen eigenen Tod vortäuschen?«

Tja. Warum?

Mackerel antwortete nicht sofort. Er holte tief Luft, vielleicht tiefer als je in seinem ganzen Leben, um sich gegen die stürmischen Untiefen zu wappnen, in die er gleich hinabtauchen würde …

»Weil Davey eines der größten Drogenimportgeschäfte in ganz Australien betreibt.«

Auf Shelbys Gesicht spiegelte sich ein wahres Wechselbad der Gefühle: Schock, gefolgt von Belustigung, gefolgt von Verwirrung, gefolgt von … Rage.

»Schwachsinn!«, rief sie.

Forest starrte ihn ungläubig an. »*Was?*«, flüsterte er.

Es ließ sich nicht ändern. Forest musste ebenfalls Bescheid wissen, zu seinem eigenen Schutz. Sie mussten alle beide Bescheid wissen.

»Dempsey Abalone ist die offizielle Fassade eines Drogenschmuggelrings. Seit vielen Jahren schon. Bis zu seinem Verschwinden hatte Jesse das Sagen und seitdem Davey. Ivy hält im Hintergrund die Fäden in der Hand.«

Shelby biss sich so fest auf die Lippe, dass unter ihren Zähnen winzige Blutstropfen hervortraten. »Davey lebt«, sagte sie tonlos.

»Ja, Shelby«, sagte Mackerel. »Er lebt.«

»Mein waffenhortendes Arschloch von einem Ehemann ist ein Drogendealer … und er ist am Leben. Schwör mir, dass du dir das nicht ausgedacht hast. *Schwör es mir!*«

»Ich schwöre es.«

Forest murmelte kopfschüttelnd vor sich hin.

Shelby griff zu ihrem Chai, führte die Tasse mit zitternden Händen zum Mund und setzte sie wieder ab, ohne etwas getrunken zu haben. Forest stand auf und wanderte neben dem Schiebefenster rastlos hin und her, aber nahe genug, um ihr Gespräch mitzubekommen.

»Du«, sagte Shelby, »hast mir vor zwei Tagen in die Augen gesehen und gesagt, Davey hätte keine krummen Geschäfte gemacht. Du hast mir schamlos ins Gesicht gelogen.«

»Um dich zu schützen«, sagte Mackerel. Er war mit seinen Hiobsbotschaften noch nicht am Ende. »Aber jetzt musst du Bescheid wissen, denn ihr könntet in Gefahr sein, Kane und du.«

»In Gefahr?«, wiederholte Shelby wie aus der Pistole geschossen.

»Inzwischen ist noch ein weiterer Drogenbaron in der Stadt. Dread Pirate Blackbeard.«

»Dread … bitte was?«

»Ein Gangsterboss … einer von der übelsten Sorte«, sagte Mack. »Nach allem, was man weiß, kam er an der Ostküste Neuseelands zur Welt, als Sohn eines Drogenbosses, der andere aus Spaß tötete. Niemand weiß, wer sie wirklich waren, aber Gerüchte besagen, Blackbeard hätte seinen Vater umgebracht und dessen Geschäfte übernommen, noch ehe er vierzehn war. Und dass er sich in jede Form von illegalem Handel gestürzt hätte, die man sich vorstellen kann.«

»Das klingt alles völlig absurd«, sagte Shelby.

Mackerel wusste, dass er abschweifte und Nebensächliches zu erklären versuchte, aber es war wichtig, dass sie kapierte, worum es ging. Forest setzte sich neben Shelby, um seinem Onkel ins

Gesicht sehen zu können. Mackerel bemühte sich nach Kräften, ihnen zu erklären, auf welche Weise die Firma das Abalonen-Tauchen als Fassade benutzte, er versuchte, Shelby die Strukturen der Firma verständlich zu machen und ihr die Bedrohung zu verdeutlichen, die von Blackbeard ausging, weil Chips plötzlich allein an vorderster Front stand …

»Dann ist mein Ehemann zu allem Überfluss also auch noch ein Feigling?«, sagte Shelby. »Der seinen eigenen Tod vortäuscht, kaum dass ein anderer Drogendealer auftaucht? Und mich und Kane im Stich lässt? Das klingt nicht nach dem Davey, den ich kenne.« Sie lachte auf, laut und freudlos. »Tja, aber wie du mir schließlich gerade beizubringen versuchst, kannte ich ihn offensichtlich gar nicht, richtig?«

»Nein. Davey ist kein Feigling. Hier ist was anderes im Busch«, sagte Mackerel. »Ich weiß nur noch nicht, was.«

»Du hättest es mir sagen müssen. Ich hatte ein Recht darauf, das zu wissen.«

»Shelby …« Wie sollte er ihr das klarmachen? »Es ist besser, dass du nie involviert warst. Was das betrifft, war Davey immer sehr klar. Diese Welt ist einfach nichts für Frauen …«

»Im Ernst? Ich fasse es nicht, dass du … Also, zum einen sind sowohl Ivy als auch Chips involviert – das sind beides Frauen.«

»Ja, aber … hör mal. Man muss schon eine *besondere* Art von Frau sein, um …«

»Halt einfach den Mund, Mack. Sei still!« Sie trank einen Schluck Chai und drehte sich von ihm weg. »Davey ist ein Drogendealer.«

»Ja«, sagte Mackerel. »Aber nicht das, was man normalerweise darunter versteht. Er hat sehr viel mehr Erfolg als –«

»Das macht es auch nicht besser, Mackerel! Schön, dass Davey am Leben ist, aber er ist ein Verbrecher.«

»Ja.«

»Und ich hatte all die Jahre keinen blassen Schimmer, weil – und ich zitiere wörtlich – *diese Welt einfach nichts für Frauen ist*?«

»Nein, Shelby, das war nicht der einzige Grund –«

»Fahr zur Hölle!« Sie schnaubte hörbar, und ihre Schultern bebten vor Anstrengung, die Kontrolle zu behalten.

»Shelbs, es ist nicht, wie du …«

»*Fahrt zur Hölle.*« Sie musterte ihn eisig. »Du und Davey. Alle beide.«

Shelby stand auf, drehte sich um und stürmte aus dem Café.

»Das war wichtig und richtig«, sagte Mack zu Forest, obwohl der Junge gar nichts gesagt hatte. »Sie hat es verdient, die Wahrheit zu erfahren.«

»Worauf wartest du noch?«, sagte Forest mit zitternder Stimme. »Los! Lauf ihr nach!«

KAPITEL SIEBENUNDZWANZIG

FOREST

Dempsey Abalone ist die Fassade eines Drogensyndikats.

In Forests Ohren sirrte es. Er hatte einen metallischen Geschmack im Mund.

Ich bin mitten in einen Bandenkrieg reinspaziert …

Nein. Das hatte alles erst in dem Augenblick angefangen, als er aufgetaucht war.

Bin ich der Grund dafür?

»Möchtest du noch eine heiße Schokolade?«, fragte der Cafébesitzer. »Die da ist doch längst kalt geworden.«

»Ja, bitte.«

»Okay«, sagte der Mann, machte aber keine Anstalten zu gehen. Stattdessen setzte er sich zu Forest an den Tisch. »Ich bin Salvatore, ein Freund von Mack. Die zwei sind aber ganz schön schnell verschwunden«, fügte er betont beiläufig hinzu.

»Ja«, antwortete Forest mechanisch. Er fühlte sich absolut hilflos, hatte keine Ahnung, was er jetzt tun sollte.

Irgendwann merkte er, dass der Mann immer noch dasaß und ihn eindringlich musterte.

»Armer Forest«, sagte Salvatore. »Ich hab euch beobachtet. Hab zwar nichts verstanden, aber ich kann mir schon vorstellen, worum es ging. Du und Shelby, ihr habt es eben erst erfahren, stimmt's? Das mit der Firma?« Er beugte sich vor. »Wir werden alles tun, um euch vor Blackbeard zu beschützen.«

Forest sprang auf und rannte zur Tür raus. Sogar der Cafébesitzer wusste mehr als er. Wussten etwa *alle* Bescheid?

Was war er für ein super Hochstapler! Hatte alle und jeden davon überzeugt, dass er der Erbe von Dempsey Abalone war, und nicht geschnallt, dass es sich dabei um die Tarnfirma einer hochkriminellen Familienbande handelte!

Er schreckte im Vorbeirennen einen Schwarm Kakadus aus einer Akazie auf. Monate hatte er damit verbracht zu üben, wie Forest Dempsey auf jedes nur denkbare Szenario reagiert hätte, aber er wusste beim besten Willen nicht, wie er sich jetzt verhalten sollte.

Er musste dringend mit jemandem sprechen, der Forest *gekannt* hatte. Er musste dringend mit Huck sprechen.

Tagsüber hielt Huck sich sicher nicht am Bootsschuppen auf. Das Risiko, entdeckt zu werden, war viel zu groß. Um diese Uhrzeit angelte er sich wahrscheinlich gerade sein Abendessen.

Forest ging hinunter an den Hauptstrand und bahnte sich einen Weg durch Urlauberhorden und bunte Strandmuscheln. Der schwarze Wind war nur noch eine ferne Erinnerung. Auch die gedrückte Stimmung angesichts des Todes von Davey Dempsey hatte sich wieder völlig verflüchtigt.

Davey Dempsey. O nein, an den durfte er jetzt nicht denken. Sobald er an Davey dachte und an diesen üblen Typen namens Blackbeard, wollte er nur noch davonlaufen und sich irgendwo verkriechen. Doch das ging nicht. Er musste das hier durchziehen, für Huck.

In der Ferne, am felsigen Ende des Strands, standen in regelmäßigen Abständen einige Angler. Auf einem Pfeiler am äußersten Ende hockte ganz für sich eine kleinere Gestalt.

Huck.

Schweißgebadet kam Forest bei ihm an. Seine Gesichtshaut spannte sich, als hätte er einen Sonnenbrand. »Schon was gefangen?«, fragte er.

»Noch nicht«, sagte Huck. Er hatte eine Zigarette zwischen den Lippen und hielt den Blick auf die Stelle gerichtet, wo seine Angelschnur zwischen den Wellen verschwand. Er drehte sich zu Forest um. Der Wind spielte mit seinen langen Haaren. »Alles okay? Du siehst fertig aus.«

Hucks besorgte Miene bescherte Forest ein schlechtes Gewissen. Wenn er ihm jetzt von der Firma erzählte, würde Huck sich nur noch größere Sorgen machen. Aber wenn Jesse wirklich ein Drogenboss gewesen war, konnte das sehr wohl ein Grund für Forests Tod gewesen sein.

Plötzlich war ihm etwas leichter zumute. Er hatte also recht gehabt – indem er sich als Forest Dempsey ausgab, hatte er tatsächlich einen Hinweis auf den Tod des echten Forest zutage gefördert! Doch das konnte er Huck jetzt noch nicht erzählen.

»Ich habe die Höhle gefunden. Du musst mir noch mal ganz genau erzählen, was damals dort passiert ist – in allen Einzelheiten.«

»Du bist in der Höhle gewesen?«, rief Huck und warf die Zigarette weg.

»Nein! Ich bin nicht reingegangen!«, sagte Forest eilig. »Ich hab mich dort nur mal umgesehen. Ich wollte wissen, wie man da genau hinkommt, ohne Karte, für den Fall, dass das mal zum Thema wird.«

Huck zog die nächste Zigarette aus der Tasche. »Du weißt alles, was es zu wissen gibt. Ich rede nicht gerne drüber. Jesse hat mich zusammen mit seiner Frau und seinem Sohn in dieser Höhle eingesperrt. Dann kam die Flut, sie ertranken, ich konnte fliehen.« Ihn durchfuhr ein Schaudern. »Und jetzt verfolgt mich Forests Geist, wohin ich auch gehe.«

Forest nickte. Es war, gelinde gesagt, Schwerstarbeit, Huck dazu zu kriegen, überhaupt darüber zu reden. Ihn zu bedrängen, hatte keinen Sinn.

Er hockte sich neben seinen Freund und sah zu, wie die Wellen die Felsen umspülten. In einer Pfütze neben ihm suchte sich ein Krebs seinen Weg über das zerklüftete Gestein. Forest stellte sich vor, in einer Höhle gefangen zu sein, die sich langsam mit Wasser füllte, so wie Alexandra und der echte Forest. Die Vorstellung rührte eine tiefsitzende Furcht in ihm an – der Schrecken war so real, dass es ihm die Luft abschnürte. Er hoffte inständig, dass er niemals einen Grund haben würde, diese Höhle von innen zu sehen – da konnte er auf keinen Fall reingehen.

»Und du weißt nicht, wohin Jesse danach verschwand?«, fragte Forest.

»Ich weiß nur, dass sie hinterher Dad und mir die Schuld in die Schuhe geschoben haben.«

»Aber was ist mit der anderen Höhle? Der Schatzhöhle?«

»Halt den Mund!«, knurrte Huck. »Die ist verflucht.«

»Aber die ist auch mit im Spiel, oder? Du hast gesagt, die Schatzhöhle wäre der Grund, weshalb Jesse versucht hätte, euch umzubringen.« Forest dachte an das, was er inzwischen erfahren hatte. Hatte die geheime Höhle etwas mit dem Drogenschmuggel zu tun? Vielleicht war es Alexandra Dempsey so gegangen wie Shelby vorhin. Sie hatte erfahren, dass ihr Mann ein Drogendealer war. »Hat er … hat er vielleicht irgendwas in der Höhle versteckt?«

»Was weiß denn ich, Mann! Er hat versucht, mich umzubringen. Hätte ich danach etwa noch ein bisschen in der Gegend bleiben sollen, um rauszufinden, warum?«

Huck sah sich schaudernd um. Forest hatte das verstörende Gefühl, dass Huck etwas hörte, das nicht da war.

»Wann hat dieses Theater ein Ende? Du musst endlich aufhören, dich als Forest auszugeben.«

»Erst, wenn dein Name reingewaschen ist«, sagte Forest mit schneidender Stimme. »Ein bisschen Hilfe von dir wäre ganz nett.«

»Ich habe dich nie darum gebeten.« Huck zog an seiner Angelrute. »Außerdem ist es schlecht, wenn die Leute dich mit mir reden sehen.«

»Nur noch eine letzte Frage. Hast du schon mal was von einem gewissen Blackbeard gehört?«

Huck runzelte die Stirn. »Nein. Wieso?«

»Ach, nur so«, sagte Forest.

Er streckte die Hand aus, um einen Zug von Hucks Zigarette zu nehmen, und sah zu den Fischern rüber. Einer schaute zu ihnen. Die Fischer hatten Eimer mit Ködern neben sich stehen, und er fragte sich, womit Huck eigentlich angelte.

»Du, Huck … hast du zufällig Bliss Salt dabei?«

»Logisch«, sagte Huck. »Willst du was?«

»Nein«, sagte Forest. »War nur 'ne Frage.« Den Blick auf die Brandung gerichtet, zog er wieder an der Zigarette. »Kannst du dich noch an Forests Zuhause erinnern? Hast du dich eigentlich nie gefragt, wo die das alles herhaben?«

»Nein«, sagte Huck. »Ich habe so eine Frage nur ein einziges Mal gestellt und dafür den Gürtel kassiert. Du denkst doch nicht etwa darüber nach, hier zu *dealen*, oder?«

»Nein!«, sagte Forest. »Als Forest Dempsey hab ich Kohle ohne Ende.«

»Aha. Aber pass bloß auf, dass du nicht zu viel mit Mackerel abhängst«, warnte Huck.

»Hast ja recht«, sagte Forest gedehnt. »Aber ich hänge eigentlich gern mit ihm ab. Er ist anders als der Rest der Familie … außerdem ist er total auf meinen Muscheltrick abgefahren! Du hättest ihn sehen sollen! Ich glaube, der vertraut mir inzwischen total.«

»Ich dachte, das wolltest du dir für den Notfall aufheben?«

»Nein. Das wollte ich mir für den strategisch richtigen Moment aufheben«, sagte Forest. »Und dann kam der strategisch richtige Moment.«

»Du warst schon immer der bessere Hochstapler von uns beiden«, sagte Huck. »Du und die Hexe, ihr hättet echt was auf die Beine stellen können, wenn die Dinge anders gelaufen wären …«

Forest zog noch einmal an der Zigarette. Ihm wurde das Herz schwer. Er hatte geglaubt, der Drogenwelt endgültig entronnen zu sein. Und jetzt steckte er plötzlich wieder mittendrin.

Na ja, wenigstens war das eine Welt, die er verstand. Wenn er sich jetzt wieder in den Jungen von früher zurückverwandeln und alles anwenden musste, was die Hexe ihm beigebracht hatte, dann war das eben so.

Er drückte die Kippe aus und stand auf. »Die werden sich bestimmt schon fragen, wo ich bin.«

»Kommst du mich bald wieder besuchen?«, fragte Huck.

»Wann immer ich kann.«

KAPITEL ACHTUNDZWANZIG

MACKEREL

Mackerel sah, wie Shelby den Schotterparkplatz des Cafés verließ und mit quietschenden Reifen davonfuhr. Er sprang in sein Auto und folgte ihr, so schnell es ging. Er konnte nur hoffen, dass sie nicht auf direktem Weg zur Polizei fuhr.

Aber Shelby nahm die Allee und fuhr den Hügel rauf in Richtung *Homeward*. Sie war viel zu schnell und absolvierte an den schmalsten Stellen waghalsige Überholmanöver.

Als er sie auf der Serpentinenstraße nach *Homeward* endlich eingeholt hatte, ließ Mack das Fenster runter. Das Eukalyptuslaub raschelte im Wind, und ein Seemöwenquartett segelte vorbei.

Sie kamen fast zeitgleich an. Er hielt in dem Moment neben ihr an, als sie aus dem Wagen stieg.

»Shelby! Warte!«

Sie rannte auf die Haustür zu.

Er folgte ihr, so schnell er konnte.

Auf der Türschwelle blieb sie zögernd stehen, die Hand schon auf dem Knauf.

»Er ist längst wieder weg«, sagte Mackerel keuchend, als er sie eingeholt hatte.

»Du täuschst dich. Er ist ganz sicher hier«, sagte Shelby. Sie stieß die Haustür so heftig auf, dass die Angeln quietschten.

Mackerel folgte ihr hinein. Sie ging schnurstracks zu ihrem

Laptop, der auf dem gewachsten Holztisch im Esszimmer stand. Rasch loggte sie sich ein und öffnete das Programm für die Überwachungskameras. »Die Kameras wurden ausgeschaltet. Alle Aufnahmen gelöscht. Sämtliche Aufzeichnungen.« Sie knallte den Deckel zu und ließ den Blick eilig durch den Raum schweifen. »Er war hier. Außer Davey kennt niemand mein Passwort.«

Mackerel zögerte keine Sekunde. »Komm, wir durchsuchen das Haus, ich oben, du unten«, sagte er und machte sich auf den Weg. Er wusste, wo er suchen musste.

Shelby roch den Braten. »O nein, lieber Schwager, ich begleite dich. Mich legst du nicht rein.«

Mackerel erwog kurz, sie abzuhängen, verwarf den Gedanken jedoch sofort wieder. Er ging vor ihr die Treppe hinauf. Die Wände waren gesäumt mit Fotos ihrer perfekten Familie. Sie hätten aus einem Film stammen können. Mackerel durchquerte das Elternschlafzimmer und betrat das Badezimmer.

»Hier ist er nicht«, sagte Shelby. Als Mackerel lauschend stehen blieb, verstummte sie.

Das Fenster war zum Durchklettern zu klein und beherbergte außerdem einen Abzugslüfter. Mackerel sah zur Decke hoch. Dort gab es einen weiteren, auffällig großen Abzugslüfter.

Daveys Schlupfloch.

Shelby folgte seinem Blick. »Glaubst du, er ist auf dem Dach?«

»Siehst du den kleinen Ring da, neben dem Gehäuse?«, fragte Mackerel. Er sah sich suchend um. »Schau mal, ob du irgendwo eine Stange mit einem Haken oder so was findest.«

»Du willst mich wohl verarschen. Der Ventilator hat noch nie funktioniert. Nach mehreren erfolglosen Reparaturversuchen hat Davey es irgendwann aufgegeben und stattdessen den im Fenster eingebaut.«

Die beiden sahen sich suchend um, dann entdeckte Mackerel einen Wischmopp hinter der Tür. Wie vermutet war am Griffende ein Plastikhaken montiert.

Der Haken ließ sich problemlos in den Ring des Ventilatorgehäuses einführen. Mackerel zog einmal kräftig, das ganze Teil löste sich aus seinem Rahmen und baumelte nur noch an einem dicken, mit Kletterknoten versehenen Seil, das in dem Loch in der Decke verschwand.

»So. Das war's«, sagte Shelby und griff nach dem Seil. »Ich bring' ihn um.«

»Warte –«

Doch Shelby war längst losgeklettert, und einen Augenblick später verschwand sie in dem Loch.

Mackerel mühte sich trotz seines Gewichts und trotz des kaputten Knies tapfer hinter ihr her, doch oben gelang es ihm kaum, mehr als den Kopf durch die Öffnung in der Decke zu zwängen.

Shelby kauerte vor ihm und leuchtete mit der Taschenlampe ihres Telefons den Verschlag aus. Der Unterschlupf befand sich hinter der Außenmauer des Dachfirsts und war durch eine Wand vom Speicher des Hauses abgetrennt. Das Seil, an dem der Ventilator befestigt war, lief über einen gefederten Flaschenzug, wie sie in einer Reifenwerkstatt für die Druckluftgeräte verwendet wurden. Eine versteckte Tür führte ins Freie. An der Wand waren mehrere Haken angebracht – Haltevorrichtungen für die Waffen, die Davey hier gelagert hatte.

»Die meisten Drogendealer haben irgendwo ein Versteck wie dieses«, sagte er. »Einen Schutzraum, am besten mit Fluchtmöglichkeit. Ein Schlupfloch eben.« Er versuchte vergeblich, sich ein Stück weiter nach oben zu ziehen. Wenigstens gelang es ihm, einen Arm durch die Öffnung zu quetschen und über den Kopf zu heben. »Danach hat der Einbrecher neulich gesucht.«

Shelby drückte gegen die Tür im Giebel. Sie gab ein Stück nach und schlug wieder zu. Auf der anderen Seite raschelte es.

Sie erstarrten beide, wurden ganz still, und Shelby drückte das Ohr dagegen.

»Davey?«, rief sie. »Davey! Bitte … bitte geh nicht. Lauf nicht weg. Bitte … was immer auch passiert ist, wir schaffen das zusammen.«

Von draußen ertönte ein tiefer, schwerer Seufzer.

»Bitte, Davey«, wiederholte Shelby. »Die sagen, du wärst ein Drogendealer. Weißt du, selbst wenn das stimmt … es ist okay … aber ich muss … bitte, Davey, bitte!« Sie drückte wieder gegen die Tür, aber sie bewegte sich nicht. »Mack! Hilf mir!«

Mack versuchte noch einmal, sich durch die schmale Öffnung zu zwängen, aber es ging nicht. Sie war einfach zu eng für ihn.

Und dann hörte er zum zweiten Mal an diesem Tag die Stimme seines totgeglaubten Bruders.

»Shelbs … es tut mir so leid.« Daveys Stimme klang gedämpft und traurig. »Du würdest diese Welt nicht verstehen. Du musst mich gehen lassen.«

»Niemals«, sagte Shelby. »Auf keinen Fall.«

»Du darfst niemandem erzählen, dass ich noch am Leben bin, hörst du? Sonst bringst du Kane und dich in Gefahr. Und bitte such nicht nach mir.«

»Wo willst du denn *hin*?«, rief sie. »*Was ist mit uns*?«

»Mackerel!«, rief Davey. »Blackbeard übernimmt die Stadt! Er ist längst hier. Ich kann ihn nicht aufhalten. Wenn er mich findet, bringt er mich um. Wenn er rausfindet, dass ich noch am Leben bin, nimmt er Shelby als Geisel oder foltert sie oder … Er sieht mich immer noch als Bedrohung, obwohl sich die ganze Crew inzwischen gegen mich gewendet hat.«

»Die Crew ist dir treu ergeben!«, sagte Mackerel. »Das weißt du!«

»Das ist vorbei. Seit Forest wieder aufgetaucht ist, noch dazu in diesem Zustand … alle in der Crew glauben inzwischen, ich hätte damals gelogen … es macht keinen Unterschied mehr, ob *die* mich finden oder Blackbeard.«

»Was redest du?«, sagte Mackerel. »Das ist doch totaler Blödsinn.«

»Moment! Hattest du etwa doch etwas mit Forests Entführung zu tun?«, fragte Shelby entsetzt.

»Nein«, antwortete Davey mit Grabesstimme. »Es gab nie eine Entführung. Jesse verschwand damals freiwillig mit Alexandra und Forest aus der Stadt. Ich weiß weder, wohin, noch, weshalb. Er wollte endgültig untertauchen. Aber offensichtlich ist was schiefgelaufen. Und jetzt glauben alle, ich hätte die ganze Zeit gelogen. Sie glauben, ich hätte Jesse hintergangen, nachdem er sich für mich verbürgt hat. So, wie du versucht hast, mich zu hintergehen, Mack. Die bringen mich um, wenn sie mich finden. Ich bin nirgendwo sicher!«

»Jesse hat sie mitgenommen? Aber …« Mackerel verstand überhaupt nichts mehr. Jesse war freiwillig verschwunden? Was war dann schiefgelaufen? Und weshalb hatte niemand ihm irgendwas gesagt? Damals hatte Mackerel doch noch zur Familie gehört … Es klang, als wüsste sogar die Crew Bescheid.

Familieninterna bleiben intern!

»Davey«, rief Shelby weinend. »Geh endlich von der Scheißtür weg.«

Davey lachte erstickt. »Ich habe dich so lange beschützt, Baby. Bitte mach das jetzt nicht kaputt. Wenn ich tot bin, lässt die Crew dich und Kane in Ruhe. Und Blackbeard kann mich nicht mit dir erpressen. Auge um Auge und das ganze Zeug.«

»Ich kann dir doch helfen!«, schrie Shelby verzweifelt. »Bitte! Sag mir einfach, was ich tun soll!«

»Lass mich untertauchen. Blackbeard ist die Pest – verschwindet aus Shacktown. Ihr alle. Bitte.« Seine Stimme brach. »Leb wohl, Shelbs.«

»Nein!« Sie schlug verzweifelt gegen die Tür. »Nein! Davey!«

Mackerel wollte wieder nach unten klettern, um Davey vor dem Haus abzufangen, aber er steckte fest.

»Aus dem Weg, Mack!«, rief Shelby und versuchte, ihn durch die Öffnung zu schubsen.

»Warte!«, sagte er. Der Rahmen des Ventilators schnitt ihm ins Fleisch. Er hing mit der Achselhöhle fest.

Mit einem verzweifelten Ruck machte Mackerel sich frei und scheuerte sich dabei die Haut auf. Blut sickerte ihm ins Hemd. So schnell er konnte, glitt er an dem Seil nach unten und verdrehte sich beim Aufkommen das kaputte Knie. »Scheiße!«, fluchte er, als der Schmerz nach oben schoss.

Shelby kam regelrecht hinterhergeflogen und schoss zur Tür raus.

Er humpelte die Treppe runter und folgte Shelbys Stimme, während sie verzweifelt nach draußen rannte und dabei immer wieder Daveys Namen rief.

Irgendwann holte er sie ein und zog sie in die Arme.

»Lass mich los!«, schrie sie und versuchte, sich freizumachen.

»Hör auf zu rufen, Shelby! Niemand weiß, dass er noch lebt. Das darf niemand erfahren …«

Er hielt sie fest, bis sie schließlich aufhörte, sich zu wehren, und in seinen Armen zusammenbrach. Verzweifelt barg sie das Gesicht an seiner Schulter.

Mackerel dachte an Davey, an all den Respekt, an all den Wohlstand, den er sich erarbeitet hatte – alles dahin, einfach so. Er wusste, wie sich das anfühlte.

Darin bestand das Problem, der König des Dschungels zu sein. Man war nur König, solange man sich *im* Dschungel befand.

*

Shelby hockte auf der Kante des Küchentresens und trank den teuren Rotwein direkt aus der Flasche. Ihr Make-up war verschwunden, und die Haare glänzten feucht von der Dusche, wo sie die letzte halbe Stunde verbracht hatte. Zwischen tiefen Schlucken hielt sie den Blick in die Ferne gerichtet, durch das große Panoramafenster, weit raus übers Meer.

»Du musst hier weg«, sagte Mackerel und humpelte mit blutverschmiertem Hemd und schmerzendem Bein unruhig durch die Küche. »Du musst Kane nehmen und aus Shacktown verschwinden, und zwar sofort.«

Mit unbewegter Miene nahm Shelby den nächsten Schluck aus der Flasche.

Ihr Anblick machte ihm Angst. »Shelby …«

»Ich hasse ihn«, sagte sie.

»Das meinst du nicht so«, entgegnete er.

»Den bringe ich eigenhändig um.« Wieder setzte sie die Flasche an. »Wie kann er es wagen, sein mieses kleines Drogenloch ausgerechnet über meiner Dusche zu installieren!«

»Shelby …«

»Hör auf«, sagte sie mit eisiger Stimme, den Blick immer noch ins Nichts gerichtet. »Tu bloß nicht so, als würde ich dir irgendwas bedeuten. Mein Ehemann leitet ein Verbrechersyndikat, und du hast nichts unternommen, um ihn aufzuhalten.«

»Es tut mir leid, Shelby.«

»Nein. Tut es nicht. Halt die Klappe, Mackerel. Ich will, dass du aus meinem Haus verschwindest.« Doch sie sagte es ohne Nachdruck, und als Mackerel keine Anstalten machte zu gehen, beharrte sie nicht darauf. Sie trank nur weiter aus der Flasche und wischte sich gedankenverloren die Tränen weg.

»Er hat recht«, sagte Mackerel schließlich. Er streckte die Hand aus, um ihr die Flasche wegzunehmen, doch sie holte damit nach ihm aus, und er wich zurück.

»Finger weg von meinem Wein«, sagte sie drohend. »Und sag nie wieder, dass Davey recht hat. Davey hat nicht recht. Davey hat jegliche Berechtigung verwirkt, jemals wieder recht zu haben.«

»Okay! Trotzdem solltest du auf ihn hören und Shacktown verlassen.«

»So redest du nicht mit mir!«, sagte Shelby. »Du redest nicht mit mir wie mit einem kleinen Kind!«

»Hier ist es nicht sicher.«

»Das hier ist mein Zuhause!«

Mackerel suchte verzweifelt nach einem anderen Argument. »Hör zu, Shelbs, du kannst dir dieses Haus doch gar nicht mehr leisten. Das Geschäft mit den Abalonen geht seit Jahren bergab und ... jetzt kommt auch noch Blackbeard dazu ... das Geld wird nicht reichen.«

»Ich such mir einen Job. Du unterschätzt mich, Mack. Wusstest du, dass ich einen Master in Chemie habe?«

»Natürlich weiß ich das«, sagte Mackerel.

»Ja, du weißt es, aber du hast dich noch nie dafür interessiert. Niemand von euch konnte sich vorstellen, dass ich mehr sein könnte als die Frau von superduper Davey Dempsey.« Sie schnaubte verächtlich. »Dem Superdrogendealer Davey Dempsey. Der Dumpfbacke Davey Dempsey. Davey dem Drecksschwein. Dem durchtriebenen Davey Dempsey. Davey dem Doppelzüngigen. Drückeberger Davey Dempsey ...«

»Es ist gut!«, sagte Mackerel laut. »Das ist nicht fair. Er hat versucht, dich zu beschützen.«

Diesmal musste er beiseitespringen, weil die Flasche angeflogen kam. Sie zersplitterte auf den Küchenfliesen, und Rotwein spritzte in alle Richtungen.

»Mich muss man nicht beschützen.« Die Ruhe in ihrer Stimme stand in krassem Gegensatz zu ihrem hochroten Gesicht.

Sie sprang vom Tresen, um sich die nächste Flasche aus dem Weinregal zu holen.

»Davey Dempsey«, sagte sie gedehnt, »der Dahingeschiedene.«

»Du kannst so viele Flaschen zerschlagen, wie du willst, es bleibt bei der Tatsache, dass Davey soeben sein ganzes Leben und alles, was er liebt, hinter sich gelassen hat, nur um euch zu beschützen.« Langsam wurde Mackerel sauer.

»Das ist keine Heldentat, Mackerel!«, fuhr Shelby ihn an.

»Das ist nichts wert, wenn er selbst der Grund dafür ist, dass wir überhaupt in Gefahr sind. Versuch nicht, es zu romantisieren!«

Sie öffnete die neue Flasche und nahm einen tiefen Zug. Frustriert stand Mackerel auf und holte sich eine Flasche Whisky aus dem Schnapsschrank. Er schenkte sich ein Glas ein und lehnte sich gegen die Wand. Der honigfarbene Whisky war weich und brennend zugleich. Im Kopf ging er die Möglichkeiten durch. Was sollten sie tun?

»Ich könnte Blackbeard auch einfach selbst umbringen und dem Spuk ein Ende bereiten«, sagte Shelby. Die Hand mit der Flasche verharrte regungslos auf dem Weg zu ihren Lippen. Wein tropfte ihr aufs Kleid. »Ich könnte Blackbeard einfach selbst umbringen«, wiederholte sie.

Sie setzte die Flasche ab und sah Mackerel aus blutunterlaufenen Augen an.

»Wie tötet man einen Drogendealer?«

»Was?«

Sie ging um den Tresen herum und baute sich vor ihm auf. »Wie tötet man einen Drogendealer?«

»Das kannst du nicht –«

»Du bist genau derselbe Feigling«, sagte Shelby.

»Du bist betrunken und verletzt. Du stehst unter Schock, kannst nicht mehr klar denken. Außerdem ist Blackbeard viel zu mächtig. An den kommt man nicht einfach so ran.«

»Aha! Man muss also nah genug rankommen, um so jemanden zu töten. Das klingt logisch.«

»Shelby!« Ihre Entschlossenheit machte ihm Angst. »Du darfst wirklich niemandem verraten, dass Davey noch am Leben ist. Das Risiko für euch wäre viel zu groß.«

»Kannst du heute Nacht hierbleiben, Mack?«, fragte sie unvermittelt. »Bitte …?«

Von Shelbys Angewohnheit, abrupt das Thema zu wechseln,

wann immer sie es wollte, konnte man ein Schleudertrauma kriegen.

»Das geht nicht. Ich muss meine Ausgangssperre bei Big Mane verbringen.«

»Und wenn wir dich stattdessen hier anmelden?«, fragte sie.

»Das willst du nicht wirklich.«

»Doch. Will ich wirklich!«

»Du weißt nicht, was du da verlangst.«

Sie lachte auf, harsch und freudlos. »Nein. Ofensichtlich weiß ich gar nichts. Du musst mich echt für eine Riesenidiotin halten so ahnungslos, wie ich all die Jahre geblieben bin …«

»Du hättest das alles doch gar nicht wissen können, Shelby«, sagte Mackerel. »Er hat hart dafür gearbeitet, diese Sache von dir fernzuhalten.«

Sie griff wieder nach der Flasche und trank. »Ich brauche dich hier, Mackerel. Ich schaff das nicht alleine.«

Obgleich ihr die Haare wild ins Gesicht fielen und ihre Augen blutunterlaufen waren, änderte das nichts am Ausdruck ihrer Entschlossenheit. Sie sprach voller Überzeugung.

Mackerel holte tief Luft.

Er wollte nicht hierherziehen. Er wollte nicht in ein Haus gesperrt sein, das angefüllt war mit den Dingen seines Bruders, den Familienportraits, dem trauernden Sohn. Er wollte nicht in Shelbys Nähe sein – Shelby, die Spezialistin darin war, ihn aus dem Konzept zu bringen, und ihm ständig Schuldgefühle einflößte. Denn sie hatte recht: Er hatte wirklich untätig dagesessen, während ihr Mann sein gefährliches Doppelleben führte und dabei ihre Familie in Gefahr brachte. Bis er unvermittelt eine klaffende Lücke hinterließ, wo bis eben noch der Davey gelebt hatte, den sie zu kennen glaubte.

Mackerel gefiel es bei Big Mane. Es gefiel ihm, wenigstens ein gewisses Maß an Kontrolle über sein Leben zu haben.

Außerdem konnte er sich dort aus allem raushalten.

Aber hatte er wirklich die Wahl? Shelby hatte sonst niemanden. Vielleicht machte sie irgendwelchen Blödsinn. Und Kane hatte sonst auch niemanden.

»Jetzt sag schon Ja, Mackerel. Du musst Ja sagen. Für mich. Versprich mir, dass du Ja sagst.«

»Kipp den Wein weg, dann überleg ich's mir.«

Ohne den Blick von ihm zu nehmen, schleuderte Shelby die teure Flasche Richtung Spüle, wo sie klirrend zerschellte.

»Versprich mir, dass du Ja sagst«, wiederholte sie.

Er warf einen Blick auf die Wanduhr – es war bereits später Nachmittag. »Heute ist es zu spät, noch etwas zu unternehmen. Wir können die Adressänderung erst morgen bei Gericht anmelden.«

»Das ist kein Versprechen, Mackerel. *Versprich es.*«

»Okay, okay, Shelby. Ich verspreche es.«

Shelby nickte. Die Anspannung fiel von ihren Schultern ab, und sie sackte zusammen wie ein Ballon, aus dem die Luft entwich. Sie geriet ins Schwanken, und Mackerel war mit einem Satz bei ihr, um sie aufzufangen. Er führte sie rüber ins Wohnzimmer und half ihr auf eine Couch. Sie lehnte sich zurück und umklammerte ein Sofakissen, als versuche sie, die Welt daran zu hindern, sich weiter zu drehen.

»Und Ivy weiß das alles?«, fragte Shelby. »Jetzt wird mir einiges klar. Warum ihr Jungs immer brav tut, was euch gesagt wird.«

»Sie und Dad haben uns alles beigebracht, was wir wissen. Es wurde von uns erwartet, dass wir Jesse unterstützen.«

»Tja. Und deshalb reitet Ivy auch ständig auf dieser Heimlichtuerei herum. Familieninterna bleiben intern. Bla, bla, bla«, sagte Shelby. »Ich habe in eine Verbrecherdynastie eingeheiratet.«

»So würde ich uns nicht bezeichnen«, sagte Mackerel betreten.

»Sagen wir ihr, dass Davey lebt?«, fragte Shelby. Ihre Worte klangen verwaschen, sie hatte sich zusammengerollt und die Augen geschlossen.

»Wenn Davey ihr es nicht gesagt hat, müssen wir uns auf seine Einschätzung der Lage verlassen«, sagte Mackerel gedehnt. »Also … nein, wir sollten es ihr nicht sagen.«

»Die bringt uns um, wenn sie rausfindet, dass wir ihr das verheimlicht haben«, sagte Shelby.

Mackerel zuckte die Achseln.

Er erzählte Shelby nichts von Ivys Angebot, die Firma zu übernehmen.

Was natürlich auf keinen Fall in Frage kam, falls er tatsächlich hier einzog.

Shelby fing leise an zu schnarchen. Vermutlich war sowohl diese emotionale Achterbahnfahrt als auch der Wein für ihr abruptes Wegdämmern verantwortlich. Er nahm einen Überwurf von der Sofalehne und deckte sie sanft damit zu.

Warum wollte er nicht, dass Ivy von Davey erfuhr?

Weil meine Loyalität meinem Bruder gilt. Und wenn der ihr nicht gesagt hat, dass er noch lebt, dann werde ich es auch nicht tun.

Außerdem hat Davey wahrscheinlich einen Plan. Er hat das Treffen mit Forest arrangiert, also muss er einen Plan haben. Davey bringt alles wieder in Ordnung. So, wie er es immer getan hat.

Oder nicht?

KAPITEL NEUNUNDZWANZIG

FOREST

Auf dem Rückweg von Hucks Angelplatz war Forest in Gedanken bei dem, was er heute erfahren hatte.

Was war mit Jesse Dempsey passiert? Wenn er tatsächlich Alexandra und den echten Forest umgebracht hatte – das wusste er zwar nur aus Hucks Mund, aber weshalb sollte Huck ihn anlügen? –, war er immer noch irgendwo da draußen. Er hatte gewusst, dass Jesse gefährlich war – ein Mörder –, aber sollte er auch noch ein Drogenbaron sein, veränderte das alles. Forest schauderte. Würde er wiederkommen und zurückfordern, was ihm gehört hatte? Die Nachrichtensperre war aufgehoben, und wenn Jesse erfuhr, dass sein Sohn noch lebte … würde er dann zurückkommen und den Job endgültig zu Ende bringen?

Oder aber, Jesse weiß, dass ich ein Hochstapler bin, und es ist ihm egal. Wahrscheinlich nützt ihm meine Anwesenheit sogar – ich bin schließlich die perfekte Tarnung für den Mord an seinem Sohn. Solange ich hier bin, sucht niemand nach der Leiche.

Solange ich die Klappe halte. Ich darf niemandem irgendwas sagen, sonst bringt Jesse mich um. Aber das erledigt ohnehin vielleicht Blackbeard.

Forest erreichte einen Trampelpfad durch ein niedriges Gebüsch, der vom Strand wegführte. Er vermisste seinen Hund und er wollte sich hinlegen. Aber vorher musste er dringend noch zu Frankie. Die Frau war wirklich sein Untergang. Es war besser, den Termin gleich hinter sich zu bringen, solange sein Verstand noch auf Hochtouren lief. Für die Begegnungen mit ihr war es besser, auf Zack zu sein.

Der Pfad mündete in eine mit Schlaglöchern übersäte Straße. Er kam an ein paar leicht aggressiv wirkenden Kids auf Rädern und Skateboards vorbei. Als er Frankies schickes Airbnb erreichte – schließlich bezahlte Ivy ihre Unterkunft –, fand er die Tür weit geöffnet. Sie war von ausladenden Jacaranda-Bäumen gesäumt, und wilder Wein rankte sich die violett gestrichene Hauswand empor.

Forest ließ den Nacken knacken und dehnte die Arme, als würde er sich für einen Kampf warmmachen. Er konnte sich keine einzige Sekunde Unachtsamkeit erlauben.

Frankie wohnte in einem geräumigen, lichtdurchfluteten Zimmer mit Panoramafenster und Blick aufs Meer. Forest nahm in einem bequemen Lehnstuhl Platz und wartete, während sie noch irgendwas in ihren Laptop tippte. Als sie fertig war, kam sie zu ihm und drückte ihm ein Glitzerkissen in die Hand – eins von den Dingern mit Wendepailletten, wo sich beim Darüberstreichen das Muster änderte. In der Ecke brannte ein Räucherstäbchen. Es roch nach Vanille.

»Was soll ich mit dem Kissen?«

»Das soll dir dabei helfen, ruhig zu werden. Nennt sich haptische Stimulation. Menschen, die Dinge durchgemacht haben wie du, leiden oft unter einer Reizüberflutung der Sinne … durch haptische Stimulation lassen sich die Sinne beruhigen.«

Forest nickte und fuhr mit der Hand über die Pailletten. »Worüber möchten Sie heute reden?«

»Ach, nichts Bestimmtes. Was immer du mir erzählen willst«, sagte Frankie.

»Und wenn ich immer noch nicht darüber sprechen will?«

»Tja, dann falle ich wahrscheinlich vor Überraschung vom

Stuhl. Aber das ist auch okay. Die Dinge passieren in ihrer eigenen Geschwindigkeit. Wir können auch gerne was anderes machen. Atemübungen zum Beispiel. Oder kleine, feine Persönlichkeitstests, die uns verraten, für welchen Beruf du dich später mal eignest.«

»Was soll ich denn mit einem Beruf? Ich werde das Abalonen-Geschäft übernehmen.«

»Aber ist es auch das, was du tun willst?«

»Es ist das, was von mir erwartet wird«, sagte Forest. »Das gehört zu meinem Erbe.«

»Was von mir erwartet wird«, wiederholte Frankie. »Und, Forest? Freust du dich darauf?«

»Natürlich«, antwortete er.

»Also ich an deiner Stelle würde mich schon ein bisschen gefangen fühlen.«

»Ich bin es gewohnt, mich gefangen zu fühlen …«

Frankie fuhr so schnell nach vorne, dass Forest kurz dachte, sie würde sich wehtun.

Stimmt. Das hätte er nicht sagen sollen.

»Was meinst du mit *gefangen*?«

»Gar nichts«, sagte er.

»Erinnert dich diese Umgebung hier an den Ort, wo du vorher warst?«

»Ja.« Forest mied jeden Blickkontakt. »Und es nervt, weil es mir das Gefühl gibt, dass ich Ihnen nicht trauen kann.«

»Sollen wir lieber woanders hingehen?«, fragte sie.

»Nein«, sagte Forest. »Ich mag die Kissen …«

Frankie nickte, sagte aber nichts mehr. Sie saß nur da und beobachtete ihn und überließ es ihm, das Schweigen zu brechen.

Es wurde Zeit, es anders zu versuchen. Forest beugte sich vor. »Manchmal … ich habe ständig das Gefühl, das hier wäre alles Teil eines Plans. Dass Sie mich nur auf die Probe stellen wollen. Wollen Sie mich auf die Probe stellen? Für wen arbeiten Sie?«

Kurz presste sie den Mund zu einer schmalen Linie zusammen. Dann sagte sie: »Ich arbeite für *dich*, Forest. Du bist jetzt in Sicherheit. Ich bin hier, um dir zu helfen.«

Forest ließ zu, dass sich Tränen in den Augenwinkeln sammelten, und legte noch eins drauf, indem er sie über seine Wangen laufen ließ. »Ich wünschte, ich könnte Ihnen glauben, Frankie.«

Falls diese Worte an eine tiefere Wahrheit rührten, dann umso besser.

»Okay. Themawechsel«, sagte Frankie eilig. »Erzähl mir doch mal, was dir hier am besten gefällt, seit du zurück bist.«

Forest zögerte. Mit dieser Frage hatte er nicht gerechnet.

»Ganz ehrlich?«, log er. »Am liebsten mag ich die seidene Bettwäsche.«

Frankie nickte und machte ein kleines, aufmunterndes Geräusch, wie um ihm gut zuzureden.

»Ja, und dass ich einfach an den Strand gehen kann … und mit Leuten zusammen sein, die wissen, was das Beste für mich ist …« Sein Gesichtsausdruck verhärtete sich. Er deutete auf Frankies Rechner. »Sie dürfen keinem erzählen, dass ich den Leuten hier nicht traue. Dabei glaube ich schon, dass ich Ivy vertrauen kann. Es ist nur … das Problem liegt eher hier.« Er wies auf seinen Kopf.

Frankie nickte und machte wieder ihr Geräusch. »Wie wär's damit? Du erzählst ein bisschen, und ich höre dir einfach nur zu?«

Als die Sitzung vorbei war, bat Forest sie, Mackerel anzurufen, der ihn abholen sollte. Er wartete schweigend, während Frankie wieder an ihrem Laptop arbeitete. An seinen Schläfen klebte der Schweiß, und er war völlig ausgelaugt.

Es war unglaublich anstrengend, ihr die ganze Zeit was vormachen zu müssen, obwohl er sich so dringend jemanden wünschte, mit dem er über all das sprechen konnte. Vor allem, weil sie ihre Sache so gut machte, wenn sie sich vorbeugte und ihm wirklich zuzuhören schien. Das fühlte sich schön an … als würde sie sich tatsächlich für ihn interessieren. Aber er wusste, dass er ihr nicht trauen konnte.

Das ist alles nur ein Trick. Du darfst dich nicht ablenken lassen, nicht eine Sekunde, sonst ist alles verloren.

Du darfst niemandem trauen.

Schließlich hielt Mackerel vor dem Haus, und Forest konnte sogar durchs Fenster erkennen, wie bleich er war. Er fragte sich, wie es mit Shelby gelaufen war.

Was ist das nur für eine riesengroße Scheiße hier …

Nein. Bleib bei der Sache … Du weichst seinen Fragen aus. Und stellst stattdessen selbst die Fragen.

Forest ging, ohne sich von Frankie zu verabschieden. Erleichtert rutschte er neben Mackerel auf den Beifahrersitz.

»Ich komme zwar nicht gerne hierher, aber Frankie ist echt gut in ihrem Job. Sie hört mir einfach nur zu«, sagte er ungefragt.

»Aber das mit Davey hast du ihr nicht erzählt, oder?«, erwiderte Mackerel sofort.

»Nein«, sagte Forest. »Hör mal, können wir noch irgendwas unternehmen? Ich habe keine Lust, jetzt schon nach *Safe Harbour* zurückzufahren.«

»Okay«, sagte Mackerel. »Oben am Aussichtspunkt steht ein alter Van – man riecht den Kaffee schon von Weitem, so gut ist der. Wir können einfach nur im Auto hocken und die Aussicht genießen.«

»Du stehst echt auf Kaffee, oder?«

Mackerel schwieg einen Moment, dann sagte er: »Als ich noch ein Kind war, sah ich ständig ganz normale Leute irgendwo sitzen und Kaffee trinken. Ich dachte immer, Kaffee trinken würde bedeuten, dazuzugehören.«

Er fuhr den Hügel hinauf. Am Aussichtspunkt bremste er ab. Gumminüsse knirschten unter den Reifen. Der Kaffee-Van war am perfekten Platz aufgestellt. Ein paar kleine Tischchen standen davor und Touristen und Einheimische genossen die Nachmittagssonne.

Sie bestellten ihre Getränke und gingen damit zum Auto zurück – Mackerel wollte offensichtlich nicht, dass jemand sie aus Versehen belauschte. Forest beschloss, in die Offensive zu gehen, und fing an, Mackerel mit Fragen zu löchern. »Wie war es eigentlich im Knast?«

Mackerel machte ein erstauntes Gesicht. »Das hat mich noch nie jemand gefragt«, sagte er. »Es ist … langweilig. Und trotzdem stressig. Man muss ständig aufpassen. Und es ist laut – Türenknallen, Gebrüll … schnarchende Zellennachbarn …«

»Echt? Erzähl mir mehr«, bat Forest. Und Mackerel, der es offensichtlich zum ersten Mal mit einem aufrichtig interessierten Zuhörer zu tun hatte, packte seine Geschichten aus.

»Da gab es einen Typen, der wollte mich eines Tages in die Mangel nehmen. Er hatte gehört, was ich bei Davey versucht hatte … Er hatte irgendwie entfernt was mit der Firma am Hut und wusste, wer ich bin. Wahrscheinlich wollte er sich bei Davey einschleimen, vielleicht, um über ihn an einen besseren Anwalt zu kommen. Aber weil ich im Knast der Suboxone-Dealer war, gab es um mich herum ein paar Typen, die dafür bezahlt wurden, mich zu beschützen. Na ja, zwei von denen mussten ziemlich was einstecken, aber als er dann auf mich losgehen wollte, hatten die Schließer ihn am Arsch. Steckten ihn in Einzelhaft. Weißt du, die Schließer – so werden die Gefängniswärter genannt –, die Schließer mochten mich. Weil ich sie schmierte, aber auch, weil mein Suboxone dafür sorgte, dass so mancher Insasse immer schön ruhig und friedlich blieb …« Mackerel verstummte. »Aber irgendwann erhöhten die Schließer die Preise, mein Subi-Nachschub versiegte, und dann … ging alles den Bach runter.« Er strahlte. »Aber eine Zeit lang gab es im Knast niemanden, der so beliebt war wie ich.«

»Moment mal, Moment«, fiel Forest ihm ins Wort. »Warum bist du denn überhaupt ins Gefängnis gewandert?«

Mackerel seufzte.

»Das … das fing alles schon sehr früh an. Bei uns zu Hause waren Drogen immer verfügbar. Jesse, Davey und ich wussten genau, wie man an Emmas rankam – an Ecstasy – und an Koks, sogar reines MDMA war kein Problem. Als ich noch jünger war, gab es hier eine viel größere Partyszene, aber inzwischen dreht sich alles nur noch um Ice … Ich hab selbst Ice genommen. War ziemlich krass drauf … hab zwischendurch den Verstand verloren.«

Er warf Forest einen Blick zu, der klarmachte, dass er es ernst meinte.

»Wirklich, wortwörtlich. Ich habe den Verstand verloren. Substanzinduzierte Psychose nennt man das. Tja. Eines musst du wissen … Psychosen sind in unserer Familie ganz normal. Und in dem Zustand wollte ich die Firma übernehmen …«

Mackerel verstummte einen Augenblick lang.

»Hier gab es für mich also nur noch verbrannte Erde, aber irgendwann hatte ich mich wieder im Griff und verschwand rauf nach Queensland. Da oben war die Partyszene gigantisch. Ich vertickte jede Menge Emmas und machte damit gute Kohle. Irgendwann fragte mich ein Bekannter, ob ich für ihn auch Ice verticken könnte, und die Kohle war noch besser. Ice-Konsumenten zu finden, ist viel einfacher, als Partydrogen zu verkaufen, und es gibt weniger Konkurrenz. Also machte ich weiter. Ich besorgte mir einen »richtigen« Job bei einer Versicherung und vertickte unter dem Deckmantel des Anstands weiter mein Ice. Ich tauchte im Anzug und mit meinem Firmenwagen auf. Die Leute arbeiteten gern mit mir zusammen, weil ich Profi war und nicht irgendein abgerissener Junkie. Sie vertrauten mir immer mehr an, und ab da …«

»Was bedeutet es, wenn einem immer mehr anvertraut wird?«,

fragte Forest mit echter Neugierde. Und mit schlechtem Gewissen.

»Mann!« Mack lächelte verhalten. »Wir *lebten* im Hotel. Wir gingen jeden Abend fett essen. Wir kauften uns teure Autos und Goldketten und Designerklamotten. Hatten alles, was wir wollten. Ich kenne an der Gold Coast jede einzelne Penthouse-Suite. Ich war mit Berühmtheiten per Du, Forest. Leute, die du sofort wiedererkennen würdest.« Er verzog das Gesicht. »Äh, wobei, du vielleicht nicht.«

»Eure Kunden kamen zu euch ins Hotel?«, fragte Forest. Der erste Teil von Mackerels Geschichte war ihm nur allzu vertraut, aber das hier klang definitiv nach einer anderen Liga als die Drogenwelt, die er kannte. »Ihr habt die Drogen im Zimmer deponiert?«

»Quatsch, Buddy«, sagte Mack mit glänzenden Augen. »Wir lagerten das Zeug in einem Auto, ein paar Straßen weiter. Aber es waren auch immer nur Deals, die im Vorfeld arrangiert wurden, meistens über Snapchat – weil sich das schwerer nachverfolgen ließ. Ich hatte stets die richtige Menge im Kofferraum, in einer Sporttasche. Die Typen tauchten im Hotel auf, gaben mir die Kohle, bekamen dafür den Schlüssel, holten sich den Stoff und ließen den Schlüssel im Kofferraum liegen. Das System war gut.«

»Und dann wurdest du erwischt«, sagte Forest.

»Tja«, sagte Mackerel, in Gedanken offenbar immer noch in den glorreichen alten Zeiten.

Forest gefiel sein Gesichtsausdruck nicht – in Mackerels Blick lag Gier. Plötzlich sah er das abgerissene Äußere mit anderen Augen. Den ausgefransten Saum an seinem Shirt, den fleckigen Kragen, den billigen Haarschnitt, den er sich wahrscheinlich selbst verpasst hatte …

Auch wenn er nicht so aussah – gemessen an dem, was er Forest soeben erzählt hatte, war der Typ äußerst fähig.

Wenn ich nicht wäre, wäre Mackerel in der Erbfolge von Dempsey Abalone der Nächste. Vorausgesetzt, Davey bliebe verschwunden.

KAPITEL DREISSIG

MACKEREL

Am nächsten Morgen rief Mackerel sofort seinen Anwalt an. Der Typ war gar nicht mal so schlecht. Wer auf einen Pflichtverteidiger angewiesen war, wusste vorher nie, an wen er geriet.

Der Anwalt hielt es für eine außerordentlich gute Idee, Mackerels Kautionsadresse auf einen respektablen Wohnsitz wie den der Dempseys zu verlegen. Das zeuge, so sein Argument, von einem Heilungsprozess in Bezug auf die Familienbeziehungen und demonstriere Mackenzies Hilfsbereitschaft seiner Schwägerin gegenüber. Allerdings fragte sich der Anwalt, ob es auch für Kane so gut sein würde, da Mackerel mit relativ hoher Wahrscheinlichkeit in einem guten halben Jahr wieder ins Gefängnis wanderte. Der Junge hatte gerade seinen Vater verloren und würde zusätzlich mit dem Verlust des Onkels konfrontiert werden, den er eben erst kennengelernt hatte.

Trotzdem. Mackerel musste es tun. Er hatte es Shelby versprochen. Und sein Bauchgefühl sagte ihm, dass sie Dummheiten machen würde, wenn er nicht da war. Er kannte den Blick, den er in ihren Augen gesehen hatte. Er kannte ihn von der Straße. Es war der Blick extrem verzweifelter Menschen, die für einen Schuss extreme Dinge tun würden.

Nach dem Telefonat machte er sich auf die einstündige Fahrt nach Hobart, um einen fünfminütigen Auftritt vor dem Richter zu absolvieren. Vermutlich ging es so schnell, weil sein Anwalt mit dem tragischen Tod seines Bruders und der Unterstützung für die trauernde Witwe argumentiert hatte. Die Gebühr für die Abänderung der festgelegten Bedingungen beglich Mack von dem Geld, das Shelby ihm überwiesen hatte. Jetzt gab es kein Zurück mehr. Der nächste Schritt war der schwerste: Er musste zu Big Mane, um seine Sachen zu packen.

Wie benebelt klopfte er an die Zimmertür seines besten Freundes. »He, Bro, wir müssen reden …«

Big Mane öffnete im Bademantel die Tür, den Controller einer Spielkonsole in der Hand, Kopfhörer auf den Ohren. »Warum? Stimmt was nicht?«

»Die gute Nachricht lautet, ab jetzt musst du dir meine hässliche Visage nicht mehr ständig anschauen … ich habe die Kautionsadresse geändert.«

»Was? Warum das denn? Wo gehst du hin?«

»Ich wohne ab jetzt bei Shelby.«

Big Mane stand die Erleichterung ins Gesicht geschrieben. Der Anblick tat weh.

»Ist es so schlimm mit mir?«, fragte er leise.

»Blödsinn, Bro. Aber die Idee ist super. Es kann nicht gut für Shelby sein, so ganz allein mit ihrem Jungen in dem Riesenhaus. Außerdem muss ich jetzt kein schlechtes Gewissen mehr haben, wenn ich nach Beginn deiner Ausgangssperre noch mal losziehe und dich hier alleine hocken lasse. Und: endlich keine Bullen mehr, die mitten in der Nacht an die Haustür klopfen.«

»Du hast gesagt, du schläfst mit Ohrstöpseln!«

»Mann, Bro, das war gelogen, damit du dich nicht noch schlechter fühlst. Du hast sowieso ständig ein schlechtes Gewissen wegen Sachen, für die du rein gar nichts kannst.« Er legte den Controller weg und fing an, sich anzuziehen. »Das einzige Problem ist, dass ich jetzt niemanden mehr habe, der für mich kocht und hinter mir herputzt. Soll ich mir jetzt etwa eine Haushaltshilfe anschaffen?«

Mackerel lachte. »Oder du lernst kochen.«

Big Mane bückte sich, zerrte leere Koffer unter seinem Bett hervor und schob einen zu Mackerel rüber. »Also gut, packen wir deinen Krempel zusammen. Und mach ein bisschen Tempo. Schwing deinen Hintern raus aus meiner Bude und verzieh dich rauf auf deinen schicken Hügel.« Er lachte, um deutlich zu machen, dass er scherzte.

»Hör mal … ich bin dir echt dankbar für –«

»Ja, ja, Bro, ich weiß, hast du mir schon tausend Mal gesagt. Vor allem, wenn du besoffen bist – dann ist dein Generve unerträglich. Ich liebe dich, Bro. Ich glaube an dich. Ich glaube, du hast es drauf. Und ich fühle mich geehrt, dich meinen besten Freund nennen zu dürfen.«

Das war zu viel. Mackerel musste schlucken. Eilig wandte er sich ab.

»Und wann kommst du zum Xbox-Spielen rüber?«, fragte Big Mane. »Oder bin ich hiermit vollständig abgemeldet?«

Mackerel riss sich zusammen und sagte: »Kannst dir den Freitag eintragen. Xbox-Freitag. Und … wenn du mich nicht rauswirfst, würde ich auch gerne weiter für dich arbeiten.«

»Was soll denn der Blödsinn? *Wenn du mich nicht rauswirfst?* Du bist einer der wenigen fähigen Typen da draußen.« Sie standen inzwischen in Mackerels Zimmer und holten seine Klamotten aus Regalen und Schubladen. Vieles davon waren abgelegte Sachen von Big Mane, aber ein paar hatte Mack sich tatsächlich von seinem eigenen Geld gekauft. »Außerdem wäre es da draußen ohne dich nicht dasselbe.«

»Eines Tages will ich so gut sein wie du«, sagte Mackerel.

Big Mane packte ihn an der Schulter und zog ihn in eine kurze Umarmung. »Vollidiot. Du bist ein guter Typ, Bro. Vergiss das nie.« Er stieß ihn weg und rieb sich die Augen. »So, den Krempel hier kannst du alleine fertig packen. Ich schau mal, was noch in der Wäsche ist.«

Mack parkte neben dem Brunnen, zerrte seine Koffer zur Haustür und sah hinauf zu den Kletterpflanzen. Er holte tief Luft und klingelte. Einen Augenblick später öffnete Shelby die Tür. Sie hatte ein rotes Kleid an, war geschminkt und trug Ohrringe in Form von bernsteinfarbenen Tropfen. In der Hand hielt sie ein Glas Wein. Sie sah aus wie die Gastgeberin einer Dinnerparty.

»Hallo, Mack. Schön, dass du da bist.« Sie zog die Haustür bis zum Anschlag auf. »Willkommen zu Hause.«

»Du hast keine Ahnung, was du dir antust«, sprudelte es aus Mackerel heraus. »Du musst mir sofort sagen, wenn es dir zu viel wird. Dann such ich mir was anderes.«

»Hör mir zu, Mack. Ich will, dass du hier wohnst. Kane wusste im Grunde nicht mal, dass du existierst, aber jetzt ist er total begeistert von dir. Du kannst gut mit Kindern. Alle mögen dich.«

Mackerel war baff. »Alle mögen mich?«

»Du lässt dich zwar etwas zu leicht einschüchtern, aber du bist echt ein netter Kerl …«

Mack dachte, er hätte sich verhört. Verlegen rieb er sich die Augen.

Sie nahm seine Hände und zog sie weg, aber er schaffte es nicht, sie anzusehen; er hätte das Mitleid in ihrem Blick nicht ertragen.

»Kane darf mich auf keinen Fall zu sehr ins Herz schließen«, sagte er. »Wahrscheinlich wandere ich in sieben Monaten wieder ins Gefängnis.«

»Ja, darüber habe ich auch schon nachgedacht. Meine Freundin Fiona ist Anwältin, und ich habe sie zum Abendessen eingeladen – sie ist schon hier. Vielleicht kann sie dir helfen.«

Mack wunderte sich immer wieder darüber, dass normale Menschen einfach nicht verstanden, wie das Justizsystem funktionierte. Es war nicht wie beim Hausarzt, wo man bei Bedarf einfach eine zweite Meinung einholte. Sich in diesem Dschungel zurechtzufinden, war eine verworrene Angelegenheit. Es war wie die Organisation eines Schulkonzerts in Kombination mit einem Betriebsausflug und der Bewerbung auf einen Job, für den man vorher aber noch einen Universitätsabschluss machen musste. Nur, dass man einen Freund dafür bezahlen musste, dass der für einen studierte, weil sämtliche Lehrbücher in einer fremden Sprache verfasst waren, wobei dieser Freund nicht lesen konnte, weshalb man ihm die fremde Sprache auch noch vorlesen musste, damit er dann hoffentlich alle Informationen zusammengesammelt hatte, um einem danach zu erklären, wie man sein Bewerbungsgespräch am besten meisterte. Zusätzlich hatten die Gesprächspartner manchmal schlechte Laune, weil sie schlecht geschlafen oder Schnupfen hatten oder sich daran störten, wie man aussah. Oder längst entschieden hatten, wer den Job bekommen würde. Und wenn das alles nicht der Fall war, ging es am Ende trotzdem nur um Glück und Geld.

Doch das zu erklären, hatte keinen Sinn. Also verzog Mack nur das Gesicht, nickte und folgte Shelby ins Haus. Und da stand Fiona auch schon vor ihm: Schwarzer Pferdeschwanz, rechteckige Brille, knallroter Lippenstift und ein blaues Kleid. Sie musterte Mack von Kopf bis Fuß und ließ sich deutlich anmerken, dass sie wenig beeindruckt war. Er hatte sie an dem Tag, als Davey »gestorben« war, bei Ivy gesehen. Sie war ihm als Shelbys beste Freundin vorgestellt worden, aber ehrlich gesagt hatte er von dem Nachmittag kaum noch etwas in Erinnerung …

Mackerel ging an ihr vorbei und schleppte das Gepäck nach oben in das Zimmer, das ab jetzt ihm gehören würde. Es war so groß wie Big Manes Wohnzimmer, mit dickem, weißem Teppichboden, einem Riesenbett, eigenem Badezimmer und schnieker abstrakter Kunst an den Wänden.

Er sah sich staunend um und erblickte sich selbst in einem raumhohen Spiegel. Er sah aus wie ein Einbrecher – Mackerel gehörte definitiv nicht hierher.

Viel zu eingeschüchtert, um seine Sachen auszupacken und das Zimmer dadurch wenigstens ein bisschen zu seinem eigenen zu machen, floh er zurück in die Küche.

Shelby war die perfekte Gastgeberin. Sie wirbelte zwischen der Küche und dem riesigen Esstisch hin und her und ließ sich von Fiona ein wenig zur Hand gehen. Sie waren mit den Vorbereitungen für ein dreigängiges Abendessen beschäftigt: Garnelen als Vorspeise, Entenbrust als Hauptspeise und Schokoladentörtchen zum Dessert. Zur Begleitung standen diverse teuer wirkende Flaschen mit Getränken bereit.

Während Shelby Kane holen ging, nahmen Mackerel und Fiona Platz. Die Anwältin durchbohrte ihn mit Blicken, und er rutschte unbehaglich auf seinem Stuhl herum, bis Shelby mit Kane zurückkam.

Es schmeckte fantastisch. Mackerel musste sich zusammenreißen, um nicht zu schlingen. Er wollte Fiona unbedingt beweisen, dass er nicht das wilde Tier war, für das sie ihn offensichtlich hielt.

Die beiden Frauen unterhielten sich über Alltägliches, wobei Shelby offensichtlich bemüht war, ihn immer wieder mit einzubeziehen. Er versuchte wiederum, Kane in die Unterhaltung zu integrieren. Der Junge wirkte mürrisch und wollte eindeutig nicht hier sein; ständig meckerte er am Essen herum und konnte nicht stillsitzen.

Als Kane sich zum wiederholten Male über das Pastinakenpüree beschwerte, sagte Mackerel: »Ich weiß, was du meinst. Im Gefängnis gibt's quasi nichts anderes als Kartoffelbrei. Einmal hat ein Buddy von mir versucht, sich das Zeug durch die Nase zu ziehen – nur, um zu beweisen, dass es nicht aus echten Kartoffeln war, sondern aus Instantpulver mit Wasser vermischt.«

»Durch die *Nase*?«, sagte Kane. »Das glaub ich dir nicht.«

»Das Gefängnis ist wohl kaum das richtige Gesprächsthema bei Tisch«, sagte Fiona streng.

Mackerel, der sah, wie Kanes Augen anfingen zu leuchten, ignorierte sie. Shelby war eine tolle Mutter, aber ab und zu musste dem Jungen auch mal jemand auf Augenhöhe begegnen. Vor allem, wenn Mackerel in Zukunft tatsächlich hier leben sollte.

»Doch, wirklich!«, sagte er. »Und wir hatten ausschließlich Plastikgabeln, weil man mit echtem Besteck jemanden hätte erstechen können.« Er griff nach Kanes Hand, die die Gabel hielt, und spießte damit eine Karotte, eine Bohne und ein Stück Ente auf.

Kane sah ihm zweifelnd zu, verdrehte die Augen und schob sich die Gabel in den Mund. »Ich bin kein kleines Kind mehr. Du musst mit der Gabel nicht Flugzeug spielen.« Er schluckte runter. »Was passiert im Gefängnis noch so?«, fragte er gespannt.

»Na ja …«, sagte Mackerel gedehnt. »Zum Beispiel Prügeleien, und zwar jede Menge.«

»Ich glaube nicht, dass das für seine Ohren bestimmt ist, *Onkel* Mackerel«, sagte Fiona. »Ich meine, schließlich ist das Gefängnis der Grund, weshalb Sie so lange von Ihrer Familie getrennt waren, oder nicht? Weil Sie in Haft waren?«

Shelby sagte nichts dazu. Sie registrierte lediglich Mackerels leeres Whiskyglas, beugte sich vor und schenkte nach.

»Ja, das stimmt …«, sagte Mack zerknirscht, auch wenn er Fionas bösen Blick in gewisser Weise genoss. Er setzte noch einen drauf. »Und das verdientermaßen … Ich habe Drogen verkauft, und Drogen sind böse. Ich habe sie an die Drogendealer verkauft. Drogendealer sind böse Menschen, aber ich habe jede Menge Kohle damit gemacht. Ich meine, *Millionen* von Dollars.«

»Echt?«, sagte Kane, doch dann trübte sich sein Blick. »Das ist doch nichts Besonderes. Mein Dad ist … war ein Millionär …« Er verstummte.

»Mack, es reicht jetzt«, mischte Shelby sich wieder ins Gespräch.

Doch Mackerel war nicht mehr zu bremsen. »Das Schwierigste daran, so viel Geld zu haben, ist, jemanden zu finden, der wirklich *dich* liebt und nicht nur deine Kohle«, sagte Mackerel betrübt. Kanes Augen wurden wieder lebendig. »Kennst du die Sängerin von Pine and Ocean?«

»Atlanta Parks?«, fragte Kane.

»Ja, genau. Wir waren eine Zeit lang zusammen. Aber unterm Strich war sie auch nur an meinem Geld interessiert. Glaub ich zumindest … Sobald mir die Cops auf den Fersen waren, ist sie abgehauen.«

Mackerel machte ein trauriges Gesicht, was ihm nicht schwerfiel. Dieser Treuebruch hatte tatsächlich wehgetan.

»Du warst mit Atlanta Parks zusammen?«, rief Kane und schaute seine Mutter empört an. »Und das hat mir *keiner* erzählt?«

Damit hatte Mack ihn endgültig am Haken. Langsam lenkte er das Gespräch wieder von dem Gerede über seine kriminelle Vergangenheit weg, und als das Abendessen vorbei war, hatte Kane Onkel Mack zu seinem neuen Lieblingsverwandten erkoren.

Er war in dieser Familie noch nie der Liebling von irgendwem gewesen.

Es fühlte sich seltsam an. Während er sich selbst dabei zusah, wie er seinen Neffen aufmunterte, fielen ihm Shelbys Worte von vorhin wieder ein.

Alle mögen mich?

Das stimmte einfach nicht. Sie hatten ihn aus der Stadt gejagt. Er war ein Ausgestoßener.

Aber womöglich hatten die Dinge sich geändert. Schließlich war inzwischen alles auf den Kopf gestellt worden. Vielleicht war er in dieser Welt tatsächlich okay? Konnte das sein? Vielleicht hatte Big Mane ja doch recht, und er war wirklich ein guter Typ?

Nach dem Essen räumten Shelby und Fiona den Tisch ab, und Fiona machte sich an der Spülmaschine zu schaffen. Mackerel wollte ihnen zur Hand gehen, aber sobald das Essen vorbei war, zerrte Kane ihn am Arm.

»Los, Onkel Mack, komm mit.«

In seinem Tonfall lag das Selbstverständnis, das Wohlstand mit sich brachte – es war keine Bitte, sondern ein Befehl.

Er führte Mack die Treppe runter in den Hobbyraum, der den gesamten Keller einnahm. Es gab bequeme Möbel, roten Teppichboden und zwei riesige Fernseher, die direkt nebeneinander an der Wand hingen.

»Dad hat zwei gekauft, damit wir zusammen Xbox spielen können, aber er war nie wirklich gut«, sagte Kane. »Du weißt doch wie das geht, oder?«

»Dich mach ich fertig, Junge«, sagte Mackerel und ließ sich auf eine Couch fallen. Es fühlte sich an, als würde man in einem Stapel Schaffelle versinken. Ein paar Minuten später kam Shelby, um nach ihnen zu sehen. Sie reichte Kane ein Eis und Mackerel eine Dose Bier.

Kane und Mackerel spielten gefühlt stundenlang. Mackerel genoss es, gegen seinen Neffen zu spielen. Kanes Reflexe waren schneller, dafür besaß Mackerel mehr Geduld und strategisches Gespür, das sich aus Erfahrung speiste. Außerdem spielte er angetrunken grundsätzlich besser, und Shelbys Fürsorge blieb ungebrochen. Immer wieder kam sie in den Hobbyraum und sorgte dafür, dass er ein frisches Bier in die Hand bekam. Er verstand zwar nicht so ganz, warum sie nach seinem Verhalten beim Abendessen noch immer so nett zu ihm war, aber er hatte nichts dagegen.

Irgendwann fielen Kane die Augen zu, und kurz darauf lehnte er friedlich schlafend an Macks Schulter.

Mackerels Herz zog sich zusammen. Er hob den schlafenden Jungen hoch und trug ihn die Treppe nach oben in den Wohnbereich. Fiona und Shelby hatten sich gerade angeregt unterhalten und verstummten, als Mack hereinkam.

»Wo ist sein Zimmer?«, fragte Mackerel. Es nervte ihn, dass Fiona immer noch da war. Er wollte endlich mit Shelby über Davey sprechen.

»Ich zeig es dir«, sagte Shelby und führte Mack die Treppe hinauf. Kanes Zimmer war der absolute Traum jedes Jungen – ein großes Bett, Poster an den Wänden, überall elektronisches Spielzeug, ein kleines Bücherregal und außerdem ein Computer mit Spielkonsole sowie eine fest installierte Ladestation für MacBook und iPad.

Shelby schüttelte das Kissen zurecht, und Mack legte Kane aufs Bett. Er trat zurück, damit sie ihren Sohn zudecken konnte. Er wollte gerade das Zimmer verlassen, da griff sie nach seinem Arm. »Schau dir das an. Endlich ist er ein bisschen zur Ruhe gekommen.«

»Ja«, sagte Mackerel, durchflutet von Alkohol und einem seltsamen Gefühl der Genugtuung. »Wir hatten wirklich Spaß.«

»Er vermisst seinen Vater«, sagte sie leise.

»Ja«, sagte Mackerel. »Kein Wunder. Armer Junge.«

Shelby knipste ein kleines Nachtlicht an. »Er schläft immer noch mit Licht«, sagte sie. »Sonst bekommt er Albträume. Aber sag ihm bitte nicht, dass ich dir das verraten habe. Ich glaube, er fängt an, dich ins Herz zu schließen.«

Mackerel wusste nicht, was er darauf antworten sollte. Ihm wurde ganz warm.

»Er braucht uns«, sagte Mackerel leise.

»Was er braucht, ist sein Dad«, gab Shelby mit harter Stimme zurück. »Jetzt komm.«

Auf der Treppe, die von gedimmten Deckenstrahlern sanft beleuchtet wurde, deutete Shelby auf ein Foto von Davey – attraktiv, lachend, flankiert von Shelby und Kane. »Schau ihn dir an«, flüsterte Shelby. »Er lebt. Das alles kann er noch immer haben. Es macht mich fertig, Kane nicht sagen zu dürfen, dass sein Vater am Leben ist.«

Shelby verstand es immer noch nicht. So schmerzvoll es auch für alle drei war – Davey hatte verschwinden müssen, damit sie und Kane weiterhin ein einigermaßen normales Leben führen konnten.

»Shelby …«, sagte er, aber sie wandte sich ab und ging zurück nach unten. »Was möchtest du trinken? Du hast freie Auswahl.«

KAPITEL EINUNDDREISSIG

AHAB

Es war Abend, und Ahab lief durch eine der Straßen am Strand. Er trug nur ein ärmelloses Shirt und Shorts und spürte die Kasurinen-Nadeln unter den bloßen Füßen. Große Häuser, die nach Geld aussahen, säumten die Straße, doch dazwischen lag hin und wieder die ein oder andere Holzbaracke und einmal sogar ein unbebautes Stück Land, auf dem ein paar Ziegen angebunden waren.

Auf einem weitläufigen Grundstück ragte ein weißgekalktes Haus auf. Hier wohnte Chips, die das Haus wohl mit Absicht ein bisschen verwahrlosen ließ – die Wände waren mit Moos bewachsen, und die Dachrinnen mussten auch dringend mal wieder gereinigt werden. Der Vorgarten dagegen war makellos.

Ahab musste dringend mit ihr sprechen. Es galt zu verhindern, dass Blackbeard die Crew auf seine Seite zog. Je länger er darüber nachdachte, desto realer erschien ihm die Gefahr, dass es in Shacktown tatsächlich zu einem Drogenkrieg kam. Seine Stadt war zu klein, um so etwas zu verkraften – die gesamte Gemeinschaft würde daran zerbrechen.

Als er das Grundstück betrat, schallte ihm von der Terrasse hinter dem Haus Musik entgegen. Auch Männerstimmen waren zu hören und raues Gelächter. Chips hatte offensichtlich Besuch. Rauch hing in der Luft, und er sah den Widerschein von offenem Feuer.

Wer auch immer die Typen sein mochten, sie hatten mit Sicherheit was mit der Firma zu tun. Ahab fragte sich, ob es ein Problem darstellte, wenn jemand von der Crew ihn bei Chips sah.

Dann fiel sein Blick auf die Autos, die vor dem Haus auf der Straße parkten. Ein Mustang und ein Mercedes. Obwohl teure Autos in Shacktown durchaus zum Ortsbild gehörten, war Ahab augenblicklich alarmiert. Abgesehen von den Leuten, die bei Dempsey Abalone in leitender Position arbeiteten, wusste die Crew ihren Wohlstand durchaus zu verbergen – allen war klar, dass man besser keine Aufmerksamkeit erregte. Die beiden Autos gehörten eindeutig Leuten von außerhalb. Leuten von außerhalb mit Kohle.

Ahab musste sofort an Blackbeard denken.

Lautlos schlich er um die Hausecke. An der Mauer war eine Lampe mit Bewegungsmelder montiert. Gebückt drückte er sich an der Hauswand entlang, um nicht versehentlich den Sensor auszulösen. Sobald er außer Reichweite war, ging er in die Hocke und drückte sich zwischen das Laub und die duftenden Blüten eines kompakt geschnittenen Corea-Busches. Von seinem Versteck aus wagte er einen heimlichen Blick hinters Haus.

In der Mitte einer üppig bewachsenen Terrasse stand ein großer Feuerkorb. Würziger Pinienrauch stieg ihm in die Nase. Chips sah aus wie immer. Sie trug ihre Standarduniform aus Fußballtrikot und Base-Cap. Die zwei Typen neben ihr hatte Ahab noch nie gesehen. Sie wirkten gefährlich, waren bullig und muskelbepackt. Der eine, ein wahrer Riese, trug zwei dicke Goldketten um den Hals, Diamantstecker im Ohr und dazu eine schwarze Nike-Beanie. Der zweite war noch größer, hatte ein pockennarbiges Gesicht und leuchtend orange gefärbte Haare. Sie waren damit beschäftigt, Unterlagen zu verbrennen. Dabei unterhielten sie sich laut.

»… wenn das so ist, wird er dem Jungen nichts tun«, sagte der Typ mit den Goldketten.

»Glück für Forest«, sagte Chips. »Schätze, Blackbeard hätte das durchgezogen, oder?«

»Blackbeard zieht seine Ansagen immer durch«, entgegnete der Größere barsch. »Deshalb sind seine Drohungen auch so effektiv. Hör zu, Kiddo. Eins merkst du dir besser gleich: Wenn du bei den großen Jungs mitmischen willst, nimmst du ihn lieber ernst.«

»Nenn mich nicht Kiddo!«, sagte Chips. »Ich habe genug Erfahrung mit großen Jungs.«

»Genau, Vance, nenn sie nicht Kiddo«, sagte der Typ mit den Goldketten hämisch.

Vance lachte. »Die hat Nerven, oder?«

»Klar, lach du nur«, sagte Chips. »Schon ein bisschen frech, wenn das ausgerechnet der Typ von sich gibt, der nicht mal mithilfe meiner exakten Wegbeschreibung in der Lage war, Davey aufzuspüren.« Sie lachte gehässig. »Blackbeard braucht mich mehr als deinen nutzlosen Arsch. Also, raus mit der Sprache – warum will er, dass der Junge in Ruhe gelassen wird?«

Chips hat Davey verraten? Nein, bitte nicht Chips … nicht du …

»Du hast uns keine Fragen zu stellen. Niemand aus deiner Crew krümmt dem Jungen auch nur ein Haar«, sagte der Mann mit den Goldketten, und Vance spuckte aus.

»Tranquil, ich hab es dir schon mal gesagt, ich kann die Crew dazu bringen, Blackbeards Führung zu akzeptieren«, warf Chips ein. »Dazu brauchen wir Forest nicht.«

Goldkettchen – Tranquil – zuckte die massigen Schultern. »Blackbeard will, dass Forest in Ruhe gelassen wird, also lassen wir Forest in Ruhe. Das gilt auch für dich.«

Chips war also tatsächlich zu Blackbeard übergelaufen. Ein schwarzer Tag für Shacktown! Ahab hätte wütend sein müssen, hätte sich betrogen fühlen sollen, aber er war einfach nur traurig. Wegen seiner Stadt und wegen der jungen Frau, die Chips mal gewesen war und die nun der finsteren Welt zum Opfer fiel, in die er selbst sie eingeführt hatte.

Ahab wurde von grimmiger Entschlossenheit gepackt. Diese Stadt würde den Kampf aufnehmen, komme, was wolle.

Er musste rausfinden, was sie dort verbrannten – vielleicht Beweise, die er gegen sie verwenden konnte? Schriftverkehr mit den Großhändlern? Daveys Buchhaltung?

Aber mit den Typen war nicht zu spaßen. Eine direkte Konfrontation machte keinen Sinn. Was er brauchte, war ein Ablenkungsmanöver.

Ahab kroch rückwärts aus dem Busch heraus, schlich sich zurück vors Haus und ging zu dem Mercedes. Es brauchte nicht viel – ein, zwei Mal am Türgriff gezogen und ein bisschen an der Karosserie gerüttelt –, schon heulte die Alarmanlage los. Sofort rannte er zur Hausecke zurück. Diesmal löste er dabei jedoch den Bewegungsmelder aus, und um ihn herum wurde es plötzlich gleißend hell. Ahab zuckte erschrocken zusammen. Aber er hatte Glück: Chips und die Männer waren durchs Haus gelaufen, um nachzusehen, was vorne los war – Menschen mit Dreck am Stecken besaßen die Angewohnheit, auf jeden Alarm zu reagieren, den sie nicht selbst ausgelöst hatten.

Ahab verlor keine Zeit. Er rannte durchs Gebüsch nach hinten in den Garten und durchwühlte hektisch die Unterlagen in der großen Schachtel neben dem Feuerkorb. Beißender Rauch stieg ihm in die Augen. Alles, was er fand, waren von Davey unterschriebene Auftragsbestätigungen und Rechnungen von Dempsey Abalone. Pseudorechnungen stellten im Geldwäscheprozess nichts Ungewöhnliches dar, aber warum wollte Chips die vernichten?

Dann ging Ahab ein Licht auf. Wenn die gerade noch von Davey unterschriebenen Rechnungen verschwunden waren, musste Chips als seine Stellvertreterin die Unterschriften erneut leisten, damit das Geld floss. Auf diese Weise nahm sie quasi die gesamte Crew in Geiselhaft – wenn sie keine neuen Rechnungen unterschrieb, wurde das Drogengeld nicht gewaschen, und die Löhne wurden nicht ausbezahlt.

Chips machte sich in der Firma unentbehrlich. Und demonstrierte zugleich Blackbeards Männern, welche Rolle sie spielte.

Plötzlich verstummte die Alarmanlage. Ahab fühlte sich in der Stille schutzlos ausgeliefert. Er rettete sich mit einem Hechtsprung in den Corea-Busch und presste sich flach auf die Erde.

Im gleichen Moment kamen Chips und ihre neuen Freunde durch die Terrassentür zurück in den Garten.

Ahab durchfuhr ein eisiger Schreck, als er das abgesägte Jagdgewehr über Tranquils Schulter sah. Der Typ deutete stumm auf die Außenbeleuchtung, hob den Zeigefinger an die Lippen und wies Chips und Vance mit einer Handbewegung an, den Garten zu durchsuchen.

Ahab lag starr auf der Erde. Das Herz pochte ihm bis zum Hals. Er überschlug im Kopf die Distanz zu dem Gartenzaun hinter ihm – falls er entdeckt wurde, würde er aufspringen, losrennen und dabei möglichst viel Radau veranstalten. Sie würden es hoffentlich nicht wagen, ihn zu erschießen, wenn Zeugen in der Nähe waren … oder doch? Chips' Grundstück war riesig, vielleicht würde man die Schüsse von außerhalb gar nicht hören.

Tranquil blieb direkt neben dem Corea-Busch stehen und lauschte. Den Blick auf seine Schuhspitzen, hielt Ahab die Luft an und betete, dass der Typ nicht nach unten sah …

»Wahrscheinlich dasselbe Possum, das die Alarmanlage ausgelöst hat«, rief Chips.

Tranquil richtete die Waffe auf sie. »Verarsch mich nicht.«

»Nimm die Waffe runter. Du zielst sicher nicht auf mich!«

»Er zielt, auf wen er will«, sagte Vance.

»Waffe runter, oder ich stecke Blackbeard, dass du die ganze Nummer um ein Haar verkackt hättest.« Chips leckte sich nervös die Lippen.

»*Du* steckst Blackbeard gar nichts«, höhnte Tranquil und ging an den Feuerkorb zurück. »Kann schon sein, dass du dich für was Besonderes hältst, weil du es in Daveys Crew bis zur Nummer zwei gebracht hast, aber bei uns ist für dich schon lange vorher Schluss. Du wirst Blackbeard niemals persönlich begegnen. Weißt du, Kiddo, bei uns bist du nur ein ganz kleines Fischlein.« Er ließ den Lauf seiner Waffe kreisen, als wollte er eine Schlange beschwören. Chips wich zurück.

»Ach, komm schon. Glaubst du im Ernst, ich wüsste nicht, wer Blackbeard ist?«, sagte sie. Ihre Stimme klang wie abgeschnürt.

Tranquil erstarrte. Er hörte auf zu lachen und sah Chips mit hochgezogener Augenbraue an. Langsam ließ er das Gewehr sinken. »Niemals. Das kannst du nicht wissen.«

Chips machte einen Schritt auf ihn zu und raunte etwas. So angestrengt Ahab auch lauschte, er konnte nichts verstehen.

Im Gegensatz zu Tranquil. Sein Gesicht verwandelte sich in eine ausdruckslose Maske.

»Wer hat dir das erzählt?«, fragte er mit tonloser Stimme.

»Niemand. Eine Frau hat ihre Mittel und Wege.«

Vance wirkte regelrecht schockiert. Sein Blick sprang hektisch zwischen Chips und Tranquil hin und her.

Chips sah aus, als wollte sie etwas sagen, doch dann ging plötzlich alles ganz schnell. Ahab hatte keine Chance, es zu verhindern. Tranquil hob das Gewehr, machte einen Satz auf Chips zu und drückte ab. Einen Augenblick später lag Chips regungslos im Gras, den Kopf in Ahabs Richtung gedreht. Auf ihrem Trikot breitete sich ein großer Blutfleck aus. Tranquil hatte ihr die Waffe direkt an die Brust gedrückt, um den Schuss zu dämpfen, doch er war trotzdem zu hören gewesen.

Sie war tot.

Es sah aus, als würde sie Ahab direkt ansehen. Doch ihr Blick war gebrochen und stumpf. Blut sickerte zwischen den geöffneten Lippen hervor und vermischte sich mit der immer größer werdenden Lache im Gras.

Das ist deine Schuld. Du hast sie in diese Welt eingeführt.

»Spinnst du? Was tust du denn?«, rief Vance.

»Du hast doch gehört, was sie gesagt hat«, entgegnete Tranquil. »*Sie wusste Bescheid.*«

»Ja, aber …«

»Gratuliere, du wurdest soeben schon wieder befördert«, sagte Tranquil mit warnendem Unterton. »Und jetzt geh 'ne Decke suchen. Ich ruf ein paar von den Jungs an, sie sollen sie rausfahren zum Schelf …«

In Ahab loderte mörderische Wut auf. Doch er durfte sich auf keinen Fall verraten.

Er musste dringend weg von hier.

Er wartete, bis die beiden laut diskutierend im Haus verschwunden waren. Dann nahm er drei tiefe Atemzüge und kroch rückwärts und möglichst leise aus dem Busch heraus. Er rannte zum Gartenzaun, sprang mit einem riesigen Satz auf das Nachbargrundstück, stolperte im Dunkeln durch Gestrüpp und über Eukalyptuswurzeln, rutschte einen kleinen Hügel hinunter und erreichte schließlich den Strand. Erst dort blieb er stehen und kam langsam wieder zu Atem.

Chips war tot.

Dafür wird Blackbeard bezahlen.

KAPITEL ZWEIUNDDREISSIG

MACKEREL

Mackerel, Shelby und Fiona hatten es sich inzwischen oben auf dem Dachgarten bequem gemacht. Sie saßen auf weich gepolsterten Gartensofas. Das Geländer war mit sanft leuchtenden LED-Streifen illuminiert. In üppig bewachsenen Spalieren hingen Lichterketten, und Zitronellakerzen hielten die Mücken fern. Die Sommernacht war heiß und schwül. Mackerel hatte sein T-Shirt ausgezogen und genoss die Hotelatmosphäre des Dachgartens. Er trank bereits das dritte Glas einer Whiskysorte, die er sich schon längst nicht mehr leisten konnte. Daveys Schnapsschrank war bestens sortiert, und Shelby kümmerte sich immer noch äußerst aufmerksam um Nachschub.

Shelby und Fiona hatten sich Mimosas gemixt, aber die wachsamen Blicke, die sie einander immer wieder zuwarfen, weckten in Mackerel den Verdacht, dass in ihren Weingläsern mehr Orangensaft als Sekt war.

Ein Gedanke bahnte sich seinen Weg durch den Nebel.

Die wollen mich abfüllen …

Lüsterne Szenarien fluteten sein Hirn. Leise lachend schob er die Bilder beiseite.

»Worüber lachst du?«, fragte Shelby.

»Ich musste nur gerade an was Witziges denken«, lallte er übertrieben. Er würde ihr Spielchen mitmachen und abwarten, was dann geschah.

Fiona setzte das Glas ab. »Sag mal, was hat es eigentlich mit diesem Dread Pirate Blackbeard auf sich? Shelby sagt, du wärst sozusagen ein Insider.«

Mackerel prustete den letzten Schluck Whisky zurück ins Glas. Damit hatte er nicht gerechnet.

»Fiona weiß Bescheid«, sagte Shelby. »Ich hab ihr alles erzählt. Über Davey, was er getan hat, warum er verschwunden ist.«

»Was tust du denn da?« rief Mack entgeistert. »Das darf *niemand* wissen!«

»Tja, Pech gehabt. Zu spät.« Shelby nippte an ihrem Drink.

»Wenn Blackbeard tatsächlich so ein schlimmer Finger ist, sollte ihm dann nicht jemand wie *du* entgegentreten, um ihn davon abzuhalten, hier Fuß zu fassen?«, fragte Fiona. »Bist du nicht aus demselben Holz geschnitzt wie Davey?«

»Shelby ...«, stöhnte Mackerel gequält.

»Ich hab ein Recht darauf, zu kapieren, was hier los ist«, sagte Shelby.

»Hat sie«, stimmte Fiona ihr zu. »Also, klär uns bitte auf. Wie können wir Dread Pirate Blackbeard aufhalten?«

Die beiden benahmen sich, als wäre das Ganze ein Partyspiel. Unterhielten sich im Plauderton darüber, wie man dem Teufel das Handwerk legte. Er brauchte Zeit, um nachzudenken. Und er musste dringend nüchtern werden. Er hob das Glas. »Ich brauche noch was zu trinken.«

Shelby wollte ihm aus der Whiskyflasche nachschenken, aber er hielt sie davon ab. »Ich geh mir selbst was holen. Wer weiß, mit was für Zeug du mich hier abfüllst.«

Das war nur halb im Scherz gemeint.

Mackerel ging ins Haus und weiter nach unten in die Küche. Auf den letzten Stufen wäre er fast gestolpert. Er dachte fieberhaft nach, wie er aus dieser Nummer rauskommen sollte. Für solche Gespräche war er definitiv nicht in der richtigen Verfassung – weil er *schon wieder* betrunken war.

Schluss damit. Ab sofort höre ich mit der Sauferei auf. Endgültig.

Er nahm eine Wodkaflasche aus dem Schrank und kippte den Inhalt in den Ausguss – welch eine Verschwendung, aber wie war das mit verzweifelten Situationen und verzweifelten Maßnahmen? Er füllte die Flasche mit Wasser auf und ging zurück aufs Dach. Dieses Thema konnte er nicht einfach ignorieren – er musste Fiona klarmachen, dass sie *keiner Menschenseele* davon erzählen durfte. Und er musste dringend sein verdammtes T-Shirt wieder anziehen.

Als er den Dachgarten betrat, hörten die beiden Frauen abrupt auf zu sprechen und durchbohrten ihn mit Blicken. Fionas dunkle Augen waren wie ein Röntgenstrahl, während in Shelbys blauen Augen offener Triumph lag. Suchend sah Mack sich nach seinem Oberteil um, aber es war verschwunden. Er fühlte sich ungeschützt und nackt.

»Also, Mackerel«, sagte Shelby, als er sich wieder gesetzt hatte. »Findest du nicht auch, dass es mir zusteht, mehr über den Bösewicht zu erfahren, der meine Familie kaputtgemacht hat?«

»Ist okay«, sagte er schroff und verschränkte die Arme vor der Brust, doch das fühlte sich irgendwie albern an. Er öffnete sie wieder, streckte sich und verschränkte die Hände stattdessen hinter dem Kopf. »Okay …«

Nervös nahm er einen betont tiefen Schluck aus der Flasche.

»Passt auf, Ladies, hier kommt die bittere Wahrheit. Mir ist klar, dass ihr nach einer Möglichkeit sucht, Blackbeard aufzuhalten, aber die gibt es nicht. Weil es sich hierbei nicht um ein Individuum handelt. Der Titel Dread Pirate Blackbeard geht immer auf den jeweiligen Kopf des Drogensyndikats über. Selbst, wenn Blackbeard verhaftet oder gar getötet wird, lebt der Name weiter. Das ermöglicht es, die damit verbundene Schreckensherrschaft aufrechtzuerhalten. Und eins könnt ihr mir glauben: es funktioniert. Im ganzen Land gibt es keinen halbwegs ernstzunehmenden Drogenring, der vor Blackbeard keine Angst hat.«

»Es muss einen Weg geben, ihn aufzuhalten«, sagte Fiona.

»Den gibt es aber nicht!« Mackerel wurde langsam wütend. »Ja, Davey konnte ihn bis jetzt aus Shacktown fernhalten, aber jetzt ist mein Bruder weg und seine Crew geschwächt. Blackbeard hat längst begonnen zu agieren. Dagegen kann niemand etwas tun.«

»Aber wieso sollte Blackbeard schlimmer sein als Davey?«, fragte Fiona. »Ich meine, schließlich sind sie beide Drogendealer. Nimm's mir nicht übel, Shelby.«

Shelby hob spöttisch ihr Glas.

Was zum Teufel war da los? Warum kam er sich vor wie … wie in einer schlechten Theateraufführung?

»Sagt mal, habt ihr den Verstand verloren?«

Mackerel kochte inzwischen vor Wut. Normale Menschen kapierten einfach nicht, wie die Unterwelt funktionierte. Und wo zum Teufel war sein T-Shirt? Er stand auf und suchte danach.

»Blackbeard ist nicht einfach nur irgendein Drogendealer, okay? Er betreibt Menschenhandel. Er dealt mit Waffen. Und er tötet alle, die ihm im Weg sind. Wirklich alle – Frauen, Kinder. Er hält sich an keine Regeln. Wo er auftaucht, passieren schlimme Dinge, und die Guten verschwinden auf Nimmerwiedersehen. Blackbeard ist ein Albtraum für Tasmanien – ach quatsch, der ist ein Albtraum für ganz Australien. Ende.«

»Aber damit sagst du doch, dass Blackbeard sich hier nicht etablieren kann, wenn Davey zurückkommt und seine Crew wieder übernimmt. Dazu müsste er erst mal hier Fuß fassen …«, sagte Shelby.

»Die Crew hat in dem Augenblick, als Forest wieder auftauchte, das Vertrauen in Davey verloren. Blackbeard ist dabei, die Mannschaft zu unterwandern. Es ist vorbei. Er hat gewonnen.«

»Und warum kann nicht einfach ein anderer Drogendealer Blackbeard raushalten?«

»Davey konnte Blackbeard aus der Stadt raushalten, weil er über die notwendige Infrastruktur verfügte! Es hat *Generationen* gedauert, um die Firma aufzubauen. Die Abnehmer, der Führungszirkel, die Logistik, die Bestechung der Polizei ... die Blackbeard nebenbei bemerkt natürlich ab sofort auf seine Gehaltsliste nehmen wird.«

»Okay, und was, wenn wir wüssten, wer sich hinter Blackbeard verbirgt?«, fragte Shelby. »Du hast gestern selbst gesagt, wenn wir nur nahe genug an ihn rankommen, können wir ihn erledigen.«

»Ich habe nur gesagt, dass man an den nicht einfach so rankommt.« Er suchte immer noch vergeblich nach seinem T-Shirt. Zornig riss er ein paar Blätter von der Weinranke. Er war außer sich, wollte irgendwas kaputtmachen. Er nahm den nächsten tiefen Schluck aus seiner Flasche und versuchte krampfhaft, endlich wieder klar im Kopf zu werden. »Man kommt nämlich nicht an ihn ran – jedenfalls nicht, ohne von ihm bemerkt zu werden, und dann zahlt man den Preis dafür. Es sei denn, man schafft es, zu seinem innersten Zirkel zu gehören.«

Er griff ohne nachzudenken zu seinem Whisky-Tumbler und trank.

»Wo ist mein verdammtes T-Shirt hin?«, fragte er schließlich.

»Keine Ahnung«, sagte Shelby. »Und wie schafft man es in Blackbeards innersten Zirkel?«

»Indem man ein wichtiges Mitglied der Crew wird«, sagte er. »Indem man ihm irgendetwas anbietet.«

»Was denn zum Beispiel? Was würdest *du* ihm anbieten?«

»Shelby, meinst du wirklich, dass du mit dieser Frage ausgerechnet bei *Mackerel* an der richtigen Adresse bist?« Fiona sprach seinen Namen aus wie eine Beleidigung. »Ich bezweifle, dass *Mackerel* einem so bedeutenden Drogendealer wie Blackbeard irgendwas zu bieten hätte ...«

Er wusste genau, was sie taten, und es machte ihn fuchsig. Er trank noch einen Schluck Whisky. Drauf geschissen – wenn die ihn betrunken haben wollten, dann würde er sich betrinken. Und wie!

»Ich bin von klein auf ständig manipuliert worden. Glaubt ihr etwa, ich weiß nicht, was ihr treibt? Klar, füllt mich nur ab, aber das funktioniert trotzdem nicht, da müsst ihr euch schon ein bisschen mehr anstrengen. Ja, ich war ein verdammt guter Dealer. Und wollt ihr wissen, warum? Weil ich schon immer gut mit Leuten konnte. Mein Auftreten war absolut professionell. Ich hatte Ahnung vom Geschäft. Tja, ich war sogar verdammt redegewandt, ich konnte mich benehmen wie ein ganz normaler Mensch.«

Fionas leises Schnauben trieb ihn nur noch mehr auf die Palme.

»Als ich damals versucht habe, die Firma an mich zu reißen, war ich voll auf Ice, und wenn ich nicht auf Drogen gewesen wäre, hätte ich es geschafft!« Mist, die hatten ihn echt im Griff – diese Erkenntnis hatte er noch nie laut ausgesprochen. »Das ist der wahre Grund, weshalb sie mich aus der Stadt gejagt haben. Deswegen hat mein großer Bruder mir die Scheiße aus dem Leib geprügelt. Aus dem Grund hat er meinen Namen in den Staub getreten und gesagt, ich soll mich hier nie wieder blicken lassen. Weil er genau wusste, dass ich es draufhatte. Und dann bin ich rauf nach Queensland und habe es allen gezeigt!«

Er leerte das Glas.

»Um als Drogendealer ein tragfähiges Geschäft zu etablieren, muss man Menschen überzeugen und sie für sich einnehmen. Glaubt ihr, ich hätte nicht längst darüber nachgedacht, mich Blackbeard anzuschließen? Logisch. Wenn ich mein eigenes Geschäft aufziehen würde, würde ich für einen ausreichend hohen Stoffumschlag sorgen, und dann würde ich Kontakt aufnehmen. Und ich würde dafür sorgen, dass ich mich von den ganzen kleinen Fischen abhebe, die versuchen, seine Aufmerksamkeit zu erregen – weil ich weiß, wie man ein tragfähiges Geschäft aufzieht – das ist der Punkt, an dem sie alle scheitern. Gangster haben weder Ahnung von Betriebswirtschaft noch von guter Mitarbeiterführung.«

»Ach was? Und was für Drogen würdest du verkaufen?«

»Hier in Tasmanien dreht sich alles um Ice – oder für dich, Fiona: Crystal Meth, falls du nicht weißt, was das ist.«

»Danke, Mackerel, ich weiß, was Ice ist«, sagte sie frostig. »Ich bin Anwältin.« Sie ließ sich zurück in die Polster sinken und schaffte es trotzdem, von oben auf ihn herabzuschauen.

»Also würdest du Ice kochen?« Shelby ließ nicht locker.

»Ich?«, fragte er spöttisch. »Bestimmt nicht. Blackbeard handelt nur mit erstklassiger Ware. Den Dreck von miesen Hobbyköchen rührt er gar nicht erst an. Um ihm ein erstklassiges Produkt zu präsentieren, müsste ich mir vorher einen guten Koch suchen. Und gute Köche sind extrem schwer zu kriegen.« Er ließ den Blick über die funkelnden Lichter des Hafens gleiten, und weiter raus aufs offene Meer. Er dachte an die vielen kleinen Päckchen, die da draußen hinterm Horizont darauf warteten, von den Tauchern von Dempsey Abalone eingesammelt zu werden. »Davey hat nie selbst produziert, er hat sich ganz auf den Import spezialisiert. Aber das hilft jetzt nicht mehr weiter. Sobald Blackbeard den Laden übernommen hat, wird er seinen eigenen Stoff importieren. Deshalb: Ja. Ein eigenes Produkt wäre die richtige Strategie. Man müsste nur den richtigen Koch finden …« Mackerel verstummte.

Plötzlich überkam ihn eine alte Erinnerung. Er hatte Shelby damals auf einer Party kennengelernt. Mackerel musste etwa achtzehn gewesen sein und Davey zwanzig. Er hatte wie immer als Wingman seines Bruders fungiert, was eigentlich unnötig war, weil Davey sowieso ständig von Mädchen belagert wurde.

Shelby war Davey sofort aufgefallen – er mochte die ruhigen Mädchen, die schüchternen am liebsten, weil er andere Menschen gerne unter Kontrolle behielt. Als Shelbys Freundin dann versuchte, sie in Verlegenheit zu bringen, und von irgendeinem Chemiewettbewerb an der Uni erzählte, den sie gewonnen hatte, war sein Interesse endgültig geweckt. Am Anfang war es nur ein Witz gewesen, ein Spielchen: Könnte Davey eine Frau dazu bringen, sich so sehr in ihn zu verlieben, dass sie für ihn kochte?

Sie waren dann ein paar Mal miteinander ausgegangen, und Davey hatte sich in ihrer Gesellschaft zunehmend wohler gefühlt; soweit Mack sich erinnern konnte, hatte Davey zum ersten Mal eine Frau für ihren Intellekt bewundert. Wenn er nach einem Date mit ihr nach Hause kam, schlüpfte er zu Mack ins Zimmer, setzte sich auf sein Bett und schwärmte von ihren witzigen Bemerkungen, von ihren klugen Kommentaren oder von ihrer unfassbaren Intelligenz, mit der sie es sogar zu einem Stipendium für irgendeinen tollen Auslandsaufenthalt gebracht hatte …

Zu dem Zeitpunkt waren sämtliche Spielchen längst passé. Davey hatte sich ernsthaft in Shelby verliebt.

Wieso fiel das Glück Davey selbst dann in den Schoß, wenn er mit den übelsten Absichten handelte? Und weshalb kam es niemals zu Mack?

Plötzlich fiel ihm etwas anderes ein. Ivy hatte ihn aufgefordert, die Geschäfte zu übernehmen. Er hatte ihr noch nicht darauf geantwortet.

Wäre er dazu in der Lage? Wäre er fähig, die Firma zu leiten?

Natürlich. Und zwar besser als Davey.

»Scheiße, wenn ich das hinkriege, könnte ich sogar der nächste Dread Pirate Blackbeard werden«, sagte er laut.

»Dann wäre es also möglich?«, fragte Shelby rasch. »Wenn du es ernsthaft drauf anlegen würdest? Könntest du wieder ins Drogengeschäft einsteigen, dir Zugang zu Blackbeards Führungszirkel verschaffen und ihn enttarnen?«

Das also war der heiße Brei, um den sie den ganzen Abend herumgeschlichen waren. Das also war der Plan, den Shelby ausgeheckt hatte, um Davey zu retten und ihre Familie zurückzubekommen.

Und Mackerel wäre der Retter. Er könnte die Titanic vor dem Untergang bewahren. Er könnte zum Helden der Stadt werden.

Er biss die Zähne zusammen.

»Nein«, sagte er.

»Bitte«, gab Shelby zurück.

»Nein, Shelby!«

»Blackbeard zu stürzen, ist die einzige Möglichkeit, Davey zurückzubringen.« Sie sah ihn mit leuchtenden, hoffnungsvollen Augen an. »Und du kannst Blackbeards Vertrauen nur gewinnen, indem du wieder anfängst zu dealen. Bitte. Zwing mich nicht dazu, dich anzuflehen.«

»Nein, Shelby.« Sein Ton wurde sanfter. Er verstand ihre Verzweiflung.

»Willst du einfach tatenlos dabei zusehen, wie dieser *Blackbeard* euer aller Leben zerstört?«, sagte Fiona. »Du wirst also nichts unternehmen, um ihn aufzuhalten, richtig?« Fiona machte eine ausladende Geste. »Weißt du, das alles hier ist Shelby vollkommen egal. Für sie zählt nur dies.« Sie entsperrte ihr Telefon und zeigte Mackerel ein Familienfoto von Shelby, Kane und Davey. Die beiden waren wirklich bestens vorbereitet. »Oder bist du tatsächlich zu egoistisch, um das zu begreifen, Mackerel?«

»Was soll das heißen?«

»Wenn du's nicht machen willst, kannst du mir dann wenigstens beibringen, wie es geht?«, fragte Shelby.

Er war aufgesprungen, ohne es zu merken. »Auf keinen Fall! Willst du Kane tatsächlich einem derartigen Risiko aussetzen?«

»Das hat Davey doch auch getan.« Sie war vor ihm zurückgewichen. Mackerel realisierte, wie bedrohlich er wirken musste, und setzte sich wieder hin.

»Davey wusste genau, was er tat«, sagte er.

»Und du wüsstest das auch! Weshalb du es machen solltest, und nicht ich«, sagte Shelby.

»Shelbs, die Bullen hätten mich nach zwei Sekunden am Arsch. Auf keinen Fall. Du wirst *nicht* –«

Er verstummte mitten im Satz. Kane stand im Durchgang zur Dachterrasse und blinzelte sie aus verschlafenen Augen an.

Daveys Sohn überquerte das Holzdeck, die Augen fest auf seine Mutter gerichtet. »Ihr wart so laut.«

Mackerel erwartete, dass Shelby darauf irgendwie reagierte, aber sie fragte ihn nur: »Möchtest du einen Kakao?«

»Ja«, sagte Kane. »Warum habt ihr euch angeschrien?«

»Das erzähl ich dir später. Komm, setz dich her, ich mach dir einen.«

Fiona holte ihr Smartphone raus und fing an, durch ihre Feeds zu scrollen. Mackerel spürte, wie der Alkoholnebel von den Rändern seines Bewusstseins nach ihm griff.

»Warum bist du oben ohne, Onkel Mack?« Kane sah ihn verwundert an.

»Er wollte uns zeigen, wie viele Liegestütze er machen kann«, sagte Fiona und gähnte. »Nicht besonders beeindruckend.«

In Mackerel kochte die Wut erneut hoch. »Fiona hat aus Versehen einen Stock angezündet, und ich musste die Flammen mit meinem T-Shirt ersticken.«

»Einen *Stock*?«, fragte Kane.

»Ja, der, den sie normalerweise im Arsch hat.«

Kane prustete los, und Mackerel grinste.

Fiona warf ihm einen vernichtenden Blick zu und wandte sich demonstrativ ab. Sie murmelte etwas Unverständliches.

Shelby kam mit Kanes Kakao zurück, hatte es jedoch nicht eilig, ihn wieder ins Bett zu schicken. Sie setzte sich neben ihn und nahm ihn in den Arm, während sie sich unverfänglicheren Themen zuwandten. Mack spielte mit und quetschte Kane über die bevorstehende Fußballsaison aus, über seine Teamkameraden und den Trainer. Es dauerte eine Weile, aber dann fielen dem Jungen die Augen zu, er machte es sich auf einem Kissen bequem und fing kurz darauf leise an zu schnarchen.

Shelby sah Mackerel tief in die Augen und lächelte triumphierend. *Siehst du, was du alles kannst?*

Ein fast übermächtiger Beschützerinstinkt drohte ihn zu überfluten. Er versuchte, das Gefühl zu verdrängen.

»Mack«, sagte Shelby. »Du hättest Geld und Status. Und deine eigene Villa. Du wärst der beste Typ der Stadt.«

»Bitte fang nicht schon wieder damit an«, sagte er. »Ich kann nicht …«

»Was kannst du nicht?«, fragte Fiona, als würden sie sich über irgendwelche Banalitäten unterhalten. »Du hast es doch selbst gesagt – alles, was es bräuchte, wäre Ice in entsprechender Qualität zu produzieren. Es Blackbeard in die Hände spielen, rausfinden, wer sich hinter dem Namen verbirgt, und ihn beseitigen. Wir helfen dir. Ein Schritt nach dem anderen.«

»Ihr kapiert das nicht«, sagte Mackerel.

»Doch«, sagte Shelby. Sie hielt den Blick fest auf ihren leise vor sich hin schnarchenden Sohn gerichtet.

»Hör endlich auf, Shelby …« Eine Brise wehte vom Meer herüber, fuhr durch das raschelnde Laub der Eukalyptusbäume und kühlte den Schweiß auf seiner Brust. Mackerel durchfuhr ein Schaudern.

»Man muss sich wirklich für dich schämen, Mackerel«, sagte Fiona. »Du hättest Shelby schon vor Jahren sagen müssen, was hier vor sich geht. Und du nennst dich einen Mann? Du wanderst doch sowieso zurück in den Knast, oder nicht?«

»Was soll das denn jetzt?« Mackerel schoss die Röte ins Gesicht.

»Ich hab ihr doch von deinem Fall erzählt«, sagte Shelby.

»Du hast keine Ahnung von meinem Fall!«

»Wenn du zurück ins Gefängnis gehst, wird jeder wissen, dass du sitzt, weil du versucht hast, deiner Schwägerin zu helfen. Die Sache hat also gar keine Nachteile, sie ist nur ein bisschen riskant«, sagte Fiona.

»Ein *bisschen*?« Mackerel war fassungslos.

»Und der Nutzen überwiegt das Risiko tausend Mal.« Shelby beugte sich vor, griff nach seiner Hand und legte sie sachte auf Kanes Schulter.

»Nein. Ich habe *nein* gesagt«, rief Mackerel. Er kämpfte gegen die Trunkenheit an und versuchte verzweifelt, seine bröckelnde Entschlusskraft zu bewahren. »Ich kann nicht wieder in diese Welt zurückkehren!«

»Es ist die einzige Möglichkeit«, sagte Shelby, ohne seine Hand loszulassen. »Du musst es versprechen, Mackerel. Versprich mir, dass du uns hilfst!«

»Shelbs …«

»*Versprich es!*«

Der Sog war stärker als jede Strömung, gegen die er jemals angeschwommen war. Und was, wenn er sich einfach mitreißen ließ?

Zurück in die Unterwelt.

Die Gier. Der Nervenkitzel, die Gefahr, die Macht.

Das Risiko, die Belohnung. Der Erfolg.

Der Sex.

Wie lange hatte er sich gegen diese Verlockungen gestemmt! Jetzt, in diesem Augenblick, wurde er in die Knie gezwungen. Seine Verteidigung stürzte in sich zusammen.

Er war so lange völlig allein gewesen, und plötzlich saßen hier zwei Frauen, die ihn um Hilfe baten.

Ihm einredeten, er hätte das Zeug dazu, ein guter Mann zu sein. Ein richtiger Kerl.

Und neben ihm lag sein Neffe, ein Junge, der ohne Vater aufwachsen würde.

Ivy wäre glücklich, Davey könnte zurückkehren, um die Firma zu leiten. Alles wäre wieder wie vorher, nur dass ich der Held in der Geschichte wäre. Ich hätte meine eigene Villa. Oder zumindest ein Zuhause.

»Nein«, sagte Mackerel in einem letzten Versuch, seine Emotionen aus dem Griff des Alkohols zu befreien. Die Hirngespinste hatten ihm den Mund wässrig gemacht. »Nein.« Er stand auf. »Ich geh ins Bett.«

Er ignorierte die Gesichter der beiden – Fionas angewiderte Miene und Shelbys Verzweiflung. Die Scham, sie im Stich zu lassen, traf ihn wie ein Magenschwinger.

Das ist völlig irrsinnig. Das mache ich nicht, dachte er, während die Verlockungen der Unterwelt ihm weiter ins Ohr raunten. *Auf keinen Fall.*

Als er die Treppe runterging, kam er sich vor wie der schlimmste Mensch auf Erden.

Ich versuche doch nur, ein guter Mensch zu sein.

Ich versuche es wirklich.

KAPITEL DREIUNDDREISSIG

AHAB

Ahab war tropfnass. Nach dem Mord an Chips direkt vor seinen Augen hatte er sich wie von Sinnen ins Meer gestürzt, um sich von der eisigen Umarmung des Wassers beruhigen zu lassen. Um sich davon abzuhalten, kehrtzumachen, zurück zu Chips zu rennen und … was er dort hätte tun sollen, wusste er selbst nicht.

Er stieg die Stufen vom Strand zu *Safe Harbour* hinauf und ging vom Gartentor direkt nach vorne zur Haustür. Niemand sollte ihm böse Absichten unterstellen. Die Polizei wusste, dass er und Ivy nicht wirklich gut aufeinander zu sprechen waren.

Constable Linda saß in dem Streifenwagen vor dem Haus. Sie stieg aus und machte Anstalten, auf ihn zuzugehen, aber er gab ihr mit einer Geste zu verstehen, dass sie wieder einsteigen sollte. Er konnte sich momentan nur auf eine Sache zur Zeit konzentrieren.

»Ivy!« Ahab klopfte vernehmlich gegen den Briefkasten am Ende der Auffahrt. »Ivy, ich muss mit dir sprechen.«

Für Familienfehden war jetzt keine Zeit. Sie mussten gemeinsam agieren, um Forest zu beschützen. Falls Blackbeard tatsächlich bereits den Fuß in der Tür der Firma hatte und Forest lebend wollte, konnte das nichts Gutes heißen.

Schließlich öffnete sich die Haustür, und in dem Rechteck aus

Licht, das auf den Vorplatz fiel, erschien Ivy, in einen Morgenmantel gehüllt. Sie betrat den Weg und ging auf ihn zu. »Wirst du wohl *still* sein! Forest versucht, zu schlafen.«

»Ich muss ihn sprechen«, sagte Ahab ohne Umschweife.

»Nein«, entgegnete Ivy. Sie klang wütend. »Verschwinde.«

»Du weißt, dass ich nicht herkommen würde, wenn es nicht dringend wäre«, sagte Ahab.

»Was willst du von ihm?«, herrschte sie ihn an.

»Ich muss wissen, was er uns verschweigt.«

»Und du glaubst, ausgerechnet du bekommst das aus ihm raus? Lächerlich!« Sie musterte ihn abschätzig von oben bis unten. »Warum tauchst du hier auf und belästigst eine alte Frau, mitten in der Nacht? Die Polizei steht direkt vor dem Haus – soll ich sie rufen?«

Sie winkte freundlich zu dem Streifenwagen hinüber, wie um zu beweisen, dass sie Linda jederzeit herbeizitieren konnte.

»Ivy! Wir müssen jetzt zusammenarbeiten«, sagte Ahab. »Blackbeard ist in der Stadt. Er hat längst bei Dempsey Abalone den Fuß in der Tür. Forest ist in großer Gefahr.«

»Die Firma würde niemals so schnell nachgeben«, fuhr Ivy ihn an.

»O doch!« Ahab hatte Mühe, seine Stimme unter Kontrolle zu halten. »Ich habe eben mit angesehen, wie Chips ermordet wurde. Von Blackbeards Leuten.«

Ivy sah ihn entgeistert an. »Wie bitte?«

»Sie wusste es. Sie haben sie umgebracht, weil sie wusste, wer Blackbeard ist. Das schwöre ich beim Andenken an meine Mutter.«

Ivy wirkte bestürzt. »Sie *wusste* es?«

»Ivy … Glaubst du, es wäre möglich … Dass Jesse Blackbeard ist? Glaubst du, er ist zurück?«

»*Jesse* … Grundgütiger …«

»Alles andere ergibt keinen Sinn«, sagte Ahab mit Nachdruck.

»Deshalb muss ich mit Forest sprechen. Ich muss wissen, ob Jesse noch am Leben ist. Ich muss den Jungen *beschützen.*«

»Mein Lieber, ich kann ihn viel besser beschützen als du«, sagte Ivy. Sie hatte sich bereits wieder unter Kontrolle. »Du hast der Firma den Rücken gekehrt, schon vergessen?«

»Du glaubst, dass du ihn beschützen kannst? Ohne Davey?«

Ivy funkelte ihn wütend an. »Allerdings.«

Frustriert schlug er mit der Faust eine Delle in den Briefkasten. »Komm schon, alte Frau, kannst du deinen Groll ausnahmsweise mal für eine Sekunde beiseitelassen? Ich habe dir gerade erzählt, dass Blackbeard die Firma unterwandert hat!«

»An dem Problem arbeite ich bereits.« Sie wich einen Schritt zurück. »Derart in Rage habe ich dich ja schon lange nicht mehr erlebt.«

»Chips ist *tot.* Die Lage ist ernst!«

»*Davey* ist tot. Ich bin mir nur allzu bewusst, wie ernst die Lage ist!«

»Gib mir einfach eine Chance, den Jungen zur Vernunft zu bringen.«

»Was glaubst du denn aus ihm herauszukriegen?«

»Blackbeard will Forest lebendig. Kapierst du es immer noch nicht?« Ahab holte zitternd Luft. Ivy hatte recht – das letzte Mal war er auf der Beerdigung seiner Mutter dermaßen außer sich gewesen. »Ich glaube, dass Forest Informationen besitzt, die für Blackbeard wichtig sind. Können wir also *bitte* zusammenarbeiten? Seinetwegen.«

»Du glaubst, ich schaffe das nicht alleine, richtig?«

»Bitte, Ivy.«

Sie musterte ihn. »Fleh mich an.«

»Wie bitte?«

»Du hast schon verstanden. Los, auf die Knie mit dir und dann … fleh mich an.«

»Ivy …«

»Na mach schon. Warte. Ich möchte einen Zeugen.« Sie winkte Linda zu sich, die tatsächlich aus dem Wagen stieg und gemächlich zu ihnen rüberschlenderte.

»Tu das nicht, Ivy«, sagte Ahab.

»Los, auf die Knie«, zischte sie gehässig.

Langsam und voller Hass ging Ahab vor Ivy auf die Knie. Nach all den Jahren hatte diese Frau ihn endlich da, wo sie ihn haben wollte.

Mit vor Demütigung roten Wangen beugte Ahab sich vor und legte die Hände flach auf den Boden.

»Bitte, Ivy. Bitte hilf mir.«

»Sag es. Sag, *ich flehe dich an.*«

»Ahab, alles okay?« Linda kam angelaufen – sie konnte sich mit Sicherheit keinen Reim darauf machen, was er auf dem Boden suchte. »Was tust du denn da?«

»Ivy … ich flehe dich an.«

Ivy fing an zu lachen, schallend und gemein. »Der große Ahab Stark kriecht im Staub. Die Antwort lautet nein. Ich verzeihe dir nicht. Ich werde dir niemals verzeihen.« Sie betonte jedes einzelne Wort, damit Linda auch ja nichts verpasste: »Und jetzt verschwinde.«

Sie drehte sich um und ging zurück ins Haus.

»Ahab, Buddy … was machst du da?«, fragte Linda.

Ahab rappelte sich hoch. In ihm tobte eine Mischung aus rasender Wut, Demütigung und Verzweiflung.

Er hätte wissen müssen, dass Ivy ihm nicht helfen würde. Bis jetzt hatte ihn noch jede Frau, die er kannte, im Stich gelassen, angefangen bei seiner Mutter – möge sie in Frieden ruhen. Der einzige Mensch, auf den er sich verlassen konnte, war er selbst …

Kein Wunder, dass eine solche Frau den nächsten Dread Pirate Blackbeard in die Welt gesetzt hatte.

»Mir geht's gut, Linda«, sagte Ahab. »Aber behaltet bitte das

Haus im Auge – Forest könnte in größerer Gefahr sein, als wir dachten.«

Er wandte sich ab und machte sich auf den Rückweg ins *Mermaid's Darling*. Er sehnte sich nach einer Zigarette, aber er hatte die Packung in der Hosentasche vergessen, als er ins Wasser gegangen war, und jetzt war alles nass.

Früher mal hatte Jesse in Ahab eine Vaterfigur gesehen. So wie alle Dempsey-Jungs – Mackenzie, Davey und Jesse.

Dann war Mackenzie immer tiefer in die Rolle des Prügelknaben hineingerutscht, Davey hatte sich zunehmend mehr auf seinen Charme und seinen Intellekt eingebildet und war arrogant geworden, und Jesse … na ja, Jesses innere Risse hatten in dem Augenblick endgültig überhandgenommen, als er dem Ice verfallen war. Sein Vater war ein Schwein gewesen, und Jesse hatte ihm in seiner Wut schon immer geähnelt, aber die Meth-Sucht hatte es noch viel schlimmer gemacht.

Ahab musste unbedingt einen Weg finden, um an Forest heranzukommen.

Für ihn zählte ab sofort nur noch Eines: Forest musste Ahab verraten, was damals passiert war. Ganz gleich wie, Ahab würde Forest zum Reden bringen.

KAPITEL VIERUNDDREISSIG

FOREST

Hinter der Hausecke versteckt, angezogen und kaum in der Lage, in der feuchtschwülen Nachtluft zu atmen, sah Forest erst Ahab auf die Knie gehen und dann Ivy im Haus verschwinden.

Er hatte nicht alles verstanden, manches war untergegangen, aber er hatte sich den Sinn zusammengereimt.

Blackbeard …

Blackbeard will was von mir.

Ihn durchfuhr ein Schauder der Angst.

Welche Informationen hatte der echte Forest Dempsey besessen, die Blackbeard von Nutzen waren?

Sobald er Ivy ins Haus zurückgehen sah, raste er an der Hauswand entlang zu seiner Terrassentür, machte einen Satz in sein Zimmer hinein, sprang angezogen ins Bett und zog sich die Bettdecke drüber.

Zeus sprang zu ihm hoch und legte ein Bein quer über ihn, als wäre Forest nie woanders gewesen. Kurz darauf öffnete Ivy sachte die Zimmertür, um nach ihm zu sehen. Forest tat, als würde er leise schnarchen.

Er lauschte auf das Knarzen ihrer Schritte. Sobald Ivy wieder weg war, stand er auf, griff sich Turnschuhe und Taschenlampe, schlich zur Terrassentür hinaus und verließ das Grundstück über die Strandtreppe – was hatte ein Streifenwagen vor dem Haus eigentlich für einen Sinn, wenn es zwei Zugänge gab?

Anstatt zu Huck zu laufen, wie ursprünglich geplant, musste er dringend rauf nach *Homeward*, um mit Mackerel zu sprechen. Er durfte jetzt auf keinen Fall aufgeben.

Er lief über den einsamen, dunklen Strand, auf dem nur ein paar Seemöwen kauerten, und bekam vor Panik kaum Luft. Blackbeard wollte etwas von Forest und – was noch schlimmer war – Ahab ebenfalls. Die Recherchen zur Vorbereitung seines großen Plans hatten ihm deutlich gemacht, dass Ahab Stark für ihn die größte Gefahr bedeutete – der Mann war scharfsinnig und selbstsicher, und falls es bei ihm irgendwelche mentalen Schwachstellen zu entdecken gab, hatte Forest sie bis jetzt noch nicht gefunden.

Hör auf damit. Beruhige dich.

An einer Stichstraße blieb er stehen, berührte mit der Hand den Stamm eines Eukalyptusbaums und sah zum Himmel hinauf – über ihm standen vom Mondlicht beschienene Wolken und dahinter undeutlich die Sterne. Er befand sich in der Nähe eines Hauses, dessen Bewohner noch wach waren – durch die geöffneten Vorhänge sah er eine Familie um einen Tisch versammelt sitzen, sie lachten und unterhielten sich. Der Anblick war tröstlich und machte ihn gleichzeitig unfassbar einsam.

»Alles gut, Junge, alles gut«, flüsterte er. Tränen liefen ihm übers Gesicht. »Alles gut. Ruhig, ganz ruhig …«

Schließlich gelang es ihm, sich von der Stille des Nachthimmels beruhigen zu lassen, und er lief weiter in Richtung *Homeward*.

Als er Shelbys Anwesen erreicht hatte, ging er über die Einfahrt aufs Haus zu. Macks Auto parkte neben Shelbys Jeep. Mackerel durfte das Haus nachts nicht verlassen, und Forest war sich sicher, dass er selbst aufmachen würde, in der Annahme, die Polizei wolle seine Ausgangssperre kontrollieren.

Er klingelte, und einen Moment später wurde seine Vermutung bestätigt.

Die Tür öffnete sich einen Spaltbreit, und Mackerels Gesicht erschien. »Forest?«, fragte er. Seine Augen waren verquollen, die Stimme heiser. Entweder war er todmüde oder betrunken. Wahrscheinlich beides. »Was machst du hier?« Er roch nach Whisky.

Forest schob die Tür weiter auf und duckte sich an ihm vorbei. »Bring mich in dein Zimmer, wir müssen reden«, flüsterte er mit vorgetäuschtem Selbstvertrauen.

Mackerel war nackt bis auf seine Boxershorts. Er führte Forest in sein Zimmer. Aus zwei geöffneten Koffern auf dem Fußboden quollen zerknitterte Klamotten. Der Tisch war mit einer ordentlichen Reihe Deosprays dekoriert, und in der Ecke lehnte ein Stapel abstrakter Bilder an der Wand, die offensichtlich abgenommen worden waren. Das Zimmer war wirklich sehr hübsch, dachte Forest, aber es passte eindeutig nicht zu Mack.

»Was tust du hier, Forest?« Verschlafen angelte Mackerel ein paar Klamotten vom Boden und streifte sich ein T-Shirt und ein paar Shorts über.

»Versprich mir, dass du niemandem was verrätst«, sagte Forest. »Du bist der Einzige, dem ich vertrauen kann.«

»Geht es um Davey?«, fragte Mackerel hektisch. »Hat er sich gemeldet?«

»Nein«, antwortete Forest. »Aber Ahab ist eben bei Ivy gewesen. Ich habe sie belauscht. Er hat ihr erzählt, dass Blackbeard mich unbedingt lebendig will. Aber ich kapier nicht, warum. Was genau will Blackbeard von mir?«

»Er will unbedingt, dass du am Leben bleibst?«, flüsterte Mackerel. Er wandte den Blick ab – Forest hatte das Gefühl, er wollte seine Angst vor ihm verbergen. »Und Davey will er tot … offiziell bist du der Erbe von Dempsey Abalone. Vielleicht plant er, dich zu rekrutieren, damit die Firma sich weiter hinter der Abalonen-Fischerei verstecken kann. Ich meine, ist doch gut, dass er dich nicht umbringen will.«

Ahab meinte, dass ich vielleicht was weiß.

Nein, dass Forest Dempsey vielleicht was weiß.

Die Schatzhöhle … vielleicht hat es was mit der Schatzhöhle zu tun.

»Erzähl mir noch mal genauer, wie Davey die Drogen transportiert hat«, sagte Forest. »Du hast es bei dem Gespräch mit Shelby im *Seaglass* nur angedeutet.«

Mackerel verzog den Mund. »Es ist nicht gut für dich, solche Details zu kennen …«

»Wenn er versucht, mich zu rekrutieren, muss ich so tun können als ob«, sagte Forest. »Es ist wichtig. Es geht vielleicht um Leben und Tod!«

»Bist du ein guter Schauspieler?«, fragte Mackerel. »Wir reden hier nämlich über *Blackbeard*. Mit Sicherheit sind wir nicht die Ersten, die versucht haben, ihn reinzulegen.«

»Gut genug, denke ich«, sagte Forest, legte sich aufs Bett und berührte die Bettwäsche. *Seide*. »Bitte, Mack, es rettet mir vielleicht das Leben.«

Mackerel nahm eine Wasserflasche vom Tisch und trank daraus. »Okay, na gut … Um Abalonen zu ernten, muss ein Taucher runter auf den Meeresgrund. Wenn man also eine bestimmte Stelle markiert und irgendein Schiff dort einen Behälter mit Ware versenkt, kann ein Taucher diesen Behälter mithilfe einer Abstiegsleine bergen und in einer Luke seines Boots verstecken …«

Während Mackerel ihm die komplizierte Logistikkette des Drogenhandels erklärte, von gefälschten Lagerinventurnummern bis hin zur Manipulation des Bruttogewichts von Kühltransportern, glomm in seinen Augen ein gieriges Leuchten auf, doch dann verlosch das Licht und machte wieder der Angst Platz.

Forest mochte Mackerel. Er fragte sich nicht zum ersten Mal, wie eine derart kaputte Familie einen so netten Kerl hatte hervorbringen können. Wieder ließ er den Blick durchs Zimmer schweifen. Es tat ihm richtig leid, dass Mack so wenig in diese Umgebung passte.

Er hatte das Gefühl, etwas für ihn tun zu müssen, auch wenn sie in Wirklichkeit nicht verwandt waren. Als Forest Dempsey hatte er doch bestimmt gewissen Einfluss, oder nicht? Er musste einen Weg finden, sich um Mackerel zu kümmern.

Er würde sein Bestes geben.

Nachdem er sich von Mackerel verabschiedet hatte, ging Forest zurück an den Strand und machte sich auf den Weg zu dem verlassenen Bootsschuppen. Er entdeckte Huck auf dem Dach. Der Junge lag auf dem Rücken, rauchte und beobachtete den Himmel.

Außer Atem von dem langen Weg stieg Forest zu ihm hoch. Unterwegs waren nirgendwo Blaulichter zu sehen oder Sirenen zu hören gewesen, also hatte Ivy wahrscheinlich nicht gemerkt, dass er weg war.

»Ziemlich spät für einen Spaziergang«, sagte Huck.

Forest legte sich mit einem Seufzer der Erleichterung neben ihn. Hier am Wasser linderte eine sanfte Brise die schwüle Hitze. Der Mond war inzwischen fast untergegangen, und die Sterne waren deutlicher zu sehen. In Shacktown gab es so gut wie keine Lichtverschmutzung, und wenn die Sterne rauskamen, präsentierte sich die Milchstraße in ihrer ganzen Pracht. Der Gürtel des Orion, Sirius, Beteigeuze, das Kreuz des Südens …

Die Augen auf die funkelnden Lichter über ihm gerichtet, schüttete Forest Huck sein Herz aus. Er erzählte ihm, dass Davey am Leben war, erzählte von der Firma und den Drogen, von Dread Pirate Blackbeard und der Möglichkeit, dass Jesse Dempsey dahintersteckte.

Huck stützte sich auf den Ellbogen und nahm die Zigarette aus dem Mund. »Wehe, du denkst dir das aus.«

»Warum sollte ich mir so was ausdenken?«, sagte Forest beleidigt.

»Weil du so gut darin bist, dir irgendwelches Zeug auszudenken, dass du dich manchmal selbst belügst. Das ist der Fluch der Dempseys.« Er nahm die Zigarette wieder zwischen die Lippen. »Jesse darf mich auf keinen Fall finden.«

»Das lasse ich nicht zu«, sagte Forest. »Aber hätte ich vorher gewusst, dass die Dempseys ein Verbrecherclan sind … erzählst du mir jetzt bitte endlich von dieser Schatzhöhle?«

Huck schwieg. Er drückte die Zigarette aus und schnippte den Stummel runter in den Sand.

»Wozu?«, fragte er schließlich.

»Ich glaube, Blackbeard hat es auf die Höhle abgesehen. Alles andere ergibt keinen Sinn – nur Forest weiß davon.«

»Wenn Jesse Dempsey wirklich Blackbeard ist, musst du ihn umbringen.«

Forest erschrak. Er wusste nicht, was er darauf sagen sollte.

»Ich hab mal bei Forest übernachtet«, begann Huck und zündete sich die nächste Zigarette an. »Alle dachten, wir wären oben in seinem Zimmer, aber wir hatten uns rausgeschlichen, um auf dem Anleger am Ende des Grundstücks zu angeln. Auf dem Rückweg mussten wir am Küchenfenster vorbei – Alexandra und Jesse stritten sich. Es ging um irgendeine Höhle, die Alexandra beim Tauchen entdeckt hatte. Sie sagte, dort würde ein Schatz liegen, aber Jesse glaubte ihr nicht. Sie sagte ihm, er solle selbst runtergehen und nachsehen. Er … Jesse wurde oft wütend. Auch an diesem Abend.

Forest wusste, dass seine Mum sich scheiden lassen wollte, und am nächsten Tag konnte er mal wieder seine Klappe nicht halten. Er sagte zu ihr, sie sollte den Schatz hochtauchen, dann könnten sie beide das Geld nehmen und abhauen. Aber Jesse hat es mitbekommen … Wenn er richtig wütend war, wurde er brutal. Ich hätte dableiben müssen. Bin ich aber nicht. Ich bin weggerannt.«

»Es war nicht deine Schuld.«

»Unterbrich mich nicht.« Huck zog an der Zigarette, verlagerte das Gewicht und suchte eine bequemere Position.

»Am nächsten Tag kam Forest mich abholen. Er sah … übel aus. Er sagte, Jesse wollte uns was zeigen. Noch eine Höhle, eine geheime, die nur er kannte. Er wollte sich dafür entschuldigen, dass er ausgetickt war … Ich hätte wissen müssen, dass an der Sache was faul war – Jesse entschuldigte sich nie. Tja. Also gingen wir mit. Alle drei. Alexandra, Forest und ich. Er nahm uns mit runter ans Felsenmeer und …« Huck versagte die Stimme.

»Was ist dann passiert?«

»Er führte uns zu einer Höhle unten am Wasser, und wir krochen alle hinein … Weißt du, wir waren total *aufgeregt*. Ich habe nichts so sehr geliebt, wie mit den Dempseys auf Entdeckertour zu gehen, wir haben so was ständig gemacht. Mit dem Boot raus aufs Wasser oder beim Wandern die Gegend erkunden. Alexandra war die tollste Mum der Welt, und ich und Forest … wir hatten doch nur uns. Aber diesmal war alles anders. Jesse … Ich wusste, dass was nicht stimmte, so wie er ständig durch uns durch schaute, anstatt uns richtig anzusehen, aber ich wusste nicht, was. Ich dachte einfach, er wäre wieder mal high.

Also kletterten wir nach unten in das Höhlensystem. Wir drei gingen voraus, aber anstatt uns zu folgen, muss Jesse zurück ins Freie geklettert sein, um den Eingang zu blockieren. Im Felsenmeer liegen total viele lose Brocken rum … Na ja, wie auch immer, jedenfalls blockierte er den Ausgang. Als wir merkten, dass Jesse weg war, krochen wir zurück und versuchten, den Stein wegzurollen. Wir schrien – zuerst riefen wir nach Jesse, und irgendwann schrien wir nur noch um Hilfe. Aber … nichts. Alles war still. Wir waren ganz allein.«

Huck liefen Tränen übers Gesicht.

Forest konnte kaum atmen. Huck war inzwischen verstummt.

»Und dann?«, flüsterte Forest.

»Er hatte alles genau geplant. Als wir auf der Suche nach einem anderen Ausgang tiefer in die Höhle eindrangen, stießen wir auf Alexandras Tauchausrüstung. Die hatte er dort deponiert. In dem Moment war klar, was passieren würde – Jesse hatte uns in eine Gezeitenhöhle gesperrt, die regelmäßig vollkommen geflutet wird. Wir würden sterben. Die Ausrüstung hatte er vermutlich dort hingeschleppt, damit es wie ein Tauchunfall aussah – oder vielleicht so, als hätte sie Forest und mich umgebracht, in einer Art … erweitertem Selbstmord.«

»Warum hat er das getan?«

Huck drehte sich zu ihm um und sah ihn stirnrunzelnd an, als sei die Antwort auf diese Frage offensichtlich. »Er wollte nicht, dass jemand die Schatzhöhle findet. Das hat Alexandra gesagt, als das Wasser anfing zu steigen.«

»Er war böse«, sagte Forest. »Abgrundtief böse.«

»Böse oder nicht, jedenfalls war er verschwunden. Niemand würde kommen, um uns zu retten. Alexandra versuchte, Forest ihre Tauchausrüstung anzuziehen, aber er weigerte sich. Stattdessen … stattdessen gab er sie mir …« Huck fuhr sich über die Augen. »Sie schrieb eine Nachricht auf ihre Tauchtafel, falls jemand uns finden würde … irgendwann. Wir wussten, dass wir nicht mehr lebend da rauskommen würden. Ich glaube, sie wollte nicht umsonst gestorben sein – also malte sie eine Karte mit dem Weg zur Schatzhöhle. Vielleicht wollte sie sich auch nur an ihrem Mann rächen, an ihrem Mörder …

Das Wasser stieg schnell … wir wurden gegen die Höhlendecke gepresst, die Strömung wirbelte uns herum, wir bekamen fast keine Luft mehr. Aber dann entdeckte ich plötzlich ganz oben einen Durchgang. Ein Spalt, total schmal, ich konnte mich gerade eben so durchzwängen. Aber … aber die anderen beiden nicht. Ich … ich sah zu … ich sah, wie sie … als das Wasser in den Spalt eindrang, musste ich weg. Keine Ahnung, wie, aber ich habe es nach draußen geschafft.

Ich bin den ganzen Weg nach Hause gerannt. Noch nie im Leben hatte ich solche Angst. Ich wollte zu meinem Dad, Hilfe holen, aber als ich nach Hause kam, war Jesse da. Er war bei meinem Dad zu Hause. Da wusste ich, dass ich nicht mehr sicher war. Nicht bei mir zu Hause und auch sonst nirgendwo in Shacktown. Und … und den Rest kennst du. Dad bekam die Schuld an unserem Verschwinden in die Schuhe geschoben und musste weg. Und ich verstecke mich seitdem vor Jesse Dempsey.«

Huck verstummte. Seine Geschichte war erzählt. Er wischte sich die Tränen weg.

Forest nahm seinen Freund in den Arm. Ihm war schlecht. Er konnte nicht fassen, was Huck durchgemacht hatte, konnte sich nicht mal im Ansatz vorstellen, wie beängstigend es sein musste, auf diese Art gefangen zu sein, lebendig begraben, um zu ertrinken …

Huck hatte aufgehört zu weinen.

»Lass mich los«, sagte er, aber ohne Nachdruck. »Ich brauche dein Mitleid nicht. Ich will mich einfach nur an Jesse rächen. Ich will Gerechtigkeit für Forest und seine Mum.«

»Vielleicht gibt es einen Weg. Erinnerst du dich noch an die Karte?«, fragte Forest und zog sich zurück.

»Was?«

»Die Karte, die Alexandra damals zeichnete, den Weg zur Schatzhöhle. Kannst du dich noch daran erinnern, wo die Höhle liegt?«

»Hast du eine Ahnung, welche *Angst* ich hatte? Wie es sich anfühlte zu wissen … dass … dass ich sterben würde? Die Karte war das Allerletzte, woran ich dachte!«

»Aber wenn bis jetzt niemand diese Karte gefunden hat … dann ist sie noch da.«

»In der Höhle? In diesem *Grab*? Denk nicht mal daran!«

Forest war klar, wie schmerzhaft die Erinnerungen für seinen Freund sein mussten. Diese Geschichte zu erzählen, musste sich anfühlen, als würde er sie noch einmal durchleben … und genau dafür musste er diese Karte haben: um alles wiedergutzumachen. »Ich brauche die Karte«, sagte er.

»Du hast schon genug Unruhe über Forests Geist gebracht.«

»Aber du hast gesagt, dass du für mich da bist, was auch immer ich brauche.«

»Und du hast geschworen, zu schweigen«, sagte Huck. »Du bist derjenige, der seinen Schwur gebrochen hat!«

»Nein, habe ich nicht!«, antwortete Forest. »Ich habe keiner Menschenseele erzählt, was mit Forest passiert ist. Bitte. Ich tue das alles doch nur für *dich*!«

»Ich habe dich nie darum gebeten!«

»Und was willst du dann immer noch hier?«, fuhr Forest ihn an. »Warum bist du nicht längst wieder davongerannt?«

»Halt's Maul!«

»Mach dir nichts vor«, sagte Forest. »Ich bin alles, was du hast auf der Welt. Es gibt nur dich und mich. Wenn ich deinen Namen reingewaschen habe, können wir …«

»Was?«, fiel Huck ihm ins Wort. »Ein Zuhause finden? Dann ziehe ich zu dir in deine Drogenvilla? Kapierst du's nicht? Du und ich, für uns gibt es kein Happy End.«

»Ich gehe in die Höhle«, sagte Forest. »Ich finde den Schatz und ich wasche deinen Namen rein.« Er schaute runter ins Wasser. Die Wellen zogen sich zurück. Bald war Ebbe. *Was du heute kannst besorgen …* »Ich rette dich, ob du's willst oder nicht.«

Forest verschwand, ehe Huck ihn aufhalten konnte.

Als Forest beim Felsenmeer ankam, war vom Ozean Nebel aufgezogen. Er suchte sich den Weg zur Höhle und blieb zitternd vor dem Eingang stehen. Wind und Nebel ließen die Atmosphäre noch bedrohlicher wirken. Ein Grab – so hatte Huck die Höhle genannt.

Forest holte tief Luft, bevor er sich hineinwagte. Im Inneren herrschte Totenstille. Keine Pflanzen, weder Flechten noch Moos, kein Getier. Nur Erde und Geröll, die eisige Kälte von unterirdischem Fels und Wasser, sein bebender Atem und der tanzende Strahl seiner Taschenlampe.

Er suchte sich einen Stein, um damit die Wände zu markieren. Auf keinen Fall durfte er sich verlaufen.

Schon beim ersten Schritt hinein in die Finsternis kam die Panik. Er konnte das nicht, er würde ersticken, er würde ertrinken …

Forest zwang sich, an Huck zu denken. Er zwang sich, an all das zu denken, was sein Freund durchgemacht hatte.

Er holte tief Luft, um sich zu beruhigen, und ging weiter.

Obwohl die vielen Verzweigungen an ein Labyrinth erinnerten, gab es nirgendwo Sackgassen. Das Innere der Höhle glich eher einem Schwamm als einem Irrgarten.

Immer tiefer drang Forest in die Höhle vor, durch klaustrophobisch schmale Gänge und nasskalte, tropfende Hohlräume. Die feuchten Wände reflektierten das Licht seiner Taschenlampe. Je tiefer es hinunterging, desto nasser wurde es. Zu seinen Füßen sammelten sich Muscheln und Seegras. Er musste den Gezeitenbereich der Höhle erreicht haben. Auch wenn Forest sicher war, dass momentan Ebbe herrschte, galt es hier, besonders aufzupassen.

Er stieg noch tiefer in die Höhle hinab. Inzwischen war nichts mehr von der sommerlichen Hitze zu spüren. Um ihn herum herrschte feuchte Kälte. Dann erfasste der Strahl seiner Lampe den zerklüfteten Zugang zu einem weiteren Tunnel. Und direkt am Rand klemmte etwas in einem Spalt, ein weißes, flaches Rechteck. Langsam trat Forest näher, unsicher, ob es wirklich das war, worauf er gehofft hatte. Tatsächlich: Auf dem Rechteck waren Buchstaben zu erkennen.

Alexandras Tauchtafel.

Die mit wasserfestem Stift verfasste Handschrift verriet Panik, trotzdem ließ sie sich entziffern: JESSE DEMPSEY HAT UNS UMGEBRACHT. WEGEN DER KNOCHENHÖHLE.

Direkt darunter war eine mit groben Strichen gezeichnete Skizze der Pirates Bay. Mitten im Wasser stand ein X und direkt daneben Koordinatenangaben.

Er hatte die Tafel gefunden. Im Lampenschein prägte Forest sich die Einzelheiten ein, für den Fall, dass er die Tafel verlor.

Es war zu erahnen, was sich hinter dem zerklüfteten Felsdurchgang befand. Forest wollte nicht nachsehen, aber er musste es tun. Er war schon zu weit gekommen. Er stellte sich vor, wie Alexandra hinter Huck die Tafel durch den Spalt zwängte, in der Hoffnung, dass jemand sie finden würde …

Vorsichtig schob er den Oberkörper durch die schmale Öffnung, voller Angst, dass er mit den Schultern stecken blieb. Überrascht stellte er fest, dass er reichlich Platz hatte. Er fragte sich, wie kräftig gebaut Forest Dempsey gewesen sein musste, wenn er nicht durch diese Öffnung gepasst hatte – es sei denn, die Erosion hatte den Tunnel in den letzten Jahren geweitet.

Direkt hinter dem Spalt befand sich ein größerer Hohlraum. Der Boden war mit Wasser bedeckt. Es stank nach Brackwasser und Meer.

Dann erfasste der Strahl seiner Taschenlampe die Überreste von Knochen und Fetzen von Kleidung. Zwei Schädel, die bis auf etwas Kopfhaut blank genagt waren, wahrscheinlich das Werk von Krebsen. Sie sahen schmierig aus, wie mit Moos bewachsen. Dem kleineren Schädel fehlte der Unterkiefer. In einer Ecke lag eine rostige, verbeulte Tauchflasche.

Das Grab von Forest und Alexandra Dempsey.

Nicht traurig sein. Das sind nur ein paar Knochen. Es ist Jahre her. Und es hat nichts mit dir zu tun.

Der Gedanke kam aus weiter Ferne. Forest hatte das Gefühl, die Szene durch fremde Augen zu betrachten. Sein Geist war längst weit weg, hoch oben zwischen den Sternen. In seinen Ohren summte es, und er hatte einen metallischen Geschmack in seinem Mund.

Die Tauchtafel fest an sich gedrückt, ging Forest den weiten Weg zurück nach *Safe Harbour*. Er konnte nicht aufhören zu zittern, und seine Kehle war wie zugeschnürt. Er versuchte, sich irgendwie zu beruhigen, aber es fühlte sich an, als hätte er die Strecke im Vorspulmodus absolviert, ohne dabei einen einzigen bewussten Gedanken zu fassen.

Erst, als er endlich ins Bett fiel, holte der winselnde Zeus ihn mit seiner warmen Hundezunge wieder in die Gegenwart zurück. Er schleckte Forest fürsorglich über das Gesicht. Forest konnte sich nicht einmal daran erinnern, aus der Höhle herausgeklettert zu sein.

Er war völlig erschöpft und hatte jedes Zeitgefühl verloren. Und er hatte Angst, dass schon allzu bald wieder Morgen war.

Er betrachtete die Tauchtafel. Jetzt war er tatsächlich in Besitz der Koordinaten jener Stelle, die Alexandra als »Knochenhöhle« bezeichnet hatte. Der Name gefiel ihm nicht. Für ihn würde es auch weiterhin die Schatzhöhle sein.

Aber um auf den Meeresgrund zu gelangen und den Schatz mit eigenen Augen zu sehen, musste er Tauchen lernen. Es lag eigentlich auf der Hand, sich von Mackerel das Tauchen beibringen zu lassen, aber vielleicht ließ sich die Situation ja noch anders nutzen.

Ahab war schließlich ausgebildeter Tauchlehrer. Und Ahab hatte offensichtlich großes Interesse daran, ihn zu beschützen.

Wenigstens solange er glaubt, dass ich Forest Dempsey bin.

Ahab wollte unbedingt mit ihm in Kontakt treten, trotz aller Hindernisse. Und nach allem, was Forest bis jetzt über den Mann wusste, kriegte Ahab früher oder später, was er wollte. Eigentlich war Forest fest entschlossen gewesen, Ahab aus dem Weg zu gehen, aber vielleicht war es ja sogar besser, eine Begegnung zu seinen Bedingungen zu arrangieren und dabei die Fäden in der Hand zu behalten.

Und falls Blackbeard es tatsächlich auf die Schatzhöhle abgesehen hatte und Forest und Ahab sie gemeinsam entdeckten, würde der Alte vielleicht wissen, was er mit der Information anstellen sollte. Womöglich war Ahab wirklich in der Lage, Forest zu beschützen.

Es war auf alle Fälle einen Versuch wert.

KAPITEL FÜNFUNDDREISSIG

AHAB

Am nächsten Morgen saß Ahab mit De Corrado auf seinem Balkon, Keegan lag zu seinen Füßen. Er hatte von Chips geträumt und fühlte sich wie gerädert; Albträume, die Heimsuchungen glichen. De Corrados Anwesenheit machte die Sache nur schlimmer. Er hatte der Polizei verschwiegen, Zeuge eines Mordes zu sein. Soweit er wusste, waren Chips' Eltern nicht greifbar, aber es gab irgendwo eine große Schwester. Die musste es erfahren. Und was war mit der Crew?

Na ja, immerhin wusste Ivy Bescheid. Sie würde den Leuten sagen, was passiert war, falls sie es für nötig befand.

Wenn du irgendwem davon erzählst, verschlimmerst du die Sache nur. Das macht Chips auch nicht wieder lebendig. Denk nach. Wenn du jetzt klug handelst, kannst du vielleicht zumindest alle anderen vor Blackbeard retten.

»Seid ihr sicher, dass der Personenschutz für Forest ausreichend ist?«, fragte Ahab unvermittelt. »Ich war gestern Abend bei Ivy. Ein einzelner Polizist kommt mir ziemlich dürftig vor.«

»Hab davon gehört«, sagte De Corrado mit einem gewissen Unterton. »Ich hab mich schon gefragt, ob Sie das Thema anschneiden. Sie kommen mir eigentlich nicht wie jemand vor, der vor anderen Leuten zu Kreuze kriecht.«

Linda hatte De Corrado also erzählt, was sie gesehen hatte.

Ahab konnte ihr das schlecht übelnehmen – Linda war gut in ihrem Job.

»Mir gehen langsam die Ideen aus, wie ich an Forest rankomme, um mit ihm zu reden. Ivy direkt zu fragen, schien mir die einzige Möglichkeit zu sein.«

»Auf jeden Fall waren Sie derjenige, der uns verklickert hat, Forest würde sich nie öffnen, wenn er ständig jemanden von uns auf den Fersen hat.«

»Ja, ja, ich weiß, ich weiß«, murmelte Ahab.

»Hören Sie, ich muss heute nach Hobart«, sagte sie. »Es gibt ein Meeting mit dem dortigen Ermittlungsteam. Bei der Fahndungshotline sind neue Hinweise eingegangen. Ich bin mir zwar so gut wie sicher, dass nichts dabei herauskommen wird, aber … hätten Sie Lust, mitzukommen? Ein kleiner Tapetenwechsel? Sie müssten allerdings Ihren eigenen Wagen nehmen; ich plane, über Nacht zu bleiben. Es sei denn, Sie wollen sich anschließen?«

De Corrado redete weiter, aber Ahab hörte nicht mehr zu. Keegan war unruhig geworden. Sein Nackenfell sträubte sich. Ahab kannte seinen Hund – so verhielt er sich nur, wenn er einen anderen Hund witterte.

Unten auf der Straße ging eine kleine, schmächtige Gestalt, die von einem Hund begleitet wurde.

Ein bekannter Hund, eine bekannte Silhouette.

Forest. Forest Dempsey! Und er kam zielstrebig auf das *Mermaid's Darling* zu.

Was tut er hier? Will er etwa zu mir?

»Möchten Sie noch einen Kaffee für die Fahrt?« Unvermittelt sprang Ahab auf und verschwand im Haus. Er winkte De Corrado zu sich hinein, bevor sie den Jungen entdecken konnte. Er wollte nicht, dass sie ihm in die Quere kam, und erst recht nicht, dass sie Forest zurück zu Ivy verfrachtete.

Ned hatte längst genauste Anweisungen bekommen – sollte

der Junge jemals hier auftauchen und nach Ahab fragen, würde er ihn vor neugierigen Blicken beschützen.

»Nein danke«, sagte De Corrado und blieb stehen, um Ahabs Pinnwand zu betrachten.

Er folgte ihrem Blick zu dem Wirrwarr aus Hinweisen und Gerüchten. Wie unwichtig das alles plötzlich erschien. Ahab kannte echte Trauer, aber die Umstände, unter denen Chips ums Leben gekommen war …

»Ich glaube, ich bleibe besser hier«, sagte er.

»Echt? Sie schlagen die Gelegenheit aus, mich zu begleiten?« De Corrado stemmte die Hände in die Hüften. »Ihnen ist aber schon klar, dass ich solche Angebote nicht jedem mache, oder?«

»Sie verstehen das nicht«, sagte Ahab lachend. »Für uns hier ist Hobart kein vergnüglicher Tagesausflug. Für uns ist Hobart die Hölle.«

»Na gut, alter Mann«, sagte De Corrado. »Dann bis bald.«

So früh am Tag war in der Pension nicht viel los. Ned hatte Forest hinters Haus verfrachtet und wartete dort mit ihm, bis De Corrado in ihr Auto gestiegen und davongefahren war. Als Ahab schließlich dazukam, war er überrascht, den Jungen so entspannt zu sehen. Er sah müde aus und hatte für jemanden in seinem Alter ziemlich starke Augenringe, aber er lehnte lässig gegen den Stamm einer Banksia, die Hundeleine locker in der Hand.

»Nicht hier«, war alles, was Ahab zur Begrüßung sagte, und der Junge nickte.

Schweigend legten sie den kurzen Weg zum Strand zurück, vorbei an frühmorgendlichen Joggern und Einheimischen mit ihren Hunden. Auf einer Wiese am Ufer stand unter Teebäumen und einem Jacaranda ein großer Picknicktisch. Ein paar Kakadus stolzierten vor ihnen im Gras herum. Ahab verspürte eine eigenartige Aufregung. Sein Bauchgefühl sagte ihm, dass der heutige Tag eine wichtige Erkenntnis für ihn bereithielt.

Sie setzten sich. Schweigend wartete Ahab darauf, dass Forest das Wort ergriff. Doch der Junge machte keinerlei Anstalten. Er hatte den Blick über Ahabs Schulter auf die Brandung gerichtet. In seinen Augen lag tiefe Traurigkeit.

»Ich hab das Meer vermisst«, sagte Forest schließlich. Er löste den Blick vom Wasser und sah Ahab an.

Ahab hatte von seinen Spielchen endgültig die Nase voll. Seine Geduld war lange genug strapaziert worden. Ihrer aller Geduld.

Der Junge musste sich endlich am Riemen reißen. War er ein Dempsey oder nicht? Wenn ja, musste er ihnen allein zum Andenken an Chips helfen, Blackbeard aufzuhalten.

»Forest, was du durchgemacht hast, tut mir wirklich leid, aber … ich muss wissen … ich muss endlich wissen, was dir zugestoßen ist«, sagte Ahab. »Und fang jetzt bitte nicht wieder mit deiner –«

»Ich werde es dir erzählen«, sagte Forest.

»Was? Wirklich?«

»Ja. Unter einer Bedingung: Zuerst bringst du mir das Tauchen bei.«

*

Gerade als sie das Tauchzentrum betreten wollten, kam ein Wagen mit quietschenden Reifen auf dem für Fußgänger vorgesehenen Vorplatz zum Stehen. Mackenzie sprang heraus und lief mit seinem seltsamen Hoppelgang auf sie zu. »Forest!«, rief er.

Er holte sie ein und nickte Ahab zu. Zeus zerrte bei seinem Anblick wie verrückt an seiner Leine und wedelte so heftig mit dem Schwanz, dass sich sein ganzer Körper krümmte.

»Sorry, Ahab. Ivy flippt total aus. Sie sucht überall nach ihm. Sie hätte fast die *Polizei* alarmiert, so sehr ist sie in Sorge.«

»Der Junge ist bei mir in sicheren Händen«, sagte Ahab.

»Schon klar«, sagte Mackenzie. »Sicher. Aber … Forest, steigst du bitte in den Wagen?«

»Nein«, sagte Forest und packte Zeus am Halsband. »Ahab bringt mir das Tauchen bei.«

»Was? Warum das denn?«

»Forest?« Ahab hielt ihm einen Zwanzig-Dollar-Schein hin. »Geh ins Café und bestell dir was. Mackenzie und ich haben was zu besprechen.«

Forest warf Mackenzie einen nicht zu deutenden, eindringlichen Blick zu, und Mackenzie zuckte zusammen. Dann drehte der Junge sich um und trottete mit seinem Hund in Richtung Café.

Ahab winkte Mackenzie zu sich. »Was zum Teufel läuft da zwischen euch? Und versuch gar nicht erst, mich anzulügen.«

»Ich weiß nicht, wovon du redest«, sagte Mackenzie.

»Doch, weißt du. Dieser Blick eben ist mir nicht entgangen.«

Mackenzie reagierte sichtlich nervös.

»Sieh mich an«, sagte Ahab. »Mackenzie! Sieh mich an, Junge. Wir stehen auf derselben Seite, du und ich.«

»Weiß ich doch«, antwortete Mackenzie, ohne ihm in die Augen zu sehen.

»Dann sag mir, was los ist.«

»Ich habe versprochen, es nicht zu verraten.«

Unvermittelt sah Mackenzie ihn an. Ahab durchlief ein Schauer – endlich, endlich tat sich was.

»Forest hat dir was erzählt, stimmt's?« Er packte Mackenzie am Arm. »Sag es mir!«

»Nein. Ich habe es versprochen … du bist derjenige, der mir beigebracht hat, dass ein Mann zu seinem Wort stehen muss«, sagte Mackenzie. »Bitte!«

»*Sag* es mir«, beharrte Ahab. »Möglicherweise geht es für Forest um Leben und Tod!«

»Was?« Mackerel wich erschrocken zurück. »Nein, Ahab, es hat nichts damit zu tun, dass Blackbeard irgendwas von ihm will.«

»Woher weißt du das denn?«, fragte Ahab.

Mackenzie wurde rot. Stammelnd versuchte er, sich rauszureden. Ahab wurde sauer. Drohend trat er auf ihn zu. »*Was weißt du, Mackenzie*?«

»Lass ihn in Ruhe, Ahab«, erklang Forests Stimme – Ahab hatte ihn nicht zurückkommen hören. Diese Schleicherei musste er auch dringend im Auge behalten.

»Was zum Teufel wird hier eigentlich gespielt?«, verlangte er zu wissen.

»Ahab …«, fing Mackerel an, doch Forest fiel ihm ins Wort.

»Ich hab euch gestern Abend belauscht«, sagte der Junge. »Ivy hatte recht – du *hast* mich geweckt.«

»Was hast du gehört …?«

»Die Sache mit Blackbeard. Und dass er was von mir will.« Forest war zwischen Ahab und Mackenzie getreten, als wolle er den Größeren beschützen. »Also bin ich zu Mackerel gegangen, um endlich zu erfahren, wer dieser Blackbeard eigentlich ist. Warum er hinter mir her ist. Ich weiß alles über Davey und die Drogen.«

»Du hast es ihm *erzählt*?«, brüllte Ahab Mackenzie an. Die ersten Leute drehten sich zu ihnen um.

»Wer hat denn behauptet, dass ich davon nichts wusste?«, sagte Forest. »Wenigstens gibt Mackerel mir was an die Hand, um mich zu schützen. Im Gegensatz zu allen anderen hier.«

»Tja. Wenn du uns endlich erzählen würdest, was mit dir passiert ist, könnten wir …« Ahab verlor fast die Beherrschung. »Vor Blackbeard kannst du dich nicht selbst schützen, Forest«, sagte er. »Und jetzt geh zurück ins Café, dein Onkel und ich haben was zu besprechen.«

»Wehe, du schüchterst ihn ein.«

»Ich schüchtere niemanden ein, Forest«, erwiderte Ahab beherrscht. »Und jetzt geh. Ich muss unter vier Augen mit Mackenzie sprechen.«

»Mack erzählt mir sowieso alles, was du ihm erzählst«, sagte Forest. »Stimmt's, Mackerel?«

Mackenzie wurde immer nervöser. »Ich … ich meine … keine Ahnung …«

Ahab zeigte in Richtung Café. »Hör zu. Jetzt, wo klar ist, dass du Bescheid weißt, halte ich dich auf dem Laufenden. Versprochen. Und jetzt *hau ab*!«

Forest drehte sich widerstrebend um und stapfte, Zeus an seiner Leine hinter sich herzerrend, wütend davon.

»Und? Stimmt das? Erzählst du Forest alles brühwarm weiter, was ich dir sagen werde?«, fragte Ahab leise.

»Nein!«, sagte Mackerel. Er wirkte wie ein Häuflein Elend, den Blick auf die Füße gerichtet.

Ahab seufzte. Er wusste, dass sein Cousin nicht dumm war. Warum nur traf er ständig so schlechte Entscheidungen? »Mackenzie … die Firma ist nichts für Kinder. Warum ziehst du Forest da rein?«

»Der arme Kerl hat verdient, wenigstens ansatzweise zu wissen, was hier läuft …«, sagte Mackenzie.

So naiv konnte Mackenzie doch eigentlich nicht sein, oder doch? Verdammt, er war der Sohn von Ivy und Joel Dempsey. Diese kindlichen Vorstellungen von Richtig und Falsch mussten ihm doch schon als Junge aus dem Leib geprügelt worden sein!

»Woher weißt du eigentlich, dass Blackbeard hinter ihm her ist?«, fragte Mackenzie.

Andererseits … vielleicht war genau diese Vorstellung von Richtig und Falsch nötig, um Blackbeard zu besiegen. Vielleicht sollte er Mackenzie erzählen, was er gesehen hatte …

»Komm, wir setzen uns kurz zu dir ins Auto«, sagte Ahab. Ohne eine Antwort abzuwarten, ging er zum Wagen, öffnete die Beifahrertür und stieg ein.

Sobald Mackenzie neben ihm saß, erzählte Ahab ihm alles, was er wusste: Von den Männern, die für Blackbeard arbeiteten, von deren Deal mit Chips, von den verbrannten Unterlagen. Mit wachsendem Entsetzen hörte Mackenzie ihm zu. Als Ahab ihm von dem Mord berichtete, schlug er stöhnend die Hände vors Gesicht.

»Nicht Chips …«, sagte er. »Ivy hat gesagt, ich soll die Firma übernehmen. Aber wenn Chips übergelaufen ist …«

»*Du* sollst die Firma leiten?« Ahab war sprachlos. Doch dann dachte er näher darüber nach. Mackenzie wäre tatsächlich die beste Wahl …

»Ich habe ihr noch keine Antwort gegeben … Aber wenn sie jetzt schon Daveys Stellvertreterin beseitigt haben, ist Blackbeard schon längst mitten im Geschäft. Jetzt komme ich ganz sicher nicht mehr an ihn ran«, sagte Mackenzie.

»Es sei denn, wir finden raus, was Blackbeard von Forest will. Vielleicht haben wir dann ein Druckmittel in der Hand. *Vielleicht.*«

Ahab stieg wieder aus.

»Ahab, ich muss Ivy Bescheid geben, dass Forest bei dir ist«, sagte Mackenzie.

»Nein, musst du nicht. Wir sind uns nicht begegnet. Du weißt gar nichts. Alles klar?«

»… alles klar, Ahab.«

KAPITEL SECHSUNDDREISSIG

MACKEREL

Mackerel blieb noch lange im Wagen sitzen, nachdem Ahab im *Overeem's* verschwunden war, um Forest das Tauchen beizubringen.

Chips war tot. Blackbeard hatte die Firma unterwandert.

Es bestand die reelle Gefahr, dass Forest plötzlich als Schachfigur in einem sehr viel größeren Spiel herhalten musste.

Und Davey war … zwar noch am Leben, aber dazu verdammt, sich versteckt zu halten, solange Blackbeard in der Stadt sein Unwesen trieb.

Hätte er Ahab von Davey erzählen sollen? Nein, er hatte richtig gehandelt – je weniger Mitwisser, desto geringer das Risiko für Shelby und Kane.

Die Fahrt rauf nach *Homeward* dauerte doppelt so lange wie sonst, weil Mackerel im Schneckentempo durch die Stadt fuhr. Er brauchte Zeit zum Nachdenken.

Shelby wollte, dass er wieder ins Geschäft einstieg, und je länger Mackerel darüber nachdachte, desto klarer wurde ihm, dass sie damit vielleicht gar nicht so verkehrt lag: Welche Möglichkeit gäbe es sonst, an Blackbeard heranzukommen und seine Identität zu enttarnen?

Andererseits, wenn sogar Chips rausgefunden hatte, wer Blackbeard war, mochte es vielleicht doch nicht so schwer sein, wie er dachte. Dann wiederum …

Schließlich tauchte Shelbys Zuhause vor ihm auf. Sein neues Zuhause. Fragte sich nur, wie lange noch.

Mackerel parkte den Wagen und humpelte gedankenverloren über den knirschenden Schotter zur Haustür.

Shelby erwartete ihn im Wohnzimmer, in eine dünne grüne Strickjacke gehüllt. Ivy hatte sie angewiesen, zu Hause zu bleiben, für den Fall, dass Forest bei ihr auftauchte. Kane war mit Fiona und deren Kindern unterwegs, sodass Shelby etwas Raum für sich hatte.

»Hast du Forest gefunden?«, fragte sie und hüllte sich fester in die Jacke. »Geht es ihm gut?«

»Ja. Er war bei Ahab.« Mackerel setzte sich zu ihr. »Ahab … Ahab hatte mir viel zu erzählen. Ich habe schlechte Nachrichten, Shelby, das ist jetzt sicher hart für dich, aber … Chips ist tot.«

»Was? Was ist passiert?«

»Blackbeard steckt dahinter. Offensichtlich hatte sie irgendwie seine Identität herausgefunden. Und als sie versuchte, seine Männer unter Druck zu setzen, wurde sie … sie haben sie erschossen.«

Shelby schlug entsetzt die Hand vor den Mund.

»Ich weiß, dass ihr euch kanntet, dass Davey sie ab und zu zum Abendessen mitgebracht hat …«

Shelby knetete sich gedankenverloren die Unterlippe. Sie wirkte meilenweit weg. »Wenn *Chips* in der Lage war, rauszufinden, wer hinter Blackbeard steckt …«

»Dann hat dieses Wissen sie umgebracht«, vollendete Mackerel den Satz.

»Nein. Nein, das stimmt nicht – sie ist gestorben, weil sie es ihnen verraten hat …« Shelby nickte. Sie wirkte, als hätte sie einen Entschluss gefasst. »Mack, ich habe ein paar Recherchen angestellt.«

Der Tonfall gefiel ihm nicht. »Was für Recherchen?«

»Du weißt, dass man im Darknet alles finden kann …«

»Shelby …«

»Und ich meine, schließlich bin ich Chemikerin …«

»Nein, Shelby, bitte tu das nicht –«

»Du hast es gestern Abend selbst gesagt.« Sie nahm ihren Laptop auf den Schoß. »Crystal Meth ist *die* Droge in Tasmanien. Ich fahre nach Hobart und besorge mir an der Uni die Gerätschaften, die ich brauche – eine Freundin von mir ist noch immer dort beschäftigt. Mir ist klar, dass ich registriert werden würde, wenn ich mir das betreffende Equipment auf dem freien Markt kaufen würde, selbst als Chemikerin.«

»Hör sofort auf, Shelby.«

»Klar, ich bin natürlich ein bisschen eingerostet …« Plötzlich versagte ihr die Stimme. »Aber …«

Also hatte sie doch Angst. Warum dachte sie dann überhaupt darüber nach?

Sie drehte den Bildschirm zu ihm. »Ich habe ein Rezept gefunden. Es ist ziemlich simpel. Und ich glaube, ich weiß auch schon, wo ich die nötigen Substanzen herbekomme …«

»Tu das nicht«, sagte Mackerel. »Ich kenne niemanden, der so smart ist wie du. Damit versaust du dir dein ganzes Leben.«

Ihm zog sich der Magen zusammen. Schließlich war er es gewesen, der ihr von dem Ice erzählt hatte. Die Nähe zu ihm hatte sie wahrscheinlich überhaupt erst auf die Idee gebracht. Kein Wunder, dass Davey ihn unbedingt von seiner Familie hatte fernhalten wollen! Warum hatte er ihr das mit Chips erzählt?

»Ich hatte gehofft, dass du mir hilfst«, sagte sie mit bebender Stimme. »Aber wenn nicht, dann ziehe ich es eben alleine durch. Nur eine Woche lang. Nur um zu sehen, was sich über Blackbeard herausfinden lässt … falls es zu gefährlich wird, höre ich sofort auf damit.«

»Nein, das lasse ich nicht zu.«

»Ich lasse mich von dir nicht abhalten, Mack. Ein Anruf bei der Polizei genügt. Wenn ich denen sage, dass ich mich mit dir hier nicht sicher fühle oder dass du gegen deine Auflagen verstoßen hast oder … oder dass du im Internet nach Rezepten für die Ice-Produktion gesucht hast …« Sie schnippte mit dem Finger gegen den Laptop. »… wanderst du direkt wieder zurück in den Knast. Versuch nicht, mich aufzuhalten, Mackerel. Ich ziehe das durch, mit dir oder ohne dich.«

Er vergrub den Kopf in den Händen. Er raufte sich die Haare.

»Okay.« Er richtete sich auf und sah sie an.

»Okay, was?«

Sie wollte sich offensichtlich unbedingt in diesen schrecklichen Sumpf begeben. Wenn er ihr half, konnte er sie wenigstens vor sich selbst beschützen. Aber stimmte das? Konnte er das wirklich?

»Eine Woche. Nur eine einzige Woche, hast du gesagt. Richtig?«

»Ja.«

»Ich helfe dir.« Die Worte verätzten ihm die Kehle wie Magensäure. Sein Körper verspannte sich, und das Gewicht, das sich auf seine Schultern legte, fühlte sich an wie der Druck tief unten auf dem Meeresgrund.

Shelby sank erleichtert in die Polster. »Danke, Mackerel.« Sie legte den Kopf zurück und verbarg das Gesicht in der Armbeuge. »Ich danke dir …«

KAPITEL SIEBENUNDDREISSIG

AHAB

Ahabs Boot, die *Ambergris*, lag neben hochaufragenden Klippen in einer geschützten kleinen Bucht vor Anker. Die *Ambergris* war Ahabs große Liebe. Ausschließlich aus heimischen Hölzern gebaut, war sie einem traditionellen Fischerboot mit Steuerhaus nachempfunden. 28 Tonnen Wasserverdrängung, drei Kajüten unter dem Vordeck.

Im Gegensatz zu dem steifen Schlauchboot mit seinem festen Rumpf, das vor allem für kurze Trips taugte und das einzige war, was dem schwarzen Wind hätte standhalten können, gehörte diesem Boot sein Herz. Die Bauart war mehr als ein Jahrhundert lang von Wilson's Boat Yard am Huon River erprobt, getestet und fortwährend verbessert worden. Die *Ambergris* besaß herrliche Rundungen, einen hochgezogenen Bug und große, breit gebaute Seitendecks. Durch das rundum verglaste, großzügig bemessene Steuerhaus bot sie eine herrliche Aussicht. Am Heck prangten die handgeschriebenen Worte *Ambergris* und *Pirates Bay*.

Ahab hatte Anker über einem felsigen Riff geworfen, das er gut kannte und das ideal geeignet war, Forest das Tauchen beizubringen. Voller Vorfreude spähte er ins blaue Wasser. Er konnte es kaum erwarten, endlich wieder unter Wasser zu kommen. Ahab liebte das Meer. Das war schon immer so gewesen und würde auch immer so bleiben.

Ganz im Gegensatz zu Zeus. Der Hund lag zusammengekauert

in der flachen Kiste, in der sonst Keegan schlief, und wirkte äußerst elend.

Forest würde gleich seinen allerersten Tauchgang im offenen Meer absolvieren. Ahab hatte ihm im *Overeem's Dive Centre* eine zweistündige Einführung gegeben und war überaus zufrieden. Im Grunde war die Vorbereitung nicht wirklich notwendig gewesen – hier wurden ständig Touristen so gut wie unvorbereitet auf begleitete Tauchgänge geschickt. Doch Ahab wollte die Sache auf keinen Fall auf die leichte Schulter nehmen, sosehr es ihn auch drängte, endlich zu erfahren, was der Junge zu erzählen hatte.

Das wär's, wenn mir der Junge so kurz vor dem Ziel versehentlich noch absaufen würde …

Forest war ein Naturtalent und lernte unglaublich schnell. Im Grunde hatte Ahab nichts anderes erwartet – der Junge war klug und begriff alles, was man ihm erklärte, beim ersten Mal. Und: Sowohl Alexandra als auch Jesse waren sozusagen im Wasser zu Hause gewesen.

Ahab zog die Riemen an Forests Jacket fest und kontrollierte den Reißverschluss an dem billigen Neoprenanzug. Es handelte sich um eine Leihausrüstung vom Tauchzentrum, und die Sachen waren nicht immer im allerbesten Zustand.

»Du tust genau, was ich sage, sonst bist du tot«, sagte Ahab streng. »Okay?«

Forest nickte eifrig und steckte sich den Atemregler in den Mund, als wollte er sagen, *Los jetzt, mach schon!*

Die Aufregung in den Augen hinter der Maske war ansteckend. Ahab konnte es selbst kaum erwarten, endlich ins Wasser zu kommen.

»Okay, jetzt setz dich auf die Kante, eine Hand an Maske und Atemregler, den anderen Arm quer über die Brust, und dann machst du eine Rolle rückwärts ins Wasser. Aber Vorsicht – es ist flacher, als es aussieht.«

Forest ließ sich wie angewiesen rückwärts vom Boot gleiten. Ahab wartete, bis er zurück an die Oberfläche kam und ihm das Okay-Zeichen gab, dann folgte er ihm.

Das Wasser war kalt wie immer, doch es berührte nur Hände und Hals, der Rest des Körpers war vom Tauchanzug isoliert. Ahab gab ebenfalls das Okay. »Bist du bereit?«, fragte er. »Ehe wir runtergehen, zeigst du mir noch mal, ob du in der Lage bist, die Maske auszublasen, wie wir es im Pool geübt haben. Und wie lauten die fünf Schritte …?«

Doch Forest hatte längst die Luft aus seinem Jacket gelassen und verschwand zwischen den Wellen.

»Kleiner Scheißkerl!«, murmelte Ahab. Er steckte sich den Atemregler in den Mund und tauchte ab, dem Jungen hinterher.

Die Unterwasserwelt glich einem Märchenland. Die regelrecht musikalischen Geräusche von Wasser auf Sand und Stein, die perlenden Luftblasen aus dem Regulator, das sanfte Hin und Her der Strömung, das eiskalte Wasser, das ihn im Nacken kitzelte.

Sobald Ahab den Jungen eingeholt hatte, lockerte er mit einem Griff Forests Tauchmaske. Sofort füllte sich der Hohlraum mit Wasser. Er sah zu, wie Forest sich die Maske ans Gesicht presste, kräftig durch die Nase ausatmete und so das Wasser ausblies.

Ahab gab mit dem Daumen das Zeichen zum Auftauchen, und sie kehrten an die Oberfläche zurück. Die Geräusche der Welt über Wasser, die eben noch gedämpft gewesen waren, drangen umso deutlicher an ihre Ohren – der Schrei einer einzelnen Möwe hoch über ihnen, das Flattern des Segels am Mast der *Ambergris*.

»Okay«, sagte Ahab, sobald der Junge neben ihm aufgetaucht war. »Jetzt zeigst du mir die Bestandteile deiner Ausrüstung und erklärst mir, wozu sie gut sind.«

»Das ist der Hammer!«, sagte Forest, sobald er den Atemregler ausgespuckt hatte. »Der totale Wahnsinn!«

»Ja, oder?« Lachfältchen legten sich um Ahabs Augen. »Aber jetzt erklär mir deine Ausrüstung.«

Forest deutete auf die einzelnen Bestandteile. »Jacket, Ablassventil, Bleitaschen, Oktopus …«

Als Ahab zufrieden war, nickte er. »Und jetzt die Handzeichen.«

Fehlerfrei leierte Forest die Tauchzeichen herunter.

So einen Schüler hatte Ahab noch nie erlebt. Forest rekapitulierte alles, was Ahab ihm beigebracht hatte, Wort für Wort.

»Okay. Wenn dein Gedächtnis so gut ist, wiederholst du mir jetzt noch mal die fünf Schritte des Abtauchens«, sagte er. »Wenn das sitzt, können wir runtergehen – ins *Flache*, wohlgemerkt, und du bleibst *an meiner Seite*. Verstanden? Hier ist die Strömung zwar schwach, aber das heißt gar nichts. Im Meer muss man immer wachsam bleiben, ob über oder unter Wasser.«

»Okay«, nuschelte Forest, den Atemregler schon wieder zwischen den Lippen, und demonstrierte die fünf Schritte des Abtauchens – er gab das Zeichen, orientierte sich an einem Referenzpunkt, überprüfte den Sitz des Atemreglers, kontrollierte den Computer und … tauchte unter, immer weiter ab.

Fluchend tauchte Ahab dem Jungen hinterher. Er sah, wie Forest entlang der Riffkante runterging und sich weiter sinken ließ bis auf den sandigen Grund. Ahab fasste sich an die Gumminase seiner Maske, glich den Druck in den Ohren aus und tauchte ihm mit kräftigen Paddelschlägen hinterher. Glitzernde Säulen aus Licht zeichneten Muster auf Schlick und Kelp.

Unten angekommen, hielt Forest kurz inne und setzte sich dann auf sein Hinterteil. Er sah sich um, nahm eine Handvoll Sand und ließ ihn durch die Finger rieseln.

Ahab glitt waagerecht neben ihn, die Hand am Inflator-Schlauch seines Jackets, und hielt sich damit geschickt in der Schwebe, um mit den Flossen keinen Sand aufzuwirbeln.

Forest griff nach einem Stück Seetang, wickelte es sich um die Finger und hielt sich den Strang dicht vor die Maske. Als er am Rand der Kelpwiese einen roten Seedrachen vorbeischweben sah, wurde er völlig still.

Ahab ließ sich behutsam an das kleine Tierchen herantreiben und bewunderte seine grazilen Hautlappen, die wie Tang aussahen, aus der Nähe, betrachtete die winzigen Flossen, die wie Kolibriflügel hin- und hersirrten. Stumm und allein, ein Meister der Tarnung.

Forest war wie hypnotisiert. Regungslos saß er da und sah zu, bis der Seedrache sich gemächlich zurück zwischen das Seegras gleiten ließ und verschwand.

Kurz sah es so aus, als wolle er hinterher, doch dann wandte er sich ab und tauchte entlang der Kelpwiese weiter.

Ahab folgte ihm ein Stückchen weiter oben und navigierte geschickt zwischen den langen Tangfäden hindurch. Er spürte Forests Aufregung wie Wellen, die in seine Richtung strömten. Voller Freude beobachtete er, wie der Junge glücklich die Hände durchs Wasser gleiten ließ und mit welcher Mühelosigkeit er sich fortbewegte.

Sie blieben eine ganze Weile, bis Ahab auf die Uhr sah und das Zeichen zum Auftauchen gab. Langsam führte er sie zurück an die Oberfläche und sorgte dabei für die notwendigen Stopps, um vollkommen sicherzugehen, dass sie ausreichend Zeit zur Dekompression hatten. Ahab hatte nicht vorgehabt, gleich beim ersten Mal so tief runterzugehen, aber er musste zugeben, dass der Junge ein Naturtalent war.

Als sie wieder an Bord der *Ambergris* standen, bibbernd und quicklebendig, fiel Forest Ahab um den Hals. »Danke! Das war das Tollste, was ich jemals erlebt habe.«

Überrascht schob Ahab den Jungen sanft von sich. »Ja, schon okay«, sagte er und fuhr ihm durch die Haare. »Gut gemacht.«

Ahab holte den Anker ein, startete den Motor und lenkte das

Boot aus der kleinen Bucht hinaus. Zeus lag immer noch in seiner Kiste und winselte.

»Alles gut, armer, alter Knabe. Wir fahren zurück«, sagte Ahab. »Forest, du übernimmst das Steuer. Halte einfach direkt auf den Hafen zu. Ich mach uns was Warmes zu trinken.«

Forest sah aus, als wäre er hinter dem hölzernen Steuerrad zu Hause. Er hielt den Blick über das Deck aufs Wasser gerichtet wie ein alter Seebär. Während der Rumpf sich mit den Wellen und der Strömung hob und senkte, reagierte er wie selbstverständlich mit kleinen Korrekturen – als hätte er sein Leben lang nichts anderes getan. Ein echter Dempsey eben.

Ahab beobachtete ihn aus der Kombüse heraus, während er darauf wartete, dass das Wasser kochte. Unter ihm tuckerte der Dieselmotor. Er wünschte, sie beide könnten einfach weiterfahren, nur sie beide, raus aufs Meer, weg von all dem Chaos, das am Ufer auf sie wartete.

Wenn der ganze Wahnsinn vorbei war, würde er für eine Weile abhauen, an Bord der *Ambergris*. Eine Woche, einen Monat. Um den Laden konnte Ned sich kümmern. Den Jungen würde er mitnehmen und sie würden fischen, tauchen, sich die Bäuche vollschlagen. Sie würden im Steuerhaus am Holzofen sitzen und Ahab würde ihm Geschichten über seine Familie erzählen, über alles, was er verpasst hatte, und noch viel mehr.

Im Hafen spülten sie die Ausrüstung mit Süßwasser und hängten die Sachen zum Trocknen in den Maschinenraum der *Ambergris*; ein Versprechen auf einen weiteren Tauchgang, entweder am Nachmittag oder morgen. Zeus stand zitternd und von seiner ersten Bootsfahrt zutiefst verstört auf dem Anleger.

Forest war voller Energie, als sie sich einen Weg durch die Menschen im Hafen bahnten: feilschende Fischkäufer, ein paar Teenager, die auf der Kaimauer saßen und Musik hörten, eine Familie, die stehen geblieben war, weil die Kinder Zeus streicheln wollten – der sich erstaunlich schnell wieder erholt hatte, fröhlich die Vögel anbellte und an seiner Leine zerrte wie ein wildgewordener Welpe.

Ahab hatte vorgehabt, Forest direkt nach dem Tauchgang zum Mittagessen ins *Mermaid's Darling* zu verfrachten und dann endlich die Antworten zu bekommen, die der Junge ihm im Gegenzug fürs Tauchen versprochen hatte. Doch Forest wirkte so glücklich, so entspannt, dass Ahab Zweifel kamen. Der Junge lachte befreit über Zeus' Mätzchen und unterhielt sich mit wildfremden Menschen.

Wollte Ahab sich wirklich sofort wieder zurückstürzen in die Welt der Probleme? In eine Welt, in der es möglich war, dass Chips vor seinen Augen ermordet wurde? In der Dread Pirate Blackbeard all das hier bedrohte – den Hafen, die Urlauber, die Gäste?

Das konnte auch noch eine halbe Stunde warten.

»Willst du ein Eis?«, fragte Ahab schroff.

Forest strahlte ihn an.

Mann, Junge und Hund spazierten über den Strand zurück zur Pension. Das schmelzende Eis tropfte Ahab auf die Hand. Forest hatte seines fast aufgegessen. Zeus war seine Leine los, auch wenn ihn das den Möwen, denen er nachjagte, kein Stückchen näher brachte.

Als sie in den Fußweg einbogen, der zum *Mermaid's Darling* hinaufführte, blieb Forest zögernd stehen.

»Ich möchte mich bei dir bedanken«, sagte er.

»Schon gut«, antwortete Ahab. »Gern geschehen.«

Forest lächelte gedankenverloren.

»Hör mal, ich wollte dich was fragen … stimmt es, dass Tante Miriam mit Muscheln sprechen konnte?«

Ahab erstarrte – er sprach nicht gerne über seine Mutter. »Ja, das dachte sie zumindest«, sagte er schließlich.

»Also … ich kann das auch … darf ich's dir zeigen?«

»Damit macht man keine Witze, Junge.«

»Das weiß ich«, antwortete Forest. »Willst du es jetzt sehen oder nicht?«

»Nein«, sagte Ahab. »Will ich nicht.« Er ging weiter. Er war sich bewusst, wie harsch er geklungen hatte. Forest war zusammengezuckt, als hätte er ihn geschlagen.

Kurz darauf hatte der Junge ihn wieder eingeholt. »Weißt du«, murmelte er, »ich kann wirklich mit Muscheln sprechen.«

»Komm, wir gehen ins Haus«, sagte Ahab. »Du schuldest mir ein paar Antworten.«

»In Ordnung«, sagte Forest im gleichen Tonfall. »Aber ich hab Hunger.«

Mit Muscheln sprechen …

Ahab verdrängte seine Gefühle. »Ich besorg dir was zu futtern«, sagte er. »Und deinem Hund auch.«

Er lotste Forest zu einem ruhigen Tisch in der Ecke des Restaurants.

»Bestell, was du willst, aber ich würde dir den Seafood Chowder empfehlen. Die beste Fischsuppe in ganz Tasmanien. Mit Auszeichnung, falls du einen Beweis brauchst.«

Zeus lag angeleint hinter dem Haus, direkt neben der Küchentür, und kaute auf einem Knochen aus der Küche herum.

Ahab drehte seine Runde durchs Lokal, begrüßte die Stammgäste, zapfte ein paar Bier und sah dabei ab und zu in Forests Richtung, der allein am Tisch auf sein Essen wartete.

Der Junge wirkte ein bisschen irritiert. Er hatte offenbar erwartet, dass Ahab sich zu ihm setzen und ihn sofort mit Fragen löchern würde.

Forests Worte ließen ihn nicht los. Dieselben, wie neulich auf der Fahrt im Krankenwagen.

Weißt du, ich kann wirklich mit Muscheln sprechen …

Ahabs Mutter hatte ständig mit Muscheln gesprochen. Als kleines Kind hatte Ahab es geliebt, einer Muschel etwas zuzuflüstern, sie seiner Mutter zu reichen und sich von ihr die Antwort sagen zu lassen. Es war so ähnlich wie mit dem Weihnachtsmann – Ahab hatte sich lange an den Glauben geklammert, dass seine Mutter zaubern konnte. Selbst dann noch, als sie schon tief in ihrer Drogenpsychose feststeckte und abwechselnd paranoid und euphorisch war, in immer schnelleren Kreisen.

Als sie ins Krankenhaus kam, hatte man Mühe, ihre Identität festzustellen, und so dauerte es ewig, bis sie ihn darüber informieren konnten. Erst hieß es, ein Enkel würde sie besuchen kommen, doch dann tauchte die Polizei auf und stellte Fragen, und schließlich kam heraus, dass sie nicht die war, die sie vorgab zu sein …

Nach allem, was Ahab sich daraufhin zusammengereimt hatte, hatte seine Mutter ihre letzten Jahre in Hobart verbracht und war von einer Drogenhöhle zur nächsten weitergezogen … Obwohl Ahab immer versucht hatte, mit ihr in Verbindung zu bleiben, war der Kontakt schon lange vorher abgebrochen. Ihr Verschwinden war endgültig der Tropfen gewesen, der das Fass zum Überlaufen brachte – danach hatte er endgültig mit der Firma gebrochen.

Und dann, als sie schon im Sterben lag, war sie plötzlich zurück in seinem Leben gewesen.

Sie hing an Maschinen, war auf Entzug, und ihr Verstand hatte sich fast völlig aufgelöst. Sie stand unter starken Medikamenten und verschlief beinahe den ganzen Tag. Und dann, in einem ihrer seltenen klaren Momente, schon auf dem Sterbebett, infiziert von einer verdreckten Nadel, hatte sie ihm die Wahrheit über die Muscheln erzählt.

»Ich muss dir das sagen, mein Junge … mit den Muscheln zu sprechen, das war ein Trick.«

Ahab war damals längst erwachsen und hatte gewusst, dass

ein Trick dahinterstecken musste; trotzdem hatte sich ein Teil von ihm immer noch an die Vorstellung geklammert, seine Mutter trage tatsächlich einen Funken Zauberei in sich. Sie besitze vielleicht doch Sirenenblut.

»Man muss nur Lippen lesen, Ahab. Das ist alles.«

Sie musste ihm seine Enttäuschung angesehen haben, denn sie hatte seine Wange berührt, ehe sie einen fürchterlichen Hustenanfall bekam. Schwestern kamen, um sie zu versorgen, und er war hinausgeschickt worden. Als er wieder ins Zimmer gekommen war, hatte sie ihm das Versprechen abgenommen, sich niemals gegen die Familie zu wenden. Immer für sie da zu sein.

Nachdem Miriam gestorben war, hatte Ahab viel über den Brauch des Muschelsprechens und die Geschichten gelesen, die sich darum rankten. Es dauerte nicht lange, bis er über ein Buch mit mentalen Zaubertricks stolperte, in dem es ums Lippenlesen ging und ein Trick namens »Krug der Geheimnisse« im Detail erklärt wurde.

Wenn Forest also behauptete, dass er mit Muscheln sprechen konnte, dann … vermochte er es entweder tatsächlich, was hieße, seine Mutter konnte am Ende vielleicht doch zaubern – eher unwahrscheinlich –, oder er war in der Lage, Lippen zu lesen, was wiederum bedeutete, dass er versuchte, Ahab reinzulegen.

Versuchte Forest, Ahab zu manipulieren? Oder handelte es sich um einen Kinderstreich? Was versprach er sich davon?

Die Fragen lösten eine Reihe unschöner Gedanken aus. Woher kannte Forest solche Taschenspielertricks? Wann hätte er so was lernen sollen?

Ahab gab sich alle Mühe, den Jungen, der da friedlich in seiner Ecke saß, nicht anzustarren. So lange hatte Ahab versucht, irgendwie an ihn ranzukommen, aber schlussendlich hatte der Junge Ort und Zeit ihrer Begegnung bestimmt. Welche Motivation trieb ihn an? Er wollte offensichtlich Ahabs Vertrauen gewinnen, sein Entgegenkommen, um ihn davon zu überzeugen, dass er … was? Dass er magische Kräfte besaß? Dass er ein echter Dempsey war?

Ein verstörender Gedanke setzte sich in Ahab fest.

Was, wenn er gar nicht Forest ist?

Unmöglich. Woher sollte er so viele Dinge wissen, die nur Forest wissen kann?

Er stand hinter der Bar und zapfte Bier wie auf Autopilot, während seine Gedanken rasten. Er wusste noch nicht genau, wie er es anstellen sollte, aber er musste den Jungen auf die Probe stellen.

Endlich war Forests Chowder fertig. Ahab setzte sich zu ihm an den Tisch und tat, als würde er die Zeitung lesen, während Forest die Suppe aß. Er selbst hätte keinen Bissen heruntergebracht, dazu war er viel zu nervös. Seine Gedanken drehten sich wie wild im Kreis. Was, wenn der Junge gar nicht Forest war? Was hätte das zu bedeuten? Und was sollte er dann unternehmen?

Hör auf damit. Du hast ihn unter Wasser erlebt. Er ist ein Naturtalent. Er muss Forest Dempsey sein. Komm aus deinem Film raus. Vielleicht glaubt er ja wirklich, dass er mit Muscheln sprechen kann.

»Also«, sagte Forest zögerlich. »Mein Dad …«

Ahab ließ die Zeitung sinken. »Ja?«

Forest beugte sich vor. »Wie war er so?«

Ahab sah ihm fest in die Augen, auf der Suche nach irgendwas. »Du kannst dich doch sicher noch gut genug an ihn erinnern, um zu wissen, wie er war.«

»Nur ein bisschen …«

Wenn dieser Junge nicht der echte Forest Dempsey war, dann war er ein verdammt guter Schauspieler. Also fing Ahab an, zu erzählen. Geschichten aus Jesses Kindheit. Wie Jesse in der Schule ständig austickte und sich mit allen Lehrern anlegte. Von langen Tagen beim Fischen, wie er frühmorgens bei Ahab auf der Matte stand und darum bettelte, mit ihm rauszufahren. Geschichten von den Mädchen, die sich reihenweise in ihn verliebten, geblendet von seinem guten Aussehen und seinem Charme, bis er ihnen das Herz brach.

Und er hat dich geschlagen, Forest, dachte Ahab. *Das habe ich erst Jahre später erfahren, aber du und Alexandra, ihr hattet ständig Angst vor ihm. Alle Dempseys sind schlechte Väter, aber Jesse war als Vater die Hölle. Und ich unternahm nie etwas, um ihn aufzuhalten.*

Aber das wusste kaum jemand. Daran würdest du dich tatsächlich nur erinnern, wenn du der echte Forest Dempsey wärst, nicht wahr?

Er sah Forest forschend in die Augen, auf der Suche nach einer Erinnerung an die Misshandlungen durch seinen Vater. Der Junge war sechs gewesen, als er verschwand – das konnte er eigentlich nicht vollständig verdrängt haben.

»Ich zeige dir ein paar Fotos«, sagte er schließlich.

Nach einem kaum merklichen Zögern sagte Forest: »Gerne.«

»Ich habe sie oben in meiner Wohnung – lass dir mit dem Essen ruhig noch Zeit, genieß es. Ich gehe schon mal vor«, sagte Ahab und beschrieb Forest den Weg die Treppe rauf.

Er ließ ihn sitzen, ging nach oben und betrat seine Wohnung. »Wir bekommen Besuch, alter Junge«, sagte er warnend zu seinem Hund.

Der Hund ließ niemanden herein, wenn Ahab nicht da war – bis auf Ned, und auch das hatte eine ganze Weile gedauert.

Keegan wedelte zustimmend mit dem Schwanz, doch er konnte sich ein leises Knurren nicht verkneifen.

»Nichts da. Aus.«

Keegan verließ seinen angestammten Platz und stellte sich wachsam an die Wohnungstür, um den Neuankömmling zu inspizieren. Ahab nahm die Fotoalben aus dem Schrank und legte sie aufgeschlagen auf den Couchtisch. Früher hatte er die Dinger öfter in der Hand gehabt, aber inzwischen versuchte er, nicht mehr ständig in der Vergangenheit zu schwelgen. Die Alben waren in einer bestimmten Reihenfolge sortiert, die darauf basierte, wie glücklich sie ihn machten. Manche Jahre waren definitiv besser gewesen als andere. Die schlimmsten Jahre waren ganz hinten einsortiert und kamen nur selten ans Licht …

Kurz darauf hörte er draußen Schritte auf der Treppe; Forest klopfte, und Keegan fing an zu knurren. Ahab öffnete dem Jungen die Tür, eine Hand fest um das Halsband gelegt. Doch als Forest hereinkam, begann Ahabs vermeintlicher Wachhund freudig mit dem Schwanz zu wedeln. Er leckte dem Jungen sogar die Hand.

»Er mag dich!«, sagte Ahab überrascht.

Er kannte diesen Hund wie sich selbst. Schwanzwedeln und Handablecken war definitiv für Leute reserviert, die Keegan ins Herz geschlossen hatte. Und das war unmöglich, weil Keegan und Forest einander noch nie begegnet waren.

»Ich kann gut mit Tieren«, sagte Forest unbekümmert. »Vielleicht riecht er meinen Hund.«

»Vielleicht«, sagte Ahab.

Sein Misstrauen wuchs. Keegan schien Forest eindeutig zu kennen. Irgendetwas war hier faul.

Ahab winkte den Jungen zum Couchtisch und begann, ihm die Alben zu zeigen. Er machte ihn auf besonders sehenswerte Bilder aufmerksam. Die Alben von Forests Familie waren Geschenke von Alexandra Dempsey gewesen, von ihr eigenhändig und mit viel Sorgfalt gestaltet – wahrscheinlich, weil sie von seinem Verlust wusste und es ihr leidtat, dass er keine eigene Familie hatte.

Langsam blätterte er um. Die Bilder waren von Hand beschriftet. Forest mit Roxy, dem alten Hund. Forest und Jesse kuschelnd vor dem Fernseher. Forest mit seinem kleinen Astronautenrucksack, darunter Alexandras sorgfältige Handschrift:

Ein Geschenk zu Forests 6. Geburtstag von seiner Großmutter Ivy, nachdem er ihr gesagt hatte, er wolle Astronaut werden. Sie sagte ihm, er wäre dazu geboren, und schenkte ihm diesen Rucksack. Wie die Zeit verfliegt.

Forest berührte sanft das Foto. »Daran kann ich mich noch erinnern.«

Ahab wandte sich ab und räusperte sich. Paranoia vermischte sich mit Rührung. Es war nicht fair, den Jungen zu verdächtigen. Warum vermuteten sämtliche Dempseys grundsätzlich hinter Allem etwas Schlechtes?

Wie aufs Stichwort klingelte das Telefon. Ahab hob den Hörer ab. »Das *Mermaid's Darling.*«

»Ich habe dir gesagt, du sollst dich von ihm fernhalten!«, ertönte Ivys eiskalte Stimme.

Ahab umklammerte den Hörer. »Du hättest wissen müssen, dass du ihn nicht ewig von mir fernhalten kannst.«

»Er ist innerhalb einer Stunde wieder zurück, sonst schicke ich die Polizei.« Ivy legte auf.

Ahab drehte sich um und beobachtete den Jungen. Was sollte er tun? Er hatte immer noch keine Antworten bekommen. Es war höchste Zeit, endlich rauszufinden, was damals mit Forest, Jesse und Alexandra passiert war. Jetzt oder nie.

Forest seufzte betrübt. »Ivy, oder?« Er schlug die Fotoalben zu, sammelte sie ein, ging zum Schrank, öffnete ihn und hielt jedes Album prüfend in der Hand, bevor er es einsortierte.

In exakt der richtigen Reihenfolge.

Genau so, wie sie im Schrank gestanden hatten.

Was war hier los?

Er warf Keegan einen prüfenden Blick zu. Sein Hund folgte Forest auf Schritt und Tritt durchs Zimmer und schnüffelte an seinen Taschen. Auf der Suche nach einer Belohnung. Das tat er sonst nur bei Ahab oder wenn Ned ihm Speck mitbrachte – Keegan liebte Speck.

»Alles okay, Ahab?«, Forest musterte ihn wachsam. Etwas an seinem Gesichtsausdruck hatte sich verändert, genauso wie an seiner Stimme. Er sah den Schrank an, dann wieder Ahab.

Forest wusste Bescheid.

Er wusste, dass er einen Fehler gemacht hatte, aber er wusste nicht, welchen.

Endlich fügten die Fakten sich in Ahabs Kopf zu einem Bild zusammen.

Keegan hat Forest schon einmal gesehen.

Forest hat die Alben schon einmal aus dem Schrank genommen.

Forest war schon einmal hier.

Hätte Forest vorhin nicht unbedingt den Trick mit den Muscheln abziehen wollen, wäre Ahab vielleicht nicht so misstrauisch geworden.

Das ist nicht Forest Dempsey.

Die Erkenntnis traf Ahab wie ein Schlag in die Magengrube. Er musste sich setzen.

Forest stand der Schweiß auf der Stirn. Er kam auf ihn zu. »Ahab?«

Ahab konnte ihn nicht ansehen.

Aber die Tätowierung auf seinem Rücken?

Plötzlich wurde ihm alles klar. Die Tätowierung war die perfekte Tarnung. Eine Aussage, die keinen Widerspruch duldete:

DAS IST FOREST DEMPSEY.

Es war genial.

Es war teuflisch.

Ahab wusste nicht, wie ihm geschah. Ohne sich dessen bewusst zu sein, packte er den Jungen am Kragen und presste ihn gegen die Wand.

»Wer bist du?«

»Lass mich los, Ahab.« Der Junge blieb ruhig, sprach leise, als wolle er ein verschrecktes Tier beruhigen. Er wehrte sich nicht, obwohl er sicher kaum Luft bekam. »Was soll das, Ahab?«

Wo war der angeblich so schwer traumatisierte Junge hin?

Ahabs Wut flutete das Zimmer wie ein Tsunami. »*Wer. Bist. Du?*«

Keegan witterte Ahabs Zorn und fing an zu knurren.

»Lass mich runter«, flüsterte der Junge. »Oder du wirst es bereuen.«

Ahab war wie versteinert. Sein Unterarm drückte weiter gegen Forests Kehle, und der Junge lief rot an.

»Warum hast du das getan?«, knurrte Ahab. »Geht's um Geld?«

Der Junge reagierte nicht.

»Oder arbeitest du für Blackbeard?«

Ein Augenlid fing an zu flattern. *Nein.*

»Sind Jesse und Alexandra tot? Und Forest?«

Der Junge sah ihm weiter in die Augen.

»Wer bist du?« wiederholte Ahab. »Ein DNA-Test wird beweisen, dass du ein Betrüger bist.«

»Wird er nicht«, presste der Junge hervor und lächelte schief. »Forest wurde adoptiert.«

Ahab ließ los.

»Keegan! *Fass!*«

Keegan knurrte, machte einen Satz nach vorn und hielt den Jungen in Schach.

Ahab zündete sich langsam eine Zigarette an und trat auf den Balkon. *Ich Idiot!* Wie hatte er nur so dumm sein können?

Das änderte alles. *Alles!*

Der Junge war nicht Forest Dempsey.

Er rauchte zu Ende und ging zurück ins Zimmer. Der fremde Kerl stand immer noch stocksteif mit dem Rücken zur Wand. Keegan hatte die Zähne gefletscht, bereit, dem Jungen die Finger abzubeißen, sobald er sich bewegte.

Der falsche Forest wirkte inzwischen nicht mehr ganz so selbstsicher. Er sah zu Ahab hoch.

Ahab sagte nichts.

»Keegan, aus!«

Der Hund reagierte sofort, drehte sich um und trottete zurück auf seinen Platz.

Forest atmete erleichtert auf.

»Forest war nicht adoptiert«, sagte Ahab.

»Willst du damit sagen, Jesse hat dir das nie erzählt? Ich dachte, ihr hättet euch nahegestanden.« In der Stimme des Jungen lag ein ätzender Unterton. »Forest wusste es. Seine Mutter hat es ihm erzählt.«

»Du lügst.«

Der Junge grinste. »Tja, mit der Unsicherheit wirst du leben müssen, oder? Ohne DNA-Test kannst du gar nichts beweisen, und die anderen glauben alle längst, dass ich Forest bin.«

In dem eiskalten, abschätzenden Blick war nichts mehr von dem Jungen zu finden, den Ahab vorhin unter Wasser erlebt hatte, dem Jungen, der völlig verzaubert von einem kleinen Seedrachen gewesen war.

Ahab hielt vor Ivys Haus. Er stieg aus, zerrte Zeus aus dem Wagen und brachte beide zur Haustür. Sie wechselten kein Wort, und sobald er ihn losgelassen hatte, verschwand der Junge im Haus, ohne sich noch einmal umzudrehen.

Der falsche Forest war nicht sein Problem. Tief in Gedanken machte Ahab kehrt. *Tja. Außer, dass er vielleicht das einzige Druckmittel ist, das wir gegen Blackbeard in der Hand haben. Aus irgendeinem Grund will Blackbeard ihn lebend. Ob er weiß, dass der Junge ein Betrüger ist? Oder hält auch er ihn für den echten Forest?*

All seine Pläne lösten sich in nichts auf. Wie sollten sie je herausfinden, wer Blackbeard war?

Mit einem zornigen Seufzer drehte Ahab wieder um und ging mit zusammengebissenen Zähnen auf die Haustür zu.

Dann schüttelte er den Kopf, blieb stehen und wandte sich wieder zum Gehen.

Ich brauche Raum, um nachzudenken.

In dem Moment entdeckte er Ivy. Sie saß im Schatten unter einem üppig bewachsenen Rankbogen. In der Hand hielt sie ihr Strickzeug, und kleine Wildbienen umschwirrten ihre Beine, während sie ihn nicht aus den Augen ließ.

»Du wirkst ein wenig unschlüssig, Ahab«, sagte sie.

»Ich hab dir den Jungen zurückgebracht. Wie du es wolltest. Es gibt nichts zu besprechen.« Er stürmte an ihr vorbei.

»Diese Trauer, Ahab. So habe ich dich seit Miriams Beerdigung nicht mehr erlebt. Hat der Junge dir erzählt, dass Jesse tot ist?«

»Nein!«, knurrte Ahab. »Hat er nicht.«

»Ach so, dann war's wohl etwas anderes«, sagte sie anzüglich. »Vielleicht, dass er gar nicht der echte Forest ist?«

Ahab erstarrte. »Was?«

»Dann hat er's dir also erzählt. Ich frage mich nur, warum. Ja, es stimmt. Der Junge ist ein Betrüger.«

Ahab hatte das Gefühl, ihm würde der Boden unter den Füßen weggezogen. Ivy wusste, dass der Junge nicht der echte Forest war? Woher?

»Stell dir nur mal vor, was mit dem Jungen passiert«, sagte Ivy, stand auf und legte das Strickzeug beiseite, »wenn Blackbeard herausfindet, dass er nicht der echte Forest ist. Der bringt ihn um.«

»Woher weißt du es?«

»Forest und Alexandra sind seit Jahren tot«, sagte Ivy. »Glaubst du tatsächlich, ich wüsste nicht, was mit meinem eigenen Enkelsohn passiert ist?« Ivy wischte die Tränen weg, die sich in den Augenwinkeln ihres eiskalten Gesichts gesammelt hatten. »Keine Sorge, Jesse hat dafür bezahlt. Dafür habe ich gesorgt. Aber jetzt will Blackbeard sich Shacktown unter den Nagel reißen. Ich werde alles unternehmen, um das zu verhindern. Dazu gehört auch, sein Geheimnis zu bewahren.« Sie deutete mit dem Kopf in Richtung Haus. »Falls ich Blackbeard allerdings damit das Messer an die Kehle setzen kann, bringe ich den Jungen eigenhändig um und serviere diesem Piraten sein Herz auf einem Silbertablett.«

In dem Moment tauchte der Junge mit dem Hund an seiner Seite in der Haustür auf. Er hatte sie offensichtlich belauscht. Sein Gesicht war leichenblass.

»Ahab?«, sagte er mit erstickter Stimme.

Ivy schenkte ihm ein herzliches Lächeln. »Hallo, Forest.«

»Also ist der Junge dir egal?«, fragte Ahab.

»Natürlich nicht«, sagte Ivy. »Geh zurück ins Haus, Forest.«

»Lieber nicht«, sagte der Junge. Er machte ein paar Schritte auf Ahab zu. »Ich glaube, ich bleibe lieber eine Zeit lang im *Mermaid's Darling*.«

Wie bitte? Nein! Ahab hatte keine Lust, für einen Hochstapler den Babysitter zu spielen.

Ivy lächelte. »Wenn es das ist, was du willst. Du kommst schon wieder zurück.« Sie griff zu ihrem Strickzeug und setzte sich hin. »Ahab kann dich nicht so gut beschützen wie ich. Und denk bitte dran, unterwegs bei Frankie vorbeizuschauen – nicht dass die Polizei noch kommt und wissen will, was los ist.«

Ahab bekam weiche Knie. Eilig ging er zu seinem Pick-up.

Der Junge und sein Hund folgten ihm.

»Was soll das?«, herrschte Ahab ihn an. »Verschwinde.«

»Ich bleibe bei dir.«

»Ganz sicher nicht«, sagte Ahab und ging zur Fahrertür.

»Ich kann dir sagen, was passiert ist. Die Wahrheit«, raunte der Junge. »Das wolltest du doch, oder nicht? Ich erzähle dir, was passiert ist. Wenn du mich beschützt.«

»Wir hatten schon einen Deal, du und ich. Wie kommst du darauf, dass ich dir jetzt noch irgendetwas glauben würde?«

»Mir nicht, aber vielleicht jemand anderem«, sagte der Junge, öffnete die Beifahrertür und stieg ein. Zeus sprang neben ihm auf den Sitz.

»Raus hier!« Ahab lief um den Wagen herum zur Beifahrertür.

»Steig ein und hör mir zu. Wenn du mit dem, was ich dir zu sagen habe, nicht zufrieden bist, gehe ich freiwillig zu Ivy zurück.«

Mit finsterem Gesicht knallte Ahab die Tür zu und ging zurück auf seine Seite.

»Okay, Hochstapler. Wer könnte mich deiner Meinung nach dazu bringen, dir zu vertrauen?«

»Davey Dempsey«, sagte der Junge. »Er ist nicht tot.«

Was? Unmöglich! Was für ein Spiel trieb er jetzt schon wieder?

»Du lügst«, sagte Ahab.

»Tue ich nicht, und Mackerel kann es beweisen.«

»Davey …« Ahab lachte bitter. »Ich habe seine Leiche mit meinen eigenen Augen gesehen.«

»Frag Mackerel, wenn du mir nicht glaubst.«

Ahab runzelte die Stirn. Konnte es tatsächlich sein, dass Davey noch lebte?

Das war alles zu viel für ihn.

»Gut.« Er startete den Motor. »Wir fahren jetzt zurück ins *Mermaid's Darling*, und dann erzählst du mir die ganze Geschichte.«

»Nein, alter Mann«, sagte der Junge. »Ich erzähle dir nur, was du wissen musst.«

Seine Art, zu reden, die Worte, die er plötzlich benutzte … sogar die Stimme klang anders. »Wer zum Teufel bist du?«, fragte Ahab.

»Ich bin Forest Dempsey. Und das solltest du besser im Kopf behalten, wenn nicht die ganze Welt erfahren soll, dass Davey Dempsey noch am Leben ist. Also nennst du mich bei meinem Namen. Sag es. *Forest.*«

»Was geht es mich an, wenn du den Leuten von Davey erzählst?« Ahab überkam das schwindelerregende Gefühl, völlig die Kontrolle verloren zu haben.

»Weil das Leben von Shelby und Kane in Gefahr sein könnte, falls Blackbeard rausfindet, dass Davey nicht tot ist. Und die beiden willst du doch sicher nicht auf dem Gewissen haben, oder?«

Ahabs Knöchel traten weiß hervor, so fest hielt er das Lenkrad umklammert. »Und du würdest sie in diese Gefahr bringen?«

»Nur, wenn jemand mich in Gefahr bringt«, sagte der Junge … *Forest*, wenn es denn unbedingt sein musste.

»Wo ist Davey?«

»Bring mich zu Frankie, danach fahren wir zu dir«, sagte Forest. Er kramte im Handschuhfach herum und zog eine Zigarette samt Feuerzeug heraus. Er kurbelte das Fenster runter und zündete sie an. »Na los. Es war ein langer Tag.«

KAPITEL ACHTUNDDREISSIG

MACKEREL

Sie waren mit dem Jeep auf dem Weg nach Hobart. Mackerel saß am Steuer, Shelby neben ihm, die Füße auf dem Armaturenbrett, während sie auf ihrem iPad herumscrollte.

»Unfassbar, wie leicht das ist«, sagte sie. »Ich meine, jeder kann sich einfach eine Anleitung runterladen, um das Zeug selbst zu kochen.«

»Warum sollten Leute so was tun?«, fragte Mackerel.

»Na ja, schau mal, was man dafür *verlangen* kann. Kein Wunder, dass Geld für Davey nie ein Thema war.« Ein gezwungen leichter Tonfall schwang in ihrer Stimme. Zumindest hoffte Mackerel, dass er erzwungen war. »Es gibt jede Menge Rezepte.« Shelby scrollte immer noch. »Manche klingen völlig ungefährlich. Total simpel … ich frage mich, ob allgemein bekannt ist, dass sich Crystal Meth so einfach herstellen lässt.«

»Das ist nicht einfach, das ist hochgefährlich. Hast du noch nie was von explodierten Drogenküchen gehört?«, gab Mackerel zurück. »Außerdem ist der meiste Stoff mit irgendwelchem Dreck gestreckt, der einem die Innereien wegätzt.«

»Dieses Rezept hier klingt am sichersten.« Shelby hielt ihm den Bildschirm hin. »Genau das Richtige für unsere Zwecke. Allerdings brauchen wir dazu Pseudoephedrin … aber ich hätte da schon eine Idee.« Shelby öffnete die Notizen-App und tippte Zutaten und Mengen ein.

»Speichere das bitte nicht auf deinem iPad, Shelby. Die Cops können auch gelöschte Notizen noch auslesen.«

»Mach dich locker, Mackerel. Deine Anweisungen in Sachen Sicherheit waren eindeutig. Das iPad ist nagelneu, bar bezahlt und mit keinem bekannten Account verknüpft.«

Er hatte ihr alle nur denkbaren Tricks erklärt, um sich in der digitalen Welt möglichst sicher zu bewegen. Er musste gestehen, dass sie sich seine Worte offenbar zu Herzen genommen hatte. Es war tatsächlich machbar. Wenn sie vorsichtig agierten und er für ein Maximum an Schutz sorgte … Sie hatten sogar die Telefone zu Hause gelassen. Falls man später die Bewegungsprofile ihrer Smartphones auswertete, gäbe es zumindest keine Beweise, dass sie zusammen in Hobart gewesen waren – Mackerel konnte behaupten, er habe allein gehandelt, und Shelby raushalten. Er wanderte sowieso zurück in den Knast.

Auf der Brücke herrschte stadteinwärts dichter Verkehr – zwar kein Vergleich mit Brisbane, aber es reichte, um Mackerels sowieso schon angespanntes Nervenkostüm noch weiter zu strapazieren. Ständig hielt er nach Polizeifahrzeugen Ausschau, obwohl niemand wissen konnte, was sie vorhatten. Als sie endlich Hobart City Centre durchquert hatten und durch Sandy Bay fuhren, hatte Mackerel schweißnasse Hände. Seine Nackenmuskeln waren hart wie Drahtseile.

Nachdem sie zweimal um den Block gefahren waren, nur um einen Parkplatz zu finden, hielten sie endlich vor dem Universitätsgebäude. Mackerel wartete im Wagen – so winzig das Risiko auch sein mochte, falls ihn jemand, den er kannte, dabei sah, wie er Laborutensilien und einen Haufen Chemikalien besorgte, würden sämtliche Alarmglocken schrillen. Shelby Dempsey hingegen, eine trauernde Witwe, die versuchte, sich mit ihrer wiederentdeckten Liebe zur Chemie zu trösten – das stand auf einem anderen Blatt.

Anschließend saßen sie in einem Café am Hafen – Shelby bestand darauf, ihn zum Essen einzuladen. Obwohl Mackerel lieber so schnell wie möglich nach Shacktown zurückgefahren wäre, hatte sie darauf beharrt. Shelby wirkte völlig entspannt – was kein gutes Zeichen war. Es schien für sie kein Problem zu sein, das Auto mit Ausrüstung und Chemikalien vollgeladen zu haben.

»Mein Auto wurde in meinem ganzen Leben nicht ein einziges Mal durchsucht. Wirklich Mackerel, komm runter.«

Er stocherte lustlos auf seinem Teller herum, der Kaffee blieb unberührt. Das Wasser schwappte gegen den hölzernen Pier, und es roch nach Salzwasser. Eine Möwe verharrte in Lauerstellung, in der Hoffnung auf ein paar Leckerbissen. Er war versucht, ihr ein Pommes-Stäbchen hinzuwerfen, aber dann hätten sie sofort den ganzen Schwarm am Hals.

Ein abgerissen aussehender Mann mit einem Einkaufswagen voller Zeug und Plastiktüten schlurfte an ihnen vorbei, und Mackerel hatte eine Idee. »Hast du Bargeld bei dir?«

»Ja …«

»Gib mir dreihundert«, sagte er. »Schnell.«

Ohne nachzufragen, reichte Shelby ihm die Scheine. Mackerel eilte dem Obdachlosen hinterher. »He, Bruder.«

Als der Mann sich misstrauisch umdrehte, hielt Mackerel ihm das Bargeld hin. »Verkaufst du mir dein Telefon?«

Der Mann nickte zögernd. So was kam öfter vor. Er wartete, bis Mackerel sich den Sperrcode gemerkt hatte, dann wünschte er ihm alles Gute und ließ das Geld in der Tasche verschwinden.

Mackerel war etwas leichter zumute. Dreihundert Mäuse für ein altes Samsung mit gesplittertem Display. Aber jetzt hatte Shelby wenigstens ein nicht registriertes Telefon zu ihrer Verfügung. Für sich auch eins zu besorgen, war das Risiko nicht wert. Der Besitz von mehr als einem Mobiltelefon verstieß gegen die Kautionsauflagen.

»Es gibt ein Sprichwort«, sagte er zu Shelby. »Geschäftsleute haben zwei Telefone, Drogendealer haben drei.«

»Okay«, sagte Shelby, den Blick auf das gesplitterte Display gerichtet. Sie öffnete einen Browser und fing an zu tippen. »Gut. Hast du eine Ahnung, wie man ein Hausboot kauft, ohne dass jemand was davon mitbekommt?«

»*Wie bitte*?«

»Hier. Ich möchte diese umgebaute alte Fähre kaufen.«

Sie legte das Telefon auf den Tisch und drehte es zu ihm um.

»Aha ... und was willst du damit?«

»Das Boot liegt unten in Fortescue Bay. Hör zu: ›Alt und klapprig, reparaturbedürftig. Früher als Fähre zwischen Isle of the Dead und Port Arthur unterwegs.‹ Irgendein Typ hat sie vor Jahren offenbar zum Hausboot umgebaut, und jetzt fällt sie endgültig auseinander. Wir haben da unten in der Gegend ein Stück Land mit eigenem Anleger – gerade mal gut zehn Minuten von Shacktown entfernt. Davey und ich hatten vor, uns dort einen Rückzugsort hinzubauen, ein Wochenendhäuschen, in dem Kane mal wilde Partys schmeißen kann, wenn er größer ist. Dort können wir das Boot festmachen.«

»Was willst du denn mit einem alten Hausboot?«

Shelby sah aufs Wasser hinaus. »Kochen.«

»Oh«, sagte Mackerel. »Na klar.« Er knallte die Gabel auf den Teller.

Sie seufzte. »Worüber regst du dich eigentlich so auf? Was ist los mit dir?«

»Gar nichts.«

»Warum bist du so empfindlich? Hast du gedacht, ich koche das Ice bei mir zu Hause im Hobbykeller?«

»Nein«, sagte Mackerel. »Natürlich nicht.«

»Was dann?«

»Ich bin nicht sauer auf dich, okay? Ich ... ich hätte dich da nie mit reinziehen dürfen. Ein Labor einrichten – was für ein

Wahnsinn. Was, glaubst du, passiert, wenn Blackbeard rausfindet, dass du kochen kannst? Vorausgesetzt natürlich, die Bullen kommen dir nicht zuerst auf die Spur.«

Er fing schon wieder an, sich zu verhaspeln und trank einen Schluck Kaffee, um sich zu bremsen. Er wollte ein Bier, aber dann fiel ihm ein, dass er nichts mehr trank.

»Nur, damit eine Sache ganz klar ist, Mackenzie Dempsey. Du hast mich in überhaupt nichts reingezogen. Ich bin aus freien Stücken hier.« Sie sah ihn herausfordernd an. »Und jetzt sag mir bitte, was passieren wird, wenn Blackbeard rausfindet, dass ich kochen kann.«

Mackerel antwortete nicht. Es hatte keinen Sinn, ihr Angst einzujagen. »Lass uns einfach nach Hause fahren«, sagte er.

»Gut«, sagte Shelby, warf die Serviette auf den Teller und stand auf. »Aber vorher müssen wir noch kurz wo hin.«

»Wohin denn?«

»Meine Tante ist Prepperin«, sagte sie mit einem Hauch Schalk in der Stimme. »Weißt du, was das heißt? Sie hortet alle möglichen Dinge für den Katastrophenfall. Sie hat kistenweise Sudafed im Keller stehen.«

»Shelby, nein. Das geht nicht.«

Fast übermütig hakte sie sich bei ihm ein. »Du hast doch selbst gesagt, um mit Blackbeard Geschäfte zu machen, brauchen wir das beste Ice auf dem Markt. Und dazu brauchen wir nun mal Pseudoephedrin.«

KAPITEL NEUNUNDDREISSIG

AHAB

Ahab ging mit dem Telefon in der Hand in seinem Zimmer auf und ab. Mackenzie war nicht zu erreichen.

Forest kauerte auf Ahabs Bettrand.

Fluchend legte Ahab auf.

»Gut. Sagen wir, ich glaube dir, und Davey ist tatsächlich noch am Leben«, begann er.

»Ich weiß, dass du sauer auf mich bist, aber –«

Ahab schnitt ihm barsch das Wort ab. »Aber leider, leider weißt du nicht, wo er sich aufhält.«

»Sorry, Ahab, aber Davey hat seinen Terminkalender nicht mit mir abgesprochen«, gab Forest patzig zurück.

Der Junge ging ihm mit seiner Selbstsicherheit langsam gehörig auf die Nerven.

»Wart's einfach ab«, sagte Forest. »Mackerel kann dir alles erzählen. Er hat das meiste mitgehört.«

»Mitgehört? Also hat er Davey nicht mal gesehen?«

»Hätte er ja, aber dann hat Davey uns eingesperrt und ist abgehauen.«

»Wo eingesperrt?«, fragte Ahab.

Forest zögerte. Er ließ die Fingerknöchel knacken und sah weg.

»Treib's nicht zu weit, Junge. *Wo* hat er euch eingesperrt?«

»Im Pumpenhaus hinter dem *Overeem's Dive Centre*. Ich sollte mich dort mit ihm treffen.«

»Im Pumpenhaus?«

Das *Overeem's Dive Centre* …

Das konnte kein Zufall sein. Davey kannte sich dort bestens aus, genau wie Ahab auch. Es gab dort nicht allzu viele Stellen, wo man sich hätte verstecken können.

»Dann weiß ich vielleicht, wo er ist.«

»Ich komme mit«, sagte Forest.

»Nein. Sicher nicht.«

»Kannst ja versuchen, mich aufzuhalten«, erwiderte Forest. »Ich bin dein einziges Druckmittel.«

Das Tauchzentrum hatte inzwischen geschlossen, aber das hielt Ahab nicht ab. Er hatte im Schuppen hinter der Pension seinen uralten Bolzenschneider rausgekramt; jetzt ging er in Begleitung des Jungen an der Rückseite des Hauptgebäudes entlang, als würde er hierhergehören. Diese Taktik war entschieden besser, als sich heimlich im Dunkeln anzuschleichen.

Als sie das Pumpenhaus erreichten, blieb Ahab abrupt stehen. Die Tür war zwar geschlossen, aber nicht verriegelt. Das war seltsam – die Gerätschaften in dem Schuppen waren Tausende Dollar wert.

Er knipste die Taschenlampe an, zog vorsichtig die Tür auf, betrat das Pumpenhaus und ließ den Lichtstrahl durch den Raum gleiten. Chlorgeruch stieg ihm in die Nase. Hinter Kartons mit ausrangierten Verbindungsrohren und Kanistern mit Chemikalien fand er, wonach er gesucht hatte: Die Falltür.

In einem anderen Leben, während der Anfangstage des *Overeem*, hatten er und Davey hier als Aushilfstauchlehrer gearbeitet. Auf diese Weise hatte er auch seinen Tauchlehrerschein erworben. Damals waren sie ab und zu in den Versorgungsgängen unterwegs gewesen, die sich unter der gesamten Anlage hindurchzogen. In den Tunnels waren sämtliche Rohre und Leitungen verlegt, welche die Aquarien und Tauchbecken versorgten.

Anfangs hatten sich hier unten auch die Umkleideräume und Toiletten befunden, ehe sie mit der Erweiterung des Aquariums nach oben verlegt worden waren.

Forest war Ahab in den Schuppen gefolgt. »Du bleibst hier!«, befahl Ahab ihm und wies in eine Ecke.

»Ich komme mit.«

»Das ist zu gefährlich. Keine Angst. Mir ist klar, dass ich dich brauche, um Davey zum Reden zu bringen. Vorausgesetzt, er ist tatsächlich hier. Vorausgesetzt, du sagst die Wahrheit.«

»Warte doch einfach, bis Mackerel zurückruft«, maulte Forest. »Der wird es dir bestätigen.«

»Du bleibst hier!«, wiederholte Ahab, öffnete die Falltür und stieg durch die Luke. Forest kauerte sich in die Ecke. »Na also. Braver Junge.«

Ahab kletterte die Leiter hinunter und sah sich um. Der Lichtkegel seiner Taschenlampe beleuchtete breite Tunnel voller Dreck und Spinnweben. Die Betonwände schimmerten feucht. Von irgendwoher war gleichmäßiges Tropfen zu hören.

Möglichst lautlos schlich er weiter, die Hand über den Taschenlampenstrahl gelegt.

Ein kurzes Stück den Tunnel entlang gab es einen alten Lagerraum. An der Tür hing ein Computerausdruck. »AUSSER BETRIEB« stand auf dem Zettel. Er wirkte zu neu und damit fehl am Platz.

Eine dürftige Tarnung.

Ahab legte das Ohr an die Tür und lauschte. Regungslos stand er da, mit ruhigen, gleichmäßigen Atemzügen.

So verharrte er eine ganze Minute lang.

Dann zwei.

Dann drei …

Na also. Hinter der Tür erklang ein Geräusch. Jemand hustete.

Ahab machte einen Schritt zurück, holte Schwung und trat

die Tür auf. Hastig ließ er den Taschenlampenstrahl durch den Raum gleiten.

Ein erschreckter Schrei erklang, jemand stolperte rückwärts von ihm weg und beschirmte sich die Augen. Es war ein Mann. Er war in einen Regenüberwurf gehüllt und wirkte verwahrlost, unrasiert, mit fettigen Haaren.

Davey Dempsey.

»Verfluchte Scheiße …«, sagte Ahab.

Er war tatsächlich am Leben.

Das veränderte alles.

»Wa- *Ahab*?«, fragte Davey mit heiserer Stimme.

»Hallo, Davey!« Ahab grinste. Es war ein furchterregendes, schreckliches Grinsen. »Ich glaube, wir beide werden uns jetzt ein bisschen unterhalten.«

Daveys Blick flackerte wirr hin und her. »Bist du Blackbeard?« Er bückte sich blitzschnell, wühlte in einem Haufen Kleidungsstücke und zog ein Tauchmesser hervor. »Bleib mir vom Leib!«

»Ich? Ich bin doch nicht Blackb-«

Mit einem Schrei, das Messer gezückt, machte Davey einen Satz nach vorn.

Ahab sprang zur Seite, floh durch die Tür zurück auf den Gang, knallte sie zu und stemmte den Fuß dagegen.

»Davey! Beruhige dich!«

Sein Cousin trommelte von innen gegen die Metalltür. »Stell dich, Ahab, und kämpfe wie ein Mann! Das ist das Mindeste! Du hast mir *alles* genommen!«

»Sei still, verdammt! Oder willst du unbedingt, dass jemand dich hört? Ich bin nicht Blackbeard - glaubst du tatsächlich, dann wäre ich allein gekommen und unbewaffnet?«

Das Hämmern ließ nach und verstummte schließlich.

»Was machst du hier? Wie hast du mich gefunden?«

»Forest hat mir erzählt, du hättest dich im Pumpenhaus mit ihm getroffen. Den Rest hab ich mir selbst zusammengereimt.«

Ahab verlagerte das Gewicht – Davey drückte immer noch gegen die Tür. »Hör zu, Junge, wenn ich die Tür öffne, und du hältst dann immer noch ein Messer in der Hand, werde ich sauer. Leg das Messer auf den Boden und geh von der Tür weg. Sobald du hinten an der Wand stehst, sagst du Bescheid.«

»Seit wann gibst du mir Befehle?«

»Ich verliere langsam die Geduld, Davey. Ich zähle bis drei.«

»Okay, okay …« Daveys Stimme hatte alle Kraft verloren – Ahab wusste, wie ein gebrochener Mensch sich anhörte. »Ich stehe an der Wand«, sagte Davey kurz danach leise.

Ahab öffnete mit erhobener Taschenlampe die Tür. Davey stand tatsächlich an der Wand gegenüber. Das Messer lag in der Mitte des Raums auf dem Boden. Davey hob die Hände. »Ich bin unbewaffnet.«

Er war der Inbegriff eines besiegten Mannes. Jetzt, wo Ahabs Adrenalinspiegel wieder sank, wurde er sich auch des bestialischen Gestanks in dem Raum bewusst. In einer Ecke lag ein Haufen fauliger Essensreste. Es sah aus, als stammten sie aus dem Abfallcontainer des Cafés. Daveys Gesicht starrte vor Schmutz, tiefe Augenringe zeugten von Schlafmangel. In einer anderen Ecke stand ein stinkender Eimer, um den Fliegen kreisten. Ahab hätte sich beinahe übergeben.

»Scheiße, Mann! Seit wann haust du schon hier unten?« Ahab betrat den Raum und kickte das Messer weg. »Ich muss zugeben, das macht es mir entschieden leichter, dir vielleicht irgendwann doch zu verzeihen.« Wie oft hatte er sich diesen Moment schon ausgemalt – er hatte immer geahnt, dass Davey etwas wusste. Und jetzt, als er dachte, Davey wäre endgültig gegangen, eröffnete sich ihm plötzlich die Chance, ihm all die Fragen zu stellen, die ihm so lange auf den Nägeln gebrannt hatten. So eine Gelegenheit bekam er vielleicht nie wieder.

Tja, aber jetzt … wusste er plötzlich nicht mehr, was er fragen sollte, weil sich alles verändert hatte.

»Du hättest mir sagen müssen, dass Jesse sein Verschwinden damals geplant hatte. Du weißt, dass ich fast wahnsinnig geworden wäre, weil ich unbedingt rausfinden wollte, was passiert war.«

»Hast du's also endlich rausgefunden?«, sagte Davey. »Tut mir leid, Buddy. Ich musste ihm versprechen, es dir nie zu erzählen. Er hatte Angst, du würdest sonst während seiner Abwesenheit der Firma schaden.«

»Obwohl ich dich im Verdacht hatte?«, fragte Ahab. »Spätestens da hättest du es mir sagen können.«

»Ja, trotzdem. Mir war klar, dass dir niemand glauben würde. Jesse hatte die Crew über seine Schritte informiert – deshalb haben die Leute auch nie an mir gezweifelt. Und Jesse sagte damals, er würde zurückkommen. Ich wollte nicht, dass er dachte, ich hätte seine Anweisungen nicht befolgt.«

Verzweifelt fuhr Davey sich durch die fettigen Haare. Er rutschte kraftlos zu Boden und zog die Knie an die Brust.

»Aber in Einem hattest du recht.« Daveys Stimme zitterte. »Irgendwas muss damals passiert sein. Forests schrecklicher Zustand … all die Jahre hat die Crew auf Jesses Rückkehr gewartet. In dem Augenblick, als der Junge in dieser erbärmlichen Verfassung wieder auftauchte, war ich ein toter Mann. Plötzlich glaubten alle, ich hätte sie damals belogen und du hättest doch recht gehabt. Plötzlich dachte jeder in der Crew, ich wäre Jesse damals in den Rücken gefallen.«

»Das spielt inzwischen alles keine Rolle mehr. Ohne deinen Einfluss auf die Crew hat Blackbeard gewonnen«, sagte Ahab. »Die brauchen dich, Junge. Und obwohl ich mir lieber die Zunge abbeißen würde, als das zu sagen – *Shacktown* braucht dich.«

»Blackbeard! Ahab, dieses Schwein schleicht schon seit einer Ewigkeit in der Gegend rum«, sagte Davey. Aus ihm sprach abgrundtiefe Erschöpfung, und Ahab wurde klar, dass nicht nur die letzten Tage der Grund dafür waren. Davey hatte seit Jahren auf verlorenem Posten gekämpft. »Ich habe nie verstanden, warum er so versessen darauf ist, ausgerechnet hier Fuß zu fassen. Das kann nur am Fluch liegen. Irgendwas musste mich ja vernichten …«

»Du bist immer noch da«, sagte Ahab. »Noch bist du nicht vernichtet.«

»Ja, aber nur weil ich so schwach bin! Ich schaffe es einfach nicht, meine Familie zu verlassen.«

»Wir sollten zur Polizei gehen«, sagte Ahab. »Es gibt da eine Kommissarin, sie ist wirklich gut. Ich vertraue ihr. Sie kann dich beschützen. Dich und deine ganze Familie.«

»Ahab, ich bin ein Drogenbaron. Ich wandere für immer in den Knast.«

»Nicht für immer. Vielleicht kannst du einen Deal aushandeln.«

»Ja klar, als Verräter. Die werden mich kaltmachen, ehe ich auch nur vor Gericht komme.«

»*Blackbeard* wird dich kaltmachen.«

»Oder meine Crew«, sagte Davey. »Du kapierst es nicht. Ich bin am Arsch, so oder so.«

»Ich bringe Forest dazu, ihnen zu sagen, dass du nichts damit zu tun hattest.«

»Forest hasst mich – du hättest hören sollen, wie der mit mir gesprochen hat. Er macht mich verantwortlich für das, was ihm passiert ist.«

»Ja. Nur, dass der Junge nicht der echte Forest ist.«

»… Wie bitte?«

»Dieser Junge ist nicht der echte Forest Dempsey. Er hockt oben, im Pumpenhaus, und er ist ein Hochstapler … ich glaube, er hat es auf dein Geld abgesehen.«

Daveys Gesichtsausdruck wechselte von Ungläubigkeit über Erleichterung und Abscheu zu nackter Wut.

Als Ahab merkte, was los war, machte er eilig einen Schritt vor und griff nach dem Messer.

»Davey … du darfst ihm nichts tun …«

»Er hat mein Leben ruiniert! Er hat mir alles genommen!«

Davey stürzte sich auf ihn. Sein Gestank stieg Ahab ätzend in die Nase, als Davey versuchte, an ihm vorbeizukommen. Im Grunde war Davey größer und auch stärker, doch er hatte sich offensichtlich tagelang nur von Essensresten ernährt und kaum geschlafen – Ahab schaffte es beinahe mühelos, ihn abzuwehren.

»Geh mir aus dem Weg, Ahab. Den bring ich um!«

»Das kann ich nicht machen. Wir brauchen ihn – du brauchst ihn«, sagte Ahab und verzog das Gesicht. »Aber du könntest ihm zumindest ein bisschen Angst einjagen …«

Ahab ließ Davey an der Leiter zum Pumpenhaus den Vortritt. Forest hatte sich tatsächlich nicht vom Fleck gerührt.

»Du! Du hast alles kaputtgemacht!« Davey stürzte sich auf ihn.

Ahab war sich nicht wirklich sicher, ob Davey sein Versprechen halten würde, dem Jungen nicht wehzutun. Eilig kletterte er hinterher.

Davey hatte Forest in die Ecke gedrängt, doch anstatt in Deckung zu gehen, stand der Junge mit gerecktem Kinn da und sah ihn trotzig an.

»Du urteilst nicht über mich!« Forests Stimme klang hart wie noch nie, und Ahab fragte sich, ob der Junge in Wirklichkeit älter war, als er aussah. »Du, ein Drogendealer, der Leute vergiftet, der *seine Familie* in so eine Welt reinzieht!«

»Du weißt gar nichts über diese Welt, du kleine Ratte. Ich habe diese Stadt beschützt – bis du gekommen bist und alles zerstört hast.«

Forest lachte. Davey sah aus, als würde er ihm jeden Moment an die Gurgel springen.

»Schluss!«, rief Ahab. »Alle beide. Hört auf.«

»Hätte ich die Firma nicht geführt, hätte es ein anderer getan!« Davey beachtete Ahab gar nicht. »Jemand Schlimmeres. Also halt du mir keine Moralpredigt.«

»Doch, tue ich«, sagte Forest. »Betrachte mich als dein Karma. Ich bin gekommen, um deine Scheiße wiedergutzumachen. Ich *bin* Forest Dempsey, und niemand von euch kann das Gegenteil beweisen.«

»*Schluss jetzt!*«, dröhnte Ahabs Stimme durch den Raum. Sie drehten sich zu ihm um. »Ihr seid beide für diesen Mist verantwortlich, und ihr werdet mir beide dabei helfen, das wieder auszubügeln.«

»Und wie soll das gehen?«, fragte Forest.

»Wir machen Blackbeard ausfindig. Wir beschützen Shacktown. Und Davey kann wieder zu seiner Familie zurückkehren.«

»Du willst Blackbeard ausschalten?« Davey versagte beinahe die Stimme. »*Wie das denn*?«

Forest riss sich von ihm los.

»Wir finden raus, wer Blackbeard ist, und dann verschaffen wir uns Zugang zu seinem innersten Kreis«, sagte er.

»Und wer genau soll das deiner Meinung nach hinkriegen?«, fragte Davey. »Ich kann keinem von meinen Leuten mehr trauen. Es sei denn, du kommst zurück ins Spiel, Ahab.«

»Mit Sicherheit nicht«, sagte Ahab frustriert. Der Junge hatte im Prinzip recht, aber das hieß nicht, dass seine Idee auch zu realisieren war. »Ich muss nachdenken. Mir fällt auf Anhieb niemand ein, dem wir das anvertrauen könnten.«

»Was für Idioten«, sagte Forest. »Ihr seid beide totale Idioten. Natürlich gibt es jemanden, dem ihr vertrauen könnt.«

KAPITEL VIERZIG

MACKEREL

Mackerel wurde von einem Geräusch geweckt.

Er hatte dieser Tage einen leichten Schlaf, weil er unterbewusst ständig darauf wartete, dass die Polizei an seine Tür klopfte. Doch als er zu sich kam, wurde ihm bewusst, dass sich jemand vor dem Fenster befinden musste.

Mackerel war mit einem Schlag hellwach. Er griff nach dem Baseballschläger unter seinem Bett und sprang auf. Eine Sekunde später stand er mit dem Rücken gegen die Wand gepresst da und wartete darauf, dass der Einbrecher durchs Fenster stieg. Er dachte an den Mann, der neulich auf der Suche nach Daveys Versteck auf dem Dach gewesen war.

Jemand klopfte leise an die Scheibe.

Das klang nicht nach einem Einbrecher.

Mackerel schlich zum Fenster, zog vorsichtig den Vorhang beiseite und schrie erschrocken auf.

Ein gespenstisch bleiches Gesicht starrte ihm entgegen.

Forest Dempsey.

Mackerel brauchte einen Moment, um zu kapieren, was los war. Dann schlüpfte er hastig in seine Sachen und eilte zur Haustür.

»Was zum Teufel treibst du hier, mitten in der Nacht?«, flüsterte er, die Hand auf dem Türknauf. Leise trat er vors Haus und zog die Tür hinter sich zu.

»Wir haben deinen Bruder gefunden. Er ist im *Mermaid's Darling.*«

»Davey?« Mackerel ließ den Türknauf los. »Moment. Wer ist ›wir‹?«

»Ahab und ich«, sagte Forest.

In Mackerels Kopf drehte sich alles.

»Hör zu. Davey hat einen Plan«, fuhr Forest fort. »Dein Bruder braucht dich – auch wenn er es noch nicht weiß. Bist du dabei?«

Mackerel warf einen Blick zu Shelbys Fenster hinauf. Was für ein Glück – wenn es einen Plan gab, musste Shelby vielleicht doch kein Ice kochen.

»Ich gehe Shelby wecken«, sagte er.

In Forests Augen lag ein wissender Blick. Er lächelte verhalten. »Gut.«

Kurz darauf machten sich Mackerel, die sichtlich unter Schock stehende Shelby und Forest auf den Weg ins *Mermaid's Darling*. Fiona hatte sich sofort bereiterklärt, rüberzukommen, für den Fall, dass Kane wach wurde. Sie hatte vollstes Verständnis dafür, dass Shelby nicht bis zum nächsten Morgen warten konnte, ihren Mann wiederzusehen.

»War ja klar, dass Davey sich in Ahabs Laden versteckt!«, geiferte Shelby. »Wieso bin ich da nicht von selbst drauf gekommen? Jeder testosterongesteuerte Einwohner dieser Stadt vergöttert diesen Mann!«

»Eigentlich ist er gerade erst –«, sagte Forest, aber Shelby schnitt ihm das Wort ab.

»Halt den Mund, Forest.« Mit halsbrecherischer Geschwindigkeit nahm sie die nächste Kurve, und Mackerel wurde gegen die Tür geschleudert. »Jetzt unterhalten sich die Erwachsenen.«

Mackerel hatte die Veränderung, die sich in Shelby vollzogen hatte, schon vorher geängstigt, aber das hier war etwas ganz Anderes – sie wirkte auf ihn wie eine rohe Naturgewalt, geradezu animalisch. Die Aussicht auf das Wiedersehen mit Davey entfachte eine Wildheit in ihr, wie er sie noch nie zuvor erlebt hatte.

Beim Betreten der Pension warf Forest Shelby einen Blick zu. »Ahab rechnet nicht mit dir, Shelby, okay? Und Davey auch nicht«, sagte er, ehe sie die Treppe hochgingen. Die Vorstellung schien ihm Freude zu machen.

»Du bringst mich jetzt zu meinem Mann!«, sagte sie nur.

Forest ging voraus.

Ahab öffnete ihnen die Wohnungstür. Sein Blick fiel sofort auf Shelby.

»Du ziehst eine Frau mit in die Sache rein?«, fuhr er Mackerel an.

»Das macht die Frau schon ganz allein«, schoss Shelby zurück und drängte sich an ihm vorbei. »Du hältst mich nicht von meinem Mann fern!«

Mackerel folgte ihr unsicher ins Zimmer und sah sich um. Ahabs Hund war offensichtlich auf den Balkon gesperrt worden.

Davey saß zusammengesunken auf einem Hocker, mit einem Bier in der Hand. Ahab hatte ihm etwas Frisches zum Anziehen gegeben, die Haare waren noch feucht vom Duschen, und er hatte dunkle Ringe unter den Augen. Nichts erinnerte mehr an den großen Anführer, als den Mackerel seinen Bruder in Erinnerung hatte.

Davey sprang auf und verschüttete sein Bier. »Shelbs?«, sagte er mit erstickter Stimme.

Shelby marschierte schnurstracks auf ihn zu und boxte ihm in den Bauch. Dann packte sie ihn am Kragen und küsste ihn leidenschaftlich.

Sekunden später fielen sie regelrecht übereinander her. Forest floh aus dem Zimmer. Nachdem sein wiederholter Protest ungehört verhallt war, packte Ahab Mackerel am Arm und zog ihn mit sich vor die Tür.

Mackerel saß mit Forest und Ahab im dunklen Schankraum an der Bar, als eine Textnachricht von Shelby kam: *Ihr könnt wieder raufkommen.*

Ahab betrat als Erster das Zimmer. Seine Wut füllte den ganzen Raum. Beschützend legte Davey einen Arm um die Schultern seiner Frau.

»Macht so was noch ein einziges Mal – in *meinem* Zimmer –, und ich schneide dir den Schwanz ab, Davey Dempsey«, donnerte Ahab.

»Ich bitte vielmals um Entschuldigung!«, fuhr Shelby ihn an. »Ich habe gerade erfahren, dass *mein Mann von den Toten auferstanden ist!*«

Davey machte ein Gesicht wie ein geprügelter Hund. »Er hat recht«, sagte er. »Das ist nicht … du solltest besser gehen.«

Shelby traten vor Wut fast die Augen aus dem Kopf, und Mackerel befürchtete, sie würde die Besinnung verlieren. »Wie bitte? Du kannst froh sein, dass ich dich nicht aus dem Fenster werfe! Falls es um Blackbeard geht, bleibe ich hier! Ich kann euch helfen.«

»Jetzt haltet alle mal die Klappe«, versuchte Ahab sich Gehör zu verschaffen.

»Wenn wir schon dabei sind, uns Geheimnisse zu erzählen«, sagte Davey, »hätte ich da auch noch was.« Er warf einen Blick zu Forest rüber.

»Ruhe jetzt! *Genug*«, donnerte Ahab. »Ich hab dich nicht hergebracht, damit du ein fröhliches Wiedersehen feiern kannst. Wir haben eine *Mission*!«

»Blackbeard töten«, sagte Forest rasch.

»Nein«, widersprach Ahab. »Blackbeard finden und die Polizei einschalten.«

»Da sind wir bereits dran«, sagte Shelby. »Wir haben einen Plan.«

»Shelby«, sagte Mackerel verzweifelt. »Tu das …«

»Ich werde Drogen herstellen. Mackerel und ich infiltrieren seine Organisation und vernichten Blackbeard von innen heraus«, fuhr Shelby fort.

Niemand sagte ein Wort, und Mackerel stöhnte. »Sie … nein, so ist das nicht.« Doch, genau so war es. Er machte sich darauf gefasst, dass sein Bruder über ihn herfiel, oder auch Ahab. Würde er sich überhaupt zur Wehr setzen?

Ohne die Hand von Shelby zu nehmen, drehte Davey sich zu Mackerel um. »Wovon redet sie?«

»Ich koche Ice«, sagte sie leichthin. »Ich werde das beste Crystal Meth kochen, das Blackbeard jemals gesehen hat.«

»*Hast du den Verstand verloren?*«, zischte Davey. »Ist dir klar, was er mit dir macht, wenn er rausfindet, dass du in der Lage bist zu kochen?«

»Du erzählst mir nicht, was ich zu tun und zu lassen habe!«, fuhr sie ihn an. »Die Zeiten sind vorbei.«

»Und du, Mackenzie? Steigst du tatsächlich wieder in dieses Leben ein?« In Ahabs Stimme schwang Enttäuschung. »Und ziehst auch noch Shelby mit rein?«

»Es ist die einzige Möglichkeit«, murmelte Mackerel. Er fühlte sich schrecklich. Natürlich hätte er Ahab sagen können, dass die Sache allein auf Shelbys Mist gewachsen war, aber das hätte ein jämmerliches Bild abgegeben – als würde er sich weigern, die Verantwortung für sein Handeln zu übernehmen. Mochte sich Ahabs offensichtliche Enttäuschung auch noch so schlimm anfühlen. »Nur eine Woche. Uns genügt eine einzige Woche, dann hören wir wieder auf.«

»Wusstest du von dem Plan?«, fragte Ahab den Jungen.

»Nein, aber … aber ich finde, er klingt gut«, sagte Forest. »Wer wäre besser geeignet als Mackerel? Wie sollen wir sonst an Blackbeard rankommen?«

»Es ist Irrsinn«, sagte Davey.

»Es ist *illegal*«, sagte Ahab.

»Es ist die einzige Möglichkeit«, wiederholte Mackerel verzweifelt.

Davey raufte sich die Haare. »Shelby … das darfst du nicht tun.«

»Ich brauche deinen Schutz nicht mehr«, fuhr sie ihn an.

»Doch –«, fing Davey an.

» – den brauchst du«, beendete Mackerel den Satz seines Bruders.

Die beiden sahen einander an und Mackerel lief ein Schauer über den Rücken. Das letzte Mal waren sie sich mitten in Devils Kitchen begegnet, unter Wasser. Daveys Gedanken gingen offensichtlich in dieselbe Richtung.

Mackerel wurde bewusst, dass er seinen Bruder unendlich vermisste, obwohl er direkt vor ihm stand.

»Danke für die Leiter«, sagte er.

»Danke dafür, dass du da reingesprungen bist, um mich zu retten«, sagte Davey.

Betretenes Schweigen füllte das Zimmer. Davey schien noch einen Moment zu brauchen, um zu begreifen, was eben gesagt worden war. Er drehte sich zu seiner Frau um. »Du wirst auf keinen Fall Ice kochen. Das verbiete ich dir.«

»Schön«, sagte Shelby durch zusammengepresste Zähne. »Dann lasse ich mich scheiden.«

»Und was machen wir dann?«, fuhr Forest dazwischen.

»Zuallererst«, sagte Davey und sah den Jungen zornig an, »verrätst du uns, wer du bist.«

»*Hör auf damit!*«, sagte Ahab.

»Wir haben keine Ahnung, wer dieser Kerl ist«, sagte Davey. »Was, wenn *er* für Blackbeard arbeitet?«

Mackerel verstand überhaupt nichts mehr. Ein flaues Gefühl in seiner Magengrube sagte ihm, dass etwas Übles passiert war, ehe er und Shelby dazugekommen waren. »Wovon redet ihr?«

»Dieser Junge hier ist nicht Forest Dempsey«, sagte Davey. »Er ist ein Hochstapler und –«

»*Davey! Halt die Klappe!*«, dröhnte Ahab.

Das Schweigen, das darauf folgte, klingelte Mackerel in den Ohren.

Fassungslos ließ er den Blick von Ahab zu Davey und schließlich zu Forest gleiten.

»– er ist nur hinter dem Vermögen der Dempseys her«, beendete Davey seinen Satz.

»Nein«, sagte Mackerel. »Nein. Das kann nicht sein. Woher weiß er dann so viel über Forest? Über uns alle?«

Mit versteinertem Gesicht trat Ahab an einen Schrank, holte einen Stapel Fotoalben heraus und ließ sie auf den Tisch fallen. »Weil er sich bestens vorbereitet hat.«

Mackerel löste den Blick von den Fotoalben und schaute Forest an. Der Junge war rot geworden, hoffentlich vor Scham. Oder war es Triumph?

Alle in Mackerels Familie hatten ihn im Stich gelassen. Jeder Einzelne. Hatten ihn mit Füßen getreten. Und jetzt, wo er endlich wieder eine echte Verbindung zu jemandem gespürt hatte, stellte sich die ganze Sache als Riesenschwindel heraus.

»Ich arbeite nicht für Blackbeard«, sagte der Junge hastig. »Das schwöre ich! Ich will euch dabei helfen, ihn zu Fall zu bringen. Ich bin selbst in Gefahr.« Er seufzte. »Und ganz ehrlich? Ohne mich habt ihr überhaupt keine Chance …«

Mackerel spürte etwas in sich hochkochen. Sein ganzer Körper wurde heiß.

»Was soll das heißen, du bist nicht Forest Dempsey?« Shelby drehte sich zu Davey um. »Ha! Und wäre er nicht plötzlich hier aufgekreuzt, würdest du immer noch dein Doppelleben führen, mit deiner kleinen dummen, ahnungslosen Frau an deiner Seite.« Sie schenkte dem Jungen ein Lächeln. »Forest, ich danke dir. Du hast was gut bei mir.«

»*Sag mal, Ahab, spinnst du?*«, knurrte Mackerel und stand auf.

Die anderen erstarrten.

»*Du wusstest das?* Und wolltest ihn einfach so weitermachen lassen?« Mackerels Brustkorb loderte wie Feuer, seine Hände ballten sich unwillkürlich zu Fäusten. Er ging auf Ahab zu.

»Hast du vergessen, mit wem du sprichst?« Ahab stand ebenfalls auf. »Setz dich sofort wieder hin, Junge, bevor ich dich dazu bringe.«

Mackerel zwang sich, Forest nicht anzusehen. Er würde ihn umbringen, wenn er es tat. So wütend war er seit Langem nicht mehr gewesen. Endlich gab es jemanden, dem er die Schuld geben konnte.

»Chips ist seinetwegen *gestorben*!«

Ahab zog eine Grimasse, und Mackerel wurde schlagartig klar, dass Davey nichts von Chips' Tod wusste. Typisch Ahab – sein Cousin schwang große Reden, aber er behielt alles für sich, was er zu seinem Vorteil nutzen konnte. Er war keinen Deut besser als der Rest der Familie.

»Chips …«, sagte Davey mit eisigem Blick. »Wer ist das gewesen?«

»Das wollte ich –«, fing Ahab an.

»*Na los, Ahab, erzähl's ihm!*«, donnerte Mackerels Stimme durch den Raum.

»Blackbeards Männer haben sie umgebracht. Ich war dort, ich habe es mit angesehen. Ich … Davey, ich hätte sie aufgehalten, wenn ich gekonnt hätte, das weißt du.«

Davey blickte starr zu Boden, seine Arme zitterten, und er knetete sich die Hände. Dann ging er zu Mackerel und legte ihm eine Hand auf die Schulter. »Ganz ruhig, Mack.«

Forest war hinter Ahab in Deckung gegangen und beäugte Mackerel wachsam.

»Ich bring ihn um!«, knurrte Mackerel. »Das ist alles seine Schuld.«

»Das erledigen wir später«, sagte Davey. »Kapierst du's jetzt, Shelbs? Chips ist tot, und die wusste, wie der Hase läuft. Genau davor habe ich dich immer beschützt. Ich bin untergetaucht, um dich genau davor zu beschützen. Das ist die Realität. Das passiert, wenn man versucht, mit den bösen Jungs Spielchen zu spielen. Du kannst unmöglich glauben, dass du –«

»Hör zu«, sagte Forest plötzlich zu Mackerel. »Wenn ich mich weiter als Forest ausgebe, haben wir eine Chance, Blackbeard das Handwerk zu legen.«

»Du bist schuld an der ganzen Sache!«, rief Mackerel. »Und *wozu*? Was dachtest du denn, wie lange du das durchziehen kannst?«

Davey und Shelby fingen ebenfalls an, einander anzubrüllen.

»Deine Chancen sind ungefähr so groß, wie mit einer Nussschale im schwarzen Wind zu segeln!«, rief er.

»Und du? Hast dich einfach tot gestellt! Du sagst mir sicher nicht, was ich zu tun und zu lassen habe!«, fauchte sie zurück.

Ahab stellte sich schützend vor Forest. »Mackenzie, er ist noch ein Kind!«

»Alles war gut, ehe er aufgetaucht ist.« Mackerel fragte sich, ob er es wagen konnte, Ahab zur Seite zu schubsen – er war zwar größer und sicher auch stärker, aber im Zweifelsfall war Ahabs Temperament nicht zu unterschätzen.

»Moment, Mack, Moment, *Moment!* Als Forest Dempsey kann ich die Loyalität der Firma gewinnen … stimmt's? Daveys Crew, meine ich. Ich kann mit ihnen sprechen, ich kann sie überzeugen. Ich kann ihnen eine Zukunft ohne Blackbeard versprechen.«

»Ein *Kind* an der Spitze?«, mischte Davey sich wieder ins Gespräch. »Sag mal, Junge, kapierst du's nicht? Du hast uns in die Scheiße geritten. Und dich gleich mit dazu. Du hast uns dieses Monster doch erst auf den Hals gehetzt.«

»Dann helft wenigstens Shelby. Sie ist die Einzige in diesem

Haufen Vollidioten, die tatsächlich einen Plan hat, um ihn aufzuhalten«, rief Forest.

»Du hast hier gar nichts zu melden!«, rief Mackerel.

In dem Augenblick pochte jemand außen an die Tür. Sie erstarrten.

»Ahab? Ist alles in Ordnung?« Die Stimme gehörte Ned. »Tut mir leid, aber der Lärm weckt die Gäste auf. Wenn ihr so weitermacht, ruft noch jemand die Polizei.«

»Die dürfen mich nicht erwischen«, sagte Mackerel entschieden. *Ich kann jetzt auf keinen Fall ins Gefängnis.*

Ohne einen weiteren Ton floh er Hals über Kopf aus dem Zimmer, aus dem Haus und hinaus in die Nacht.

Mackerel stand rauchend auf der vorderen Veranda von *Homeward*. Gleich nach seinem Eintreffen hatte er nach Kane gesehen und war dann zurück ins Freie gegangen, um seine Nerven zu beruhigen und auf Shelby zu warten.

Schließlich fuhr Ahabs Geländewagen vor. Shelby stieg aus, drückte Mackerel im Vorbeigehen den Arm und verschwand im Haus.

Ahab stieg ebenfalls aus, kam langsam auf ihn zu und stellte sich wortlos neben ihn. Er zündete sich eine Zigarette an.

Nach einem kurzen Moment sagte er: »Bist du dir sicher, dass du in der Lage bist, auch wieder aufzuhören? Wenn die Versuchung erst Wirklichkeit geworden ist, wenn du sie direkt vor der Nase hast? Wirst du im Ernstfall in der Lage sein, wieder loszulassen und kehrtzumachen?«

»Kehrtmachen ist kein Problem«, sagte Mackerel. »Ich weiß, wohin dieser Weg führt. Dort war ich schon mal.«

»Okay«, sagte Ahab, die Zigarette zwischen den Lippen. »Aber wirst du es auch schaffen, sie zu stoppen, nachdem ihr einmal angefangen habt?«

Derselbe Gedanke war ihm auch schon gekommen. Zögernd

sagte Mackerel: »Sie will nur … sie will nur ihr altes Leben zurück. Ihr geht es nicht ums Geld. Sie tut das für Davey.«

»Und das bedeutet, sie wird erst wieder aufhören, wenn sie bekommen hat, was sie will.« Ahab behielt die Zigarette im Mund. »Wo ist da der Unterschied zu Blackbeard?«

»Bist du irre?« Mackerel sah ihn entgeistert an. »Das ist was völlig anderes. Das hat doch nichts mit Blackbeard gemeinsam.« Er fasste es nicht, dass Ahab ein derartiger Vergleich überhaupt in den Sinn kam. »Chips wurde kaltblütig ermordet!«

»Richtig. Aber meinst du, der Stoff, den Shelby kochen will, ist nicht geeignet, Menschen zu schaden? Wo ist der Unterschied zu Blackbeard?«, wiederholte Ahab. »Was glaubst du, wie lange es wohl dauern wird, bis man sie findet, verschleppt, in irgendeinen Verschlag sperrt und dazu zwingt, weiter ihr erstklassiges Ice zu kochen? Egal, welche Gang es am Ende ist.«

»Wir sind beide in dieser Welt aufgewachsen. Wenn jemand das kann, dann ich, das weißt du genau.« Mackerel wollte nicht arrogant klingen. Es war schlicht die Wahrheit. »Natürlich ist es riskant, aber es ist die einzige Möglichkeit, alles wieder wie früher werden zu lassen. Wenn Shelby dieses Risiko nicht auf sich nehmen kann, wer dann?«

»Das glaubst du doch selbst nicht. Das sind ihre Worte.«

»Und es ist ihre Entscheidung.«

»Man findet für das, was man tun will, immer Rechtfertigungen. Wie wird die nächste Ausrede lauten, wenn die Woche vorbei ist? Wenn sie erst mal auf den Geschmack gekommen ist, wenn sie selbst erlebt hat, wie leicht das schnelle Geld in diesem Spiel zu haben ist?«

»Ich kann sie stoppen«, sagte Mackerel. »Das weiß ich.«

»Schwöre es«, sagte Ahab, die Augen von der Glut seiner Zigarette beleuchtet. »Schwöre mir, dass du sie stoppen wirst, wenn die Sache zu groß wird.«

»Ich schwöre es.«

»Na gut.« Ahab wandte sich ab, warf die Kippe in den Schotter der Einfahrt und trat sie aus. Es klang, als hätte er eine Entscheidung getroffen. »Ich werde mich nicht querstellen. Bis auf Weiteres. Forest bleibt inzwischen bei mir. Und du lässt die Finger von ihm.«

»Warum nennst du ihn Forest? Das ist nicht sein richtiger Name.«

Ahab winkte ab und stieg zurück in seinen Wagen.

»Du hättest es mir sagen müssen!«, rief Mackerel ihm nach. Doch Ahab hörte ihn nicht mehr.

KAPITEL EINUNDVIERZIG

AHAB

Tief in Gedanken fuhr Ahab nach Hause zurück. Er hatte sich mit der Art und Weise, wie er mit Mackenzie gesprochen hatte, selbst überrascht. Wurde er auf seine alten Tage zu vertrauensselig?

Nein, so alt war er auch wieder nicht.

Die Firma ist der Grund für alles, dachte er und bog in seinen Parkplatz vor der Pension ein. *Die Firma hat Blackbeard in die Stadt gelockt. Wie kannst du zulassen, dass Mackenzie und Shelby jetzt noch eine zweite aufbauen?*

Wieso setze ich der ganzen Geschichte nicht endlich ein Ende?

Eigentlich wusste Ahab immer instinktiv, was das Richtige war. Doch im Augenblick fühlte er lediglich Verunsicherung.

Nur eine Sache erschien ihm an der ganzen Misere legitim.

Shelbys Verlust war der größte, und wenn jemandem ein letzter Rettungsversuch zustand, dann ihr.

Er hatte Davey und Forest ein gemeinsames Zimmer gegeben, weil er wollte, dass sie einander im Auge behielten.

Er hoffte nur, dass sie sich zwischenzeitlich nicht gegenseitig umgebracht hatten.

Als er wiederkam, lag Davey auf dem Bett und starrte Löcher in die Luft. Forest blätterte in einem Kinderbuch, das für die Gäste im Regal gestanden hatte.

»Falls es stimmt, was die beiden sagen …«, fing Ahab an.

»Falls die einzige Möglichkeit, an Blackbeard ranzukommen, tatsächlich darin besteht, ihn zu beliefern –«

»Ja, das stimmt.« Davey ließ ihn nicht mal ausreden.

»Aber du bist trotzdem dagegen.«

»Wie könnte ich einen solchen Plan unterstützen? Natürlich bin ich dagegen. Shelby … Es ist einfach zu riskant. Wir sollten endgültig einen Schlussstrich ziehen und abhauen.«

»Und warum tust du's dann nicht?«, fragte Ahab. »Warum nimmst du Shelby und Kane nicht einfach und haust mit ihnen ab?«

»Das ist doch kein Leben … zusammen mit mir auf der Flucht.«

»Aber Ice zu kochen ist ein Leben für sie, oder was?«

»Ich habe versucht, es ihr auszureden!«

Sein Cousin tat ihm leid. Der Funke Lebendigkeit, den das Wiedersehen mit seiner Frau in Davey entfacht hatte, war längst wieder erloschen, und er wirkte noch niedergeschlagener als zuvor. »Du musst das verhindern!«, sagte Davey.

»Nein«, sagte Ahab, aber es klang nicht unfreundlich. »Du hattest deine Chance. Jetzt sind sie an der Reihe. Es ist nur für eine Woche.«

Davey stöhnte leise. »Bitte, Ahab …«

»Und du!« Ahab zeigte auf Forest. »Du und ich, wir machen jetzt noch einen kleinen Nachtspaziergang.«

»Ich komme mit.« Davey setzte sich auf.

»Super Idee!«, knurrte Ahab. »Damit sich möglichst bald in der Stadt rumspricht, dass du nachts als Untoter durch die Straßen geisterst.«

Davey ließ sich zurück auf die Matratze sinken.

»Wo wollen wir denn hin?«, fragte Forest, als sie die Wohnung verließen.

Sobald er die Tür hinter sich zugezogen hatte und sie außer Hörweite waren, sagte Ahab: »Wir machen einen kleinen Ausflug. Nach Hobart.«

»Was? Wozu das denn?« Forest blieb abrupt stehen.

»Wir statten Detective De Corrado einen Besuch ab und erzählen ihr, dass du nicht Forest Dempsey bist.«

»Was?« Forest packte Ahab am Arm. »Nein! Warte!«

Ahab machte sich los. »Wenn Shelby und Mackenzie das wirklich durchziehen, brauchen sie freie Bahn. Im Augenblick konzentriert sich die Polizei immer noch auf dein Umfeld. Das lässt sich sofort ändern, indem du die Wahrheit sagst. Das bist du meiner Familie schuldig.«

»Und Blackbeard? Der sucht mich doch immer noch. Was ist damit?« Der Junge wirkte sichtlich panisch. Er sah aus, als wollte er fliehen, aber er konnte nirgendwo hin – der einzige Weg aus der Pension heraus führte direkt an Ahab vorbei. Es sei denn, er wollte mit einem Sprung aus dem Fenster ein gebrochenes Bein riskieren.

»Was auch immer er von dir will, *du* kannst es ihm sowieso nicht geben!«, sagte Ahab.

»Doch, doch, doch! Kann ich. Ich weiß es.«

»Was weißt du?«

»Ich weiß, was Blackbeard von Forest will«, sagte der Junge. »Versprich mir, dass du nicht zur Polizei gehst, wenn ich es dir zeige.«

»O nein, Freundchen. Ich habe genug von deinen Spielchen. Du bist zuerst dran.«

»Na gut.« Forest ließ die Schultern sinken. »Ich zeige dir, wo die Leichen von Forest und Alexandra liegen.«

»Was? Du weißt, wo Forest und Alexandra sind?«

»Hier kannst du parken«, sagte Forest mit leiser Stimme. Zeus saß im Fußraum, den Kopf auf Forests Schoß gebettet. Der Junge hatte darauf bestanden, den Hund mitzunehmen – Ahab hatte das zuerst für einen seiner Tricks gehalten, doch jetzt war er sich nicht mehr so sicher. Der Junge schien sich tatsächlich vor dem Ort zu fürchten, an den er ihn führen würde, und der Hund beruhigte ihn offensichtlich etwas.

Sie befanden sich auf dem Parkplatz eines weiteren geologischen Juwels von Shacktown – ein riesiges Feld aus umgestürzten Doleritsäulen, die einst eine große Klippe geformt hatten.

Ahab hatte die ganze Fahrt über geschwiegen und versucht, diese neuerliche Wendung zu verdauen. Konnte es wirklich sein, dass Forest und Alexandra all die Jahre so nahe gewesen waren? Es kam ihm vor wie der größte Verrat in dieser ganzen Geschichte. Es sei denn, Forest log mal wieder. Was führte der Junge im Schilde? Auf was musste er sich gefasst machen? War Forest am Ende sogar gefährlich? Wie verrückt musste man sein, um sich den Namen eines toten Jungen auf den Rücken tätowieren zu lassen?

Der echte Forest war tatsächlich tot. Dieser Junge hatte ihm eine Weile lang neue Hoffnung geschenkt. Jetzt würde er erneut um ihn trauern müssen.

Ahab knallte die Autotür zu. Forest stieg ebenfalls aus und zerrte Zeus an seiner Leine hinter sich her. Ahab hatte Stirnlampen für sie mitgebracht. Sie begaben sich auf den abschüssigen Pfad, der nach unten zwischen die Felsen führte, und knipsten die Lichter an.

»Wenn da unten keine Skelette sind –«, setzte Ahab an.

»Die sind aber da«, flüsterte Forest. »Sei leise. Die Toten haben Respekt verdient.«

Vorsichtig bahnten sie sich einen Weg durchs Gestrüpp. Insekten umschwirrten die Lampen. Dann öffnete sich der Pfad auf das weite Gelände des Felsenmeers, und das Rauschen des Ozeans kehrte zurück. Der Himmel war wolkenverhangen, und bis auf die zwei kleinen Lichtkreise ihrer Stirnlampen war es stockfinster.

Sie bahnten sich einen Weg über die kantigen Plateaus umgestürzter Felsen. Immer wieder ging es rauf und runter. An besonders steilen Stellen kroch Ahab auf allen vieren vorwärts und verfluchte die Dunkelheit. Einmal legte er eine Zigarettenpause ein. Der Junge hingegen eilte leichtfüßig voraus und blieb immer wieder stehen, um auf ihn zu warten. Sein Hund war das Klettern über Felsen nicht gewohnt, doch Forest lockte Zeus mit bemerkenswerter Geduld weiter und zeigte ihm Durchgänge, durch die er sich quetschen konnte, wenn der Weg über die Felsen zu steil wurde. Ahab ließ sich Zeit. Er hatte nasse Schuhe, weil er versehentlich in eine Pfütze gestiegen war. Es überraschte ihn nicht, dass die Flut bis hier heraufreichte – die umgestürzten Felsen hatten dem Wasser alle möglichen Wege bereitet.

Wieder blieb er stehen, um zu rauchen.

»Ahab? Kann ich dir vertrauen?«, fragte Forest plötzlich. Seine Silhouette ragte auf einem flachen Felsbrocken auf, den Ahab noch vor sich hatte. Zeus hatte sich weiter unten zwischen zwei großen Steinen hindurchgezwängt und wartete dort bellend auf sein Herrchen. »Bevor ich dir erzähle, was wirklich passiert ist …«

»Was heckst du jetzt wieder aus, Junge?«

»Du willst doch wissen, warum gerade *ich* hier bin, oder nicht? Du denkst, ich wäre nur hinter dem Geld her. Ich werd dir einen Tipp geben …«

Er verschwand auf der anderen Seite nach unten.

Murrend kletterte Ahab hinterher.

Forest erwartete ihn am Fuße eines verkrüppelten Baums. Seine Hand ruhte auf einem großen Stein, der aussah wie der Querträger eines Bogengewölbes. Er holte tief Luft. »Die Wahrheit liegt in der Geschichte über das, was angeblich mit Jesse, Alexandra und Forest passiert sein soll.«

»Niemand weiß, was wirklich passiert ist«, sagte Ahab.

»Trotzdem haben sie jemandem die Schuld an ihrem Verschwinden gegeben.«

»Jonah Donnagar.«

»Richtig. Merk dir den Namen. Da müssen wir rein.« Forest stützte sich mit der Hand an dem querliegenden Stein ab und bückte sich. Jetzt erkannte Ahab, dass sie vor dem Zugang zu einer Höhle standen.

»Haben wir wirklich Ebbe?«, fragte Forest.

Ahab nickte und forderte den Jungen mit einer Geste auf, weiterzugehen.

Forest nahm die Hundeleine und machte Zeus an den Wurzeln des Baums fest »Alles gut, mein Junge, da musst du nicht mit rein.« Kurz drückte er das Gesicht ins Hundefell und streichelte seine Ohren. Dann wandte er sich der Öffnung zu. Er holte noch einmal tief Luft, wie um sich zu wappnen, und ging hinein.

In diesen Höhlen gab es keinerlei Pflanzen, nicht einmal Moos – nur Höhlenspinnen, deren Netze im Schein der Stirnlampen schimmerten. Schweigend, den Widerhall seines eigenen Atems in den Ohren, folgte Ahab dem Jungen, während die Kälte ihn umfing.

Sosehr Ahab Höhlen auch mochte, freiwillig hätte er es sich nicht ausgesucht, mitten in der Nacht unter der Führung eines mysteriösen Jungen eine Gezeitenhöhle zu erkunden, auf der Suche nach – wie ihm nun klar wurde – einer Gruft.

»Wie weit noch?«, fragte Ahab.

»Nur noch ein kleines Stück.«

Der Junge hatte leicht reden – er war klein, konnte sich mühelos fortbewegen, nicht gebückt wie Ahab.

Der Strahl seiner Lampe streifte frische Fußspuren.

»Du bist schon mal hier gewesen.«

»Ja, neulich. Keine Sorge, alter Mann, wir verlaufen uns nicht.« Die Stimme des Jungen klang plötzlich seltsam flach und tonlos.

Sie drangen immer tiefer in das Höhlenlabyrinth vor, und plötzlich entdeckte Ahab Seegras an den Wänden – sie hatten den Gezeitenbereich des Tunnelgewirrs erreicht.

»Hier, schau selbst«, sagte Forest. »Steck den Kopf da rein.«

In der Felswand vor ihm befand sich ein schmaler Spalt – leicht zu übersehen, wenn man nicht explizit danach suchte. Ahab zögerte, aber nur kurz. Er fragte sich, ob es klug war, diesem Jungen den Rücken zuzudrehen. Doch dann stemmte er die Hände gegen den Fels und streckte den Kopf durch den Spalt. Schaler Brackwassergeruch schlug ihm entgegen. Leises Rauschen, das von den Wänden widerhallte, ließ auf einen größeren Hohlraum schließen.

Ahab schob die Schultern nach, aber weiter kam er nicht – schon spürte er den beklemmenden Druck des Felsens.

Er hatte recht gehabt: Das hier war tatsächlich eine Gruft.

Vor ihm lag eine breite, langgezogene Höhle. Das Licht seiner Stirnlampe warf schartige, flirrende Schatten. Auf dem Grund der Höhle lagen die Überreste von zwei Leichen im Wasser – das, was Jahre von Ebbe und Flut noch von ihnen übrig gelassen hatten. Zwischen den Knochen entdeckte er die verrosteten Teile einer Tauchausrüstung.

Alexandra und Forest.

Er hatte versucht, sich darauf gefasst zu machen, doch der Anblick erschütterte etwas tief in ihm, etwas, das er seit Jahren versucht hatte zu beschützen.

Ahab konnte nichts dagegen tun. Die Tränen machten ihn fast blind. Er blinzelte sie weg und bewegte den Lichtstrahl zwischen den beiden Leichen hin und her. Es war nicht schwer zu erraten, was geschehen war. Gefangen von der steigenden Flut waren sie hier ertrunken. Er zwang sich dazu, nicht wegzusehen. Es war wichtig, Zeugnis abzulegen, den so lange Vermissten hier und jetzt die letzte Ehre zu erweisen – und für sein eigenes Versagen um Verzeihung zu bitten.

Dann erregte etwas seine Aufmerksamkeit.

Behutsam zog er den Oberkörper aus dem Spalt und versuchte, sich einigermaßen zusammenzureißen.

»Rein da, Junge«, sagte er mit heiserer Stimme. »Du musst mir Forests Schädel holen.«

»Spinnst du? Ich fasse auf keinen Fall seine Leiche an!«

»Es ist wichtig«, sagte Ahab. »Das ist … ich glaube, das da drin ist nicht Forest.«

»Was?« Der Junge sah ihn entsetzt an. »Wer sollte das denn sonst sein?«

»Der Schädel weist eine sichtbare Kieferspalte auf«, sagte Ahab. »Forest hatte aber keine Hasenscharte.«

Forest wirkte sichtlich unfähig, Ahabs Worte zu begreifen – Ahab konnte es ja selbst kaum glauben.

»Aber ein anderer Junge hatte eine«, sagte er. »Jonah Donnagers Sohn. Huck.«

Forest erstarrte. Schließlich drehte er sich langsam um und schaute den Spalt an, als würde er ihn mit völlig neuen Augen sehen. »Huck?«, flüsterte er.

Er schob sich an Ahab vorbei und quetschte sich durch die Öffnung.

Ahab kam ihm hinterher, so weit er konnte, und sah zu, wie Forest sich vorsichtig einen Weg nach unten bahnte.

»Weder Huck noch Jonah wurden seit Forests Verschwinden je wieder gesehen«, sagte Ahab. »Ich dachte immer, der Junge wäre mit dem Alten abgehauen, aber …«

Forest hatte offensichtlich eine Heidenangst davor, den Schädel zu berühren. Schließlich holte er tief Luft, bückte sich und griff danach.

»Der ist glitschig!«, stöhnte er, als sich ein Stückchen Schlamm vom Knochen löste.

Würgend kletterte er zurück zu dem Spalt und reichte Ahab den grausigen Fund.

Der Schädel gehörte eindeutig zu einem Kind, und Ahab hatte richtig gesehen: Im oberen Kieferknochen klaffte eine Kieferspalte. Schaudernd schloss er die Augen, während er sich vorstellte, wie Alexandra und Huck in dieser Höhle ertrunken waren. Fast war ihm, als könnte er das Echo ihrer Schreie hören.

Er zog den Oberkörper aus dem Spalt, und kurz darauf kam auch Forest hinterher, bleich und sichtlich unter Schock.

»Bist du sicher, dass das Huck ist?« Der Junge zitterte unkontrolliert.

»Ganz sicher …« Behutsam legte Ahab den Schädel ab. »Komm. Lass uns von hier verschwinden.«

»Willst du ihn nicht mitnehmen?«, fragte Forest, unfähig, sich von dem Anblick loszureißen. »Bist du ganz sicher, dass das Huck ist?«

»Wir müssen die Polizei informieren. Es wäre nicht gut, ihn jetzt von hier zu entfernen. Außerdem weiß ich nicht, was die Luftveränderung mit ihm machen würde.« Ahabs Stimme hallte von den Wänden wider. Sie war ihm selbst fremd.

Forest schien ihn nicht zu hören. Er kauerte neben dem Schädel, die Arme um sich geschlungen, und versuchte, das Zittern unter Kontrolle zu bringen.

»Aber warum ist Huck denn nicht geflohen? Warum ist er nicht durch den Spalt geklettert?«

»Huck litt unter einer Knochendeformität, außerdem war er geistig behindert. Ich kann mir vorstellen, dass er in einer dunklen Höhle, in der das Wasser immer höher stieg, einfach in Panik geriet … Alexandra hat ihn ganz sicher getröstet bis zum letzten Moment …«

Er schloss die Augen, nur für einen Atemzug, im Gedenken an die Frau seines Cousins. Von ihnen allen war sie ihm immer die Liebste gewesen.

»Okay. Zeit für die Wahrheit. Was hatten die beiden hier verloren? Wie passte Alexandra durch diesen Spalt, und warum hatten sie nur eine Tauchausrüstung dabei?«

»Die Antwort wird dir nicht gefallen«, sagte Forest immer noch zitternd.

»Raus mit der Sprache!« Ahabs heiseres Flüstern echote durch die Höhle.

Seufzend holte Forest tief Luft. »Das war Jesse. Jesse hat sie hier eingesperrt.«

»Jesse? Bist du dir sicher?«

»Jesse hat sie umgebracht. Er hat sie in die Höhle geführt. Sie sollten sterben. Forest wollte er auch umbringen, aber ... ich glaube, er konnte entkommen.« Forest versagte die Stimme, doch Ahab bekam es kaum mit.

Es sirrte in seinen Ohren. Er hatte das Gefühl, unterzugehen.

»Ich sage die Wahrheit, Ahab.«

»Das – das hätte er seiner Familie doch niemals angetan ...«, krächzte er kraftlos. Aber es klang nicht überzeugt.

»Doch«, sagte Forest mit klappernden Zähnen. »Das weißt du. Er war brutal, er war egoistisch und er hat Forest nie geliebt.«

Ahab fiel auf die Knie. Der eiskalte Felsboden schnitt ihm in die Hände. Der Junge hatte recht. Natürlich hatte er recht. Jesse hätte alles getan, um seine eigene Haut zu retten. Das war Ahab im Grunde immer klar gewesen. Genau wie Ivy. Doch er hatte trotzdem immer gehofft ...

»Woher weißt du das alles?«

»Ich habe Huck Donnager kennengelernt. Er hat mir alles erzählt.« Forest sah den Kinderschädel an. »Zumindest hat er immer behauptet, Huck zu sein. Aber ich glaube, mir ist jetzt klar, wer er in Wirklichkeit ist.« Forest wischte sich mit dem Handrücken über die Augen. »Sieht so aus, als wäre Forest doch noch am Leben.«

»Erzähl mir alles.«

Forest hockte sich zu ihm auf den schartigen Boden der Höhle, Hucks Schädel lag zwischen ihnen. Er erzählte die ganze Geschichte. Der Ausflug zu den Höhlen und Jesses Verrat. Die Tauchtafel, die steigende Flut – Hucks Flucht. Besser gesagt, die Flucht des Jungen, der behauptete, Huck zu sein.

Hätte Ahab die Kraft gehabt, sich die Ohren zuzuhalten, er hätte es getan.

»Wo ist dieser Junge jetzt?«, sagte Ahab.

»Keine Ahnung«, antwortete Forest. »Hab ihn seit Jahren nicht gesehen. Ich dachte, er wäre tot.« Er verstummte.

Ahab versuchte zu begreifen, was er eben erfahren hatte, aber er war sich nicht sicher, ob ihm das jemals gelingen würde. Wie krank Jesse tatsächlich gewesen war, hatte er nicht geahnt.

Ich hätte sie retten können …

Plötzlich sprang Forest auf. Gebückt stand er da und lauschte. »Hörst du das?«

Ahab wollte ihn schon zurechtweisen, doch dann hörte er es auch. Ein fernes Dröhnen drang zu ihnen in die Höhle.

Der schwarze Wind.

Sie ließen den Schädel liegen und flohen durch die schmalen Gänge zurück. Ahab folgte dem Jungen und trieb ihn zur Eile an.

Das war keine Panik, sagte er sich, es war nur vernünftig, sich zu beeilen. Schließlich konnte der schwarze Wind Wasserhöhlen im Nu fluten. Aber … der schwarze Wind hatte auch immer etwas Finsteres an sich. Er war in dem Moment aufgekommen, als sie Hucks Schädel dort rausgeholt hatten.

Zieht morgens schwarzer Wind heran, rette sich vom Meer, wer kann.

Kurz darauf erreichten sie keuchend den Ausgang.

Ahab war übel. Forest zitterte immer noch.

Was ist mit dem Jungen, der sich als Huck Donnager ausgegeben hat … ist das der echte Forest?

Darum würde er sich später kümmern. Der falsche Forest behauptete zwar, er hätte ihn seit Jahren nicht gesehen, aber vielleicht gab es trotzdem eine Spur. Doch zuerst …

Forest besaß die Wegbeschreibung zu einer Höhle, für die Jesse zu töten bereit gewesen war.

»Wir können damit noch nicht zu Polizei«, sagte er und hasste sich dafür.

Bitte verzeih mir, Alexandra, aber ich muss rausfinden, was sich in dieser Höhle befindet … wenn es was mit der Firma zu tun hat, bringt es jetzt vielleicht auch Shelby und Mackenzie in Gefahr …

»Diese Tauchtafel«, sagte Ahab. »Zeig sie mir.«

KAPITEL ZWEIUNDVIERZIG

FOREST

Der Junge, der sich Forest nannte, war mit Ahab Stark unterwegs zu Ivy.

Lügt Ahab?, fragte er sich immer wieder. *Das in der Höhle kann gar nicht Huck sein. Huck ist der Junge im Bootsschuppen. Wer sollte das sonst sein? Huck wartet auf mich. Huck lebt.*

Das kann doch nicht alles umsonst gewesen sein!

Wenigstens hatte er Ahab nicht verraten, dass Huck in der Nähe war. Das musste ein Geheimnis bleiben.

Er hatte alle Chancen für seinen Freund zunichtegemacht. In dem Moment, da er sich als Forest Dempsey ausgab, hatte er sämtliche Ansprüche seines Freundes zunichtegemacht. Wer sollte Huck jetzt noch glauben? Für ihn würde der Junge so lange Huck bleiben, bis er ihm seinen richtigen Namen verraten hatte.

Und dann auch noch dieser Blackbeard, der plötzlich in der Stadt war und es auf Forest abgesehen hatte …

Es war alles seine Schuld!

Nein. Solche Gedanken durfte er nicht denken. Jetzt ging es nur darum, Ahab die Tauchtafel zu zeigen und dann mithilfe der Karte zu der Schatzhöhle rauszufahren. Sobald sie rausgefunden hatten, was in der Höhle war, würde sich endlich ein vollständiges Bild ergeben.

An diese Hoffnung musste er sich klammern. Er konnte seinen Freund immer noch retten. Irgendwie. Was immer in der Schatzhöhle war, musste die Lösung für alles andere sein …

Als sie in Ivys Straße einbogen, dröhnte der schwarze Wind bereits so laut wie ein gigantischer Bienenstock. Forest war froh – so würde man ihn im Haus nicht hören.

Vor *Safe Harbour* stand immer noch ein Streifenwagen. Ivy hatte der Polizei also nicht erzählt, dass er nicht mehr dort wohnte. Ahab fuhr an dem Anwesen vorbei und hielt ein paar Häuser weiter.

»Ich gehe sie holen«, sagte Forest.

»Ich komme mit, Junge!«, erwiderte Ahab schroff. Er hatte sich scheinbar von der Agonie in der Höhle erholt und strahlte wieder etwas mehr Energie aus.

Forest ging voraus durch die Nachbargärten, über frisch getrimmte Rasenflächen, durch struppige Sträucher und zwischen Plastikspielsachen hindurch, bis sie in Ivys Garten standen. Er versuchte, sein Zimmer durch die Terrassentür zu betreten, aber sie war abgeschlossen.

Ohne zu zögern, zog Ahab sein T-Shirt aus, wickelte es sich um die Faust und schlug die Scheibe ein. Er griff hinein, öffnete den Riegel und drückte die Tür auf.

»Nicht sehr subtil«, sagte Forest.

»Wo ist die Tafel?«

Die Tauchtafel befand sich noch in ihrem Versteck hinter dem Schrank in seinem Zimmer. Forest zog sie hervor und reichte sie Ahab ohne ein Wort. Mit unergründlicher Miene musterte Ahab Alexandras Zeichnung und ihre Botschaft.

Sie ließen die eingeschlagene Tür offen stehen und verschwanden hinaus in den tosenden Wind.

Forest lag hellwach auf der harten Matratze in seinem Bett im *Mermaid's Darling* und lauschte Daveys Schnarchen.

Nein. Es ging nicht. Er konnte nicht schlafen, solange er das

Geheimnis des Jungen im Bootsschuppen nicht gelöst hatte. Er musste wissen, was das alles sollte.

Doch als er leise aus dem Bett stieg und zur Tür schlich, musste er feststellen, dass sie abgesperrt war.

Er trat leise ans Fenster und schaute hinaus – es war zu hoch, um zu springen.

»Und was, wenn es brennt?«, murmelte er vor sich hin. »Der kann uns doch nicht einfach so hier einsperren …«

In dem Moment hörte Davey auf zu schnarchen, und kurz darauf ging seine Nachttischlampe an.

»Was tust du da?«

»Zum Fenster rausschauen. Ich kann nicht schlafen.«

Davey sah ihn misstrauisch an, tastete nach etwas unter seinem Kopfkissen und legte sich wieder hin.

Aha … Davey hat einen Schlüssel.

Forest saß da, das Kinn aufs Fensterbrett gestützt, und schaute hinaus aufs Meer. Der schwarze Wind rüttelte an den Scheiben.

Wer ist der Junge in dem Bootsschuppen?

Er versuchte, sich an ihre erste Begegnung zu erinnern, aber die Szene war undeutlich, er hatte nur verschwommene Bilder im Kopf.

Sie hatten sich im Hinterhof des baufälligen Hauses am Sutton Place kennengelernt. Forest hatte damals noch anders geheißen. Er hatte im Laufe seines Lebens schon öfter den Namen gewechselt – das gehörte zu den Dingen, welche die Hexe ihn gelehrt hatte.

In der Bruchbude hatten mehrere Erwachsene gehaust, aber nur eine hatte sich um ihn gekümmert wie eine Mutter – die Frau, die er die Hexe nannte. Einst war er direkt aus dem Busch in ihr Leben gestolpert, irgendwo anders, weit weg von dem Haus, halb verhungert und dem Tode nahe. Sie hatte ihn aufgepeppelt, ihn gesund gepflegt und ihm die Wunder ihrer Zaubertränke gezeigt.

Er hatte inzwischen längst kapiert, dass ihre Zaubertränke in Wirklichkeit Drogen gewesen waren, aber als kleines Kind, das sich nach Sicherheit sehnte, hatte er dankbar alles genommen, was sie ihm gab – froh um das Vergessen, das ihm ihre Mixturen beschert hatten. Und sie hatte ihm gezeigt, wie man an die Drogen rankam, wie man dafür sorgte, dass immer genug Geld da war, wie man einen armseligen Bettler beklaute, mit welchen Tricks man die Süchtigen dazu brachte, ihre Kohle oder ihren Vorrat rauszurücken, und den Muscheltrick hatte sie ihm auch gezeigt.

Die Hexe hatte ihm noch andere Dinge beigebracht – Mittel und Wege, sich vor der Welt zu verstecken und zu schützen, so wie sie selbst es tat. Als böse Menschen auf der Suche nach ihm zu ihrer Strandhütte gekommen waren, hatte sie ihn unter der Veranda versteckt, und die Männer waren unverrichteter Dinge wieder abgezogen. Danach hatten sie die Hütte verlassen und waren gemeinsam nach Hobart geflohen.

Erst ein paar Jahre später wurde ihm klar, dass die Hexe verrückt war, aber zu dem Zeitpunkt waren sie einander längst so nah, als wären sie ein Fleisch und Blut. Sie kochte für ihn und brachte ihn abends ins Bett; und zu anderen Zeiten tat er dasselbe für sie. Als sie dann endgültig richtig krank wurde, landeten sie irgendwie in dem Haus am Sutton Place.

Und dort war er dann Huck begegnet – in der Woche, als die Hexe gestorben war. Forest konnte sich kaum noch daran erinnern. Nach ihrem Tod hatte er tagelang nicht geschlafen, mithilfe eines ihrer letzten Geschenke an ihn. Sie hatte ihm zwei Dinge vermacht, ehe sie ihn verließ: Einen Hund namens Zeus und einen Beutel mit Zaubersalz. Auf der Straße hieß das Zeug Ice, aber die Hexe hatte den Dingen gern romantische Namen gegeben.

Er konnte nicht mehr sagen, was ihn damals so an Huck fasziniert hatte, als er ihn an jenem Abend zum ersten Mal in der

Ecke des Hinterhofs beim Rauchen stehen sah, wie er mit unbewegter Miene den anderen Kids beim Trinken und Feixen zusah. Er wirkte einfach anders. Fast schon frei.

In dem Haus gab es viele Kinder, weil sie die besten Kuriere abgaben – Kinder wurden von der Polizei nur selten gefilzt, und wenn doch, kamen sie mit ungleich milderen Strafen davon als die Erwachsenen. Sämtliche Kinder am und rund um den Sutton Place waren in dieser Welt gefangen und mussten tun, was die Erwachsenen sagten – das hatte auch Forest auf die harte Tour lernen müssen. Nur Huck ignorierte die Erwachsenen stoisch und schien trotzdem niemals Prügel zu beziehen.

Deshalb hatte Forest sich ihm genähert. Seine Freundschaft gesucht. Ohne den Schutz der Hexe brauchte er dringend jemanden auf seiner Seite. Zeus war super, aber Zeus konnte nicht sprechen.

Es hatte lange gedauert, bis Huck die Zurückhaltung aufgegeben und von sich erzählt hatte … und von all dem, was er verloren hatte. So erfuhr Forest schließlich, dass Huck irgendwo ein Zuhause hatte und dass ihm dieses Zuhause entrissen worden war.

Forest war fest entschlossen, den Namen seines Freundes reinzuwaschen. Er hatte schon zu viel schlimme Dinge auf der Welt gesehen, und als er endlich groß genug war, machte er sich auf, zum Ausgleich wenigstens etwas Gutes zu tun. Er würde sich das Zuhause und das Vermögen von Forest Dempsey unter den Nagel reißen. Denn laut Huck lag der echte Forest Dempsey tot in einer dunklen Höhle. Er brauchte es nicht mehr.

Und jetzt? Jetzt stand er da und war stocksauer auf Huck. Wieso hatte Huck nicht gewusst, dass Dempsey Abalone die Tarnung für ein riesiges Drogenunternehmen war? Trotz aller Mühen, diese Welt endlich hinter sich zu lassen, steckte er tiefer drin als je zuvor.

Und, noch viel schlimmer: Huck war nicht Huck!

Trotzdem gab es nur noch eine einzige Hürde zu überwinden: Blackbeard. Und um den würden sich die Erwachsenen kümmern.

Er drehte sich vom Fenster weg und sah zu Davey rüber.

Der Kopf von Dempsey Abalone. Der Kopf der Firma.

War Ahabs Idee die richtige? Sollten sie tatsächlich zur Polizei gehen und denen die Sache überlassen? Und Davey so in ein dunkles Loch verfrachten, aus dem er nie wieder rauskommen würde?

Du bist nur müde, schalt er sich. *Hau dich endlich aufs Ohr, sonst verlierst du noch den Verstand, genau wie die Hexe.*

Er musste unbedingt rausfinden, was in dieser Schatzhöhle verborgen lag. Was ihn betraf, war das der nächste Schritt. Sollte die Familie sich um Blackbeard kümmern.

Er legte sich wieder hin, aber er konnte nach wie vor nicht einschlafen. Seine Gedanken kreisten um den Jungen im Bootsschuppen.

Eigentlich erklärte das einiges: Hucks Verhalten, seine Wut, weshalb er dachte, Forest Dempsey würde ihn heimsuchen …

Armer Huck.

Warum hatte er Forest nicht die Wahrheit gesagt?

KAPITEL DREIUNDVIERZIG

MACKEREL

Am nächsten Morgen glühte Shelby vor Tatendrang.

Die Sonne schien durch die Fenster – der schwarze Wind hatte sich bei Tagesanbruch wieder gelegt. »Blender« sagten die Einheimischen dazu. Schwarzer Wind, der nachts aufkam und sich morgens wieder legte, kam so gut wie immer im Laufe der Woche mit doppelter Wucht noch mal wieder.

Zieht schwarzer Wind des Abends auf, nehmen Tod und Sterben ihren Lauf.

Sowie ein Blender sich legte, machten sich die Leute von Shacktown an die Arbeit, um alles niet- und nagelfest zu machen. Mackerel hatte das Gefühl, er sollte jetzt auch draußen sein, um *Homeward* zu sichern.

Doch im Moment saß er nur da, hielt sich an seiner Kaffeetasse fest und hatte Mühe, die Augen offen zu halten. Sie waren gestern Nacht noch lange wach geblieben, und Shelby hatte ihn mit Fragen über die Welt des Drogenhandels gelöchert. Heute wollte sie in ihrem Labor einen ersten Versuch wagen.

»Bist du dir sicher, dass du schon bereit dazu bist, Shelby?«

Kane machte mit Fionas Mann und ihren Söhnen einen Ausflug die Küste hinauf.

»Ich muss es versuchen. Wir haben keine Zeit zu verlieren.«

»Aber bist du sicher, dass du weißt, wie das geht?«

»Bitte, Mackerel. Wer ist hier die Chemikerin? Allerdings ist mir noch was eingefallen, eine weitere Zutat, die hilfreich für uns sein könnte. Ich muss noch mal rauf nach Hobart. Aber während ich unterwegs bin, organisiere ich außerdem eine Überraschung für dich.«

Mackerel traute Shelbys Überraschungen nicht. »Was denn jetzt schon wieder?«, fragte er misstrauisch.

»Du hast mir gesagt, wie wichtig Status und Image in dieser Welt sind, ja? Deshalb hat Davey immer so mit seinem Reichtum geprotzt. Teure Klamotten, dicker Schmuck, alle vierzehn Tage Frisur und Bart trimmen lassen … ich dachte immer, Bling-Bling wäre nur was für Hollywood, aber heute Nacht habe ich noch ein bisschen recherchiert. Ich habe da ein paar *faszinierende* Artikel über die Soziologie der Drogenkultur gefunden.« Sie versuchte vergeblich, ein Gähnen zu unterdrücken.

»Sag mal, hast du eigentlich überhaupt geschlafen, Shelbs?« Sie musste bis zum Morgengrauen am Computer gesessen haben.

Shelby winkte ab. »Lange genug, um mitzubekommen, dass der schwarze Wind sich wieder gelegt hat. Egal. Wenn wir ernst genommen werden wollen, müssen wir dich unbedingt ein bisschen aufpeppen.«

»Wie bitte?« Mackerel ahnte schon, worauf sie hinauswollte. Ihm graute. »Nein!«

»Doch, Mack, du hast selbst gesagt, wie weit man mit dem richtigen Look in der Drogenwelt kommt. Du hast gesagt, du bist grundsätzlich im Anzug und mit einem dicken Wagen aufgekreuzt. Und dass du es damit so weit gebracht hast. Richtig?«

»Ja, aber wir wollen doch keine Kohle machen, wir wollen –«

»Wir wollen eine neue Marke einführen, also … Hör zu. Du läufst in abgerissenen Klamotten rum, deine Haare sehen aus, als hättest du sie dir nach einer Saufwette selbst geschnitten. Wenn ich dir auf der Straße begegnen würde, würde ich wahrscheinlich auf die Idee kommen, dir ein bisschen Geld zu geben, damit du dir einen neuen Schlafsack kaufen kannst.«

Mackerel griff sich an den Kopf. »Die habe ich mir nicht selbst geschnitten.«

»Und sosehr ich deine Stoppeln mag, der Bart muss runter. Fiona kommt gleich mit Richelle vorbei. Sie ist Friseurin. Unsere Kinder waren alle in derselben Krabbelgruppe. Die bringt dich ein bisschen auf Vordermann. Und währenddessen besorgen Fiona und ich dir in der Stadt ein paar neue Klamotten.«

»Nein, ich –«

»Du bist mein Geschäftspartner in einem unternehmerischen Unterfangen«, sagte Shelby, »und so wirst du auch aussehen.«

»Das hier ist aber kein unternehmerisches Unterfangen!« Mackerel stand auf.

»Das weiß ich selbst.« Shelby erhob sich ebenfalls. »Aber es hilft mir, die Sache so zu sehen. Glaubst du etwa, es gefällt mir, zur Drogendealerin zu werden? Nein, hier geht es schlicht um Angebot und Nachfrage – um das richtige Produkt für den Markt. Und dazu müssen wir absolut professionell vorgehen – das hast du mir gesagt – und das bedeutet nun mal, dass wir alle unseren Beitrag leisten. Für dich bedeutet es ein dementsprechendes Auftreten!«

Sie stritten immer noch, als es an der Haustür klingelte. Mit hochrotem Kopf folgte er Shelby bis nach vorne.

Fiona führte Richelle ins Haus. Sie war älter, als Mackerel erwartet hatte, trug die grauen Haare kurz und war sorgfältig geschminkt. Sie erfasste Mackerels Stimmung auf den ersten Blick.

»Dann sind Sie also der Mann, um den's geht? Mit mir zu diskutieren, hat keinen Sinn. Wir gehen am besten gleich ins Bad.« Sie musterte ihn von oben bis unten. »Ich bin schon neugierig, was sich wohl unter dieser Schale verbergen mag.«

Stunden später stand Mackerel vor dem Haus und rauchte. Die Sonne strahlte, und in einem der Kängurudornsträucher erklang das zarte Zwitschern eines Staffelschwanzes. Macks Wangen fühlten sich nackt und ein bisschen wund an – nach der Rasur hatte Richelle darauf bestanden, eine Reinigungsmaske aufzutragen. Das Zeug war ihm nicht fremd – zu seinen Glanzzeiten hatte er selbst morgens und abends ein ausführliches Pflegeritual absolviert –, aber jetzt fühlte es sich trotzdem fremd an. Er griff sich vorsichtig an den Kopf und ertastete den Undercut, den sie ihm verpasst hatte.

Mackerel war entsetzt darüber, wie gut er sich vorkam. Sein neuer Look gab ihm das Gefühl, die Dinge unter Kontrolle zu haben. Respekt einzuflößen.

Als Shelby wieder nach Hause kam, musterte sie ihn über den Rand ihrer Sonnenbrille und stieß einen Pfiff aus.

»Wie du aussiehst, Mack! Jetzt kann ich endlich die Ähnlichkeit zwischen dir und Davey erkennen.«

Er wäre am liebsten im Erdboden versunken. Und konnte es gleichzeitig kaum erwarten, endlich einen Blick in die vielen Einkaufstüten zu werfen, die Shelby und Fiona aus Hobart mitgebracht hatten.

Mit dem Gefühl, zehn Zentimeter gewachsen zu sein, trat Mackerel aus seinem Zimmer auf den Flur. Er trug ein gut geschnittenes Hemd mit gesteiftem Kragen, eine teure Designer-Hose und Kalbslederstiefel. Vollgepumpt mit Adrenalin betrat er den Essbereich, wo Shelby und Fiona schon auf ihn warteten.

»He, lass mal sehen!«, rief Fiona.

»Haben wir den gleichen Weg, Süßer?«, fügte Shelby lachend hinzu. »Du siehst gut aus, Mack. Richtig gut. Und jetzt …« Sie kramte in einer Tüte. »Die Krönung. Ich weiß noch, dass du früher immer so eine getragen hast.«

In ihrer Hand lag schimmernd eine massive Goldkette, mindestens fünfzig Zentimeter und mindestens 14 Karat.

»Shelby … die muss ja …«

»Mehr gekostet haben als deine alte Rostlaube, ja«, sagte Shelby. »Wahrscheinlich das Fünffache. Gefällt sie dir?«

Ob sie ihm gefiel? Die Kette war kostbarer als der gesamte Schmuck, den er jemals getragen hatte – und darunter waren ein paar ziemlich schwere Dinger gewesen.

Mackerel berührte das kostbare Edelmetall. Ihm war schlecht; er hatte Hunger. Er wollte sein altes Leben zurück. Er wollte wieder in Penthouse-Suiten wohnen, umgeben von Leuten, die ihn respektierten. Er wollte wieder genug Kohle machen, um sich selbst eine Goldkette zu leisten, anstatt sich von der Frau seines Bruders aushalten zu lassen.

Sie beugte sich vor, legte ihm den Schmuck an und machte behutsam den Verschluss zu. Dabei berührte sie sacht mit den Lippen sein Ohr und flüsterte: »Wir machen Blackbeard fertig. Endgültig.«

Die Verlockung war zu stark. Er würde untergehen. Das wusste er.

»Ich kann das nicht.«

»Was?« Alarmiert zuckte Shelby zurück.

»Ich kann nicht. Ich kann das nicht tun.«

»Mackerel! Beruhige dich.«

»Nein.« Er schüttelte den Kopf. »Es geht nicht.«

Um ihn drehte sich alles. Er rannte zur Haustür hinaus, nur um draußen festzustellen, dass er den Autoschlüssel vergessen hatte. Er konnte schlecht umdrehen, um danach zu suchen.

Hätte er je einen Vater gehabt, der sich um ihn geschert hätte, hätte er vielleicht bei ihm Rat gesucht.

Aber er hatte Ahab. Möglicherweise war sein Cousin in der Lage, ihn vor der Welt zu retten, die ihre Tentakel nach ihm ausstreckte.

Mackerel rannte in Richtung *Mermaid's Darling*, als wäre der Teufel persönlich hinter ihm her.

KAPITEL VIERUNDVIERZIG

AHAB

Ahab saß an Deck der *Ambergris.* Sie ankerten in der Mitte der Bucht, laut seinem GPS an der Stelle, die Alexandra auf ihrer Tauchtafel markiert hatte. Direkt unter ihnen lag die »Schatzhöhle«, wie Forest sie getauft hatte. Das glitzernde Wasser schwappte sacht gegen den Rumpf, aber er konnte die sanfte Dünung nicht genießen – er musste den Himmel im Auge behalten und darauf achten, ob das Dröhnen zurückkehrte. Der schwarze Wind konnte jeden Moment wiederkommen.

Sie waren beim ersten Licht des Tages aufgebrochen und wechselten sich seitdem mit dem Tauchen ab, suchten systematisch den Meeresboden nach der versteckten Höhle ab. In der Bucht gab es jede Menge Unterwasserfelsen und Riffs, durch die sie sich durchackern mussten. Im Augenblick war Forest unten.

Eine gelbe Boje an der Wasseroberfläche markierte seine Position. Was das Tauchen betraf, bewies der Junge erstaunliche Fähigkeiten, und Ahab wusste, dass er trotz seines aufmüpfigen Verhaltens die richtigen Instinkte besaß, um da unten auf sich aufzupassen. Trotzdem behielt er die Boje im Auge, während er sich eine dringend benötigte Pause gönnte.

Er hörte den Außenborder, ehe er das Schlauchboot sah. Eine Schrecksekunde lang glaubte er, es wäre der schwarze Wind, doch dann erkannte er Neds Boot. Nur, dass nicht Ned darin saß, sondern Mackenzie Dempsey.

Sein Cousin kam von der anderen Seite der Tauchboje und steuerte langsam die *Ambergris* an, brachte ein paar Fender aus und ging längsseits.

Mackenzie erklomm behutsam die Leiter, indem er sich mit der Dünung bewegte. Als er schließlich vor Ahab stand, konnte er ihm nicht in die Augen sehen. Er hatte eine neue Frisur, war glattrasiert und hatte nicht wirklich hochseetaugliche Sachen an. Er war gekleidet wie ein Mann, der mit seinem Geld angeben wollte. Zweifellos sah er gut aus, aber etwas in Macks Blick verriet Ahab, dass sein neuer Look ihm zentnerschwer auf den Schultern lastete.

Auf der anderen Seite war Plätschern zu hören. Forest hatte offensichtlich die Motorengeräusche gehört und war aufgetaucht. Er machte das *Okay?*-Zeichen, Ahab antwortete seinerseits mit einem *Okay,* und Forest tauchte wieder ab.

»Ned hat mir gesagt, wo ich dich finde«, sagte Mackenzie. »Er hat mir sein Boot geliehen.«

»Das sehe ich, Junge«, antwortete Ahab.

Endlich hob Mackenzie den Blick. Ahab sah die blutunterlaufenen Augen und das zitternde Kinn. Dieses Gesicht sagte ihm alles, was er wissen musste.

»Ach, Junge«, sagte er. »Hast dir wohl ein bisschen zu viel zugemutet, ja?«

»Ich – ich kann das nicht«, sagte Mackenzie. »Ich kann einfach nicht.«

»Warum nicht?« Ahab forderte ihn mit einer Geste auf, sich zu setzen.

»Ich habe dieser Welt den Rücken gekehrt – ich kann nicht wieder zurück! Ich muss bald vor Gericht.«

»Dann tu es nicht«, sagte Ahab. »Niemand zwingt dich dazu.«

»Aber Shelby schafft das nicht ohne mich«, sagte Mackenzie. »Blackbeard ist –«

»Blackbeard hier, Blackbeard da«, fiel Ahab ihm ins Wort.

»Der Schatten dieses Mannes ist viel größer als er selbst. Ich verspreche dir, der ist auch nur aus Fleisch und Blut, so wie du und ich.«

»Du verstehst das nicht«, sagte Mackenzie. »Er ist gefährlich.«

»Du hast trotzdem immer eine Wahl. Ist dir das klar?«

»Ich kann das nicht. Ich bin nicht stark genug. Die Versuchung ist zu groß.«

»Worin genau liegt die Verlockung?«, fragte Ahab. Es war schwer vorstellbar, dass Mackenzie nach allem, was er durchgemacht hatte, immer noch Gefahr lief, sich verführen zu lassen. »Was genau ist es?«

»Das Adrenalin. Die Macht. Die … die Klamotten, das Spielzeug, die Mädchen. Der Respekt.«

»Aber nicht die Drogen selbst?«, hakte Ahab nach.

»Nein«, antwortete Mackenzie entschieden. »Wenn ich das Zeug je wieder anrühre, verliere ich den Verstand.«

Endlich zeigte er ein bisschen Rückgrat. Ahab glaubte ihm sogar, was er sagte.

»Und trotzdem würdest du das Zeug unter die Leute bringen?«, fragte er.

»Wir haben keine andere Wahl. Es ist der einzige Weg.«

Für diesen Satz hätte Ahab ihn am liebsten über Bord geworfen. Die gesamte Firma basierte auf Annahmen, auf dem Weg des geringsten Widerstands, von Generation zu Generation unhinterfragt weitergegeben.

»Ich habe die Schnauze voll davon, mir ständig anhören zu müssen, es gäbe keinen anderen Weg. Was, wenn du mit der Polizei zusammenarbeiten würdest?«

Mackenzie schüttelte heftig den Kopf. »Bist du verrückt geworden?«

»Warum nicht? Warum sollten wir nicht endlich zur Polizei gehen?«

Mackenzie barg den Kopf in den Händen.

»Okay«, sagte Ahab. »Was willst du von mir hören?«

»Ich … ich brauche deinen Rat.«

Nachdenklich musterte Ahab seinen Cousin. Er trug nagelneue Klamotten, einen neuen Haarschnitt, sogar eine teure Goldkette um den Hals, und trotzdem wirkte er verängstigt wie ein erschrockenes kleines Kind. Dabei war der Kerl gebaut wie ein Schrank. Außerdem wusste Ahab, wie aggressiv er werden konnte, wenn er wütend war. Warum dann diese Zaghaftigkeit?

Doch Ahab wusste natürlich, warum. Mackenzies Vater und auch seine Brüder hatten dem Jungen in seiner Kindheit und Jugend heftig zugesetzt.

»Okay, ich gebe dir einen Rat«, sagte Ahab. »Aber sag mir zuerst, wie du heißt.«

»Was?« Mackenzie sah ihn verwirrt an. »Mackerel.«

»Tastsächlich? Steht das so in deiner Geburtsurkunde?«

»Nein … das steht Mackenzie Dempsey.«

»Mackenzie. Und warum nennst du dich dann Mackerel?«

»Das ist eben mein Spitzname.«

»Und warum ist das dein Spitzname?«

Mackenzie zuckte die Achseln. »Den hat Dad mir verpasst. Ich hatte eine Makrele gefangen und gedacht, es wäre ein Thunfisch.«

»Erzähl mir die Geschichte«, sagte Ahab.

»Davey und ich waren mit Dad beim Fischen. Ich war noch ganz klein. Er sagte, wir würden rausfahren, um Thunfisch zu fangen – es sollte eine Art Initiation sein. Mit Jesse hatte er das auch gemacht, und jetzt wollte er aus uns beiden richtige Männer machen.«

»Weiter.« Natürlich kannte Ahab die Geschichte. Mackenzies Vater hatte sie an jenem Abend vor einer begeisterten Zuhörerschaft in der Kneipe zum Besten gegeben, und danach noch viele Male. Von da an klebte der Spitzname an dem armen Jungen wie eine Grünschal-Abalone am Felsen.

»Ich fing eine Makrele, aber … ich dachte, es wäre ein Thunfisch. Ich war so stolz, und Dad ließ mich in dem Glauben. Als Davey dann wirklich einen Thunfisch fing – er war riesig, der größte Fisch, den ich je gesehen hatte –, dachte ich, meiner wäre einfach nur kleiner.« Mackenzies Augen waren ganz klar. Die Erinnerung musste sich jederzeit abrufbar in sein Gedächtnis eingebrannt haben. »Wir kamen zurück an Land, und ich zeigte Mum meinen Fisch, meinen ›Thunfisch‹. Davey und Dad fingen an zu lachen und sagten mir, es wäre nur eine mickrige Makrele. Dad sagte, ich hätte die Initiation nicht bestanden. Ich war kein Mann, und ich würde auch nie ein Mann sein wie Davey. Und von dem Tag an nannten sie mich Mackerel. Mackerel, die Makrele.«

»Wie hast du dich dabei gefühlt?«, fragte Ahab.

Mackenzie zuckte die Achseln. »Ist doch nur ein Witz.«

»Aber kein sehr lustiger Witz für einen kleinen Jungen«, sagte Ahab. »Erzählst du anderen Leuten die Geschichte, die hinter deinem Spitznamen steckt?«

»Klar«, sagte Mackenzie. »Ich werde ja ständig danach gefragt.«

»Dein Vater«, sagte Ahab, »war ein grausamer Mensch.«

Mackenzie stieg die Schamesröte ins Gesicht. »Nein. War er nicht.«

»Und? Hast du seitdem einen Thunfisch gefangen?«

»Klar«, sagte Mackenzie wie aus der Pistole geschossen. »181 Stück seit jenem Tag.« Diese Antwort erzählte ihre eigene Geschichte, ohne dass Mackenzie sich dessen bewusst war.

An der Leiter ertönte ein metallisches Geräusch, dann tauchte Forest an der Reling auf. Er hatte das Jacket ausgezogen und zerrte die schwere Ausrüstung hinter sich her. Mackenzie zuckte bei seinem Anblick zusammen, dann schenkte er dem Jungen einen finsteren Blick. Auch Forest brachte keinen Gruß heraus, aber wenigstens wirkte er ein bisschen verlegen.

Na so was. Das sieht dem Jungen, den ich in den letzten vierundzwanzig Stunden erlebt habe, aber nicht sehr ähnlich, dachte Ahab. *Vielleicht besitzt er ja doch einen Funken Moral …*

Plötzlich kam ihm eine Idee. Er streckte die Hand aus. »Mackenzie, gib mir die Kette.«

»Was? Warum denn?«

»Gib sie her.«

Mackenzie ließ die Schultern hängen. Er griff sich an den Nacken, löste den Verschluss und reichte Ahab die schwere Goldkette.

»Forest, ich brauche dich als Zeugen«, sagte Ahab.

Er trat an die Reling streckte den Arm aus und ließ die Kette baumeln.

»Mo– Moment mal!«, stotterte Mackenzie.

Ahab ließ den Schmuck fallen.

Mackenzie hatte keine Zeit, zu reagieren. Fast lautlos traf die Kette auf die Wasseroberfläche und versank. Er machte einen Schritt vorwärts, dann sah er sich um. Er wirkte eingeschüchtert und unsicher.

»Mein Vater hat nie von mir verlangt, einen großen Fisch zu fangen, um meine Männlichkeit zu beweisen«, sagte Ahab. »Ihm ging es allein um Mut und Entschlossenheit. Ich habe das für dich getan.«

Mackenzie hob den Blick und sah ihn an.

»Du tauchst da jetzt runter. Sofort. Ohne Maske, ohne Sauerstoff. Du bringst die Kette zurück nach oben. Wenn du es schaffst, hast du es dir verdient, sie zu tragen. Und du holst dir das Recht auf den Namen zurück, der in deiner Geburtsurkunde steht. Damit beweist du, dass du ein echter Mann bist.«

»Ahab!«, sagte Forest entgeistert.

Mackenzie zog sich wortlos bis auf die Unterhose aus und stieg entschlossen über die Reling. Er hielt sich fest und nahm mehrere tiefe Atemzüge, flutete seinen Körper mit Sauerstoff.

Dann verschwand er mit einem perfekten Hechtsprung im Wasser.

Ahab spürte Forests entsetzten Blick.

»Hast du was zu sagen, Junge?«

»Das ist brutal«, sagte Forest. »Weißt du, wie tief es hier ist?«

»Die Frage im tiefsten Herzen eines Mannes ist immer dieselbe: Bin ich ein richtiger Mann?« Ahab schaute nach unten aufs Wasser. »Bin ich stark genug? Mutig genug? Mackenzies Vater hatte vor langer Zeit beschlossen, diese Frage für ihn zu beantworten – und noch schlimmer, er teilte die Antwort auf seine Frage mit jedem, der sie hören wollte – und später hat Mackenzie es genauso gemacht. Um diese Situation aufzulösen, braucht er eine neue Prüfung.«

»Man braucht keine Prüfung, um zu beweisen, dass man ein Mann ist.«

»O doch! Ein Junge ist kein Mann, eben *weil* er die Dinge, die ein Mann wissen muss, noch nicht weiß. Ein Mann zu sein, bedeutet, richtig handeln zu können, und richtig handeln zu können, bedeutet, alles umsetzen zu können, was man je gelernt hat. Was soll er mit der Herausforderung, einen Fisch zu fangen? Das hängt viel zu sehr vom Glück ab. Er muss sich an den Dingen messen, die er gelernt hat. Und Mackenzie ist einer der besten Taucher, die ich kenne.«

»Er braucht keine Prüfung zu bestehen, um zu beweisen, dass er ein Mann ist«, wiederholte Forest.

»In jeder Kultur existieren seit jeher Initiationsriten für den Übergang zum Mannsein«, beharrte Ahab stur.

»Wenn du es sagst, alter Mann.« Forest schaute über die Reling. »Er ist schon ganz schön lange da unten.«

»Das schafft er schon. So tief ist es gar nicht«, sagte Ahab.

»Und was, wenn er sie nicht findet?«

»Er wird sie finden.«

»Und was, wenn nicht?«

»Er findet sie.«

Leise knarzend hob und senkte sich das Boot mit der sanften Dünung.

»Das schafft er nie«, wiederholte Forest.

Eine große Luftblase stieg an die Oberfläche, dann tauchte Mackenzie keuchend und nach Luft schnappend wieder auf. Hustend und prustend griff er nach der Leiter.

»Hast du sie gefunden?«, fragte Forest.

Mackenzie schüttelte nach Atem ringend den Kopf.

»Sag ihm, er soll wieder hochkommen, Ahab«, verlangte Forest. »Sag ihm das!«

»Versuch's noch mal, Junge«, sagte Ahab.

Mackenzie nickte zitternd, holte Luft und tauchte ein zweites Mal unter.

Forest zog sich das Tauchjacket wieder an. »Ich gehe jetzt runter und helfe ihm.«

»Wage es nicht!«, schallte Ahabs Stimme übers Deck. »Damit tust du ihm keinen Gefallen.«

»Er tut das nur, um dich zu beeindrucken!«

»Junge, er versucht ständig, *alle und jeden* zu beeindrucken. Und zwar so verzweifelt, dass es ihn umbringt.«

»Und warum gießt du dann auch noch Öl ins Feuer?«, fragte Forest.

»Ein Mann braucht einen Zeugen. Jemanden, dem er beweisen kann, dass er ein Mann ist. Anderenfalls wird er immer daran zweifeln.«

»Das klingt wie eine bescheuerte, sich selbst erfüllende Prophezeiung, Ahab«, sagte Forest.

Mackenzie tauchte zum zweiten Mal auf. »Ich finde sie nicht«, würgte er zwischen tiefen Atemzügen keuchend hervor.

»Wir bleiben so lange hier, bis du sie gefunden hast«, sagte Ahab. »Noch mal, Mackenzie.«

Mackenzie sah ihn flehend an. »Bitte, Ahab.«

»Wenn du die Kette nicht findest, bist du kein Mann.«

Zum dritten Mal pumpte Mackenzie sich mit Sauerstoff voll, dann tauchte er wieder ab.

»Das war grausam und gemein«, sagte Forest verächtlich.

Ahab antwortete nicht. Er bezweifelte stark, dass Mackenzie die Kette so weit unten tatsächlich finden würde. In dem Moment, wo Mack sich gegen Ahab stellte und sich weigerte, noch einmal nach unten zu gehen, würde Ahab ihm erklären, dass er damit die wahre Prüfung bestanden hatte: sich gegen ihn zur Wehr zu setzen. Vielleicht würde er Mackenzie auch erklären, die Prüfung hätte darin bestanden, etwas derart Wertvolles aufzugeben. Die Prüfung selbst spielte im Grunde keine Rolle; es ging nur darum, wie Ahab sein abschließendes Urteil verkaufte. Und dass ein Zeuge anwesend war, um Mackenzie die Bedeutung dieser Sache klarzumachen.

Eine volle Minute verstrich.

Ahab fing an, ein bisschen nervös zu werden.

Die nächste Minute verstrich ohne ein Zeichen von Mackenzie.

Und dann brach er plötzlich durch die Wasseroberfläche, wild nach Luft schnappend, in der hochgereckten Faust die glitzernde Kette.

Wie Poseidon mit seinem Dreizack. Wie ein Mann, der seinen Namen gefunden hatte. Forest sprang jubelnd an Deck auf und ab.

Ahab versteckte seine Überraschung hinter einem Lächeln. Die Herausforderung war unmöglich erschienen. Der Meeresgrund war mit Seetang bewachsen und der Sand verschob sich in der Strömung von Minute zu Minute …

Zittrig kletterte Mackenzie die Leiter hinauf und drehte sich zu Ahab um, die Augen vom Salzwasser gerötet.

»Hier«, sagte er und streckte ihm bebend die Kette hin. »Ich hab sie gefunden.«

»Die ist nicht für mich«, sagte Ahab und drückte Mackenzies Hand zurück gegen seine Brust. »Leg sie an. Du hast sie dir verdient.«

Mit zitternden Händen befestigte Mackenzie die goldene Kette um seinen Hals.

»Wie heißt du, mein Junge?«, fragte Ahab ihn erneut.

»Mackenzie«, antworte sein Cousin. »Mackenzie Arlo Dempsey.«

»Vergiss das nie wieder.«

KAPITEL FÜNFUNDVIERZIG

MACKENZIE

Mackenzie steuerte das Schlauchboot zurück in den Hafen. Sein Körper schmerzte, doch sein Verstand war glasklar. Die Goldkette hing um seinen Hals.

Mackenzie.

Wie hatte er jemals daran zweifeln können, dass er ein Mann war? Verdammt, er war mal Millionär gewesen! Hatte im Gefängnis gesessen. Er war zäher als die meisten Kerle dieser Stadt.

Und jetzt würde er der Welt einen Gefallen tun. Er würde seinen Bruder retten und er würde seine Stadt von Blackbeard befreien. Er würde dem Lockgesang der Sirenen aus der Drogenwelt nicht erliegen, weil er wusste, dass er stark genug war, um zu widerstehen. Und Shelby würde er ebenfalls davor beschützen.

Mackenzie fuhr nach *Homeward* hinauf, den Kopf voll mit Ideen. Im Vorbeigehen warf er den Leuten von der Sicherheitsfirma einen Blick zu. Sie waren immer noch damit beschäftigt, *Homeward* in eine Festung zu verwandeln, in die ohne Shelbys Erlaubnis künftig niemand mehr würde eindringen können.

Als er ins Wohnzimmer humpelte, hob Shelby den Blick. Sie spürte sofort, dass sich etwas in ihm verändert hatte.

»Mackerel?«, fragte sie unsicher.

»Ich mag den Namen nicht«, sagte er. »Ab sofort nennst du mich Mackenzie.«

»Was ist mit dir passiert?«, fragte sie.

»Hast du deine Ausrüstung beisammen?«

»Ja. Ist alles im Wagen.«

»Na dann los. Zeig mal, was du draufhast.«

KAPITEL SECHSUNDVIERZIG

FOREST

Ahab sah Mackenzie nach, bis das Boot hinter den Klippen verschwand. Forest dachte über das nach, was Ahab erzählt hatte.

»Du hast noch nie von deinem Vater erzählt«, sagte Forest.

»Warum sollte ich? Du doch auch nicht von deinem.« Ahab drehte sich zu ihm um. »Ich gehe zumindest davon aus, dass du irgendwo Eltern hast, oder nicht? Die nur darauf warten, dass du den Dempseys alles abschwindelst, was sie haben?«

»Keine Eltern. Nur ich.«

»Wie war dein Vater?« Ahab ließ nicht locker.

»Ehrlich gesagt, ich erinnere mich kaum an ihn«, sagte Forest. »Nur noch an die Prügel, die ich kassierte.«

Ahab schnaubte mitfühlend. »Tja. Wenigstens eine Sache, die du mit den Dempseys gemeinsam hast.«

»Suchen wir jetzt nach dieser Höhle oder nicht?« Forest legte das Tarierjacket an und zog die Riemen fest.

»Lass mich vorher noch deine Luft überprüfen«, sagte Ahab.

»Hab ich schon.«

»Dann überprüfe ich sie eben *noch mal.*«

»Kommt mir fast so vor, als wolltest du nicht, dass ich ertrinke«, sagte Forest fröhlich.

»Ist mir ziemlich egal.«

»Okay. Dann gehe ich ohne Tauchboje«, sagte Forest. Mit einem Satz über die Reling sprang er ins kalte Wasser.

Mit kräftigen Flossenschlägen tauchte er hinunter in die farbenprächtige Unterwasserwelt. Wo der Anzug die Haut nicht bedeckte, fühlte sich das Wasser weich und herrlich kalt an. Forest liebte das Druckgefühl der Maske auf seinem Gesicht und das Bitzeln der Luft aus dem Atemregler in seinem Mund.

Er ließ sich bis auf den Meeresgrund sinken. Direkt vor ihm wich das von Fischen bevölkerte Riff einem vergleichsweise öden Feld aus geriffeltem Sand. Die eine Hand am Inflator – sogar Ahab hatte zugeben müssen, dass er die Tarierung inzwischen perfekt beherrschte – tauchte er eine Runde um den Fuß des Riffs. Er hatte den Felsen bereits in die andere Richtung umrundet, aber es konnte nicht schaden …

Da! Eine Kuhle im Sand. Falls die vorhin schon da gewesen war, hatte er sie übersehen. Er tauchte näher und betrachtete die kleine Falte im Sand genauer. Irgendetwas war seltsam daran. Forest hielt sich mit einer Hand am Felsen fest, um nicht abgetrieben zu werden, und ließ die Finger durch die Vertiefung gleiten.

Eine Öffnung.

Er ließ noch etwas Luft aus seinem Jacket, sank bis ganz auf den Grund und wischte den Sand beiseite. Unter dem zerklüfteten Felsen erschien ein Spalt. Forest leuchtete mit seiner Tauchlampe hinein. Hinter dem dichten Seetang lag offensichtlich der Zugang zu einem großen Hohlraum verborgen.

Eine Höhle. Das muss sie sein.

Für Jubel war keine Zeit. Forest konnte es kaum erwarten, nachzusehen.

Endlich. Mal sehen, welche Schätze in diesem Loch zu finden sind.

Ein metallisches Geräusch erschreckte ihn. Ahab war ihm hinterhergetaucht und hatte ihn trotz fehlender Boje gefunden. Der alte Mann schlug mit seinem Messer gegen Forests Tauchflasche, um ihn auf sich aufmerksam zu machen. Er hielt ihm seine Tafel vors Gesicht: NIE OHNE BOJE!

Forest deutete mit Mittel- und Zeigefinger auf seine Augen und dann mit ausgestrecktem Zeigefinger auf die Höhle.

Ahab glitt neben ihn und spähte durch den Spalt. Er wischte die Nachricht auf seiner Tauchtafel weg und schrieb: ZU GEFÄHRLICH FÜR DICH, TAUCH AUF, ZURÜCK ZUM BOOT.

Diese Diskussion hatten sie bereits geführt. Ahab hatte einen langen Vortrag über die Gefahren des Höhlentauchens gehalten und erklärt, dass ein Großteil tödlicher Tauchunfälle darauf zurückzuführen sei, dass Menschen sich ohne ausreichende Vorbereitung in unbekannte Höhlen wagten. Sie blieben in Spalten stecken, weil sie nicht mit der Wasserströmung in kleineren Hohlräumen vertraut waren. Ahab hatte von an Felswänden aufgerissenen Jackets erzählt, von durch fehlende Sicht ausgelöste Panik und daraus resultierender Orientierungslosigkeit, die ein Auftauchen unmöglich machte, und vom Tod durch Ersticken.

Aber Forest hatte es nicht bis hierher geschafft, um jetzt den Schwanz einzuziehen.

Ehe Ahab ihn abhalten konnte, verschwand er mit ein paar beherzten Flossenschlägen in der Öffnung.

Sofort klangen alle Geräusche des Ozeans gedämpft, verzerrt, unheimlich. Seetang kitzelte ihn, als er sich weiter vorwagte.

Irgendetwas hier ist so wertvoll, dass Jesse Alexandra dafür umgebracht hat …

Der Unterwassertunnel bog sich aufwärts und grub sich tiefer in das Riff hinein.

Plötzlich tauchte er unvermittelt auf. Luft berührte sein Gesicht.

Forests Tauchlampe glitt über die Wände einer Höhle etwa in der Größe eines Wohnzimmers. Er nahm den Atemregler aus dem Mund und holte Luft.

Schmerzhaft zog sich ihm der Brustkorb zusammen. Er fing an zu husten, griff sich an die Kehle, keuchte, hustete wieder.

Eine Sekunde später tauchte Ahab neben ihm auf und steckte ihm den Atemregler zurück in den Mund. Er nahm sein eigenes Mundstück kurz heraus und flüsterte: »Hier, Forest, tief einatmen, die Luft hier ist toxisch …«

Der Schrecken ebbte ab, und Forest war wieder in der Lage, tief und gleichmäßig zu atmen. Er versuchte, sich unter die Maske zu fassen, um die Tränen wegzuwischen, aber Ahab packte ihn am Handgelenk und schüttelte den Kopf. Dabei tippte er sich an seine eigene Maske.

Anlassen!

Forest hatte sich unter Wasser sehr viel sicherer gefühlt als in diesem gruseligen Hohlraum voll toter Luft. Dennoch folgte er Ahab aus dem Wasser heraus.

Er leuchtete weiter die Wände ab, um ein besseres Gefühl dafür zu bekommen, was genau sie hier eigentlich entdeckt hatten. Zuerst sah es so aus, als wäre der Boden außerhalb des Wassers mit scharfkantigen Steinen übersät. Forest schaute genauer hin, um sich ein Bild von den seltsamen Formen dieser Steine zu machen. Sie sahen zwar nicht aus wie von Menschenhand gemacht, wirkten aber ebenso wenig wie normale Steine.

Plötzlich fuhr er mit einem Aufschrei zurück. Die Tauchlampe glitt ihm aus der Hand, fiel zu Boden, kreiselte um sich selbst und warf unheimliche Lichtstrahlen an die Höhlenwände. Er stieß gegen Ahab, der nach seinem Arm griff und ihm dabei half, das Gleichgewicht wiederzufinden.

Der Boden der Höhle war übersät mit Knochen.

Eine Woge aus Übelkeit überkam Forest, und mit ihr ein schreckliches Gefühl von Déjà-vu. Als wäre er wieder in der nassen Gruft, in der er Alexandra und Huck gefunden hatte.

Ahab drückte beruhigend seinen Arm.

Warum lässt ihn das so kalt?

Der alte Mann fasste neben sich in einen Berg aus Knochen und zog einen kleinen, flachen Gegenstand heraus. Er rieb mit dem Daumen über die messerscharfe Kante, und sofort erschien ein Blutstropfen. Er ließ den Lampenstrahl über den Boden gleiten, während Forest sich langsam wieder ins Wasser hinunterließ. Die vielen Knochen, die toxische Luft, das Blut an Ahabs Daumen.

Das war alles zu viel für ihn.

Das Wasser trug ihn verlässlich, und sofort fühlte er sich wieder etwas besser. Ohne sich zu weit von dem Wasserloch – ihrem einzigen Ausweg aus dieser tödlichen Falle – zu entfernen, wühlte Ahab vorsichtig in den Knochenbergen auf dem Höhlenboden herum. Er bewegte sich auch mit Flossen an den Füßen ruhig und selbstsicher.

Sobald Ahab wieder im Wasser war, tauchte Forest los, die Augen starr geradeaus gerichtet. Abwärts durch den Tunnel, dann durch den Spalt hinaus ins offene Meer und direkt nach oben zum Boot.

Nachdem er aufgetaucht war, riss er sich hastig die Maske vom Kopf, spuckte den Atemregler aus und kletterte eilig hoch ins Boot. Gierig sog er die frische, klare Meeresluft ein. Nie wieder würde er frische Luft als selbstverständlich hinnehmen. Ihm war zum Kotzen zumute.

Und das alles umsonst. Von einem Schatz keine Spur. Ihm schwirrte der Kopf. Er hatte keine Ahnung, was er jetzt tun sollte. Die Höhle war nicht, was er erhofft hatte. Was er so dringend gebraucht hatte. Nicht mal ansatzweise.

Kurz nach ihm tauchte auch Ahab wieder auf. Sobald er auf Deck stand, nahm er die Maske ab und holte einen flachen, runden Stein aus dem Tauchbeutel. Aus seinem Bart tropfte das Wasser, und als er den Stein gegen das Licht hielt, leuchteten seine Augen, als wären sie auf Gold gestoßen.

»Noch ein Grab, sonst nichts!«, sagte Forest.

Behutsam verstaute Ahab den Stein in seinem Tauchbeutel. »Warten wir's ab.«

»Was ist an einem Haufen Steine und Knochen so besonders?«, fragte Forest. »Das ist doch kein Schatz!«

»Das sind keine Menschenknochen. Wir müssen sofort zurück ins *Mermaid's Darling*, Junge«, sagte Ahab. »Los geht's!«

KAPITEL SIEBENUNDVIERZIG

MACKENZIE

Mackenzie stand am Bug des alten Hausboots und beobachtete das blaue Wasser der Bucht, die sich von der Mündung des Gezeitenflusses aus erstreckte, an dem sie festgemacht hatten. Die Bucht lag zwischen hohen Klippen, die zum Land hin allmählich flacher wurden und in die Ebenen der Halbinsel übergingen.

Das Boot schaukelte sanft in der Strömung. Tief hängende Myrtenzweige sorgten für eine gewisse Abgeschiedenheit. Der umgebauten Fähre mit dem durch Algen und Moos grün verfärbtem Rumpf haftete der spezielle Charme an, den aussortierte Dinge bisweilen besaßen. Ein klappriger Holzsteg führte von der offenen Tür zu dem unbebauten Grundstück der Dempseys hinauf.

Für eine Ice-Küche war ihr Labor nicht wirklich gut gesichert – das Hausboot war für jeden, der auf dem Fluss unterwegs war, deutlich zu sehen. Aber wer interessierte sich schon für ein abgewracktes Wasserfahrzeug? Trotzdem hatte Mackenzie, während Shelby ihr Labor einrichtete, sicherheitshalber blickdichte Vorhänge aufgehängt und die Türen mit neuen Riegelschlössern versehen.

Er löste seinen Blick vom Meer und zog sich den rosaroten Overall und die Atemschutzmaske an, die Shelby für ihn bereitgelegt hatte. Die Maske roch intensiv nach Gummi. Er schob den Riegel der Eingangstür zurück, trat ein und verriegelte wieder von innen. Dann ging er nach unten ins Labor. Die Anspannung saß wie Beton zwischen seinen Schulterblättern. Jetzt gab es endgültig kein Zurück mehr. Wenn sie erwischt wurden, waren sie dran.

Gleichzeitig verspürte er Aufregung. Seit der Sache auf Ahabs Boot hatten sich seine Gefühle zwar nicht aufgelöst – die Angst, erwischt zu werden, und vor allem die Sorge um Shelby –, aber sie hatten entschieden an Kraft verloren. Er fühlte sich selbstbewusst. Es war in Ordnung, aufgeregt zu sein, wenn er an das dachte, was sie vielleicht erreichen würden. Diese Aufregung hatte etwas zutiefst Menschliches.

Shelby stand vor dem Labor, das sie sich in der ehemaligen Kombüse eingerichtet hatte. Es war zwar nicht der größte Raum, aber die Dunstabzugshaube sorgte für gute Belüftung, ohne Verdacht zu erregen.

Sie trug ebenfalls Schutzoverall und Atemmaske. Die Haare steckten streng zurückgebunden unter der Kapuze. Vor ihr auf dem Tisch standen ein Mörser, Bechergläser, kleine und große Plastikampullen, Reagenzgefäße, ein Destillationsgerät und ein Bunsenbrenner. Auf einem Beistelltisch reihten sich Sudafed-Schachteln neben braunen Flaschen mit Chemikalien in Pulverform und diversen Flüssigkeiten, alles von Shelby ordentlich mit der Hand beschriftet.

Mackenzie trat neben sie. »Glaubst du, du schaffst das?«

»Kinderspiel.«

»Jetzt gibt es kein Zurück mehr«, sagte er.

»Das ist mir klar!«, sagte sie scharf. »Ich bemühe mich, es so sauber wie möglich hinzukriegen, damit sich der Schaden, den es anrichtet, wenigstens in Grenzen hält.«

»Es wird auf alle Fälle Schaden anrichten«, sagte Mackenzie. Er kannte die Verzweiflung von Menschen, die *alles* für die nächste Dröhnung tun würden. Scheiße, er war selbst einer von ihnen gewesen.

»Nur der Säuregehalt macht Crystal Meth für den menschlichen Körper so schädlich. Wenn man den PH-Wert richtig hinbekommt, zerfrisst es den Körper auch nicht«, sagte sie betont sachlich.

»Im Laufe der Zeit ziehen sich die Leute trotzdem genug von dem Zeug rein, dass es ihnen das Fleisch wegätzt. Außerdem kaufen sie nicht nur deinen Stoff, Shelby. Wer lange genug dabeibleibt, ist irgendwann unweigerlich nur noch Haut und Knochen. Außerdem ist nicht die Säure das Schädliche am Meth-Konsum, sondern der Schlafentzug.«

Mackenzie erinnerte sich nur allzu gut an diese Phase seines Lebens. Ice war wie Kaffee mit tausendfach potenziertem Koffein. Wie ein Lavastrom aus Euphorie direkt unter der Haut. Auf Ice konnte man tagelang wach bleiben, und darauf war das menschliche Gehirn nicht ausgelegt. Der Körper brauchte Schlaf dringender als Nahrung.

»Auf die Plätze, fertig, los!«, sagte Shelby und atmete laut aus.

Sie drückte den Inhalt einer Schachtel Sudafed aus dem Blister in den Mörser und pulverisierte die Tabletten mit dem Stößel. Dann füllte sie das Pulver in einen Rundkolben und gab aus einer beschrifteten Flasche Lösungsmittel hinzu. »Man muss das Pseudoephedrin abtrennen, um reines Ephedrin zu gewinnen«, erklärte sie. »Um es zu entfernen, erwärmen wir die Mischung bei niedriger Temperatur.

Sie stellte sich Reagenzgläser, Becher, die Destillationsapparatur und den Bunsenbrenner zurecht.

»Wird das Pseudoephedrin erwärmt, steigt es als Öl an die Oberfläche der Lösung, und dann trennen wir es mit dem Rückflusskühler ab. Dampf steigt auf, kühlt in der Kühlspirale ab, Flüssigkeit kondensiert und tropft schließlich hier hinein.« Sie zeichnete den Weg durch die Glasröhren mit dem Zeigefinger nach. »Das Produkt landet hier.«

Mackenzie war der Prozess nicht unbekannt, allerdings hatte

er ihn mit anderen Chemikalien gesehen. Es gab hundert verschiedene Methoden, Ice zu kochen. Diese Methode war ihm neu, aber normalerweise hatte er auch immer großen Wert darauf gelegt, bei der Herstellung des Produkts selbst nicht anwesend zu sein. Sobald die Leute glaubten, dass man kochen konnte, blieben nur zwei Möglichkeiten: Man wurde zum Gott oder zum Sklaven.

Trotzdem ließ er sich von Shelby den Prozess erklären. Es half ihr offensichtlich bei der Arbeit, und außerdem wollte er nicht, dass sie sich alleingelassen fühlte.

»Sobald die Substanz in Flüssigkeit gelöst vorliegt«, Shelby deutete auf eine Röhre, in der sich Kondensat zu bilden begann, »leitet man roten Phosphor und Salzsäure durch die Lösung. An dem Punkt kommt der PH-Wert ins Spiel. Hier vermurksen es neunzig Prozent der Köche. Ist der PH-Wert zu hoch, verbrennt die ganze Chose. Wenn er aber nur ein bisschen zu hoch oder zu niedrig ist, verätzt es den Körper.«

Neugierig musterte Mackenzie den roten Phosphor. »Wo hast du das her? Ich dachte, das Zeug ist nicht frei verkäuflich?«

»Geh noch ein Stückchen näher ran, dann tut's dir leid«, sagte sie warnend. »Nein, das kann man nicht kaufen. Der Besitz von rotem Phosphor ohne guten Grund ist bei uns strafbar. Also kannst du ihn entweder in mühevoller Kleinarbeit von Streichholzköpfen kratzen … oder du hast Freunde an der Uni, die an der Fakultät für Chemie arbeiten.«

»Shelby! Das kannst du nicht bringen. Das legt doch eine fette Spur direkt bis zu uns! Solche Chemikalien unterliegen dem Monitoring.«

»Ich agiere so sicher wie nur irgend möglich, und außerdem sind wir nur ganz kurz im Spiel, okay? Also. Keine Panik.« Sie trat zurück und betrachtete ihr Werk. »Mann, Mackerel, jetzt zittern mir die Hände.«

»Nenn mich nicht Mackerel«, sagte er. »Ich heiße Mackenzie.«

»Okay. Schön, auch gut, *Mackenzie*, bring mich nicht dazu, es zu versauen.« Sie machte sich wieder an die Arbeit. »Also. Als Nächstes filtert man den restlichen Phosphor wieder raus und fügt etwas Lauge hinzu, um die überschüssige Säure zu neutralisieren.« Shelby machte eine Pause. »Jetzt geht's ums Ganze. Das ist handfeste Wissenschaft, es müsste eigentlich funktionieren.«

»Was *müsste* funktionieren?«, fragte Mackenzie besorgt. »Shelby, bitte geh hier kein Risiko ein.«

»Ich habe etwas, das sich eigentlich mit dem Ice verbinden müsste, ohne ...« Mit einer Pipette entnahm sie einem glitzernden, unbeschrifteten Flakon ein paar Tropfen einer goldenen Flüssigkeit und fügte sie der Mischung hinzu. »Und jetzt destillieren wir Meth über.« Sie fing die Flüssigkeit in einen zweiten Messbecher auf. »Nun noch die Salzsäure durchleiten, um das Produkt zu kristallisieren – *kristallines Hydrochloridsalz*«.

In einem nächsten Schritt goss Shelby die Flüssigkeit durch einen Filter. »Und jetzt warten wir, bis es trocken ist.«

Sie saßen an Deck und ließen sich die Sonne auf den Pelz brennen, während sie darauf warteten, dass das Ice kristallisierte.

Als der Timer ihres Telefons erklang, streifte Shelby sich eilig das T-Shirt wieder über.

»Na dann schauen wir mal«, sagte sie.

Mackenzie zog sich ebenfalls an und folgte ihr zurück ins Labor.

Der Stoff war inzwischen getrocknet und kristallisiert. Die Kristalle hatten einen satten Goldton, transparent wie Buntglas.

»Du hast es golden gefärbt?« Mackenzie war kurz davor, in Ohnmacht zu fallen. Er war fassungslos. Shelby hatte die einzige Chance vergeigt, die sie hatten! »Shelby! Reines Ice ist absolut durchsichtig. Das Zeug kauft uns doch keiner ab!«

»Ich weiß schon, was ich tue!«, fuhr sie ihn an. Sie schwenkte das glitzernde Fläschchen. »Das hier ist unser Alleinstellungsmerkmal. Ich wette, es hat noch nie jemand goldenes Ice gekocht.«

»Es wird auch nie jemand kaufen.«

»Doch. Werden sie. Wenn sie es erst mal probiert haben.« Die kleinen goldenen Splitter sahen tatsächlich verlockend aus. Mackenzie lief das Wasser im Mund zusammen. So nahe war er dem Teufelszeug seit Jahren nicht mehr gewesen.

Nein!, sagte eine Stimme in seinem Kopf.

Aber eine andere, gefährlich vernünftig klingende Stimme hielt dagegen.

»Ich muss das testen«, sagte Mackenzie.

»Mach keinen Blödsinn!«

»Wir können Blackbeard auf keinen Fall schlechten Stoff anbieten. Das würde alles kaputtmachen.«

Er fing an, in den Küchenschränken rumzusuchen, und hatte bald gefunden, was er brauchte: Ein Weinglas mit bauchigem Kelch und schmalem Rand.

»O nein«, sagte Shelby und streckte eine zitternde Hand aus. »Das ist mein Produkt. Das teste ich selbst.«

»Auf keinen Fall. Das lasse ich nicht zu. Dein Hirn brauchen wir dringender als meines.«

»Mack! Ich habe mich eingelesen. Du hattest bereits eine Psychose. Bei dir reicht vielleicht schon ein einziges Mal, um wieder den Verstand zu verlieren. Mein Gehirn ist quasi jungfräulich.«

»Diese Diskussion gewinnst du nicht«, sagte Mackenzie und nahm vorsichtig einen kleinen Splitter Ice zwischen die Finger. Durchsichtig wie goldener Honig. Sein Mund wurde trocken.

»Gib das sofort her, Mack!« Shelby versuchte, ihm das Sektglas aus der Hand zu nehmen.

Er machte sich los und ließ den Splitter in den Kelch gleiten. Falls die Polizei in den nächsten Tagen einen Drogentest machte, wäre er am Arsch. Aber es gab keine andere Möglichkeit. Er konnte kaum schlucken. Er beugte sich über den Labortisch, hielt das Glas im richtigen Abstand über die Flamme des Bunsenbrenners, drehte es sachte hin und her und hielt den Mund nahe über den Rand.

»Mack …«, flüsterte Shelby voller Angst. »Sei vorsichtig.«

Er atmete den aufsteigenden Dampf tief ein und …

Nichts passierte.

Es gab Ice, das langsam reinhaute und dafür länger anhielt, während andere Sorten wiederum sofort reinknallten und schnell wieder aufhörten, zu wirken.

Dann knallte es rein, und zwar so richtig.

Zuerst veränderte sich sein Gehör – ein Klingeln, das einem Tinnitus glich und kontinuierlich anschwoll wie Zikadenzirpen. Gleichzeitig hörte er jeden seiner Atemzüge, laut und glasklar. Das Wasser, das draußen gegen den Rumpf plätscherte, die Zweige, die raschelnd das Deck streiften.

Die Welt verschob sich von unscharfen Rändern hin zu den winzigsten Details. Er spürte, wie seine Muskeln anschwollen, wie sämtliche Zellen seiner Haut sich neu sortierten, bis sie sich endlich wieder anfühlte wie seine eigene Haut. Sogar die Schmerzen in seinem Bein waren verschwunden.

Hitze flutete sein Gesicht, die Wangen, die Brust, die Zehen. Heiße kleine Wellen leckten an seiner Haut, dann riss ihn ein schäumendes Meer aus Lust fast von den Füßen. Er war erregt – so unglaublich erregt, alles um ihn herum und in ihm war erregend. Er hatte sich noch nie in seinem ganzen Leben so gut gefühlt.

Es hieß, es würde nichts geben, was sich mit dem allerersten Zug nach langer Abstinenz vergleichen ließe …

»Mack?«, sagte Shelby unsicher.

Lachend schloss er sie in die Arme.

»Du bist ein Genie!«, rief er stürmisch, dann wurde ihm bewusst, wie nah sie ihm war. Er hätte sie am liebsten geküsst, wusste aber, dass das eine schlechte Idee war.

Sie wich zurück. »Ist es … geht's dir gut?«

»Das hier«, verkündete er euphorisch, »ist das beste Ice, das ich je geraucht habe.«

Er war sich nicht sicher, ob es stimmte – er hatte so lange nichts mehr geraucht, und der erste Zug war immer der beste, aber das Zeug hier spürte er einfach überall. In den Augen, in der Kehle, im Bauch, in den Lenden …

Unbeholfen legte Mackenzie sich die Hände auf den Schritt, um seine Erektion zu verstecken.

Shelby merkte, was passiert war, und ein eigenartiger Ausdruck zog über ihr Gesicht. Er erinnerte ihn plötzlich wieder daran, was er hier tat.

Mack kannte sich mit Drogen aus – und er hatte sich in seiner Zeit als Dealer antrainiert, auch unter Drogeneinfluss einen kühlen Kopf zu bewahren. Vor allem, wenn paranoide Kunden von ihm verlangt hatten, das Produkt vor ihren Augen zu testen, ehe sie kauften. Der Trick bestand darin, so zu tun, als sei man nüchtern. Einfach zu tun, was ein nüchterner Mensch in dem Augenblick tun würde. Und wenn man dann endlich wieder runterkam, stellte man fest, dass das, was man getan hatte, meistens goldrichtig gewesen war.

Allerdings war dieses *so tun als ob*, während der eigene Körper sich aufführte wie ein Pferd im gestreckten Galopp und man sich zehn Mal schlauer und fünfzig Mal gesprächiger fühlte als sonst, ein immenser Kraftakt.

Und vermutlich besaß sein Unterbewusstsein genug Fachwissen, um sich ernsthafte Sorgen zu machen. In seinem Hinterkopf ratterte eine Stimme Fakten herunter, die ihm während der Reha im Gefängnis eingehämmert worden waren.

… spiegeln die natürlichen Neurotransmitter für Freude so vollständig, dass das Gehirn keinen Unterschied erkennt … ahmt die

Dopaminausschüttung nach und regt das Gehirn so dazu an, seinerseits noch mehr von dem Botenstoff auszuschütten und uns mit Freude zu fluten …

»Hier, nimm das bitte«, sagte er und gab Shelby das Sektglas, ganz so, wie ein nüchterner Mensch es tun würde. »Ehe ich noch einen Zug nehme. Wir haben den Beweis.«

Stumm nahm Shelby ihm das Glas ab und stellte es ins Spülbecken. Währenddessen spulte die Stimme in seinem Kopf weiter ihre Fakten ab.

… schädigt die Produktion von natürlichem Dopamin, bis der Körper auf die Zuführung von außen angewiesen ist, um sich normal zu fühlen. Es ist wie ein Albtraum, aus dem man nicht mehr aufwachen kann. Das Gefühl, das der erste Rausch einem gegeben hat, lässt sich nie wiederholen. Und doch wird man nie wieder aufhören, genau diesem Gefühl hinterherzujagen …

Shelby fing an, die Ice-Kristalle zu portionieren und in kleine Ziplock-Tütchen abzufüllen.

»Es braucht einen Namen«, sagte Mackenzie, die Hände immer noch auf dem Schritt. Machte man das in nüchternem Zustand auch so?

»Was braucht einen Namen?«

»Das Ice«, sagte Mackenzie. »Du hast doch selbst gesagt, es ist eine Marke. Marketing ist alles. Also. Wie soll sie heißen, deine Kreation?«

»Ist das wirklich der richtige Moment, um sich solche Gedanken zu machen?«

»Klar. Der beste Moment überhaupt. Hey, brauchst du Hilfe beim Eintüten? Kann ich dir helfen?«

»Nein!«, sagte Shelby, aber sie wehrte sich auch nicht, als er zu ihr trat, um mitzumachen. »He, Mack! – Wie du schwitzt! Ist das normal?«

»Alles super«, sagte Mackenzie. Er stand viel zu dicht neben ihr. Er trat einen Schritt zurück, schlug die Arme um sich und sah ihr wieder bei der Arbeit zu. »Und können wir dann bitte nach Hause fahren, wenn du hier fertig bist?«

»Was? Du willst jetzt nach Hause?«, sagte sie. »Was ist, wenn Kane dich so sieht?«

»Ich glaube, im Augenblick ist für mich der sicherste Ort der Hobbykeller, Xbox vor dem Fernseher«, sagte er. »Bitte.« Er merkte selbst, dass sein Blick wie wild durch den Raum schoss, hierhin und dahin, ohne irgendwo länger als eine Sekunde hängenzubleiben. Doch er konnte nichts dagegen tun, war total zappelig. Er zupfte an seinen Klamotten rum, an seinen Haaren, an seinem …

Endlich riss er sich die Hände vom Schritt. Seine Wangen brannten, vor Peinlichkeit und Erregung gleichermaßen.

»Okay. Wie wär's, wenn du im Auto wartest, und ich komme nach?« Auch Shelby war rot angelaufen. »Ich räume nur noch kurz auf.«

Die mit Schlaglöchern übersäte Küstenstraße zurück Richtung Shacktown schlängelte sich durch von Heidekraut und Teebäumen gesäumte Wiesen und Weiden. Mackenzie saß einfach da, spielte an seiner Goldkette herum und fühlte sich neben Shelby vollkommen im Frieden. Er hatte keinen Ton mehr gesagt – er wusste nicht genau, ob ein nüchterner Mensch sich in so einer Situation unterhalten würde, mit einer derartigen Menge illegaler Substanzen auf dem Rücksitz.

»Lach jetzt nicht«, sagte Shelby in die Stille hinein, »aber ich versuche zurzeit ständig, mir Daveys Gesicht vorzustellen, wenn die Rollen umgekehrt gewesen wären. Wenn ich ihm eines Tages eröffnet hätte, dass ich die Megadrogenbaronin wäre.«

Mackenzie lachte. Er spielte an seinem Sicherheitsgurt herum. Rein und raus und rein und wieder raus … »Nette kleine Tagträume, was?«

»Tja«, sagte sie verlegen. »In meinen Tagträumen bin ich irgendwann selbst die Königin der Unterwelt. Persephone. Was eigentlich ein Witz ist – Persephone war schließlich mit Hades verheiratet, dem Herrn des Todes.«

Mackenzie hielt den Blick aus dem Fenster gerichtet. »Davey hat dir nie die Wahrheit erzählt, weil er dich beschützen wollte.«

»Ja, Mackenzie, das hast du mir schon hundertmal gesagt. Aber er hätte mich gar nicht erst heiraten dürfen. Nicht, ohne mich einzuweihen.«

»Er wollte es dir sagen.«

»Jedenfalls ist mir inzwischen so einiges klar«, sagte sie. »Eigentlich wollte er mich anheuern, habe ich recht? Damals, als wir uns kennenlernten.«

»Er liebt dich.«

»Wie ist er nur auf die Idee gekommen, ich hätte *jemals* eingewilligt, Ice für ihn zu kochen?«

»Normalerweise kassiert Davey eher keine Abfuhren …«, sagte Mackenzie. »Wir hatten noch nie jemanden mit Chemiestudium getroffen. Außerdem warst du klug, witzig und einfach nur umwerfend. Er hatte den perfekten Plan für euch vor Augen. Ich glaube, das war schließlich der Grund, warum er es dir nie erzählt hat.«

»Hat er mir nicht vertraut?«

»Die Vorstellung, dich der Gefahr als Köchin auszusetzen, war für ihn unerträglich.«

»Na komm, du hast den Knast doch auch überlebt. Okay, das war bestimmt kein Spaß, aber das hätte ich mit Sicherheit auch irgendwie hinbekommen.«

»Hier geht es aber nicht ums Gefängnis, Shelbs«, sagte Mackenzie. »Ice-Köche …«

»Ja, ja, ja. Du erzählst mir die ganze Zeit, dass der Job gefährlich ist, aber du sagst mir nie genau, warum. Komm schon, wir hängen da jetzt zusammen drin. Hör endlich auf mit der Heimlichtuerei.«

Sie löste den Blick von der Straße und schaute kurz zu ihm rüber. In ihren Augen lag Angst.

Er seufzte. »Die Freundin einer Freundin war ein Genie. Sie konnte Ice aus Zutaten kochen, die man bei Woolworth bekam, eine echte Zauberkünstlerin … Man hat sie drei Jahre nach ihrer Entführung entdeckt. Sie wurde in Victoria in einem Frachtcontainer gefangen gehalten, mitten im Busch, mit einer Fußfessel an ihren Labortisch gekettet. Jetzt lebt sie im Pflegeheim. Sie hat sich nie wieder erholt.«

Shelby stieß einen Fluch aus. »Sag mir, dass das ein Scherz ist.«

»Deshalb will Davey nicht, dass du in diese Sache reingezogen wirst«, sagte Mackenzie.

Schweigen breitete sich aus. Mackenzie erstickte fast an seinem Selbsthass – Ice verstärkte sämtliche Emotionen, und es tat ihm leid, dass er das Thema angeschnitten hatte. Bilder von Shelby, gefangen in irgendeinem Kellerloch, trieben ihm die Galle hoch.

»Nur eine Woche«, murmelte sie und trommelte mit dem Zeigefinger aufs Lenkrad. »Ich koche nur eine Woche lang Ice, und dann … dann lasse ich das alles wieder hinter mir.«

»Okay«, sagte Mackenzie. »Abgemacht.«

Nur eine Woche.

»Aber du hast recht. Um Blackbeard innerhalb einer einzigen Woche auf uns aufmerksam zu machen, braucht unser Ice einen Namen«, sagte Shelby. »Es braucht Prestige.«

Eine Woche. Das ist machbar. In dieser kurzen Zeit wird nichts Schlimmes passieren. Und danach ist alles wieder so wie vorher. Nur viel besser.

»Persephone ist außerdem die Göttin des Frühlings«, sagte Shelby. »Ich finde, wir sollten unser Produkt Golden Sunshine nennen.«

Ein Bild bahnte sich den Weg in Mackenzies Bewusstsein: Kane, in einem leeren Haus, der nach seiner Mutter rief. Mackenzie biss sich auf den Zeigefinger, um das Schluchzen zu unterdrücken.

»Mack …?«, fragte Shelby besorgt.

»Es tut mir so leid, Shelby!«

Er brach in Tränen aus.

KAPITEL ACHTUNDVIERZIG

AHAB

Ahab und Forest saßen in einer ruhigen Ecke in Ahabs Pub. Zeus lag unter dem Tisch. Ahab fröstelte; sie kamen gerade vom Boot, und seine Haare waren noch feucht. Aufregung machte sich in ihm breit.

Er beugte sich gespannt über den Bildschirm seines Laptops. Mit dem Internet hatte er es nicht so. Er brauchte mit Sicherheit länger als die meisten anderen, um zu finden, wonach er suchte, aber irgendwann kam auch er an sein Ziel.

Kutikina.

Das war's!

Er warf dem Jungen einen Blick zu. »Auf wen wartest du?«, fragte er genervt.

»Was?«

»Du schaust die ganze Zeit zur Tür. Du bist nervös. Du hast dein Getränk nicht mal angerührt.«

»Ich brauche frische Luft«, sagte Forest.

»Du gehst nirgendwohin«, sagte Ahab. »Nicht, ehe wir einen Plan haben.«

»Was für einen Plan denn?«, maulte Forest. »Wir haben eine Höhle voll alter Knochen und Scherben gefunden. Na und? Ich dachte, da liegt ein Schatz. Und stattdessen finde ich das nächste Grab.«

»Deswegen.« Ahab drehte ihm den Bildschirm zu.

Forest zog den Computer näher zu sich heran. »*Kutikina Cave?*«

»Ja. Eine Höhle am Franklin River, drüben im Südwesten – eine der größten Fundstellen urzeitlicher Aboriginal-Artefakte, die je entdeckt wurden. Der Fund war der Schlüssel zur Kontroverse rund um den Bau des Franklin-Staudamms.«

»Was? Eine Kontroverse um einen Staudamm?«, fragte Forest.

»Ja. Bei einem Staudamm gibt es immer Kontroversen«, sagte Ahab lachend. »Diesmal diente eine Höhle als Argument für die Bedeutung des Flussabschnittes, der beim Bau eines Damms zerstört worden wäre.«

»Und … die Knochen in der Höhle da unten … die sind … Glaubst du etwa, die sind auch so alt?«

»Die Antwort auf diese Frage liegt definitiv über meiner Gehaltsstufe. Aber das hier …«

Ahab ließ den Stein aus der Höhle auf dem Tisch kreiseln. »Das Ding nennt man Schabwerkzeug. Und genau so was fand sich auch unter den Steinzeitwerkzeugen, die man in der Kutikina-Höhle entdeckt hat.«

»Ich kapiere das immer noch nicht«, sagte Forest. »Ich dachte, wir wären auf der Suche nach einem Grund, weshalb jemand Alexandra umbringen sollte. Ich wollte einen Schatz finden, verdammt noch mal!«

»Und den haben wir auch gefunden, Junge! Kapierst du das nicht?« Ahab verstand selbst nicht, warum er auf den Jungen so wütend wurde. Wie hätte Forest das kapieren sollen? »Diese Höhle ist eine unglaubliche Entdeckung. Sie wirft unzählige Fragen auf – und wahrscheinlich gibt sie auch einige Antworten. Sie wird Forscher aus ganz Australien anlocken … und jede Menge Taucher auf der Suche nach weiteren Höhlen. Könnte sogar sein, dass wir dadurch mittelfristig zum Nationalpark werden.«

»Und warum ist das schlecht?«, fragte Forest.

»Es ist dann schlecht, wenn man die Küstengewässer als Drogenumschlagplatz missbraucht. Damit wäre die Firma über Nacht erledigt. Deshalb hatte Jesse höchstes Interesse daran, die Höhle geheim zu halten. Deshalb hat er Alexandra umgebracht. Sie hätte der ganzen Welt von der Höhle erzählt – ihr wäre gar nichts anderes übriggeblieben. Es ist, wie gesagt, ein unglaublicher Fund. Außerdem wusste Alexandra über die Firma Bescheid, und sie wusste, was auf dem Spiel stand, vor allem für ihren Mann. Wahrscheinlich sah sie in der Höhle eine Möglichkeit, dem Ganzen endgültig ein Ende zu bereiten. Kluges Kind.«

»Also hat Jesse sie umgebracht«, sagte Forest.

»Wenn sie wegen dieser Höhle gestorben ist, dann war es nicht umsonst.« All die Jahre, in denen Ahab versucht hatte, Jesse zu finden, hatte er immer geglaubt, ihm sei etwas Furchtbares zugestoßen. Jetzt wollte er ihn finden, um … um zu reden. Ernsthaft zu reden. Eine Auseinandersetzung, bei der am Schluss vielleicht nur einer von beiden übrig blieb. »Wir müssen jemandem von der Höhle erzählen. Keine Ahnung, an wen man sich normalerweise wendet, wenn man so was findet. Da gibt es doch sicher irgendeine Behörde, die man in solchen Fällen anrufen soll.«

»Wir müssen aufpassen, mit wem wir darüber sprechen«, sagte Forest. »Die Höhle ist einfach zu zerstören. Oder zu blockieren. Oder … oder jemand tötet uns, um das Geheimnis zu wahren.«

Die Höhle ist völlig unversehrt. Das heißt, Alexandra hat Jesse die Koordinaten nie verraten. Oder sie hat ihm die falschen genannt.

Wenn Jesse denkt, dass dieser Junge der echte Forest ist, ist mir klar, weshalb er ihn unbedingt am Leben lassen will – er will an die Höhle ran.

Die Tür ging auf, und Shelby betrat das Lokal. Sie nahm die

Sonnenbrille ab und sah sich suchend um. Dann kam sie mit festen Schritten auf sie zu. Ahab ließ die antike Scherbe in der Tasche verschwinden.

»Ich muss mit Davey sprechen«, flüsterte sie. »Wo ist er?«

»Was ist passiert?«, fragte Ahab. Sie wirkte nervös – oder aufgeregt. Er konnte es nicht genau sagen.

»Das Produkt ist fertig. Es ist wichtig, dass wir beim nächsten Schritt keine Fehler machen. Wir wollen Kontakt zu Blackbeard aufnehmen.«

Ahab warf Forest einen Blick zu. Der Junge hatte recht.

Wenn er Shelby jetzt von der Höhle erzählte und sie sofort zu den Behörden gingen, wie lange würde es dann noch dauern, bis die ganze Sache geklärt wäre? Tage? Wochen? Monate? Und würde die Fundstelle überhaupt so lange unversehrt bleiben, bei den Ressourcen, die Blackbeard zur Verfügung standen?

Nein. Sie brauchten einen anderen Plan, um Blackbeard fertigzumachen. Die Höhle würde warten müssen, bis er endgültig von der Bildfläche verschwunden war.

»Ahab. Ich will das Zeug nicht im Haus haben«, sagte Shelby.

»Komm, wir holen Davey ab und reden oben bei mir weiter«, sagte Ahab. »Aber Vorsicht. De Corrado ist zurück.«

Forest wollte ihnen folgen, doch Ahab wies ihn mit einem finsteren Blick in die Schranken. »Nein. Du bleibst hier. Mit der Sache hast du nichts zu tun.«

Er konnte wenigstens versuchen, den Jungen aus dieser Nummer rauszuhalten. So weit als möglich.

Sobald Ahab die Tür zugemacht hatte, fielen sich Shelby und Davey in die Arme. Dann setzten sie sich hin.

»Wir haben das Produkt«, sagte Shelby, ohne Daveys Hände loszulassen. »Jetzt müssen wir entscheiden, wer damit zu Blackbeard geht. Mack findet, das sollte er machen, aber er … er ist im Augenblick nicht ganz klar im Kopf.«

»Auf keinen Fall«, sagte Davey.

Ahab stand an der Balkontür und rauchte. Er war stocksauer. Shelby hatte ihm erzählt, was im Labor passiert war. Es war unverantwortlich von Mack, den Stoff selbst zu probieren. Was, wenn er rückfällig wurde? Wenigstens hatte Shelby keinen Grund gesehen, die Sache vor ihnen zu verheimlichen. Das konnte bedeuten, dass Mackenzie sich zusammenriss.

»Mackenzie ist unsere einzige Wahl«, sagte Shelby. »Wir haben sonst niemanden.«

»Er wohnt bei uns!«, sagte Davey. »Blackbeard wird wissen, dass du da mit drinhängst. Vielleicht checkt er sogar, dass du die Köchin bist.«

Ahab nickte zustimmend und trat auf den Balkon, um die Zigarette auszudrücken und sich sofort die nächste anzuzünden. Als er wieder ins Zimmer kam, sah Davey ihn fragend an. »Shelby hat recht«, sagte Ahab. »Mackenzie muss es machen.«

»Oder du«, sagte Davey.

Ahab runzelte die Stirn. Er hätte es ahnen müssen. »Ich habe dir bereits gesagt, dass ich mich nicht einmischen werde.«

»Die Idee hatte ich auch schon«, sagte Shelby. »Aber Mackenzie meinte, alle wissen, dass Ahab inzwischen eine reine Weste hat. Blackbeards Leute würden ihm das nie abkaufen.«

»Auch Menschen mit weißer Weste machen sich ab und zu die Hände schmutzig«, sagte Davey.

»Dieser Mensch nicht«, sagt Ahab. »Ich werde euer Ice nicht verticken.«

»Dann müssen wir eben jemanden anheuern«, sagte Davey. »Einen Mittelsmann, der als Kurier fungiert.«

»Und wen schlägst du vor?«, sagte Shelby. »Kennst du irgendjemanden aus deinem Kreis, von dem du weißt, dass er nicht inzwischen für Blackbeard arbeitet? Wem zum Teufel können wir noch trauen?«

»Hundertprozentig? Nur allen hier im Raum … und dem falschen Forest. Würde er für Blackbeard arbeiten, wäre ich inzwischen tot.«

Ahab zog sich der Magen zusammen. Er wollte nicht, dass sie den Jungen mit reinzogen. »Nein. Den Jungen nehmt ihr nicht.«

»Und warum nicht?« Davey wurde laut. »Schließlich ist er der Grund, weshalb wir jetzt in der Scheiße stecken.«

»Außerdem wäre er nicht einmal in Gefahr«, sagte Shelby nachdenklich. »Wir wissen, dass Blackbeard ihn unbedingt lebendig haben will.«

»Ja. Aber das könnte sich ganz schnell ändern, wenn Blackbeard rausfindet, dass er aktiv in einem Drogenring mitmischt. Außerdem ist er noch ein Kind.«

»Wir waren auch schon als Kinder Drogenkuriere«, sagte Davey. »So schwer ist es wirklich nicht.«

»Nein«, sagte Ahab. »Forest steht nicht zur Verfügung.«

»Dann gibt es sonst niemanden mehr, bei dem wir sicher sein können, dass er nicht längst zu Blackbeard übergelaufen ist«, sagte Shelby.

»Wir sollten Forest selbst entscheiden lassen«, sagte Davey stur. »Ihm die Chance geben, sich zu beweisen.«

»Doch … es gäbe da schon noch wen …«, sagte Ahab nachdenklich. Die beiden anderen sahen ihn erwartungsvoll an. Er konnte selbst kaum glauben, was er da vorschlug: »Ivy«, sagte er tonlos.

»Was?«, fuhr Davey ihn an.

»Wir wissen, dass sie nicht für Blackbeard arbeitet. Außerdem würde sie alles tun, um ihn zu Fall zu bringen. Wenn Ivy wüsste, dass du am Leben bist, würde sie dir sofort wieder sämtliche Geschäfte in die Hand geben. Außerdem ist sie eine Dempsey – ihr Name hat Gewicht.«

»Du kannst unmöglich meine Mutter mit reinziehen«, sagte Davey.

»Warum nicht? Wer hat dir denn schon als Kind beigebracht, Drogen zu transportieren? Deine Mutter, oder nicht?«, sagte Ahab. »Eine alte Frau, die versucht, etwas von dem zu retten, was ihr Sohn verlor? Mit einem Hammerprodukt? Die Geschichte klingt plausibel.«

»Ich rede mit ihr«, sagte Shelby. »Das ist genial, Ahab.«

»Nein, bitte – sie darf auf keinen Fall erfahren, dass ich noch am Leben bin. Es wird sie umbringen …«, sagte Davey und sah sie abwechselnd an. »Bitte. Sie hat schon genug durchgemacht.«

»Ich werde meine Schwiegermutter bitten müssen, die von mir produzierten Drogen zu verkaufen«, sagte Shelby. »Ich kann nicht behaupten, dass ich mich auf dieses Gespräch freue. Aber ich kann dich da nicht raushalten, Davey. Sie hat mich nie respektiert. Wir müssen ihr erzählen, dass du involviert bist, sonst würde sie es niemals tun.«

Davey sah sie unglücklich an.

Ja, ja, Mamas kleiner Liebling …

»Du bist der Einzige, der sie dazu überreden kann«, sagte Shelby. »Vorausgesetzt, sie überlebt den Schock, dich wiederzusehen.«

KAPITEL NEUNUNDVIERZIG

FOREST

Es war ein Fehler gewesen, Forest sich selbst zu überlassen. In der Sekunde, als Ahab und Shelby nach oben verschwanden, war Forest zur Tür raus.

Zeus leinte er draußen neben der Küchentür an. »Ich bin gleich wieder da.« Er tätschelte seinen Hund und rannte los.

Unterwegs rekapitulierte er alles, was er inzwischen wusste.

Erstens: Es gab keine Schatzhöhle, sondern nur einen Haufen Knochen in einem Loch. Nein, das war gemein – irgendwas daran war wichtig. Nur eben nichts, womit er seinen Freund retten konnte.

Zweitens: Huck war in Wirklichkeit Forest Dempsey. Er musste sofort zu ihm, um sicherzugehen, dass es stimmte. Aber was, wenn Huck gar nicht in der Lage war, sich das einzugestehen?

Forest rannte den Strand entlang. Seine Füße sanken bei jedem Schritt tief in den nassen Sand, den der schwarze Wind mit seinen Wellen letzte Nacht überschwemmt hatte. Der alte Bootsschuppen war sein erstes Ziel, auch wenn er wusste, dass sich Huck tagsüber nur selten dort aufhielt. Einen Versuch war es trotzdem wert.

Ein paar Tore weiter hievte ein junges Paar ein Boot in einen Schuppen hinein. Der Mann fluchte, weil der Bootsanhänger irgendwo hängen geblieben war. Forest wartete, bis er sicher sein konnte, dass sie ihn nicht beachteten. Die Frau lachte über den

Wutanfall ihres Partners. In dem Moment ließ Forest sich auf alle viere fallen und glitt bäuchlings unter Hucks alten Schuppen.

Drinnen stieß er auf die längst erloschenen Überreste eines kleinen Feuers, einen rostigen Topf, einen Teekessel, einen alten Jutesack und sonst nichts. Wo waren Hucks Sachen hin? Der Rucksack mit seinen Klamotten? Sein Schlafsack, der Stapel Feuerholz …?

Das war kein gutes Zeichen. Warum hatte Huck all seine Spuren getilgt?

Nein. Er war sicher nur beim Angeln. Logisch, was sonst!

Forest eilte an der Küste entlang über verwitterte Felsen hinweg bis zum Angelplatz. Aber auch dort war von Huck keine Spur.

Er nahm einen anderen Weg zurück, durchstreifte die Büsche, die den Strand säumten, bahnte sich einen Weg durch die Touristen am Blowhole und bewegte sich suchenden Blicks durch das geschäftige Treiben im Hafen. Er sprach sogar Leute an und fragte, ob sie einen großen, braungebrannten Jungen mit braunen Locken gesehen hätten, der aussah, als würde er auf der Straße leben. Doch niemand hatte ihn gesehen. Forest schwitzte, es war heiß, und schließlich kehrte er unverrichteter Dinge wieder zum Bootsschuppen zurück.

Er durfte Huck nicht verlieren. Er durfte nicht …

Niedergeschlagen lief Forest zurück ins *Mermaid's Darling*. Er setzte sich neben Zeus auf die Erde und zog den Hundekopf zu sich auf den Schoß. Irgendjemand vom Küchenpersonal hatte ihm Futter und einen Napf Wasser hingestellt.

Huck und Zeus – sie waren alles, was Forest im Leben hatte.

Dann kamen ihm Mack und Ahab in den Sinn.

Der Schmerz in Mackerels Gesicht, als ihm bewusst geworden war, dass Forest ihn die ganze Zeit belogen hatte.

Und die Art, wie Ahab zu ihm gesagt hatte: *Du gehst nirgendwohin …* Auch das Vertrauen dieses Mannes hatte er verspielt.

Obwohl diese Beziehungen auf Lügen gebaut waren, schmerzte der Verlust. Es war ein schönes Gefühl gewesen, wie diese Männer versucht hatten, ihn zu beschützen, weil sie Forest für einen von ihnen gehalten hatten.

Aber jetzt war er ihnen völlig gleichgültig … und sie mussten ihm auch egal sein. Was denn sonst? Sie waren für ihn nichts weiter als … Mittel zum Zweck.

Huck war der Einzige, der ihn interessierte, und Huck verdiente es, zurückzubekommen, was er verloren hatte. Das musste einfach noch in seiner Macht liegen. Irgendwie.

Forest löste die Leine und lief mit Zeus durch die Straßen der Stadt. Der Hund war froh über den Auslauf, schnüffelte an allem, was er in Gebüsch und Rinnstein finden konnte, und begrüßte andere Hunde, die spazieren geführt wurden. Forest ließ ihm seinen Spaß. Er hatte keine Eile mehr. Nach dem, was als Nächstes kam, gab es kein Zurück mehr.

Als er angekommen war, klopfte er an die Tür, bis sie kam und ihm aufmachte.

»Schön, dich zu sehen, Forest«, sagte Frankie herzlich.

»Rufen Sie De Corrado an«, sagte er barsch, unbeeindruckt von ihrer Freundlichkeit. »Sie wird hören wollen, was ich zu sagen habe.«

*

Während Frankie gelassen auf ihrem Stuhl saß, stützte die Kommissarin ihre Ellbogen auf die Knie und starrte ihn gespannt an. »Und? Was hast du uns zu sagen?«

»Leider habe ich eine schlechte Nachricht, eine gute und dann noch mehr schlechte Nachrichten«, sagte Forest vorsichtig, ohne De Corrado aus den Augen zu lassen. »Die schlechte Nachricht lautet: Ich bin nicht Forest Dempsey.«

»*Was?*« De Corrado fielen fast die Augen aus dem Kopf. Sie ließ sich gegen die Stuhllehne sinken und fing an zu lachen.

»Okay, erwischt. Der war echt gut. Ist das eine Idee deiner Großmutter?«

»Die gute Nachricht lautet, der echte Forest Dempsey ist hier in Shacktown. Schon seit ungefähr einer Woche.«

»Was willst du damit sagen, du bist nicht der echte Forest Dempsey?« De Corrado hatte die Stimme erhoben. »Das ist ja wohl ein Witz.«

»Ich wusste, dass Forest adoptiert wurde. Ich wusste, dass ich mich als Forest ausgeben konnte, weil ein DNA-Test nichts beweisen würde. Außerdem habe ich meine Hausaufgaben gemacht.« Er bemühte sich, möglichst arrogant zu klingen. Er musste sie davon überzeugen, dass er tatsächlich der Opportunist war, als den sie ihn sehen würden.

»Wie hast du …? Ivy sagte, du wüsstest nichts von der Adoption.«

»Der *echte* Forest wusste es. Weil sein Vater dafür sorgte, dass er es nie vergaß.« Es gehörte zu den ersten Dingen, die Huck ihm erzählt hatte – Jesse hatte seinen Sohn immer wieder gnadenlos spüren lassen, dass er ein Adoptivkind und kein echter Dempsey war.

Was er im Gesicht der Kommissarin las, tat ihm weh: Schock und Wut und Verwirrung. Schließlich entschied sie sich für einen Blick, der normalerweise Dingen galt, in die man versehentlich mit dem Schuh getreten war.

Sie wandte sich an Frankie. »Wussten Sie das?«

Frankie schüttelte nur stumm den Kopf. Sie wirkte entsetzt. Sie hatte noch kein Wort gesagt. Tja. Sie war die ganze Zeit davon ausgegangen, sie würde Forest Dempsey analysieren, und jetzt das.

»Die schlechte Nachricht lautet, dass der echte Forest Dempsey verschwunden ist. Ich brauche Ihre Hilfe, um ihn zu finden.«

»Der *echte* Forest Dempsey?« De Corrado stand auf und trat

ans Fenster. Kurz darauf boxte sie mit der Faust gegen die Wand. »Du kleiner *Dreckskerl*! Wer weiß sonst noch davon?« Sie schüttelte mit schmerzverzerrtem Gesicht ihre Hand.

»Ich kann es beweisen. Ganz in der Nähe gibt es eine Höhle … mit, mit … Alexandras Leiche.« Mehr musste er gar nicht erzählen. Er konnte Davey, Shelby und Mack immer noch da raushalten.

»Was? Wo?«, rief De Corrado. »Du erzählst mir jetzt sofort alles, was du weißt, du kleine Ratte!«

»Ich … ich glaube … ich brauche einen kurzen Moment«, sagte Frankie mit zitternder Stimme. »Es tut mir leid, Detective. Bitte … bitte geben Sie mir einen Augenblick.« Sie sprang auf und lief aus dem Zimmer.

Forest wusste, dass es nicht nett war, sich über die Reaktion seiner einstigen Therapeutin zu freuen, aber es fühlte sich einfach zu gut an. Er hatte sie geschlagen – er war endgültig der Sieger in ihrem privaten Kleinkrieg.

»Wie hast du das gemacht?« In De Corrados Stimme schwang Ekel. »Woher wusstest du so viele Einzelheiten über Forests Kindheit?«

Forest zuckte die Achseln. Er war nicht wirklich stolz darauf, wie er diese Informationen erlangt hatte, aber im Grunde war es ein Kinderspiel gewesen. »Es gibt jede Menge Zeitungsartikel von damals. Und dann sind da die vielen Fotoalben in Ahabs Wohnung.«

In De Corrados Gesicht kam Bewegung. »Du kleiner Schnüffler!«

»Außerdem bin ich Forest Dempseys bester Freund.«

»Und du schleichst dich mit deinem Wissen in eine Familie ein, die verzweifelt genug ist, deine Lügen für bare Münze zu nehmen … Das ist hinterhältig und gemein. Genial, aber böse.«

»Ich bin nicht böse«, sagte Forest heftig. »Ich habe nur versucht, zu helfen.«

»Und wer zum Teufel bist du wirklich?« Frankie kam mit zwei Tassen ins Zimmer zurück. »Hier, Detective. Ich dachte, Sie könnten vielleicht auch einen Kaffee brauchen.«

Abwesend nahm ihr De Corrado die Tasse ab und nippte daran. »Du hast uns die ganze Zeit an der Nase herumgeführt. Erzähl mir, wie du den echten Forest kennengelernt hast. Und zwar die ganze Geschichte.«

»Sie müssen versprechen, dass Sie mir dabei helfen, ihn zu finden.«

»Natürlich! Und jetzt raus mit der Sprache.«

»Er ist groß. Er hat dunkle, lockige Haare. Ich kann dabei helfen, ein Bild zu erstellen. Er kann nicht weit sein. Wenn wir sein Bild überall verteilen …«

»Dir ist hoffentlich klar, dass du in großen Schwierigkeiten steckst. Du und alle, die dir dabei geholfen haben.«

»Mir hat niemand geholfen.« Forest senkte den Blick. »Ich habe allein gehandelt. Die Dempseys haben keine Ahnung.«

»Das nehme ich dir sogar ab.« Sie sah ihn an, aber ihr Blick wirkte verschwommen. »Wenn man eins und eins zusammenzählt … hat Davey Dempsey sich deinetwegen umgebracht … was wiederum noch sehr viel mehr Fragen aufwirft … aber …«

Mit einem dumpfen Geräusch fiel ihre Tasse auf den Teppich. Zuckend ging De Corrado zu Boden.

Forest sprang, um Hilfe rufend, auf. Im selben Moment schrie Frankie: »Jetzt! Schnappt euch den Jungen!«

Zwei Männer kamen ins Zimmer gerannt. Eine schweißnasse Hand presste sich über Forests Mund, dann wurden ihm grob die Arme auf den Rücken gerissen und die Handgelenke mit einem Kabelbinder gefesselt.

Forest geriet in Panik. Verzweifelt versuchte er, sich loszureißen, aber die Männer waren riesig. Er biss in die Hand auf seinem Mund, und der rothaarige Riese ließ ihn fluchend los. Forest schrie wieder um Hilfe.

»Halt den Mund!«, sagte der andere Mann und schlug ihm so heftig auf den Hinterkopf, dass er Sternchen sah. Forests verschwommener Blick fiel auf die dicken Goldketten, die er um den Hals trug.

»Mann, können wir den jetzt endlich umlegen, Frankie?«

Forest hatte das Gefühl, weit, weit weg zu sein. Er sank auf die Knie, hatte Mühe, klar zu sehen.

Frankie war in zwischen am Telefon. »Ja, Blackbeard? Tranquil und Vance sind hier. Der Junge hat De Corrado die Wahrheit gesagt, aber es kommt noch schlimmer – er hat gesagt, der *echte* Forest Dempsey wäre noch am Leben und irgendwo in der Nähe.«

»Nein ... nein ... nicht ...« Forest versuchte, sich aufzurichten. Der Mann mit den Goldketten drückte ihm das Knie in den Nacken.

»Ja. Großgewachsen, mit dunklen, lockigen Haaren. Nein, mehr hat er nicht gesagt. Nur, dass er nicht weit gekommen sein kann ...«, sagte Frankie. »Ja. Ich schicke Vance los.« Frankie nickte und schaute mit einem gehässigen Grinsen zu Forest rüber. »Verstanden. Den Jungen suchen. Finden und sofort umlegen.«

»Ahab«, krächzte Forest mit letzter Kraft. »Das wird Ahab verhindern.«

»Der Mann mit den Goldketten lachte. »Lauter, Junge. Ich versteh dich nicht.«

Immer noch lachend zerrte er Forest nach nebenan in ein Schlafzimmer. Er schüttelte ein Kopfkissen aus seiner Hülle und wollte Forest den Bezug über den Kopf ziehen, aber Frankie hielt ihn auf.

»Moment noch.« Ihr grinsendes Gesicht war das Letzte, was Forest sah. »Gewonnen!«

KAPITEL FÜNFZIG

AHAB

Ahab saß in Daveys Zimmer auf dem einen Bett, Davey auf dem anderen.

Er leckte sich die Lippen. Sein Mund war trocken. »Bist du nervös?«

»Was glaubst du denn?«, murmelte Davey. »Und du?«

»Sie findet garantiert einen Weg, mich dafür bluten zu lassen, dass ich es ihr nicht gesagt habe.«

»Mach dir keine Sorgen. Sie wird viel zu beschäftigt damit sein, mich zu bestrafen …«

Jemand klopfte von außen an die Tür. Heftig. Und hörte nicht wieder auf.

Weil Davey es offenbar nicht über sich brachte, stand Ahab schließlich auf und öffnete.

In dem Moment, wo er den Türknauf umdrehte, kam Ivy ins Zimmer gestürmt. Sie schob Ahab beiseite und musterte ihren Sohn von oben bis unten. »*Du!*«

»Hallo, Mum«, sagte er leise.

Ivys Augen quollen über, die Tränen liefen ihr über das Gesicht, aber der Mund war zu einem wütenden Strich zusammengekniffen. »Wie kannst du es wagen, mir so etwas anzutun?« Sie war mit zwei Schritten bei ihm, nahm ihn in die Arme und brach in lautes Schluchzen aus. »Du dummer, dummer Junge! Du Vollidiot!«

Shelby war an der Tür stehen geblieben, um den intimen Moment nicht zu stören, aber Ahab zog sie eilig ins Zimmer und schloss die Tür.

»Was soll ich jetzt damit machen?«, flüsterte sie. Sie zog einen Ziplock-Beutel aus der Tasche. Er war mit goldfarbenen Splittern gefüllt.

»Verfluchtes Zaubersalz«, murmelte Ahab, lehnte sich an die Wand und schloss die Augen. Er wollte mit der ganzen Szene nichts zu tun haben.

»Was hast du gesagt?«, fragte Shelby.

»Meine Mum hat es immer so genannt …«, sagte Ahab. »Ich will das Zeug nicht sehen.«

»Glaubst du, mir gefällt das?«, fragte Shelby. »Mackerel war nach einem einzigen Zug fix und fertig.«

»Nenn ihn nicht Mackerel«, knurrte Ahab.

Ivy hielt Davey immer noch fest umklammert. Nach wie vor lösten sich laute Schluchzer aus ihrer versteinerten Miene. Ab und zu versetzte sie ihm einen Klaps auf den Rücken oder Hinterkopf. Schließlich riss sie sich zusammen und strich sich glättend über Kleid und Frisur. Sie nahm neben Davey auf dem Bett Platz und hob den Blick. »Nun gut. Zeigt her.« Ihre Stimme klang rau vom Weinen, aber sie war bereits wieder Herrin der Lage.

Shelby streckte ihr den Beutel hin. »Wir nennen es Golden Sunshine.«

Anstatt die Tüte zu nehmen, griff Ivy nach Daveys Händen. »Ich verstehe es nicht. Was haben die damit zu tun? Was um alles in der Welt treibt ihr hier für Spiele?«

»Wir versuchen, Blackbeard zu enttarnen«, sagte Davey. »Es könnte funktionieren, Mum. Blackbeard braucht Leute, denen er vertrauen kann. Wenn wir einen Weg in seinen innersten Zirkel finden, wird es nicht lange dauern, bis wir wissen, wer dahintersteckt.«

»Und deshalb brauchen wir …« Shelby schluckte. Ihr versagte die Stimme. Sie forderte Davey mit einer Geste auf, weiterzusprechen.

Ihr Mann schüttelte den Kopf, die Augen angstvoll geweitet. *Frag du sie*, formulierte er lautlos.

»Raus mit der Sprache, Weib!«, fuhr Ivy sie an.

»Sie wollen wissen, ob du bereit bist, mit ihrem ›Golden Sunshine‹ zu Blackbeard zu gehen«, sagte Ahab und stieß sich von der Wand ab. »Sie wollen, dass du ihm erzählst, du würdest Ice kochen. Dass du eine Partnerschaft mit ihm anstrebst.«

»Ich?« Ivy löste sich von Davey und stand auf. Sie strich sich wieder übers Kleid und fing an, im Zimmer auf und ab zu gehen. Ahab war sich ziemlich sicher, dass sich in ihr dieselben Gedankengänge vollzogen wie vorhin schon bei ihnen.

»Und das hast du gekocht, Shelby?«

»Ich koche nur eine Woche lang«, antwortete sie tonlos. »Danach bin ich wieder raus.«

Ivy schnaubte. »Aber natürlich, meine Liebe«, sagte sie mit ironischem Unterton.

Sie wandte sich an Ahab. »Und was genau gedenkt ihr zu tun, wenn ihr wisst, wer Blackbeard ist?«

»Zur Polizei gehen«, sagte Ahab.

Die drei Dempseys sahen ihn an.

Ivy fing an zu lachen. Sie bekam einen regelrechten Lachkrampf.

»Im Ernst«, sagte Ahab. »Das hat ein Ende. Es muss endlich ein Ende haben.«

»Ich dachte … ich dachte, sobald wir wissen, wer Blackbeard ist, könnten wir ihn erpressen und aus der Stadt jagen«, sagte Shelby.

Ivy kriegte sich gar nicht mehr ein. Sie wischte sich die Tränen aus den Augen. »Da ist Daveys Idee schon besser, nicht wahr?«

»Ich weiß nicht, wovon du sprichst, Mum«, sagte Davey vorsichtig.

»Ja klar – ich kenne diesen Blick, und ich weiß, dass du nicht so dumm bist, zu glauben, Blackbeard wäre erpressbar. Und aus dem Wunsch, zur Polizei zu gehen, spricht Todessehnsucht. Na los, Junge. Du weißt, was du zu tun hast.«

»Davey? Wovon spricht sie?«, fragte Shelby.

»Das würde ich auch gerne wissen«, sagte Ahab und machte einen Schritt auf seinen Cousin zu.

Davey zuckte unwillkürlich vor seiner Wut zurück. »Mum. Ich kann das nicht.«

»Erzähl du mir nicht, was du kannst und was du nicht kannst. Du bist Davey Dempsey!« Ihr Kinn fing wieder an zu zittern. »Du *lebst*, und das bedeutet, alles ist wieder gut. Du schaffst das. Du bist dazu geboren.«

»Wovon zum Teufel redet sie?«, fragte Shelby.

»Davey übernimmt Blackbeards Crew. Davey wird der nächste Dread Pirate Blackbeard.«

»Was?«, rief Shelby entsetzt.

Davey und Ivy sahen einander an. Davey schien dabei zu wachsen. Es sah aus, als würde das alte Feuer in ihm zu neuem Leben erwachen.

»Du hast recht«, sagte er. »Es ist die einzige Möglichkeit.«

»Nur über meine Leiche«, sagte Ahab.

»Das lässt sich einrichten«, sagte Ivy.

Ahab warf ihr einen wütenden Blick zu, aber sie zog nur amüsiert die Augenbraue hoch. Ihre Hand lag besitzergreifend auf Daveys Schulter.

»Was ist eigentlich los mit dir, Davey?«, sagte Shelby. Das Ice lag vergessen neben ihr auf dem Fußboden. »Ich versuche hier, deine Familie zu retten!«

»Ja. Genau darum geht es, Shelby«, sagte Davey. Er ging vor ihr auf die Knie, nahm den Beutel vom Boden und streckte ihn

Shelby hin, als würde er um ihre Hand anhalten. »Du gibst uns die Chance, unsere Familie zu retten. Wir können zusammen weggehen. Egal wohin. Überall auf der Welt. Ich schaffe das. Es ist nicht schwer – eine Crew aus Drogenschmugglern zu übernehmen, ist leicht. Du hast selbst gesehen, wie schnell er meine Leute übernommen hat.«

»Nein. Nein, Davey, das habe ich nicht – weil du mir nie was davon erzählt hast!«, rief Shelby mit schriller Stimme. »Nein! Nein und nochmals nein!«

»Das werde ich nicht zulassen!«, sagte Ahab. »Und Mackenzie ebenso wenig. Dazu müsst ihr erst an uns vorbei.«

»Ach, wo wir gerade von meinem halb debilen Sohn sprechen … Mackerel kann mich begleiten«, sagte Ivy.

»Was? Wozu das denn?«, fragte Shelby. »Nein. Es ist unnötig, ihn in die Sache reinzuziehen.«

»Mum. Er wohnt bei mir«, sagte Davey. »Ich möchte nicht, dass Blackbeard oder irgendjemand aus seiner Crew auf die Idee kommt, Shelby hätte was damit zu tun.«

»Schön. Melden wir ihn eben um. Ab sofort wohnt er bei mir, wenn dich das glücklich macht.« Ivys Nasenflügel fingen an zu beben, als wäre plötzlich ein übler Geruch aufgekommen. »Vielleicht lasse ich ihn draußen im Zelt schlafen.«

»Er will bestimmt nicht bei dir wohnen!«, sagte Shelby.

»Es reicht!«, rief Ahab.

»Wenn ich mitbekomme, dass du dich der Polizei näherst, bringe ich dich um, Ahab«, sagte Ivy. »Ich werde meinen Sohn nicht noch einmal verlieren. Wir ziehen das jetzt durch. Wir übernehmen Blackbeards Crew. Mack wird mich begleiten, dann haben wir die ganze Familie beieinander.« Sie deutete auf Shelby. »Worauf wartest du? Ruf ihn an und sag ihm, er soll herkommen!«

Ahabs Gedanken überschlugen sich. »Das darfst du ihm nicht antun, Shelby.«

Shelby wischte sich die Nase. Tränen liefen ihr über die Wangen. »Bleibt uns eine andere Wahl, Ahab?«

»Mackenzie macht da nicht mit«, sagte Ahab. »Lasst ihn in Ruhe.« Der Mann hatte schon genug gelitten, und jetzt zogen sie ihn wieder mit rein …

»Ach, übrigens.« Ivy musterte ihre Fingernägel. »Ihr sucht doch nach dem kleinen Betrüger, richtig? Ich hab ihn auf dem Weg hierher in Richtung Felsenmeer laufen sehen. Es sah so aus, als würde er jemanden suchen.«

Ahab horchte auf. Was hatte die kleine Ratte jetzt schon wieder vor? Wieso konnte er nicht einfach bleiben, wo er war?

»Forest?«, sagte Shelby. »Ich habe ihn nicht gesehen.«

Ivy hatte Ahab nicht aus den Augen gelassen. »Ich dachte, du hättest für ihn die Verantwortung übernommen? Du solltest zusehen, dass du den Ausreißer wieder einfängst.«

Ahab verließ türenknallend Daveys Zimmer. Ja, er trug tatsächlich die Verantwortung für Forest.

Aber noch mehr galt seine Verantwortung der Familie. Er musste verhindern, dass Mackenzie sich in Ivys Plan verwickeln ließ.

Ahab pochte an die Haustür von *Homeward*. »Mackenzie!«

Er klopfte so lange weiter, bis endlich die Tür aufging. Vor ihm stand Kane.

»Er ist weg«, sagte der Junge und rieb sich die Augen. »Ich glaube, der hat irgendwas vor.«

»Wieso weinst du?« Ahab lief es eiskalt den Rücken runter. »Hat Mackenzie dir was getan?«

»Was? Nein!«, rief der Junge empört. »Ich will nicht, dass er wieder süchtig wird! Dad hat mir alles über die Sucht meines Onkels erzählt.« Er sah Ahabs Gesicht und verdrehte die Augen. »Er war nicht gefährlich. Er hat einfach nur die ganze Zeit Xbox gespielt, und dann hat Mum angerufen, und er ist wie von der Tarantel gestochen zur Tür rausgerannt.« Kane musterte ihn. »Und was willst du hier?«, fragte er. »Steckst du da etwa auch mit drin?«

»Was meinst du?«

»Mum und Onkel Mack haben irgendein Geheimnis«, sagte Kane. »Ich weiß, dass hier was nicht stimmt. Ich bin kein Idiot. Haben die beiden was miteinander? Manchmal sieht Mum ihn genauso an, wie sie früher meinen Dad angeschaut hat.«

»Nein. Die haben keine Affäre«, sagte Ahab bestimmt.

»Und was willst du von ihm?«

»Das spielt keine Rolle«, antwortete Ahab und wandte sich zum Gehen.

»Nein. Lass mich nicht hier allein!«, sagte Kane. »Ich komme mit. Jemand muss mir endlich sagen, was die ganze verfickte Scheiße hier soll.«

»Pass auf, wie du redest!«

Ahab wollte Kane nicht mitnehmen. Es fehlte noch, dass er den Babysitter spielen musste und mit Fragen gelöchert wurde, die er nicht beantworten wollte. Aber er konnte den Jungen schlecht hier allein lassen. Wenn bei Ivys Versuch, Blackbeard das Golden Sunshine zu verkaufen, irgendetwas schiefging, wenn Blackbeard den Stoff zu Shelby zurückverfolgte, musste er Kane sowieso aus dem Haus schaffen.

Und wenn Ivy Mackenzie schon angerufen hatte … Wenn die ganze Sache vorbei war, würde Ahab über seinen Schatten springen und sich endgültig ein Mobiltelefon anschaffen müssen.

»Ich bin auf der Suche nach Forest. Du kannst mir dabei helfen.«

»Wo ist er?«

»Wenn ich das wüsste, müsste ich ihn nicht suchen, oder?«, sagte Ahab gereizt.

KAPITEL EINUNDFÜNFZIG

MACKENZIE

Mitten in einer Xbox-Session mit Kane hatte sich der Rausch endlich wieder verflüchtigt, und Mackenzie war in sein Zimmer geflohen. Er war völlig erledigt, er hatte Durst und er schämte sich in Grund und Boden.

Dann lag er da, auf seinem Luxusbett, fummelte an seiner Kette herum und dachte an die vergangenen Stunden zurück – er stöhnte, als ihm seine Erektion auf dem Hausboot wieder einfiel. Was Shelby jetzt wohl von ihm denken mochte? Ob sie Davey davon erzählt hatte?

Dann klingelte sein Telefon. Eine unbekannte Nummer. Die Bullen machten ab und zu Kontrollanrufe. Also ging er ran.

»Davey ist am Leben und du hast mir das nicht erzählt?«

Es war Ivy.

Diesen Tonfall hatte er noch nie bei ihr gehört. Sie klang niedergeschlagen. So …

Er setzte sich ruckartig auf und drückte den Hörer ans Ohr. »Woher weißt du das?«

»Es ist vorbei. Blackbeard hat ihn gefunden. Mein Sohn war noch am Leben, und jetzt ist er …«

»Was ist passiert?« Mackenzie sprang auf. Eine Woge aus Angst schlug über ihm zusammen. Blackbeard hatte Davey gefunden?

»Der Betrüger. Der falsche Forest. Er hat für Blackbeard gearbeitet.«

Mackenzie schüttelte den Kopf. »Nein. Nein! Wir waren uns sicher, dass er …«

»Es gibt nur einen Weg, Davey zu retten. Blackbeard will das Ice, das Shelby gekocht hat. Wir müssen es liefern, du und ich. Im Austausch für Davey. Sofort.«

»Okay, okay. Was muss ich tun?«

»Du darfst mit keiner Menschenseele darüber sprechen. Auch nicht mit Ahab. Habe ich dein Wort?« Ihre Stimme klang brüchig und schwer vor Schmerz. »Versprich es mir, Mackenzie.«

Er war noch ein kleiner Junge gewesen, als sie ihn das letzte Mal Mackenzie genannt hatte.

»Was muss ich tun?«, wiederholte er.

Mackenzie und Ivy trafen sich an der Zufahrt zum Hafen. Er trug ein seidenes Hemd mit offen stehendem Kragen und eine elegante Hose. Die Goldkette auf seiner Brust schimmerte in der Sonne.

»Na so was«, sagte Ivy und kniff die Augen zusammen. Auch sie sah anders aus als sonst. Mackenzie hatte seine Mutter noch nie im Hosenanzug gesehen, und mit dem lockeren, roten Seidenschal um den Kopf sah sie fast aus wie eine altmodische Fliegerin. »Du siehst recht glaubwürdig aus«, sagte sie.

Ja, das tat er. Und er hasste sich dafür.

Mackenzie zwang sich zu einem Lächeln.

»Blackbeard schickt jemanden, der uns abholt. Am Ende des Piers.« Sie reichte ihm den Arm. »Na los, Mackenzie. Gehen wir.«

Arm in Arm liefen sie über den Steg. Mackenzie hinkte neben seiner Mutter her und ließ sich von ihr führen. Er hatte eine Zurechtweisung erwartet, oder zumindest einen blöden Spruch, weil er immer wieder ins Schwanken geriet, aber sie klammerte sich nur fester an ihn.

Dann sah er ein Rennboot auf den Steg zuhalten. Das Boot

bremste ab und ging längsseits. Mackenzie ging an Bord und half Ivy hinein. Er kannte den Fahrer nicht, aber der Fahrer kannte Ivy.

»Danke, mein Lieber«, sagte Ivy zu ihm, als wenn nichts wäre. »Fahren wir.«

Sie setzte sich neben Mackenzie und zog seine Hand auf ihren Schoß. »Ich danke dir. Gemeinsam werden wir Davey retten.«

Mackenzie wurde es warm ums Herz.

Und dann … ganz langsam, als würde ihm die Luft ausgehen, zog sich sein Herz wieder zusammen.

Genau das hatte er sich doch immer gewünscht. Die Zuneigung seiner Mutter, ihre Wertschätzung. Und er auf dem Weg, um seinem Bruder das Leben zu retten.

Aber woher kam dann dieses seltsame Gefühl?

Sie schossen übers Wasser, Ivys Schal flatterte im Wind, und der Fahrer warf ihnen immer wieder verstohlene Blicke zu. Sie folgten der Küstenlinie bis zu einer ruhigen Bucht. Der Fahrer hielt auf einen großen Krebskutter zu, der in der Bucht vor Anker lagt. Automatisch registrierte Mackenzie wichtige Einzelheiten – den rostigen roten Anstrich, die alten Autorreifen, die in einer Linie auf Wasserhöhe von der Reling hingen und vor allem den Namen: *Margot's Revenge.*

Ein großer Kerl mit Beanie und zwei Goldketten um den Hals wartete oben an der Leiter auf sie. Neben ihm standen noch zwei Schlägertypen. »Hallo, Mrs Dempsey. Wie ich sehe, haben Sie uns was mitgebracht.«

»Wer sind Sie?« Schützend stellte Mackenzie sich vor Ivy.

»Kannst Tranquil zu mir sagen.« Der Typ grinste. Er hob sein Shirt an und zeigte die Pistole, die in seinem Gürtel steckte. »Ich hab gehört, jemand will mit Dread Pirate Blackbeard Geschäfte machen?«

»Wir haben Stoff für euch«, sagte Mackenzie. »Mum, zeig ihnen unser Produkt.«

Ivy nahm das goldene Ice aus der Handtasche und hielt den Beutel hoch.

»Der reinste Stoff, den ihr je probiert habt«, sagte Mackenzie. »Wir haben ihn Golden Sunshine getauft.«

»Na, dann kommt mal rauf.«

Tranquil warf ein Tau runter, und der Fahrer machte das Boot an der *Margot's Revenge* fest.

»Mum, du bleibst hier«, raunte Mackenzie Ivy leise zu.

Ivy lachte. »So alt bin ich noch nicht.« Sie schob ihn beiseite und ging als Erste die Leiter hinauf. Er fragte sich, ob sie deshalb einen Hosenanzug trug – hatte sie gewusst, dass sie würde klettern müssen?

Langsam folgte er ihr nach oben. Die Holme fühlten sich kühl an, das Boot bewegte sich in der Dünung auf und ab.

Tranquil hockte inzwischen auf einer umgedrehten Krebsreuse. Die anderen beiden Männer standen etwas abseits. Ansonsten war das Deck leer. Überall lag Ausrüstung zum Krabbenfischen verstreut, Kabelrollen und Seile und jede Menge Krebsreusen. Tranquil zwinkerte Mackerel zu, streckte die Hand aus und ließ sich von Ivy den Beutel geben.

»Warum ist es goldfarben?«

»Alleinstellungsmerkmal«, sagte Mackenzie.

»Warum quatscht der eigentlich die ganze Zeit?«, fragte Tranquil.

»Er ist aufgeregt, weil er's kaum erwarten kann, es endlich zu probieren«, sagte Ivy und fing an zu lächeln. »Um euch zu beweisen, dass der Stoff nicht gestreckt ist.«

Mackenzie erstarrte. »Nein!«

»Ach, tatsächlich?« Tranquil zog etwas aus der Tasche, das aussah wie ein Glaslolli mit hohlem Stiel und einem Loch in der Kugel – eine Ice-Pfeife. Er ließ ein paar Splitter Ice aus der Tüte in das Loch fallen und reichte die Pfeife Mackenzie, zusammen mit einem Feuerzeug. »Wenn das so ist, rauch es.«

Mackenzie konnte nicht schlucken, so trocken war sein Mund. »Ich … ich will nicht.«

»Tja. Dann muss ich wohl davon ausgehen, dass du versuchst, mich zu verarschen. Und das heißt, ich prügle dir die Scheiße aus dem Leib. Los. Rauch es.«

Mackenzie nahm die Pfeife und das Feuerzeug in die Hand. Er drehte sich zu Ivy um. Sie nickte ihm aufmunternd zu. »Keine Angst. Nun mach schon.«

Er machte das Feuerzeug an und hielt die Flamme unter die Glaskugel. Ihm brach der Schweiß aus. Wenn er jetzt schon wieder rauchte, so kurz nach dem ersten Mal, katapultierte ihn das womöglich direkt zurück in eine Psychose.

Nicht vergessen, benimm dich ganz normal …

Er atmete den Rauch ein, der durch den Stiel nach oben stieg.

Einen Moment später knallte der Stoff auch schon rein. Es schmeckte wie beim ersten Mal. So süß, dass ihm fast schlecht wurde. Ein bisschen faulig und irgendwie nach Kupfer. Ein Kribbeln in den Adern wie fette Termiten. Euphorie wie beim Orgasmus. Er hatte Mühe, seine vorgespielte Nüchternheit beisammenzuhalten.

»Sieht ja echt nach gutem Stoff aus«, sagte Tranquil. »Knallt offensichtlich voll rein.«

Er machte Anstalten, Mackenzie die Pfeife aus den steifen Fingern zu nehmen, aber Ivy stoppte ihn.

»Nein. Er soll alles rauchen.«

»Bitte!«, krächzte Mackenzie. Warum tat sie das?

»Alles«, sagte Ivy. »Los.«

»Das bringt mich um!« Die Ränder seines Blickfelds wurden blendend weiß. Das Golden Sunshine war zu stark – es war vollkommen rein –, und er war eben erst von seinem letzten Trip runtergekommen.

Tranquil zog die Pistole aus dem Gürtel und zielte auf Mackenzies Kopf. »Rauch es. Alles.«

Mackenzie versuchte, ihm in die Augen zu sehen. Warum war der Typ so darauf versessen, Ivy zu gehorchen? Er setzte die Pfeife an, doch er inhalierte nicht.

»Denkst du, ich schieße nicht?«, fragte Tranquil.

»Dann mach doch.« Mackenzie schloss die Augen, kämpfte gegen die heftigen Empfindungen. Versuchte, sie beiseitezudrängen. Er hatte noch nie geraucht, um danach dagegen anzukämpfen, high zu sein! Es war, als müsste er sich gegen einen Orkan stemmen. Er dachte an Shelby. Er dachte an Davey. Er dachte an Kane. Er dachte an Ahab. Er dachte sogar an den falschen Forest.

Dann holte er aus und schleuderte die Pfeife ins Meer.

»Ich hab das Ice geraucht. Du hast gesehen, dass es gut ist. Und jetzt sag mir, wo mein Bruder steckt, verdammte Scheiße!«

Tranquil musterte ihn spöttisch. Er fing laut an zu lachen und schickte die anderen beiden Männer unter Deck.

»Was hast du ihm erzählt?«, fragte er Ivy.

»Das, was er hören musste«, antwortete sie.

Was zum Teufel wurde hier gespielt? Was meinte Ivy damit?

Plötzlich traf es ihn wie ein greller Blitz.

»Du bist Blackbeard.«

Ivy legte den Kopf schief und musterte ihn, ohne seine Erkenntnis mit einer Antwort zu würdigen.

»Warum?«, stöhnte Mackerel.

»Los. Prügelt ihn grün und blau«, sagte sie. »Er bleibt auf dem Schiff. Lasst ihm seine hübsche kleine goldene Kette. Ich fahre zurück an Land. Und noch jemand anderes soll den Stoff probieren. Ich will wissen, ob das Golden Sunshine tatsächlich so gut ist, wie sie sagen.«

Den ersten Schlag sah Mackenzie nicht kommen, dafür alle, die folgten.

Stöhnend lag er da, ohne ein Wort, die Arme erhoben, um Vergebung flehend, oder um Gnade.

Beides blieb ihm verwehrt.

KAPITEL ZWEIUNDFÜNFZIG

AHAB

»Also. Wo fangen wir an?«, fragte Kane. Er hatte das Beifahrerfenster von Ahabs Geländewagen runtergelassen und ließ die Hand durch den Fahrtwind gleiten, während sie hügelabwärts fuhren.

Ahab hatte sich eine Zigarette angezündet und sein Fenster ebenfalls geöffnet. Wie würde Kane reagieren, wenn plötzlich sein totgeglaubter Vater wieder vor ihm stand? Vorausgesetzt, alles ging gut. Bislang hatte Ahab kaum einen Gedanken an diese Frage verschwendet, aber jetzt ließ es sich nicht mehr vermeiden. Sein Vater würde zurückkehren, stieg wieder in die Firma ein. Wie lange konnte man das vor dem Jungen geheim halten, vor allem jetzt, wo Shelby ebenfalls mit drinsteckte? Ahab und der Junge standen sich nicht mehr sehr nahe, seit Ahab Davey beschuldigt hatte, hinter Jesses Verschwinden zu stecken. Doch das bedeutete nicht, dass Kane Ahab plötzlich gleichgültig wäre. Kane war ein Dempsey durch und durch. Er war Dave wie aus dem Gesicht geschnitten, und dumm war er auch nicht. Aber interessierte er sich allein deshalb auch automatisch für die Firma?

Und was war mit dem Fluch der Dempseys? Würde der Fluch Kane ebenfalls ereilen?

Die Knochenhöhle. Sobald Ahab die richtigen Leute informierte, würde den Küstengewässern dieser Gegend weiterer

Schaden endgültig erspart bleiben. Davon war Ahab überzeugt. Und wenn dann kein Dempsey mehr den Ozean plündern könnte, wäre der Fluch endgültig gebannt. Oder nicht?

Ahab musste an den winzigen Sarg denken. Es war schon so lange her. War es feige von ihm gewesen, keinen weiteren Versuch mehr zu unternehmen, Vater zu werden? Ob eins seiner Kinder so geworden wäre wie Kane?

»Ivy hat gesagt, sie hätte ihn in Richtung Felsenmeer laufen sehen«, sagte Ahab.

»Das Felsenmeer?«, fragte Kane misstrauisch. »Hat Forest etwa auch was mit der ganzen Sache zu tun?«

»Nein!«, antwortete Ahab.

»Lügner«, giftete Kane ihn an. »Ich hab die Schnauze voll davon, ständig angelogen zu werden. Du *weißt*, wer Dad ermordet hat.«

Ahab blies die Backen auf. »Glaubst du, dein Vater wurde umgebracht?«

»Dad hätte bei schwarzem Wind niemals einen Tauchgang gemacht, das weiß jeder!«

Ahab schwieg den Rest der Strecke. Er hatte keine Ahnung, aus welchem Grund Forest noch ein weiteres Mal zum Felsenmeer zurückgekehrt sein sollte.

Wahrscheinlich würde er es bald erfahren.

Mit schlitternden Reifen kam er auf dem Schotterparkplatz vor dem weiten Geröllfeld zum Stehen.

»Du bleibst hier«, sagte Ahab zu dem Jungen.

»Sicher nicht!«, antwortete Kane. »Ich komme mit.«

»Du bleibst hier, Junge!« Ahab hatte die Stimme erhoben.

Kane ließ sich mit einem genervten Knurren gegen die Lehne sinken. Ahab hatte keine Zeit, für anderer Leute Kinder den Babysitter zu spielen. Es reichte ihm schon diese würdelose Jagd nach Forest. Gleichzeitig tat Kane ihm leid. Schließlich dachte der Junge immer noch, sein Vater wäre tot.

»Kopf hoch, Junge«, sagte er. »Die Dinge sind nicht so schlimm, wie du denkst. Pass auf den Wagen auf.«

Er stieg aus und folgte im Laufschritt dem Schotterweg zum Felsenmeer. Bei Tageslicht sah das Geröllfeld wie eine völlig andere Welt aus. Der Weg war mit verdorrtem Gras Tasmanischem Wollstrauch bewachsen. Hochgewachsene Teebäume ragten über ihm auf. Er überholte ein paar Wanderer, die auf einer Bank saßen und ihre Ausrüstung überprüften. Dieser Pfad bildete den Anfang eines sehr viel längeren Wanderwegs. Insekten surrten durch die vollkommen windstille Luft, die schwer war vom Geruch des Teebaumöls.

Vollkommene Windstille?

Das Fehlen jeglicher Brise gehörte zu den wenigen Vorzeichen des schwarzen Windes. Ahab hob forschend den Blick zum Himmel. Keine geriffelten Wolken in Sicht. Noch nicht.

Er bog in einen der Sandpfade ein, die nach unten ins Felsenmeer führten.

»Forest?«, rief er. In der Stille hallte seine Stimme weit über die Steine.

Er erklomm einen großen Felsbrocken und sah sich suchend um. Mit einer Hand beschirmte er die Augen und schaute in Richtung Knochenhöhle. War Forest tatsächlich dort? Aber warum?

Plötzlich kam ihm ein Gedanke. *Woher wusste Ivy überhaupt, dass er in Richtung Felsenmeer unterwegs war?*

Ivy hätte sich zumindest auf diesem Parkplatz befinden müssen, um auf die Idee zu kommen, dass Forest ausgerechnet hierher wollte, und was hätte sie hier zu suchen gehabt? Und von sich aus hätte Forest es ihr auf keinen Fall verraten.

Die Frau führte was im Schilde. Er war so dämlich gewesen, zu glauben, sie würde zu Hause sitzen und Däumchen drehen, dabei hatte sie in Wirklichkeit hinter den Kulissen die Fäden gezogen. Er wusste nur noch nicht genau, welche Fäden das waren.

»Hast du ihn schon gefunden?«, ertönte Kanes Stimme hinter ihm.

Ahab fuhr herum. »Geh zurück zum Auto!«

»Nein«, sagte Kane. »Ich will jetzt wissen, was hier los ist.«

Ahab machte kehrt und ging am Rand des Gebüschs, das das Geröllfeld säumte, zurück Richtung Parkplatz. »Zurück zum Auto! Sofort!«

»Nein!« Kane versuchte, mit ihm Schritt zu halten.

Ahab folgte der Kurve, die das Banksia-Gebüsch beschrieb, dann blieb er abrupt stehen. Kane stolperte von hinten gegen ihn.

»Still!« Ahab griff hinter sich nach dem Jungen.

Direkt vor ihnen stand einer von Blackbeards Männern – der Hüne mit den roten Haaren und den Pockennarben im Gesicht. Vance. Der Mann, der dabei gewesen war, als dieser Tranquil Chips erschossen hatte. Er trug trotz des Wetters einen langen Mantel, unter dem sich die verräterischen Umrisse eines Gewehrs abzeichneten. Ahab musste an das abgesägte Jagdgewehr denken, mit dem Chips erschossen worden war.

»Hallo, Ahab!«, sagte Vance. Sein Grinsen entblößte kleine Diamanten, die auf seinen Zähnen prangten. »Es hieß zwar, du wärst allein, aber wie ich sehe, hast du einen Freund mitgebracht. Na los, zeig dich, Junge. Du bist doch schon groß, oder? Ich glaube, heute ist mein Glückstag.«

»Bleib hinter mir«, zischte Ahab.

Kane dachte nicht daran. »Was soll das hier?«

Ahab packte ihn an der Schulter, ohne Vance auch nur eine Sekunde aus den Augen zu lassen.

Kane schüttelte Ahabs Hand ab und ging auf Vance zu.

»Wenn du mir nichts sagen willst, dann tut er's vielleicht«, sagte Kane. »Wer sind Sie?«

»Die Frage lautet: Wer bist *du*?«, antwortete Vance.

»Was glauben Sie wohl?«, sagte Kane. »Na los, schauen Sie mir in die Augen.«

Der Junge war mutig, das musste Ahab ihm lassen – mutig, aber dumm. Er glaubte tatsächlich, sein Geld würde ihn unverwundbar machen – das hatte er von seinem Vater.

Ahab machte einen Schritt vor. Vance hob warnend die Augenbrauen. Er grinste erneut, zeigte seine Glitzersteine und fasste mit einer Hand in seinen Mantel.

Das tut er nicht … doch kein Kind.

Ahab schätzte die Entfernung ab. Würde es ihm gelingen, den Typen zu attackieren, ehe er anlegte?

»Ich hatte damit gerechnet, Ahab bei *Forest Dempsey* zu finden.« Vance musterte Kane mit schiefgelegtem Kopf. »Bist du das?«

»Tja«, sagte Kane. »Jedenfalls bin ich ein Dempsey.«

Irgendwas an der Art, wie Vance den Namen betont hatte, sagte Ahab, dass er nicht auf der Suche nach dem Hochstapler war – Blackbeard hatte ihn losgeschickt, um den *echten* Forest zu suchen.

Woher kannte Blackbeard die Wahrheit über Forest? Warum hatte Ivy Ahab hierhergelockt?

Etwas lief gerade fürchterlich schief.

»Los, Junge, renn!«, schrie Ahab und machte einen Satz nach vorne.

Aber Vance war schneller. Er zog das Gewehr aus dem Mantel, legte an und schoss.

Kane zuckte zusammen, bäumte sich auf und stürzte zwischen zwei Felsen auf den sandigen Untergrund.

Ahab wurde erst schwarz vor Augen, dann grellweiß. Er schrie verzweifelt auf.

Nein … nein … das kann nicht sein.

Vance' Blick wanderte von dem leblosen Körper des Jungen zu Ahab.

Wieder legte er an. Ahab erstarrte.

Er sah direkt in den Lauf des Gewehrs. Der Nachhall des

Schusses hatte ihn taub gemacht. Alles, was er im Augenblick registrierte, war Kanes Blut, die Spritzer im Gesicht des Mannes vor ihm. Des Mannes, der immer noch grinste.

Kane ist tot. Noch ein toter Junge. Meinetwegen.

Ihm war klar, dass er diesen Gedanken beiseiteschieben musste, weil er sonst der Nächste wäre. Der Mann vor ihm würde nicht zögern, ihn zu erschießen.

Kane ist tot.

Was soll ich Shelby sagen?

Was wird Ivy tun?

»Dir ist schon klar, was du da eben getan hast, oder?« Ahab hob die Hände über den Kopf.

»Ich habe den *echten* Forest Dempsey erschossen.« Vance grinste noch breiter. »Jetzt gehört Dempsey Abalone endgültig uns.«

»Das ist nicht Forest Dempsey«, sagte Ahab. »Das ist Kane Dempsey. Du hast gerade den Sohn von Davey Dempsey erschossen. *Seine* Leute werden *dich* umbringen. Gut möglich, dass Ivy das höchstpersönlich erledigt«, sagte Ahab mit tonloser Stimme.

Verwirrung spiegelte sich auf dem Gesicht des Mannes. Sein Blick wanderte zurück zu dem toten Jungen.

»Kane Dempsey?« Die Verwirrung machte Entsetzen Platz.

Vance ließ die Waffe sinken. Ahab machte einen Satz nach vorn und rammte den Mann.

Sie gingen gemeinsam zu Boden. Ahab kam mit der Schläfe auf einer Steinkante auf, und ihm wurde kurz schwarz vor Augen. Vance rammte ihm das Knie in den Bauch, aber Ahab war gut in Form. Und obwohl sein Gegner jünger war, konnte er es nicht mit Ahabs wilder Entschlossenheit aufnehmen, für Chips und Kane Rache zu nehmen.

Er versetzte Vance einen Fausthieb gegen den Brustkorb, wehrte den Gegenschlag ab, duckte sich weg und parierte den nächsten Hieb. Vance schlang seine langen Beine um Ahabs Taille, Ahab drehte sich mit Schwung herum, riss seinen Gegner mit sich, schürfte sich auf dem rauen Untergrund die Haut auf, und dann stürzten sie zusammen in dieselbe Spalte, in der Kanes Leiche lag. Ahabs Hand landete in einer Blutlache, und geistesgegenwärtig fuhr er Vance damit über die Augen und nahm ihm die Sicht. Vance griff sich mit beiden Händen ins Gesicht, während Ahab sich von ihm wegrollte, nach dem Gewehr griff und auf die Knie kam.

Als Vance die Augen wieder öffnete, blickte er direkt in den Lauf seines eigenen Gewehrs. Darüber war Ahabs blutverschmiertes, wutverzerrtes Gesicht.

Ahab spürte das Verlangen aufwallen, ihn zu erschießen.

»Los. Töte mich«, stöhnte Vance. »Die zieht mir bei lebendigem Leib die Haut ab.«

»Die?«

»Blackbeard …«

Blackbeard ist eine Frau?

Ahab hatte das Gefühl, als würde man ihm den Boden unter den Füßen wegziehen, aber er zielte weiter fest auf Vance.

Von Ferne ertönten Stimmen. Die Wanderer, an denen er vorbeigekommen war? Sie mussten den Schuss gehört haben, und Ahabs verzweifelte Schreie.

Er musste sich um Kane kümmern. Er musste die Polizei rufen.

»Ich sag dir, wo wir die Bullenfrau haben«, flüsterte Blackbeards Handlanger. »Aber du musst mir versprechen, dass du mich tötest.«

»De Corrado?«, fragte Ahab. »Ihr habt *De Corrado* entführt?«

»He!«, schrie einer der Wanderer zu ihnen rüber. »Alles in Ordnung?«

»Er ist bewaffnet«, rief sein Begleiter.

»Ruft einen Notarzt!«, schrie Ahab ihnen zu. »Ruft die Polizei!«

»Es heißt, du wärst ein Mann der Ehre«, sagte Vance. »Versprich mir, dass du mich tötest.«

Ahab starrte ihn an, ohne das Gewehr sinken zu lassen. Dieser gottverdammte Kerl würde lieber sterben, als Blackbeards Bestrafung über sich ergehen zu lassen. Das allein ließ ihn erschauern.

Konnte er das? Konnte er einen Menschen töten? Einen Menschen, der es ihm so leicht machte – ihn anflehte?

Vance hatte gerade Kane erschossen. Er war dabei gewesen, als Chips gestorben war.

Einer der Wanderer war inzwischen bei ihnen. Er kniete neben Kane und fühlte seinen Puls.

Könnte ich wirklich kaltblütig einen anderen Menschen ermorden?

Ich muss wissen, was mit De Corrado passiert ist. Sie ist die Einzige, die der ganzen Sache ein Ende machen kann, ohne dass noch mehr Blut vergossen wird.

»Versprochen«, sagte Ahab.

Der Mann entspannte sich und ließ den Kopf sinken. »Sie ist bei Frankie zu Hause. Die Therapeutin. Die Kommissarin ist bei ihr. Und jetzt *schieß*!«

Frankie? Frankie ist Blackbeard?!

»Die Polizei ist schon auf dem Weg!« Der zweite Wanderer kam über den Pfad auf sie zugelaufen. »Sie sagen, sie sind in der Nähe!«

Aber Ahab hörte nicht auf ihn. Da war etwas in der Luft, unter allen anderen Geräuschen lag etwas Bedrohliches. Etwas, das langsam lauter wurde.

Ein fernes Dröhnen. Die Sirenen hatten wieder begonnen zu singen.

Der schwarze Wind.

»Töte mich! Du hast es versprochen!«

»Das ist die Sache mit uns Dempseys«, sagte Ahab, knickte

den Lauf ab, nahm die zweite Patrone aus dem Gewehr und warf es in die nächste Spalte, außer Reichweite des Mannes. »Wir lügen gerne.«

KAPITEL DREIUNDFÜNFZIG

FOREST

Forest saß auf einem Holzstuhl, die Arme auf dem Rücken gefesselt, einen Fetzen Stoff im Mund und einen seidenen Kissenbezug über dem Kopf. Der Stoff vor seiner Nase blähte sich im panischen Rhythmus seines Atems. Er versuchte ruhig zu bleiben, aber es gelang ihm nicht. Im Gegenteil.

Er befand sich immer noch in Frankies Wohnung. Durchs Fenster konnte er das Geschrei der Möwen hören. Die Fesseln scheuerten an seinen Handgelenken.

Er war nicht allein im Zimmer – irgendwo im Raum hörte er jemanden flach und ungleichmäßig atmen wie in einem unruhigen Schlaf. Wahrscheinlich De Corrado. Er wünschte, er könnte ihr helfen – schließlich war es seine Schuld. Alles. Alles war seine Schuld.

Und jetzt waren sie losgezogen, um Huck zu töten.

Plötzlich hörte er Schritte, und vertraute Stimmen.

Jemand zog ihm beinahe sanft den Kissenbezug vom Kopf.

Vor ihm standen Ivy und Davey. Ivy hatte einen Hosenanzug an und trug einen roten Schal um den Kopf. Sie wirkte triumphierend. Davey trug ein teures Hemd und eine elegante Hose. Er schien von seltsam unbehaglicher Ehrfurcht ergriffen zu sein.

Forest sah sich um und versuchte, die Situation zu begreifen. Auf dem Bett lag tatsächlich De Corrado, an Armen und Beinen gefesselt.

Forest mühte sich, ihr durch den Knebel etwas zuzurufen. »*Wachen Sie auf, Detective!*«

»Bist du dir sicher, Mum?« Davey war heiser. Sein Blick ging zwischen Ivy und Forest hin und her. Er wirkte angespannt.

»Er muss sterben«, sagte sie. »Er weiß zu viel.«

Forest versuchte, sich durch den Knebel hindurch verständlich zu machen. »Warum?« Ihm traten Tränen in die Augen, aber er verspürte keine Traurigkeit, nur Hass. »Warum, Ivy?«

Sie schaute auf ihn herunter, als würde sie ein besonders widerspenstiges Haustier begutachten. Sie wandte sich an Davey. »Jesse hat mir seinerzeit gestanden, Alexandra und Forest ertränkt zu haben. Das war, kurz bevor er angesichts seiner Tat den Verstand verlor. Der arme Junge. Ich finde, es hätte eine gewisse, geradezu poetische Gerechtigkeit, wenn du diesen Hochstapler jetzt an Jesses Stelle ersäufen würdest. Du kümmerst dich um den Jungen, ich kümmere mich um die Polizistin. So haben wir beide Blut an den Händen, falls etwas schiefgehen sollte.«

Davey schluckte schwer und leckte sich mit der Zunge über die trockenen Lippen. »Mum …«

Sie legte ihm die Hand auf die Schulter. »Du hast schon vorher Leute umgebracht, Davey.«

»Aber nicht mit eigenen Händen!«

»Du schaffst das.« Ihre Hand sah aus wie eine Klaue. »Ich bin jetzt dein Captain!« Sie streichelte Davey über die Wange. »Na los, hopphopp, mein Lieber.«

Forest tappte blind hinter Davey durchs Haus. Sein Kopf steckte wieder in dem Kissenbezug. Plötzlich stieg ihm Benzingeruch in die Nase. Sie mussten in der Tiefgarage angekommen sein. So war es; kurz darauf zwang Davey ihn, in den Kofferraum eines Wagens zu klettern. Der Deckel knallte zu, und er lag beengt und allein im Dunkeln. Forest versuchte zu schreien und trat hilflos mit den Füßen gegen die Wände.

Die Fahrt dauerte eine ganze Weile, und Forests Körper wurde immer schwerer. Würde er ersticken? Er konnte mit dem Knebel im Mund kaum atmen. Bestimmt würde er ersticken! Was, wenn Davey ihn einfach hierließ, in diesem Kofferraum, und das Auto irgendwo über die Klippen rollen ließ? Er musste hier raus!

Irgendwie gelang es ihm, sich mithilfe des Kofferraumschlosses den Kissenbezug vom Kopf zu zerren. Wenigstens konnte er jetzt etwas sehen. Durch die Ritzen fiel ein bisschen Licht in den dunklen Kofferraum. Das hieß, dass auch Luft hereinkam. Er würde also doch nicht ersticken.

Sie fuhren über ein Schlagloch, und Forest wimmerte. Dann änderten sich die Fahrgeräusche. Sie befanden sich inzwischen offensichtlich auf einem Schotterweg.

Sie waren auf dem Weg ans Meer.

Forest versuchte, irgendwie die Arme vor den Körper zu bringen, aber die Fesseln saßen zu eng.

Er war immer noch am Kämpfen, als der Wagen plötzlich ausrollte und stehen blieb.

Hier werde ich sterben.

Er hörte Schritte, dann drehte sich das Schloss – und endlich fluteten frische Luft und Licht den Kofferraum. Davey sah aus, als wäre er zehn Jahre gealtert. Er zerrte Forest zu sich ins Freie. Es schien ihn nicht zu stören, dass er sich aus dem Kissenbezug befreit hatte. Mehr noch, er nahm ihm sogar den Knebel aus dem Mund.

»Hilfe!« schrie Forest. »Hilfe!«

Um sie herum war nichts als hohe Eukalyptusbäume und dichtes Gebüsch. Sie befanden sich tief im Busch.

»Keiner kann dich hören«, sagte Davey leise. »Außer uns ist niemand hier.«

»Bitte, Davey! Bitte!«

»Ich habe keine andere Wahl«, sagte Davey und zerrte Forest ins Dickicht. »Niemand von uns hat die Wahl.«

Forest machte sich so schwer er nur konnte und stemmte die Füße gegen den Schotter, als Davey anfing, ihn hinter sich herzuzerren.

»Du bist kein Mörder, Davey. Bist du nicht. Denk doch an Kane! Was würde er dazu sagen, wenn er wüsste, dass sein Vater mich ermordet hat?«

Davey kniff die Augen zusammen und schleifte ihn mit jedem Schritt tiefer ins Unterholz hinein. Insekten surrten um sie herum, und irgendwo vor ihnen flog ein leuchtend gelber Vogel auf. Die Luft war schwül und stickig.

Davey zerrte Forest erbarmungslos weiter.

»Ivy ist Blackbeard! Warum das denn? Das ergibt doch keinen Sinn!«, rief Forest, während er immer noch versuchte, sich aus Daveys Griff zu befreien. »Ich weigere mich zu sterben, nur weil sie es sagt!«

»Du hast sie selbst dazu gezwungen«, sagte Davey.

»Aber warum denn?«, rief Forest verzweifelt. »Warum?«

Davey blieb abrupt stehen und ließ ihn los. Forest fiel der Länge nach hin, und Davey stemmte einen Fuß gegen seine Brust.

»Wenn ich es dir erzähle, hörst du dann auf, dich zu wehren?« Davey war leichenblass. Er war nicht mal mehr ein Schatten des Mannes, den Forest auf den Fotos in Ivys Haus gesehen hatte.

Forest hörte auf, sich zu wehren, und nickte stumm.

Davey seufzte.

»Jesse sagte, er würde eines Tages zurückkommen«, fing Davey an. »Ehe er ging, war Jesse … gefährlich. Völlig aus dem Gleichgewicht. Gewalttätig. Was er damals seiner Familie antat, dem kleinen Forest … das war alles unerträglich für mich.«

Daveys Blick schweifte hinaus in den Busch. Forest versuchte, den Kopf zu wenden, seinem Blick zu folgen, ihm zu zeigen, dass er bei ihm war, versuchte, seine Gefühle zu spiegeln und ihn dadurch irgendwie näher zu sich zu bringen … aber Davey war viel zu weit weg.

»Einmal hat er Forest vor einem Fußballspiel mit Ice vollgepumpt. Jesse verlor nicht gern, und wenn die Mannschaft von Klein Forest verlor, nahm er das höchstpersönlich. Forest war sechs Jahre alt! Einen Sechsjährigen mit Ice vollpumpen, um seine Leistung zu steigern! Forest war hinterher noch tagelang wach. Jesse fand es zum Totlachen. Danach benutzte er den Stoff, um den Jungen gefügig zu machen. Es grillte ihm den Schädel. Machte ihn kaputt. Wir waren alle froh, als Jesse plante, abzuhauen – auch wenn wir uns natürlich schreckliche Sorgen um Alexandra und Forest machten, die er mitnehmen wollte …«

Forest dachte an Huck, an seinen Schmerz und das unsägliche Leid. Seine Angst wich weißglühender Wut. »Und du bist nie auf die Idee gekommen, ihn aufzuhalten? Dann bist du genauso schlimm wie er. Nein. Noch schlimmer!«

Davey zuckte zusammen. Er zerrte Forest wieder hoch und schubste ihn vor sich durchs Gebüsch. Aber er redete weiter.

»Ich dachte, er kommt vielleicht eines Tages zurück. Ich wusste, dass ich ihm dann die Firma wieder überlassen müsste – Jesse hat noch nie gern geteilt. Aber Mum … Mum wusste es. Sie wusste, dass Jesse eines Tages wiederkommen würde, und noch schlimmer, dass er dann endgültig verrückt wäre. Weißt du, sie wusste immer Bescheid. Er hatte ihr noch am selben Tag erzählt, dass er Alexandra und Forest umgebracht hatte, nur um die Firma zu retten. Sie hatte Angst, dass er mich … verschwinden lassen würde, wenn er irgendwann zurückkam. Von dem Tag an begann sie, den Mythos um Dread Pirate Blackbeard zu streuen. Es war ein Plan für den Katastrophenfall. Mich hat sie nie eingeweiht. Sie war auch ohne mich dazu in der Lage – sie kannte die Firma und ihre Funktionsweise, sie kannte all meine Kontakte. Sie hat, wie du gesehen hast, eine gewisse Art im Umgang mit Menschen. Sie holte neue Leute nach Tasmanien rüber und fing an, sich ihre eigene Crew aufzubauen. Sie weiß genau, was sie tut. Sie hat den Männern der Familie schon geholfen,

Drogen zu verschieben, als ich noch nicht geboren war. Sie hatte die notwendigen Ressourcen, das Wissen und den … den nötigen Mumm.« Ein bewunderndes Lächeln huschte über sein verhärmtes Gesicht. »Meine Mutter ist eine unglaubliche Frau.«

»Sie hat dir nie was erzählt, weil sie dir nicht genug vertraut hat«, fauchte Forest.

»Tja. Was soll ich sagen? Sie hat ihre Meinung geändert. Es hat ihr gefallen, der Boss zu sein. Sie wollte es allein durchziehen. Sie hat mir nicht genug vertraut, um mich einfach einzuweihen. Oder aber … vielleicht wollte sie einfach beweisen, dass sie es kann. Es muss auf Dauer langweilen, alt zu sein und so reich, dass man sich alles kaufen kann …« Er legte den Kopf schief. »Ich glaube, ich sollte mich bei dir bedanken. Wärst du nicht gewesen, hätte ich es wahrscheinlich nie erfahren.«

»Sie wollte einfach nicht, dass du es weißt! Kapierst du nicht, dass sie dich benutzt?« Forest konnte inzwischen das Meer riechen. Er hörte die Wellen ans Ufer schlagen. Der Weg wurde abschüssig. Er hielt sich an einem Baum fest, aber Davey riss ihn brutal los und schleifte ihn weiter hinter sich her.

»Du irrst dich. Sobald wir allein waren, hat Mum mir alles erzählt.« Er wischte sich die Tränen weg und holte ein paar Mal tief Luft, um sich zu beruhigen, dann sprach er weiter. »Ich hätte ihr vertrauen sollen. Ich hätte ihr sagen müssen, dass ich nicht tot war. Aber ich wollte nicht, dass ihr noch mal das Herz bricht, wenn Blackbeard mich erwischt.«

Sie erreichten eine Uferböschung, die auf einen Felsenstrand hinunterführte. Unter den ausladenden Zweigen einer Weide lag ein kleines Aluminiumboot mit Außenborder versteckt.

Davey zerrte Forest die Böschung hinunter und schubste ihn ins Boot. Unter dem grässlichen Kreischen von Metall auf Stein schob er das Boot ins Wasser, machte ein paar Schritte durch die trübe, mit Laub bedeckte Brühe und sprang hinterher.

»Mit diesem Boot habe ich die Leiche zur Devils Kitchen

transportiert. Es liegt schon seit einer Ewigkeit hier versteckt, für den Fall, dass ich mal plötzlich hätte abhauen müssen. Mein Glück, dass ich nie was daran geändert habe.«

Der fährt mit mir raus aufs Meer und wirft mich ins Wasser. Plötzlich war Forest alles klar. Wieder stieg die Panik in ihm hoch. »Hilfe! Hilfe!«, brüllte er.

Davey zog ein paar Mal am Seilzugstarter, und der Außenborder erwachte stotternd zum Leben. Er packte die Pinne und hielt aufs offene Meer zu.

Als sie sich ein Stück vom Ufer entfernt hatten, erkannte Forest, dass sie in einer kleinen, von hohen Klippen gesäumten Bucht gestartet waren. Die Felswände ragten so weit auf, dass er den Kopf in den Nacken legen musste, um das obere Ende zu sehen. Das Boot durchschnitt die wogenden Wellen, das Ufer entfernte sich immer weiter, und mit ihm Forests letzte Hoffnung auf Rettung. »Hilfe! Hilfe!«, schrie er wieder.

»Hör bitte auf«, sagte Davey. »Willst du deine letzten Augenblicke wirklich so verbringen, wimmernd und um Hilfe flehend? Benimm dich wie ein Mann.«

Als sie die Bucht hinter sich gelassen hatten, jagte Davey den Motor hoch bis zum Anschlag. Forests Haare flatterten wild im Wind, und Spritzwasser brannte ihm in den Augen. Davey steuerte sie gekonnt über die gischtgekrönten, tiefblauen Wellen. Die Panik legte sich wie eine erstickende Hand auf Forests Mund. Gleichzeitig mit der Panik kam die Traurigkeit.

Er musste an die Hexe denken. Sie hatte ihn bei sich aufgenommen, als er in Todesangst gewesen war. Sie hatte ihm so viel gegeben.

Er musste an Huck denken. An Huck, der in Gefahr war. Jetzt würde er niemals das Leben führen können, das für ihn bestimmt gewesen war.

An Mackenzie und Ahab. Forest würde nie mehr die Chance bekommen, wiedergutzumachen, dass er sie belogen hatte.

Sie umrundeten das Ende der Bucht, wo die Wellen gegen hohe spitze Felsen krachten. Davey war wieder verstummt – er wirkte wie versteinert, und Forest kam sich so zerbrechlich vor wie ein Gebilde aus zerkrümelndem Sand. Alles wurde leise und wieder laut und wieder leise. Panik, Angst, Traurigkeit …

Und dann, einfach so, war es vorbei. Plötzlich fühlte er sich ganz leicht. Er sah sich selbst von weit, weit weg. Er kam sich vor, als würde er schweben.

Hier oben, am Ende aller Dinge, und gleichzeitig da unten, in der Tiefe. Der Tod.

Ohne Vorwarnung änderte Davey den Kurs und steuerte direkt auf die Felsen zu. Forest erschrak. Dann sah er über den Wellen einen kleinen Felsbogen aufragen.

Davey drosselte die Geschwindigkeit, und sie tuckerten langsam in eine Grotte hinein. Die zerklüfteten Wände der Höhle und die stille Wasseroberfläche reflektierten hallend das Tuckern des Motors. Davey warf ein zur Schlaufe geknotetes Seil über einen spitzen Felsen, zog den Knoten fest und legte seine Rettungsweste an. Er packte Forest am Kragen und sprang mit ihm ins Wasser.

Forest schlug wild um sich, als er mit Gewalt in seinen Körper zurückgezwungen wurde. Das kalte Wasser hatte etwas in ihm geweckt. Davy würde ihn nicht einfach ertränken. Was immer er vorhatte, würde viel, viel schlimmer sein.

Ohne Forest loszulassen, schwamm Davey in einen kleinen Tunnel hinein. Dabei suchte er immer wieder Halt an kleineren Felsen und Vorsprüngen. Seetang kitzelte Forest an den Beinen, und er schrie auf.

»Mackerel und ich waren als Kinder ständig hier«, gab Davey mit aufgesetzter Fröhlichkeit von sich. »Bei Flut steht die ganze Höhle unter Wasser. Von diesen kleinen Meerjungfrauengrotten gibt es hier jede Menge. Wir dachten, hier würden die Sirenen wohnen.«

Je tiefer sie in den Tunnel eindrangen, desto dämmriger wurde das Licht. Immer wieder trieb die Dünung das Wasser bis an die Tunneldecke und drückte Forests Kopf gegen die Decke. Immer wieder geriet er mit Mund und Nase unter Wasser. Davey blieb völlig ruhig – sobald die Wellen die Höhle fluteten, holte er tief Luft, hielt den Atem an, ließ das Wasser steigen und schwamm erst weiter, wenn es sich wieder zurückgezogen hatte. Forest blieb nichts anderes übrig, als es ihm nachzumachen. Der Tunnel wurde immer schmaler. Inzwischen griff der Seetang von allen Seiten nach ihm, es war eng und beklemmend. Vor ihnen lag völlige Dunkelheit, aber dem Klang nach zu urteilen, hatten sie einen etwas größeren Hohlraum erreicht.

»Ursprünglich hatte Jesse die Höhle entdeckt. Als Kind hielt ich ihn für waghalsig. Inzwischen glaube ich, er war einfach selbstmordgefährdet.« Die Höhlenwände reflektierten Daveys scheinbar körperlose Stimme. »Er war der Erste, der zum Tauchen herkam. Mit Ausrüstung natürlich. Danach hab ich ihn ein paar Mal hierher begleitet. Mackerel war nur einmal mit dabei. Jesse brachte mich ständig dazu, Dinge zu tun, die ich nicht tun wollte. Alle denken immer, Mackerel hätte eine harte Zeit gehabt, weil er ständig von uns tyrannisiert wurde. Ha! Wenigstens zwang Jesse ihn nie dazu, so gefährliche Dinge zu tun, wie mich.«

Er hörte auf zu schwimmen, machte sich an Forests Fesseln zu schaffen und befreite seine Handgelenke.

»Weiter geradeaus kommst du in der Mitte der Höhle zu einer kleinen Schotterinsel. Wenn die Flut kommt, wird hier alles überschwemmt. Es gibt schlimmere Orte, um zu sterben. Wenn der Wind aus der richtigen Richtung durch den Tunnel bläst, klingt es wie Musik. Deshalb haben wir sie die Sirenengrotte getauft. Ich an deiner Stelle würde mir die Taschen mit Steinen vollstopfen, mich runter auf den Grund ziehen lassen und dann tief Luft holen. Also Wasser einatmen. Danach folgen ein, zwei Minuten Panik, und dann bist du tot.«

»Nein. Nein! Nein!«, schrie Forest.

Davey schubste ihn vorwärts. »Auf Nimmerwiedersehen, namenloser Junge. Mir persönlich tut es sehr leid, dass es so enden muss.«

»Davey! Bitte, Davey! Bitte!«

Aber da war kein Davey mehr.

Forest kauerte in der Mitte der Schotterhöhle. Um ihn herum gluckste und plätscherte es. Dies war sein Grab. Genau wie das Grab, in dem Alexandra und der kleine Huck gestorben waren. Er würde ertrinken. Ganz einfach.

Gab es einen Ausweg? Nein. Das Wasser stieg bereits. Durch den Tunnel konnte er nicht mehr zurück.

Außerdem war er müde. So schrecklich müde. Er war es leid, davonzurennen. Er war es leid, ständig zu lügen. Er hatte den ganzen Irrsinn so satt. Sein großartiger Plan war ihm um die Ohren geflogen. Er hatte alles für allen und jeden nur noch schlimmer gemacht. Es wäre tatsächlich besser, vom Meer verschlungen zu werden. Vergessen.

Namenlos.

Jetzt, wo er wusste, dass er ertrinken würde, dass es nichts mehr gab, was er dagegen hätte tun können … ließ er los.

Im selben Augenblick hörte er das Knirschen von Schotter. Und dann, direkt neben sich, einen vertrauten Atemrhythmus. Das Geräusch eines Feuerzeugs und gleichzeitig eine kleine Flamme. Sie warf weder Licht, noch warf sie Schatten, erhellte nur ein Gesicht. Es war verschwommen. Es erschien und verschwand und erschien wieder.

Er zündete sich eine Zigarette an und blies eine Rauchwolke in die feuchte Luft.

»Huck?«, sagte Forest.

»Jetzt ist Schluss«, sagte Huck. »Wir gehen als Männer in den Tod.«

Forest fing unkontrolliert an zu zittern. Er musste die Zähne so fest zusammenbeißen, dass es wehtat.

»Wie kann das sein?«, fragte Forest.

Im orangefarbenen Schein der Zigarettenglut drehte Huck sich zu ihm um. »Du wirst auf dieselbe Weise sterben, wie ich gestorben bin. Ich bin hier, um dir beizustehen. Ich gebe dir nicht die Schuld. Es war gut, dass du auf deine Mum gehört hast. Es war gut, dass du mich zurückgelassen hast.«

Eine Erinnerung hallte durch die Höhle. Die Stimme seiner Mutter. »Los, Forest, schwimm!« Sie war in Panik, aber ihre Stimme war ganz ruhig. Ihre Tauchlampe erhellte die Höhle. Der kleine Huck kauerte wimmernd in der Ecke, mit weit aufgerissenen Augen und gleichzeitig blind, von Sinnen vor Angst. »Du kannst ihn nicht retten. Verschwinde von hier!« Sie reichte ihm die Tauchtafel, streichelte ihm übers Gesicht. »Alles wird gut. Ich liebe dich. Dein Vater darf dich nicht finden. Los jetzt. Geh!«

»Es tut mir so leid!« Die ein halbes Leben lang verdrängte Erinnerung überschwemmte ihn wie eine Flutwelle, raste durch Muskeln und Adern, bis kein einziger Knochen mehr an seinem Platz war. »Ich habe dich sterben lassen! Es tut mir so leid!«

»Es ist gut, Forest. Ich bin gar nicht hier. Ich bin nicht real. Ich war nie real.«

Er packte Forests Arm. »Hab keine Angst. Ich bleibe bei dir. Wir werden gemeinsam untergehen.«

Irgendwo, am Rande seines Bewusstseins, erklang ein Dröhnen.

Forest lauschte. Es schwoll an.

Der schwarze Wind.

Als er dann kam, fing die Höhle an zu singen, und der hallende Raum klang wie ein Chor aus schaurigen Stimmen.

Forest liefen die Tränen über die Wangen. Er war allein. Und er würde sterben. Ertrinken, in einer Höhle. So, wie sein Vater es gewollt hatte.

»Nein. Pst. Hör auf damit«, ertönte Hucks Stimme. Flamme und Glut waren verschwunden. »Wir bleiben zusammen. Bis zum Ende.«

Der Gesang schwoll an. Kleine Wellen leckten an seinen Füßen und spielten mit den Kieselsteinen.

Er drückte die Narbe an seinem Unterarm. Ein Eid, den er sich selbst geschworen hatte. Das Gesicht der Hexe stieg im Dunkeln vor seinen Augen auf. Sie schenkte ihm Sicherheit, sie schenkte ihm Taubheit. »Tu so, als sei es nie passiert«, hatte ihr Rat gelautet. »Tu so, als sei es nie passiert. Es ist besser so.«

Tu so, als sei es nie passiert.

Nein. Das ging nicht. Nicht mehr.

Das hier war real. Das hier geschah wirklich.

Und während die Flut weiter stieg, kauerte Forest Dempsey sich zusammen wie ein kleines Kind und weinte nach seiner Mutter.

KAPITEL VIERUNDFÜNFZIG

MACKENZIE

Mackenzie stand am Bug der *Margot's Revenge* und sah mit einem Auge die Sonne aufgehen. Das andere war zugeschwollen. Der Himmel leuchtete rot. In der Ferne konnte er die Dächer von Shacktown erkennen.

Er hatte die Nacht in einem Lagerraum verbracht, auf einer nackten Matratze auf dem Fußboden, unter einer dünnen Decke. Sämtliche Rippen taten ihm weh, die Nase war gebrochen, er hatte einen Zahn verloren und sein kaputtes Knie schmerzte schlimmer als je zuvor. Tranquil hatte ihn nicht geschont.

Um ihn herum herrschte das geschäftige Treiben eines ganz normalen Krebskutters. Krebse zu fischen, war nicht ganz so leicht, wie Abalone zu sammeln, aber Mackenzie kapierte sofort, dass sich auch Reusen gut zum Drogenschmuggeln eigneten. Fiese Witze, glitzernde Goldkettchen, Männer und Frauen, die Mack noch nie gesehen hatte, alle mit eingesunkenen Augen und tief eingegrabenen Falten – typische Anzeichen für Methamphetamin-Missbrauch.

Es herrschte eine fröhliche Stimmung. Die Nachricht, dass Davey Dempsey noch am Leben war und sich schon bald der Crew anschließen würde, hatte inzwischen die Runde gemacht. Die Übernahme von Shacktown war so gut wie vollbracht.

Er musste dringend von diesem Schiff runter, um Ahab und den falschen Forest zu warnen – inzwischen kam der Hafen in

Sicht. Falls Ivy tatsächlich Blackbeard war, schwebten die beiden in Gefahr.

Wem wollte er eigentlich etwas vormachen? Wenn Ivy tatsächlich Blackbeard war, waren die beiden wahrscheinlich längst tot.

Mackenzie umklammerte verzweifelt die Reling. Seine Gliedmaßen waren unter Spannung wie die Taue eines straff aufgeblähten Segels – noch ein bisschen mehr Zug, und sie würden brechen. Er brauchte dringend seine Schmerztabletten. Er brauchte seine Opiate. Er musste von diesem Schiff runter.

»So, wie du aussiehst, führst du was im Schilde«, sagte Tranquil und trat neben ihn. »Willst du etwa abhauen?«

Mackenzie antwortete nicht. Die Schmerzen loderten in der Nähe des Mannes, der sie ihm zugefügt hatte, noch stärker auf.

»Logisch. Würde mir genauso gehen.« Tranquil sprach leise. »Was dich betrifft, hat Blackbeard echt üble Pläne. Sie sagt, sie wird endlich einen Mann aus dir machen.«

In Mackenzie kochte die Wut hoch. Diese Frau ... das verzieh er ihr nie. Er würde sie hassen bis zu seinem letzten Tag.

»Aber weißt du was? Ich habe heute meine Spendierhosen an.« Tranquil vollzog eine halbe Drehung und lehnte sich mit lässig im Nacken verschränkten Armen an die Reling. »Weißt du, ich traue Blackbeard durchaus zu, dass sie ihre Meinung über dich doch noch mal ändert. Du kennst ja dieses ständige Gerede von ›Familie bleibt Familie‹. Ich bin ihr zweiter Mann und ich habe keine Lust, dass du mir irgendwann in die Quere kommst. Davey reicht mir schon.« Er deutete zum Ufer. »Glaubst du, du schaffst es?«

»Du willst mir helfen?« Die Worte waren heraus, ehe Mackenzie klar wurde, dass das ein Trick sein musste.

»Ich helfe mir selbst«, widersprach Tranquil. »Ich meine, für mich wäre natürlich am besten, du ersäufst unterwegs. Aber Blackbeard würde es nicht gefallen, wenn ich dich abmurkse. Die einzige andere Möglichkeit wäre also, du entkommst und haust ab, weit, weit weg, und kehrst nie wieder zurück. Mach einfach deinem Ruf als Feigling alle Ehre …« Er starrte Mackenzie grinsend an.

»Gibt es eine Tauchausrüstung?«

»Klar. Hinten.« Tranquil deutete zum Heck. »Soll ich für Ablenkung sorgen?«

Ehe Mackenzie antworten konnte, wehte ein tiefes Brummen über das Schiff.

Tranquil zuckte erschrocken zusammen. »Alarm! Schwarzer Wind!«, rief er. An Bord brach augenblicklich hektische Betriebsamkeit aus.

Mackenzie durchlief ein angstvoller Schauder.

»Wie bestellt. Besser geht's nicht«, sagte Tranquil. »Na los, Kumpel, gehen wir.«

Er zerrte Mackenzie zum Heck des Schiffs, wo ein fest installiertes Gestell mit Tauchflaschen, Tauchjackets und Flossen wartete. Allerdings keine Neoprenanzüge.

»Kein Anzug, leider, aber das schaffst du schon«, sagte Tranquil. »So weit ist es auch wieder nicht.«

Mackenzie wusste, dass Unterkühlung im Wasser genauso tödlich sein konnte wie Sauerstoffmangel. Aber Aufgeben war keine Option.

Er zog sich Flossen und eine Tauchmaske an, während Tranquil ein Jacket mit Flaschen bestückte und ihm dabei half, sie anzuziehen. Er trat an den Rand und löste das Kabel, das den Zutritt zur Leiter sicherte. Die Wellen trugen inzwischen Gischtkronen und bildeten ein seltsames Riffelmuster. Mackenzie musste an Devils Kitchen denken, wie er im schwarzen Wind hatte tauchen müssen, und schluckte seine Angst hinunter.

»Jetzt!«, sagte Tranquil. »Solange niemand zu uns hersieht. Los.«

Mackenzie machte sich zum Sprung bereit, aber dann hielt er inne. In Tranquils Stimme lag ein komischer Unterton – es klang fast amüsiert. Mackenzie war sein Leben lang die Zielscheibe von Spott gewesen. Jahrelang hatte seine Familie ihn tyrannisiert und sich auf seine Kosten lustig gemacht, und diesen gewissen Unterton zu erkennen, war für ihn zum Überlebensinstinkt geworden.

»Also los, Mack!«, sagte Tranquil und versuchte, ihn über Bord zu drängen. »Wenn dich jetzt jemand hier sieht, kann ich nichts mehr für dich tun!«

Seiner Intuition folgend, überprüfte Mackenzie eilig jeden Teil seiner Ausrüstung, den er sehen konnte. Als er die Druckanzeige an der Flasche sah, machte er einen Schritt zurück.

Die Flasche war leer.

»Ach! Du verfluchter Idiot!«, zischte Tranquil. Er versuchte, Mackenzie mit einem Schubs über Bord zu befördern, doch damit hatte Mack gerechnet. Er packte die Reling, nahm Schwung und ließ sich rückwärts gegen den Anderen fallen. Tranquil landete auf dem Hintern.

Benommen versuchte sein Gegner, wieder auf die Füße zu kommen, und hielt sich fluchend die blutende Nase. Die Flasche hatte ihn erwischt. »Hilfe! Er versucht, zu türmen!«

Mackenzie hechtete zu dem Gestell und riss eine zweite Tauchflasche aus der Halterung. Er konnte nur beten, dass sie gefüllt war. Es blieb keine Zeit mehr, die Flaschen auszutauschen.

Er umklammerte die Ersatzflasche und sprang.

Sobald er auftraf, spürte er, wie das Gewicht seiner Ausrüstung ihn nach unten zu ziehen drohte. Kaltes Wasser umfing ihn, und er keuchte auf. Niemand wäre so blöd, ihm ohne Ausrüstung hinterherzuspringen, aber er musste sich trotzdem beeilen – ehe die Kälte ihn überwältigte.

Er versuchte, das Jacket aufzublasen, und durchlitt einen Augenblick der Panik, als nichts passierte. Er hatte vergessen, dass der Drucklufttank leer war.

Mackenzie zwang sich zur Ruhe und spürte, wie die wogenden Wellen ihm sein Selbstvertrauen zurückbrachten. *Denk dran, du bist im Wasser zu Hause. Hier bist du sicher.*

Sobald er seine Nerven wieder im Griff hatte, entfernte er mit routinierten Griffen die leere Flasche aus dem Jacket und befestigte die Ersatzflasche, die ihm beim Sprung fast aus den Händen geglitten wäre. Die Wellen hatten ihn vom Schiff weggetrieben und drohten ihn mit sich zu reißen, aber Mackenzie hatte Kraft. Das kalte Wasser belebte seinen schmerzenden Körper und war Balsam für sein kaputtes Knie. Mit gleichmäßigen Flossenschlägen hielt er sich über Wasser.

Sobald die neue Flasche fest in der Verankerung saß, schlüpfte Mackenzie wieder in das Jacket, zog sämtliche Riemen fest, schob sich den Atemregler in den Mund und tauchte ab in die Tiefe, wo die gefährlichen Strömungen des schwarzen Windes nicht mehr so stark waren.

Atem rein, Blasen raus.

Kurz darauf erfüllte ein nur allzu vertrautes Dröhnen seine Ohren. Selbst von hier unten war die aufgewühlte Oberfläche zu erkennen, und unberechenbare Strömungen zogen und zerrten an ihm.

Atem rein, Blasen raus.

Mit kräftigen Flossenschlägen tauchte Mackenzie Richtung Ufer. Er orientierte sich am aufgewühlten Untergrund, hielt nach Stellen Ausschau, die weniger wild wirkten, und navigierte sich selbst wie ein Boot auf rauer See.

Atem rein, Blasen raus.

Das Dröhnen war überall um ihn herum, verschluckte alle anderen Geräusche. Der ganze Ozean zitterte in Erwartung dessen, was als Nächstes kommen würde.

KAPITEL FÜNFUNDFÜNFZIG

AHAB

Unter Blaulicht und Sirenen hatte Constable Linda Ahab zu Ivy gefahren. Er war noch immer blutverschmiert. Zum Umziehen blieb keine Zeit. Alles, was jetzt zählte, war, Ivy zu finden. Sie hatte Frankie angeheuert. Also kannte Ivy Blackbeard besser als irgendwer sonst – Ahab musste herausfinden, was sie wusste.

Er öffnete das Tor und betrat das Grundstück. Im Margeritenbusch am Wegesrand schwebten große, blaue Schmetterlinge. Der berauschende Duft nach Meer und Wind lag in der Luft. *Safe Harbour*. Der sichere Hafen. Das Ende einer Ära.

Linda und Ahab hatten kaum gesprochen. Sie war entsetzt über Kanes Tod und in Gedanken bei der fieberhaften Suche nach De Corrado. Sie hatte Ahab aus Gefälligkeit hergefahren und wollte so schnell wie möglich weiter. »Ich muss zu Shelby und ihr … die Nachricht überbringen.« Sie wirkte selbst wie unter Schock. »Ich bleibe bei ihr, bis du kommst – es ist wichtig, dass sie jetzt jemanden Vertrautes um sich hat.«

Während der letzten Stunde – war es wirklich schon so lange her? – hatte die Polizei die Wanderer befragt und sich bestätigen lassen, dass der Angriff nicht von Ahab ausgegangen war. Vance war in einem Streifenwagen aufs Revier verfrachtet worden, aber Ahab wusste, dass er nicht reden würde. Dazu war seine Angst vor Blackbeard zu groß.

Nachdem Vance fortgeschafft worden war, hatten sie auch

Ahab mit aufs Revier genommen, ihn fotografiert und Proben von seiner Kleidung und seinen Fingernägeln genommen. Seinen Wagen hatten sie beschlagnahmt. Er hatte sie davon überzeugt, ihn gehen zu lassen, um seine trauernde Familie zu unterstützen – die Nachricht von Kanes Tod würde sich wie ein Lauffeuer in der Stadt verbreiten. Auf ihn kamen später noch genug Verhöre zu, Aussagen, ein Verfahren vor dem Strafgericht … eine Beerdigung.

Doch jetzt musste er mit Ivy sprechen.

Er pochte an die weiße Holztür. An seinen Knöcheln klebte getrocknetes Blut. Im Eukalyptusbaum lachte ein Kookaburra. Der schwarze Wind dröhnte.

Fast die gesamte Polizei von Shacktown durchkämmte die Stadt auf der Suche nach De Corrado und dem falschen Forest. Er hatte auf der Fahrt nach *Safe Harbour* den Polizeifunk mitgehört. In Frankies Apartment waren sie nicht gewesen – ebenso wenig wie Frankie selbst – aber es gab Spuren eines Kampfes.

Beim ersten Verhör, direkt am Tatort, hatte er ihnen gesagt, dass Frankie vermutlich der gefährliche Kopf eines Drogenschmugglerrings wäre, der es auf Shacktown abgesehen hätte. Linda hatte ihn skeptisch angesehen, und ihm war auch der Zweifel in den Stimmen ihrer Kollegen nicht entgangen, aber das spielte keine Rolle. Es war die Wahrheit. Sie würden nicht lange suchen müssen, um Beweise für seine Aussage zu finden. Er fragte sich, wie lange es dauern würde, ehe die Verbindung zu den Dempseys endgültig ans Licht kam. Wie auch immer dieser Tag enden würde, mit der Dempsey-Dynastie war es definitiv vorbei.

Er pochte wieder an die Tür. »Ivy! Ich bin's, Ahab. Mach die Tür auf!«

Alles blieb still.

Er ging ums Haus herum zur Hintertür. Der Weg zum Strand kam in Sicht, der weiße Kies, die Rettungsringe.

Zumindest hatte er das Versprechen nicht gebrochen, das er seiner Mutter gegeben hatte. Er hatte die Familie nicht verraten. Er hatte der Polizei lediglich die Richtung gewiesen. Er musste dringend mit Ivy und Davey sprechen – rausfinden, mit welchem Trick Frankie es auf Ivys Gehaltsliste geschafft hatte.

Jemand schleppte sich die Stufen vom Strand herauf. Mackenzie! Er war triefend nass.

»Mack?«, rief Ahab.

Mackenzie wirkte übel zugerichtet. Er hatte Prellungen im Gesicht, ein Auge war zugeschwollen, seine Kleidung zerrissen und voller Blut. Doch obwohl er schlimmer humpelte als je zuvor, hatte Ahab den Eindruck, dass aus jedem einzelnen Schritt Selbstvertrauen sprach. Und er trug noch immer seine goldene Kette um den Hals.

»Was ist passiert?«, fragte Ahab.

»Ivy ist passiert.«

Er klang absolut ruhig. Nein. Er klang wütend. Nein … er klang, als würde er jeden Moment jemanden umbringen.

»Ivy? Was …«

»Ja«, sagte Mackenzie leise. »Ivy.«

Diese zwei schlichten Worte genügten. Auf einen Schlag war Ahab alles klar.

Ahab hatte es vorhin selbst gesagt. *Das ist die Sache mit uns Dempseys. Wir lügen gern.*

Vance' Stimme hallte in seinem Ohr: *Die zieht mir bei lebendigem Leib die Haut ab.* Was hatte diese Angst ausgelöst?

Natürlich. Er hatte soeben Ivy Dempseys Enkel erschossen.

Wie hatte er nur so blind sein können? Wieso war ihm das nicht schon längst selbst klargeworden?

»Ivy ist Blackbeard«, sagte er tonlos.

»Ja.« Oben angekommen, wischte sich Mackenzie mit dem Ärmel über die Nase und versuchte vornübergebeugt, wieder zu Atem zu kommen. »Wir müssen sie aufhalten. Egal, wie.« Obwohl er leise sprach, lag in seinen Worten keine Spur von Schwäche. Der Mann, der panisch und völlig wirr auf Ahabs Schiff aufgetaucht war, existierte nicht mehr. Ein anderer war an seine Stelle getreten. Grün und blau geprügelt, eindeutig mit Schmerzen, aber voller Entschlusskraft.

Ahab hatte Frankie die Polizei auf den Hals gehetzt. Er musste sie aufhalten. »Wir müssen die Polizei informieren.«

In dem Moment ging die Haustür auf. Ivy stand vor ihnen, in blütenweißer Schürze, ein Küchenmesser in der Hand.

»Hallo, meine Lieben.« Sie war die Gelassenheit in Person. »Wollt ihr nicht reinkommen.«

Es war keine Frage. Es war ein Befehl.

»Wir müssen los, Mack.« Ahab wich vor ihr zurück. »Wir müssen zur Polizei.«

»Falls du Wert darauf legst, dass Detective De Corrado das Ende dieses Tages noch erlebt, solltest du reinkommen, mein Lieber«, sagte Ivy. »Ihr beide. Na los, und schmiert mir nicht alles voll.«

»Was hast du mit ihr gemacht?«, fragte Ahab.

Stark hinkend und mit unheilvoller Miene ging Mackenzie auf seine Mutter zu. Das zugeschwollene Auge machte ihn noch furchterregender. »Hallo, Ivy.«

»Mack! Nicht –« Ahab versuchte erfolglos, ihn aufzuhalten. »Wir können da jetzt nicht einfach reinspazieren –«

»Kommt rein. Nehmt Platz. Es gibt gleich Mittagessen.«

Mackenzie betrat als Erster das Haus. Ahab folgte ihm und sah sich nach irgendeiner Waffe um.

An dem riesigen Treibholztisch in Ivys offenem Esszimmer saßen zwei Personen.

Zum einen Detective De Corrado, an einen Stuhl gefesselt. Sie war leichenblass und hatte blutunterlaufene Augen. Angst und Rage standen ihr ins Gesicht geschrieben. Sie sah Ahab durchdringend an.

»Ein Familientreffen«, krächzte sie. »Wie schön.«

Neben ihr saß Davey. Er hielt den Blick gesenkt und massierte sich die Schläfen. Seine Augen lagen tief in den Höhlen und er leckte sich immer wieder über die rissigen Lippen. Wurde er etwa ebenfalls gegen seinen Willen hier festgehalten?

»Ja, eine glückliche kleine Familie, endlich mal wieder an einem Tisch.« Ivy ging hinter sie und legte ihr das Messer an die Kehle. »Wollen wir uns nicht alle setzen?«

»Weißt du's schon, Davey?«, fragte Ahab mit rauer Stimme.

Davey zuckte zusammen, ohne den Blick zu heben. »Was denn?«, murmelte er.

»*Setzen*, habe ich gesagt!«, fauchte Ivy.

Mack nahm gegenüber seinem Bruder Platz. Er ließ Ivy nicht eine Sekunde aus den Augen.

Ahab machte ebenfalls Anstalten sich zu setzen, direkt neben De Corrado. Er stützte sich mit einer Hand am Tisch ab und zog den Stuhl heraus. Er würde versuchen, den Augenblick auszunutzen, wo Ivy Platz nahm, sich auf sie stürzen und ihr das Messer wegnehmen.

Nein … der Tisch bot ein regelrecht makabres Bild. Er war aufwendig gedeckt. Sets, Silberbesteck, ein Blumenarrangement, Gläser mit Rotwein. In der Mitte stand eine Platte mit Grillhähnchen. Ein Brotkorb, Butter, dampfendes Gemüse … und Fleischmesser. Es gelang ihm, sich unauffällig ein Messer in den Ärmel zu schieben. Er löste die Hand vom Tisch und setzte sich.

»Meine Lieben, ich bin froh und dankbar, dass ihr es einrichten konntet, an meiner kleinen Siegesfeier teilzunehmen«, sagte Ivy und nahm am Kopfende Platz. Dann durchkreuzte sie Ahabs Pläne, indem sie ein Jagdgewehr unter dem Tisch herauszog und es neben sich legte. »Lasst uns miteinander essen. Als Familie. Zuzüglich Gast, selbstverständlich.« Sie legte das große Messer ebenfalls neben sich und hob das Glas. Eine Hand auf dem Gewehr, prostete sie De Corrado zu.

»Keine Angst«, sagte Ahab mit ruhiger Stimme zu der Kommissarin. »Alles wird gut.« Unter dem Tisch machte er sich mit dem Messer an ihren Fesseln zu schaffen.

»Ja klar, das sieht ein Blinder. Alles bestens unter Kontrolle«, blaffte De Corrado und streckte unauffällig das Handgelenk weiter in seine Richtung.

»Wo ist Shelby?«, fragte Mackenzie.

»Die sollte inzwischen wieder in *Homeward* sein«, sagte Ivy. »Ich denke, es ist besser, sie aus diesen Unannehmlichkeiten rauszuhalten. Findet ihr nicht auch? Nicht, dass unsere wunderbare kleine Köchin am Ende noch ihre Prioritäten durcheinanderbringt.« Ivy klopfte mit den Fingerspitzen auf die Waffe. »Unsere Pläne stehen im Augenblick auf Messers Schneide. Es ist nicht eben hilfreich, dass ihr hier reinplatzt, um uns alles zu vermasseln.«

Ahab warf Davey einen Blick zu. Was immer hier vor sich ging, er war definitiv Teil von diesem »uns«. Also doch. Wenn es drauf ankam, zog er den Schwanz ein.

Ivy hob ihr Glas noch einmal in De Corrados Richtung und nahm einen Schluck. »Ich hatte eigentlich geplant, die Polizistin zu töten. Aber so, wie es jetzt aussieht, brauchen wir wohl eine Geisel als Druckmittel – vor allem, wenn es uns nicht gelingt, den echten Forest aufzuspüren.«

»Du glaubst doch nicht ernsthaft, dass du damit durchkommst, Ivy«, sagte Ahab, während er fieberhaft seine Optionen durchging. Wann war der richtige Augenblick, um ihnen zu sagen, dass Kane tot war? In dem Moment müsste doch auch Ivy endgültig die Kontrolle verlieren, oder nicht?

»Nein. Du hast recht. Wir werden Shacktown verlassen müssen. Aber ich habe Mittel und Wege. Schließlich bin ich Dread Pirate Blackbeard, schon vergessen? Fragt meinen Idioten von Sohn – er durfte gerade eine Kostprobe dessen genießen, was mein Imperium zu bieten hat.«

Unwillkürlich fasste Mackenzie sich ins Gesicht.

»Wie bist du eigentlich von dem Schiff runtergekommen?«, fragte sie ihn. »Wen aus meiner Crew muss ich … außer Dienst stellen? Vielleicht überlasse ich diese Ehre sogar dir …«

»Wo wir gerade von deiner Crew sprechen«, sagte Ahab. Der Moment war gekommen. »Kane ist tot.«

Alle starrten ihn an.

»Vance hat ihn erschossen.« Ahab sah Ivy direkt in die Augen.

»Du lügst!«

»Was soll der Scheiß, Ahab?« Plötzlich kehrte wieder etwas Leben in Daveys Augen zurück. »So was zu sagen, ist total krank!«

»Du kranke Frau hast einem deiner Männer den Auftrag gegeben, den echten Forest Dempsey zu suchen und umzubringen. Deinen eigenen Enkelsohn! Leider hat er den Falschen erwischt. Kane war bei mir. Dein anderer Enkelsohn.« Ahab liefen Tränen übers Gesicht. Er wischte sie mit seiner blutverschmierten Hand weg, während er unter dem Tisch weiter an De Corrados Fesseln herumsäbelte. »Das hat dein großartiges Imperium zu bieten! Das hast du –«

»Nein!«, sagte Davey heiser. »Nein! Nein!« Er stand auf. Sein Blick glitt zwischen Ahab und Ivy hin und her. »Er lügt. Sag, dass er lügt!« Seine Augen waren so weit aufgerissen, dass Ahab das Weiß rund um die Iris sehen konnte. »Ich schwöre dir, wenn das nicht gelogen ist, dann …«

»Er lügt!«, sagte Ivy, doch alle Farbe war aus ihrem Gesicht gewichen. »Vance ist kein Idiot. Er würde nie …«

»Ich muss es wissen. Ich muss Kane suchen!«, rief Davey.

»Du bleibst hier!«, sagte Ivy. »Keiner darf dich sehen. Setz dich wieder hin, mein Lieber.« Sie fasste sich mit zitternder Hand an die Stirn. »Ahab, ich weiß nicht, welches Spiel du treibst, aber –«

Obwohl er genauso schockiert wirkte wie alle anderen, ergriff Mackenzie die Gelegenheit. Er hechtete quer über den Tisch und packte das Gewehr. Eine Sekunde später legte er an und zielte mit ruhiger Hand auf Ivy.

Alle erstarrten.

»Du hast Kane umgebracht. Das ist alles deine Schuld«, sagte Mackenzie. »Was hast du mit unserem Jungen gemacht? Wo ist *unser* Forest?«

In Davey kam wieder Leben. Er sprang auf und lief Richtung Tür. Mackenzie richtete die Waffe auf ihn. »Bleib stehen, oder ich knall dir die Birne weg, Davey.«

»Ich muss zu Shelby!«, stöhnte Davey. »Bitte … bitte, Bro!«

»Du gehst nirgendwohin. Wo ist unser Junge?«

»Mein Sohn … ich muss zu meinem Sohn …«

Plötzlich tauchten aus dem hinteren Bereich des Hauses zwei bewaffnete Männer auf. Rasch überblickten sie die Situation und zielten auf Mackenzie.

Mack zuckte nicht mal mit der Wimper. »Nur eine Bewegung, und er ist tot.« Er hielt die Waffe weiter auf seinen Bruder gerichtet. »Ich würde es nicht drauf ankommen lassen.« Mackenzie hatte sich wirklich verändert – er wirkte wie ein anderer Mensch.

Auch Ahab hielt in seiner heimlichen Arbeit inne. Er nahm das Messer beiseite. Falls es tatsächlich zum Schusswechsel kam, würde er De Corrado mit sich zu Boden reißen und unter dem Tisch in Deckung gehen.

»Blackbeard? Was sollen wir tun?«, fragte einer der Männer betont langsam, als wäre Mackenzie ein wildes Tier, das er nicht erschrecken wollte.

»Keine Angst. Der schießt nicht«, sagte Ivy. Ihre Stimme hatte zwar die Leichtigkeit verloren, aber nicht ihre Autorität. »Der hat noch nie jemanden umgebracht. Er hat nicht die nötigen Eier, auf seinen eigenen Bruder zu schießen.«

Mackenzie lockerte kurz die Finger, doch der Lauf schwankte nicht, sein Blick blieb fest. »Davey, sie ist böse. Sie hat uns all das angetan.«

»Kane ist nicht tot …«, stammelte Davey. »Ich muss zu Shelby.«

»Los«, sagte Ivy an einen ihrer Leute gewandt. »Finde raus, ob das, was Ahab sagt, stimmt. Wenn mein Enkel tatsächlich ermordet wurde, bringst du mir den, der dafür verantwortlich ist. Egal, wie. Ich kümmere mich persönlich um ihn.«

Der Mann sprintete aus dem Zimmer, der zweite blieb, wo er war, die Waffe weiter auf Mackenzie gerichtet.

Ahab machte sich unauffällig wieder an De Corrados Fesseln zu schaffen.

Die Atmosphäre im Raum fühlte sich an wie ein Ballon kurz vor dem Platzen. Plötzlich flog die Haustür auf.

Auf dem Flur waren Schritte zu hören, dann stand sie im Zimmer: Shelby.

Schwer keuchend und mit wildem Blick sah sie sich um. Ahab versuchte, die Szene mit ihren Augen zu sehen: Mackenzie, der mit dem Schrotgewehr auf Davey zielte. Ivys Handlanger, der seine Waffe auf Mackenzie richtete. Ivy mit einem Messer in der Hand. Davey auf halbem Weg zur Tür. De Corrado gefesselt am Tisch.

Wortlos ließ Shelby sich auf einen leeren Stuhl fallen.

Sie suchte Ahabs Blick. »Hatte er Schmerzen, als er starb?«

Dann hatte Linda es ihr also erzählt … und Shelby war es offenbar gelungen, die Polizistin aus allem, was noch kommen würde, rauszuhalten.

»Es ging ganz schnell«, sagte Ahab. »Er hat nichts gespürt.«

Davey heulte auf.

»*Halt den Rand, Davey!*«, fuhr Ivy ihn an. Sie hatte Tränen in den Augen. »Halt … halt einfach den Rand.«

Endlich war es Ahab gelungen, eine der Fesseln zu durchtrennen. Er drückte De Corrado das Messer in die Hand, und sie machte sich unauffällig an die zweite Seite. Ahab stand der Angstschweiß auf der Stirn.

»Reichst du mir bitte die Butter«, sagte Shelby zu Mackenzie und angelte sich ein Brötchen aus dem Brotkorb. Was war mit ihr los?

Mackenzie rührte sich nicht. Seine Augen waren fest auf die Waffe von Ivys Handlanger gerichtet, der Lauf des Gewehrs noch immer auf seinen Bruder.

»Hinsetzen, Mack!« Shelby ließ die Faust auf den Tisch krachen.

»Du auch!«, sagte Ivy zu Davey.

Langsam ließ Mackenzie sich auf den Stuhl neben Shelby sinken. Sein Blick glitt unruhig durch den Raum – darin lag ein Hauch von Unsicherheit. Ahab konnte nur beten, dass er sich jetzt nicht verleiten ließ, plötzlich etwas Unüberlegtes zu tun.

Ivys Handlanger setzte sich neben De Corrado. Er legte die Waffe auf den Tisch und behielt die Hand darauf.

»Mackenzie, gib mir das Gewehr«, sagte Shelby.

Mack zögerte.

»Mack …«, sagte Ahab. »Nicht!«

»Entspann dich, Ahab«, sagte Shelby mit ruhiger Stimme. Nur ihr Gesicht verriet die Höllenqualen, die sie litt.

Mackenzie reichte seiner Schwägerin das Gewehr.

»Na also«, sagte Shelby. »Danke, Mackenzie. Und jetzt reich mir bitte die Butter rüber.«

Davey sank auf einen Stuhl, legte die Arme auf den Tisch, senkte den Kopf und brach in lautes Schluchzen aus.

Mackenzie gehorchte verdattert und reichte Shelby die Butter.

Sie legte das Gewehr vor sich auf den Tisch, brach das Brötchen in zwei Hälften und machte sich daran, es zu schmieren.

»Wer hat meinen Sohn getötet, Ahab?«, fragte Shelby fast beiläufig. Doch ihre Hände zitterten so sehr, dass sie das Messer weglegen musste.

»Einer von Blackbeards Männern«, sagte Ahab. »Vance.«

»Und wer ist Blackbeard?«, fragte Shelby. »Wissen wir das inzwischen?«

»Ja«, sagte Ahab.

Ivy sah Shelby forschend an. »Ich … ich werde sicherstellen, dass der Mann exekutiert wird. Ich lasse ihn zu Tode foltern. Ich werde tun, was immer nötig ist.«

»Dann bist du also Blackbeard?« Shelby klang nicht wirklich überrascht. Wahrscheinlich hatte sie es längst vermutet. Auch die gefesselte Polizistin an Ivys Esstisch war wahrscheinlich kein allzu schlechter Hinweis gewesen.

»Ja«, sagte Ivy. »Ich bin Dread Pirate Blackbeard.«

»Seit wann schon?«

Ivy zuckte die Achseln. »Ich habe vor sieben Jahren begonnen, das Gerücht in die Welt zu setzen.«

»Und? Verkaufst du Kinder? Bringst du Leute um?«, fragte Shelby.

»Nein. Das ist nur Teil der Kampagne.«

»Für eine erfundene Marke, die meinen Sohn getötet hat.«

»Ich kann dir das erklären, meine Liebe«, sagte Ivy.

»Das wage ich zu bezweifeln.«

»Jesse hatte immer vor, eines Tages zurückzukommen. Und Jesse ist wahnsinnig«, sagte Ivy offen. »Ich bin immer davon ausgegangen, dass er uns umbringen würde, Davey und mich. Und dich wahrscheinlich auch.«

Shelby reagierte nicht.

»Aber Jesse war schon immer paranoid. Ich dachte, wenn ich einen ausreichend brutalen Gegenspieler erschaffe, der genug Schrecken verbreitet, könnte ich ihn damit in Schach halten. Das funktionierte so lange, bis der falsche Forest kam und alles ruinierte!« Sie spuckte den letzten Satz förmlich aus.

»Und wo ist er jetzt? Der falsche Forest?«, fragte Shelby.

Ivy machte den Mund auf – um irgendeine Lüge zu erzählen, dachte Ahab – doch Davey kam ihr zuvor: »In der Sirenenhöhle.

Ich habe ihn dort hingebracht.« Er sprach, ohne den Kopf zu heben. Seine Stimme war tonlos.

Mackenzie erstarrte. Ahab konnte seine Angst förmlich spüren. »Wann? Wie lange ist das her?«

»Vor etwa einer Stunde …«

Ahab sah seinem Neffen an, wie sehr es in ihm arbeitete. »Wann kommt die Flut?«, fragte Mack.

»Der schwarze Wind ist schneller als jede Flut!« Ahab umklammerte verzweifelt die Armlehnen.

»Falls er sich nicht schon selbst ertränkt hat …«, sagte Davey tonlos.

Shelby schaute ihn an, als sähe sie ihn zum allerersten Mal. »Du hast einen Jungen *ermordet*?«

Ivy hob die Hand, um ihre Schwiegertochter zu beschwichtigen. »Mir ist klar, dass du nie vorhattest, in eine solche Familie einzuheiraten, aber Davey hat nun mal einen Job zu erledigen. Hier ging es die ganze Zeit einzig und allein darum, dich zu beschützen. Alles zu –«

In einer einzigen, fließenden Bewegung stand Shelby auf, griff zum Gewehr, zielte auf Ivy und drückte ab.

Der Knall erfüllte die ganze Welt und hinterließ nichts als Leere.

Ivy flog rücklings gegen die Lehne, kippte um und stürzte zu Boden.

Drei Mal hatte Ahab dieses Geräusch nun in kurzer Folge gehört. Drei Menschen waren tot. Chips, Kane und jetzt Ivy.

Das Ende einer Ära …

Im selben Augenblick hatte De Corrado sich endlich befreit. Sie stürzte sich auf Ivys Handlanger und riss ihn zu Boden, ehe er zu seiner Waffe greifen konnte. Immer noch halb taub von dem Schuss nahm Ahab die Pistole vom Tisch.

Mackenzie humpelte so schnell er konnte um den Tisch herum und half De Corrado dabei, den Mann niederzuringen.

Davey starrte Shelby entsetzt, fast angeekelt, an.

Shelby saß da und keuchte. »Worauf warten wir noch?«, schnaufte sie wütend. »Der Junge ertrinkt!«

»Du hast sie erschossen«, sagte Davey fassungslos. »Du hast gerade meine –«

»Sie hat unseren Sohn getötet! Los jetzt! Rettet dieses Kind!«

»Shelby ...« Sein Blick ging zu dem Mann auf dem Boden. »Er hat gesehen, wie du Blackbeard erschossen hast ...«

Ahab erriet seine Gedanken. »Nein, Davey. Schluss mit dem Morden. Ihm wird kein Haar gekrümmt.«

»Ahab! Du wusstest die ganze Zeit Bescheid!«, sagte De Corrado. »Was auch immer zum Teufel hier los ist, du *wusstest* davon!«

»Mum ...« Verzweifelt raufte Davey sich die Haare. Sein Blick irrte haltlos im Zimmer herum. »Wenn wir den Typen nicht umlegen, erfährt die Crew, dass Shelby Blackbeard getötet hat. Dann sind wir alle dran.«

»Wenn ich das richtig verstanden habe ...«, sagte Shelby todernst, »habe ich hiermit das Zepter übernommen. Ich habe Blackbeard getötet. Ich bin der nächste Dread Pirate Blackbeard.«

»Nein!«, sagte Mackenzie. Die Verzweiflung in seiner Stimme erschreckte Ahab. »Nein, Shelby!«

Mackenzie löste sich von Ivys Handlanger, den De Corrado inzwischen mit zerrissenen Tischdeckenstreifen gefesselt hatte. Er ging auf Shelby zu, doch beim Anblick der Blutlache, die sich um Ivy ausbreitete, blieb er wie angewurzelt stehen. Ahab sah seinen Blick trüb werden. Er fing offensichtlich an zu begreifen, was gerade geschehen war.

»Rettet den Jungen, Mack«, sagte Shelby, das Gewehr locker in die Seite gestemmt. »Los, rette den Jungen. Ich bitte dich.«

»Mackenzie?« Ahab versuchte, Mack aus seiner Trance zu wecken. »Vielleicht gibt es tatsächlich noch eine Chance. Kannst du uns zu der Höhle führen?«

»J-ja«, stammelte Mackenzie. Er riss sich von dem Anblick los. »K-klar. Ja. Unten am Cape Pillar.«

Shelby legte das Gewehr beiseite, ging neben Ivy in die Hocke und fing an, ihre Taschen zu durchwühlen.

»Was tun Sie denn?«, sagte De Corrado. »Dies ist ein Tatort. Niemand geht irgendwohin! Niemand fasst irgendwas an!«

»Es gibt ein Sprichwort. Mack hat es mir beigebracht. Geschäftsleute haben zwei Telefone, Drogendealer haben drei.« Sie brachte diverse Telefone zum Vorschein, nahm Ivys Zeigefinger, berührte damit nacheinander die Sensoren und entsperrte die Geräte. »Wenn ihr fertig seid, treffen wir uns im Labor«, sagte Shelby.

Die Situation war Ahab vollständig entglitten. Doch im Augenblick ging es nur um zwei Dinge: Forest retten und De Corrado außer Gefahr bringen. »Los, De Corrado, wir müssen Forest suchen.«

»Ich fürchte, Detective De Corrado wird noch ein bisschen bei uns bleiben müssen«, sagte Shelby. »Und falls du vorhast, die Polizei zu informieren … bitte tu das nicht. Keine Polizei.« Sie wischte sich übers Gesicht und hinterließ eine leuchtend rote Blutspur. Ivys Blut. Sie wirkte vollkommen ruhig.

»Ich lasse sie nicht hier bei euch«, sagte Ahab.

»Schon gut, Ahab«, sagte De Corrado. »Mir passiert nichts. Los jetzt. Ihr müsst den Jungen retten!«

»Jetzt komm schon!« Mackenzie packte Ahab unsanft am Arm. »Wir haben keine Zeit für so was. *Los, Bewegung!*«

KAPITEL SECHSUNDFÜNFZIG

MACKENZIE

Auf Geländemotorrädern rasten Mackenzie und Ahab über matschige Wanderwege durch den Busch. Die Reifen wühlten sich durch den regennassen Schlamm des Nationalparks. Jeder einzelne Stoß durchzuckte Mackenzies schmerzende Rippen. Wenigstens war sein Auge inzwischen etwas abgeschwollen, und er konnte wieder beidseitig sehen.

Ned hatte ihnen seine Maschinen auf einem Hänger in den Hafen gebracht, wo sie in Windeseile die nötigste Tauchausrüstung für drei von der *Ambergris* zusammenstellten. Sie musste den Jungen retten, aber nicht vom Meer aus – das war bei schwarzem Wind unmöglich.

Stattdessen wollten sie es von der Landseite her versuchen, über Cape Pillar. Vom Kap aus mussten sie sich über einen verwilderten Klettersteig, der irgendwann in den Sechzigerjahren in den Fels gehauen worden war, ihren Weg nach unten zum Strand bahnen.

Falls sie das überlebten, mussten sie mitten im Sturm von dort zur Sirenenhöhle tauchen – und zwar ohne den Schutz, den die Klippen rund um Devils Kitchen boten, sondern mitten durchs offene Meer.

Mackenzie hatte Mühe, sich auf die vor ihm liegende Herausforderung zu konzentrieren.

Ivy ist tot.

Kane ist tot.

Davey hat versucht, unseren kleinen Hochstapler zu ermorden.

Davey wollte ein Kind ermorden! Wie hatte es so weit kommen können? Oder war Davey schon immer so gewesen, und er hatte es nur nie sehen wollen?

Je näher sie den Klippen kamen, desto heftiger stürmte der schwarze Wind. Starkböen wehten und zerrten aus sämtlichen Richtungen an ihnen und brachten die Motorräder gefährlich ins Schwanken. Als das Buschland schließlich ausdünnte und sie den Rand des Kaps erreichten, toste der Sturm so heftig und wild wie draußen auf See. Der Himmel sah bedrohlich aus, es schüttete wie aus Eimern, und unter ihnen tosten die wütenden Wellen.

»Da sollen wir runter?«, schrie Ahab. »Das ist reinster Selbstmord.«

Der Klettersteig, kaum einen Meter breit, wand sich in engen Serpentinen den Fels hinunter bis auf einen kleinen, vom Meer gepeitschten Kieselstrand. Nur ab und zu boten rostige Metallpfosten, zwischen denen vielleicht mal ein Maschendrahtzaun gespannt gewesen war, ein bisschen Halt.

»Erste Regel beim Tauchen!«, sagte Mackenzie mit kleinlautem Grinsen. »Immer weiteratmen!«

Ahab wischte sich den eiskalten Regen aus den Augen. »Dann los!«

Mackenzie ging voraus. Er hatte seine Ausrüstung und die Sachen für Forest geschultert. Er klammerte sich an poröse Felsvorsprünge, die von Wind und Wetter glattgeschliffen waren, tastete mit den Füßen nach Halt und versuchte dabei, nicht ständig Regen in die Augen zu bekommen. Immer wieder wandte er sich nach hinten, um zu sehen, ob Ahab ihm folgte. Ihm war nie aufgefallen, wie alt Ahab geworden war, aber jetzt, wo Wind und Regen ihm ins Gesicht peitschten, konnte er es deutlich sehen.

Gedankenverloren rutschte er auf dem glitschigen Untergrund aus. Einen schreckerfüllten Augenblick lang fühlte er sich über die Kante hinausgleiten, ehe er sich am nächsten rostigen Pfosten zurück auf die Klippe zog.

Es ging immer weiter nach unten, jeder neue Schritt grauenvoller als der letzte. Das Gewicht der Ausrüstung zerrte an Mackenzies Armen, und ihm tat immer noch alles weh von den Prügeln, die er am Morgen kassiert hatte. Außerdem spielten seine Gefühle und Empfindungen immer noch verrückt, während sein Körper die letzten Reste vom Golden Sunshine abbaute. Ivys gewaltsamer Tod durch die Hand seiner Schwägerin, die Tatsache, dass ausgerechnet Kane diesem durchgeknallten Drogenspiel zum Opfer gefallen war …

Denk nicht daran. Jetzt wird der falsche Forest gerettet. Eins nach dem anderen. Einatmen, ausatmen.

Auf einem schmalen Vorsprung dicht über dem Kiesstrand machten sie sich bereit. Mackenzie legte seine Ausrüstung an: Jacket, Maske, Stirnlampe. Die Tauchanzüge hatten sie in aller Eile an Bord der *Ambergris* angezogen. Mit einer Tauchleine befestigte Mackenzie Forests Ausrüstung vor seiner Brust, um damit das Gewicht der Flaschen auf seinem Rücken auszugleichen.

Skeptisch sah er auf die sturmgepeitschten Wellen, das unheimliche, schraffierte Muster, das der schwarze Wind aufs Wasser malte. Dagegen kam ihm sein letzter Tauchgang in Devils Kitchen plötzlich wie ein Spaziergang vor. Der Anblick erfüllte ihn mit Furcht. Tosend brachen die Wellen am Ufer, und Wassermassen wälzten sich über den Strand. Wenn sie nicht aufpassten, zog es ihnen den Boden unter den Füßen weg.

Ahab gab Mackenzie Gleichgewicht, während er die Flossen anlegte. Im Anschluss tat Mackenzie dasselbe für ihn.

Dann war es so weit. Die beiden Männer nahmen sich bei den Händen und sahen sich tief in die Augen.

»Zieht morgens schwarzer Wind heran, rette sich vom Meer, wer kann«, sagte Ahab und zwinkerte.

Dann sprangen sie direkt hinein in den gierigen Ozean.

Chaos. Reißendes Wasser, der unfassbare Druck tobender Wellen. Eiskalt, salzig, ohrenbetäubend. Mackenzie wurde herumgeschleudert und gegen einen Felsen geworfen, er orientierte sich neu, paddelte und paddelte und paddelte mit aller Kraft, nur runter, immer weiter runter, tief und noch tiefer, ließ Luft ab …

Atem rein, Blasen raus.

Schließlich erreichte er eine Tiefe, in der die Strömung ihn nicht mehr ständig in die falsche Richtung trieb. Das Wasser war trüb, er hatte so gut wie keine Sicht. Mackenzie knipste die Stirnlampe an und sah sich um. Überall nur wirbelnder Tang und Sand und Schlick.

Ganz in der Nähe ein zweiter Lichtstrahl. Dann tauchte in der trüben Suppe Ahabs Umriss auf.

Mackenzie wurde von tiefem Unbehagen gepackt. Die Strömung war selbst hier unten unfassbar stark. Wie sollten sie das je schaffen?

Ahab kam näher und macht das *Okay?*-Zeichen.

Okay, antwortete Mackenzie mit derselben Geste.

Er drehte sich um, tauchte mit kräftigen Flossenschlägen weiter und ließ den Lichtstrahl auf der Suche nach dem Eingang zur Sirenenhöhle über die Klippenwand gleiten.

Der Höhleneingang war bald gefunden. Ein schwarzes Maul in der Felswand. Er gab Ahab ein Zeichen, und die beiden Männer tauchten in den Spalt. Sie blieben dicht am Grund und hangelten sich von Kelpbüschel zu Kelpbüschel, um nicht abgetrieben zu werden.

Im Schein ihrer Stirnlampen tauchten sie immer tiefer in den Tunnel hinein, ständig gegen die Rückströmung ankämpfend, die sie wieder nach draußen ins offene Gewässer ziehen wollte. Mackenzie kam sich vor wie in einer steinernen Luftröhre – die

Strömung atmete, und der Tang um sie herum bewegte sich in ihrem Atemrhythmus.

Jedes Mal, wenn das Wasser wieder nach draußen gezogen wurde, musste Mackenzie wild mit den Beinen schlagen, nur um an Ort und Stelle zu bleiben, und wenn es zurückströmte, wurde er rasend schnell vorwärts katapultiert. Immer wieder verloren sie in der Strömung die Kontrolle, und ein paar Mal wurde Ahab gegen ihn geschleudert.

Der Tunnel war viel schmaler als in seiner Erinnerung, doch der Seetang machte die Wände immerhin glitschig und weich. Ohne dieses Polster hätten die gezackten Felsen sie vermutlich schon längst in Stücke gerissen.

Mackenzies Brustkorb fühlte sich an, als würde er jeden Moment platzen. Seine Beine waren schwer wie Blei. Er war sich nicht sicher, ob er es schaffen würde, wenn das noch lange so weiterging. Und wenn die Strömung schon auf dem Weg in die Höhle so brutal war, wie sollten sie es bloß in die entgegengesetzte Richtung wieder nach draußen schaffen?

Dann, endlich, schoss er aus dem Tunnel hinaus und hinein in eine fast friedvolle Wasserblase. Seine Flossen stießen auf felsigen Grund, und es gelang ihm, sich aufzurichten. Das Wasser reichte ihm nur bis zur Brust. Die Höhle bestand aus einem schmalen, hohen Gewölbe, in Jahrtausenden von unzähligen Gezeiten aus dem Fels gewaschen. Geologisch betrachtet, entstand hier gerade die nächste Teufelsküche. Noch aber war es ein Hohlraum, in dessen Mitte sich ein vulkanartiger Berg aus Geröll erhob. Und oben auf diesem Geröllberg saß schlotternd ein hagerer Junge, den Arm schützend gegen den grellen Lichtstrahl erhoben.

Durch den ganzen Raum schallte das sich selbst überlagernde, allgegenwärtige Dröhnen. Es hörte sich an wie schauriger Gesang.

Mackenzie spuckte den Atemregler aus. »Alles gut, Forest! Wir sind hier!«

»M-Mack?« Mühsam kam Forest auf die Beine. »Bist … bist du … Bist du das wirklich?«

»Mack! Das Wasser!«, ertönte hinter ihm Ahabs heisere Stimme. Seine Zähne klapperten vor Kälte, doch das änderte nichts an dem drängenden Unterton.

Mackenzie sah auf einen Blick, was seinen Cousin so beunruhigte. Das Wasser um sie herum fing an, sich im Kreis zu drehen. Noch wirbelte es langsam, aber es würde nicht lange dauern, bis sich die Höhle in einen riesigen Strudel verwandelte.

Mackenzie stürzte auf den Jungen zu, um ihm die Ausrüstung anzulegen. Der Junge warf sich in seine Arme.

Ahab stolperte neben sie und nahm Mack die Ersatzausrüstung ab. »Na also, Junge«, sagte er beruhigend zu Forest. »Du machst das ganz toll. Wir legen dir jetzt deine Sachen an, und alles wird wieder gut.«

Der dröhnende Gesang steigerte sich zu einem Crescendo, dann schoss eine riesige Woge aus dem Tunnel heraus und schlug über ihnen zusammen. Mackenzie grub die Flossen in den Kies und umklammerte Forest und Ahab.

Es kam ihm wie Stunden vor, bis das Wasser sich endlich wieder zurückzog, obwohl nur ein paar Sekunden vergangen sein konnten. Schockiert kamen sie wieder zu Atem.

»Mack! Die Sachen!«, hustete Ahab.

Mackenzies Hände waren leer.

Die dritte Tauchausrüstung war in den schwarzen Tiefen der Höhle verschwunden.

»Wir müssen sie finden!«, sagte Mack.

Ahab drehte sich einmal im Kreis, dann sah er Mackenzie eindringlich an. »Wir haben keine Zeit.«

»Er schafft es aber nicht ohne!«

Wieder schwoll der dröhnende Gesang an. Doch diesmal waren sie auf das gefasst, was kam. Sie klammerten sich aneinander fest und warteten, bis das Wasser wieder abfloss.

»Wir werden hier sterben!«, hustete Forest.

»Nein. Nicht alle.« Ahab löste die Riemen seines Jackets. »Ihr zwei habt noch eine Zukunft vor euch, du und Mackenzie.«

»Nein!«, rief Mack.

»Doch, Junge!«, sagte Ahab. »Los, macht euch bereit, bevor die nächste Welle kommt.«

»Nein!«, schrie Mackenzie. »Wir lassen dich nicht hier zurück.«

»Doch«, sagte Ahab.

Er legte Forest das Jacket an.

Mackenzie wollte widersprechen, aber Ahab schnitt ihm mit erhobener Stimme das Wort ab. »*Mackenzie! Es reicht!*«

Er packte Forest am Kragen und zog ihn nah zu sich heran. »Forest! Hör mir zu. Schlag die Beine … so fest du kannst. Als ginge es um dein Leben.«

»Ich muss dir was sagen, Ahab! Es ist wichtig!«, sagte Forest.

»Wir haben keine Zeit mehr«, antwortete Ahab streng. »Keine Widerworte!«

Der Gesang war so laut wie noch nie – eine Riesenwelle bahnte sich den Weg durch den Tunnel. Ahab und Mackenzie nahmen Forest zwischen sich und packten einander an den Unterarmen. Als die Welle kam, tat sie es mit solcher Wucht, dass sie Ahab die Stirnlampe vom Kopf riss und sie im strudelnden Wasser mit sich nahm.

Sobald sie wieder gefahrlos stehen konnten, zog Ahab sich die Flossen aus und half Forest hinein. Sie waren zu groß, und er zog die Riemen so fest er nur konnte. Er setzte ihm seine Tauchmaske auf. Jetzt hatte er gar keine Ausrüstung mehr.

»Also dann.« Ahab lächelte gequält. »Nun heißt es Lebewohl.« Plötzlich herrschte um sie herum beinahe so etwas wie Stille. Als würde selbst der schwarze Wind ihren Abschied würdigen.

Das durfte nicht sein!

Ich kann Ahab nicht hier sterben lassen!

Mackenzie griff sich in den Nacken, löste die goldene Kette und drückte sie Ahab in die Hand. »Da! Nimm!«

Ahab griff verärgert danach. »Mackenzie …«

Doch Mackenzie ließ sein Ende der Kette nicht los. »Du hast gesagt, ich bin ein Mann! Als ich diese Kette vom Meeresgrund hochgetaucht habe, hast du gesagt, ich wäre ein Mann! Ihr wart beide dabei!«

»Mackenzie, das ist jetzt wirklich nicht der richtige Moment, um –«

»Doch! Genau jetzt!«, brüllte Mackenzie. Er legte Ahab die Kette an. »Ich lasse mir nie wieder etwas nehmen! Nicht von dieser Höhle, nicht von meinem Bruder, meiner Mutter, und auch nicht von dem verfluchten Meer! Ob mit Ausrüstung oder ohne. Du brauchst keine. Du hast mich – ich bringe uns hier raus.« Er griff nach dem zweiten Atemregler, der an seiner Flasche befestigt war, und schob ihn Ahab in den Mund. »Weil ich diese Kette nämlich nie wieder verlieren werde!« Er packte Ahab bei den Schultern. »Halt die Augen fest geschlossen. Vertraue mir!«

Mackenzie schob Forest und Ahab vor sich ins Wasser und ließ sich selbst hinterhergleiten. Er sorgte dafür, dass Ahab sich an seinem Jacket festhielt, wickelte die Tauchleine um ihn und tauchte, Ahab im Schlepptau und Forest mit beiden Händen vor sich dirigierend, mit kräftigen Flossenschlägen in den Tunnel hinein.

KAPITEL SIEBENUNDFÜNFZIG

AHAB

Ahab klammerte sich mit geschlossenen Augen an seinem Cousin fest und schlug nach Leibeskräften mit den Beinen, während sie sich durch den Tunnel kämpften. Die Leine schnitt ihm in die Seiten, und das einzige Stückchen Sicherheit in dieser schreckenerregenden, auf einen engen Tunnel zusammengeschmolzenen Welt war der Atemregler in seinem Mund.

Es war eisig, es war klaustrophobisch eng, es war der reinste Horror. Das hier hatte nichts mit der Magie des Tauchens zu tun. An diesem Ort gab es nur blanken Terror. Sobald er die Wand des Tunnels streifte, spürte er einen statischen Schock durch sich hindurchfahren, einen Druck auf seinen Ohren, von dem ihm übel wurde.

Es war hoffnungslos – er konnte ebenso gut aufgeben. Was sollten sie erst tun, wenn sie wieder draußen waren, ungeschützt im offenen Meer? Es war unmöglich, den Rückweg zu dem kleinen Strand mit dem Klettersteig zu finden. Ahab war blind. Er war nichts als Ballast. Es war den beiden anderen gegenüber unfair, sich weiter an sie zu klammern. Am Ende riss er sie nur mit ins Verderben.

Wieder schwoll der Gesang der Sirenen an, und Ahab spürte, wie sie von dem Strudel wieder zurück in Richtung Höhle gezogen wurden. Er griff mit beiden Händen in den dichten Seetang und versuchte, sich irgendwo zu verkanten.

Sobald es vorbei war, spürte er Mack wieder vorwärts drängen. Getrieben von Adrenalin und purem Überlebenstrieb paddelte Ahab mit aller Kraft.

Plötzlich bildete sich im Tunnel ein Strudel, und er knallte mit dem Kopf gegen einen Felsen. Er hatte Sterne vor Augen und kämpfte mit aller Kraft gegen die Bewusstlosigkeit an.

Und dann spürte Ahab, wie sich etwas um ihn veränderte. Sie hatten es tatsächlich aus dem Tunnel herausgeschafft und befanden sich wieder im freien Gewässer. Blind an Mackenzie geklammert, spürte er, wie sie augenblicklich zum Spielball der Strömung wurden. Eine gefühlte Ewigkeit strampelte er verzweifelt herum, während Arme und Beine immer träger wurden.

Irgendwann wurde er mit den Beinen gegen Felsen gepresst, Wellen schlugen ihm über den Kopf. Jemand rüttelte ihn, schrie irgendwas, doch er verstand kein Wort. Ahab schlug die Augen auf und sah blinzelnd ins Licht. Die Wellen zerrten an ihm. Er war müde, so müde. Es wäre wunderschön, sich einfach von den Wellen ins Meer zurücktragen zu lassen. Er war am Ende, einfach nur am Ende.

Mackenzie packte ihn, Ahab spürte, wie er über Kies gezerrt und in eine sitzende Position gebracht wurde, fühlte eiskalten Fels im Rücken. Mackenzie brüllte ihn an, riss ihm den Atemregler aus dem Mund, und Ahab musste sich anstrengen, um auch nur ein Wort zu verstehen.

»Komm, Ahab! Komm schon! Wir sind am Ufer. Wir sind in Sicherheit! Wir müssen nur noch die Serpentinen hoch!«

Aber Ahab konnte nicht mehr. Er war zu erschöpft, um jemals wieder aufzustehen.

KAPITEL ACHTUNDFÜNFZIG

FOREST

»Ihm geht's nicht gut!«, brüllte Forest über den donnernden Lärm der Wellen hinweg, die tosend an den Klippen zerschellten. Ahab lehnte mit geschlossenen Augen an seiner Brust. Um sie herum wütete ein gewaltiger Sturm. Der Regen fiel wie eine Wand vom Himmel, immer wieder zerrissen Blitze den Horizont.

Sie waren wie durch ein Wunder am Ende des kleinen Strands angespült worden, und jede Welle drohte sie wieder zurück ins Meer zu reißen. Forests Herz pochte immer noch wie verrückt vor Anstrengung. Seine Kehle war rau, und er schlotterte vor Kälte.

Direkt über ihnen führte ein schmaler Serpentinenpfad nach oben, glitschig und steil. Der Klettersteig glich einer Todesfalle.

»Forest! Du musst uns retten. Sei ein Held, hörst du?«, sagte Mackenzie. »Du musst da rauf und mit dem Motorrad Hilfe holen. Schaffst du das?«

»Nein, Mack!« Forest wischte sich die klitschnassen Haare aus dem Gesicht. »Nein. Du schleppst ihn mit Sicherheit nicht allein da rauf. Und ich lasse euch hier nicht im Stich!« Er stand auf, nahm die Tauchleine und erklomm den ersten Felsvorsprung. »Hier. Du musst Ahab zu mir raufstemmen!«

»Ich kann nicht!«, sagte Mackenzie. »Ich habe keine Kraft mehr. Ich bin am Ende, Forest. Ich bin durch.«

»Ihr habt mich gerettet!«, schrie Forest. »Ich dachte, ich wäre tot, und dann seid ihr gekommen und habt mich aus der Höhle gerettet! Wir haben es an Land geschafft! Der Rest ist ein Kinderspiel! Los jetzt, du Riesenbaby! *Bewegung!*«

In dem Augenblick brach eine Riesenwelle auf dem schmalen Stückchen Strand. Ehe Forest wusste, was los war, wurden die beiden Männer und sämtliche Ausrüstung vor seinen Augen überspült und zurück ins tosende Meer gerissen.

Sie waren weg. Einfach verschwunden. Und Forest war wieder allein.

»Nein!«, schrie er. »Nein!«

Ahab und Mackenzie waren nirgends zu sehen. Die beiden hatten keinen Sauerstoff, keine Kraft, keine Hoffnung mehr.

Wutentbrannt stand Forest da und brüllte das Meer an: »*Du ertränkst meine Familie nicht! Keinen Einzigen! Das ist vorbei! Hast du gehört?!*«

Die Leine war alles, was ihm geblieben war. Er verknotete ein Ende an einem rostigen Metallpfosten und legte sich die Schlaufe um die Taille. Dann sprang er mit einem Satz zurück in das eiskalte, schäumende Meer.

Nichts. Nur Salz und Schaum und Tosen und Wind und das erbarmungslose Dröhnen. Wütend fing Forest an zu strampeln, kämpfte gegen die Wellen an. Plötzlich spürte er, wie die Schlaufe an ihm heruntergleitt. Er hatte keinen Knoten gemacht! In letzter Sekunde packte Forest das Seil, schlang es sich um den Knöchel und klammerte sich daran fest. Unvermittelt fiel ihm der Kelp ein, an den er sich geklammert hatte, als er sich damals in Shacktown hatte an Land spülen lassen. Dreimal, viermal schlang er sich das Seil um den Knöchel, bis es wirklich festsaß. Nicht so gut, wie um die Taille, aber egal.

Was spielte es überhaupt noch für eine Rolle? Da draußen war niemand mehr. Nichts und niemand. Er würde ertrinken, allein.

Plötzlich tauchte auf dem Kamm einer Welle ein Kopf auf. Mack. Und neben ihm ein zweiter. Er hielt Ahab über Wasser. Mit aller Kraft schwamm Forest auf die beiden zu, doch sie verschwanden hinter der nächsten Welle. Er tauchte, packte blind zu, erwischte etwas – Haare? – und dann war er plötzlich wieder über Wasser.

Sie wurden abgetrieben, weiter raus ins offene Meer. Überall waren Wellen. Verzweifelt krallte Forest sich in Ahabs Haare.

Das Seil riss an seinem Fuß. Mit unfassbarer Gewalt. Er spürte ein seltsames Knacken und dann einen brennenden Schmerz, der direkt aus der Hölle zu kommen schien.

Er war fast besinnungslos vor Schmerzen. Nur die Gewissheit, dass er dabei war, zu sterben, schaffte es durch sein wimmerndes Hirn.

»Ich hab das Seil! Halt dich an mir fest!«, schrie Forest Mackenzie mit letzter Kraft ins Ohr. »Wir schaffen das!«

Mackenzie packte ihn und schob Ahab in die Mitte zwischen sie. Forest klammerte sich an seine Familie, als die nächste Welle über ihnen zusammenschlug, sie mit tonnenschwerer Gewalt mitriss, während das Seil um seinen Fuß auf maximale Spannung ging und der Schmerz sich plötzlich verzehnfachte, verhundertfachte, vertausendfachte. Dann, mit einem Mal, war aller Widerstand verschwunden.

Forest schnappte keuchend nach Luft, schluckte jede Menge Salzwasser, und dann wurde alles schwarz.

*

Als er die Augen aufschlug, fand er sich oben auf der Klippe wieder, im Windschatten eines struppigen Busches, neben sich zwei Geländemaschinen.

Der Schmerz in seinem Bein war unbeschreiblich. Er bekam kaum Luft, so weh tat es da unten. Mackenzie stocherte in einem lodernden Lagerfeuer. Es hatte aufgehört zu regnen. Ahab, blass und selbst nur knapp dem Tode entronnen, saß über Forest gekrümmt, eine feuchte, aber brennende Zigarette zwischen den Lippen. Schmerz drückte gegen Forests Augen und weiter bis tief hinein in sein Gehirn. Es stank nach verkohltem Fleisch.

Forest versuchte, zu seinem Bein hinabzuschauen.

Ahab packte ihn am Kinn und zwang ihn dazu, ihm in die Augen zu sehen. »Schau mich an, Forest. Schau da nicht hin. Schau nur mich an.«

Forest sah Ahab tief in die Augen. Ihm war so eigenartig. Er würde auf keinen Fall einen Blick auf das untere Ende seines Beins werfen. Der Schmerz kam und ging in Wellen.

»Danke, mein Junge.«

»Ohne dein Seil wären wir jetzt alle tot«, sagte Mackenzie. »Du hast uns das Leben gerettet.«

»Ich muss euch was sagen.« Forest versuchte, sich aufzurichten. »Ich bin Forest Dempsey.«

»Schon gut, Junge. Ist schon gut«, sagte Ahab und legte ihm prüfend die Hand auf die glühende Stirn.

»Nein, Ahab! Hör mir zu.« Forest griff nach Ahabs Hand und schob sie weg. Wenn er heute starb, würden sie nie die Wahrheit erfahren. »Ich war bei ihr, als sie starb. Bei deiner Mum …«

Er musste es endlich loswerden. Alles.

»Miriam – *die Hexe* hab ich sie genannt. Sie hat mich bei sich aufgenommen, nachdem mein Vater versucht hatte, mich umzubringen. Sie … sie hat mich versteckt, als die Polizei nach mir suchte. Sie hat mich gerettet, aber sie hat mich auch … sie wusste, dass mein Dad mich nach Zaubersalz süchtig gemacht hatte – nach Ice – und sie konnte … ich wurde verrückt.«

Ahab sah ihn verständnislos an. »Zaubersalz? Du hast Fieber, Junge. Du musst dich ausruhen.«

»Nein, Ahab! Du musst mir zuhören! Weißt du noch, Hucks Schädel in der Höhle? Ich war dort. Ich war Forest. Ich *bin* Forest.« Mühsam hob er die Hand und fasste sich an die Schulter.

»Ich habe … es war … verdrängt. Ich bin Forest Dempsey. Pass auf, was du dir wünschst … was ich mir wünsche …«

Der nächste Schmerzschub schoss sein Bein herauf.

Das Sprechen fiel ihm immer schwerer. »Sie war echt schlecht drauf, Ahab, aber sie hat mir das Leben gerettet. *Wie*, ist eine andere Sache … aber sie war trotzdem ein guter Mensch. Sie war die Beste. Sie ging mit mir nach Hobart und schenkte mir ein neues Leben. Immer wieder hat sie mir gesagt, dass sie – dass sie dich liebt, Ahab. Dass sie so gerne für dich da gewesen wäre, aber das Ice … sie konnte ihm einfach nicht entkommen …«

Mackenzie hatte stumm zugehört. Das Goldkettchen hing wieder um seinen Hals. Jetzt legte er Ahab den Arm um die Schultern. Schockstarr und mit unbewegter Miene saß Ahab da.

»Als sie starb, war ich total durcheinander. Verloren. Ich dachte, ich könnte … in das Leben eines anderen schlüpfen. Und jetzt … habt ihr meinetwegen alles verloren«, sagte Forest. »Ich hab alles kaputtgemacht.«

»Nein«, sagte Mackenzie. »Das stimmt nicht. Blackbeard ist tot – du bist in Sicherheit.« Er beugte sich zu Ahab und raunte: »Kann das sein? Könnte er doch der echte Forest Dempsey sein?«

Ahab schüttelte Mackenzies Arm ab und versuchte, die Fassung wiederzuerlangen.

»Die Höhle!« Er holte tief Luft, um sich zu beruhigen. »Jetzt wird alles anders. Die Knochenhöhle wird der Firma ein Ende machen.«

Mackenzie sah ihn verständnislos an.

»Wir haben im Meer eine Höhle gefunden«, sagte Forest. »Voller Knochen. Und voller alter Scherben.«

»Uralte Scherben, Mackenzie«, sagte Ahab. »Kein Mensch weiß, welche Bedeutung sie für die Geschichte dieses Ortes haben könnten. Jedenfalls muss sie unter Schutz gestellt werden. Shacktown wird sich verändern. Die Touristen … der Fischfang …«

»Du hast recht, das entzieht der Firma die Lebensgrundlage«, sagte Mackenzie. »Das ist perfekt! Und Dempsey Abalone gehört jetzt dir, Forest. Du hast ausgesorgt. Und wir sind da. Wir helfen dir.«

Sein Gesicht verfinsterte sich. »Das wird Davey aber gar nicht gefallen.«

KAPITEL NEUNUNDFÜNFZIG

MACKENZIE

Sobald sie wieder einigermaßen warm waren, machten sie sich auf den Rückweg. Wenigstens war die nächste Regenfront noch nicht eingetroffen, auch wenn sie bereits sichtbar am Horizont stand.

Mackenzie fürchtete, dass Forest zu viel Blut verloren hatte und so Davey mit seinem Versuch, den Jungen zu töten, am Ende doch noch Erfolg haben würde. Ahab hatte den grausam in Fetzen hängenden Beinstumpf dort, wo Forests Fuß gewesen war, ausgebrannt, und der Junge brauchte so schnell wie möglich ärztliche Versorgung. Er hatte Forest zu sich aufs Motorrad nehmen wollen, aber Ahab schien plötzlich wieder etwas Aufwind zu bekommen und legte eine geradezu kämpferische Fürsorge für den Jungen an den Tag.

Der Junge. Der echte Forest Dempsey? Er hatte seit dem ersten Tag im Krankenhaus zugenommen, die Haare waren von der Sonne gebleicht, er hatte Sommersprossen im Gesicht …

Mackenzie wusste, dass sein Bruder ein Schwein gewesen war, aber die Gerüchte, dass er seinen eigenen Sohn mit Ice abgefüllt habe, hatte er nie geglaubt. Er hätte damals mehr tun müssen, um seinen Neffen zu schützen, anstatt einfach die Augen zu verschließen. Wie viel Schuld lastete auf seinen Schultern? Ein Kind mit einer drogeninduzierten Psychose … das lebenslange Trauma, das damit verbunden war …

Sie fuhren direkt zum Hausboot. Trotz Forests Zustand mussten sie dringend nach De Corrado sehen und Shelby zeigen, dass der Junge gerettet war.

Sie bogen in das Grundstück an der Flussmündung ein, wo das Boot vertäut lag.

Sobald sie standen, übergab Forest sich auf den durchnässten Erdboden. »Es tut so weh!«, krächzte er heiser.

»Wir bringen dich so schnell wir können von hier weg«, sagte Mackenzie.

Am Strand stand eine ganze Armada von Fahrzeugen im Kreis. In der Mitte brannte ein Lagerfeuer.

Ahab hob Forest vom Motorrad und ließ die Maschine achtlos umkippen. »Wir haben ihn! Shelby, wir haben den Jungen!« Vorsichtig, um das verwundete Bein möglichst wenig zu bewegen, trug er Forest zu ihr rüber. »Nur noch ganz kurz, Forest. Wir rufen gleich einen Krankenwagen.«

Mackenzie humpelte hinter ihnen her.

Shelby löste sich aus einer Gruppe Männer und Frauen mit verschlossenen Gesichtern, die gezeichnet waren von Jahren in der Drogenwelt. Mackenzie erkannte ein paar von der *Margot's Revenge* wieder, allen voran natürlich Tranquil. Die Leute hielten respektvoll Abstand. Davey war ebenfalls unter ihnen.

Sein Bruder wagte es nicht, Mackenzie in die Augen zu sehen.

Shelby hatte es also tatsächlich getan. Ihre Position in der Mitte der Gruppe sprach eine deutliche Sprache: Sie hatte das Sagen. Sie hatte Blackbeards Crew übernommen. Sie hatte das Zepter übernommen.

Shelby sah aus wie eine groteske Karikatur – das Jagdgewehr quer auf dem Rücken, zwei überkreuzte Pistolenholster auf der Brust, die Waffen griffbereit. Sie hatte offenbar sofort verstanden, wie sehr es im Drogenspiel auf die Optik ankam – sie demonstrierte der Crew, dass mit ihr nicht zu spaßen war.

Mackenzie war fassungslos, wie schnell Shelby so tief hatte sinken können.

Um sie herum dröhnte der schwarze Wind, aber in Mackenzies Herz tobte ein anderer Sturm.

»Hier ist der Junge«, rief Mack. »Er muss sofort ins Krankenhaus.«

»Shelby?«, sagte Forest schwach.

Ihr Blick wanderte von einem zum anderen. »Ihr habt es tatsächlich geschafft! Ich kann es nicht glauben.«

»Wo ist De Corrado?«, fragte Ahab nüchtern wie immer.

»De Corrado ist in Sicherheit – sie hat kooperiert. Sie ist da drüben im Kofferraum.« Shelby deutete zu einem der Autos. Wenn man genau hinhörte, war dumpfes Klopfen zu hören. »Wir können sie natürlich erst rauslassen, wenn wir weg sind. Ihr drei könnt den Wagen nehmen. Allerdings muss ich darauf bestehen, dass ihr mir und meiner Crew einen Vorsprung gebt.«

»Shelby!«, sagte Ahab. »Du kannst doch nicht ernsthaft ...«

»Was, Ahab?«, sagte Shelby mit eisiger Stimme. »De Corrado war dabei, als ich Ivy erschossen habe. Sie weiß über die Firma Bescheid. Entweder, ich werde zu Blackbeard, oder ich muss sie umbringen. Uns bleibt keine andere Wahl.«

Das Motto der Dempseys. Sie redeten sich alle ein, dass sie keine Kontrolle über den Schmerz hatten, den sie in die Welt brachten. Aber Shelby hatte die Wahl. Sie konnte dieser Welt den Rücken kehren, in diesem Augenblick, bevor es zu spät war. Trotzdem wusste Mackenzie nicht, was er jetzt tun sollte. Welchen konkreten Ausweg konnte er ihr aufzeigen?

Forest starrte Shelby aus angsterfüllten Augen an, den Blick fest auf das Gewehr gerichtet. »Ahab, bring mich bitte weg von hier«, flüsterte er.

Ist seine Furcht begründet?, dachte Mackenzie.

Shelby kam auf sie zu. »Mit Davey schaffe ich das«, sagte sie mit brüchiger Stimme. »Auch, wenn Kane nicht mehr da ist … wir sind immer noch eine Familie.« Mackenzie sah die abgrundtiefe Furcht in ihren Augen. Und ihre Trauer. »Aber ich bin nicht Blackbeard. Ich will mit dieser Frau nichts mehr zu tun haben. Ich habe ihnen gesagt, ich heiße ab sofort Persephone … Überbringerin des goldenen Lichts. Königin der Unterwelt.«

»Du musst das nicht tun«, sagte Mackenzie.

»Werd endlich erwachsen, Mack! Wozu bin ich denn sonst noch gut? Mein Sohn ist tot. Ich habe meine Schwiegermutter erschossen. Vielleicht ist das hier ja alles, wozu ich noch tauge.« Sie zeigte auf ihre Crew. »Ich bringe sie von hier weg. Weit weg. Ab jetzt ist Shacktown wieder sicher. Wir verlassen Australien. Ivy hatte Rücklagen gebildet, von denen man nicht mal träumen würde – Tranquil weiß, wo sie sich befinden, und auch, wie wir da rankommen.«

»Das ist totaler Blödsinn, Shelby!«, sagte Ahab. Sein Blick ging immer wieder zu dem Auto hinüber.

»Nimm Forest und verschwinde, Ahab«, sagte Mack. »Ich regle das hier.«

»Nein. Wir kriegen das hin. Davey und ich. Gemeinsam.« Shelbys Stimme war voll Trauer, doch diese Trauer verlieh ihr gleichzeitig Gewicht. Sie hatte Angst, aber sie glaubte an das, was sie tat.

Mackenzie war eiskalt.

Er musste sie retten.

»Verschwinde, Ahab.«

Shelby war außer sich vor Trauer und Schmerz. Sie konnte ganz offensichtlich nicht klar denken. Sie war dabei, eine Entscheidung zu treffen, die sich nicht mehr rückgängig machen ließ. Was sie jetzt brauchte, war Zeit und eine Perspektive. Aber die Dynamik zwischen Leben und Tod besaß in der Welt der Drogen eine andere Geschwindigkeit. Ihm war klar, woher ihr Gefühl kam, sofort eine Entscheidung treffen zu müssen.

»Ich habe dich da reingeritten«, murmelte er. Er drehte sich um. »Ahab! Hau endlich ab und bring Forest ins Krankenhaus!«

»Du kannst sie nicht –«

»*Los jetzt*, Ahab!«

»Mack … pass bitte auf. Sie ist nicht …« Forest fehlten die Worte.

Ahab sah Mackenzie durchdringend an. »Weißt du wirklich, was du tust?«

»Ja.« Mackenzie hielt seinem Blick stand. »Weiß ich.«

Ahab nahm ihn offensichtlich beim Wort. Ohne sich noch einmal umzusehen, trug er Forest zu dem Wagen, legte ihn auf die Rückbank, stieg ein und fuhr davon. Schotter spritzte auf.

Shelby bedeutete ihren Leuten, in die Autos zu steigen.

»Ihr kennt den vereinbarten Treffpunkt!«

Autotüren wurden zugeschlagen, Motoren heulten auf, und schon setzte die Kolonne sich in einem Wirbel aus Kies und nassem Sand in Bewegung, die Straße runter, hinter Ahab her.

Tranquil und Davey waren die Einzigen, die geblieben waren. Sie nahmen Shelby schützend in ihre Mitte.

Wie auf Knopfdruck fing es wieder an zu schütten wie aus Eimern. Der schwarze Wind trieb den Regen seitwärts vor sich her. Mack lief das Wasser in die Augen, aber er bewegte sich nicht. Jetzt hieß es drei gegen einen.

»Wir müssen los, Shelbs.« Davey konnte ihm immer noch nicht in die Augen sehen. »Sofort.«

»Ich melde mich bei dir. Ich finde einen Weg«, sagte Shelby zu Mackenzie.

Nein.

Mackenzie dachte mit Wehmut an all die Dinge, die er niemals haben würde. Ein eigenes Zuhause. Eine Frau, Kinder … einen weiß gestrichenen Lattenzaun und einen Hund, der ihm zu Füßen saß …

Aber es gab Dinge, die ließen sich nun mal nicht ändern. Er

war immer Realist gewesen. Anders konnte man in dieser Welt nicht überleben.

Und wem die Stunde schlug …

»Nur noch einen letzten Rat, Shelby.« Mackenzie trat auf sie zu und umarmte sie fest. Sie klammerte sich an ihn, ihre Finger gruben sich in seinen Rücken. Er spürte das rasende Herz in ihrem Brustkorb. »Diese Sache mit Persephone …«

»Das ist nur ein Name.« Shelby versuchte, sich von ihm zu lösen.

Er hielt sie fest und legte den Mund ganz nah an ihr Ohr. »Weißt du, Shelby, Persephone musste nur deshalb ihr halbes Leben in der Unterwelt verbringen, weil sie mit Hades verheiratet war.«

Shelby sackte kaum merklich in sich zusammen. »Ich weiß, Mack.«

»Okay. Das ist gut.« Mack flüsterte so leise er konnte. »Tu mir einen Gefallen … bestattet mich im Meer.«

Er löste sich von ihr, eine ihrer Pistolen in der Hand.

»Nein! Nicht!«, schrie sie.

Mackenzie zielte auf Davey und schoss.

In die Augen seines Bruders trat ein Hauch von Erstaunen, als die Kugel ihn mitten in die Brust traf. Er ging in die Knie.

Tranquils Schuss traf Mackenzie nur eine Sekunde später mit solcher Wucht, dass er von den Füßen gerissen wurde. In ihm explodierte glühender Schmerz.

Als er zu Boden fiel, spürte er weder Angst noch Bedauern.

Mackenzie verspürte nichts als reinen Frieden.

Shelby war frei.

KAPITEL SECHZIG

FOREST

ZWEI MONATE SPÄTER

Forest saß im *Mermaid's Darling* auf einem Hocker an der Bar. Zeus lag schlafend auf dem Fußboden. Ahab und De Corrado waren auch bei ihm, und er war glücklich.

Durch die Fenster fiel frühherbstliches Licht herein, im Kamin prasselte ein gemütliches Feuer, und um sie herum herrschte reges Treiben. Im *Mermaid's Darling* gab es inzwischen so gut wie keine ruhigen Tage mehr. Es roch nach Bier und Holzfeuer, in der Küche wuselte es …

Nur der schmerzende Stumpf, an dem einst sein Unterschenkel gewesen war, trübte Forests Freude. Er sollte eigentlich immer noch Schmerzmittel nehmen, aber er weigerte sich. Sein Körper und vor allem sein Verstand reagierten überaus empfindlich auf jede Art von Chemie. Sein Kopf fühlte sich dann immer an, als stünde er am Rand eines Abgrunds. Jetzt, wo Forests Erinnerung zurückgekehrt war, hatte Dr. Joseph die psychiatrische Behandlung wieder aufgenommen. Der Arzt konstatierte, dass Forests Neurochemie nach dem erzwungenen Drogenkonsum unter Jesse und später unter Ahabs Mutter noch immer höchst anfällig sei.

Forest hoffte, dass es mit den Schmerzen besser wurde, wenn er erst seine Prothese bekam. Auch wenn er zugeben musste, dass ihm Ahabs Provisorium von Tag zu Tag besser gefiel: Ein Piratenholzbein.

Sämtliche Ärzte staunten über seine Widerstandsfähigkeit. Es hatten sich bereits drei Journalisten bei ihm gemeldet, die seine Biografie schreiben wollten. »Ein bemerkenswerter Junge. Eine Quelle der Inspiration.« Er hatte abgelehnt – vielleicht schrieb er irgendwann selbst mal ein Buch, aber erst, wenn es noch ein paar mehr fröhliche Geschichten zu erzählen gab. Über Momente wie diesen zum Beispiel – geborgen, behaglich, satt und bei seiner Familie.

Und sie waren tatsächlich eine richtige Familie. Blutsverwandt. Die Polizei hatte schlussendlich doch auf einem DNA-Test bestanden, und der hatte bewiesen, dass Forest wirklich ein Dempsey war. Jesses Behauptung, er sei adoptiert worden, war lediglich eine seiner weiteren gnadenlosen Schikanen gewesen. Forests Identität hatte schon in seiner Kindheit auf Treibsand geruht.

Ahab stand mit umgebundener Schürze hinter dem Tresen, zapfte lächelnd ein Bier für De Corrado und servierte es mit einem dummen Spruch.

»Danke, *Barkeeper*«, sagte sie. Sie trug ein geblümtes Kleid und hatte die Haare zurückgebunden. So, wie die beiden sich ansahen, war da garantiert was am Laufen. Das würde auch erklären, weshalb Ahab in letzter Zeit nicht mehr so brummig wirkte – und weshalb Bart und Frisur plötzlich immer so ordentlich aussahen.

Die Tür zum Schankraum ging auf, und eine vertraute Gestalt in einem gut sitzenden, weißen Hemd kam hereingehumpelt. Forests gute Laune wurde schlagartig noch besser.

Mackenzie hatte im Krankenhaus stark abgenommen. Eine Notoperation hatte ihm nach seiner Schussverletzung das Leben gerettet. Aber von so etwas ließ Mackenzie Dempsey sich nicht mehr die Laune verderben. Die Zeiten waren endgültig vorbei.

Forest winkte ihm zu, doch Mackenzie wurde von zwei Männern aufgehalten. Einer schlug ihm freundschaftlich auf die

Schulter, der andere schüttelte ihm die Hand. Mackenzie versuchte vergeblich, sich zur Wehr zu setzen – ganz offensichtlich wollten sie ihm einen Drink spendieren. Hinter Mackenzie betrat Big Mane den Schankraum, noch in seiner Arbeitskleidung. Er kam seinem Freund zu Hilfe, schob die beiden Männer lachend beiseite und rief dröhnend: »He, Jungs, er hat zu tun. Wegen einem Job könnt ihr ihn später noch genauso nerven.«

Als Ivys einzig überlebender Sohn hatte Mackenzie nicht nur *Safe Harbour*, sondern auch all ihren Besitz geerbt. Bald wäre er wieder in der Lage zu tauchen, und die Chancen, seine Lizenz zu erneuern, standen gut.

Nicht, dass er je wieder darauf angewiesen wäre, beruflich zu tauchen. Ivy war schlau genug gewesen, den Abalonen-Fang in einer Treuhandgesellschaft zu verwalten. Es gab keinerlei Verbindung zwischen den rechtmäßig erworbenen Vermögenswerten und der Firma – das Gesetz zu den Erträgen aus Straftaten konnte ihnen nichts anhaben.

Und, noch besser: bis Forest volljährig war, würde Mackenzie bei Dempsey Abalone als Geschäftsführer fungieren – ein Job, der mit einem großzügigen Jahresgehalt verbunden war. Der Umbau des Unternehmens stellte sie vor große Herausforderungen. Mackenzie war begeistert von der Idee, einen Teil der Flotte für die Arbeit der Archäologen und für geführte Tauchtouren umzurüsten. Die Stadt war ebenfalls begeistert. Die Knochenhöhle lockte allmählich Menschen aus der ganzen Welt nach Shacktown – und fast wöchentlich wurden neue Fundstätten entdeckt.

Auch die Sache mit der drohenden Gefängnisstrafe war endgültig erledigt. De Corrado hatte lange und ausführlich mit dem Staatsanwalt gesprochen, und schließlich war die Anklage gegen Mackenzie fallengelassen worden. Sie waren alle gemeinsam bei ihm im Krankenhaus gewesen, als De Corrado die frohe Botschaft verkündete. Auch wenn die Nachricht nicht völlig unerwartet kam, wirkte Mackenzie auf einen Schlag zehn Jahre jünger. Seitdem sah kaum jemand mehr Mackenzie Dempsey ohne ein Lächeln auf dem Gesicht. Ein echtes Lächeln.

Mack kam zu ihnen an die Bar gehumpelt und schob einen großen, weißen Umschlag über den Tresen. »Sie hat unterschrieben.«

Sie.

Shelby.

Mackenzie kam gerade aus dem Untersuchungsgefängnis zurück.

»Wie geht es ihr?«, fragte Ahab.

»Schon besser. Sie hofft, dass sie damit was bewirken kann.« Mack klopfte mit dem Finger auf den Umschlag. »Fiona war bei ihr, und so war es nicht ganz so schlimm. Heute ist es genau zwei Monate her.«

Sie verstummten. Zwei Monate, seit Mackenzie Davey erschossen hatte. Nur Ahab und Forest kannten die Wahrheit; De Corrado hielt Tranquil für den Täter, und Shelby hatte nichts getan, um dieser Version der Ereignisse zu widersprechen.

Shelby musste wegen des Mordes an Ivy mit einer ernsthaften Gefängnisstrafe rechnen, aber angesichts der mildernden Umstände bestand die Hoffnung auf ein milderes Urteil und auf eine Entlassung auf Kaution. Fiona hatte das Mandat übernommen, und die Idee, die mit dem weißen Umschlag zu tun hatte, war von ihr gekommen.

Forest öffnete ihn und zog die Unterlagen heraus: Shelbys Antrag auf Erteilung der Vormundschaft über Forest.

Fionas Hoffnung lautete, dass Shelby mit einem Mündel und angesichts der Öffentlichkeitswirksamkeit dieses Falles gute Chancen hatte, dass die Anklage auf Totschlag abgemildert wurde. In Wirklichkeit war Forest fest entschlossen, bei Mackenzie zu leben, selbst wenn Shelby auf Kaution entlassen wurde. Um ihr zu helfen, spielte er das Spiel trotzdem mit.

Zum Glück hatte niemand aus der Crew den Mund aufgemacht. Forest wurde wütend, wenn er daran dachte, dass Ivys gesamte Crew sich irgendwo da draußen versteckte, Tranquil eingeschlossen, und vor allem inklusive Frankie. Er hoffte, dass er sie eines Tages finden würde, um sie für alles, was sie ihm angetan hatte, büßen zu lassen. Aber wahrscheinlich fand De Corrado sie zuerst.

De Corrado war sofort klar gewesen, dass Shelby kein kriminelles Superhirn war – sondern eine Mutter, die von den Geheimnissen in ihrer Familie an den Rand getrieben worden war und schließlich, von Trauer überwältigt, darüber hinaus. Von der schrecklichen Trauer um ihren ermordeten Sohn.

Fiona und De Corrado hatten über die Möglichkeit nachgedacht, dass Shelby Vorträge in Entzugskliniken halten könnte, wenn sie irgendwann nach ihrer Entlassung wieder fest genug im Leben stand – um ihrer Geschichte doch noch etwas Gutes abzugewinnen.

Forest war sich nicht sicher, ob er Shelby so bald wiedersehen wollte. Doch nach allem, was De Corrado ihnen erzählt hatte, wollte Shelby die Dinge unbedingt wiedergutmachen, so schwer sie auch an ihren Verlusten trug. Forest war bereit, mit dieser Vormundschaftsvereinbarung seinen Teil dazu beizutragen. Er musste an die Trauerfeier für Kane und Davey denken. Shelby hatte mehr verloren als sie alle zusammen.

Dennoch kam er nicht umhin, seine eigenen Verluste genauso schwer anzusehen. Doch vermutlich konnte man so etwas nicht wirklich vergleichen. Vielleicht würden sie in Zukunft ja tatsächlich miteinander auskommen. Er hätte gerne eine Mutter gehabt, und er konnte sich vorstellen, dass Shelby ihn in den kommenden Jahren brauchen würde. Das Trauma, das sie erlebt hatte, würde sie für den Rest ihres Lebens verfolgen, aber genauso war es auch bei ihm. Trotzdem saß er jetzt hier.

Noch vor Kurzem war er in einer dissoziativen Identitätsstörung gefangen gewesen. Jetzt hatte er seinen Namen wieder, ein Zuhause und ein florierendes Unternehmen. Er hatte Hucks Namen reinwaschen wollen … und auch das war ihm gelungen. Irgendwie. Auf ziemlich schräge Weise. Falls Jonah Donnager sich immer noch irgendwo da draußen versteckte, fühlte er sich jetzt hoffentlich sicher genug, um zurück nach Hause zu kommen.

Unwillkürlich fasste Forest sich an die Schulter.

DAS IST FOREST DEMPSEY

PASS AUF WAS DU DIR WÜNSCHST

Was hatte er sich gewünscht? Huck zu retten … Laut Dr. Josephs Einschätzung verbarg sich dahinter möglicherweise der Wunsch seines Unterbewusstseins, sich selbst zu retten. Und er hatte es getan. Er hatte ein halbes Bein verloren und ein ganzes Leben gewonnen.

Nachdenklich musterte er den Antrag. Er musste nur noch unterschreiben.

Plötzlich tauchte ein Kugelschreiber unter seiner Nase auf. Aufmerksam wie immer, hatte Mackenzie seine Gedanken gelesen. Mit einem dankbaren Lächeln nahm Forest den Stift und setzte seinen Namen auf die Zeile.

Forest Dempsey.

»Da steht, ich brauche einen Zeugen«, sagte er.

»Es ist mir eine Ehre«, erwiderte Ahab. Er stand ihm gegenüber und stützte die Fäuste auf den Tresen. »Mack macht den Boten – also mache ich den Zeugen.« Er griff zum Stift, drehte das Formular zu sich um und setzte schwungvoll seine Unterschrift darunter.

Die Version der Geschichte, die Ahab in der Stadt verbreitet hatte, machte Forest zum Helden. Es war Forests Mut zu verdanken, dass das Geheimnis um Alexandra und Huck endlich gelüftet werden konnte. Jeder, der Ahab kannte, wusste, wie wichtig das immer für ihn gewesen war. Auch die archäologische Sensation des Jahrzehnts – der Fundort hieß inzwischen Alexandrahöhle – schrieb Ahab Forest auf die Fahnen, und zu guter Letzt auch noch die entscheidende Rolle bei der Enttarnung des örtlichen Drogenkartells.

Diese Nachricht hatte für Aufsehen gesorgt. Die meisten Mitarbeiter der Firma hatten Shacktown inzwischen den Rücken gekehrt, aber einige liefen immer noch unbehelligt durch die Stadt. Auf Mackenzies Frage, was Ahab dagegen zu unternehmen gedenke, zuckte der nur die Achseln. »Sie haben keinen Anführer mehr. Die Gewässer werden zum Nationalpark, das entzieht ihnen die Arbeitsgrundlage. Sie sind harmlos. Außerdem wissen sie genau, was passiert, sollten sie in meiner Stadt je wieder irgendwas versuchen.«

Forest war jeden Tag dankbarer dafür, Ahab auf *seiner* Seite zu wissen. Außerdem war Ahab, soweit Forest das beurteilen konnte, so glücklich, wie es ihm möglich war. Gerade eben warf er De Corrado einen verstohlenen Blick zu. Forest frohlockte.

Mackenzie zwinkerte ihm zu. Er hatte es offensichtlich auch bemerkt.

»Hört auf, ihr beiden«, sagte De Corrado zu ihnen, ohne sie anzusehen. »Ich weiß, was ihr denkt.«

»Sollen sie denken, was sie wollen«, grummelte Ahab.

Was Blackbeards Crew betraf, wurde die Sache etwas komplizierter. De Corrado und ihre Leute hatten kaum ein ehemaliges Mitglied aufspüren können, und Shelby konnte sich wundersamerweise weder an Namen noch an besondere Merkmale erinnern.

Mackenzie hatte ihm von einem Deal erzählt, den Shelby nach Daveys Tod mit Tranquil gemacht hätte. Sie überließ ihm die Crew und würde nichts preisgeben, was sie belasten könnte.

Im Gegenzug verlangte sie Sicherheit für Pirates Pay und Shacktown. Tranquil hatte mit Freuden akzeptiert.

Ahab vermutete, das lag an Ivys gutem Ruf – Tranquil wäre nicht scharf darauf gewesen, in der Nähe der Dempseys operieren zu müssen. Nicht, dass am Ende einer seiner Leute noch auf die Idee kam, die Firma müsste zurück in die Hände von Ivys Familie.

Forest beugte sich zu Mackenzie rüber.

»Wie war Shelby heute? Ich meine … wie war sie zu dir?«, fragte er mit gedämpfter Stimme.

Mackenzie nickte. »O Mann, sie hasst mich immer noch. Ich glaube nicht, dass sie mir jemals verzeihen wird. Wie auch? Ich habe ihr Davey genommen. Aber ich glaube, gleichzeitig liebt sie mich. Falls du kapierst, was ich meine. Eines Tages wird sie selbst merken, welches Gefühl stärker ist, und dann sehen wir weiter. Die Entscheidung liegt nicht bei mir.«

Er wandte den Blick ab und sah einen Moment lang gedankenverloren ins Nichts. Dann ging ein Lächeln über sein Gesicht, ein neues, echtes, von Herzen kommendes.

»Ach ja, ich hab jemanden aus Hobart mitgebracht. Er wartet im Auto. Im Augenblick ist er allerdings noch ein bisschen scheu.«

Forest bekam glänzende Augen. In der vergangenen Woche hatte Mack unzählige Touren zur Müllkippe unternommen. Sie hatten Ivys Haus entrümpelt und jede Menge Sachen rausgeworfen – allem voran die dekorativen Rettungsringe. Auch das Schild mit dem Namen des Hauses war rausgeflogen. An seiner Stelle hing jetzt ein neues Schild. Das Haus hieß ab sofort *Huck's House*. Mack hatte eine umlaufende Holzterrasse verlegt, auf dem Dachboden gab es jetzt einen Raum mit Rundumsicht und … in jeder Haustür eine Hundeklappe. Außerdem hatte er das gesamte Anwesen mit einem kaninchensicheren Maschendrahtzaun versehen.

»Du hast ihn!«, sagte Forest.

»Nein, nicht den vom Foto«, sagte Mackenzie. »In dem Müllcontainer war noch einer – er purzelte im richtigen Moment heraus und landete auf meinem Schuh. Nicht ganz so niedlich wie der auf dem Foto, aber ich mag ihn. Ich bin mir ziemlich sicher, dass er der Kümmerling ist, aber ganz eindeutig ließ es sich nicht sagen. Die waren alle ziemlich winzig.« Mackenzie war schon auf dem Weg zur Tür, um seinen kleinen neuen Freund zu präsentieren.

Behutsam stieg Forest vom Hocker, verteilte vorsichtig das Gewicht auf beide Beine und humpelte Mackenzie hinterher. Zeus folgte ihnen schwanzwedelnd.

EPILOG

Der rote Doppeldecker rumpelte den Hügel hinunter und passierte das Ortsschild von Shacktown.

Auf dem offenen Oberdeck war, wie meistens dieser Tage, kein Platz mehr frei. Seit der Entdeckung der Alexandrahöhle erlebte der Tauchtourismus ungeahnte Höhen. Selbst diejenigen, die nicht Tauchen konnten, kamen mit Schnorchel und Flossen, um sich in ruhigeren Gewässern der Schatzsuche anzuschließen.

Der Bus stoppte vor dem *Overeem's Dive Centre*. Das Lachen der Seemöwen, der Geruch des Meeres, die Wärme der Herbstsonne …

Ganz hinten im Bus saß ein Mann, Sonnenbrille auf der Nase, eine Kappe tief in die Stirn gezogen. Er sah aus, als wäre er eingeschlafen.

Zwei Frauen, frisch aus Sydney eingeflogen, standen auf und schulterten ihre Rucksäcke. »Entschuldigung?«, rief eine von ihnen dem Mann ganz hinten zu. »Wir sind da.«

Der Mann hob den Kopf und sah sich um. Er holte tief Luft, atmete den Geruch ein und seufzte. »Zuhause«, sagte er und lächelte verhalten.

»Ach, Sie leben hier?«, sagte die Frau höflich.

»Nicht mehr.« Der Mann nahm die Sonnenbrille ab, stand auf und räkelte sich. Er hatte ungewöhnlich blaue Augen. Meerwasserblau.

»Wir sind hier, um bei der Alexandrahöhle zu tauchen«, sagte die Frau.

»Tatsächlich?«, entgegnete er leise.

Er ließ seinen Blick über den Hafen schweifen, übers Meer und dann den Hügel hinauf bis ganz nach oben zu einer großen Villa.

»Ich bin auf der Suche nach meinem Sohn hergekommen«, sagte er. »Forest Dempsey.«

DANKSAGUNG

Ali Watts, Verleger. Danke, dass du meine Träume immer wieder in die Realität umsetzt. Am Anfang meiner aufregenden Reise in die Welt der Bücher und Verlage hatte ich keine Ahnung, welch wichtige Rolle du in jedem einzelnen Teil des Schreibprozesses spielen würdest. Jetzt, wo ich die Zusammenhänge zunehmend besser verstehe, weiß ich, wie glücklich ich mich schätzen kann, dich an meiner Seite zu haben.

Johannes Jakob, Lektor. Genau wie bei Ali hatte ich bis zu diesem Projekt keine Ahnung, wie glücklich ich mich schätzen kann, dich zu haben, und ich beginne erst jetzt zu begreifen, welch unfassbar komplexe und hochspezifische Fähigkeiten du als Lektor besitzt. Auch für die Ermutigung, die du mir in all unseren Gesprächen gegeben hast, möchte ich mich bei dir bedanken.

Matthew McDonald für unsere Telefonate, die am Anfang standen und mir die ersten Ideen für *Der Rausch der Tiefe* in den Kopf gesetzt haben, und dafür, dass du der Figur von Mack das Gerüst und den Herzschlag verliehen hast. Danke für die Großzügigkeit, mit der du bereitwillig deine Geschichten teilst.

Haylee Kerans dafür, dass du *Der Rausch der Tiefe* als Erste gelesen und mir dabei geholfen hast, Struktur hineinzubringen, und dann dafür, dass du es als eine der Letzten erneut gelesen und damit den Kreis vollendet hast. Und wie immer danke, dass du mir meinen Weg geebnet hast.

Andrew Herring für die vielen nächtlichen Chats, für deine Unterstützung dabei, nicht die Bodenhaftung zu verlieren und meine Emotionen zu regulieren, als ich, noch ehe der Rausch um das erste Buch abgeklungen war, schon wieder eins schreiben sollte – und danke für das Schreibzimmer.

Jack, mein geheimer Polizeikontakt. Du hast es wieder mal geschafft! Danke für unser Nachrichten-Pingpong, für die detaillierten Beschreibungen und für die tolle Kombi aus Brainstorming und Bier.

Blair Harding und Craig Oosthuizen, die besten Kollegen, die man sich wünschen kann. Ihr habt mir gezeigt, wie ein Drogendealer denkt, wie sich eine Drogenpsychose äußert und wie man rivalisierende Banden am besten um ihre Kohle bringt. Vor allem aber danke dafür, dass ihr mir gezeigt habt, wie man mit Drogenkonsumenten umgeht, und gleichzeitig mit all den falschen Vorstellungen aufgeräumt habt, die sogar ich als Fachmann auf diesem Gebiet noch hatte.

KC McDonald, danke für Einblicke in kriminelle Gedankenwelten, die Begleitung zu Menschen und an Orte, die mich viel über das gelehrt haben, was ich wissen musste, und für die vielen Kaffeepausen inmitten heftigster Schreibprozesse. Vor allem auch danke für die beständige Ermutigung und den positiven Zuspruch zur Aufrechterhaltung meiner Konzentration.

Tom Costello und Ryan Bester, danke, dass ihr mir Zugang zu eurer Welt gewährt habt. Danke für die schrecklichen Geschichten über die Abhängigkeit von Amphetaminen, für unsere langen Gespräche über das Leben, den Sinn und die Zukunft und für die Beantwortung meiner Fragen wie »Wie genau fühlt es sich an, wenn das Ice reinhaut?«, »Wie klaut man am besten ein Auto?« oder »Woraus baut man sich am besten eine improvisierte Crystal-Meth-Pfeife?«. (Danke, Tom – ein Weinglas! Einfach genial.)

Mein Dank geht an den Kouncil of Kyle, unsere riesige Online-Gemeinschaft von Tausenden von Menschen mit Namen Kyle, insbesondere an Kyle Clayton, der angeblich drei Minuten brauchte, um mir angeblich im Darknet ein angebliches Ice-Rezept zu besorgen und es mir dann angeblich auf verschlüsselte Weise zukommen zu lassen. Ich bin begeistert.

Mein Dank gilt meinen drei wichtigsten Beta-Leserinnen, Rebecca Thomson, Jacqueline Saward und Shantelle Perry. Ohne eure Einsichten, euer Feedback, eure Kommentare, eure detaillierten Antworten, eure Anrufe und Vorschläge wäre dieses Buch nicht das, was es ist. Ich bin euch zutiefst zu Dank verpflichtet! Ohne Beta-Leserschaft würde die Welt aufhören, sich zu drehen.

Der Publizistin Jessica Malpass, danke dafür, dass du der berühmteste Mensch bist, den ich kenne, und dafür, dass du immer dafür sorgst, dass sich das Rad weiterdreht, und dabei immer noch weiter über dich selbst hinauswächst. Danke vor allem für die nächtlichen Ratschläge in einem Moment der Verzweiflung.

Emily Hindle, Marketingleiterin. Danke für deine Unterstützung, die tollen Nachrichten, dafür, dass du mir bei all dem digitalen Kram unter die Arme gegriffen hast – und dann dafür, dass du mich *verlassen hast* – wirklich unfassbar! Ich hoffe, du hasst deinen neuen Job.

An Nerrilee Weir, Alice Richardson und das gesamte Rechteteam – danke für unsere Telefonate, für euer Wissen und dafür, dass ihr mir dabei geholfen habt, die letzte Grenze zu überschreiten!

Adam Laszczuk, dem Coverdesigner, danke für zwei großartige Cover. Übrigens auch im Namen all der Leute, die *Die Stille des Bösen* und *Der Rausch der Tiefe* nur deshalb gekauft haben, weil die Bücher so gut aussahen: Vielen Dank!

Deb McGowan, Vertriebsmitarbeiterin Tasmanien. Wo wäre ich ohne dich? Ich hab zwar keine Ahnung, aber manchmal habe ich Albträume davon. Ich will gar nicht daran denken. Du bist in dieser Truppe der leuchtende Stern.

Janine Brown und dem Verkaufsteam danke ich immer wieder für alles, was ihr getan habt, um mich zu unterstützen. Danke für eure Zeit und Energie.

Ich danke den Buchhändlern in ganz Australien und insbesondere den Buchhändlern hier in Tasmanien. Ihr seid großartige Menschen, und ich finde es toll, wie ihr mich in eurer Gemeinschaft aufgenommen habt.

Cheryl Akle und dem Team von Better Reading. Die große Unterstützung, die ich von euch und eurer Community zu Beginn meiner Reise erfahren habe, hat mir das Gefühl gegeben, endlich dort angekommen zu sein, wo ich hingehöre, und ich bin euch für immer dankbar für diesen großartigen Einstieg ins Autorendasein.

Mein Dank geht an die vier großen Schriftstellerinnen und Schriftsteller, die ein offenes Ohr für meine Unsicherheiten hatten und mir Ratschläge gegeben haben, wie das berühmt-berüchtigt schwierige zweite Buch in Angriff zu nehmen sei. Jane Harper, insbesondere für den Ratschlag: »Dieses Buch muss nichts weiter sein als etwas, auf das Sie stolz sind und das Ihre übergeordneten Ziele unterstützt, der Autor zu sein, der Sie sein wollen.« Trent Dalton, insbesondere für die Zusammenfassung Ihrer Ratschläge in »Was ich damit sagen will, Kumpel, ist, dass es wirklich keine Rolle spielt, weil du den Traum schon lebst!!! Du hast es geschafft!! Der Rest ist nur noch die Butter auf dem Brot!! Also mach es einfach, ohne groß zu überlegen.« Craig Silvey, vor allem für den Ratschlag: »Es geht um die Geschichte, die Geschichte ist wichtiger als alles andere … hören Sie auf Ihren Instinkt als Autor.« Und schließlich Chris Hammer – vielen Dank, dass Sie *Der Rausch der Tiefe* gelesen haben und es so gut fanden, dass Sie einwilligten, sich auf dem Cover des Originals zitieren zu lassen.

Gabrielle Barber und dem Team von Agapé Hair Hobart danke dafür, dass ihr ein Exemplar von *Die Stille des Bösen* im Empfangsbereich eures Salons ausgelegt und mit euren Kunden über mein Buch gesprochen habt. Diese Gesten der Unterstützung bedeuten mir viel und erinnern mich immer wieder daran, warum ich die Gemeinschaft der Lesenden so liebe. Danke dafür, dass ihr auf diese Weise mit dafür gesorgt habt, dass mein Buch bei seinen Leserinnen und Lesern gelandet ist.

An meine Familie, das beste Team, das ich habe, danke für eure Begeisterung, den Jubel und das Mitfiebern, und dafür, dass ihr alle Screenshots der Rezensionen geliked habt, die ich in unseren FamJam-Gruppenchat gestellt habe. Ein besonderer Dank geht an meinen Vater, der mir dabei geholfen hat, mein Manuskript durchzusehen, als ich mir gleich beide Arme verletzt hatte.

Und ich danke Dir, Gott, für die Gaben, die Du mir geschenkt hast, für die Menschen, mit denen Du mich umgeben hast, und für die sture Ader, die dafür sorgt, dass Aufgeben keine Option ist.

*

Die Übersetzerin dankt Thomas »Snook« Middlehove, der mit ihr die Tiefen und Untiefen des Flaschentauchens auslotete und ohne dessen Hilfe sie sich in Kelpwäldern und Unterwasserhöhlen heillos verirrt hätte. Was in Sachen Tauchterminologie jetzt noch immer nicht stimmt, nimmt die Übersetzerin allein auf ihre Kappe.